看不见的客人

The Trespasser

[爱] 塔娜·法兰奇——著
Tana French
王扬——译

CNS PUBLISHING & MEDIA
湖南文艺出版社
HUNAN LITERATURE AND ART PUBLISHING HOUSE
博集天卷 CS-BOOKY

图书在版编目（CIP）数据

看不见的客人/（爱尔兰）塔娜·法兰奇（Tana French）著；王扬译. —长沙：湖南文艺出版社，2019.6

书名原文: The Trespasser

ISBN 978-7-5404-9241-0

Ⅰ.①看… Ⅱ.①塔… ②王… Ⅲ.①长篇小说–爱尔兰–现代 Ⅳ.①I562.45

中国版本图书馆CIP数据核字（2019）第095636号

著作权合同登记号：图字 18-2019-051

上架建议：外国文学·悬疑惊悚

KANBUJIAN DE KEREN
看不见的客人

作　　者：［爱尔兰］塔娜·法兰奇
译　　者：王　扬
出 版 人：曾赛丰
责任编辑：薛　健　刘诗哲
监　　制：吴文娟
策划编辑：王叵咄　黄　琰
特约编辑：刘艳君
版权支持：辛　艳
营销支持：徐　燧
封面设计：利　锐
版式设计：潘雪琴
出版发行：湖南文艺出版社
（长沙市雨花区东二环一段 508 号　邮编：410014）
网　　址：www.hnwy.net
印　　刷：三河市百盛印装有限公司
经　　销：新华书店
开　　本：875mm × 1270mm　1/32
字　　数：500 千字
印　　张：14.5
版　　次：2019 年 6 月第 1 版
印　　次：2019 年 6 月第 1 次印刷
书　　号：ISBN 978-7-5404-9241-0
定　　价：49.00 元

若有质量问题，请致电质量监督电话：010-59096394
团购电话：010-59320018

献给

乌娜

序

Preface

我母亲以前常给我讲我父亲的故事。我印象里的第一个，说他是个埃及王子。他要跟我母亲结婚，并且打算永远留在爱尔兰。可后来他的家人把他弄了回去，跟一个阿拉伯公主成亲了。我母亲的故事讲得特别棒。故事里，我父亲纤长的手指上戴着紫水晶戒指，他们俩在旋转的灯光下翩翩起舞，他身上有股香料和松香的味道。而我正躺在自己的被单下面，四肢伸展，满身大汗，像刚被人从水里捞出来似的——虽然是冬天，但我们住的公寓集体供热，而高层的窗户又没开。我把这个故事牢牢记下，铭刻在心。那时我太小了，这个故事让我得意了好久，八岁时，我把它讲给我最好的朋友莉萨听，她听完却大笑不止。

几个月后的一个下午，当羞耻带来的痛苦总算消退，我径直走向厨房，攥紧双拳，放在身后，要求我母亲说出真相。她丝毫没有迟疑，一边挤出“仙女牌”洗洁精，一边告诉我，我父亲实际上是医学院的学生，来自沙特阿拉伯。她遇见他，是因为她当时正在学习护理。在这个版本的故事里，有很多美好的细节，有两人缓慢的进展，还有一大堆老套的笑话。他们俩还一起抢救过好几个受伤的孩子——那些孩子遭遇了一场可怕的车祸。可是等到她意识到我的存在时，我父亲却先走一步，回到了沙特，连个地址都没留。我母亲只好从护士学校退学，然后就有了我。

这个故事成了另一个催我前进的理由。我喜欢这个故事，甚至还秘密计划，要成为从这个学校里走出来的第一名医生，毕竟，我是医生的孩子。我一直怀揣着这个梦想，直到十二岁那年，我因为犯错被留堂了。我母亲来接我，当然免不了一顿数落。她又说起她不想让我像她一样，连毕业证都拿不到，最后什么都做不了，一辈子只能干保洁，领最低工资。这话我已经听了不下一千遍，但那天我突然想起，要是我母亲没能拿到毕业证书，那她是怎么去的护士学校呢?

十三岁生日时，我跟她相对而坐，中间放着她买给我的蛋糕。我告诉她，这次我不想被骗了，我想知道实情。她叹了口气，说我已经不小了，也该知道实情了。她告诉我说，我父亲是个巴西吉他手，她和他相恋几个月，直到一天夜里，他在自己的公寓里把她打了个半死。那晚，趁他睡着，她偷拿了他的车钥匙，像一只飞离地狱的蝙蝠，开着车逃回了家。那一路空空荡荡，天上下着雨，她的眼睛随着雨刷的摆动不住地抽痛。但要是他哭着打电话跟她道歉，她也许还会回到他身边。当时她二十岁，对那个男人迷恋不已。也就是那时，她怀上了我。

也就是在那一天，我决心毕业以后去当警察。不是因为我想像“猫女”一样惩罚所有的施暴者，而是因为我母亲根本不会开车。我知道警官培训学校在偏远地区，这是我能想到的离开母亲的公寓的最快方式，这样我就不用做那毫无前途的保洁工作。

我的出生证明上写的是信息不详，但我有办法查明。警官们都有个可靠的老伙计——DNA 数据库。而我本可以不断询问我的母亲，给她施加压力，直到我问到些许线索，就此展开调查。

但我没有那么做。十三岁时我想这么做是因为我恨透了她，因为一直以来我的生活都是围着她胡编的故事转。等我长大，并且如愿以偿踏入警官学校的大门时，我似乎明白了她为何这么做。我不再追问她，是因为我知道她这么做，其实十分正确。

01

这个案子来了。或者说，在那种你会觉得太阳都懒得升上地平线的一月天，在一切都冷冰冰的清晨，它降临了。当时我跟搭档刚值完夜班，我以前以为重案组不会有这种工作：除了一大堆无聊事、更多的一堆蠢事，还有堆积如山的文书工作以外，再无其他。有两个蠢货准备给他们的周六夜来个华丽的收尾，决定用另一个蠢货的脑袋当跳舞毯。没人知道他们为什么要这么干，包括他们自己。我们的证人团一共有六个人，每一个都烂醉如泥。每一个都讲了和其他五人不同的故事，每一个人都想让我们撇下谋杀案，去调查他们为什么被人扔出了酒吧，买了假酒，以及被女朋友甩了。等六号证人要求我们调查政府为何不给他发救济金时，我本来准备告诉他那是因为他蠢得根本就没有做人的资格，然后把他们都赶到大街上去，但我的搭档比我有耐心多了，这也是我为何一直把他留在身边。我们最终让其中四个人的证词一致，且与证据也一致，从而可以指控蠢货一号犯谋杀罪，蠢货二号进行了暴力袭击。这大概意味着我们又以某种方式把这个世界从水深火热的罪恶当中拯救了出来——具体是什么方式，我才不想搞清楚。

我们让蠢货们在口供上签好字，然后把报告打出来，确保头儿上班时会看到桌子上有一份精彩而整洁的文件。我对面的斯蒂夫正在吹口哨。换作别人，我一定会揍他，但他吹得不错：他吹的是老调子，我依稀还能记得，都是我小时候听过的歌，声音低沉，漫不经心，心满意足，到他需要集中精神时就会停一会儿，然后以轻松的颤音继续下去。只要听到他的调子宛转悠扬，你就知道这家伙的报告写得很顺利。

现在万籁俱寂，只剩下电脑的嗡嗡声，还有冬夜的风无所事事地在窗口打转时发出的呢喃。谋杀案都发生在都柏林城堡[①]的庭院之外，在市中心，而我们所在的大楼藏在角落里，那些来看花哨物件的游客不会注意到我们。我们的墙还很厚，即便是一大早圣母大街[②]上车来车往发出的轰鸣，在我们这边听起来也如同轻声细语。混乱的文件、照片和潦草的笔记堆在大家的桌子上，静默中像是在密谋着什么。高高的推拉窗外面，夜色稀薄，办公室里弥漫着咖啡和散热器的味道。在这个时候，如果我可以翘掉夜班，我就会对这个小办公室心满意足。

我和斯蒂夫总有上不完的夜班，官方理由我们也清楚：我们都是单身，没有妻子、丈夫或者孩子在家里等我们；办公室里数我们两个最年轻，比起那些要退休的老家伙，我们也遭得起这个罪；我们都是菜鸟，即便我已经干了两年——所以老实听话吧，小贱人们。我们只能这样。这里不是军队，如果你们的头儿是个大浑蛋，你完全可以提出申请，要求重新分配。但重案组只有一个，如果你想办谋杀案，他们怎样你都得受着，就像我们这样。

有些在这里工作的人，我很久之前就在关注他们。他们在刀刃上跟病态的犯罪天才玩智力游戏，随随便便一个错误的眨眼，就会葬送一次完胜的机会，换回又一具尸体。我和斯蒂夫只能羡慕地看别人带着犯罪天才路过审讯室，而我们自己则在里面处理没完没了的家庭纠纷，为又一个"年度配偶"焦头烂额。头儿把这种事交给我做，就是因为他知道这些人会把我烦死。所以对付脑袋乱晃的白痴，至少能让我换换口味。

斯蒂夫点了打印，角落里的打印机发出嘎嘎吱吱的声响，就像要散架了一样。"你那份弄完了？"他问。

"差不多了。"我再看看错别字，别让头儿找我麻烦。

他坐在椅子上，双手交握绕在脑后，向后伸了个懒腰，椅子吱吱作响。"喝

---

① 建于1204年，由英格兰的约翰王下令建造，用以盛放国王的金银珠宝，并作为当时英格兰人在爱尔兰的总督府。

② 位于都柏林市中心，历史悠久，到今天仍是一条重要的街道。

一杯？早市应该开张了。”

“开什么玩笑。”

“庆祝一下。”

这个斯蒂夫，上帝保佑，不光很有耐心，还比我积极阳光。我瞪了他一眼，他肯定不敢再提了。“庆祝什么？”

他咧嘴笑了笑。他今年三十三，比我大一岁，看起来却比我小：可能是因为他学生一样的身材，两腿瘦长，肩膀单薄；也可能是因为那一头橘色的头发，还总在不该翘起的地方翘起来；也可能是因为他老是一副没心没肺、开心快活的鬼样子。“我们抓到罪犯啦，你怎么回事？”

“这两个蠢货，你奶奶也能抓得到。”

“好吧，那她也会去喝一杯。”

“她老人家也是个酒鬼？”

“十足的酒鬼，我可不想坏了我们家的规矩。”他朝打印机走过去，整理那个老家伙吐出来的文件，“来嘛。”

“算了，下次吧。”我不想为这种事庆祝，只想回家，去跑个步，在微波炉里热些吃的，看会儿垃圾电视节目换换脑子，睡上一小会儿，明天再来重复这种生活。

门砰的一声开了，我们的局长奥凯利把脑袋伸进来。他跟往常一样早，只为了看看能否抓到什么人在偷偷睡觉。大多数时候，他过来时都满面红光，身上带着淋浴和炒菜的味道，脑袋上所剩不多的头发梳得一丝不乱。我没法证明他这样的状态会激怒一个刚值完夜班、全身因为丹麦食品而臭气熏天的浑蛋，但事实总是如此。不过这天早上，他看起来倒是不修边幅—— 一对眼袋、衬衫上的茶渍——这倒让我这个精疲力尽的人有些开心。

“莫兰、康韦，”他说，狐疑地盯着我们，“有什么‘好事’吗？”

“街头斗殴，”我说，“死了一个。”先不说上夜班会影响你的社交生活，大家都讨厌夜班的真正原因是，大半夜准没什么好事发生。有时确实会有一些备受瞩目的谋杀案发生在夜里，犯罪背景复杂、动机迷人，但那也要到早上才会被人发现。只有一种谋杀案会在晚上被人发现，就是酒鬼们干的破事。唯一的动机，就是他们醉得像头蠢猪。“我们现在就给你拿报告。”

“不管怎么样，你们可忙活一阵子了吧。归完档了？”

“差不多吧，今晚我们再做个收尾。”

“好，”奥凯利说，“然后这事就算结了。”他拿起一份电话记录。

有那么一秒钟，我像个傻子似的，燃起了希望。如果一个案子直接找到头儿，没有通过我们值班室就被送到办公室，那一定是件特别的案子。可能是这件事备受瞩目，也可能是很难办，也可能是很敏感，不方便让值班表上随便一个人经手。需要直接交给合适的人。一个直接惊动头儿的案子，会让重案组都忙活起来，会让所有人全神贯注。一个直接惊动头儿的案子，可能会让我跟斯蒂夫最终从职场失败者的角落里走出来：我们要上场了。

我不得不握紧拳头，才能控制住自己不伸手去拿那份记录。

“有什么新案子吗？”

奥凯利冷哼一声。“别一副等开饭的表情，康韦。我顺路拿过来的，这样就不用麻烦伯纳黛特再跑一趟。现场警察说是一场家暴案件。”他把备忘录丢到我桌子上，“我说你会告诉他们那究竟是怎么回事。没想到吧，你今天走运了：这好像是个连环杀手。”

帮行政人员省麻烦，纯属胡扯。奥凯利把这个备忘录拿上来，只是为了看看我有何反应。我可不会上当。

“白天当班的人马上就来了。”

“但你已经在了。要是你赶着去什么重要的约会，最好抓紧，赶紧把这个案子给我办了。”

“我们还得写报告。”

“老天，康韦，写报告又不需要什么詹姆斯·乔伊斯的好文笔。写成什么样就原样给我吧，你得赶紧走了。那对鸳鸯住在斯托尼巴特尔，现场那帮人又在那边挖码头找证据呢。”

一秒以后我点了打印。斯蒂夫，这个浑蛋，已经把围巾围在脖子上了。

头儿踱着步子，走到贴在白色书写板上的排班表前面，眯起眼睛看着。“你们得从这里面找个人支援你们。”他说。

我能感觉到斯蒂夫希望这次我能带头。“家庭纠纷，全套的，我们自己能处理，”我说，“这种事情我们处理得够多了。”

“一个有经验的人能教你们正确的工作方法。你们处理那个罗马尼亚小女孩的案子多久了？五周？有两个证人看见她男朋友捅了她。现在那什么报纸跟平权组织一直嚷嚷着种族主义，这个案子如果是个爱尔兰女孩，我们早就把人抓起来了——”

“那是证人不愿意跟我们说。”闭嘴，安托瓦妮特。斯蒂夫用眼神提醒我，但是太晚了。我中招了，正中奥凯利的下怀。

“的确。要是今天证人还是不愿意跟你们说，我想有个老手在场总能让他们张嘴。”奥凯利敲了敲白色书写板，“布雷斯林今天当班，带上他。对付证人他最拿手。”

我说：“布雷斯林是个大忙人，我想他还是应该去做有价值的事，别浪费时间手把手带我们。”

“他确实挺忙的，但指导你们也是责无旁贷。所以你们最好不要让他的时间白白浪费了。”

斯蒂夫点了点头，使劲咳嗽暗示我。闭嘴吧，别再给自己惹麻烦了。也许确实会那样。我把话咽了回去。“我路上会给他打电话，”我说，然后拿起电话记录，塞进夹克口袋，“我们在那边碰头。”

“别出什么岔子。伯纳黛特已经叫了技术人员和法医过去，我还让她给你安排了一些当地警局的人当助手，这样你就不用满世界找人帮忙了。”奥凯利朝门边走去，顺手拿起打印好的报告，“还有，要是你们不想光看布雷斯林给你们俩上课，最好去弄点咖啡喝。你们两个看起来像一对白痴。”

在城堡的庭院里，街灯依旧亮着。但城市本身还是光线微弱，缓慢地进入清晨。没有下雨——这是好事：这样河边的鞋印就会在那里等着我们，或者带着 DNA 痕迹的烟蒂也会留在原地——但天气又冷又湿，一圈朦胧的光晕笼罩着街灯，湿气无孔不入，让人感觉骨头比周围的空气还要寒冷。早晨的咖啡店已经开门了，空气里弥漫着煎香肠和公交车尾气的气息。“你要喝杯咖啡吗？”

我问斯蒂夫。

他把围巾裹得更紧了。“不，老天，赶紧去我们要去的地方吧……”

他话没说完，也不必说完。我们越快到达现场，就可以在那位“优等生”告诉我们那个浑蛋是怎么犯的案之前，抢到越多的时间。我甚至不知道我为何会这么在意这一点，但斯蒂夫也这么想，这让我感到很欣慰。我们腿都很长，走得都很快，而且全神贯注。

我们要先去公用车队那边找一辆车。坐我或者斯蒂夫的车可以快一些，但绝不能那样做。有些街区并不喜欢警察，而谁敢用酒瓶子砸我的奥迪TT，我都得让他少一条腿。还有些案子，绝不能提前向任何人透露行踪，绝对不行——开自己的车上路，无异于把自己的家庭住址告诉一群丧心病狂的暴徒。然后你会发现，有人把你家的猫和一块砖头拴在一起，点上火，扔进你家窗户。

大部分时间是我开车。我车开得比斯蒂夫更好，而作为乘客却糟糕得多，所以我来开车，能让我们俩都高兴点。在公用车队，我搞来一辆带刮痕的白色欧宝卡德特。斯托尼巴特尔是都柏林的一个老城区，工人阶级跟从来不工作的阶级混居在一起，还有一小撮雅皮士跟艺术家，他们是在经济繁荣的时候买的房子，因为那地方货真价实，换句话说，他们负担不起任何更昂贵的地方了。有时你会想要搞一辆引人注目的车来开，但这次显然不是时候。

“啊，该死，”当我把车开出车库、打开车里的加热器时，我说，“现在我没法给布雷斯林打电话了，我得开车呀。”

这话让斯蒂夫笑了起来。“真该死，我还得看备忘录呢。我们可不能脑袋空空地去现场。”

黄灯的时候我把车停了下来，从口袋里掏出备忘录扔给他。“念出来，让我们听听有什么好消息。”

他读了起来。“五点六分，斯托尼巴特尔警局来电。来电者是一位男士，不愿留下姓名。私人号码。”这显然是个新手，说不定他以为不留姓名有什么用。一个小时之内，网络协管就能把机主信息查出来告诉我们。“他说有一个女人受伤了，地点是维金花园26号。该局警官询问受的是什么伤，他说她跌倒了，摔伤了头。警官问她是否还有呼吸，他说他不知道，只知道她看起来很不好。警官告诉他该如何检查伤者的脉搏，但他说‘赶紧叫救护车，快点’，然后就挂断了。”

“我迫不及待地想见见这家伙，”我说，“我敢打赌，等有人过去的时候他已经溜了，是吧？”

“哦，是的。等救护车到了以后，门是锁着的，没有人应门。警察去了以后破门而入，发现客厅里有个女人。头部受伤。医护人员确认她已经死亡。没有人在家，也没有暴力入侵和盗窃的痕迹。”

“如果那个人想要叫救护车，他为什么打给警察局？为什么不打急救电话？”

“也许他觉得急救电话可以追踪到他的信息，警察局没有这项技术。”

“他就是个大白痴，”我说，“真不错。”关于码头的事，奥凯利说得没错：这个“随机垃圾挖掘部”正拿着手提钻占据一整条车道，另一条车道上则乱成一团，让我想去搞一把气枪。“把警灯挂上。”

斯蒂夫从座位下面取出蓝色警灯，伸出窗外，把它放在车顶。我讨厌警笛，它总是虚张声势。人们颇为体贴地让出了一点路，那已经是他们能移动的极限了。

“我的老天。”对此，我的幽默感也失去了作用，“那些警察怎么会觉得这是家暴案件？有其他人跟她同居？丈夫？伴侣？”

斯蒂夫继续看了下去。“上面没说。”他满怀希望地看了我一眼，“也许他们搞错了，是吧？说不定真是个大案子。”

“不，这他妈的根本不是。这他妈的就是一场家庭纠纷，或者连谋杀都算不上，她只是他妈的摔了一跤，就跟那个打电话的人说的一样，因为如果这个案子有什么玄机，奥凯利肯定会等到白天当班的人来，把它交给布雷斯林、麦卡恩，或者其他小马屁精——老天！”我一拳砸在喇叭上，“我是不是该在这儿下车，去抓一两个人回来？”一些堵在前面的白痴突然回过神来，赶紧开车走了。剩下的白痴给我让开了路，我开了过去，上了桥，到了利菲河的北边。

离开了“码头”和工人，周遭明显安静了下来。鳞次栉比的高大红砖建筑和商铺招牌逐渐缩小，变成几簇，天空开阔起来，低处的云团染成浅灰浅黄。我关掉了警笛，斯蒂夫把手伸出窗外，把警灯拿进车里。他把它拿在手里，擦起了玻璃上的一处污迹，直到它干净如新。他再没读备忘录。

我和斯蒂夫是八个月前认识的，四个月前成了搭档。我们处理另一桩案子时结识，当时他还在悬案组。起初我不喜欢他——因为每个人都喜欢他，而我偏偏不信任那些大家都喜欢的人，况且他还总是嬉皮笑脸。不过情况很快有所改观，当我们解决了那个案子，我已经很喜欢他了，可以在奥凯利面前为他说五分钟好话了。这是个不错的时机——我一向不爱为自己物色搭档，只喜欢单打独斗，但奥凯利总会大声嚷嚷，说他的组里，一无是处的菜鸟绝对不能出门跟人单挑，所以跟斯蒂夫组队，我并不后悔，即便他就是个快活的冒失鬼。和他搭档总让我感觉很好，无论是在办公室里抬头和我对视，和我并肩在犯罪现场，还是在审讯室里坐在我旁边。不管奥凯利怎么说，我们的破案率都有所提升，大多数时候破个案子都要去喝一杯庆祝。斯蒂夫像个朋友，或者差不多算个朋友。但我们仍然在了解彼此。我们还不能完全保证。

我对他的了解已经足以让他一张嘴我就知道他想说什么。我说：“怎么了？”

“别让头儿影响到你。”

我瞥了他一眼，他正在看着我，眼神坚定。“你是在告诉我，我多心了？你没搞错吧？”

“他觉得我们在对付证人方面需要提高又不是世界末日。”

我以限速的两倍，沿着一条岔路前进。这并没有让斯蒂夫慌张，他很了解我的开车技术。我自己才是咬紧牙关的那一个。“是的，这他妈的确实是世界末日。如果我在意布雷斯林或者别的什么人会对咱们的审问技术做何感想，那我确实是多心了，但实际上我丝毫不在意。但如果奥凯利觉得我们处理不了，那我们就还得继续处理那些微不足道的案子，还得忍着有个蠢蛋盯着我们干活。你对此没有意见吗？”

斯蒂夫耸耸肩。“布雷斯林只是个帮手。这案子还是我们的。”

“我们不需要帮手。我们他妈的自己办就行。”

“我们会的。迟早的事。”

“是吗？迟早是多早？”

显然，斯蒂夫没有回答这个问题。我把速度降下来——这卡德特开起来像是一辆购物推车。斯托尼巴特尔还是一派周日清晨的气象：跑步者沿着小路奔跑；气鼓鼓的年轻人拖着他们的狗，心里埋怨这不公平；穿着夜店行头的女孩，腿上起了鸡皮疙瘩，鞋子拿在手里，正慢吞吞地走回家。

我说：“我不会再忍受多久了。”

我感到精疲力尽。这在扫黄和缉毒组是常有的事，在那里，大家每天都要处理千篇一律的恶行，你无论做什么，都不会带来一丁点改变。你耗尽心力破一个案子，同一批女孩还是会被别人拉皮条，只是换了个浑蛋来抽水；同一批毒虫出去以后，还是会继续买相同的玩意，只是换了新的毒枭。你堵住一个洞，麻烦又会在新的地方炸开，源源不断。这种无奈会感染组里的所有成员。而在重案组，你抓住一个凶手，就能保住他下一个目标的命。你每次只与一个凶手作战，而非人性中最阴暗的一面，你最终也能打败一个凶手。重案组的人能干下去，一直干完整个职业生涯。

在任何组，大家都会干两年以上。

而我的这两年是特别的。案子从不是问题——我受得了一个接一个的食人魔和儿童杀手，并不会因此夜不能寐。就像我说的，你能打败一个凶手，但想要打败你自己的组，却完全是另一回事。

斯蒂夫也足够了解我，知道我不只是在撒气。过了一会儿，他问：“那你要做什么？接着回去调查失踪人口？”

“不，该死。”我不会回去，“我有个同学，他和别人合伙创办了一家保安公司。那是家大公司，负责给大人物找保镖，是国际性的大人物，不是在大超市抓小偷。他说，我要是需要一份工作，随时……”

我没有看斯蒂夫，但我知道他正呆若木鸡地看着我。我说不出他正在想什么。他是个好人，但也是个好好先生。等我走了，他在小组里也能左右逢源，只要他想的话。成为那群家伙中的一员，办一些像样的案子，时不时讲个笑话，轻松自在。

“工资很可观。”我说，“在那边，女性可是个加分项。有很多人都想给自己的妻子或者女儿找女保镖。有人也想给自己找，想不到吧？”

斯蒂夫说：“那你要给他打电话吗？”

我在维金花园前把车停下。云层裂开，光线倾泻下来，照在石板屋顶薄薄的油漆层和路边倾斜的灯柱上。这是我们这周见过的最灿烂的阳光了。

“我不知道。”我说。

我早就知道维金花园。我住的地方离这里有十分钟的路程——我喜欢斯托尼巴特尔，并不是因为我住不起更昂贵的地段。我曾经跑步也会经过这里的路口。这个地方有些名不副实：一条破旧不堪的死胡同，人行道上面就是成排的、带楼梯的维多利亚式小屋，统一的石板矮屋檐、网眼窗帘，还有涂了亮色油漆的大门。街道太窄，停在这里的所有汽车会有两个轮子压在路牙子上。

我们已经尽可能地拖延了时间——再过一会儿，布雷斯林就会出现在办公室里，而头儿会问他有何贵干。下车之前，我接通了他的语音信箱——不知道这能否给我们争取到额外的时间，但至少我不用跟他聊天——给他留了言。我把这个案子描述得无聊至极，没花多少时间，但我知道这并不会让他放慢脚步。布雷斯林喜欢想象自己是“关键人物”，无论是无聊的家暴案，还是连环剥皮杀人案，他都会迅速赶到现场，因为他知道可怜的被害人会完蛋，要是没有他来救场。“我们走吧。”我把包背在肩上。

26 号位于这条路的尽头，房子前面已经拉上了警戒线，警车和技术科的白色大货车也已就位。一群孩子正在警戒线附近转悠，他们注意到我们的到来就散开了（“啊啊啊啊！跑啊！”“这里，女士，抓住他，他从商店里抢了太妃糖饼干——”“闭嘴，你这个浑蛋！”）但沿路还是有人观察我们。人们抛出的问题就像爆米花一样从网眼窗帘后冒出来。

“我想挥挥手，”斯蒂夫说着，深吸了一口气，“我能挥手吗？”

“别胡闹！”但此时我也激动无比，不管我怎样克制自己。即便你知道一只受过训练的黑猩猩也能胜任当天工作，走入现场仍会让你兴奋：你就像是一位格斗士，走进角斗场。激战在即，你的名字会被帝王称颂。可你再看一眼现场，什么角斗场，什么帝王，顷刻间都烟消云散，你会感觉糟糕无比。

守在门口的警察只是个小孩，脖子太长，摇摇晃晃，一对大耳朵上有一顶过大的帽子。“警探，”他说，他突然直起腰，不确定是否要敬礼，“巡警杜利。”或者说了其他什么。听他说话需要配字幕。

“康韦警探。”我说，低头看了眼自己的包，确保手套和鞋套都在，“这位是莫兰警探。看到周围有什么可疑的人在闲逛了吗？”

“都是附近居民的孩子吧。”需要对这些孩子做些问话，他们的家长也是。在这种社区，大家还是会关心别人的事。不是所有人都喜欢如此，但对我们而言这很不错。“我们还没有做走访，我们觉得你们大概会有自己的安排吧。”

“你做得对，”斯蒂夫说着，戴上了手套，“我们会找几个人去问问话。你们来的时候这地方是什么样子？”

他朝小屋的门点了点头，门是蓝色的，上面有破门而入的痕迹。“关着的。”警察毫不迟疑地说。

“哦，好吧，我知道了。”斯蒂夫说，但他咧嘴一乐，仿佛这是他们之间的一个玩笑，而不是像我这样发起有力的回击。“怎么关的？是锁上了，反锁的，还是关着但没上锁？”

“哦，好吧，抱歉，我——”警察脸红了，“门上有一把丘伯保险锁，还有一把耶鲁锁，但是并没有反锁，只是关着。”

这意味着，凶手如果是从门里逃跑的，他只是把门带上了，并不需要钥匙。“报警器响了吗？”

“没有。好像，那上面有个报警系统之类的东西。”警察指了指我们头上的一个盒子，“但是并没有打开。我们进去的时候它都没有响。”

“谢谢。”斯蒂夫又冲他灿烂地微笑，“很好。”警察的脸更红了，斯蒂夫有了一个粉丝。

门一下开了，索菲·米勒的头探了出来。她有一双棕色的大眼睛，一副芭蕾舞舞者的身材，身穿白色连帽工作服也显得优雅，所以很多人都会为难她，但他们不敢为难第二次。她是我们这边数一数二的现场技术人员，我们还彼此欣赏，看见她我会感到莫大的宽慰。

“嘿，”她说，“你早该来了。”

“道路施工耽搁了。”我说，“哈喽，现在什么情况？”

“我看像是情人吵架，你是不是专管这一类案子啊？”

“比管黑帮案好些。”我感觉到斯蒂夫快速地瞥了我一眼，显得有些惊讶，我则冲他流露出冷漠的眼神：他知道我和索菲是朋友，但他也该知道，我不会因为工作上的事情趴在朋友肩膀上哭诉。“如果是家暴案，我们至少还能有幸找到能问话的证人。我们去看看吧。”

房子很小，我们径直走进客厅兼餐厅。面前有三扇门，我已经知道左边通往卧室，面前是厨房，而右边是浴室——这个布局跟我家如出一辙，尽管布置风格完全不同。强化木地板上铺着紫色的小块地毯，深紫色的窗帘试图点缀出奢华感，白色皮革沙发上也铺着紫色薄毯，颇有艺术感。就连房间里那种让人过目就忘的装饰画，画的也是紫色的花。整个屋子就像是用手机里装修软件布置出来，你输入预算和喜欢的颜色之后，第二天就会有货车将各种饰物送上门来。

这里仍保留着昨晚的场景。窗帘拉起，吊灯未开，但在偏僻角落里的立式台灯是亮着的。索菲的技术员们，一个正跪在沙发旁边，用透明胶带收集纤维；一个则在桌子一侧撒粉，收集指纹；另一个正拿着摄像机，慢慢扫过房间的每个角落，戴着头灯方便打光。房间里闷热得让人喘不过气，弥漫着熟肉和香薰蜡烛的刺鼻气味。沙发一边的技术员正在自己身前扇风，试图收集一些空气。

煤气取暖器仍然开着，发出如燃煤一般的光，火苗狂躁地摇曳着，持续让这个已经过热的房间升温。壁炉用石头砌成，仿乡村风格，倒是与这个可爱的工匠小屋相配。女人的头就在壁炉旁边的角落里。

她仰面躺在地上，两脚呈八字，像是有人把她扔在那里。一只胳膊在身侧，另一只则在脑袋更靠上的位置，弯曲成一个难看的角度。她大概有五英尺七英寸[①]高，很瘦，穿着一双细高跟鞋，涂了很多美黑霜，身上是一件紧身的钴蓝色裙子，还戴了一条短粗的镀金项链。她的脸被金发覆盖，头发上喷了太多定型水，凶手都没有把它弄乱。她看起来就像个死去的芭比娃娃。

“查出身份了吗？”

索菲用下巴指了指门旁边的一张桌子：有几封信，还有一沓整齐的账单。“她可能是爱斯琳·格温德琳·默里斯，她是这栋房子的户主。这里有她的物业费收据。”

斯蒂夫快速翻了翻那沓账单。“这里没有其他人的名字，”他对我说，“看起来就是她了。”

虽然只看了现场一眼，但我已经明白，为什么每个人都觉得这应当是她的情人所为。在用餐区，小小的圆桌上铺着紫色的桌布，有两个座位，桌上摆着叠得很精致的白色餐巾，瓷餐具和抛光的银餐具上映照着火苗。还有一瓶打开的红酒、两只干净的玻璃杯，以及高高的烛台。蜡烛已经燃尽，烛泪在烛台上凝固，也滴在桌布上。

壁炉周围，有一摊很大的血迹，从她的头下面蔓延开来，颜色很深，看起来很黏稠。我目前只见这一处血迹。她倒下以后，没有人把她抱起来，试着把她摇醒。凶手直接就他妈的逃之夭夭了。

电话里说，她摔倒了，摔伤了头。可能他说的是真的，小情人吓坏了，直接逃之夭夭——这种情况确实会发生，常有良善的公民卷入麻烦怕得要死，情急之下行为异常，一下子杀了多人——也有可能就是他让她摔倒在地。

“库珀来过了吗？”我问。库珀是法医，他喜欢我，多过于喜欢大多数人，但他也不会一直待在这儿：如果库珀来做初步分析，而你不在现场，那一旦出岔子就是你的问题，与他无关。

“刚走。”索菲说着，留心着她的技术员，“他说她已经死了，怕我们有人没注意到这一点。她距离壁炉太近，无法确定尸体冷却和发生尸僵的时间，所以也无法判断具体的死亡时间。不管怎么说，她一定是在昨天晚上六点到

① 约合 170.2 厘米。

十一点之间死的。”

斯蒂夫在桌子旁边点了点头。“也许是八点半、九点之前。要是再晚一些，他们应该就已经开始吃晚饭了。”

“除非他们中有个人是不定点值班。”我说。斯蒂夫把这一点记在了笔记本上：等我们查出这位来赴宴的朋友的身份，助手就要去查证一下。“电话里说，她的伤是因为摔倒造成的。库珀怎么看，这说法靠谱吗？”

索菲冷哼一声。“是的，没错。很奇怪的摔法，她的后脑摔烂了，伤口的形状看上去跟壁炉的棱角相吻合；库珀基本上可以确定，就是这棱角导致了她的死亡。不过在尸检完成之前，我们还不能下结论，说不定她身上还有秘鲁箭毒什么的。她下巴左边有擦伤和血肿，还有几颗牙碎掉了——也许下颌部分也有骨裂，但在给她做尸体解剖以前，库珀也没法保证。她不可能同时摔倒在壁炉两面的棱角上。”

我推测：“有人打了她的脸，然后她向后倒，在壁炉上把脑袋摔烂了。”

“你跟一般警探说的一样，不过听起来确实是这样。”

女人的指甲很长，钴蓝色的，跟她的裙子一样，保养得很完美：丝毫没有弄坏，连缺口都没有。漂亮的摄影书籍摆在咖啡桌上，整整齐齐，安然无恙。壁炉架上漂亮的玻璃小摆件和插着紫色花朵的花瓶也同样如此。这里没有任何打斗的痕迹。她没有还手的机会。

“关于凶器，库珀有线索吗？”我问。

“根据瘀痕的模样，”索菲说，“是拳头打的。这意味着他是惯用右手的。”

也意味着没有武器，没有指纹可以采集，或者其他找出嫌疑人的线索。斯蒂夫说：“如果一拳足以打碎牙齿，那也一定会对他的手指关节造成损害。这一点他藏不住。而且要是我们运气够好，他的手指关节可能会被擦破，在她的脸上留下 DNA。”

“那得他光着手才行，”我说，“像昨晚那样，他很可能是戴着手套的。”

“在屋里？”

我在桌子旁点了点头。“她都没来得及倒酒，说明他进屋的时间不长。”

“嘿，”斯蒂夫说，语带嘲讽，“至少这是起谋杀案了。你刚才还担心我们又被拖过来处理一起某人的奶奶被猫绊倒的案子。”

“真棒，”我说，“待会儿我再跳舞庆祝。库珀还说别的什么了吗？”

“没有自卫伤，”索菲说，“她的衣服都是完好的，没有最近性交的迹象，她身上也没有任何人的精液，所以你们可以不用考虑性侵了。”

斯蒂夫说：“除非是小伙子想要霸王硬上弓，她不肯，他就给了她一拳想让她从了。然后他意识到发生了什么，吓坏了，于是就逃之夭夭。”

“无所谓了，反正你可以排除性暴力既遂了，这不是更好？”这是索菲第一次跟斯蒂夫见面，她还没确定跟他是否处得来。

我说："性侵未遂也是说不通的。他为什么不一进门就直接伸进她的裙子？或者他为什么不等到他们喝上一杯酒再动手？那样可能性不是更大？”

斯蒂夫耸耸肩。“在理。也许是我搞错了。”他没有在生闷气。如果警探遭到自己搭档的反驳，并且是在像索菲这样的人面前，他们往往都会心有不悦，但他是真心承认自己错了。这并不是因为他没有自我——所有警探都有自我——只是因为他的自我并不是靠耍大佬威风来实现。只要能把事情做好就行，这很好，是个优点，也是为何很多人喜欢他，很有用，但在我看来却糟糕透顶。

“找到她的电话了？”我问。

“是的，在那边的桌子上。”索菲用她的钢笔指了指，“指纹已经采集过了，你想看的话就尽管看。”

在我们检查小屋其他部分之前，我在尸体旁边蹲下，小心地用一根手指把她脸上的头发拨开。斯蒂夫蹲在我身旁。

我认识的每一个谋杀案警探都会这么做：久久凝视被害者的脸。对普通人来说，这没什么意义。如果我们想要得到被害人的照片，想要记住我们在为谁而战，手机里的任何一张自拍照都可以。如果我们需要保持愤怒，让内心始终波澜万丈，伤口比面庞更有效果。但我们凝视着他们的脸，包括那些状况糟糕的、残缺不全的面孔，夏日在户外暴露一周甚至是溺水者的面孔。警队中最没良心的浑蛋在尸体渐渐冷却时会给对死者的乳房进行一番品评，但在这种时候，他们还是会以凝视来表示对死者的尊重。

从某种角度来看，她也许还不到三十岁。在某人决定把她的下巴左侧打成一团紫红色的血肿块之前，她很漂亮。没有什么惊艳之处，但仍足够迷人，而且她也努力在维持自己的美貌。她脸上大概涂了有一整货车的化妆品，全副武装，不过恰到好处；她的鼻子和下巴还保留着小女孩般的可爱，只是从它们的突出程度，可以看出是长期轻度节食的结果。她嘴巴——张开着，露出小小的、漂白过的牙齿和血块——同样也很好看。柔软而丰满、弯曲枯萎的下唇现在看起来不够精致，可在昨天，也许还令人欲罢不能。在三种颜色混合的眼影之下，她的眼睛微微睁开一条缝隙，凝视着天花板的一处角落。

我说："我之前见过她。"

斯蒂夫的头立刻抬了起来。"是吗？在哪儿？"

"不确定。"我的记忆力很好，斯蒂夫管它叫"摄影般的记忆力"。我并不承认，因为那让我听起来很蠢。但如果我见过某人，一定会有印象，我见过这个女人。

她跟那时并不一样。那时的她更年轻，但也许是因为她那时要更重一些的缘故——并不是更胖，准确地说，是更加柔软。妆化得也要淡许多：仔细地涂上比肤色稍暗的粉底，再涂上薄薄的睫毛膏，便大功告成。她那时的头发是棕色的，如波浪一般起伏，笨拙地扎成一束。十分紧身的海军裙装，再配上高跟鞋，让她的脚踝摇晃个不停：如此成熟的衣服，是为了大场面准备的。但这张面孔，温柔小巧的鼻子和柔软弯曲的下唇，这些都一模一样。

她站在阳光下，摇摇晃晃地慢慢朝我走过来。高亢的嗓音夹杂着颤抖：但，但我真的需要……我一脸冷漠，腿不耐烦地抽动着，心里想着：真是可悲。

她想从我这里得到某种东西。帮助、金钱、搭个车、苦口良言？我想要她别再回来。

斯蒂夫说："工作上认识的人？"

"可能是。"冷漠的面孔透出决心。如果是非工作时间，我会叫她直接滚蛋。

"等回到总部，我们立马就能在系统里查查她。如果她曾经上诉过家暴……"

"我没在家暴组干过。穿上警服的时候，我本该去那里，但是我没有……"

我摇了摇头。技术人员戴的头灯在房间里扫过，让空间感顿无，令人感到危机四伏，让我们成了蹲伏在地上的目标。“我不记得有这样的事。”

要是她被人虐待，我应该不会想把她赶走。微微睁开的眼睛让她显得狡黠，像个在捉迷藏游戏里作弊的孩子。

斯蒂夫站起身，让我慢慢地回想。他在索菲面前挑了挑眉毛，指了指从厨房门透过来的矩形亮光。“我可以……”

“请便。里面我们已经录过像了，但还没有采集指纹，所以请不要碰任何东西。”

斯蒂夫从技术人员身边经过，走进厨房。天花板非常低，他几乎要低头前行，穿过走廊。“相处得如何？”索菲问我，朝他身后点了点头。

“马马虎虎。我最不用担心的就是他了。”我让死者的头发重新落在脸上，然后站起身。我想走一走，如果我走得够快够远，就有可能追上这段记忆。可要是我在索菲的犯罪现场走来走去，她一定会把我赶出去，才不管我是不是主警探。

“听起来不怎么样，”索菲说，“既然你已经看过原始的现场了，我们是不是可以把这该死的灯打开了，别在这黑暗中瞎忙活了？”

“开灯吧。”我说。一位技术员把吊灯打开，让这地方变得更加令人沮丧。那些头灯至少还让这地方有些个性，尽管令人毛骨悚然。我穿过黄色的证据标记，走进了卧室。

卧室很小，里面一尘不染。梳妆台——白金相间的卷纹木架子，衬着泡泡状的下摆，像八岁小女孩的公主闺房——上面没有任何化妆品，只有一根香薰蜡烛，还有两只香水瓶，仅仅作为装饰用，而非为了使用。床上没有试了又试、随手乱丢的衣服；带雏菊图案的羽绒被整整齐齐地对折铺在床上，四块垫子匀称地点缀其间——我绝对搞不明白这种风格。在做准备的时候，爱斯琳把一切都收拾好了：藏起了所有的证据，免得她的情人发现自己并不像他所中意的那般光鲜亮丽。他并没有走到这一步，可她期待他走进这里。

我往定做的衣橱里看了一眼。衣服很多，大多是套裙和礼服，全是中性的颜色，点缀着闪闪发亮的细节设计，全是那些晨间讲血型减肥法和磨皮嫩肤疗法的节目里女人的穿衣风格。带纹理的、白金相间的卷纹木书架上，摆满了爱情小说、老式儿童读物、各种垃圾读物——作者会通过一个贫民窟的孩子最后飞黄腾达的故事，来告诉你人生真谛。有几本关于爱尔兰犯罪的书——失踪的人、黑社会犯罪、凶杀；讽刺的是—— 一些都市奇幻作品，确实不错。我翻了翻这些书：启迪人生的垃圾读物和真实犯罪书里都画满了线，但没有做“他是凶手”这样的笔记。我检查了床头桌：雏菊图案的纸巾盒、台灯、充电器；六盒避孕套，都没有拆封。垃圾桶：空空如也。床下面：连起球的灰尘都没有。

被害人的家，是你了解这个素未谋面的人的快捷通道。即便对自己的朋友们，人们都会多加掩饰，而朋友们描述被害人时还会加上一层修饰：他们不想说死者的坏话，或者是因为沉浸在失去故友的悲痛当中，也可能是因为不想让你对朋友的怪癖产生误解。但在家门后面，这些修饰都荡然无存。穿过大门，你就可以找到那些未经刻意掩饰的东西：在某人拜访之前未经整理的东西，闻起来怪怪的东西，还有沙发靠垫下面的东西。那些被害人永远不想让任何人窥探的差错。

然而在这里，我一无所获。爱斯琳·默里斯就像一张印在光面杂志上的照片。一切都被精心布置，仿佛她知道会有一台针孔摄像机闯入她的私人空间，让她的一切生活都呈现在互联网上。

偏执狂？控制狂？真的无聊至极？

但请你不要，你不明白我如何——

那时候，她流露了更多的信息，其形象甚至比她家中的所有细节叠加起来都要更加生动。我当时不可能知道，她身上又没戴着标记告诉人们她就是“未来的受害者”，但我依然认为：我见过这位谋杀案被害人，而我把她赶走了。

等技术科完成工作，我们就要仔细搜查一番，这样我们也许可以得到更多信息。但从表面来看，爱斯琳的个性——如果她真有什么个性——其实并不重要。如果我们能确定她的情人的身份，找出有关他的确凿证据，我们根本不需要知道这个倒霉的爱斯琳到底是谁。尽管如此，我仍然觉得不安，总能听到一个调门很高的小女孩的声音，虽然实际上什么声音都没有。

“发现什么了吗？”斯蒂夫在走廊里问。

“什么都没有。要不是她躺在这里，我觉得这人压根就没存在过。厨房里什么情况？”

“有些发现，过来瞧瞧。”

“谢天谢地。”我说，跟在他身后。我本以为厨房会是用铬仿花岗岩装修的，“凯尔特之虎”时期时髦而廉价的装饰。但相反，里面是花里胡哨的松木雕饰，粉红色的格子布，墙上印着穿围裙的粉色小鸡。我发现的一切信息，都让我觉得这个女人越发难以捉摸。后窗外是和我家一样、带围墙的小型天井，但爱斯琳在那里放了一张纹理木凳，这样她就能坐在外面，欣赏自家墙外的风景。我推了推后门，发现上了锁。

“第一个发现。”斯蒂夫说。他戴着手套，小心翼翼地用一根手指拉开烤炉，避免触碰到把手破坏指纹。

里面有两只焙烧罐，装满了食物，已经缩成了棕色的一团，仿佛一触即碎：看起来像是装着土豆，还有一些像是糕点的东西。他把烤炉半开的门拉下来：两团黢黑的块状物，像是蘑菇或者牛粪块。

我说：“所以呢？”

“这些东西都烧焦了，却还没有着火。因为虽然旋钮还是开着的，但是墙那边真正的开关是关着的。再看这里。”

一整盘蔬菜——青豆、豌豆——都摆在柜台上。一只平底锅里盛了半锅水，放在炉盘上。这个炉盘的开关是开着的，调在高温状态。

“索菲，”我喊道，“有人关过炉子的开关吗？你的人，或者警察？”

“我们没动过，”索菲喊着回答，“而且我告诉过那些警察：要是动了什么东西，第一时间向我汇报。我很确定他们都怕我怕得要命。要是有人动过那炉子，肯定会向我自首的。”

“所以呢？”我对斯蒂夫说，“也许是小情人迟到了，所以爱斯琳先把炉子关上了。”

斯蒂夫摇了摇头。“烤炉倒有可能。但这炉灶，换作是你，是会把它关掉，还是开小火让这些食物保持温度？你会让汤跟菜一起冷掉，还是让它们一直保持沸腾？”

“我不做饭，我只用微波炉。”

“我做饭。你不会把所有东西都关掉，尤其是在你男朋友迟到了一会儿的时候。你会让水继续烧着，这样等他来，你还能接着做菜。”

我说：“是那家伙关了它。”

“看上去像。他不想让烟雾报警器响。”

“索菲，你能帮我给墙上的炉灶开关取下指纹吗？”

“没问题。”

“你在收集脚印吗？”

“不，你当我觉得自己还不够忙活的吧，没收集脚印就让你俩先把这地方踩了个遍。”苏菲嚷道，“我们一来就把脚印收集好了。昨晚断断续续下了会儿雨，所以任何人都有可能穿着双拖泥带水的鞋子踩进来。但所有脚印都干了很久了——这里有加热器——而且一点像样的痕迹都没留下。我们收集到了一点干泥巴，在这里，还有那里，但这些有可能是那些清理现场的警察留下的。总之这里没有任何可供辨认身份的印记。”

我构想的情人形象正在发生变化。我一开始觉得他是个哭哭啼啼的蠢蛋，不知轻重地挥了一拳，现在可能已经回了自己的公寓，正吓得拉肚子，等着我们上门，然后和盘托出，说这都是那女人的错。但如果是那样的话，在爱斯琳的身体摔在地板上以前，他就已经在回家的途中了。他绝对不会留在现场并思考对策。

我说：“他脑子很冷静。”

“哦，对。”斯蒂夫说。他的声音有点雀跃，就像是闻见了什么好吃的，突然就饿了。“他只是打了他女朋友一拳。他可能连她是死是活都不知道，但却冷静地想到了烟雾报警器，还有炉灶上的东西。如果这是他头一次犯案，那他绝对是个天才。”

烟雾报警器就在我们正上方。我说：“但他为什么不想让它响起来呢？如果这地方着火了，很多证据也就被销毁了。要是够走运，可能连尸体也会被毁掉，这样就没人告诉我们这里有起谋杀案了。”

“也许是为了他的不在场证明吧。如果报警器响起来，很快就会有人到现场。也许他让我们发现她的时间越晚，我们就越难确定她的死亡时间——不管为了什么，他都不想让我们缩短死亡时间的推断范围。”

“那今早为什么会有电话打过来？她可以一直在这里躺到明天，甚至更久。到那时，死亡时间更没法推断，想将范围缩短到十二个小时都得靠老天帮忙。”

斯蒂夫有节奏地揉着自己的后脑勺，把一头橘色的头发弄得一团糟。“也许是他慌了。”

我哼了一声，表示无法信服。情人在我脑海里像个全息影像翻来覆去：可怜的懦夫、冷酷的聪明人，然后又变回懦夫。“在现场他冷静得像块石头，结果没过几个小时他就吓坏了？吓得打电话把我们叫过来？”

“人急了什么事都干得出来。”斯蒂夫抬起手，用他的圆珠笔戳了戳报警器的按钮。它发出嘟嘟声，表明处于工作状态。“或者给我们打电话的另有其人。”

我考虑了一下这个想法。“他跑去别人那里了：某个同事，也许是弟兄，也许是他爸。他告诉这个同伴发生了什么，结果这个同伴良心发现了：他不想让爱斯琳一直躺在原地，说不定她还活着，医生也许还能把她救回来。等到只剩他一个人，他就打了电话。”

“如果是这样，”斯蒂夫说，“我们就得把这个同伴找出来。”

“对。”我已经把笔记本从口袋里扯了出来。疑有同伙，速查。拿到情人的身份信息，我们就要尽快给他的联系人列出一份清单。一个有良心的同伴，是每个侦探最喜见的事情之一。

“还有件事，”斯蒂夫说，“她没把蔬菜放进锅里，也没把酒倒好。就像我们之前说的，他只是刚进门。”

我把笔记本放回口袋，然后围着厨房转了一圈。橱柜里放满了代尔夫特陶器，上面有粉色的花。冰箱空空如也，只有一些低脂酸奶、切好的胡萝卜条，以及两包在马莎百货买的水果馅饼作为甜点。对某些人来说，厨房是最能彰显他们个性的地方，但爱斯琳不在此列。“没错，所以呢？”

“所以他们哪里来的时间吵架呢？这也不是一对老夫老妻，已经吵了很多年，他忘了买牛奶，两人就掐了起来。这两个人还处在吃烛光晚餐约会的阶段，都很注意自己的言行举止。他们怎么会在他刚进门的时候就吵起来呢？”

“你觉得这不是因为吵架？这一切都是他计划好的？”我打开垃圾桶：马莎百货的包装袋，还有一个空的酸奶罐。“不，要是那样的话，他就是个冷血的虐待狂，为了刺激才选出一个受害者，然后杀掉她。但那样的话，他也不会一拳就结束这个游戏。”

“我不是说他来这儿就是为了杀她。不一定。我只是说……”斯蒂夫耸耸肩。他眯着眼睛，看着窗台上的一只瓷猫，它还拿了一张粉红格子布做的弓，看起来有些诡异。“我只是说，这很古怪。”

“我们可真够走运的。”橱柜上面贴着一张小小的粉红色便条：干洗、厕纸、生菜。“说不定他到之前，两人就已经吵起来了。电话在哪儿？”

趁技术人员没注意，我把爱斯琳的手机拿回厨房。斯蒂夫站在我身后，从我肩膀上方看手机的屏幕。这种做法换了其他的人，一定会让我怒不可遏。斯蒂夫尽量控制自己，不朝我的耳朵里吹气。

这是部智能手机，但爱斯琳的屏幕锁滑动便能开启，没设密码。她有两条未读消息，但我先查看了她的联系人。里面没有“妈妈”“爸爸”，或者其他类似的称呼，但有一个紧急联系人：露西·赖尔登，还有一个手机号码。我把它抄在笔记本上，之后用得上——幸运露西能正式指认被害人的身份。然后我开始读爱斯琳的短信，拼凑起这个晚餐故事。

情人的名字叫罗里·法伦，他约的是昨天晚上八点。他第一次出现在爱斯琳的手机里是在七周以前，也就是 12 月的第二周。很高兴遇到你——祝你晚上过得愉快。周五你有空出来喝一杯吗？

掌握主导权的是爱斯琳。那天晚上我有事情要忙，也许我们可以安排在周四。然后过了几个小时，他给她回了消息，哎呀，周四刚好有事！她让他历经磨难，改变了日期、时间、地点，直到最后她觉得他改得差不多了，才定下来一起去城里喝酒。他在第二天给她打了电话，她一直等他打到第三个才接。他恳求她赏光和他去一家高档餐厅吃晚餐，而她在这件事上也给他找了麻烦，当天早上取消了这个计划（真是抱歉，今天晚上突然有点事情！），然后让他重新安排。在这栋房子里，我们一定能找到一本《恋爱法则》。

我没时间像女人那样出招，也没办法像男人那样见招拆招。这该死的把戏是给青少年玩的，不是成年人。而且一旦出了错，就一定会误入歧途。最开始，你要无理取闹，让你的男人气喘吁吁地跟在你身后，像小狗追逐它的小玩具。然后把戏玩得太多，你家里就来了一屋子谋杀案警探。

除了小把戏，还有爱斯琳其他惊心动魄的生活情节：牙医预约的提醒；和露西·赖尔登进行的有关《权力的游戏》的讨论；一周前的语音信息，听起来像是某个同事，因为邮箱账户被人黑了而惊慌失措，问爱斯琳如何才能重置密码。难怪她要把一次餐厅约会搞得这么跌荡起伏。

到家里吃饭的邀约，一定是当面或者是打电话传达的——通话记录里有一大堆罗里的来电，有的接通了，有的没有，爱斯琳没给他打过一个电话。不过他是通过短信确认邀请的。周三晚上：嘿，爱斯琳，只是确认一下，我们还是约在周六晚上八点？需要我带什么酒？

她一直晾着他，直到第二天才给他回信息。是的，周六晚八点！什么都不用带，带上你自己。

“如果他赴约的时候没带上一束红玫瑰，”我说，“那他可就有大麻烦了。”

“也许他还真不知道，”斯蒂夫说，“这里可什么花都没有。”

我们都见识过由比这更愚蠢的原因引发的谋杀案。“这就能解释为什么一切发生得这么快。他来了，而她看见他两手空空……”

斯蒂夫摇了摇头。“那然后呢？从这里的情况来看，她可不是那种让他滚蛋后带着花滚回来的人。她是防守反击型的人：冷战，让他自己琢磨究竟哪里出了错，一直琢磨到发疯。”

斯蒂夫的反驳是如此出色，我觉得我得打起精神了。“太对了，难怪她被人杀了。”有时我担心跟斯蒂夫搭档太久，自己会变成一个小女人。

不过在朋友露西·赖尔登面前，爱斯琳放下了自己“难搞”的架子。

昨天晚上，六点四十九分：

哦天哪我太兴奋了这太不像话了！！！我都准备拿着开瓶器唱歌了，就跟小孩拿着梳子那样。我是不是有点可怜？？？

露西立马就给她回了信息。那取决于你要唱什么歌。

碧昂丝（微笑）。

那最糟了……告诉我你没唱《给我戴上戒指》。

不！！！！我唱的是《女人我最大》！[①]

啊那你就得穿一身金出场了。别给他喂芹菜和瑞维塔饼干，要是人家饿晕了，你就不能跟他干啥坏事了（微笑）。

哈哈哈太逗了。我正在做惠灵顿牛排。

哦我懂了！！戈登·拉姆齐[②]

哈喽这里是马莎百货！

啊哈哈。玩得开心啦，不过小心点，好吧？

别担心！！！明天再跟你讲（吻吻吻）。

最后一条是晚上七点十三分发出的。那时爱斯琳刚刚化好最后一层妆，喷好最后一次定型水，把她的马莎百货晚餐放进锅里，开始放碧昂丝作为背景音乐，然后点亮香薰蜡烛，等着门铃响起。

“小心点。”斯蒂夫说。

等我们找到露西，她会和我们解释她担心的理由：当罗里感觉到爱斯琳在酒吧里好像在看别的什么人时，他是如何表现出自己的攻击欲的；或者是他如何坚持让她在餐厅里一直穿着外套，因为她的裙子让她的乳沟太招摇；或者是他以前经常和朋友的朋友出门，然后有消息说他打了她，但她说那是言过其实，他是个可爱的家伙，只要有人好好对他。“一直都是这种老套故事，”我说，“下次我妈问我我为什么还是单身，我就准备跟她讲这个案子。或者讲最近那个，前一个也行。”

---

① 《给我戴上戒指》与《女人我最大》皆为碧昂丝演唱的歌曲。

② 英国著名厨师，他主持的烹饪节目因对明星嘉宾要求十分苛刻而走红，备受观众喜爱。

完全就是情人吵架，就像那些警察猜的一样。情人罗里已经是确凿无疑的凶手了。还在重案组办公室时我就知道会是这样，可我还是傻乎乎地为此感到失望。

家暴案是最让人失望的。问题不是你能否抓到那个男人，或者女人，而是你能不能立案、诉诸法庭。很多人喜欢这种案子——它可以让你的破案率变得漂亮，让上边看着开心——但我不是那种人：处理家暴案丝毫不能让你在小组中赢得尊重，因为人人都知道，这种案子解决起来是小菜一碟，而我只能办这种案子。另一个让我愤怒的原因：案子本身就愚蠢到家。你把妻子、丈夫，或是性伴侣约出去，天杀的，你觉得会发生什么事情？我们要张着嘴巴站在那里，为这个“惊天谜团”冥思苦想。哎哟，我不知道，肯定是黑手党干的。惊喜：我们会直接找到你，证据一直堆到脑袋那么高，你就等着被判无期徒刑吧。如果你想杀什么人，一定要尊重我投入的时间。杀谁都行，只要不是那些最显而易见的倒霉蛋。

不过，手机上还有一件事算不上愚蠢到家。在跟露西发完幸福洋溢的短信之后，一个小时内没有接收或发出任何信息。然后，在八点九分，罗里发了一条短信：嘿，爱斯琳，只是确认下我的地址对不对。我现在在维金花园26号外面，但没人来开门。我的地址对吗？

短信标记为未读。

斯蒂夫轻轻敲了敲手机。“不管怎么说，他没有迟到。她没有理由关掉炉灶。”

“嗯。”

八点十五分，罗里给爱斯琳打了电话，她没有接。

他在八点二十五分又打了一次电话，然后在八点三十二分给她发了条短信：嘿，爱斯琳，我不知道我是不是把我们约在周几记错了，我想我约的是今天晚上，但好像你没在家。等你有空，告诉我是怎么回事吧？信息还是未读。

“是的，没错，”我说，“他很清楚他没把约在该死的周几弄错。要是他想再确认一下，约会的信息就在他的手机里。”

斯蒂夫说："不管出了什么岔子，他在努力揽错。他不想让爱斯琳生气。"

"或者他知道我们可能读到这些信息，他想通过这些让我们清楚地感受到他是个温顺善良的家伙，不会做类似于拳打约会对象的脸的事情，即便他进过这间他显然没进过的房间。对天发誓，警官，只要看看他的手机，瞧瞧这些短信？"

许多家暴案涉事人会这样自作聪明：带人看他们做过的事情，然后开始编故事。有时这招甚至能奏效——对我们没用，但对陪审团却很管用。罗里·法伦处理得很不错：足够的信息，显示他在努力找到爱斯琳，很坦诚，但在八点三十二分之后就什么都没有了，所以他也不是个跟踪狂。又一次，并非愚蠢到家。

"不管怎样，都可以缩短死亡时间的范围。"斯蒂夫说，"她在七点十三分时给露西发了短信，八点十分时，她倒下了。"

"不管怎样？"听到这话，我从手机上抬起了头，"你怎么会觉得这些是真的？"

斯蒂夫用下巴做了个表示不置可否的动作。"也许不是。"

"拜托，你是说就在罗里准备来享用他的惠灵顿牛排大餐的时候，有个什么人碰巧进来，干掉了女主人？你是认真的？"

"我说了，也许不是。只是……我们现在遇上了一对怪胎。我得保持思路开阔。"

哦，老天，斯蒂夫，真是个好心人。他正在努力说服我们两个，我们已经发现了一些特别的线索，这样能让我们的日子好过一些，让我的眉头舒展一些，不再谈论我那个同学开的保安公司，从此我们就能过上幸福的生活。我都等不及想让这案子赶紧结了。

"我们去把罗里·法伦弄来，然后问个清楚。"罗里是个可悲的懦夫，要是我们够走运，判断准确的话，他还有可能在我累倒睡觉之前，跟我们和盘托出，让我有时间跑个步，吃点东西。

斯蒂夫突然打起精神。"你想直接去找他？"

"是啊，为什么不呢？"

“我在想被害人那个最好的朋友，露西。要是她知道什么，那在我们去对付罗里之前，先去见见她会更好。带上我们能拿到的所有弹药去找她吧。”

如果我们面前是一起正常的谋杀案，某个狡猾的精神病患者正潜伏在暗处，等着我们大显身手，这会是个完美的办法。但我们遇到的是这种一恼火就把火气撒在女朋友身上的白痴，根本不用费什么劲就能把他抓回来。可斯蒂夫眼巴巴地望着我，像条小狗，让我没法拒绝。我想这也没关系：他用不了多久也会精疲力尽，而我现在没必要把他拖进我这种半死不活的状态当中。

“好啊，”我说。我关掉爱斯琳的电话，把它放回证物袋里。“我们去找露西·赖尔登聊聊。”

斯蒂夫砰的一声关掉烤箱门。焦煳味混合着浓郁的腐肉气息，弥漫了整个厨房。

索菲正蹲在壁炉旁边，给血迹采样。“我们要先走一步了，”我说，“有任何发现，打电话给我们。”

“我会的。到目前为止，没什么发现。为了这顿晚餐，你这位被害人可真没少在清洁工作上下功夫——几乎所有暴露在外的地方都被擦过。这也有一点好处：要是凶手留下了指纹，我们就能证明是前不久才留下的。不过到目前为止，我们连根毛都没发现。你差不多能多一条线索了：那家伙是戴着手套来的。看来只能靠撞大运了。”

“好吧，”我说，“你知道了吧，唐·布雷斯林随时都可能来这儿。”

“哦，那太好了。安静点，我这怦怦直跳的小心脏。”索菲把一根采过样的棉签放进试管，“你要他来干什么？”

“头儿觉得我们会用到在对付证人方面更在行的帮手，”听了这话，索菲抬头看了看我，我耸了耸肩，“或者类似的浑蛋吧，我不知道。反正布雷斯林要来跟我们一起办这个案子。”

“好吧，这不是挺特别的吗？”索菲说。她把试管盖上，然后开始写标签。

我说：“他只是个帮忙的，不管找到什么，先跟我或莫兰联系。要是找不到我们，就一直等到能联系上我们为止，好吗？”

我和斯蒂夫花了很长时间，才把那个罗马尼亚的案子结了，其中一个原因是有个证人终于鼓起勇气给我们打了电话，可是我们却没接到。这个原因我并没有告诉奥凯利。后来又过了两周，这个人再次打了电话——这对他来说很不容易，大多数人都会觉得“算了吧”——总算找到了我。他说第一次接他电话的是个带爱尔兰口音的男人，答应说会转达消息。带爱尔兰口音的男人——可能是小组里的任何人，除了我。我觉得不是布雷斯林，可我并不能完全肯定，我不能让这个案子冒这个险。

“没问题。”索菲在她的技术员中来回扫视，“只汇报给康韦、莫兰，要么就谁也别说。大家都明白了吗？”

技术员们点了点头。他们不关心警探们的日常，更不会操心我们在为什么事钩心斗角。大多数人都觉得我们是一群妄自尊大的人，缺乏像他们一样埋头苦干的优良品质——不过他们都对索菲忠心耿耿，布雷斯林不会从他们这里得到任何情报。

“她手机和电脑里的东西也一样，”我说，“如果有人破解了她的电子邮箱、脸书，或者其他什么东西，直接告诉我。”

“没问题。那个搞电脑的能听见我们说话，我等会儿再跟他说一遍。”她把试管放进了一只证物袋。“我们会保证让你掌握最新消息。”

在出门的时候，我最后看了眼爱斯琳。索菲把她的头发拨到了后面，在脸上取样，寄希望于那一拳会留下 DNA 证据。死亡的迹象开始在她脸上蔓延，让嘴唇枯萎，露出牙齿，眼睛开始凹陷。即便如此，她的面容仍会在我的记忆中激起波澜。求你了，我只是需要——而我，几乎懒得掩饰自己的心满意足——抱歉，我帮不了你。

“她让我生气了，”我说，“在我以前见到她的时候。”

“她做了什么？”斯蒂夫说，“她说了什么？”

“不记得了，是有什么事。”

“或者什么事都没有。你要是情绪来了，惹你生气不那么难。”

“你滚。”

“我觉得他不错，”索菲说，“你留着他吧。”

我的一半心思还在想我以前在哪里见过被害人，不由得放松了警惕。

我弯腰钻过警戒线，一个录音麦克风几乎把我的眼睛戳了出来。一阵噪声，就像是一条攻击犬在狂吠扑面而来。我没控制住自己，跳了起来，挥舞双拳，然后听到一阵手机照相的假快门声。

“康韦警探，你找到嫌疑人了吗？这是个连环杀人案吗？被害人被性侵了吗？”

大多数时候有记者都是件好事。我们都有自己的特殊关系——你早早把一些信息透露给你的朋友，他就会将之公之于众，还会给你传递任何你想知道的信息——但和其他人，我们相处得也很好：我们都能把握分寸。没人越界，大家开心。路易斯·克劳利却是个例外。他是个小鼻涕虫，供职于一家街头小报，叫《信使报》，热衷于报道强奸案，以细节过于丰富闻名。读者可以感受额外的愤慨，或者别的什么，反正是他们在正常报纸里得不到的东西。他有一副猥琐诗人的模样：穿着松松垮垮的衬衫、花花公子模样的雨衣，梳着深色波浪马尾，修饰着他头上油腻的秃块。他的脸上永远是一副正义凛然的表情。我宁愿找把锯子当牙刷，也不愿意给这个克劳利透露情报。

“请问凶手尾随被害人了吗？我们的读者有权知道，生活在这一区域的妇女是否应当采取防范措施——”

录音麦克风戳在我眼前，手机在他的另一只手里，咔嗒作响，他的头发散发着一股难闻的头油味道——克劳利就站在我的鼻子底下。我尽量不让肩膀撞到这个可怜的小蠢货，从他身边挤过去；不能被报纸上的闲言碎语打乱计划。我听到身后的斯蒂夫愉快地说：“无可奉告，无可奉告……”

那群孩子又四散开去，咧着嘴。带蕾丝边的窗帘轻轻颤动。从暖烘烘的房子里出来，户外的空气极其寒冷。在我把车门砰地关上之前，克劳利赶紧把伸进车里的录音麦克风抽了回来。我倒车，开上主路，没有往后看一眼。

“那个小饭桶。”斯蒂夫说着，甩了甩袖子，仿佛克劳利正在对他纠缠不休，“很快就会见报，下午特别版，什么都能登。”

“‘警探拒绝否认跟踪者谣言。警探陷入疑为连环凶杀的迷局。警探：无可奉告，无视本地女性的恐慌。’”我都不知道我们要去哪儿，我们没有露西·赖尔登的地址，可我把车开得像是在追捕什么人似的。“‘警探因不足挂齿之事，打烂记者满嘴狗牙。’”

在过去的几个月里，克劳利过于频繁地出现在我的视线当中，而且总能第一时间到场。我们有点过节——去年，他曾试图威逼一个女孩，让她谈谈她那在脑后藏了两包毒品的毒贩老爸。我告诉他赶紧滚，否则我就以妨碍调查的罪名拘留他。结果他大闹了一番，满口警察暴行、新闻自由，还有纳尔逊·曼德拉——但我并不是少数跟他起过争执的人：有一半警察都曾叫克劳利赶紧滚蛋，方式各种各样。他没有理由单单把我挑出来打击报复，况且这之后我们也没再发生过什么冲突。就算他那小心眼已经锁定了我，也无法解释他为何总能第一时间赶到我的案发现场。

记者们自有办法，显然也不会透露给我们。克劳利说不定有台无线电扫描仪，这样他上班的时候就能收听到警用频率，剩下的时间就去窃听用电话做爱的情侣。不过我仍然不确定。

要是没有世界一流的天赋，你是不可能成为重案组成员的。你得发挥创造力，能够激怒某人，慢慢与之周旋，直到他为了摆脱你的纠缠和盘托出；即便你还没准备好，或者不愿意面对，都得上阵；即便对面是一个正在为老爸嘤嘤啜泣、伤心欲绝的可怜孩子。我也不例外——斯蒂夫也一样，虽然他很希望自己不必如此。不过当我第一次意识到，有的家伙并没有为审讯工作保留这种天赋时，我倒也没觉得多震惊。它会让你感觉自己一切正常，就像是屁股口袋里的手枪，如果枪不在，整个人都会不自在。有些家伙干脆“枪不离兜”。他们用它达成心愿，赶走一切碍眼的人，或者除掉一切碍事的人。

斯蒂夫一直闭着嘴，这倒是件好事。不经意间，我已经把车开进了凤凰公园，或许是因为这里是唯一一个我开车不会被各种车和白痴堵在路上的地方。这里的路很直，一边是宽阔柔软的草地，另一边是巨大的古树，我把车开得飞快。我的卡德特几乎要冒烟了。

我靠边停车，干脆利落，提前打了信号灯，一边紧盯着后视镜。

“我们得搞到露西·赖尔登的地址，”我说，“我有她的电话号码。”

我们拿出手机。斯蒂夫拨出电话，开了免提。我们听着平稳匀称的嘟嘟声。鹿站在光秃秃的树枝下，看着我们。这时我意识到我还穿着鞋套。庆幸我开车时脚下没有因此打滑，来个车毁人亡。我脱掉它们，扔到了车后座上。阳光依旧稀薄，无甚暖意，仿佛黎明仍未消退。

02

斯蒂夫的联系人给了我们一个露西·赖尔登在拉斯迈因斯的家庭住址，一个在城里火炬剧场的工作地址，还有一个出生日期，她已经二十六岁。“才九点半，”斯蒂夫看了眼手表，“她应该在家里。”

我打开了语音信箱，发现有一条新消息，迫不及待地想听一听。“她昨晚一定睡得很晚。和任何正常人一样，周日上午这个时间，她肯定还在睡觉。”公园让我烦躁不安。车窗外的天空一片阴沉，一只鸟都没有，高大的树木似乎正慢慢朝我们倾压过来。“你负责问话。”鉴于我没有正当理由拘留克劳利，打烂他那张臭嘴，或者告诉头儿可以把那些家暴案往哪儿推脱，谁要是敢惹我，我准备把他的脑袋削掉。不过我实在不想对我们的关键证人下手。

我以前并不是这样的。我脾气一直不好，不过我总能保持克制，无论多难我都会忍下来。还是孩子的时候，我就知道该如何压住怒火，扣住扳机，等目标出现在我的射程当中时，调准瞄准器，三点一线，瞅准时机再打爆那个浑蛋的头。但自从我开始办谋杀案，事情就起了变化——慢慢地，虽然我未曾一下子全面失控，但也未能守住多少，而且这种变化已经开始影响我了。最近几个月，我已经记不清有多少次动不动就在乱发脾气，仿佛余生都要搭在收拾自己搞出来的各种烂摊子上。我曾跟一位证人说，他太蠢了，不配活在世上，这不是开玩笑：我一张嘴就把话说了出去，幸好斯蒂夫赶紧问了个安抚性的问题，把话题岔开。我非常确信，总有一天，我们两个都没法及时把我捅的娄子补好。

而且我非常确信，一旦我翻车，小组里的其他人就会像鲨鱼一样扑上来。

我捅的娄子会被放大十倍，在所有警察当中传开，仿佛他们拿到了我的正面全裸照，而且在我剩余的警察生涯里，每一天都会有人以此来奚落我。

重案组跟其他组不一样。当它运转正常，你会惊叹不已：这里的工作严谨细致，同时又粗暴野蛮；轻巧自如，同时又重如千钧。它是一只大猫，轻轻松松就能舒展全身，一跃而起；或者是一把流畅优美的步枪，几乎能自动开火。刚毕业在一般部门帮忙、等待分配的时候，我们很多人都被叫去给重案组打过杂，帮忙打字或者挨门挨户走访。见过重案组如何出任务，你几乎就无法再把自己的视线移开。那是我最接近坠入爱河的时刻。

等我自己进入重案组，有些事情就今非昔比了。极大的工作压力决定了这里需要依靠折腾菜鸟们才能实现全体成员情绪的微妙平衡。那只优雅的大猫变成了一个易被激怒的无赖，漂亮的步枪随时有可能擦枪走火，把子弹打到你脸上。我在错误的时间进了重案组，而且还出师不利。

另一部分原因是我没有“老二”，而那玩意显然是调查谋杀案时候的重要物件。组里以前也有过女人，这些年也许总共有过五六个，她们是被调走了，还是被开了，我不清楚。反正等我到的时候，周围已经一个女人都没有了。一些家伙指出这是自然秩序，他们觉得我悠闲地到这里来，仿佛自己有权这么做，实在是不知天高地厚，得教训一下才行。倒不是所有人都如此——至少一开始，大多数人还很友好——但浑蛋也够多了。

进组的头一周，他们不断测试我，就像作案者在酒吧里测试潜在的受害者一样：扔小纸球，说老笑话——以“为什么女人像个……”开头，评论我的例假，暗示我为了得到这份工作一定不择手段——看看我会不会强颜欢笑。测试，就像那些作案者的测试一样，看看谁规规矩矩，受得了奚落和羞辱，而不（但愿不要发生）抱怨；谁可以被一步步强迫去做他们吩咐的事。

然而，从更深的层面上说，这与我是个女人无关。他们只是觉得理应如此，他们可以，或者应该，让我轻易被他们耍弄。从更深的层面上说，这种事情其实更简单，和小学生没什么两样。当爱尔兰还完全是个白人的国度，而我是学校唯一的褐色皮肤的小孩时，我得到的第一个外号是“大便脸”。在有历史记载之前，人类就已经开始对自己的同类做这样的事情，这些事情有同一个根源：

权力。它决定了人群当中，谁是带头大哥，而谁又是最底层的倒霉蛋。

我进组时就已经预料到了这些。每个警察小组都会让菜鸟的日子很不好过——我在失踪人口组的第一天，他们派我去挨家挨户询问有没有看到迈克·亨特——而重案组无疑是这方面的楷模，这里的手段更严苛，笑容更少，更直接。虽然我早有预料，但我并不打算逆来顺受。如果说我在学校只学到一样东西，那就是永远不要让他们把你列为下等人。要是你不幸如他们所愿，那你就永远也别想翻身了。

我本可以按照办公室条例，去找上级，告诉他我觉得自己被其他同事歧视了，他们在刻意制造一个针对我的、充满敌意的办公环境。而除了显而易见的理由外——这么做无疑会完美地让我的处境更加艰难，我宁愿自己动手，也不愿意跑到头儿那里哀号求救。所以当那个叫罗奇的小浑蛋拍我的屁股时，我差点就把他的手腕弄断，让他一连几天连端咖啡杯都哆哆嗦嗦。信息清晰地传达了出去：我可不会仰面躺下、扭着身子、娇喘着，任由那群浑蛋为所欲为。

于是他们开始联手排挤我。起初不明显，不知怎的所有人都知道我的表哥卷进了海洛因交易。指纹比对结果永远到不了我手里，所以我无法发现我的案子跟一连串盗窃案之间的联系。有一次，我对一个捏造不在场证明的证人吼了几句。这没什么大不了的，大家一直这么审讯，我的做法并没有更糟糕。但当时一定有人在单向玻璃后面盯着我，因为直到几个月以后，我才可以不用在大家的密切关照下单独审讯证人——诋毁没完没了，总是引得大家哄堂大笑——康韦，你冲他吼了，对吧，他肯定恼羞成怒，这下他能拿到听力损失补偿了，以后要不要跟警察说话，他可要三思而后行了，对吧？即便是一向友好的人也能闻出我周围的血腥气氛，尽量不惹麻烦。每当我走进重案组办公室，仿佛能听见砰的一声，房间立马安静下来。

不过那时，我身边至少还有科斯特洛。他是警局里最老的雇员，负责给菜鸟传授一些技巧。他是个值得信赖的人，当他关照我时，没有人敢做得太过火。可几个月后，科斯特洛退休了。

在学校的时候，我有我的朋友们。有人找了我的麻烦，也就相当于找他们麻烦，而我们这伙人，都是那种你不想招惹的人。当有谣言说我爸爸因为劫机被抓进监狱时，班里的一半同学都不敢坐到我周围来，生怕我身上真有炸弹，我们找到了那三个造谣的贱人，把她们打得屁滚尿流，那件事也就这么结了。而在重案组里，科斯特洛走后，直到斯蒂夫来之前，我一直独来独往。

科斯特洛前脚刚走，那群家伙就抓紧时间开始行动。我出门的时候邮箱的页面还留在电脑桌面上，回来之后东西就全被清掉了：收件箱、发件箱、联系人，全没了。而当事情有变时，一些人却拒绝和我一同审讯犯人：你可别让我和她在一起，我可不想在她搞砸了之后受到牵连。或者他们所有人都需要在屋里暖暖身子准备大搜查，我则要出外勤，他们还窃笑着说：这雪下的，大象在路上都没人看得见，出门时还故意大声说。在圣诞派对上，我学得很乖，没有喝一杯以上，还是有人用手机给半闭着眼睛的我拍了照，第二天照片就上了公告栏，还打了“酒鬼警察”的标签。那天之后，所有人都知道我有酗酒的毛病。那周之后，所有人都知道我喝到不省人事，吐在自己鞋子里，还在厕所里给某人——名字各种各样——吹箫。我根本没法知道到底是哪个家伙干的，哪两个、五个，还是十个。即便我能在警察局坚持到光荣退休，也还是会有人对这些鬼话坚信不疑。一般来说，我并不在乎别人怎么想我，可是如果没人足够信任我，不敢接近我，那我就什么都别想干了。我开始在意这个问题。

这就是为什么是斯蒂夫打电话给自己的熟人去查露西·赖尔登信息，你总会结识一些有用的朋友。在官方请求会拖很久的时候派上用场。而几个月前，我跟这个在沃达丰[①]工作的孩子相处得还不错。直到有一天，我给他打电话查一个机主信息，结果他结结巴巴，支支吾吾，说话前后不通，还迟迟不肯挂电话。我并没有费神去找什么解释，我已经明白了。我对细节一无所知，比如，是什么人找到了他，或者威胁了他，但这就够了。所以斯蒂夫会打电话去电信公司，要求查我们需要的信息；在我焦虑到不敢相信自己的时候，斯蒂夫会替我去给证人问话。而我告诉自己，那些浑蛋永远别想挡我的路。

---

① 英国一家跨国电信公司。

毫无疑问，那条语音信息来自布雷斯林，幸运如我。“康韦，嘿。”布雷斯林的声音很好听，深沉、平稳，用新闻播音员般的声音告诉我，他父母花钱供他好好上学就是不想让他遇到像我和斯蒂夫这样的人——而他也深知这一点。我想他幻想成为电影预告片里的旁白，开始说“这世界上……”“很高兴和你们一起工作。我们需要尽快交交心。收到给我回个电话。我现在要去犯罪现场，去看一眼我们都掌握了些什么。要是我们没在那里见上面，我希望我们可以在我看过现场后聊一聊。我们从那里开始工作。”咔嗒。

斯蒂夫用手指朝我开了一枪，冲我眨眨眼。“哇，宝贝，跟我交交你的心。”

我哼了一声，才克制住自己。“你知道这像什么吗？这就像他把舌头从电话里伸到你的耳朵下面。”

“而且他相信，这么干能让你乐不可支。”

我们俩窃笑起来，像一对孩子。是布雷斯林带给了我们欢乐，他永远一本正经，这点没人比得上，所以我们只把他当个笑话。“因为打电话之前，他已经在自己那有魔力的舌头上，只为你一人喷了上好的古龙水。”

“我现在完全感受到了这份特别，”斯蒂夫说着，把手放在心脏的位置，“你没感受到吗？”

“我觉得我该给耳朵涂点润滑油，”我说，“有什么办法能拖久一点，让他不来烦我们吗？”

“专案室？”总的来说这不是个坏主意：有人会给我们找一间专案室，布雷斯林则会得到一间上好的，有白色书写板，电话线也够用，而我和斯蒂夫照例会被支使去个只有两张桌子的烂地方，一般都是以前的更衣室，现在闻起来还是。“但是没什么东西能让他长时间远离我们。公平地讲，头儿是因为审讯才把他安排过来的。他是为了那些要被问话的人准备的。”

“别跟我说什么‘公平地讲’，我可没那心情跟该死的布雷斯林谈公平。”实际上，我心情好了不少，我需要开这个玩笑。“专案室不错，我们去办吧。”

“别把他的头咬下来。”斯蒂夫警告我。

“我不会对他发脾气的。但要是我想冲他发脾气，为何不可？”布雷斯林并不是最讨厌的，他差远了——大多数情况下，他都无视我们两个——但这不意味着我就得去喜欢他。

“因为我们还得跟他干活？因为要是一开始就给他找麻烦，后面的事就会很麻烦？”

“你有办法让他平静下来。把舌头伸进他耳朵里。”

我拨通了布雷斯林的语音信箱——要是我要对付布雷斯林，玩电话捉人游戏是最理想的办法——给他回了条信息。“布雷斯林，我是康韦。期待和你共事。”我朝斯蒂夫挤了挤眉毛，看，我做得多好，“我们要去找一个昨晚跟被害人约在她家吃晚饭的家伙，把他带回总部审一审。我们可以在那里见面吗？我们很看重你对这个案子的看法。”斯蒂夫比画了一个吹箫的动作，我冲他竖了一根中指。“在去找那个人之前，我们还要先去找被害人最好的朋友简单聊一聊，万一她知道些什么呢。你可以用这个时间帮我们安排一间专案室吗？反正一会儿你也要回局里。谢谢你，我们在那里见。”

我挂上电话。“看见没？”我对斯蒂夫说。

“真是妩媚动人。要是你能在最后来个吻别，那可就太完美了。”

“有意思。”我准备出发了。光秃秃的树感觉离我们更近了，它们仿佛趁我们把注意力放在布雷斯林身上时，发起了进一步的行动。“我们来看看那帮人给我们找了些什么样的歪瓜裂枣来帮忙。”

斯蒂夫已经拨好了号码。行政人员伯纳黛特把那些帮手的电话号码给了他—— 一共六个人：奥凯利真是倾己所有。有几个人还不错，用得着；至少有一个没什么用。要是我们还想再要几个人，我们就得单独打一份报告，一式三份，解释我们为什么不能自己干脏活，而且通常情况下还得像一对贵宾犬一样，端坐着摇尾乞求。

稍后我们就会开一个全体案情会议：我、斯蒂夫、布雷斯林和全体助手，在专案室里面。在我分析案件、分配工作的时候，大家都会奋笔疾书。有些事情需要尽快着手，我们已经没时间等了。斯蒂夫派了两个走运的帮手，去维金花园做初步的巡访工作，查出大家知道的关于爱斯琳·默里斯的一切事情，以及那天晚上他们看见、听到了什么。另外两个则要抢在记录被抹掉之前，把那附近所有能搞到手的监控录像都搞过来。同时，最后的两个人被我派去查出罗里·法伦的地址，看他是否在家，如果在家则不要对外公布，不管他去任何地方都要跟着他，而且务必小心行事。他们倒是可以把他直接带回来，但我的计划里并不包含让布雷斯林在走廊里发现他，然后让他帮我和斯蒂夫的忙，在我们俩回办公室之前就让罗里把认罪书签好。布雷斯林给我回电话了，我把他的来电切到了语音信箱。

看着斯蒂夫被夜班摧残过的憔悴面容，我对自己当前的形象有了认识。于是在去见露西·赖尔登之前，我们对自己的仪表做了个快速的整理：把夹克上的褶皱快速抹平，把衬衫上夜宵的残渣弄掉。斯蒂夫梳了梳头发，我把半松开的发髻松开，重新扎好，让它光滑紧致。上班的时候我不怎么化妆，不过在后视镜里看我自己似乎还说得过去了。状态好时我看起来还不错，状态不好时你还是会多看我一眼。我遗传了我父亲的长相，或者说我自以为如此：我的高个子来自我母亲，但浓密发亮的黑头发、高颧骨和永远不用涂古铜粉的皮肤跟她无关。我的制服很合身，裁剪整齐，贴合体形——又高又壮——而人人都觉得我应该套着一只麻袋四处游荡，不让他们起邪念作恶。那些人觉得我应该尽量隐藏的特征——高个子，还是个女人，总之不伦不类——正是我要在他们面前正面展示的。既然他们拿我没辙，那我正好可以利用一下。

“还好吗？”斯蒂夫说着，指了指他自己。

他看上去就像被妈妈亲手打扮过准备去参加弥撒一样,整个人体面而光鲜。但他总是会夸大这一点。人人都会利用自己拥有的优势，而斯蒂夫的优势就是，你要是把他带回家见父母，他们肯定喜出望外。“可以了，”我把后视镜掰了掰，“出发吧。”

我猛踩油门，让卡德特还冒充一下真正的车，带我们出发。我顿生一种讨厌的感觉，仿佛我们身后的树木都一齐噼里啪啦地折断，缓缓倒下，伴随着无声的咆哮和无数枝叶的碎裂声，落在我们刚才停车的地方。

露西·赖尔登住在一栋高大的房子里，这里本来是老式的排屋，现在已经被划进了公寓区。很多房子都破烂不堪，不过她的房子还不错：房前的花园已经除过了草，窗框上漆也是最近十年里的事，门上挂了六个铃铛，不是一打，说明这里的房东没有让住户挤在一起，没人蜗居于屁点大的地方，大家共用同一个厕所。

按了两次门铃。露西出来应答，声音里满是睡意。“谁？”

斯蒂夫说：“露西·赖尔登？”

“你是谁？”

“斯蒂夫·莫兰警探。我们能聊聊吗？”

漫长的一秒。然后露西说话了，睡意消退。“我马上就下来。”

她迅速打开门，整个人都很清醒。她是个矮个子，身材匀称，是那种平时就有的匀称，而不是靠去健身房才有的——仿佛与生俱来，而不是刻意保持的。修剪过的浅金色头发，长长的刘海落在脸上，脸色苍白，面容倒是干净利落，不过被昨晚的睫毛膏弄脏了。她穿了件黑色的连帽衫，上面喷绘着暗黑风格的图案，光着脚，挂了很多银色的耳饰，在我看来是宿醉者的标准装扮。她和爱斯琳·默里斯，或者说和我预料的样子，没有太多相似之处。

我们拿出了自己的身份证明，准备问话。“我是斯蒂夫·莫兰警探，”斯蒂夫说，“这位是我的搭档，安托瓦妮特·康韦警探。”然后他停了一下。你总要在这里留个口子。

她甚至连证件都没看，而是尖厉地说：“是因为爱斯琳吗？”这就是你要在这里留个口子的原因：人们总会往这里倒进去一些意想不到的东西。

斯蒂夫说：“我们可以进去坐几分钟吗？”

她这才看了眼我们的证件。她花了几分钟仔细辨认，或者是在做决定。“好，”她说，“好吧，进来吧。”然后她转过身，朝楼梯走过去。

她的公寓在一楼，我想得没错，这里很舒适。一个小小的客厅，一侧是开放式的小厨房，有两扇门分别通往卧室和厕所。昨晚她留人在这里过夜了——咖啡桌上和桌下都是空罐子，空气中弥漫着浓重的烟味。而即便是在昨夜的狂欢以前，这里也和爱斯琳的家截然不同。窗帘是把旧明信片用线缝在一起做成的，家具只有一张破旧的木咖啡桌，一对向一侧倾斜的沙发，上面铺着墨西哥风格的织毯。有四部 20 世纪 70 年代的电话机，一只充气狐狸放在电视机旁边的一卷电缆上面。没有人会通过手机软件，下单布置这样一个地方。

我和斯蒂夫往沙发的方向走去，它背对着一扇高高的框格窗，这样露西就很难找借口说这里太晒了。我拿出我的笔记本，坐下来，但是身子前倾，让斯蒂夫知道我并不打算听完整个问话。奥凯利是个彻头彻尾的浑蛋，斯蒂夫已经很擅长对付证人了——不像布雷斯林那么名声在外，但他有本事让人们相信，他是站在他们一边的——不过我以前做得也不赖，不是太久以前，而且露西也不像那种会让我丧失理智的类型。这女孩不傻。

“家里还有别人？”斯蒂夫问。谈完这次话，露西就准备给自己找个伴了。

她坐在另一张沙发上，然后立刻盯着我们两个。“不，只有我。为什么……”

证人面孔的标准配置，往往混合着对帮助的希求、对了解事件全貌的无比渴望，以及“哦，老天，但愿我没有惹上麻烦”的表情。而在那些我们不大受人欢迎的社区还有一个标准变体，一种阴郁的青少年式的凝视，目光呆滞，即便是几十岁的老家伙也可能流露出这种混账的面部表情。但露西的表情不是上述任何一种。她直直地坐着，脚尖绷直，仿佛随时准备一跃而起，眼睛大睁。她被吓坏了，同时又高度警惕，而且无论她在警惕什么，都已经耗尽了她的全部力量。咖啡桌上有一个绿色的烟灰缸，在她把警察领进门之前，她本该把它倒干净。我跟斯蒂夫只好假装没有看到里面的东西。

“我只是来确认一些事情。”斯蒂夫早早宣布，露出丝毫不带威胁的微笑，“你是露西·赖尔登，出生于1988年4月12日，现在在火炬剧场工作。以上完全属实，对吧？”

露西的后背变得僵硬。我们对他们并未告知的个人信息了如指掌，没有人会高兴，但她表现得比其他人更不高兴。“是，我是个技术经理。”

“你和爱斯琳·默里斯是朋友。很亲近的朋友。”

“我们从小就认识。发生了什么事？”

我说：“爱斯琳死了。”

我不是非要这么直接。在她打开门之后，我就希望看到她对此消息的第一反应。

她盯着我。她脸上表情复杂，相互冲突，我无法读懂任何一种。她屏住了气息。

我毫无恶意地继续说："很抱歉让你这一天以这样的方式开始。"

露西伸手拿桌上的那包白色万宝路，抽出一根，没有向任何人征求许可。连她的手也显得很有活力：强壮的手腕、短短的指甲、刮伤和老茧。火苗蹿起摇曳着，然后她稳住火苗，用力吸了口烟。

她问："怎么死的？"

她低下头，浅金色的发丝遮住了脸。我说："我们还没有确切的答案，但我们认为她的死亡有疑点。"

"也就是说，是有人杀了她，对吗？"

"看起来是如此。"

"该死。"露西低声说——我很确定她没有意识到自己说了这句话，"啊，该死。啊，该死。"

斯蒂夫说："你为什么断定我们来这里找你，是因为爱斯琳？"

露西抬起头，她没有哭，姑且算个好消息，但她脸色惨白；眼睛好像看不清东西，或者看上去好像快忍不住要吐了。她说："什么？"

"在门口时，你说：'是因为爱斯琳吗？'你为什么会这么想？"

那支烟颤了颤。露西盯着它，手指微微动了动，把烟捏得更紧。"我不知道，我只是觉得是这样。

"再想想。肯定有原因。"

"我不记得了，只是突然有了这么个想法。"

我们等着。墙上的管道发出呜呜声和呻吟声。楼上似乎有人正在因为热水什么的大喊大叫，还有人在地板上飞奔，让明信片窗帘也跟着颤动起来。露西的沙发旁边，放着一个荷马·辛普森[①]的充气玩具，手里拿着根瑞兹拉卷烟，前额上还贴着"奶油公主杯"几个字。昨晚过得应该不错。下次再看到这个玩具，露西会把它塞到垃圾箱底。

又是漫长的一分钟，露西的脊背终于恢复了常态。她没有哭，或者呕吐，至少现在没有。她还有其他事情要做。我很确定，她准备对我们撒谎了。

---

① 美剧《辛普森一家》的人物之一。

她敲了敲烟灰，避开了烟灰缸里满满的烟蒂。她小心翼翼地拿捏着自己的语气，说道："爱斯琳刚刚开始跟这个叫罗里的人约会。昨天晚上她在给他做晚饭。这是他第一次去她家，以前他们只在公共场合约过会。所以说当你告诉我你是警察时，我唯一能想到的就是这个：那边出了什么事。我是说，我想不到还有什么原因，会让你们到这里来找我谈话。"

胡说八道。我随便就能想出半打被警察找谈话的理由——找错人了、邻居的噪声投诉、外面街头有斗殴而我们在寻找目击证人、邻居家的家庭纠纷，我可以继续列下去——露西也一定可以做到。所以她一定在撒谎。

"好吧，"我说，"关于那件事，昨天晚上，你和爱斯琳围绕她的晚餐约会发短信聊了不少。"露西努力回忆着自己都说了些什么，警惕性随之提高了。"你告诉爱斯琳，"我假装看了眼我的笔记本，"'小心点'，你为什么那么说？"

"像我刚才说的,刚认识那人没多久,而她就准备把人家约到自己家里去。"

斯蒂夫露出困惑的表情。"这有点多疑了，不是吗？"

露西的眉毛扬起，盯着斯蒂夫看，仿佛他是自己的敌人。"你这么觉得？我又没让她在自己的胸罩里藏把枪。我只是有些介意她把陌生人领回家里。这是多疑吗？"

"我觉得很有道理。"我说，露西感激地转到我这边来，放松下来，停止反击，"我也会这样提醒我朋友。你见过罗里吗？"

"见过。他俩第一次见面的时候我就在场。我在工作中认识了一个叫拉尔的人，他出了本书，讲的是都柏林剧院的历史。发布会就是在罗里开的书店里办的。任我行书店，在拉内拉格吧？火炬这边的人都去了，我还叫上了爱斯琳，因为我觉得她需要晚上出来透口气。"

她提供的信息，比我要求的还多。这是书里面最古老的小伎俩—— 一个唱红脸，一个唱白脸，让你的搭档先把证人惹毛，她就会给你提供额外信息。我跟斯蒂夫经常实践这个技术，不过通常角色都是颠倒过来的。这么长时间以来，我终于享受到做好警察的愉快，我让斯蒂夫做好笔记。"然后爱斯琳和罗里就搭上话了。"我说。

“激动人心。拉尔读了点书里的内容，正忙着给新书签名，我们其他人都去闲逛，喝免费供应的酒水，爱斯琳和罗里就聊上了。他们基本上是一起消失在角落里——没有接吻或者干别的，只是聊聊天，开开玩笑。我想罗里本来准备整晚都这么聊下去，不过爱斯琳有个规矩，不能跟男人聊太久——”

露西停了下来，眨了眨眼，仿佛有一层滤镜——上帝不许我们把可怜的、甜美的小爱想得很坏——不过我知道她刚刚说的“规矩”是什么。“以免让那个男人觉得她喜欢他。”我说着，点点头，仿佛那真讲得通。

“是啊，没错。我不知道，最后倒成了坏事。”露西扭了扭肩膀，撇了撇嘴，但是满含柔情，而非充满嫌恶，“所以大概一个小时以后，小爱过来找我，非常兴奋：‘哦，老天啊，他太温柔太搞笑太有趣太可爱了，刚才说了那么多……’她说她已经把自己的电话号码给他了，所以现在得跟别的人谈话，于是就一直缠着我和我的同事们。但那天晚上剩下的时间，她一直在追问：‘他看过来了吗？他在做什么呢？他有没有在看我？’而答案总是肯定的，他们已经为彼此着迷了。”

“拉尔姓什么？”我说，“他的新书是什么时候发售的？”

“拉尔·弗兰纳里——全名是劳伦斯·弗兰纳里。大概是在12月初，我不记得具体日期了。在周日晚上，所以剧院的人都能到场。”

“后来你还见到过罗里吗？”

“没有，只见过那一次。爱斯琳也没见过他几回。她节奏总是慢得很。”露西猛地吸了口烟，长长的一口。我们刚刚和她试图隐瞒的内容擦肩而过。我们保持沉默，但这一次她什么也没有说。她只是问：“你们……我的意思是，你们是不是觉得罗里就是那个……”

这个问题本身足够自然，但她的声音突然拔得很高，夹杂着我无法捕捉的信息。而且在她的刘海之下，她眼睛的细微动作太快，也太刻意。这意味着她在这个案子里的角色更重要，超出了她理应有的，或者还隐瞒了更要紧的内容。

斯蒂夫说：“你觉得呢？你猜是不是他？”

“我没什么好猜的。你们是警探。他是你们的主要嫌疑人吗？或者你们还有别的称呼？”

“罗里身上有什么值得你注意的特别之处吗？”我问，“让他看上去是那种需要人提防的人？”

露西又因为问题打了个寒战，但她这次了解得更清楚：聪明、能干、反应迅速——不过无论她在隐瞒什么，我们都能幸运地找出来。她又抽了一口烟。“不，没什么。他似乎是个不错的家伙。有点无聊——不管怎么说，我是这么觉得——不过小爱显然看到了我没发现的品质，所以……”

“她有没有说过一些表明她被他吓到过的话？给她压力？试图控制她？”

露西摇了摇头。“没有。完全没有。从来没有那种事情。她一直在说他有多可爱，她在他身边有多放松，还有她有多迫不及待想见到他。你们是不是觉得——”

我说：“那我就直说了，露西。如果是这样的话，你这种对爱斯琳的担心就是没有理由的。给她发信息要她小心，是，没错，我能明白。但一看见我们就知道我们是为她而来，这又该怎么解释？你还告诉我罗里看起来很不错，完全没有威胁？不。当我们出现时，你本该想是不是有人正在楼下进行毒品交易，或者昨晚有人在外面被人捅了，或者你的某个亲人遇到了劫匪，或者被车撞了。你不可能直接想到爱斯琳。除非关于她，你还有什么事情没有告诉我们。”

露西的烟抽到头了。她把它捻进烟灰缸，动作缓慢，但不是有意拖延。她正在做决定。光线透过窗户洒满房间，残忍地照在她身上，她那不落俗套的美丽此时已经不见踪影，只留下眼袋，还有苍白的脸上睫毛膏的污迹。

她说：“我可以去喝杯水吗？我的头快痛死了。”

“没问题，”我说，“我们不赶时间。”

她背对着我们，慢慢地打开了厨房里的水龙头；她用手捧着水，把脸埋在水里，停了一会儿，然后伴随着肩头的起伏，又做了一次同样的动作。她回来的时候，一手拿了一只一品脱[①]的水杯，用另一只手的手腕把脸擦了擦，看起来精神了不少。等坐下后，她说：“好吧，我想小爱在和罗里交往的同时，也在和别的什么人约会。”

---

① 约合 568.26 毫升。

露西的眼睛又闪了一下，是为了测试我们的反应，太过刻意。我和斯蒂夫并没有看对方，但是思想就和目光一样，同样可以吻合。斯蒂夫在想：我知道，我知道这里一定暗藏玄机。而我在想：真该死，我今天又跑不成步了。

斯蒂夫说："他叫什么名字？"

"我不知道，她从没提起过。"

"连叫什么都不知道吗？"

露西用力摇了摇头，刘海都垂了下来。她又把它整理好。"不，实际上她从没说过还在跟别的人交往。这只是我自己的一种感觉。我并不知道什么特别的事情。好吧？"

"好吧，"我说，"这很公平，那你为什么会有这种感觉呢？"

"只是一些事情。比如在爱斯琳遇到罗里前的几个月，如果我问她要不要出去喝一杯，她说不，不能，但不会跟我做什么解释——而她现在通常会说'不，我得上普拉提课'，或者其他什么。或者她一开始会说好，然后在约会前几分钟会发短信：情况有变，我们可以约明天吗？主要是她很少跟我出去了，而且她还没少在头发上下功夫，还有指甲——总是打扮得体。而当某人越来越难约，而且还花心思维护形象……"露西耸耸肩，"大多数情况下都是她有了新欢。"

爱斯琳取消了她跟罗里在餐厅的约会，并且就在约会前的几个小时。我以为她是为了证明谁是主导者。

我又感受到了那种微弱的颤动，就像斯蒂夫在爱斯琳的厨房里展示她的炉子给我看时那样。一种像是饥饿的颤动，像是一支舞曲的旋律；一种美妙的、远在地平线以外的牵引感。我也能感受到它也在斯蒂夫的血液里涌动。

他说："这种情况持续多久了？"

露西在她那只因遇冷而凝了雾的玻璃杯上来回画，留下密密麻麻的线条，然后开始思索，思索着实际的答案，或是她想告诉我们的内容。"大概五六个月吧，差不多就是从夏天快过去的时候开始的。"

"知道他们是怎么认识的吗？工作？酒吧？爱好？"

"毫无头绪。"

“除你以外，爱斯琳还有什么朋友？”

露西耸耸肩。“她偶尔会跟同事喝喝酒。她没有多少朋友。”

“爱好呢？她有什么爱好吗？”

“没什么特别爱好的事情。最近几年她报了一大堆晚课：偶尔学学萨尔萨舞，然后是一些形象和造型之类的课，还学了点西班牙语……去年夏天我觉得她在学做饭。她喜欢和人打交道，但从来不会特别提及某个人。她从来不会如此频繁地提到某个人，从没像最近这样。”

爱斯琳·默里斯听上去越来越可笑了。我说：“我已经告诉过你了，露西，我觉得这件事情很奇怪。你和小爱，从小到大都是最好的朋友，可在你面前，她却对自己的新男友只字不提？”

她抬起眼，带着警惕。“我说过我们是从小到大的朋友，但我没说我们是最好的朋友。”

“不是吗？那你们是什么关系？”

“朋友关系。上学的时候我们经常结伴闲逛，长大以后还是保持着联系，但我们没到‘心有灵犀’的程度，像瓦肯人①那样。”

斯蒂夫脸上涌起了担忧和嗔怪的表情，倒显得有点可爱。他说：“你知道我们是怎么知道你名字的吗？爱斯琳在手机上，把你设置成了紧急联系人。一个人只会把那个她觉得会在乎自己的人当成紧急联系人。”

露西猛地把头移开，不看那嗔怪的眉头。“她妈妈几年前去世了，爸爸没在身边，她还是个独生女，你说她还能设谁？”

又是谎言。出于某些原因，她希望把这段友谊说成沾在鞋子上、甩不掉的烂菜叶。可是当她谈论起爱斯琳那愚蠢的“规矩”时闪现的那层暖意，却证明事实并非如此。我说：“你还是爱斯琳发信息、打电话最频繁的那个人。像你说的，她并没有多少伙伴。她把你看成她最亲密的朋友，对吧？那么她知道你其实并不这么认为吗？”

---

① 科幻电视剧《星际迷航》中的一种外星人。他们拥有一种特殊的能力，可以通过心电感应，使两个人心灵相通，互相分享对方的意识。

“我们是朋友，我已经说过了。我只是说，我们并不是那种连体婴儿似的小姐妹。我们并不会对对方生活里的一切都了如指掌，好吧？”

“那么有谁对爱斯琳的一切生活了如指掌呢？如果不是你，那么谁是她最好的朋友呢？”

“照你的说法，她没有什么最好的朋友。有些人就是如此。”

她的声音越发紧绷。我清楚：她现在已经被逼到了悬崖边，不过我们还不想跟她撕破脸。“无论如何，”我说，“我要是准备去见什么人，也会跟朋友说一声，即便她们不是我最要好的朋友。你也是吧？”

露西吞了一大口水，恢复了常态。“是的，当然。但爱斯琳没有。”

“你说她很热切地跟你谈罗里的事情，跟你讲他有多好。那她有没有跟你讲过她之前的男朋友？或者介绍你们认识过？”

“介绍过。我是说，几年前，她也跟其他人约会过，不过没错，我见过那人。”

“她想谈谈他，看看你对他有什么看法，就这样，对吧？”

“对。”

“但这次没有。”

“对，这次没有。”

斯蒂夫问：“你对另外一个男人有什么想法？”

露西用水杯蹭了蹭膝盖上的紫色颜料，还有手指甲刮了刮。“我觉得那人结婚了。你不这么觉得吗？”

她看着我。我说：“没错，我一开始想到的也是这个。你问过她吗？”

“我不想知道。对我而言，已婚男人是个绝对的禁区，小爱也知道这一点。所以我们谁都不想谈这件事情，这种谈话到最后只会变成争吵。”

“不过那就意味着，对她来说，跟已婚男人约会其实也还好。对她来说倒不是禁区。”

紫色颜料弄掉了。露西把它弄到了自己的指尖上。“这让她听上去像个勾引男人的专职小三。她不是那样的人，完全不是。她只是……只是真的不确定。很多事都是这样。可以这么说吗？”她快速瞥了我一眼。我点了点头。她的脸看上去比我们刚进门的时候老了一点，眼角下拉、嘴角下撇，这场谈话让她身心俱疲。“而且要是其他人表现得完全笃定，那么她就会想也许对方是对的。所以对吧，看到她在跟已婚的男人交往我不意外。并不是因为她觉得那样是对的，或者她不在乎，而是因为那个人让她确信，这么做也不坏。”

“明白了。”我说。我很高兴爱斯琳是被害人，露西是证人，而不是反过来。从这一点上，我已经得到了一些关于爱斯琳生活的错综复杂的信息。

“当爱斯琳跟罗里能谈得来，你一定很满意，”斯蒂夫说，“单身好男人，不会给你们制造紧张情绪，也不会给爱斯琳带来麻烦。对吧？”

“是。”但在答话之前，她有非常短暂的迟疑。又是一个擦肩而过，露西又有一些东西没有告诉我们。

我说：“那你觉得在跟罗里约会之前，她是不是已经不再跟其他人约会了呢？还是你猜她会继续跟两个人同时交往？”

“我怎么知道？像我说过——”

“她还是不跟你说自己的社交安排吗？她还是会临时取消跟你见面？”

“我想是的。没错，是这样。”

我说：“所以这就是你担心爱斯琳的原因？”

露西还在清理颜料的污迹，手肘放在大腿上，低着头。“任何人都会担心。我是说，脚踩两只船，其中一个还是已婚男人……这不会有什么好结果。而且小爱……她真的很天真，很多方面都如此。她不会想到这个情况可能会导致意外发生。我只是想让她意识到这一点。”

这似乎合理多了，但还是不够合理。“你说罗里并没有让你感到什么威胁，”我说，“那另外那个人呢？”

“我对他一无所知，又怎么能感受到威胁呢？我已经说过，我真的不喜欢这种状况。”

她越来越紧张，手肘已经压进了大腿里。无论我们怎样迂回，她就是不肯接近这个话题。我对自己的发挥并不满意。露西不傻，她应该知道现在不是计较一些细枝末节的时候。我说：“现在还是没法解释，为什么我们一来到你家门口，你就直接想到是爱斯琳出事了。你想再试试吗？”

我说话的声音，让她手肘对大腿的按压更加用力。“还能是因为什么呢？

也许我过着无聊的生活，我认识的大多数朋友都不会做什么让警察来敲我家门的事情。”

我越来越讨厌她的胡说八道。“没错。”我说。我斜了一下身子，猛地推了一下烟灰缸，让它朝露西滑过去，扬起了一点味道陈腐的烟灰，飘散在光线当中。“像我说的：再试一次。”

露西抬起头看我，露出一副前所未有的表情，充满了警惕。

斯蒂夫把重心朝我移了移。我知道这动作的含义：快收手。

我想用手肘打穿他的肋骨，可事实上，他是对的。我必须和露西融洽相处，可我现在显然正在背道而驰。于是我更加温柔地说：“我们并不打算对此做什么，我们只对爱斯琳感兴趣。”

警惕的表情渐渐退去，不过没有完全消失。斯蒂夫现在重回好警察的位置——他最满意的地方，说道：“告诉我们一些关于她的事吧，你们是怎么认识的？”

露西又点了一支烟。我爱尼古丁。它能够在事情变得麻烦的时候，让证人重新回到舒适区，可以避免让被害人的亲朋好友伤心欲绝；它意味着我们可以让嫌疑人尽可能坐立不安，然后在我们希望他冷静下来时让他瞬间冷静。不吸烟的人总要麻烦两倍，你需要找到其他方式去调节他们的情绪。如果我可以决定，每个卷入谋杀案中的人一天都要抽上一包烟。她说：“我们在上中学时认识的，那时我们十二岁。”

“你们来自同一个地方，对吧？是什么地方？”

“格雷斯通斯。”

就在都柏林外围，一座小城，但也足够大，可以让露西和爱斯琳自愿选择彼此，一同四处闲逛，而不是因为别无选择成了朋友。斯蒂夫问：“那时的爱斯琳是什么样的呢？如果让你选一个词来描述她，你会选什么词呢？”

露西开始回忆。那种温情又一次出现在她的脸上。“害羞，真的害羞，我是说，那并不是她身上最重要的特质，也不突出，可在过去，这一点几乎掩盖了其他一切。”

“有什么特别的理由吗？还是她生来如此？”

“一部分是因为她生性如此。但我觉得很大程度上是因为她的母亲。”

“是吗？她是个什么样的人？”这就是我为什么说，斯蒂夫很擅长对付证人。他侧身靠在沙发上的方式、歪头的动作、声音里的暗示——就连我都觉得，他真的很感兴趣。

“她遇到了麻烦，”露西说，“是默里斯夫人，不是小爱。像是，真真正正的麻烦。她本应该接受治疗，或是按疗程吃药，或者两者都需要。”

斯蒂夫点了点头。“是哪方面的问题？”

“小爱说在我们认识之前，她原本很正常。但是到了小爱差不多十岁的时候，她父亲离开了她们。”现在我们已经撇开不谈谋杀、谎言，或者其他她试图隐藏的东西，露西现在本应放松下来了才对。但她的手指还是紧紧捏着她的烟，脚依旧紧绷着放在漂染的地毯上，仿佛随时准备从我们跟前逃走。“她们并不知道确切的原因，他并没有说。只是……一去不回了。”

“而这让默里斯夫人的脑子出了问题。”

“她一直也没有从中恢复过来。她的状况越来越差，根本无法挽回。小爱说她感到很羞愧，她觉得这是她的错。”连带着香烟一起，她的嘴又颤了颤，但这一次并不带着温暖。“那个年代，你明白吗？在某种程度上都是女人的错。而你如果不知道该怎样办，就只能更加努力地祈祷。所以小爱的母亲几乎跟外界断绝了来往。跟所有人都不再有联系。她还是会去商店，去做弥撒，但仅此而已。所以当我们认识的时候，小爱已经有两年时间，大部分时光都是在自家的房子里度过，只有她、她的妈妈，还有一台电视机——她只是个孩子。我从没想过去她家里玩，因为她妈妈让我感到非常害怕——你可以听到她在卧室里面哭，或者你进到厨房里，看到她只是站在那儿，盯着一把勺子，炉子上有什么东西正冒着烟。她们家的窗帘一直是拉上的，以免有人透过窗子看到她，并且，我不知道，对她产生一些不好的想法……而爱斯琳不得不住在那里。”

斯蒂夫按下了启动按钮。露西语速变快。她并没有停下来的意思，除非我们让她停下，或者她自己说到崩溃。“还有一些小事，比如自从她妈妈不再出门，她们家也没有多少积蓄，小爱的衣服穿得乱七八糟——她从来没有过我们学校里其他人穿的那些衣服，她穿的都是慈善商店里面的垃圾货，过时了好几年，而且还不合身。我曾经借给她衣服穿，但我们的衣服尺码不同——这也是爱斯琳没有安全感的另外一个原因：她始终——倒不是胖，只是有一点超重。我妈妈有时会给她买衣服，但我们家有四个孩子，所以她不能经常这么做，你明白吧？这听起来好像不是什么大事，但在你十二岁的时候，人人都知道你父亲离家出走，母亲精神失常，你最不希望发生的事情就是看上去像个怪胎。”

这是斯蒂夫喜欢、但我会小心提防的事情。他觉得如此一来，我们就可以对被害人有更加深入的了解。而我则把这些当成滤网。我已经知道，露西有至少一个我们还未掌握的疑点。在露西这里，爱斯琳是任由她摆布的，她可以让爱斯琳做任何她想让她做的事。

我说：“这听起来很坦诚，露西，而且我很抱歉听到这些事。但我还是不知道你们两个是如何成为朋友的。我试图去猜想这里面的原因，可是我没办法从你讲的这个完整故事里抽出这一部分的线索。你们是如何成为朋友的呢？”

“我猜到你会问这个。”露西浅笑一下，不是冲我，而是朝她正在看着的不知道什么东西。“我们有一些共同之处。我在学校也不开心。我倒没被抛弃或是怎样，但我总爱做木工活，摆弄电路，所以浑蛋女老师对我的评价不好，还叫我‘玻璃’[①]。而大家对于这种事情都很喜欢凑热闹。这倒不是最折磨人的事，但学校大多数人都是浑蛋。但小爱，她觉得我很好——因为我也一样，因为某件事情被所有人侮辱。她觉得我很不可思议，就像是某种女英雄，仅仅因为我叫那些蠢丫头滚蛋，而且我还会违背她们的意愿，做那些我想做，而她们不想让我做的事情。小爱觉得那是最酷的事情。”

微笑被某种痛苦打断了。她把烟从唇上取下，免得它掉落。“而且没错，一开始我经常跟她在一起，也是因为我喜欢她觉得我不可思议的感觉，但到后来，就是因为我喜欢她了。人们会觉得她蠢，那是因为，我告诉过你们，她是怎样摇摆不定——这让她看上去好像不太靠谱。她一点也不蠢。实际上，她看事情真的很透彻。”

斯蒂夫一直在点头，一副完全投入的样子。我同样很感兴趣，但没有像他

---

① 为女同性恋的别称，后文“蕾丝边”同。

那样。露西想让我们了解爱斯琳，或者至少是了解她对爱斯琳的看法，并且对此很执着。有时我们会遇到这样的情况：亲朋好友总会把一个圣洁的清白无辜的形象推到我们面前，于是我们完全不会觉得被害人有一丁点的错。但通常情况下，他们这么做，恰恰是因为觉得被害人自己也有不对的地方。爱斯琳跟已婚男人约会这件事也许足够促使露西这样做，或者她还有更多的理由。

“而且她还可以让糟糕的事情也变得有意思。我经常跟班里的那些蠢货爆粗口，到后来我会异常愤怒，肾上腺素飙升，说一些像‘你们谁再来找事，我就打爆她的脸’这样的话，而小爱就会开始咯咯地笑，我就会问她：‘笑什么？这不是有意思的事！’而且准备朝她开火。但她会接着说：‘你太棒了，就像一只狂躁的小猫，赶跑了一只可怕又脏兮兮的鬣狗。’然后她就会模仿我上蹿下跳的样子，像是要去打我头上的什么东西。她会说：‘我觉得她一定会落荒而逃，她会躲在墙角，等你扑上去咬她脚踝的时候，她就会尖叫着找妈妈，而大家都会围在旁边，高喊你的名字……’而我也突然跟着大笑起来，这些事情也就跟着变得没什么大不了。我不会再觉得它们有什么大不了。”

露西笑了，可笑声听上去却拖长了音，仿佛因痛苦的重力作用而被拉扯得变了形。“那是小爱，她能让事情变好。也许这是因为她也需要这样去对待她的母亲，让她们两个人的日子都能好过一些；我不知道。但即便她没法让自己的事情变好，她也会让别人好过一些。”

求你了，我不知道还有什么地方可以去——露西描述的那个女人还只有十二岁：胖乎乎的，没有安全感，穿着谁穿都不合身、显然也不适合她的衣服。死者则完全不一样了。我说：“不过她过得也好了一些。长成了她现在的样子，有了自己的时尚品位，还有了自信，对吗？”

露西摁灭烟头，拿起玻璃杯，但并没有喝。此时我们已回到了现实，谨慎也就跟着溜了回来。

她说：“她本来早该如此。直到我们毕业，她仍待在家里——她觉得自己不能离开母亲，而且尽管我觉得她的想法很不明智，我也能理解：如果爱斯琳不在家里，她母亲也许不出几周就会自杀。所以直到几年以前，每天晚上爱斯琳仍然会回家，就像我们小时候一样。这让她……”她在手里转动玻璃杯，看着光线在水面的运动路径。“这让她一直长不大。她有一份工作，但从我们离开学校，她就一直在做那一份工作——在一家面向企业的卫生纸和洗手皂公司做接待员，原本还可以，但那并不是她想做的工作。她也不知道自己想要什么，她根本没有机会去思考这个问题。我为她感到害怕，你知道吗？我可以看到我们三十岁、四十岁的样子，而爱斯琳一直就做着她偶然碰上的一份工作，从单位到家，两点一线照顾她妈，而她的整个生活就……”露西突然咬住自己的指甲，透过一片惨白的阳光，举起另一只手，“没了。而她也明白。她只是不知道，自己能做些什么。”

“所以发生什么变故了呢？”斯蒂夫说。

“默里斯夫人死了。三年前的事。这件事听上去很悲伤，可对爱斯琳来说，这却是最好的消息。”

“她是怎么死的？”

“你是说，她真的自杀了吗？”露西摇摇头，“不，她得了脑动脉瘤，小爱下班回家，发现她不行了。小爱一时没法接受，整个人都垮掉了，但过了一段时间，她开始从中走出来，而且……这就像是她人生的真正开始。她卖掉了房子，在斯托尼巴特尔给自己买了一栋小屋。她减掉了不少体重，染了头发，买了新衣服，开始出门……”她突然露齿一笑，“甚至去真正时髦的地方。我是说，她本来是个需要我拖着才会进肮脏的剧院酒吧，喝上一品脱的女孩，而现在，她想去一些超豪华的俱乐部，那些她在报纸社会专栏里读到过的地方。而当我说那些保镖不会让我们进门的时候，她就会说：‘我会帮你的，你穿着我的衣服，这样我们就没问题啦！’”

笑容绽开来。“而我们确实是那样做的。那不是我喜欢的地方—— 一群蠢蛋贴着名牌，争着看谁能叫得最大声——但只是去看小爱也是完全值得的。她玩得很开心。跳舞，跟某个蠢蛋调情，然后拒绝他……她就像个孩子，终于走进了游乐场。”

笑容消失了。露西深吸一口气，然后慢慢释放，发出咝咝声，努力让自己保持镇静。

“她刚刚有机会弄明白自己究竟想要什么。刚刚开始有足够的信心认识到自己可以决定自己的人生。刚刚开始——”

她刚刚有，她刚刚想，她可以。露西已经开始用过去时态来描述爱斯琳了。她渐渐感受到悲痛，从现在开始她随时会崩溃。

“她准备辞掉工作。因为没有花掉自己薪水的机会，所以她攒了一大笔钱。她准备休息一两年，决定接下来究竟要做什么。她正——”又是一次深呼吸，“她正准备讨论一下旅行计划，她还没有去过爱尔兰以外的地方——准备去上大学……她为此很激动。她就像昏迷了整整十五年，刚刚苏醒过来一样，无法相信太阳竟然如此耀眼。她……”

露西的声音断断续续。她低下了头，又开始抠另外一处色块，恶狠狠地，仿佛要剜进腿里。无论她在跟我们玩什么游戏，这游戏都让她耗尽了全部气力。

她把头埋进两膝当中，说：“怎么就……不管是谁干的。他对她做了什么？”

我说：“出于办案需要，我们无法告诉你更多细节。我们可以告诉你的是，她并没有受苦。”

露西张开嘴，说了些什么，但是没有发出声音。泪水落到裤子上，洇成深色。

得体的做法是离开，在悲伤第一次袭来，让她遍体鳞伤之前，给她一个私人空间。可我们都没有起身。而她坚持了差不多一分钟，才开始哭泣。

我们递给她纸巾，给她的玻璃杯接好水，询问是否有什么人可以过来陪着她，在她努力地说出只想一个人待着的时候同情地点着头，并且仍然坐着没动。等到她可以再次开口说话时，我们让她列出爱斯琳的前男友的名单——总共有三个，还包括她十七岁那年夏天的一段短暂恋情，交往了两个月的乔治。这个女孩确实不一般，那场新书发布会上到场的每一个人，她都记得。我们还询问了——只是例行公事，画画钩，每个人都要问到——露西昨天晚上在哪里。她在火炬剧院：六点半到剧场，在有其他人在场的情况下做各种事情，一直到演出结束，时间是十点刚过，然后和一些人一起去了酒吧，在凌晨一点左右，跟灯光师和两个演员一起回到家里，直到凌晨四点左右。我们——也就是助手们——会核实她讲的事情，但我们不会发现什么漏洞。

我正准备拿出正式证件时，斯蒂夫说：“这是我们的名片。”然后瞥了我一眼。我找出了自己的名片，一句话也没说。“无论何时你准备好做正式的笔录，都可以给我们中的任何一个人打电话。”

露西收下了名片，其实没有意识到已经接过去了。我说：“同时，请不要对记者说任何事情。务必记住。即便你觉得自己说的并不是什么重要的事，也都有可能对调查进程造成致命的破坏。好吗？”鬼鬼祟祟的克劳利还在我脑海里纠缠我。如果有人拿他来对付我，那个人一定可以得到露西的信息。

露西点点头，用手背擦了擦眼睛——她刚刚把纸巾用光了。这没什么用，她仍然泪流不止。

她说，声音因为哭泣而变得厚重：“不管是谁干的……他就像是杀死了一个小孩子：她刚刚才有机会开始自己的一生。而他却夺走了她的生命。你能相信吗？你们什么时候查案啊？”

我说：“不必担心。我们会尽一切努力，把那个家伙绳之以法。”

露西放弃了，任由泪水顺着下颌流下。她看上去很糟糕，眼睛哭肿了半闭着，脸上还有一块紫色的污迹。“是的，我知道。只是……你能记在心上吗？”

“好的，”我说，“我们会的。而作为交换，我希望你能继续想一想，还有什么没有告诉我们。任何其他事情。好吗？”

露西点头，无论她在肯定什么。她没有看我们当中的任何一个。我们就这样让她两眼空空，被昨晚的一地碎屑所包围。

我们出来的时候，已经日上三竿了。此时的拉斯迈因斯是嘈杂的：学生们在寻找解除宿醉痛苦的办法；情侣们在卿卿我我，确保全世界都知道他们有多相爱；人们在勉强与家人共度时光。只消看上一眼，我们就被卷进了上午时光的旋涡中，身体突然意识到自己已经运转了整整一夜，于是关掉了发动机，任由慵懒倦怠填满身体。

“咖啡，”斯蒂夫说，“老天，我需要咖啡。”

“真没用。”

“我？你要是闭上眼睛，肯定会睡着的。试试看，我保证。”

“滚蛋。”

“咖啡。还有吃的。”

我讨厌在工作时因为吃东西而浪费时间。时间紧迫的时候我可以吃营养药片，一天两次。但此时我和斯蒂夫都需要食物，大量的食物。“该你去买了，”我说，“找一个卖升装咖啡的咖啡店。”

斯蒂夫立刻就办到了：跳过闪闪发亮的“奶茶与甜甜圈”咖啡店，找到了一家最小的、最脏的角落店铺，搞来了一大堆超浓咖啡和早餐卷，早餐卷里面塞了足够的香肠、鸡蛋和火腿，确保我们可以撑过这一天剩下的大部分时间。我们带着这些补给品去了路旁的一个小公园；在里面吃东西很冷，空气中有一丝阴惨惨的气息，好像随时有可能在我们脖子后面撒下冰雹。但离开了车子，就至少意味着不再能有人用无线电骚扰我们，而且我们也需要聊一聊，聊一些不适合在咖啡馆里进行的话题。

公园乍看起来还是很惹人喜爱的，波纹锻铁长椅、修剪整齐的树篱，还有正等待春天到来的花圃。不过再看它一眼：树篱上面缠着用过的避孕套、蓝色的塑料袋挂在栏杆上，里面还有东西突出来，不知道是什么，我不喜欢这种样子。这里是属于夜晚的。在白天，这里人满为患，不过天气还是会让人不轻易出门。一个穿着乐购制服的家伙正在长椅上坐着，抽着烟，每抽一口还要把头转一圈，仿佛在戒备是否有人在偷窥他。一个小孩正一脸严肃地踩着儿童平衡车，在附近绕来绕去，而他妈妈则在摇一台吱吱作响的婴儿车，同时冲着电话大声嚷嚷。那孩子戴了顶恐龙帽子，仿佛脑袋被吃掉了。

我们找到一张闻起来最近应该没有尿液光顾过的长椅。我竖起大衣领子，一口灌下去半杯咖啡。“你是对的。找露西聊聊确实很有收获。”

“我想是的。不过，这事还像是罗里·法伦——”

我白了斯蒂夫一眼。“就是他。几乎确凿无疑，就是他。”

斯蒂夫晃了晃脑袋，不置可否。他在自己的大衣胸前铺开了一张餐巾纸——这些都是油得会让人得心脏病的三明治，斯蒂夫对自己工作时的着装总是一丝不苟。“也许吧，不过不管怎样，剩下的那些还是值得去了解一下。”

我已经感觉好多了：咖啡迅速把我的眼皮撑开，就像动画片里演的那样。“至少我们知道了为什么爱斯琳的家看上去像是‘上班女郎芭比之家’，而她本人又像是‘梦幻女孩芭比’。她对自己的生活毫无想法，所以只能照着杂志里看到的样子去生活。”

斯蒂夫说：“一些人喜欢那样。她很容易受到伤害。真的很容易。”

“不是吧。罗里可能是个十足的精神变态，危险系数堪比恐怖分子。而只要他穿上合适品牌的衣服，献点殷勤帮她穿上大衣，她还是会在第三次约会时邀请他回家吃晚餐。按照你的假设来看，只能这样。”

“露西不傻，”斯蒂夫指出，“如果罗里有那么危险，她应该能发现。”

“说到这里，”我说，早餐卷是好东西，厚度适当的火腿片、油脂和蛋黄满溢出来，我几乎能感受到自己的能量在不断恢复，“你怎么看露西？”

“聪明，慌张。”斯蒂夫终于弄好了自己的围嘴。他把咖啡杯放在长椅上，然后开始剥三明治的包装。“她还有事情瞒着我们。”

“她可没少瞒。这好像没什么道理。那些‘老朋友，但不是最好的朋友’之类乱七八糟的台词就不用去考虑了。她在乎爱斯琳，非常在乎。所以她在搞什么鬼？她不想让那家伙被抓住吗？”

“你觉得关于爱斯琳跟那个已婚男人交往的事情，露西知道得其实更多，只是没告诉我们？”

“我觉得关于那个已婚男人的存在，我们掌握的只是露西的一面之词。”我们把声音压低，乐购男和婴儿车妈妈看上去并没有察觉到我们的存在，但你永远也不知道真相究竟如何。“你注意到没有，她非常非常小心，就是不给我们任何有漏洞的信息。没有名字，没有描述，没有日期，也没有他们在哪里遇到的地点。什么都没有。”

斯蒂夫在腿上打开了自己的早餐卷，小心地涂上棕色的酱汁。“你说这个人可能是她当场编出来的？但是，为什么呢？”

我说：“她太关心罗里是不是我们的主要嫌疑人了。这并不只是因为她想知道究竟是谁对她的朋友下了毒手。她想知道我们是不是在盯着罗里、对他格外注意。”

“没错。”斯蒂夫把最后一口酱汁挤进嘴里，然后把包装纸扔进长椅旁边的垃圾桶。“不过我想不出，她到底希望我们格外关照罗里，还是不希望那样。

她直截了当地把罗里的名字告诉了我们,告诉我们昨天晚上他跟爱斯琳有约会,可是在那之后……"

"没错。告诉我们他的名字和约会并不是什么大问题:她已经猜到我们已经掌握了这些情况,或者早晚会知道。而在那之后,她说的全都是这个人有多好,从他身上她从来感受不到任何威胁,爱斯琳和他在一起有多幸福。那也许是真的;她可能希望我们把注意力从他身上移开,因为她真心觉得他不可能是凶手,不想我们浪费时间,还让真正的凶手逍遥法外。但我想知道的是,她对罗里是否真的像她说的那样,毫无感觉。"

斯蒂夫扬了扬眉毛。"'那人有点无聊,但小爱显然看到了我没发现的品质……'"

"是的,这也是我们从露西那里得到的一面之词。据我们所知,她是和爱斯琳一起认识罗里的。她实际上在偷偷和那个人交往。"

"我们只能说:她是在乎爱斯琳的,很在乎。"

"而且出于某些原因,她并不想承认这一点。可能是内疚。"我又喝了一些咖啡,"就像她自己说的,三角恋会走入歧途。"

"她有不在场证明。"斯蒂夫指出。

"是的,还有她的震惊,也是真实的。露西不是我们要找的人,但她的不在场证明决定了她无法替罗里做证。所以如果她想帮他摆脱困境,无论原因是什么,她能做的唯一一件事就是说出另外一个神秘的男人,转移我们的视线。"

斯蒂夫边吃边思考。"我们会对露西和罗里进行交叉检查,电话号码、脸书账户、电子邮件,看他们之间是否有联系。而且即便没有发现他们之间有联系,露西也有可能喜欢他。"

"没错。"恐龙小孩靠近我们,正努力在他的小车上保持平衡,盯着我们的早餐卷。我面露凶相,直到把他吓退。"而且我们要尽快搜查爱斯琳的资料,看是否有另一个男人存在的证据。如果确实有这么个人,那这里面也很有可能还有其他隐情。看她的信息、电话,还有邮件。"

斯蒂夫检查他的早餐卷,然后在一个角下了嘴。"好吧,"他说,"也许吧。"

“什么‘也许’？我们不聊这些有的没的了，不聊了。如果他没有留下痕迹，就证明他并不存在。”

“告诉你我是怎么想的吧，”斯蒂夫说，“现在还只是个想法。但我很好奇：如果爱斯琳的另一个男人是个罪犯呢？比如一个黑帮歹徒？”

煎蛋快流到我的鼻子上了。“老天，莫兰，你这得有多绝望，能想出这么个有意思的推论。真可惜白佬巴尔杰[①]让他们给抓住了，不然你也可以告诉自己这个案子是他干的。”

“好吧，好吧，好吧，就是想想嘛。这就能解释为什么露西不想让我们盯着罗里，因为她确定是另外那个人干的，所以不想让我们白费功夫。这也能解释，为什么我们一到她家，她就会想到爱斯琳出事了。这还能解释她昨晚为什么提醒爱斯琳小心一点：如果爱斯琳脚踏两只船的一方是个黑帮歹徒，那么要是请其他男人来家里吃饭，她绝对得加倍小心了。”

我一直张着嘴巴，听他高谈阔论。乐观小先生说得没错，这种解释还真挺说得通。

“老天。”我说。冲击贯穿全身，把我从长椅上震了起来。别提咖啡了；当你方法得当，这份工作就会让那些怪胎愿意舍命追求的快感得到满足。“而且这就解释了为什么露西决意要隐瞒这个人。她想让我们找到他，但她最不愿意看到的，就是与这个黑帮歹徒对质法庭，让他亲眼看着自己是如何出卖他的。所以她才抛出了这样一些线索，让我们追查下去，但她处心积虑地表示自己不知道那个人的名字，不知道关于他的任何事，甚至无法肯定他的存在，还说她和爱斯琳实际上并没有那么亲近。干得不错，小斯。这想法说得通。”

“不光长得漂亮。”他嘴里含着早餐卷对我说，还给我竖了大拇指。咽下嘴里的东西之后，他继续说：“而且如果是个黑帮歹徒，他可能会注意不留下

---

① 原名詹姆斯·约瑟夫·巴尔杰，是位于波士顿的爱尔兰裔美国犯罪组织“冬日山岗”帮的头目，FBI 十大要犯第二名。FBI 花费了近二十年的时间捉拿他，曾悬赏一百万美元。但是由于巴尔杰隐藏行踪和使用假身份，一直逍遥法外。2011 年 6 月 22 日，逃亡十七年之久的詹姆斯·巴尔杰在美国洛杉矶县圣塔莫妮卡市落网。

痕迹。没有信息，没有电话记录，什么都没有。”

“尤其如果他是个已婚的黑帮歹徒的话。他们中的一半人都会娶同伙的姐妹，或者表姐表妹之类的，劈腿的人可能会被剜掉膝盖。”我现在已经恢复精力了，一切正常。要是案子有进展，头儿可要坐不住了。这可和小情人吵架大相径庭。“老天，就是这么回事。”

“这还解释了斯托尼巴特尔警察局的电话。大多数平民，如果想叫救护车，会直接打 999——”

“但黑帮歹徒或同伙知道 999 求救电话是会被录音的。他们不想自己的声音留在录音带上，被我们识别——尤其是他可能是我们的熟人。所以他转而给当地警察局打了电话。”

“没错，”斯蒂夫说，“不过，只有一个问题。你觉得爱斯琳是那种会跟黑帮歹徒约会的类型吗？像她那么乖巧的女孩？”

“见鬼，当然。她就是那种类型。她的生活无聊至极，光想想她那种生活，我就想拿锤子砸自己的脸来找点乐子。你知道她的书架上都有些什么书吗？一大堆关于爱尔兰犯罪的书，包括一本关于帮派团伙的大部头。”

斯蒂夫爆发出一阵大笑。“这么看还真是，说不定她还确实是这种类型。”

“我想她只是想寻求间接的刺激感，但她有可能在通过看书，了解她新男友的职业——或许读那本书只是为了追求刺激，但后来她自己碰上真的了。而且露西也说：爱斯琳并不是道德感很强的那种人，甚至缺少基本常识，这本来就无法阻止她跟一个黑帮歹徒纠缠不清。”我在努力控制自己的声音。现在为时还早，我们只有一大堆自己想出来的假设和可能，这些想法随时可能失效。“如果某个不怀好意的家伙在酒吧里跟她搭讪呢？只要他长相说得过去，穿着也得体，她就会兴奋起来。这就会让她开心死。”

“不过，他们那些人大多数穿得倒都不怎么得体，”斯蒂夫指出，“黑帮的喽啰，他们都穿得不像样，长得也不像样。”

“所以我们就可以缩小范围。然后，过了几个月，刺激感消失了，爱斯琳开始觉得她的‘令人兴奋先生’基本上只是个浑蛋。然后她就开始跟‘友好先生’罗里约会去了。她甩了浑蛋先生——或者她没有勇气真这么做，所以只能跟罗里偷偷约会。总之，浑蛋先生感到很不爽。”

斯蒂夫说：“你觉得露西知道他的名字？”

“如果他有个可以被人知道的名字的话。”

“你觉得是有的？”

“也许只知道名字，或者绰号。但她不会告诉我们。如果的确有这么个人，我们就要自己把他找出来。”

“我不认识什么团伙犯罪组的专家，你呢？”

“还好，算有吧。”有个小家伙在我面前蹦来蹦去，我再也坐不住了。我吞下最后一口早餐卷，把包装纸揉成球，越过斯蒂夫把它扔进垃圾箱。“暂时不必担心。目前我们只需要跟罗里·法伦来一次亲切而友好的谈话。而根据这场谈话的结果，我们就可以决定是否有必要去追查另外这条线索。同时——”

有什么东西闯入了我的余光当中，我迅速转过头，只看到了乐购男正急匆匆地回去卸货，卸货用的甲板已经修好了。他有些畏缩，试图瞪我一眼，但当我伸手指他时，他又决心埋头走路了。我办案子时经常会这样，在奥凯利那里叫一惊一乍，而在我这里则是高度警觉。不只有我这样，许多侦探都会如此。这是一种动物本能：当你追踪一个顶级捕食者时，即使你不是他的猎物，而且你们对峙时他有可能会吓得屁滚尿流，你的警觉度还是会飙升，并且一直停留在一个极高的水平。我最近一直无法从这种高度警觉的状态中走出来，即便不工作的时候也紧张兮兮的。

我说：“同时，我支持我们说出全部的想法。”

“跟布雷斯林说。”

“跟谁说无所谓。”如果我们不能取得成功，就会成为组里的笑柄：两个白痴在他们老掉牙的情侣纠纷事件当中进展神速，势如破竹。“这还只是种假设，在我们找到可靠的证据之前，跟他们说也没什么意义。目前，其他人需要知道的是，露西告知的关于爱斯琳的背景，说罗里似乎是个不错的人，仅此而已。”

“我看行。”斯蒂夫说，话接得有点快。

“别扯了，”我清醒地说，“这就是你想让她远离这个案子的原因吧，你这个狡猾的小杂种。”

“像我说的，”斯蒂夫咧嘴一笑，揉着他的餐巾纸，“不光长得漂亮。”

恐龙小孩在平衡车上摔了下来，于是坐在小路上，努力发出令人信服的哀号。我们小心地避开他，朝大门走去。我打电话给助手们，让他们把罗里·法伦带回来，这时我用余光看到那只蓝色塑料袋，意识到那个突起物是什么：一只死猫。光滑的毛皮贴在颅骨上，嘴唇往后缩，尖尖的牙齿大剌剌地露在外面，仿佛发出了一声怒吼，最后被冻住了。

03

办公室的氛围已经活跃起来了。打印机在运转，某人的电话响个不停。百叶窗开着，将稀薄的阳光拽进屋里来。整个房间里散发着五六种不同午餐的气味，混合着茶、沐浴露、汗水的味道，大家都热情洋溢，各忙各的。奥戈尔曼背靠着椅子，脚放在桌子上，把薯片往嘴里扔，大声跟金说着某个比赛的事。金一边读着一份笔录，在奥戈尔曼停下来喘口气的时候，还一边应一声“是啊”。温特斯和希利正在为某个证人而争吵，希利觉得应该吓唬吓唬他，而温特斯觉得那纯粹是在浪费时间。奎格利正在一个文件柜前忙活，胖乎乎的脸上一脸烦躁，每关上一个抽屉都要弄出格外大的动静。在文件柜旁边，麦卡恩在他的桌前蜷成一团，翻着文件，每次抽屉关上时砰的一声都要把他吓一跳——看上去他宿醉很厉害，不过只要看一下他那万年眼袋和胡楂，就知道他大部分时候都是那副德行。奥尼尔把电话压在一只耳朵上，手指插在另一只耳朵里。在我和斯蒂夫办公桌的旁边，两个不得不给我们当助手的家伙，局促不安地靠在他们随便能找到的东西上面，努力显得不拘束，不挡别人的路，并且对罗奇讲的一个无聊故事报以笑声，希望能被这位警官大人垂青，好让他下次需要的时候，可以找他们打些杂。

布雷斯林不在，不过他的大衣还搭在椅背上。他也许是去整理专案室了，在自顾自发着牢骚，抱怨自己竟然会被像我这样的人使唤。我并不担心：布雷斯林已经在这行做了太久，他不会生无谓之气。

当我和斯蒂夫进来时，一些人抬头瞥了我们一眼，然后又继续埋头做手头的事情。没人打招呼，我们也没有。我们径直朝座位和那些助手走去。在办公室的时候，我总是大步走路，快速有力，如果有人在我身前伸出一只脚使绊，就可以克服本能不会打趔趄。目前还没有人那么做，不过只是早晚的事。

“嘿。”我对助手们说，他们直起身子，换上一副警惕的表情。他们年纪和我们相仿：一个天天泡健身房的小伙子，发际线已经岌岌可危；一个金发胖子，正在努力对付一颗扣子，但徒劳无功。“我是康韦，这位是莫兰。有什么要向我们汇报的吗？”

“斯坦顿。”健身小子说，做作地敬了个礼。

“迪齐，”胖子说，“是的，几分钟前，我们把你们要的罗里·法伦带回来了。”

“可怜的浑蛋。”罗奇在角落里发出声音，那里散发着须后水的刺鼻气味，还有键盘黏糊糊的气味。作为一个没脖子的大块头，罗奇勃起的唯一方法就是把别人打得直流眼泪，但他不傻，他很清楚什么时候该克制这种本能，什么时候又可以发泄一下，而且这个方法百试不爽。“我可以让他先走，同时切掉他的蛋蛋，给他省些时间和麻烦。”

“破案率比你高并不是我的错，罗奇，”我告诉他，“那只是因为你是个智障，学着接受现实吧。”

助手们似乎吓了一跳，还努力掩饰。罗奇瞪了我一眼，仿佛可以用眼神朝我开枪，但我并没有理睬。“法伦的情况如何？”我问，把包放在了椅子上。

“二十九岁，在拉内拉格有一家书店。”胖子说，“住在店铺楼上。”

“有室友吗？”

“没有，他自己住。”

这可不是什么好事：一个室友不仅是绝佳的证人，还是打电话报警天经地义的候选人。斯蒂夫问：“你们找到他的时候都发生了些什么？我们需要一切细节。”

他们对视了一眼，摇了摇头。“没多少事情。”健身小子说，“十点左右他打开了前门，穿着睡衣。没有多余的动作。我们带他走的时候，他换好了衣服，但是没穿鞋，说明他一开始并没有出门的打算。”

“他吃过早饭了，”胖子说，“根据气味判断，吃的是咖啡配火腿煎蛋。”

斯蒂夫和我对视了一眼。一个把女朋友一拳打死的家伙，回了家，舒舒服服地换上睡衣，惬意地睡了个好觉，一觉醒来还吃了份火腿煎蛋。这倒不是没可能发生，法伦可能已经迷迷糊糊地进入了无意识的状态，他可能是个心理变态者，也有可能是在建立抵抗机制。或者还有其他可能。

房间里很热，是那种使人焦躁的干热，我的脖子甚至感受到了刺痛。我脱掉外套。“你们和他说了什么？”

“按照您的吩咐，”胖子说，“什么都没说，只告诉他我们觉得他或许掌握了某些信息，对我们正在进行的一项调查会有帮助，然后问他是否介意过来跟我们聊聊。”

“然后他就说好？没有辩解，也没有问问题？”

他们两个摇了摇头。“随和的家伙。”健身小子说。

“好吧。”我说。对大多数人来说，如果被要求去警察局接受问话，至少也应该问些问题，然后才会抛下自己一天的计划，乖乖跟你走。所以这个法伦，要么就是个天生好说话的人，要么就真的是个热心市民，没什么好藏着掖着的。

“一路上他说过什么吗？”斯蒂夫问。

“一上车，他就想知道到底是什么事。”胖子说。这也很有意思，显然罗里也许知道是什么事，但他觉得我们无法证明他知道这件事，这也就意味着在我们离开后的几分钟里，露西没直接给他打电话。这跟“露西与罗里”的推论有点矛盾。“我说我们也不知道具体的细节，是警探想要他来协助调查。然后他就没再说话了。”

“我们很友好，”健身小子接着说，“我们给他上了杯茶，告诉他他能来配合，我们感激不尽，要是没有像他这样有责任感的市民，我们肯定什么都办不成，说了一堆这样的话。我们觉得你肯定希望他能放松下来。”

“不错，”斯蒂夫说，“你们把他安排在哪儿了？”

“最里面的审讯室。”

“他是那种单独关几分钟，就在想着要离开的人吗？”

他们两个都笑了。“不，”健身小子说，“像我说的：很随和。”

“他应该是个好人，”胖子说，“后来才变坏的。”

“谢谢，”我说，“我们会用到他的联系人名单，你们能帮忙做一下吗？我对他亲近的男性朋友、兄弟、父亲、亲近的表兄弟格外感兴趣。有人给我们报了案，如果不是法伦，我们需要知道是谁打的电话。”健身小子记着笔记，并且确保我注意到了这一点。我说：“专案室现在应该已经准备就绪了。案情会议安排在四点，如果有变化，我再通知你们。”

助手们轻快地走开了，仔细迈着步伐，确保看起来机警而不慌张。我记得那种步伐，我记得自己专门练习过。在为了某起谋杀案去制作联系人名单、复印报表的路上，我也是这样的步伐，我期待着自己有朝一日可以进重案组，并且永远不会被扫地出门。有一瞬间，很奇怪，我有点为斯坦顿和迪齐感到难过，直到我意识到，如果他们真的进了小组，会干得不错。

斯蒂夫打开电脑，点击着鼠标。我说：“你为什么要先晾着法伦？”

“只等了一分钟，”斯蒂夫开始敲键盘，“他就回了家，上床睡觉，一觉醒来还给自己做了份火腿煎蛋？不管你怎么看，对一个诚实守法的优秀市民来说，即便他只是想让自己看上去清白无辜，这都显得太冷酷了。我想先在咱们的系统里查一查他，看看有没有什么意外收获。”

“也查查爱斯琳。我想知道我是怎么记得这个人的。”我打开我的语音信箱，用下巴把手机夹住，开始整理昨晚乱七八糟的案情记录——在昨晚那几个浑蛋的拘留时间结束之前，我们需要给检察官提交一份材料。麦卡恩正对着他的电话嘀嘀咕咕，显然是因为工作的事情被老婆骂（“我知道，今晚我一定会回家——是的，我记得预订了座位。当然我会——”），而罗奇则在用嘴巴模拟抽鞭子的声音。

我还有一条语音留言，是来自布雷斯林的——我开始期待我们可以不必见面就能合作办完这个案子。“嘿，康韦，嘿。”还是温柔如水，就好像有好莱坞的人在听这个电话，但是语气里带着一丝不快：我和斯蒂夫已经是会使坏的小警探了。“看上去我们在联络沟通方面出了点问题。我要回总部了。专案室的事情就交给我，你尽快给我回电话。一会儿聊。”我删掉了这条信息。

“罗里・法伦不在我们的系统里。”斯蒂夫说。

“一点信息也没有？”

“一点信息也没有。”

“老天。”我说。不在我们系统里的人，肯定比你想的要稀有。即便是一张超速罚单，都会让你榜上有名。所以从官方的角度看，罗里这辈子都还没干过什么捣蛋的事。“这倒不意味着他昨晚之前一直是个守法良民，只能说明他从来没被抓到过。”

“我知道，我只是把结果告诉你。”

“查爱斯琳了吗？”

“正在查，等一会儿……”

我拨通了布雷斯林的语音信箱，给他留了条信息，让他十分钟后在观察室和我们见面。斯蒂夫说：“没有，她也什么都没有。这两个人的事情，看来够你忙活的了。”

“看起来两个人倒是很般配，”我说，“可惜了，没成功。”我草草翻完最后一个证人的笔录，停了下来。

最后一页不见了。没有那一页——带签名的一页——整个文件就毫无价值。

我无法证明我不是在从审讯室回来的路上弄丢的。我甚至有可能把它遗失在外面——已经很晚了，我又累又气，急着想把这个班上完，交给下一个人。我可以找一找：像个白痴一样来回转悠，满怀希望地去看桌子下面，还有几个垃圾桶里面，同时满屋子的废柴都躲在他们的显示器后面，忍住他们狒狒一般的笑声，等着看谁会先笑出声。或者我可以大发雷霆，嚷嚷着要把那个偷了我文件的人吊死，这可能也是某人期待看到的场面。再或者我可以闭嘴，去找我那些蠢货证人，再花上几个小时，让他们再次相信跟警察聊聊没事，把他的证词再次挖出来，一个字一个字地，重新来一遍。

“嘿，”斯蒂夫说，“这里有些线索。”

过了几秒钟，我才想起他说的是什么——我怒不可遏，气得想啃掉桌子。斯蒂夫抬起头来看我。“你还好吧？”

“没事，你找到了什么？系统里有爱斯琳？”

“不是她，不。可能什么都不是，但是这里出现了她的地址。在去年 10 月 24 日凌晨一点，她住在 24 号的邻居给斯托尼巴特尔警察局打了电话。这位邻居说他出门站在院子里，准备抽根烟然后上床睡觉，结果看见有人从爱斯琳家的后墙翻了过去，出了她家院子，进了巷子。这个描述有些含糊，虽然巷子尽头有一盏路灯，但这个邻居只看到了闯入者的身影一闪而过，还是个背影。男的，中等身材，穿着深色外套。邻居说从这个人爬墙的样子来看，可能是个中年人。他觉得那人有一头浅色头发，不过也可能是路灯灯光反射的缘故。斯托尼巴特尔那边派了几个人过去看了看，但他早已不见踪影。没有入室抢劫的迹象，所以他们推断应该是这位邻居在嫌疑人准备动手之前惊动了他。他们在安保方面给爱斯琳提供了一些建议，然后就结了这个案子。”

“哈。”我说。我还是不知道之前在哪里遇到过爱斯琳，不过这事也足够有趣，让我可以暂时忘掉不知去向的那页文件。“里面说了她对这件事情有什么反应吗？害怕，担忧？去露西家过夜了？”

“没有，上面只写了‘居民家中装有防盗报警器和防盗锁，不过建议考虑采用带监视器的防盗系统，并且养一条狗’。”

“她并没有采用上述任何一条建议。”罗奇想偷听，我朝他竖了一根中指，压低了声音，“作为一个独居的女人，爱斯琳对这次入室事件的反应可是够冷静了。她听起来像是那种很勇敢的人吗？”

斯蒂夫说：“她听起来倒像是那种知道没有什么好害怕的人。”

我说：“因为那根本就不是个强盗，而是那位秘密男友。你会看到的，说不定真的有这么个人。”兴奋感再一次在我体内翻涌，我把它压了下去。“不过即使真有这么个人，也不意味着罗里·法伦就是清白的，也许他发现了爱斯琳脚踏两只船，而且不喜欢这样。我们去问问他吧。”

“等一下，我还想再查点东西。”斯蒂夫又埋头到他的电脑前。

我胡乱把剩下的笔录塞进抽屉，上了锁。如果不是奥凯利今天上午搞突然袭击，这些文件本来就应该待在那儿。我把钥匙放进我的裤子口袋，然后匆匆浏览了一遍笔记本，对小组办公室有了新的理解。

没有人在明目张胆地看着我发脾气，意味着他们要偷偷这么干。奎格利已经找到了他的档案，正一边读着文件，一边掏着耳朵，似乎没有预料到别人会看他，但谁知道呢？奎格利是个卑鄙小人，奥戈尔曼是只蠢猩猩，而罗奇在这两方面都出类拔萃：他们中的任何一个人，或者说他们所有人，都会因为把我的工作搞砸而幸灾乐祸。麦卡恩看上去总是很难受，好像他只要分心多想点别的，就会很痛苦。奥尼尔似乎还算正常，不过我不能排除任何人的可能性。

这都不要紧。他们和我都知道，重点并不在于究竟是谁在搞鬼——每次都是不同的人来完成这个任务。重点在于，无论是谁，我根本没有办法。

“等等，”斯蒂夫压低声音说，“这还有点别的东西。”

这次我记住了，要回话。“是吗？什么？”

“我想咱们需要找出爱斯琳是不是在团伙犯罪组中有记录，对吧？所以我查了一下，有没有人也曾在这个系统里查过她。”我不自觉地站起身，把脑袋伸过去，想要看斯蒂夫的显示器一眼，但他迅速冲我摇了摇手，给了我一个警告的眼神。“待着别动。而且好吧，很显然：去年 9 月 17 日，有人在系统上查过她。”

我们对视了一眼。

我说：“至少有十几个叫爱斯琳·默里斯的人吧？”

“爱斯琳·格温德琳·默里斯？她们都生于 1988 年 3 月 6 日？”

我的心跳加速了。“我不想这件事跟团伙犯罪组扯上关系，现在还不想。我有一个朋友——”

斯蒂夫说，声音小到我几乎听不见：“检索的账号是‘重案组’。”

我们再次对视了一眼。我能感到自己的脸上挂着和斯蒂夫一样的表情：谨慎，想要弄清楚究竟需要多谨慎。

“如果是谋杀案，”我说，“那不管是谁都不应该对于共享信息有什么疑问吧？”

斯蒂夫的脸一沉，露出警告的表情。他张嘴告诉我这样做为什么不好，而且他说得没错——最明智的办法就是保守这个秘密，在暗中默默调查这种事。

但那页丢失的审讯笔录还是让我很闹心，我一直缄口不言，在组里小心翼翼，我已经受够了。我转动转椅，面对整间办公室，在头顶打起了响指。“嘿！大家这里！”我尽可能让语调响亮亲切，“大家把脸转过来！”窃窃私语都消失了。“爱斯琳·格温德琳·默里斯，生于1988年3月6日，有谁去年9月到系统上查过这个人吗？”

大家都一脸茫然。有几个人摇了摇头。其他人则完全没有理会，继续做手头的事。

我把椅子转了回去，重新面对斯蒂夫。

他说：“也许是某个没当班的人查的，或者……”他摇了摇头，表示不置可否。

“或者就算我要渴死了，也不会有人肯撒泡尿给我喝。我知道。”我讨厌斯蒂夫变得圆滑的样子，“或者就是因为个人事务查的，偷偷摸摸干的。”

这种事情经常发生。你不喜欢你女儿带回家的小男朋友的样貌，或者觉得那对来看你准备出租的公寓的年轻夫妇不像好人——你把他们的名字输进电脑，看看会有什么发现。我们全都干过——我妈妈不满意她的新邻居，而那个人最后被证明确实是个瘾君子，不过至少不是个毒贩，而且反正他几周以后就搬走了，相信我——而且任何在这上面查到令人愤怒的信息的人，都会查出更多，但实际上，这是违法的。如果某人的表哥准备雇爱斯琳，或者是某人的父母想要让邻家的漂亮女孩帮他们留意自己家的备用钥匙，只需要三十秒，他们就可以通过电脑得到一个结果。这无伤大雅，没有理由让其他人知道。可既然她是谋杀案的被害人，那么任何一个非法检索过她信息的人，可能就免不了要让头儿臭骂一通，至少还会丢掉几天假期。难怪没有人愿意举手回答我的问题。

斯蒂夫低声说：“也可能有人确实是私下查的，但并不是因为个人事务。那可能就跟团伙犯罪吻合了。团伙犯罪组有个人想要查查她，还不想让他们自己人知道，不管原因是什么，只好找了个咱们重案组的朋友……”

我很难找到一种完全无害的方式查明这件事。办公室里形势微妙复杂：角落扭曲变形，阴影幢幢。我说：“而且这个朋友一定会守口如瓶。”

斯蒂夫说，声音甚至压得更低：“我认识一个在网络犯罪组的家伙。他应该能查出来那次查询请求来自哪台电脑。”

“哪台电脑。不是谁用的电脑。要是我们用个人账号登录，而不是这种垃圾办公室集体账号……”

“无论如何，你都想让我找到这个人？”

“不，”我说，“现在还不想。”每个人都继续他们的谈话或者案头工作，甚至没有人多看我们一眼。尽管如此，我还是后悔没有闭上嘴巴。

观察室又小又破。里面有一张黏糊糊的桌子，一把歪到一边的椅子，一台饮水机，通常都是空的。房间里没有窗户，通风口多年来都是摆设。如果这是间审讯室，初级律师会抱怨它侵犯了委托人的呼吸权，这里的条件一定会很快得到改善。但既然没有人关心我们的呼吸情况，通风口就只能继续一塌糊涂。这个地方闻起来有汗味、经年累月溅出来的咖啡味、须后水味——用这个牌子的须后水的人，在我和斯蒂夫受训的时候应该已经退休了。还有香烟的味道，那一定是警局颁布禁烟条令以前的事。冬天这里要更糟一些，加热器会让这里的气息完全释放。

布雷斯林还没到。我把大衣扔在椅背上——我可不想把它留在办公室里，等回去以后还要查清谁用它擦过自己的老二——然后走过去看了罗里·法伦一眼。斯蒂夫来到我身边，贴近单向玻璃，我们的呼吸在上面留下了雾气。

法伦看上去不到二十九岁。他个子有点矮，大约五英尺八英寸[①]，而且很瘦小。我一只手应该就能把他击倒，不过需要有好拳法，即便是个懦夫，只要勤加练习也可以办到。他蓬松的棕色头发，为了重要约会刚刚修剪过。假玳瑁框架的眼镜有了些年头，塑料的纹理已经变得模糊。奶油色的老式衬衫整齐地塞到了褪色的牛仔裤里。友善而棱角分明的面部，让他看起来像位敏感而可爱的艺人，或者是一个懦夫，取决于你怎么看。他长得还不错，但并不是我以为爱斯琳会喜欢的那种类型，也不是露西会倾心的那种。我本来以为会看到一个大块头，穿着潮牌，为地产经纪人工作，总是喋喋不休地谈论橄榄球。罗里看

① 约合 172.7 厘米。

上去会觉得电子游戏的好玩之处在于探索地形、欣赏最优秀的图像，之后要打坏蛋的部分就比较粗野。

“赌十英镑，他会哭。”我说。我和斯蒂夫现在经常在家暴案上这么玩——拿工作中的事情出来赌钱显然很不好，但我努力借此安抚自己的创伤。有一半的嫌疑人一看到我们，就会立马泪如雨下，我真想狠狠踹他们一脚。我不得不忍住不语，免得去告诉他们表现得他妈的男人——或者女人—— 一点：把你的另一半打得稀巴烂的时候，你可是雄壮威武的，那种威风现在去哪儿了？要是我不得不忍受那种渣滓，我想我不妨从中赚点钱。

“啊，见鬼，”斯蒂夫说，“真希望我兜里还有十英镑，看看他那样子吧。”

“玩蛋去吧你。下次动作麻利点。”

我们看见法伦轻轻前后摇着脑袋，脚在椅子下乱动，坐立不安，在努力搞懂这间审讯室的状况。审讯室恰恰就是要设计得让你不明所以。地毯、桌子和椅子都是最简单的形式，根本没有什么特征。这并不只是为了节省预算——设计成这样，人无法从中获得任何信息，接着就开始胡思乱想。独自一人待在审讯室的时间足够长，这个地方就会从什么都不是变得不祥，最后成了纯粹的恐怖片。

他的黑色大衣整齐地叠放在椅背上，桌子上摆了一双有衬垫的灰色尼龙手套。罗里的手和他的手套摆出相同的造型，手掌向下，拇指微微触碰。从我这个距离看，他的手指关节是完好的：没有任何擦伤的痕迹。

斯蒂夫说：“看见他的手了？”

“这也不能让他洗清嫌疑。索菲说他有可能戴了手套，记得吧？”

“给她打个电话，看看他们最后找没找到指纹。”

我打给索菲，打开了免提，同时留神门口，以防布雷斯林突然进来。“索菲，嘿，是我，还有莫兰。”

“嘿。新情况：我们基本已经完成了对尸体和客厅的清理取证——”她的声音消失了一会儿，然后又回来了，“该死的记者招待会也在这儿开。等我一会儿。”一声摔门声，“嘿。”

“指纹上有收获吗？”

“我们运气不怎么样。”索菲的声音里夹着风声，她应该在街上，她把手扣在手机上，这样杂音就消失了，“我们在餐具、门把手、酒瓶、酒杯上发现了大量指纹，但刚刚我的助手们没加检验就断定，指纹都太小，不像男人的，而且目测都可以和被害人的指纹匹配上。”

“看来那个家伙确实戴了手套。”我说。斯蒂夫做了个鬼脸。

“我们会接着找，不过我猜确实是如此。也许是皮手套，或者是防水防风的，比较平滑的那种。在被害者脸上被打的部位，我们也没有找到任何纤维。如果他戴的是羊毛或者线织手套，我们就应该能找到的。纤维会粘在血液里。”

我对斯蒂夫说：“所以也许是厚手套。这么说他也不会把手弄伤，至少肉眼看不到。”

“这么说你们已经找到嫌疑人了，”索菲说，“而且他的手还是完好的。”

“是的。就是那个要来吃晚餐的家伙。”

“你们拿到他昨天晚上戴的手套了吗？因为要是那位杀手确实戴着手套，他的右手手套上就应该沾了被害人的血，即使清理了也会留下痕迹。”

“今天他戴了一副灰色尼龙手套，看上去很干净，不过我们会把它拿给你做个检查。要是可以拿到搜查证，我们会把从他家里找到的其他手套送到你那里。但是我敢打赌，这件事上我们也不会太走运，可能在昨晚回家的路上，他就已经把那副手套扔掉了。”我一直留意着法伦。他已经不再试图理解周围的环境了，只是静静地坐着，看着自己的双手，做着深呼吸，看上去像是在做冥想之类的事情。我轻轻拍了一下玻璃，打断了他的思绪。“在开始问他话之前，还有什么是我们要知道的吗？”

索菲喘了口粗气，听上去有点恼火。“没什么了。这糟糕的一早晨，我们做的基本上都是无用功。我们得到的唯一物证，就是被害人裙子上的三处黑色羊毛纤维：两处留在左胸口，一处在左下摆。它们跟被害人的任何衣物都不匹配。她显然没有黑色大衣，所以不大可能是在急匆匆披上大衣，出门去买东西的时候留下的。她可能做饭的时候会穿一件罩衫护着裙子，但我们检查过卧室后并没有发现黑色的罩衫或者羊毛衫。”她的声音始终低沉，爱斯琳的屋外似乎有什么人，也许只是孩子，也可能是记者，“所以我想这些纤维也许来自你们要找的人，是在他跟爱斯琳拥抱、打招呼、抓她，或者其他什么时候弄上去的。检查一下他有没有黑色羊毛大衣。”

“他现在身上就穿着一件。”我瞥了一眼斯蒂夫，后者耸了耸肩：每个都柏林男人都有一件黑色羊毛大衣，“我们会把他的大衣送到你那里。干得好，索菲。谢谢。”

“不客气。我要走了，有个记者朋友在警戒线边转悠想偷听。你想让我告诉他我们目前的主要嫌疑人是忍者刺客吗？”

“去吧，让他尽兴。回头聊。”

“等一下，”斯蒂夫说，把头凑到听筒附近，“哈喽，我是莫兰。你们能去查查卧室吗？还有浴室？”

“哇，这主意太棒了。你觉得我们刚才是怎么处理的呢？重新喷了遍漆？”

“我的意思是说，昨晚没被触碰到的地方，也许被害人最后一次跟某个男友约会的时候在那里待过。床头板上、床头柜里面、马桶圈下面，你们能给床垫做一个体液测试吗？”

“哈，”索菲说，“你在调查她的前任吗？”

“差不多吧，辛苦了。替我们跟记者先生问个好。”

“我会告诉他你们正准备以逃学罪拘捕他。我向上帝发誓，他大概只有十二岁，我年纪大了——”索菲挂断了。

法伦又在尝试进入冥想状态。布雷斯林要么是从零开始为我们修建专案室，要么就是在为我们跟他躲猫猫而报复我们。我拿出手机。“真及时！”我说，敲了敲手机，从斯蒂夫身边走开。

《信使报（下午版）》出来了。鬼鬼祟祟的克劳利已经开始动手了。

头版用大字写着：面对残忍凶案，警方一筹莫展。下面有两幅照片，一幅爱斯琳的近照，穿着一件橙色的紧身连衣裙，眼影闪闪发亮，面带笑容——似乎是在圣诞派对上拍的照片，克劳利从某人脸书上盗来的图。另一张是我的照片，从凶案现场的警戒线钻过，形象正是最佳：一对眼袋，头发乱七八糟，举着拳头，嘴巴还张着，正在咆哮着什么，罗威纳狗[1]看见，怕是也会乖乖坐好。

我下巴绷得很紧，生疼。我继续往下翻，满篇挑逗刺激、催泪煽情和耸人听闻的话——漂亮的年轻女人，正当最好的年华，她受到伤害的具体细节尚未公布；引用一位当地人的说法，关于爱斯琳在冬天路上结冰时如何替他去商店买东西；引用另一位当地人的说法，除非我们能做好工作，把这个贱人弄走，否则她在自己家里也不会感到安全；有一小段文字是专门用来讽刺的，关于“安托瓦妮特·康韦警探，她负责调查的去年九月发生在巴利芒的迈克尔·默南谋杀案，至今仍悬而未决”，显然是想说我没有能力，并且丝毫不关心工薪阶层被害人。侧边栏写着：家长们对于游乐场变态感到恐慌；还有对郡议会的大肆攻击，他们觉得郡议会应当对糟糕的天气有所作为；还有某个名人滔滔不绝地说着奎藜籽[2]功效如何好，她家小孩如何健康茁壮地成长。

“怎么了？”斯蒂夫说。

我努力张开嘴巴。“没事。”

“不，怎么了？”

我应该无法让他永远不看报纸，而且如果我隐瞒，可能会让他觉得我在为报纸上自己成了猎犬的照片生气，而实际上我他妈的一点都不介怀。“这里。”我说，把手机递给了他。

他挑了挑眉毛。“啊，老天。”过了一秒之后，“哇哦，老天。”

“别叫了。”我说。

一般来说，在从我们这里获得一切真相之前，媒体是不会公布被害人身份的——为被害人家属着想，有谁想在超市报摊上得知自己亲人的死讯呢？有时候出于某些原因，我们也需要在案发后的一两天内封锁消息。大多数时候，记者会透露足够的信息，让当地人不难猜出死者是谁——“三十岁的父亲，有两个孩子，在金融界工作”，或者诸如此类——那样就相当于公之于众了。媒体

---

① 身体强壮，动作迅猛，气势强悍，是世界上最具有勇气和力量的犬种之一。

② 原产于南美安第斯山脉的一种作物，因其富含蛋白质和纤维素而被当成健康食品，一度在欧美颇为风行。

也不会在经我们许可之前，就使用负责此案的警探的照片。这只是为了让我们不至于在十米外就暴露身份。我有充分的理由不让自己的照片见诸报端，但当一名警探的照片外泄时，那也往往是一张显得很职业、平易近人的得体照片；一张那样的照片会让证人真心愿意过来和我们聊聊，而如果是一张让我们看上去像是宿醉的狼獾的照片，恐怕就要另当别论了，它只会让我们的证人吓得躲起来。如果正规记者踩了红线，就要付出代价：你不会再有接近调查的机会，而且我们会让你的主编知道你干的蠢事。这个该死的克劳利实在过分。

在这之前，他还只是会稍微挪个脚趾擦线，虽然次数很多，但都是不值一提的事情，能让他过一把鲍勃·伍德沃德[①]的瘾，却不必惹上真正的麻烦。他从没像这次这样。克劳利不喜欢警察，因为他是个叛逆者，不会向某某“大佬”卑躬屈膝，不过他也是需要交房租的叛逆者，所以他还控制得住自己。这次的事情，要么是他在自己生命的末期，脑子里突然长了什么怪东西，要么是他打算自毁职业生涯，再或者，是有人指使他这么做的。这个人——和告诉他今早在那里能找到我的是同一个人——让他把这些照片登出来。这个人向他保证，这样做不会让他上黑名单。这个人许诺，会让他的努力得到回报。

斯蒂夫还在滚动屏幕，查看那篇文章。“这里并没有什么内部消息。”

这意味着我们无法顺藤摸瓜，找出这个人是谁。“我知道，但他一定跟内部的某个人聊过，毫无疑问。我会找出来是谁——”

斯蒂夫抬头看了我一眼。“我们可以用独家新闻跟克劳利做个交易。给他提供我们在这个案子上的每一步最新进展，只要他能告诉我们，他的内线是谁。”

“没用的。不管是谁找上了克劳利，他一定已经许诺了丰厚的回报。他不会有破坏原有同盟的打算。”我把我的电话拿回来，塞进口袋里，“你知道跟克劳利聊这个案子，谁最合适。”

斯蒂夫平静地说：“布雷斯林。”

---

① Bob Woodward，美国记者，曾因调查“水门事件”而声名鹊起，后来出版了多部以“白宫”为题材的畅销作品。

“没错。”

“布雷斯林喜欢展现好形象。这样做也是一种办法：让大家觉得我们把案子办得一塌糊涂，等着他出来力挽狂澜。”

我同样也压低了声音，说：“要么就是他想耍我一顿，博大家一笑，要么就是他正在跟克劳利做什么交易，需要扔给他一根骨头，而且我刚好就万分幸运地成了那根骨头。”

“也许，可能吧。”斯蒂夫看着门口，我也一样，“听着：我们不能跟布雷斯林撕破脸，要跟他保持和平，不论以哪种方式。”

“我一直都跟大家和平相处。这是我的天性。”

“说人话。”

“我会跟他和平相处。”我想踱来踱去，我把屁股靠在桌沿稳住自己，“我们可以在问话的时候利用他，让他随时了解里面那个人的最新动态——”我用下巴指了指单向玻璃，“除此之外，他不需要知道我们是怎么想的。”

斯蒂夫突然插了一句，语气严肃：“还记得当初我如何费劲想加入这个组吗？这可不是我当时以为会发生的事情。”

“我也一样。”我说，“相信我。”我试着回想了一下今天是从什么时候开始的，感到一阵头晕目眩。我突然极度渴望冷空气、震耳欲聋的音乐，以及跑上一次步。

偏偏这个时候，布雷斯林突然砰的一声推开门，我们两个都吓了一跳。他站在门口，双手插在裤袋里，上上下下地打量着我们。他嘴角弯曲，半是开心，半是冷酷，平衡得刚刚好。

“康韦警探，莫兰警探，”他说，“终于见面了。”

我本该觉得布雷斯林还不错，他不像办公室里的其他浑蛋那样为难过我，但我不喜欢他。第一眼看见布雷斯林，你总会有很深刻的印象。他四十多岁，身材保持得不错，肩膀宽阔，后背挺拔，丝毫不见啤酒肚，这让他不同于大多数爱尔兰男人。他个子比较高，眼珠颜色很浅，梳着金色的大背头，长相很不错——要是把眼睛眯起来看他，你会觉得他就像某个演员，我记不起那家伙的名字，只记得他经常演一些特立独行的角色。说来讽刺，布雷斯林刚好是这附近最不特立独行的人。他的嗓音也让他更添了几分成功人士的迷人，他光芒四射，所有人一看便知这个家伙不一般：他更聪明，更敏捷，更老到，更圆滑。

布雷斯林已经深深迷上这个自我形象，到办公室也以此自居，迷倒一大片人，我也被裹挟其中。斯蒂夫来重案组的第一周一直像个十二岁的孩子仰望着这位橄榄球队队长一般的人物，为他的一个微笑，或者是在肩膀上的一次轻拍而目眩神迷。我费了好大一番力气才忍住没骂这个可怜的家伙，因为我知道这种情况不会一直持续下去。我实际上可以把那个日子在日历上标出来。进重案组之后，有一段时间我特别希望布雷斯林能和麦卡恩吵上一架，这样我就可以和布雷斯林搭档，行驶在奔向荣光的快车道上。那种感觉消失了。

很确定的是，在斯蒂夫暗自崇拜的第三周，一个纪检组的家伙吞了自己的枪子。而布雷斯林——坐在办公室里，周围都是认识那个死去的家伙的人，跟他一起工作过、一起喝过酒的人——往后推开椅子，钢笔夹在指间，通过一番深刻而意义非凡的演说开导我们，如果那个家伙能戒掉烟，锻炼身体，花时间建立起工作中的真正友谊，那么他还可以继续跟我们在一起。办公室里聪明的家伙们继续埋头工作，而傻瓜们则在点头，为这位出现在他们面前的绝世天才而惊叹。可怜的斯蒂夫，则是一副刚刚得知圣诞老人不存在的模样。

一旦意识到布雷斯林是个白痴，你便开始计算他每天说出来的废话，注意到油亮的头发下藏着秃块，而且突然之间，你还会发现他不过才五英尺十英寸[①]，他的破案率也不过尔尔。你还会怀疑他是不是穿了塑形内衣。但这都不重要——他的光环对证人和嫌疑人依旧有效，趁着它还没消失，布雷斯林就可以继续混下去，但这种受骗的感觉让我很气愤，使我对他以及关于他的一切都看不顺眼。

“哈喽，”我说，“真可惜，我们没能在路上聊。手机信号很糟糕。”

布雷斯林并没有从门口挪开。“听起来你需要换个手机，康韦警探。但我们先不要管那些了，现在我们都到齐了。”

---

① 约合 177.8 厘米。

“我们到齐了，没错，”我说，“你看过现场了吗？”

“看过了，遍地都是的情侣纠纷。看看我们可以多快解决掉它吧，然后再回去做真正有价值的事，好吧？”

“就这么办，”在我还没张嘴之前，斯蒂夫轻松地说，“谢谢你加入我们，我们都很感激。”

“这没什么，”布雷斯林亲切地朝斯蒂夫点了点头，“我们在 C 专案室。”

C 专案室里有一块比我家厨房还大的白色书写板，足够的电脑和电话线，是专为大案、要案准备的，视野开阔，还能够欣赏到都柏林城堡花园的美景，还配备了放映幻灯片的装置，万一你需要放幻灯片。斯蒂夫和我只在当助手的日子才去过那里。“很棒。”我说。

“是最好。”布雷斯林走过去看罗里。“除此之外，我希望那个最好的朋友——她叫什么名字来着——给了你们不错的线索。”

“露西·赖尔登，”斯蒂夫说，“只有基本的背景信息。爱斯琳小时候过得不怎么样：父亲离家出走了，母亲有点精神崩溃，爱斯琳从小就得照顾她。这让她相当封闭——没有多少生活经验，也没有多少自信。她母亲去世几年以后，她才走出自己的世界，但她还是不够理智，并且相当天真。就是那种会忽略掉危险信号的人。”

“有什么危险信号吗？”

“露西并不知道。爱斯琳和罗里是在一次新书发布会上认识的，大概六七周之前。他们一见钟情，但爱斯琳装作爱搭不理的样子。罗里看上去是个不错的家伙，似乎对爱斯琳很好，露西从来没觉得他会有什么威胁。”

“好吧。”布雷斯林说着，一直在观察着罗里，后者正在桌子底下抖腿，“懦夫，对吧？他不像那种会拳打自己奶奶的人。没有冒犯的意思，露西·某某并没有理由确定某人究竟有没有威胁。那不是她的工作，而是我们的职责。还有别的吗？”

斯蒂夫摇了摇头。“就这些。”

布雷斯林扬了扬眉毛。“最好的朋友就只知道这些？其他男友呢？满腹委屈的前任呢？忌妒的女友们呢？工作上的敌人也没有？”

我们同时摇了摇头。“没有。”

“拜托，伙计们，闺密之间总要说些知心话——是这个词吧，康韦？我可没法想象我老婆跟她朋友喝着莎当妮酒谈论的是什么。被害人肯定跟你们这个露西讲过更有意思的事情。”

“按照露西的说法，她们并非那种非常亲近的关系。她们成为朋友只是因为从小就认识，而且爱斯琳还没有其他朋友。但她们之间其实没什么共同语言，也不太会互诉衷肠。”

布雷斯林想了想，身子斜靠在玻璃上，捏着下嘴唇。“你们觉得她什么都没有隐瞒？”

我和斯蒂夫茫然地对视了一眼。斯蒂夫摇了摇头。“没有。”

“露西不是白痴，”我说，“她知道她需要把自己知道的一切都告诉我们。我唯一的疑惑……”我故意让声音变小。“嗯，没什么。”

“嘿，积极发言嘛，康韦。别担心观点听起来会有多蠢，我们这里都是自己人。”

这家伙醉得不轻。“那好吧，”我说，“我想知道露西对罗里是不是有什么私心。她一直都在说这家伙有多好。我是说，也许他确实人不错，但如果我的朋友刚刚被杀，我至少会对她的新男友有点怀疑。”

“嘿，”布雷斯林说，“这个露西昨晚有不在场证明吗？”

“有。她在火炬剧场工作，晚上六点半开始上班，直到今天早上四点都一直有人在她身边。我们会核实，但就像我说的，她不傻，不会交代一些经不起调查的谎话。”

“那好吧。我们会查查她和我们眼前这位小伙子之间的联系，万一她真存在什么动机。不过除非他们真的有什么实质性的联系，不然我看不出她幻想中的好感会对我们有什么影响。你们觉得呢？”我和斯蒂夫摇了摇头，友善而谦逊。“不过这个头脑风暴很不错，还有其他事情吗？”

“就这些。”我说。

“好吧。”布雷斯林说。他差点叹出声，不过还是忍住了。“我想你们这次做的支线调查还是有一定价值的。背景信息绝不是真正意义上的浪费。

不过现在，我们行动起来，去处理一些棘手的事情。这对你们来说很不错，对吧？”

“听起来不错。”我说。确实不错：如果再在这里待上六十秒，我准会用膝盖把他撞得四分五裂。“我来主持审讯，你来支持我，布雷斯林警探。莫兰警探，你在这里继续观察，如果我要来点硬的，准备好换你上。”

斯蒂夫点了点头。布雷斯林拍了拍自己的袖口。“咱们开始吧。”他冲着单向玻璃说。

我说：“这只是一次初步的审讯，我并不期待他现在就认罪，我们可以等法医鉴定、尸检结果都出来以后，把这些确凿的证据摆在他面前。”等我和斯蒂夫私下挖得差不多，摸清状况之后。“现在我要做的，就是了解个大概情况，罗里是个什么样的人，他们的关系到底是怎样的，他怎么看爱斯琳，他在昨晚遇到了什么。我想知道他是否愿意谈论自己昨天晚上八点到今天早上五点之间做的事情。如果这个家伙没有自己打电话，而是让别人打的，那我们还要把这个人找出来。我想要他的手套和大衣——技术人员从尸体上得到了黑色的羊毛纤维，而且她们说我们要找的人戴了一副不会掉毛的手套，就像罗里今天戴的这种。所以如果我们能够说服他，把这些交给我们去做测试，省去我们为搜查证奔波的麻烦，那我就心满意足了。最完美的情况是，他可以让我们去他家里，找到其他大衣和手套拿走，但我今天还不想让他太紧张，所以如果今天不顺利，我们可以先放一放，去上头看看能不能批一张搜查证下来。可以吧？”

布雷斯林考虑了一下。“嗯……”他说，“可以，这确实是一种办法。另一种办法是尽快敲山震虎，吓一吓眼前这个浑蛋。我不是说我来接手这个案子有什么问题——这很好，我很乐意帮忙。我只是说我放下自己的案子来这里，问题是我究竟要花多少时间，来处理这件基本上没什么新意的家暴案。我想你们也是这么认为的，对吧？”

我的主要感受是，他应该闭嘴，去做头儿让他做的事情，但我捕捉到了斯蒂夫两眼瞪大、一脸慌张的表情。这让我很想笑，于是怒意全消。“是这样的，”我愉快地说，“那我们就这么做吧，我们慢慢来，按我之前说的那样。一旦我觉得我们可以加快进度了，我保证会下令。可以吧？”

布雷斯林看起来并不满意，但他马上耸了耸肩。“随你吧。虽然还有些问题，但是我们可以开始处理这个案子了吗？”当我站起身离开桌子时，他又说，“你可能会想要先把‘那个’处理好，警探，除非这是你狡猾计划的一部分。”

说“那个”的时候他指了指自己的嘴角。我擦了擦脸：一块蛋黄，显然从我吃完早餐卷就一直挂在我嘴边。“谢谢。”我说，部分是对布雷斯林，部分是对我的搭档火眼金睛先生。他冲我露出道歉的神情。

“老话说，第一印象很重要。要是准备好了，我们就进去大干一番吧。”

布雷斯林把门打开，扶着门，让我先出去。布雷斯林帮我开门，让我第一个走出观察室，这样我就无法在他身后与斯蒂夫说上最后一句话。不是说我们需要再用耳语交流什么重要的事情，不过好吧。走廊本应像家一样有亲和力，要有磨损的泥绿色油漆、旧地毯，以及其他的一切；我本应感觉像是踏在自己的领地上标记好的赛道上，径直安全地走向被妥善安排在审讯室里的敌人。可实际上，这是一段没有标记的道路，通往无人区，布满了会折断脚踝的泥坑和陷阱。

04

每个人都有自己的审讯风格。办公室里有个家伙能很好地扮演“告解神父”，一面强调对方的罪责，一面像引诱小狗一样承诺会宽恕。还有个家伙喜欢扮演“坏脾气的校长”，从眼镜后盯着对方看，不断咆哮出问题。我扮演的是“女战士”，她时刻准备拿着枪冲出来帮你伸冤，只要你告诉她你蒙受了什么冤屈；而面对强奸犯和野蛮人的时候，她则变身为“恨男刁蛮妞”；我也会扮成“酷女孩”，可以成为小伙子的朋友，请他们喝一杯，在男人不方便向其他男人倾诉的时候充当倾诉的对象。斯蒂夫往往是“邻家好男孩”，或者这一角色的其他形态。遇到女人时，布雷斯林会扮演“勇敢的绅士”，替她们拿大衣，低头倾听她们说的每一个词；在男人面前，他则是球队里的“老大哥”，是你最好的伙伴，但你最好在他面前好好表现，不然他就会把你的脑袋冲到厕所里。我们会根据目标的性质，推出一个我们认为最好的角色组合。

罗里不需要“女战士”上场，至少在我们看来是这样，而“恨男刁蛮妞”恐怕会把他吓得躲到桌子底下去。不过“酷女孩”大概会让他放松几分。似乎他跟“邻家好男孩”能聊得来，不过现在他没法上场。我只希望“老大哥”不会让他太紧张，或者把我气死，让整件事情彻底偏离轨道。

罗里让我白白损失了十英镑，我们的关系就是这样开场的：他并没有哭。当布雷斯林推门进来，他一蹦三尺高。不过当我作为“酷女孩”向他致以招牌式的点头和微笑时，他也露出了浅浅的笑容作为回应。“哈喽。”我说。我坐到了他的对面，掏出笔记本，“我是康韦警探，这位是布雷斯林警探。感谢你能来这里。”

“没什么。”罗里想知道我们到底想不想和他握手。我们不想。“我是罗里·法伦，是——”

“早啊，”布雷斯林说着，走到录像机那边，“你可以谈话吗？有没有不太舒服？我了解情况：像你这样的年轻人，周日早晨……”

“我很好。”罗里声音有些嘶哑，他清了清喉咙。

布雷斯林笑了，按下按钮。“真丢人。下个周末你可得加把劲。”

我朝桌子上他的半杯茶点了点头。“要我帮你加热一下吗？或者来杯咖啡？”

“不，谢谢，我很好。”罗里几乎坐在椅子的最外边，似乎准备一听到巨响就撒腿跑掉——只要这里有什么可以逃的地方。“是关于什么的？”

“啊——哈。”布雷斯林从录像机那边转过来，用一根手指指着他。“等一下，伙计。我们还不能开始谈正事。这些日子我们都会把所有的审讯用录音带，或者录像带记录下来。这是为了保护大家，你懂我的意思吧？”

罗里迟疑了一下，不确定地点了点头。“是吧，我猜。”

“你当然懂的，”布雷斯林亲切地说，“给我一分钟，然后我们就尽情谈谈。”他折回去，继续鼓捣录像机，低声吹着口哨。

罗里的肩膀耸起来，到了耳朵旁边。他说：“我需要找个律师吗？或者其他什么？”

“我不知道。”我放下了我的笔记本，好把全部注意力都放在他身上。“你需要吗？”

“我只是说——我的意思是，我不应该找一个吗？”

我抬高眉毛。“有什么理由呢？”

“不，我没什么理由——我不应该有一个吗？”

“如果想的话，你可以有，伙计，”布雷斯林说，“找个律师，给他打电话，我们全都会等着他过来。不过我可以确切地告诉你他能做什么。他会坐在你旁边，时不时地告诉你，‘你不必回答这个问题。’他按分钟跟你收钱。我就能做同样的事，还不要钱：你不必回答我们的任何问题。我们上来就会告诉每个人：如果你不想回答某个问题，你有权保持沉默，你说的每句话都会被记录在案，可能会成为呈堂证供。清楚了吗？或者你更想花钱请律师？”

“不。我是说——是的。我想我没问题，不需要找律师。”

这样他就放下了戒备。“你当然没问题，”布雷斯林说着，拍了拍录像机，“谢谢老天，它终于开始干活了。康韦警探和布雷斯林警探正在审讯罗里·法伦先生。我们开始吧。”

罗里说——就像露西一样：“是关于爱斯琳吗？”

“嘿，哟，罗里。”布雷斯林说着抬起手，放声大笑。我也跟着笑了笑。“慢一点，可以吗？我们会说到那里的，我保证。但我和康韦计划要做几百次这样的审讯，所以我们需要严格按照相同的顺序，询问相同的问题，不然我们就会搞混，到底问过谁什么，谁还没问到。所以帮帮忙，让我们按照自己的方式问，好吧？”

“好的，对不起。”但罗里的肩膀放下了——他现在成了那几百个人之一，而我们成了一对蠢货，眼看着就要在自己写的剧本里乱了阵脚。布雷斯林很棒。我以前看过他工作，但这是我第一次和他同一间审讯室里，我不由自主地没有厌恶感了。

“没什么。”我轻松地说。布雷斯林坐进我旁边的椅子里，我们舒舒服服坐下来，翻着笔记本，在别扭的椅子里调整坐姿，看看圆珠笔是否好用。“所以，”我说，“我们从头开始吧，你昨天都做了些什么？从——比如说，中午以后？”

罗里深吸一口气，把眼镜往上推了推。“好的，中午我在店里——我开了家书店，叫任我行，在拉内拉格。就在我住的公寓楼下，你——好吧，你的同事——过来然后把我带走。”

“路过无数次了，一直想进去，”我说，“怎么着我都得进去一次，不然你会对我提出投诉的。”我和布雷斯林轻声笑了笑，罗里也笑了，但很僵硬：一个好孩子，都是我们想要的信息。“所以昨天生意怎么样？”

“相当不错。周六会有很多熟客过来，爸爸妈妈带着孩子，基本上都会挑一本书带回家。我们的童书区卖得很不错，要是你——我的意思是说要是你有孩子，我不是——"

他不停眨着眼，有些焦虑。"我会带我侄子们去你店里的。"我说。但我没有侄子。"你可以给他们推荐几本关于恐龙的书。总体上生意如何？"

"还不错，我是说……"罗里别扭地耸了耸肩，"这些日子书店都不太景气，不过我们家至少有一些常客。"

意味着罗里正处在压力之下。我们会查一查这个"还不错"具体如何。"我一定会带着我的侄子们过去支持你的，所以，"我说着笑了笑，"店几点关的门？"

"我在六点关的门。"

"然后你做了什么？"

"我回了公寓，洗了个澡。我……呃……有个……"

罗里的脸变成了绯红色，有点可爱。"我准备去一个女孩家里吃晚饭。一个女人家里。"

"哦——是啊，"布雷斯林说，他把椅背往后压，咧着嘴乐，"我的罗里伙计可是个好小伙，告诉你唐叔叔，具体是怎么回事？她是你女朋友？炮友？真爱？"

"她是……"罗里脸红得更厉害了，他拍了拍自己的脸，仿佛这样能把脸色变浅，"好吧，我不知道我是否可以把她叫作我的女朋友，确切来说，我们只约过几次会，但是没错，我希望可以走到那一步。"

现在时态，意义不是很大，他也不是傻瓜。我微微一笑，为年轻人可爱的恋情。罗里也挤出微笑回应我。

"所以你做了些努力，"布雷斯林说，"对吧？告诉我你做了些努力，罗里。这件衬衫很不错，很适合推销《咕噜牛》绘本给球迷妈妈们的时候穿。不过你要是想给某个宝贝留下印象——我是说，讨得她的芳心，我们姑且这样说吧——你那样穿可不行。昨天晚上你穿了什么？"

"就穿了件衬衫，一件罩衫，还有裤子。我是说，是比较得体的那种，不是——"

布雷斯林脸上怀疑的表情不见了。"什么颜色，什么样的？"

"白色的亚麻衬衫，浅蓝色罩衫，还有深蓝色的裤子。我通常都会穿牛仔裤，但爱斯琳……我知道她在穿衣方面有些讲究，所以我觉得我也应该讲究一些。”

“嗯……听起来似乎还可能会更糟糕。再努力一把你就会变得更有品位，我的小伙子。”布雷斯林朝他身后的大衣点了点头。“那件大衣呢？”

罗里在它和布雷斯林之间，前后看了看，眼神游离。“对，我没有其他合适的冬天外套，这是在阿诺特买的，它不只是……我是说它还可以，对吧？”

“还不坏，”布雷斯林说，眼睛眯着，打量着外套，“大衣还可以，不过你穿着它的时候没戴那对手套吧，戴了吗？你没戴。”

罗里转过头看他的手套。“我戴了。怎么了？它们有什么问题吗？”

“是的。”布雷斯林说着做了个鬼脸。他把手伸到桌子另一边，用笔去够手套，把它翻了过来。看上去很干净。“可能是我老了，也许现在那些酷酷的小伙子都喜欢在约会的时候，戴这种东西，像是刚从某个山地自行车手那里借来的。你真戴了？”

“天气有点冷。”

“所以呢？要想美丽，就得‘冻人’呀，罗里。你没有黑色的手套吗？至少那样的手套不会让你的拇指这么突出，像肿了一样。”

“我找了，我记得我有双黑色的皮手套，在什么地方来着，但我找不到了。我只找到这一双。”

我们也会去找找看。“放过这个可怜的家伙吧。”我告诉布雷斯林，“反正你一进门就会把手套摘掉的，我说得对吧，罗里？谁在乎它们什么样？”

布雷斯林翻了个白眼，坐了回去，摇了摇头。罗里迅速满怀感激地看了我一眼。我们把审讯室变成了一个让人感到亲切的地方——即便是布雷斯林的挖苦，也是罗里在学校平日里会遭受的那种——这会让他放松下来。他不是个无助的小蠢货，他坐立不安、犹豫不决，一开始我还以为他是呢。他是个更复杂的角色。在自己的舒适区内，罗里会做得不错。如果他感到不安，只会一言不发。

我通常穿牛仔裤……爱斯琳不是他的舒适区。

我说：“所以爱斯琳住在哪里？”

“斯托尼巴特尔。”

“方便，”我说着点了点头，“过一条河很快就到了。你是怎么去的？”

“坐公交车。我先走到了莫尔汉普顿路——那时还没下雨——然后坐上了39A路公交车，去了斯托尼巴特尔。公交车站就在她家那条路上，她家住在拐角。”

“哇哇哇，倒回去。”布雷斯林挑了挑眉毛，“公交车？你坐公交车去她家？真是个撩女孩的好办法，罗里。你自己没有车吗？”

罗里的脸红透了，他再次坐立不安。脸红正是我想要的。“不，我有，是的。只是，我当时想——我是说，如果我们吃饭的时候喝了点酒，而且我还得回家——”

“你有车？什么车？”

“是丰田雅力士。”

布雷斯林轻蔑地哼了一声。“是吗，哪年的？”

“2007年。”

“老天，”布雷斯林冲着他的笔记本咧嘴直乐，“现在我明白你为什么坐公交车了。继续。”

罗里晃了晃脑袋，扶了扶眼镜。他显然是那种逆来顺受的人。那种人发起脾气来就是动真格的。我问他：“你什么时候出门的？”

罗里立刻坐直了身子。他很高兴我终于问了他问题，而不是布雷斯林继续问。“差一刻七点。”

这是他到目前为止，说的最有价值的线索。他和爱斯琳的约会定在八点。从拉内拉格到斯托尼巴特尔根本用不了一小时一刻的时间，尤其是在周六晚上。有一半的时间足够了。

“那你什么时候坐上公交车的？”

“没到七点。我刚走到车站，正好就来了一辆。”

我们回去查一下公交站的监控录像。我记了下来。“那你跟爱斯琳约在什么时候？”

“八点，但是我……我是说，我不想迟到。要是我到早了，也可以在外面转一会儿。”

“哦，”我说，做了个鬼脸，“在那种天气下吗？有什么好转的？”

罗里的脚动来动去，好像怎么放都不舒服。谈论多出来的时间让他变得很慌张。我很乐意在罗里的脸上盖一个“无罪”的戳，然后去追查斯蒂夫想出来的那个黑帮歹徒。但是我可以感觉到有猫腻，像鲜血一样强烈：这里有问题。

他说：“我不知道。只是……我想确保自己能找到她住的房子，类似这样。”

我露出困惑的表情。“但是你说她家就在公交车站那条路的拐角。听上去你对那附近的路已经很清楚了。”

罗里的眼睛眨得厉害。“什么？……不——不，不是那样的。是爱斯琳告诉我她家在那里的，我还查了手机地图，这不难确定。我只是想给自己留出一些时间，只是以防万一。”

我充满怀疑地停了一下，但他并没有再多说什么。“好吧，”我说，“所以你坐着 39A 路到了斯托尼巴特尔——什么时间？”

“七点半，还要稍早一些。路上没什么车。”

有大把的时间，去爱斯琳家里，杀掉她，然后等八点再回来，在外面敲敲门，装出一副困惑的样子。这样就连关掉炉灶都解释得通：罗里不想让烟雾报警器先响起来，在此之前，他还要打电话、发短信，以及忧心忡忡地踱步，演完这出独角戏，况且或许还会有人看到他的表演。我感觉到了强烈的猫腻。

我朝单向玻璃那边看了一眼，并不会有什么回应。这一眼首先是为了确认，斯蒂夫应该跟我想的一样。另外布雷斯林在我旁边，正一边来回晃转椅，一边在他的笔记本上乱涂乱画。我正想从他屁股下一脚把椅子踹开。

“那可真够早了，”我说，“你做了什么？”

罗里说：“我绕到维金花园的起点——爱斯琳家就住在那个街区。这样我就能确定自己没走错，我说过。”

“遇到什么人了吗？”

“没有，整条街上都是空的。不过我没在街上待太久，我可不想让别人觉得我是个偷东西的，或者、或者跟踪狂。”他又扶了一下眼镜。

“你走到巷子里面了吗？找到爱斯琳的房子了？”

“没有，那条街是直的，一个死胡同——我可以从起点看清楚，用不着提前找是哪栋房子。如果爱斯琳从窗子里面往外看，我也不想让她发现我提前半小时到了。那样她就得邀请我进屋，而她还没准备好，这样我们都会很尴尬。”

他紧张极了，不过回答还是张口就来，没有磕磕绊绊，也没有中途易辙。不过这并不能代表什么。他告诉过我们，他是那种会提前考虑好的人，想好一切可能的情况，确保所有事情都准备妥当，保证计划顺利实施。如果他要计划一次谋杀，一定会让自己的不在场证明牢不可破，说不定还会提前几天做一次演练。如果谋杀不在计划之内，他也有足够的能力，花上一晚上时间，构思一个好故事，并且排演上一百次。这个家伙真正的舒适区是在他的脑子里。

“而且那会让她觉得你是个有强迫症的怪胎，闲着没事去街上盯她家窗户。”布雷斯林说，罗里面露惧色，“那可不好。你还做了什么吗？”

“我本打算只是在外面转悠，待到八点。但我突然意识到自己什么也没带。”

“啥，你是说避孕套吗？”布雷斯林咧着大嘴，笑了半天，“你这家伙真是信心十足。”

罗里低下头，又在不住地扶眼镜。“不！我是说花。我不想空着手去她家，爱斯琳说不用我带酒过去，但我本来打算在拉内拉格买花给她，可是后来忘了——我光想着穿什么衣服，还要把准备穿的衣服提前熨好，还有什么时候出门……到她家那条街上我才想起来。”

“慌——张。”布雷斯林幽幽地说。他又一次把椅背往后靠，开始玩笔。

“好吧，没错。那时候我确实很慌，不过普鲁士街上有一家乐购，所以——”

“等一下，”我困惑地说，“我想你对那附近应该不熟吧？”

“不熟，我——怎么了？”

“那你怎么知道附近有乐购？”

罗里冲我眨了眨眼。“我在手机上查的。所以我就去了——”

在布雷斯林张嘴之前，我就知道他要说什么。我们合作得很愉快：我让事态保持冷静，这样我们就可以得到基本信息，他则斜靠在一边，时不时找个机会，戳罗里一下，而我就站在皮纳塔[①]下面，等着接掉下来的糖果。可我不喜欢和他合作愉快。这就像他又一次将我吸附住，让我动弹不得。

“乐购的花？”他问，他脸上半是嬉笑，半是难为情，“我想你说过这个爱斯琳，是喜欢奢华的那一款吧？”

罗里挪了挪屁股。“我说过，她确实是。但在那个时候——”

“她喜欢奢华，她在厨房里热火朝天地忙活了半天，只为了你一人，而你就打算给她带一束半死不活、土得掉渣的粉色雏菊？拜托。”

“好吧，没有，我原本的计划不是这样的。我想——爱斯琳告诉过我，小时候，她爸爸经常带她去鲍尔斯考特庄园[②]，他们会在那里的日式庭院里散步，欣赏杜鹃花，然后他会给她讲勇敢的爱斯琳公主的故事，所以我想看看能不能找得到杜鹃花。我想……”他低头看着双手，露出悲伤的浅笑，“我想这会让她开心。”

“这很棒，”我说着，点了点头，“真的很棒。我觉得她一定会喜欢的。”

“既然这样，”布雷斯林赞许地说，用笔指着罗里，“这样能让你得不少分，在这个游戏里面。这是那种可以让你在人家心里占一席之地的举动，如果你能明白我意思的话。甚至还能弥补那个，”他指了指手套，“可惜你没办到，我打赌乐购里没有杜鹃花卖。”

“我知道没有，但在周六晚上的那个时候，没有什么别的地方还开着门。我想即便是带一束难看的花，也比空着手去要好。”罗里眼巴巴地望着我们，希望可以寻求到认同。

布雷斯林做了个鬼脸，挥了挥手。“这得看女孩的意思。要是她是喜欢廉价货的那一款，没问题。可是这一位……别介意，现在说什么都晚了。所以你就去了乐购？”

“是的，他们那边没剩多少花，而且大多数还都是你说的那种——颜色奇怪的大雏菊——不过我找到了一束鸢尾花，还算说得过去。”

---

① 一种纸糊的容器，其内装满玩具与糖果，于节庆或生日宴会上悬挂起来，让人用棍棒打击，打破时玩具与糖果会掉落下来。

② 爱尔兰最漂亮的庄园之一，坐落在威克洛的群山之中，建造于 18 世纪，因是鲍尔斯家族地产而得名。

“鸢尾花不会出错，”我说，“你到乐购的时候是几点钟？”

“大概差一刻八点，也许稍晚一些。”

关于这个，后面我们也会查一下。公交车上有监控，乐购里也有监控。罗里所讲的这条时间线，都能够得到证实，我很好奇这是不是他计划的一部分。忘记买花可是非常方便的说辞。从维金花园到乐购大约要走七八分钟，刚好可以轻轻松松、顺理成章地为额外的那半个小时开脱。

如果罗里是跑到那里，或者跑着回去的——我们得找找有没有人看到他一路狂奔——他这一趟就可以省出几分钟的时间。实际的谋杀案根本不会花什么时间：两秒打一拳，也许十秒、二十秒用来检查爱斯琳的呼吸，十秒关掉炉灶，在一分钟内他就可以溜之大吉。唯一费时间的事情是谋杀的准备过程——如果真的有这么个过程的话。

如果罗里就是我们要找的那个人，他绝不是一个常规的无用懦夫。他很害羞，但他一定能在我们到达之前，把每一处蛛丝马迹都清理干净，一路都抢在我们前面。如果他是我们的对手，那么我们就至少有一场恶仗要打。

“你这时间真是精打细算。你花了多久到那里？”

“只花了几分钟。我走得很急。像你说的，我不剩多少时间了。这就是为什么我喜欢给自己留出一些时间。”

“好吧，”我说，“所以你离开乐购是在……”

“我直接回了维金花园。到那里的时间是准时的——我特意看了下表，刚好在八点之前。”

“路上遇到什么人了吗？”

罗里思考，揉了揉鼻子。“有个老人在遛狗—— 一只小小的白狗。他从维金花园往外走，还朝我点了点头。我想再就没有其他人了。”

还是很容易验证。“那么然后呢？”

“我沿着街走，一直在看门牌号，直到找到爱斯琳家——26 号。我按了门铃……”

他声音变小了。我说：“然后呢？”

“她没有应门。”

这次他的脸红得又急又热。我能感觉到斯蒂夫正在冲着这情景摇头，并且很确定这意味着他是对的，罗里绝对是清白的。我并不确定。脸红可能是因为丢脸的记忆，也可能是说谎的表现。

“哈，”我说，“真是奇怪，你觉得发生了什么呢？”

罗里低下了头。“那时我只是觉得爱斯琳没听到。我知道门铃是好用的——我能听见它发出的声音传到屋子里——但我想那时她可能在卫生间，或者因为什么原因去了后院。”

“所以你做了什么？”

“我等了一会儿，然后又敲了敲门。接着我又按了门铃。她还是没有回应，所以过了一会儿我给她发了短信——我想是不是我把地址搞错了。我等了很长时间，但她什么也没有回我。”

“哦哦哦，”布雷斯林说，皱了皱眉，“那一定很伤人。”

“我想她也许是没听到短信提示——”罗里在布雷斯林的表情中捕捉到了同情和取笑，他头往后一靠，“有可能是这样的，她可能是在做饭或者干别的，把手机放在了其他房间——短信提示音可能很小——”

“我也经常听不到，”我表示赞同，“真是麻烦。所以你又给她发短信了？”

“我给她打了电话。房子只有这一栋，一层，所以我想无论她在什么地方，听到电话铃声是没有问题的。可是电话她也没接。”罗里抬头看了看，布雷斯林正尴尬地笑着，皱着眉头。“我又打了一个，并且把耳朵贴在了门上，看能否听到电话铃响——我甚至有点怀疑她到底在没在里面，或者是不是……但我什么都没有听到。”

我们也会去查验的。我说：“你觉得这是怎么一回事？”

“我不确定，我想也许……”罗里的声音几乎完全消失。

“大点声，”布雷斯林说，“声音也得录到录像里面去。”

罗里努力提高了音量，但他还是不敢看我们。“好吧，爱斯琳曾临时取消过我们的一次约会，就在几周以前。她从来不说原因，只是说自己有事，所以这就让我们其他的约会变得相当复杂——我提出某一天，她会说不行，或者一开始说行，后来又不行——有的时候她就是不接我的电话……我不知道她是不是在玩什么心理游戏——这真的、真的不像是爱斯琳会做的事情，但我显然还不大了解她——或者她是不是还有什么没有准备好告诉我的事情，比如有患痴呆症或者酗酒的父母，需要随叫随到，随时照顾？”没有提到劈腿，不过他可能会想到这一点。也许他只是不想让布雷斯林嘲笑他，不过这个遗漏很有意思。“所以我想这次也许是类似的情况。无论是哪一种。”

“所以你就拿着你那束可爱的鸢尾花，站在那里？”布雷斯林说，努力忍住脸上得意的笑，“一切本来都准备好了。”罗里的脑袋埋得更深了。

我友好而同情地说：“你担心吗？爱斯琳会不会是出什么事了？”

罗里满心感激地转向我。“是的，我有些担心。这就是为什么你们一进来的时候，我就问是不是和她有关。我担心她可能在家里晕倒了，或者洗澡的时候滑倒了，再或者病得太厉害，接不了电话——我是说，说不定她没准备好告诉我的事情就是这个，她有某种疾病，癫痫之类的……但我不知道这种情况下该怎么办。我不能打急救电话，告诉他们有个女人不给一个她刚认识几周的男人开门——他们会当面笑话我，告诉我听起来我需要找个新女友。虽然我知道听上去这种情况最有可能，但我忍不住去想象所有的可能性——我经常这么做，即便没有什么事……爱斯琳她还好吧？”

他已经出了舒适区，成了一个犹豫不决的傻瓜，或者他只是希望我们这样看待他。我说：“所以你做了什么呢？”

“窗帘之间有一道缝隙，我可以看到里面亮着灯，所以我努力想通过缝隙往里面看。我有点担心邻居会看到我，把警察找来。但是我有爱斯琳邀请我来的信息，而且我想让警察来也不是什么坏主意，因为他们至少可以来看看，确保没有什么不好的事情发生……”

这家伙点个三明治都会纠结涂蛋黄酱会不会有什么不良后果。“你看到了什么？”

罗里摇了摇头。“什么都没有，那个缝隙太小了，而且从那个角度，我只能瞥见沙发，还有台灯——台灯是亮着的。我不想在那里待太久，所以只是看了一眼。”

“你看到什么动的东西了吗？阴影？有什么能证明有人在家的迹象吗？”

“不，没有。有阴影在摇晃，但不像是有人在周围走动，更像是壁炉里的火光。”

确实会有火光。我记下笔记，稍后去核查透过窗帘能否看到摇晃的阴影。如果罗里是我们要找的人，他在自我控制方面确实够出色，很多人都会忍不住给我们一个诱导，让我们顺着某个神秘的闯入者的线索去追查。“所以你做了什么？”

“我又给她发了条信息，只是为了确认一下我们是不是在日期上搞岔了，或者——”布雷斯林哼了一声，罗里有些畏缩，“我是说万一，我知道这种情况，最大的可能是我被甩了。我已经说过我意识到了这一点。但要是真有什么误会，我还怒气冲冲地删掉了她的电话号码，这样我们两个可能都会错过一段精彩的恋情。我不想冒这个险，所以做个白痴也没什么。”

“看起来你达成了心愿。”布雷斯林说，“她不给你开门，你就应该走开。如果她想修复关系，就让她自己去折腾。男人不坏，女人不爱。”

“我不能做那样的事。”

“不能？你觉得那样的事怎么了？”

我说：“他是个正经人，布雷斯林。这是件好事。罗里，结果她还是没回你的短信，你是怎么做的？”

罗里轻轻地说：“我放弃了，快八点半了，我觉得很冷。天开始下雨了——不管接下来发生什么，我在那里站一晚上都不会有什么改变，所以我就走了。”

“你一定很生气，”布雷斯林说，“跑了大半个城市，还是在那样一个糟糕的冬夜，顺便跑了个折返去乐购，而她连门不让你进？要是我肯定会发火。”

“我没有。我只是很……沮丧。我是说，我也有点生气，不过——”

“因为你就是在生气。你就没有去砸门？喊两嗓子？骂两句？踢路灯灯柱？”而当罗里张开嘴时，他接着说，“记住，我们会找邻居核实的。”

“没有，我没有做那样的事。”罗里把脸转了过去，仿佛没有踢门让他有失男子气概，“我直接回家了。”

“好吧，”我说，“有些人就会让自己在女孩家门口出洋相，这可不能给人家留个好印象。你还是坐公交车回去的？”

“我走着回去的。我不想等公交，或者看见别人。我只是……我走回去的。”

意味着没有公交车司机或者乘客可以向我们证实，他是否一副惊慌失措或者十分虚弱的样子，或者他的手套上是否全是鲜血。我挑了挑眉，一副关切状。“老天，我都想象不出你是怎么走回去的。周六晚上穿过整个小镇，街上还有虎视眈眈的醉鬼准备找碴……没有人找你麻烦吗？”

罗里的肩膀抽动了两下，似乎在耸肩。他再次想把脑袋埋进胸膛。“就算有人想找碴，我可能也没注意到。有个人在我身后吼着什么，在昂吉尔街，但我不知道他说了些什么——我觉得那不是英语——我也不确定是不是在对我说。我只是……”又一次抽动，“我顾不上那些了。”

“听起来不像你错过了很多，”我说，“那些花你是怎么处理的？”

“我把它们扔了。”那一晚的情绪波动，此刻突然涌现在罗里的声音中，充满挫败感、痛苦和极度的感伤。失去爱斯琳，无论如何都让他受到了很大的打击。“一开始我都忘了自己还带着花，而当我意识到时，我只想把它们处理掉。我想我应该找个什么人，把花送给他，而不是白白浪费，但我已经精疲力尽了。我把它们随便丢进一个垃圾桶，就这样。”

“哪里的垃圾桶？”

“码头那边。对了：我走的那一路，在我想起我拿着花之前，全都写着‘垃圾场’[①]。有意思，对吧？”这是对布雷斯林说的。

“我也会那么做。”我说。我冲单向玻璃那边挑了挑眉毛：斯蒂夫需要派几个助手去码头，赶在垃圾被清空之前搜查那里的垃圾桶。那束难看的花上面可能沾了血迹。“只是我会在回家的路上去喝一杯。你没有，对吧？”

“不，我只想直接回家。”罗里用手揉了揉脸，他开始感到紧张了，“你能告诉我究竟发生了什么吗？”

我问：“你什么时候回的家？”

“我不确定，大概不到九点半吧，也许。我没看表。”

布雷斯林说：“你给谁打电话了？”

---

① “垃圾场”的英文为“dump”，与“甩（某人）”是同一个词。

“什么意思？”

“你回家以后，给谁打电话诉苦，告诉他你当晚遭遇的这一切？你最好的朋友？你的兄弟？”

“谁也没打。”

布雷斯林盯着他。“你没开玩笑吧。啊，罗里，告诉我你有一些可以打电话的人。因为很多人都在某个时候被抛弃过——时有发生——要是在那样的晚上，你真的直接回了家，还找不到一个单身汉抱怨一下女人和这个世界……好吧，这是我这几周听过的最悲惨的事情——这几个月。”

罗里说：“我没给任何人打过电话，我给自己做了个三明治吃，显然我没吃晚饭。我坐在公寓里，看着窗外，感觉自己是世上最傻的人，越想越荒唐，我想象一切可能还正常，心里盼望自己出去转一圈，喝上一顿酒，找人打一架，然后跟陌生人上次床，就可以把这一切都忘光。”

他声音中透着莫大的羞耻感，弥漫在空气中。这感觉很好。如果我们要攻破他的防线，靠的就是这个：羞耻感。

如果爱斯琳激怒了他，也靠的是这个。发现她当时正和别人在床上，也许就是刺激他的由头。

“到半夜，爱斯琳还是没有给我回电话或者短信，我就上床睡觉了。那个时候我最不想做的事情，就是打电话把我的朋友叫醒，告诉他这件事情，好了吧？”

布雷斯林又满怀疑惑地看了他一会儿。罗里移开视线，把衬衣的袖口扯开，但依旧一言不发。

到目前为止，罗里讲了一套很不错并且可以查证的说辞，而且他得知道我们可以查到他的通话记录。如果他跟什么人说起过这件事，那也只能通过他觉得我们无法追踪的途径。我不知道他是否有朋友住在他回家路线的附近。

我放过了这个话题。“再确认一下，”我说，“你能确认这就是正在和你约会的女人吗？你昨天晚上要去她家的那个？”

我从文件夹里抽出一张爱斯琳的照片，推到罗里面前。他抬头看了看，睁大了眼睛，忘记了所有痛苦的回忆。“为什么你会有……你们已经——出了什么事——什么——”

“像布雷斯林警探说的，”我对他说，友好而坚定，“我们得按规程办这事，这是你昨天晚上要去拜访的那个女人吗？”

有那么一瞬间，我以为罗里就要变得强硬，让我们给他一个说法。但我没有停止微笑和凝视，到最后他眨了眨眼。“好吧，是她。”

“法伦先生确认了一张爱斯琳·默里斯的照片。”我对着录像机说。

“我看看。”布雷斯林侧过身子，伸手拿起照片。他眼眉猛地一挑，低低地吹了一声长口哨。“哦，老天。可以啊，老兄，她可真是个漂亮女孩。”

这让罗里暂时忘记了他的问题。他狠狠地瞪了布雷斯林一眼，但后者并没有注意到——他还在端详照片，把它举到距离自己一臂远的位置，不住地点头称赞。“她是很漂亮，但那并不是我喜欢她的原因。”

布雷斯林越过照片，满腹狐疑地望了他一眼。“啊哈，你喜欢的是她光芒四射的人格魅力。”

“对，是的。她很有趣，很机智，很热情。她有很出众的想象力——这都无关她的长相。从外形上来说，她并不是我喜欢的类型。”

布雷斯林的鼻子发出巨响。“哦，得了吧，她是所有人喜欢的类型。你打算告诉我你喜欢丑一些的女孩？如果有选择，你会选择一个胖胖的、毛发旺盛的女孩，脸长得像被捣烂的面包圈？但不知怎么你不得不选择这个？我为你遗憾。”

罗里脸红了。“不，我只是说我从没跟这样的女孩约会过，如此……优雅。我其他的女朋友都是比较随便的类型。”

“意料之中，”布雷斯林说，盯着罗里的古董衬衫，“那么你是如何约到这一个的？无意冒犯，但让我们面对现实：你这可算是超水平发挥了。我这么说没让你觉得尴尬吧？”

“没有，我已经说过她很漂亮。”罗里挪了挪椅子，想让布雷斯林把照片放下，布雷斯林又是一阵坏笑。

“她可是个尤物，而你……好吧，你没什么毛病，不过你并不是帅哥布拉德·皮特，对吧？”

“我知道。”

“那你是怎么做到的？”布雷斯林晃了晃照片。

“我们一起聊天。我们是在我店里的一次新书发布会上认识的，12 月初认识的，就这样。”

“啊哈，”布雷斯林又怀疑地扫了他一眼，“你有什么高着？说真的。你有什么小窍门吗，我很想听一听。”

罗里被激怒了：他坐得更直，瞪着布雷斯林，想让他罢休。“我没什么高着，我只是跟她聊天。我都没考虑过我们还会有什么后续发展。我很清楚我们在一起的时候，别人看到她，再看我一眼，就会立刻下注，赌我跟她最后会分手，因为我也在想同样的事情。我和她聊天只是因为她一个人待在我们的童书区，那又是我的店铺，确保每个人愉快是我的责任。”

“然后，”我说，“你们一见如故。”

我对他微笑，并且在他记起什么之前得到了回应。“是的，我们确实开始约会了，或者我以为我们已经是那种关系。”

“你们会聊些什么？”

“书，大部分时间都是。爱斯琳那时正在阅读一整套乔治·麦克唐纳[①]的童话书，我小时候喜欢那套书，所以就告诉她，而她说她也喜欢——我们甚至有同样的版本。从这里开始，我们就……我们都喜欢魔幻现实主义，而且我们都喜欢续作、改编作品——爱斯琳喜欢《藻海无边》[②]，我告诉她她应该读一读《美国鬼魂与旧世界奇观》[③]。而她告诉我她十四岁时对《小妇人》[④]的结局有多愤慨，还真的自己重新写了个结尾，让乔和劳里结婚了。她用胶水把自己写的结局贴到了书里相应的位置，这样在重读这本书的时候，就可以假装自己写的是真正的结局。说这些的时候她很兴奋——讲自己如何生路易莎·梅·奥

① 英国作家，一生中创作了三十多部小说，被誉为“维多利亚时代童话之王”。

② 英国作家简·里斯在 1966 年出版的作品，是《简·爱》的续作。

③ 英国作家安吉拉·卡特的短篇集，取材自经典文化元素，情节奇异诡谲，具有魔幻主义风格。

④ 美国作家路易莎·梅·奥尔科特的代表作。原作中乔和劳里是一对恋人，最终却未能成为眷属。

尔科特的气，直到找出这个解决手段……我们都笑了半天。”罗里不知不觉地露出了笑容。

他滔滔不绝地跟我说着，仿佛我是他最好的朋友。我知道我和布雷斯林是在工作，我也知道罗里那颗思维缜密的脑袋里正在思索各种情形：每一个刁钻的回答都把他带到一间挤满奥兹国[①]群众演员的囚室当中，他应该坚定立场，要求给个说法，而不是坐在这里，我们问什么，就老老实实提供什么。助手们说他为人随和，但现在他远远不只是随和。往往不回绝任何问题的人心里有鬼。

我看向斯蒂夫，他也隔着单向玻璃望着我。

“所以你们互相给了对方电话号码，”我说，“而然后……”

“我们会发几条短信，然后我们约在市场酒吧喝一杯。我们又相处得很愉快。这就像——我知道这会让我听起来像个中学生，但这就像发生了奇迹。我们不停地聊天，不停地笑。我们八点到了那里，一直聊到他们把我们赶出去。”

“听起来像是每个人都希望拥有的那种约会。”我说。

罗里把手心朝上。“确实像是那样。爱斯琳……她告诉我她以前很平凡——她用的就是这个词，‘平凡’——而现在，每次男人跟她搭讪，她唯一能想到的，就是这些人几年前根本不会靠近她，而她没办法承受这个；她无法跟那样的人彬彬有礼。她说和我在一起的感觉不一样；她觉得即使回到从前，我还是会用和现在一样的方式跟她聊天——我也是这样想的。她好像……对此很惊讶。不只是惊讶——几乎是目眩神迷。你明白我说的是什么意思吧？我们一见钟情，不只是我爱上了她。”

这听上去并不像是我想象的那种玩游戏套路上瘾者的表现。爱斯琳再次做到了：我找到的一切关于她的信息让她的形象越来越模糊。这，要么是她在跟罗里扯淡，要么就是罗里在跟我们胡说八道。

布雷斯林问：“那晚后来呢？”

---

① 系列童话《绿野仙踪》故事发生的主要背景地，以发生各种各样离奇的事件著称。

“我把她送上了出租车。”

“拜托，罗里，你知道我在说什么。路上你有没有亲她？”

罗里扬起了下巴。“这能说明什么？”他想要表现出尊严，但没有足够的力气发火。

布雷斯林冲着他的笔记本偷笑。“亲都没亲，”他转头对我说，“你管这个叫梦幻约会？”

罗里上当了。“我们确实接吻了。”

“啊，”布雷斯林说，“真甜。只亲了一下？”

“是的，只吻了一次。”

布雷斯林咧嘴笑了。我说：“那天晚上之后呢？”

“我们继续发短信，我邀请她出去吃晚餐。像我说的，约好日程需要一些时间，但我们最后还是敲定了。我们去了派斯多。”

“非常棒。”布雷斯林说着，点了点头。就连我也听说过这个派斯多，虽然我很想把记住这个名字用掉的脑细胞赎回来。“你去卖了个肾是吗？”

一抹悲伤的微笑浮现在罗里脸上。“我想爱斯琳会喜欢，我没想到那里会那么奢华，我选它只是因为那里有一个封闭的屋顶花园，我们可以把整个城市尽收眼底，然后聊聊天。我不知道，大家都去那里吃饭，然后可能……现在看来，我完全想错了。看上去我一定做了和其他人一样的事情：依外表判断她。你是不是觉得——”他把脸转向我，突然瞪大了眼睛，“你觉得这是她为什么……”

“我们还没有足够的信息去判断，”我说，“她那天晚上看上去开心吗？”

“是的，我是说……”一道阴影在罗里脸上闪过，“她很开心，她真的很开心。但她似乎也藏着什么心事，让她无法完全放松下来。每当我们进展顺利——进行了一次愉快的谈话，或者说了个笑话——她都会露出那种忧心忡忡的表情，突然安静下来，我就要想办法找到谈资，让话题继续下去。这就是我为什么开始觉得，她还有什么事情没准备好告诉我，比如家庭状况，或者——”

“或者，”布雷斯林说，“她开始意识到自己其实并没有爱上你。而每次她看到你觉得事情进展非常顺利时，她就会感到忧心忡忡，因为据她所知，这次的约会简直不能再糟了，而她不知道该怎么告诉你实情。”

这话戳中了罗里。“那并不是糟到不能再糟的约会，我知道你会说——”布雷斯林想要说些什么，但罗里提高了音量，把他的话压了回去，他开始表现自己的勇气，“但我亲身经历了，我不是在自欺欺人。大部分时间里，我们相处得都很愉快。”

“如果你非要这么说，也好。”布雷斯林说，努力忍住嘴角的抽搐，“那天晚上约会结束的时候呢？”

“我们又接吻了，我想这就是你想知道的。”

布雷斯林椅子的前腿砰的一声着地。“你亲了？她没邀请你回家？你可是把你的命根子都押给了人家，就为了带她去派斯多，换回来的只有在灯柱底下亲一口，就像一对该死的中学生？如果这就是你所谓的约会进展顺利——”

罗里突然打断了他：“两天后，她邀请我去她家吃晚饭了。你可以看我的手机，当时的短信我还留着。要是我们的约会糟糕透顶，她怎么会这么做？”

布雷斯林咧嘴在笑，毫不掩饰，像个饿死鬼。现在的局面是他想要的。

我也感受到了。我们进展不错，现在我们知道该如何对付他，他已经完全在我们的掌握之中。我们让他上上下下，玩出各种花样，就像我们手里的颗小溜溜球。

我不想把他逼得太紧，现在还不想。我给了布雷斯林一个警告的眼神，然后说：“这个晚餐约会就是昨晚的那个？”

“对。”罗里的后背弯了下去，他短暂的活跃时刻已经过去。“一开始我们约的是上周，但爱斯琳临时有事，所以我们就改约到了昨晚。”

布雷斯林身子往后靠了一点，但没有完全靠下去。“当你说到如何去爱斯琳家的时候，你说——”他快速翻了翻自己的笔记本，“你坐公交车，是以防晚餐的时候喝酒，等吃完饭你还得回去。这意味着你并不确定自己能不能在她家过夜，没错吧？”

罗里的脸又红了。“我不确定。这就是我为什么没开车——我不想让爱斯琳觉得我希望她能留我在她家过夜，或者我想要她这么做。”

这个家伙居然每天早上能顺利起床，而不是躲在床上担心各种意外事故——他可能会在浴室的垫子上摔倒；可能会用牙刷戳穿自己的眼睛；驾驶员心脏病发作造成几百人葬身火海，自己则患上永久性的抽搐病，这辈子再也不能安全踏上飞机。正常情况下，这种糟糕的性格只会让我觉得碍事，可是现在它却很有用，只要我们赐予它一些力量。

这种假设和可能的废话是属于弱者的，属于没有能力让事情按照心意进展的人。所以他们就要藏进白日梦中，这样他们才能成为控制者，控制事态的走向。而这会让他们变得更弱。对于那些想要抓住他把柄的人，也就是我们，每一个假设都是一件礼物。如果一个家伙满脑子是现实，现实就是我们可以搞定他的唯一路径。而如果他的心思玲珑复杂，满是想象的曲折故事，那么每一个故事都是我们可以用于撬开他心门的裂缝。

布雷斯林说：“不过你想的是，昨天晚上就是你梦寐以求的那个夜晚。”

“我不知道，那是我——”

“得了吧，罗里。别蒙我了，这是你们第三次约会，对吧？上次约会的时候，你可砸了大价钱。所以她就会请你，让你尝尝她做的可口饭菜？任何一个正常的小伙子，都会期待——”

“我没有在期待什么。餐馆的价格不能决定什么——爱斯琳不是个——”

罗里生气的时候很滑稽，像是一只毛茸茸的小沙鼠，极具攻击性。布雷斯林抬起头，望向天花板。“好吧，我们来讨论一下。你带避孕套了吗？”

“我不明白怎么——”

“罗里，都这个时候了，就别腼腆了。我们都是成年人。昨晚你去爱斯琳家敲门的时候，身上带避孕套了吗？带了还是没带？”

沉默了一会儿，罗里回答：“带了，我带了一包，在大衣口袋里，只是为了以防万一。”

“你还是知道什么是重要的嘛，”布雷斯林说，他靠着椅背，得意扬扬地笑了起来，“花你忘了带，不过这玩意——你可没忘了。”

“暴露年龄了，布雷斯林，”我平静地说，还了他一个得意扬扬的笑。“你们那一代人还会对性爱安全大惊小怪，而我和罗里这一代，走到哪里都会带一个三联包，说不定有机会呢。”布雷斯林恶狠狠地看了我一眼，不过只是稍稍流露。我说：“我没说错吧，罗里？它还在你大衣的口袋里吗？”

如果他能把避孕套拿出来，这就可以作为他昨晚穿的也是这件大衣的证据。但罗里摇了摇头。“我把它拿出来了，就在昨晚回家脱衣服的时候。我摸到那东西在我口袋里，我只是……”他呼吸急促，“我觉得自己早该知道，我们是不可能走到那一步的。就像你说的。”这句话是对布雷斯林说的，他歪了歪头表示承认。“爱斯琳跟我约会的唯一理由，就是准备恶搞我，说不定在我像个白痴一样敲门、发短信、打电话的时候，她正跟朋友们躲在门后，嘲笑这个真以为有机会跟她上床的傻小子。”

情绪是真实的，贯穿了他的全身，时刻准备拽着他的脖子，把他的脑袋往墙上撞。但这并不能保证这个故事是真实的。耻辱的打击，可能随着他讲述的过程袭来。要么是他早早来到爱斯琳家门口，而爱斯琳没有如他所愿给他开门，于是他一时怒火中烧，干下蠢事；要么是在几周之前，爱斯琳告诉他她正在跟其他人约会时，或者他们离开派斯多后她并没有邀他回家共度良宵时，他便已生了念头——从那时起，他便决定要惩罚她。

罗里还在继续说：“我把那包避孕套扔出了房间，它让我觉得荒唐、不堪、下流，而且……它应该在我客厅的什么地方。我希望我永远也不要找到它。”

我以就事论事但满怀同情——“酷女孩”总是这样——的态度说：“如果她真的从一开始就不打算给你开门，那这件事可真够糟糕。”

罗里耸耸肩，脑袋再次垂了下去。咆哮耗尽了他的力气，他整个人看上去都萎缩了。“也许吧，我不知道发生了什么。”

布雷斯林挪了挪身子，罗里抬起头，正好撞见他满脸的窃笑，赶紧避开了。

“不，没什么，”我说，“你有充分的权利发火。”

罗里说：“我没想发火，我只是想搞明白。”他看上去突然精疲力尽，摘掉了眼镜，撸下了一只袖口，用来擦它。目前他看不清我，反倒可以更轻松地与我对视。他的眼睛因为没戴眼镜而半盲，像动物的眼睛一般纯净。“这样我就可以停下来，不用再幻想各种场景了。我昨晚的事情已经全都交代了。我无法让自己平静下来，我想我只睡了两个小时。”如果有人听见他半夜还在走动，或者还亮着灯，这个说法就可以用来解释。“我只是想知道究竟发生了什么，只是这样。”

我说：“你觉得我们为什么带你来这儿？”

“我不知道。”罗里的后背突然绷紧。他可以感受到：我们正在逼近真正的目标。“显然是出了什么事，也许是在爱斯琳家附近，因为你问我是不是……但我不能——有太多——我的意思是说，我希望不是——”

我脱口而出，清楚自己丝毫不温柔：“爱斯琳死了。”

这仿佛一束强光打到了罗里脸上。他猛地靠在椅背上，双手在身前抽搐——他的眼镜掉到了桌子上，滑出去一段距离。有那么一瞬间，我以为他有什么病——他像是那种需要随身携带呼吸设备的人。不过他自己恢复过来了。他抓起眼镜，匆忙把它架到鼻梁上。他笨拙地试了三次才成功，每次滑下来都立刻将它扶正，小心不把镜片弄脏。然后他手掌交握，手指压在嘴巴上，艰难地呼吸，眼睛茫然地盯着虚空。

我和布雷斯林等待着。

罗里透过手指说话了：“怎么死的？什么时候？”

“昨天晚上，有人杀了她。”

他的身子猛地一颤。“哦，老天，哦，老天。这就是她——那时候她——我敲门的时候，她是不是——那时有人还——”

我说：“现在你明白我们为什么要和你谈话了吧？”

“是的。我——哦，老天！”罗里的眼睛找回了焦点，聚焦在我身上，同时睁得很大。他恍然大悟，或者这也是他表演的一部分。

“你不会觉得——等一下，不，你觉得我——我是嫌疑人？”

布雷斯林放声大笑，笔记上多了一条冰冷的记录。

“什么？什么？有什么可笑的吗？”

“听见了吧，”布雷斯林对我说，“这个人一直在说他有多关心爱斯琳，喜欢的是她的性格，咱们告诉他那女孩死了，就变成这样了，只剩关心他自己了。这么快就把她忘了。”

“我是在乎她的！我只是——这不是——”罗里气喘吁吁。他看起来糟透了：脸色苍白，呼吸不匀，眼睛来来回回看着我们，几近失控。我暗自希望他身上带了呼吸器。“我想也许是个窃贼。或者是一个，一个暴徒。我没有——”

他用手捂住脑袋，手指来回揉着太阳穴。他呼吸艰难。

看上去一切正常。震惊与悲伤会让人动作笨拙，脸面难看，不只是流几滴漂亮的几颗泪珠和用手绢擦拭。但罗里已经为自己那一夜的故事披上了一层“假设和可能”的铠甲，他早已穿戴齐整。而且，因为他对本该发生的事情投入了和实际发生的事情一样多的关注，他就完全可以围绕着自己编造的故事做文章，让它显得和事实毫无出入。

他的故事有一个地方倒是显出了裂痕，仿佛表皮即将剥落：在他下了公交车到敲响爱斯琳家门之间，隔了整整半个小时。这其中一定有文章。其他的部分怎么都说得通，无论他是清白的，还是有罪。但这半个小时，这关键的半个小时里，绝不可能是清白无辜的。

震惊可能是真实的，而他也可能仍然是我们要找的人。一个显而易见的原因：他可能仍然期盼着这是一桩暴力事件，而非谋杀。

我说：“你为什么会觉得爱斯琳家可能会有窃贼，或者暴徒呢？”

“我可以——”罗里的声音变得模糊不清，他努力咽了口口水，但下巴在颤抖，“我可以安静地待一分钟吗？”

布雷斯林说：“为什么？”

“因为我刚刚才得知，”他猛烈地摇着脑袋，仿佛脸上有只苍蝇，“我只需要一分钟。”

“你状态很好，”我说，“我们还需要一会儿。坚持住。”

“不，我不能。我需要——”

“我们要求你协助调查，”布雷斯林说，“你有什么理由不能配合我们吗？”

“我只是需要理清一下思路，我只是——我一定得留在这里吗？我可以离开吗？”罗里突然变得大声，音调也变高。

布雷斯林斜靠在椅背上，看着他，撇着嘴。“罗里，镇静一点。”但罗里已经达到厌恶的极点。“这只是例行公事。并不是针对性的审讯。任何一个和爱斯琳有关的人，都要接受我们这样的审讯。同时我可以向你保证，任何在乎她的人，都会希望可以做点事情协助我们调查。你不想吗？”

“我想。我只是——我并没有被逮捕，对吧？我可否出去走走，然后再回来？”

毕竟不是一个完全逆来顺受的人。温顺的小罗里完全有能力反击，只要他想那么做。

他就差直接走出去了。如果他走到门口，我就有了一道选择题要做：让他走，或者逮捕他。哪个选项看起来都不能得满分。

“老天，哥们儿，你看到外面的天气吗？”我轻松地说，“外面正在下大雨，你会被淋透的。另外，我们会因此失去这间审讯室，要找到另一间，我们还要一起再等上几个小时。”罗里盯着我，一脸茫然，看不出他在想什么。“告诉你，我们会给你几分钟自己待一会儿，这样好吗？只是为了让你能呼吸顺畅。这可是个大问题。”

布雷斯林突然微微移动了一下，但我没有理会。我冲罗里“酷女孩”式地微笑，满含同情，足够温暖人心，但不至于让人厌烦。“我们出去喝杯茶，然后再回来找你。”我说着，在他做出决定以前，从椅子上站起身。“要我回来的时候也给你带一杯吗？”

“不了，谢谢，我只想要——”

罗里的声音变得嘶哑破碎。他用一只手背按了按他的嘴。

布雷斯林没有动，一双灰白的眼睛盯着我。它们宛如在我手腕上狠狠地捏了一把，对我说，赶紧他妈的坐下。

我说，视线没有离开布雷斯林：“我们待会儿再见，罗里，在这里休息一下吧。”

我转身走向门口。我让门开着，但没有回头看。在听到布雷斯林推开椅子在灰色的油地毡上发出刺耳震颤的刮擦声之前，我已经在回观察室的路上。

斯蒂夫站在单向玻璃前，衬衣袖子卷了上去，一头橘色的头发十分张扬，宛如一只刺猬。刚才听我们审讯的时候，他一定很投入。我走过去看罗里独处时在做什么，目光与他相遇，不过我立刻用眼神暗示他稍等。

罗里的手肘撑在桌面上，把头埋在胳膊中间。起伏的肩膀表明他正在痛哭，但我看不出他是否真的流了眼泪。

“不错，不错，”布雷斯林在身后招呼我，砰的一声把门关上，“我想我们第一轮进行得很顺利，干得不错，康韦。”

一副高高在上的样子。“你干得也不赖。”我说。

“我不确定刚才那步棋走得对不对，在他马上就要彻底崩盘的时候放了他一马。那往往是让他们这种人招供的好时机。”布雷斯林用一只手松开了衬衫领口的扣子，然后扭动着肩膀，“但是，我们已经击中他的要害了，可以再来一次。对吧？”

“没问题，”我说，“所以，赌什么？”

布雷斯林脑袋突然前倾，仿佛不相信自己听清了我说的话。“你说什么？”

“警探先生，嫌疑人有罪还是无罪，我想知道你的意见。”

布雷斯林的眉毛都快抬到他精心打理的发际线上面了。“你是认真的吗？”

“关于我是否想知道你的意见吗？多多少少吧。”

斯蒂夫踱着步子去了饮水机那边，接了一杯水，看着我们。布雷斯林抬起一只手。“哇哦，哇哦，咱们这场球就此打住吧。你是说对此你还有疑问？”

“我是说我想问问你的看法。要是你不想说，我也可以不问。”我立马又想揍这个浑蛋一顿。我们在审讯室里建立起的薄弱联盟，在外面顷刻间便土崩瓦解。

“跟我说说，康韦。你打算小心行事，对不对？要确保面面俱到？是这种情况吗？”

这招不坏——要让人招供就得让他处于劣势——但这也就是我为何说布雷斯林不如他自以为的那样聪明：我刚刚看到他对罗里用过这招，而且他本来应该想到，既然我也是个警探，我大概知道他会耍什么把戏。我把手插进口袋，侧身靠在单向玻璃上，这样我就可以留意罗里。“你觉得我们应该这样吗？”

布雷斯林叹了口气。“好吧，我想我们应当直面它。你不应当火急火燎，抢先行动，但你也不能过于优柔寡断，让嫌疑人四处逍遥，要敢于冒险。明白了吗？”

斯蒂夫说话了，声音里带着一丝困惑：“等一下，你说你确定他就是凶手了，对吗？”

布雷斯林又恼怒地叹了口气，双手挠着他所剩的头发，小心翼翼，注意不把头发弄乱。“好吧，莫兰，我有几分确定。这个家伙是被害人的男朋友：一垒。他又确实在相关的时间出现在犯罪现场，甚至对此没有表示否认：二垒。他戴的是纤维手套，和嫌疑人一样：三垒。他还穿了一件黑色的羊毛大衣，而我们在尸体上找到了黑色纤维：四垒。而且他基本承认，对于这段交往他有些不耐烦了，毕竟在这个女孩身上，他已经费了不少时间和钞票，而她却没有任何打算投降的表示。足足五次击中。我不是棒球迷，不过我知道，要让一个男人完全出局，不用费那么多心思。”

斯蒂夫抿了一口水，在布雷斯林列要点时不断点头。“我觉得也是，没错。”他赞同地说。他的口音更浓了，我也偶尔会扮酷装傻，不过往往是因为嫌疑人，而不是因为自己人。但有时斯蒂夫会让我觉得恶心。“不过，我想我还得继续听听别人的意见。”

布雷斯林更加生气了。“什么意见？已经没有什么好废话的了，莫兰。法伦就是我们要找的那个家伙，这一大堆间接证据都指向他，这就够了。你还要听取什么意见？考虑一下外星人作案的可能？或者是美国中情局派人干的？”

斯蒂夫把屁股靠在快要散架的桌子上面，换了个舒适的姿势聊天。他开心就好。我没有理会他。“只有一个问题，”他说，“人到底是怎么被杀的？”

“你在说什么？他打了她一拳。她摔到了头。她死了。过程就是这样。”

斯蒂夫琢磨了一会儿，眉头紧锁——往上皱的时候有些慢，我们这两个骗子。“可是，为什么呢？”他问。

布雷斯林头往后仰，龇牙冲着天花板，似是笑容，又似皱眉。“莫兰，莫兰，你看我像大侦探波洛吗？”

“哈？不怎么像。”

“不，如果是周六晚上，你大可以泡上一杯好茶，打开一盒消化饼干，守在电视机前欣赏电视剧，但现在不是，所以我根本不关心动机是什么。我不关心。你们两个也不应该关心。到现在你们应该明白这一点了。”

斯蒂夫挠了挠鼻子。“你说的可能没错，朋友。我想你说得没错。只是我不这么认为。我希望能在自己的脑子里看到来龙去脉，懂我什么意思吗？就像把它们构想出来。”他用手在眼前比画了一个框架，确保布雷斯林能明白“构想”是什么意思。

布雷斯林深吸了一口气，然后慢慢吐出来，让我们明白他在竭力控制脾气。“好，”他说，“好，那咱们就花点时间，把它给构想出来。”

“谢谢，”斯蒂夫说，冲他谦逊地一笑，“我很感激。”

“罗里带着那束从乐购买来的花，去见爱斯琳，而爱斯琳显然不是那种用便宜货能打发的女孩，她不高兴了，羞辱了他。罗里受不了了，他花光了预算，为她重新安排日程，还冒雨在斯托尼巴特尔东奔西跑，就是为了能讨她欢心，可是公主殿下竟然还不满意？他引用了简·奥斯汀的一句名言，讽刺对象是难伺候的女人、卖弄风骚的女人，或者文人雅客口中的其他女人。爱斯琳猛扇了他一耳光：她明确告诉罗里，为什么他配不上自己，包括为什么她一直不让他碰她，以及往后也别再痴心妄想。她让罗里彻底下不来台，然后砰——”布雷斯林比画了个出拳的动作，动作幅度很小，没太用力气，“然后就这样了。你能在脑中构想了吧？可以了吧？”

“也许是这样，没错。”斯蒂夫点了点头，正在构想，“只是你会觉得那天晚上那么混乱，那束花应该会被弄乱才对。花会掉在地上，或者留下其他什么痕迹。可我们在地板上没有找到一片花瓣。”

“那就是花瓣没有掉下来。或者罗里够机灵把花瓣收拾起来了。我们在讨论的不是大打出手，只是稍微动了动手，”布雷斯林用嘴巴做了一个咆哮的动作，“只有一拳，惊慌了几秒。若找到几片花瓣会很有用，但这个工作你不能要求太高。你得有什么用什么，不能为了手头没有的证据小题大做。”布雷斯林冲斯蒂夫露出一个嘴角微微上扬的表情，仿佛准备亲他一口，或者与他和好。“我说得对吧？”

斯蒂夫很快活地回答："你说得太对了，朋友。我只是想继续查一查，看看能不能挖出什么料，就这样。"这时布雷斯林突然站起身来走开，口中喋喋不休："我是个菜鸟，你知道吧？我有很多东西要学，所以在我还有条件的时候不妨多锻炼锻炼。"

"你不是个该死的菜鸟，你在这儿待得够久了，应该不用手把手教你，你就能独力办案了。可看现在这情况，就明白头儿为什么还是觉得需要给你们配一个帮手。"

"我们很感激你能来帮忙，朋友。说真的。但是我得按照自己的节奏来办案，你明白我的意思吗？否则我什么都学不到。这会妨碍什么吗？"

"莫兰，得了吧。妨碍就是你们两个要丢人现眼——而且老实说，你们现在还输不起。如果你们当真让我走人，自己准备继续追查或者干点别的什么事情，你们会力不从心，会露怯，不只有其他同事会这么觉得。你拖得越久，对方的防线布置得就越牢固：陪审团的女士们先生们，连警察都不确定我的当事人是否有罪，你们怎么能不产生合理怀疑呢？这难道不会让你们感觉到丝毫困扰吗？"

在审讯室里，罗里抬起头，用手掌根擦着眼泪。他的脸很红，还有泪痕，泪珠还在，不论是否有任何价值。

斯蒂夫把杯子举到布雷斯林面前。"别担心，朋友。我们会确保让头儿知道，你已经尽力让我们振奋起来了。"

"哇，又来了。等一下。你以为我关心的就是这个？"布雷斯林情绪大变，又惊讶又受伤，"你真以为我关心的是这个？我的名声？"

"啊，老天，不，"斯蒂夫说，冲他温和地一笑，"你的名声可是好极了——居功至伟，我想说的应该是这个词吧？光我们几个，肯定不会把事情搞砸。我只是说，别担心——谁立功了，我们肯定不会亏了谁的。"

"这个跟我没有什么关系。那不是我的工作方式。这也不是你该考虑的事——如果你只关心自己的声誉，那我一定会想方设法阻止你，别把事情弄得一团糟，这是为你们好，但是到最后，还是得你自己做出选择。这事事关整个重案组。要是你们一个月才敢指控里面那个明显是凶手的人，媒体不会嚷嚷说康韦和莫兰办事要高效一点；他们只会要求重案组的人好好干活，保护广大群众不受这样的浑蛋的侵扰。我希望你们两个能足够忠诚，别去考虑那些乱七八糟的东西。”

布雷斯林十分激动，一副义愤填膺状，我一时分辨不出他是否真的这么认为。我说：“要是我们抓错了人，大家会怎么看我们组？”

“那就得放弃指控。”斯蒂夫说，感到难堪，“很可能还需要公开道歉。媒体会公然宣称职责组是一群无能的傻瓜，只要能提高破案率，根本不在乎自己抓的到底是什么人。证人不敢接近我们，怕被我们铐上手铐，因为我们成天忙着把所有落到我们手上的人都关起来……”他摇了摇头，“一败涂地，组里就会遇到这种麻烦。”

布雷斯林又叹了口气。“康韦，莫兰，”他说着，又变得温柔起来，“这个家伙是有罪的，让那些你们刚上警校时就已经在抓罪犯的老家伙发表意见，他们也能看出来：这个人就是我们要找的。问题不是他有没有杀人。问题是你们能不能完成工作。”

我说：“可我们现在只能祈祷老天了，对吧？”

“好吧，听着。”布雷斯林后背斜靠在墙上，冲我们两个露出了他那能让证人服软的微笑。“我知道你们两个家伙在这里不容易。也许你们觉得我没注意到，或者并不关心，但如果你们知道有多少人都在记挂着你们，一定会大吃一惊。我一直在说，你们会成为重案组里一对伟大的搭档，只要你们能站稳脚跟。”

“谢谢你，朋友。”斯蒂夫说。斯蒂夫基本没有遇到什么麻烦，除非是因为我惹上；布雷斯林只是想让我们这一对变成妄想狂。“这话对我意义重大。”

“别客气。你只需要摆平那些破事，惯例而已。新手都得受些欺负；大家都这样。这不是针对你个人的。”

这个虚伪的浑蛋，竟然没有意识到自己用了刚才审问法伦时的同一套说辞。才刚过了五分钟，要不就是他觉得我们也这么蠢。而且他竟然觉得，我们愚蠢如此，会相信那些破事是惯例，或者我们已经绝望如此，会假装相信这鬼话。

“那些家伙只是想看看你们能不能承受得了。而这次呢？”布雷斯林指了指单向玻璃，“就是你们向他们展现的机会。我知道那些破事已经动摇了你们的信心，但如果这种学生级别的鬼话就让你们对自己的判断失去信心，不敢去抓这样一个浑蛋，也许你们真应该离开警察局了。好吧，这听上去有些伤人，”举起一只手，仿佛我们有人要打断他，但我们并没有，“但你们得听一听这种话。”

我很清楚斯蒂夫会做何反应，所以没有去看他。通过余光，我看见他还在惬意地晃着腿，喝着水，不过我能感觉到，他也清楚我的想法，所以没有看我。

布雷斯林想让我们对罗里·法伦提出指控。他很渴望我们这么做，这可能是因为他厌倦了帮我们处理这个幼儿园水平的案子，想赶紧结了，回到他的搭档麦卡恩身边，继续追查他们那些高智商的酷炫阴谋，以及黑帮老大的枪杀案。也可能是想在奥凯利面前邀个功——那两个人解决上一个家暴案用了两个月，我一出手就立竿见影。快抚慰一下我的自尊心，赶紧给我升职。还可能只是因为他一直好为人师，如果不能跟人絮絮叨叨，他就没法活。可是还有问题。

我一直想当然地以为，不管是谁把我出卖给了克劳利，都只是一时冲动，只是为了耍我，就像有人趁我不在座位时把我的手机放进咖啡杯里一样。直到这一刻，我才明白，这背后其实有更大的阴谋。

鬼鬼祟祟的克劳利正想方设法把这个案子炒作成一个大新闻，而且有人怂恿他这么做。如果我真的搞砸了什么事情，大出洋相。比如，某个可以消除法伦嫌疑的重大证据不明所以弄丢了，没有到我手上，在这种情况下，如果我对他提出控告，而且要是报纸恰好通过某些渠道掌握了信息，那么举国都会为之震怒。这正是重案组翘首以待的借口：我就该打包走人。

在一次审讯过程中，我站起来，暂停了录像——审讯在下午二点五十二分暂停，康韦警探和莫兰警探离开审讯室——让我和斯蒂夫滚出去。我们需要谈一谈，立刻。我无精打采地看着布雷斯林，等着看接下来会发生什么。

“听我的，”布雷斯林说，“莫兰，你去查一下监控录像，看看能不能找到罗里·法伦昨晚从被害人家里离开的画面，然后追查他的行踪——也许我们能找到他是在什么地方扔掉手套的。同时，我和康韦会继续对付他，争取让他认罪——这对我们来说不是什么问题，我说得对吧？”他冲我友善地咧嘴一笑，还——我的老天爷，在我肩膀上拍了一下。我几乎要忍不住揍这个自以为是的浑蛋了。“即使我们没法让他认罪，也不是什么大问题：我们已经掌握足够多的情况。我们会逮捕他、控告他。我会跟其他小伙子说一声，关键时刻，你们两个可以采取一些非常手段，我保证你们不会在组里惹上什么麻烦。大家都是乐于助人的好同志。”

他差点就明示言下之意了：只要你们在这个案子上听我的，我就会为你们摆平那些小伙子。这不只是因为他想回到麦卡恩身边，或者他想在头儿面前好好表现一下。他十分渴望让法伦受到指控。

而且他很肯定我们会迫不及待地达成这个交易。他甚至已经拉紧了领带，准备往外走。

我说：“听我的。迪齐和斯坦顿正在做罗里·法伦的重要联系人名单。如果罗里就是我们要找的人，那么报案人也一定会在名单上。我希望你能跟这些人聊一聊，看看能否确认报案人的身份。要是他有兄弟和哥们儿的话，就从这些人入手。如果没有，你也可以一个一个聊。”

布雷斯林转过身来。他盯着我，不过也在努力保持友好平和，如果我们愿意，他也乐意继续拉拢我们。当他确定拉拢我没希望了，他问我：“为什么？”

我说：“因为我和莫兰会在这里再审他一次。”

布雷斯林来回打量着我们——他本想做一只大狗，忍耐不知天高地厚的小狗很久了。但他现在得听令于我们，这让他有些泄气。他说：“关于这个决定，我需要得到一个解释。”

我正准备回答他，因为这他妈的是我们的案子，而他下次要是再想对我们发号施令，就要做好蛋蛋被我们用膝盖踹的准备。但斯蒂夫却抢先说话了。他说：“你的想法完全正确，朋友，我们需要赢得同事们的尊重。但我们不会让你为我们争取嫌疑人招供。你能帮忙我们很感激，但是这个案子我们会自己解决。”

我承认他的这些话，确实比我考虑的版本要好。随着布雷斯林脸上露出吃惊的表情，我的状态也恢复了正常。我告诉斯蒂夫："布雷斯林警探当然很清楚，你这个笨蛋。你看人家像个菜鸟吗？他正在测试我们呢。他想看看我们是不是已经慌了神，随便就把自己应该承担的重任推卸给别的什么人，或者我们是不是只知道使唤助手来帮我们做事。"

斯蒂夫把嘴张开，紧接着是一阵大笑。"老天哪，亏我还站在这儿，像个白痴一样跟你们长篇大论，要你们去赢得同事的尊重。好吧，朋友。你忽悠我，没有问题。"

布雷斯林嘴角还有一丝笑意，但那双灰白的眼睛依旧在我们之间来回游走，冷酷、意义不明。他不知道自己是否相信我们。

我刻意露出似笑非笑的表情。"他也忽悠过我，一开始的时候。他名声这么好是有原因的。谢谢你，布雷斯林，我明白你的意思了，很清楚了。我们会做好我们的工作。等我们一完成，就会在专案室等你。案情会议在四点。"

我满意地向他点了点头，然后转过身，朝单向玻璃那边走去。布雷斯林玻璃中的影子一动不动，和罗里的影子重叠。他在盯着我。我脊背发凉。

然后他耸耸肩。"我很乐意认为，你们知道自己正在做什么，"他说，"四点钟见。"

影子掉了个头，消失了。观察室的门咔嗒一声关上了。

我和斯蒂夫等着，边倾听着边看着罗里在口袋里乱摸，找出一张皱巴巴的纸巾，想把自己那一团糟的脸擦干净。然后我走到门口，迅速打开门，走廊里空空如也。

斯蒂夫说："我不喜欢这样。"他的声音回归正常。

我说："我也不喜欢。"

"他在耍什么把戏？"

"我不知道。"我让门开着。我想踱步来着，但观察室太小，每走两步就会撞到墙。臭气越发浓重，仿佛屋里又多了一个人，让我们腾出地方。"你听见他说的了吗？'我保证你们不会在组里惹上什么麻烦……'他还想拉拢我们。"

"他为什么想让法伦受到指控？还这么迫切？"

“我不知道，我觉得他跟那些想整我的人不是一伙的。”斯蒂夫必须知道发生了什么，他又没有昏迷，可是我从不与人交心对话；这是我第一次直接讲出这件事情，感觉并不好。“但要是我们太仓促地指控法伦，结果事情搞砸，克劳利一定会出手，让全国人人皆知……”即便只是想一想——办公室里爆发的掌声、罗奇的傻笑、奥凯利说明这样做不行时声音里赤裸裸的宽慰——我的大脑就会紊乱，充满红色锯齿线。我说：“这可能是让我出局的一种方法。”

斯蒂夫撕开了他的塑料杯，正在把它折叠成各种形状。他说：“有可能只是因为他想整我们。”这个“我们”很可爱——没有人想整斯蒂夫——但这一瞬间，我感受到一股可笑的温暖。“不过我在从没他身上感受到这种信号。我倒是总感觉他根本不把我们放在眼里。”

“我也是，可他如果真想赶我们走，那我们就会有这样的感觉。布雷斯林不是天才，但他干这一行有些年头了。他完全有能力隐藏起自己的真正目的。”

“或者，”斯蒂夫说，“如果黑帮歹徒的事情属实……”

他说到这里停下了，折叠塑料的尖锐声音很刺耳。

警察枉法是存在的。现实中数量比电视上少一些，但确实存在。比如，某个家伙用超速罚单换某场比赛的门票，身体和灵魂都被某个黑帮老大收买。

如果是一个黑帮男友杀了爱斯琳，他或者他的朋友肯定会在第一时间找到他们最好的小跟班，让他把事情摆平。最完美的摆平办法，也许就是控告罗里·法伦，结了这个案子，没有后顾之忧，也不必担惊受怕。

“布雷斯林，”我说，我停止了踱步，也几乎屏住了呼吸，“布雷斯林。你觉得他也卷进来了？没开玩笑吧？”

斯蒂夫动了动一侧肩膀。

“不，我不这么觉得。他一心想的只是当个大英雄。他可不愿意最后落一个傀儡警察的坏名声。这么复杂的角色会让他脑细胞全死光的。”

斯蒂夫说：“不管做了什么，布雷斯林都有办法自诩为英雄。这是他的出发点：按照这个想法，他是个好人，所以不管做什么事情，都一定是正义的。他的工作就是反向证明自己是正义的。”

千真万确，可我从没这么想过——我以前从来没花太多时间去思考关于布雷斯林的任何问题。我不喜欢这种感觉，如同芒刺在背。斯蒂夫所说的这个推测，不仅布雷斯林这么想，我们其他人其实也是。当你不停逼迫某个受到精神创伤的证人说出一句证言；或者让某个妈妈配合调查提供证据，给出能够把她的孩子送进监狱时，你都会享受到胜利的快感，而绝不会为这些行为在道德上的微妙瑕疵纠结，因为在这个故事里，你是好人。在斯蒂夫的分析下，案子变得面目全非，纷乱而棘手，危险得很。

他说："而且他就是他们想找的那种人。有老婆，有孩子，有贷款……"

黑帮歹徒不会在我和斯蒂夫这样的人身上费心，单身工薪族，路还长着呢，除非我们沾染上了赌博的恶习，或者有嗑药的爱好，况且我们也没有足够的影响力。可布雷斯林就不同了，他有一个需要精心呵护的金发老婆、三个金发龅牙小男孩，像广告里会出现的那种美满家庭。他家的房子在坦普尔洛格的中心区，他身上的担子可不小。而且如果他改变主意走不同的人生道路，会受到许多阻挠，损失也会很大。他一旦入了伙，哪怕只是稍微沾上边，就难再逃脱。

布雷斯林和麦卡恩处理过很多涉黑凶案；他们花了很多时间审讯那些黑帮核心成员。如果说在这个过程中没有人试图收买过布雷斯林，恐怕是个奇迹。

同样，在办公室里，我也感受到了这种紧张的气氛，仿佛有直线撑住了我的眼眶周围。我心跳如鼓。

我说："对，他的确是。"

"绝对是最理想的人选，而且一个重案组的成员，值得黑帮大佬花大价钱。"

布雷斯林穿高级西装，不过我们都一样。他开的是宝马 2014，还反复讲自己怎么把孩子们都送进了私立学校，因为他不想让孩子们周围都是骗子和说不了几句英语的移民——那也是一群骗子，哈哈哈，无意冒犯，康韦、莫兰——而我想应该是有"老爹"和"老妈"一直在资助他。他还会带着家人去马尔代夫度假，但如果我细想过此事，我就会猜想他可能给银行经理免了几分罚分，以换取他信用卡的巨额透支度，也不用有还贷的压力。

我和斯蒂夫一直想办个有意思的案子。这个案子可能要比我们预料的要有趣得多。

斯蒂夫说："如果是他把消息泄露给克劳利，这也可以解释他这么做的动机。"

当水中出现足够多的泥巴，事态开始模糊不清，就会引起你产生合理的怀疑。角落里，气氛紧张起来。

而我情不自禁地咧嘴笑起来。

如果斯蒂夫是对的，那么我们接下来就会面临巨大的危险，来自四面八方。黑帮歹徒不会杀了条子，那会让他们陷入大麻烦，但要想炸掉你的汽车，警告你别管，其实不成问题。而且如果我们向内务部门告发布雷斯林，跟同事们会对我们做的事情相比，那只是小打小闹。

我迫不及待地想让他们放马过来了。危险对我来说不是麻烦，我会一举解决。布雷斯林这个狂妄自大的酒鬼，想要把我当成动物气球那样摆布，他让我感觉备受束缚，挣扎着想揍他。但布雷斯林如果枉法了：他是个铤而走险的人，敢碰任何有理智的人都不敢碰的毒瘤，而我对敢冒天下之大不韪的人总是很着迷。

斯蒂夫盯着我，仿佛我疯了。"怎么了？有什么可笑的吗？"

"没什么，我喜欢挑战。"

"所以你觉得我是对的，你觉得他是一个……"斯蒂夫没有把话说完。

这让我更清醒了一点。"我还不确定。我们是通过假设得出这个结论的，而我并不喜欢假设。"我低头咬自己的拇指，收起笑容，"我们确切知道的是，布雷斯林希望对这个家伙提出指控，结束此案，越快越好。我们需要做的就是拖住他，直到找出他的动机何在。你刚才提出的想法，说我们自己去做脏活累活，这很好。这能够为我们争取一些时间。"

斯蒂夫撇了撇嘴角，看上去并不信服。"你觉得他会同意吗？"

"不确定，我想会吧，但愿如此。"想起布雷斯林冰冷的凝视，我就愈加坚定，"不管怎样，这是我们可以追查下去的一条线索：我们是傻瓜菜鸟，不知道这里的规矩，而且我们想独立来办案。你觉得可以吗？"

我有点期望斯蒂夫打退堂鼓。很有可能所有的破事都是冲我一个人来的，只要他不犯错，一旦我身败名裂，化为冒着青烟的废墟，他也可以避开炮火和壕沟，顺利地融入组里。不过他让布雷斯林深信他是个白痴的话，机会可就没了。但是他咧嘴笑了。“笨蛋菜鸟，我应付得来。”

“本色出演。”我说，我很欣慰，这给我沉重一击，我根本不想去思考，“根本用不到演技。”

“嘿，对你来说也算是物尽其用。”斯蒂夫用拇指指了指单向玻璃，“我们该拿他怎么办？”

罗里已经不哭了，他开始坐立不安，抬起头焦急地四处张望，像只小猫鼬，疑惑我们去了什么地方。他本来是我们这一天的首要事情，可我基本上都快把他忘了。

我说：“我们还得再审一次，就像我们告诉布雷斯林的那样。”

“那意味着要让布雷斯林去和他的联系人谈话，你觉得那样安全吗？”

如果布雷斯林想找我或者罗里的麻烦，罗里的朋友们成为布雷斯林乐意笑纳的大礼就很有可能了。我说：“也许有危险，不过管他呢，我们就来铤而走险一把。这是我能想到的可以把他赶走的唯一办法。我不想让他再出现在法伦面前，法伦受不了别人的摆布，要是布雷斯林再推他一把，他恐怕就要走人了。不管他是不是我们想找的人，我都不想让他觉得我们是一群可怕的恶霸，至少目前还不想。”

“‘不管他是不是’，”斯蒂夫说，“你现在还没确定吗？”

我耸了耸一侧肩膀。“从审讯室出来我其实已经确定了，不是百分之百，但也差不多。他提前那么久去斯托尼巴特尔，一定有问题——他不喜欢谈论这一点，你发现了吗？”

“没错，但当你告诉他爱斯琳的死讯时，在我看来他的反应很真实。”

“我看也一样，但即使是真的，也不能说明他就是清白的。”罗里拇指与食指之间捏着纸巾，纸巾湿了，他想找地方丢掉，最后只能把它塞进自己的口袋。我说：“他一开始可能还不知道自己杀了她，他只是打了一拳，她倒下，但在他检查她的脉搏或者呼吸的时候，她还活着；所以他关上了炉灶，确保不会发生火灾，然后就跑了。他想她可能只是脑震荡或者其他什么，然后一晚上都在祈祷这段记忆会从她的脑海里消失。而当他得知她真的死了，自己面临一起谋杀案的指控，他就几近崩溃。”

“这有可能。”斯蒂夫说。

“我刚从审讯室出来时，本来也赌事情就是这样的，但是现在……”罗里半站起身子，随即又坐下，仿佛站立可能会违反规定。我说：“你怎么看？”

斯蒂夫正用大拇指甲摸索着塑料水杯的纹路，同时看着罗里坐立不安。“问题是，即便罗里就是我们要找的人，那也不意味着那个秘密的黑道男友不存在，而布雷斯林是无辜的。”说到这里他的声音逐渐变小。我们的目光自然地投向了门口：什么都没有。“假设男友存在，好吧？即便他没有对爱斯琳做任何事情，他也不希望我们注意到他的事情，调查他的行踪，告诉他的夫人这方面的隐情……他一发现爱斯琳死了——比如，他为昨晚后半夜去她家并和她快速亲热了一番——他肯定会给知道内情的人打电话，让他尽快摆平这件事。”

“我们处理得越慢，”我说，“就越有时间去发现其中的隐情。”仅仅说这些话就让我心跳加速。

“我们就拖着吧。”斯蒂夫说。

“不是拖着。布雷斯林是对的，我们没有必要落个无所作为的名声。我们要简洁漂亮地处理这件事情。不管发生了什么，在我们能掌握一切细节之前，我都不想让罗里再回来。要是我们再去审他，我们就带上足够的弹药，把他轰走。”

斯蒂夫点点头。“那现在呢？”

我看了看手表：距离案情会议只剩不到一个小时。“现在我们再让他聊一聊这件事情，看他还有没有什么想要告诉我们，然后把他的大衣和手套拿到手，努力说服他允许我们搜查他的公寓。然后我们就把他送回家，开我们的案情会议，再然后——”

“再然后，我们就回去好好睡一觉。我都快崩溃了。”

说完这话他打了个大大的哈欠。我想要忍住，但是太迟了：他的哈欠传染了我，我也一样，身心俱疲。我眼前一片飘忽，几乎看不清自己离墙壁有多远。“可是布雷斯林不会去睡觉，”我说，“要是我们回家，他就可以为所欲为了。”

“要是我们不回家，那就给他通风报信了。”

斯蒂夫是对的，为了一个死去的孩子或者死去的条子，如果需要，你会一连工作二十四小时，然后匆匆忙忙冲一个澡，快速打个盹，然后继续下一个二十四小时。如果每个案子你都这么干，不出三个月你就会精力耗竭。普通谋杀案是轮八小时的班，如果遇到特别点的，就要工作十二小时或者十四小时。如果我们为了这个案子工作二十四小时，也就相当于跑着去告诉布雷斯林，我们发现这里面有猫腻。

我说：“我们该拿他怎么办？”

“等案情会议上，给他多派一些活儿，让他腾不出手来找麻烦。”

“对，没错。他会喜欢的。像他这样的大男人——”

斯蒂夫咧嘴笑了。“这不关乎他的自尊，记得吧？他告诉我们的。这关乎整个组。他不会介意去追查39A路公交车上所有乘客的，毕竟是给组里做事。”

我也咧嘴笑了。“搜查从斯托尼巴特尔到拉内拉格的所有垃圾桶：布雷斯林，是给组里做事嘛。去确认一下尸检报告：布雷斯林，是给组里做事嘛。把报表做好——”

“去买个比萨回来：布雷斯林，是给组里做事嘛——”

我们差点都放声大笑。如果我放松得过头，恐怕站着也会睡着。

“我们会让他继续调查罗里·法伦，”我说，“如果他调查了联系人名单，他可以跟罗里以前的女朋友们聊一聊，看看她们有没有被罗里扇过耳光——”

“他不会的。”斯蒂夫把手伸到饮水机的水流下面，抹了把脸，让自己保持清醒。

“也许不会，不过要是布雷斯林如此迫切地想要指控法伦，他一定会不遗余力地挖掘关于法伦的负面评价，没错吧？这会让他一直忙下去，没空给我们找麻烦，至少能耗上一个晚上。而且我们会派一个助手跟着他，这可能会让他在删除那些对他不利的证词之前三思。”

我的语气一定混杂着什么，斯蒂夫立刻抬起了头。“你是不是又丢东西了？比如从彼得雷斯库案的证人出问题之后？”

“没有。”我说——我可不想趴在他肩膀上哭诉哪个卑鄙小人偷走了我的笔录文件。“但这不意味着那样的事情不会发生，我们必须要小心行事。”

斯蒂夫还看着我，用手掌抹去下巴上的水滴。我觉得他酝酿回答的时间太长，但他语调很轻松。“如果就是布雷斯林给克劳利提供的线报，一个助手可阻止不了他。”

“我知道，那你打算怎么办？他上厕所也跟着，以防他解手时偷偷给克劳利发短信？”

“不，给他配助手是个好主意。我们可以告诉布雷斯林助手需要指导。”

听到这话我冷哼了一声。“他会买账。这可能不会奏效——布雷斯林可能会牢牢将助手控制住——但是这总比什么都不做要好。”

斯蒂夫说：“我们不能让布雷斯林接触爱斯琳的电子信息。”

她的手机、电子邮箱、社交账户；如果她有这么一个黑帮男友，我们就一定能顺着线索把他找出来。“而且在案情会议上，我们要确保每个人都知道我们已经掌握了这些情况，”我说，“布雷斯林或许已经在去案发现场的时候，查看过她的手机。不过据我所知，里面没什么有价值的线索。”

“告诉你我们还有什么要做的，”斯蒂夫说，“我们得抓住一切机会跟布雷斯林聊天，或者让他更像主动和我们聊天。”

“啊，老天，现在就一枪崩了我吧。”

“我们得这么做。让他一直说话。他不傻，不过……”

“但他迷恋自己的嗓音，”我说，“没错，他会一个劲地指导我们，你永远不知道他会泄露什么。如果有机会，也跟麦卡恩多聊聊。”麦卡恩和布雷斯林已经搭档十年了，他们关系密切。无论是为了什么，如果布雷斯林有意要让罗里认罪，即便他是想要让我办砸这个案子，麦卡恩也会知道内情。“他不怎么爱说话，不过这种事永远不好说。”

“我们只能这样尽力了。我们现在肯定不能跟团伙犯罪组那边的人说上话，不能直接交涉。”斯蒂夫咬了咬指甲，目光落在罗里身上，只是盯着，并没有看他。“你说你有个朋友在那边，你能联系上他吗？他有没有听到什么风声？”

“没错，但这没那么简单。”我在饮水机前把手弄湿，绕着脖子擦了一圈。“我再看看能做点什么。”

“而且我们不能留下任何文字记录。”

“哦，老天，对。还不能在桌子上留任何东西。”我想着我的笔录，还锁在我的抽屉里。没有人会费心再去耍这样的把戏，他们只是想让我一直提心吊胆。倾刻间，那把小小的锁仿佛成了个笑话。“或者是桌子的抽屉里。笔记要随时带在身上。”

斯蒂夫咬着嘴角说了句：“老天。”

所有这一切都是在捕风捉影，追查下去可能有巨大收获，但也可能最后发现根本没有必要。但肾上腺素在我体内飙升，让我情不自禁地迷上。我几乎把水甩到了斯蒂夫身上。“看看你那臭脸，振作点，朋友。这可能是我们有史以来最精彩的一次行动。”

“这可不是我期望的那种行动，瞒着自己组里的成员——”

“要淡定，”我说，“我们可能什么都查不到。只要记住我说的：务必小心。”

走廊里有动静。我两大步跨到门口，发现只是穿着运动服的温特斯，他领着一个不起眼的小混混进了另一间审讯室。“赶在布雷斯林回来检查我们的工作之前，”我说，“我们最好换个地方。”

斯蒂夫点了点头，把他那只已经撕烂的杯子扔进垃圾桶。我又看了一眼罗里，他正在椅子上抖个不停，仿佛椅子通了轻微的电流。我们向他走了过去，准备暂时对他友好一些。

审讯室里充满了汗臭和泪水的气味，不太好闻。“康韦警探和莫兰警探进入审讯室。”我冲录像机说。

“嘿，”斯蒂夫说着找到位置坐下，向罗里露出了同情的笑容，“布雷斯林警探外出了，由我来替代他。我是莫兰警探。”

罗里只是点了点头。我拉开椅子，对他说：“你还好吧？”

“还好。”他的鼻子有些堵，“抱歉……”

“没关系，”我说，“你现在可以说话了吗？”

罗里红着眼，责怪地看了我一眼。他说：“你什么都知道了。我正在跟爱斯琳交往，我昨晚准备去她家。你都知道了。”

保佑他那颗脆弱的中产阶级心灵。警局的长官竟然欺骗了他，他真的有些恼火。我说：“是的，我们知道了，我知道我们的所做所为很不厚道，但我们是在调查一起谋杀案，有时候，我们只有通过做一些不那么完美的事情，才能得到我们想要的信息。如果我们告诉你发生了什么事，你就有可能会对我们有所隐瞒，我们不能冒这个风险。你也许知道一些重要线索，即使你自己没有意识到有多重要。”

“我已经把我知道的一切都告诉你了。”

他真的在生我的气。我后背靠在椅子上，盯着斯蒂夫，示意该他上场了。

“你觉得你已经把所有事情都告诉了我们，”斯蒂夫说，“但那时你还不知道出事了。我所知道的是，这样的噩耗会让人的记忆出岔子。你能再帮我个忙吗？再想想昨天晚上还有什么事情，万一你忘了呢？”

罗里满腹狐疑地看着他，但“邻家好男孩”热忱而满怀希望地凝视着他作为回应，让罗里明白是我骗了他，斯蒂夫并没有错。况且不管怎样他都会喜欢斯蒂夫，毕竟此前坐在这个位置上的人是布雷斯林。“我想一想。我很确定那里没有——”

“啊，太棒了，”斯蒂夫说，“即便是最细微的事情，也可能会帮我们大忙。在斯托尼巴特尔的时候，你有没有注意到什么人，可以描述一下吗？有没有听到什么古怪的声音？有没有什么让你印象深刻的东西。”

“倒也没什么。我并不是个善于观察的人，而且昨天晚上我的全部心思都放在……放在爱斯琳身上。我没有注意到别的什么东西。”

“哦，没错，我也想到了。当一个人开始一段关系的时候，尤其是像你一样遇到了一个那么特别的人，世界上其他的东西仿佛都不存在了。”

斯蒂夫微笑着，罗里嘴角突然抽动了一下，几乎也在笑。“确实是这样，而且你也知道昨天是什么天气：那晚上糟透了，我觉得很冷，还被一棵树上积的雨水浇到了身上，领子后面都湿了……但那时候我的感觉还很美妙，草坪湿漉漉的气息，在街灯的光线下，雨丝斜斜密密……”

“看见了吧？这就是我对你说的：你记得的事情要比你以为自己记得的要

多。而且你在斯托尼巴特尔待了整整一小时，对吧，从七点半到八点半。你一定遇到过什么人。”

随后那种情况又发生了：罗里的脖子不由自主地扭了扭，他抬手扶了扶眼镜。斯蒂夫提出了具体的时间，而这让罗里突然对这个游戏产生厌恶。血腥味再次冲入我的鼻腔。斯蒂夫抬起头，我知道他和我闻到了同样的味道。

罗里回忆起来了：他会讲出任何转移我们注意力的事。“实际上，我确实遇到了。在普鲁士街上，我遇到了三个女人，那是我去乐购的路上。她们打扮得像是要出远门，有两个跟爱斯琳的发型一样，都是金色的长直发——所以我才会注意到她们。她们一起撑着一把伞，一直笑个不停。我下公交车的时候，有一群穿着连帽衫的男孩，正在阿斯特丽德路上踢足球，爱斯琳家就在那条路的拐角。我靠近的时候他们也没有停下来，所以我只能走到马路上，避开他们。但我觉得没有哪个会……”

斯蒂夫一直在点头，仿佛这些都是重要线索。“你不会知道的。他们也许看到了什么。这都是有价值的线索。”我在自己的笔记本上胡乱写了一通，做出一副发现了有价值的线索的样子。这些人极有可能都是想象出来的。“还有别人吗？还有别的什么事吗？”

罗里摇了摇头，斯蒂夫等了一会儿，但什么也没有等到。“好吧，”他说，“你跟爱斯琳之间的聊天怎么样？想一想这部分内容。她有没有提到有人正在找她麻烦？或许会有一些让她感到害怕的人？或者是一个一直都不甘心分手的前任？”

罗里摇了摇头。

“好吧。有什么似乎让她感到不舒服的东西吗？或许在聊到某些特定话题的时候，她总会表现得小心翼翼？”

“实际上……”既然我们已经离开了焦点问题，罗里便又放松了下来。“是的，每次一谈到她的父母，爱斯琳就……有些奇怪。她告诉我他们都死了——她说她爸爸在她很小的时候就死于一场车祸，她妈妈长时间患有多发性硬化，几年前死于这种疾病……”

他的目光在我们两个之间来回游移，希望我们可以给他一个确认或者否认。

我们什么都没说。

“但她在说这些的时候似乎很不安，而且总会强行改变话题。这本来可能只是因为我们对彼此还不够了解，但我有些好奇，或许另有隐情——比如他们中的一个还活着，但是有一些问题，像我说的那样。我是说，我显然不会去问，但……我有些好奇。”

这并不是斯蒂夫想盘问出来的东西。“没错，”他说，“有意思，我们会想办法去查一查。还有什么吗？”

罗里摇了摇头。“我能想到的只有这个。”

“你确定吗？我不是在开玩笑：任何细枝末节都有可能影响调查。任何事情。”

沉默了一会儿。罗里喘过气来想说什么，但又沉默了。他不再看斯蒂夫。

斯蒂夫等待着，轻松而饶有兴致地看着他，仿佛是一位酒吧里的朋友。罗里突然说话了，出人意料：“我只想知道你们还有什么事情瞒着我。”

“你当然可以知道。”斯蒂夫用公事公办的口气说，“我只能说，我们并不是为了捉弄你才隐瞒什么。我们这么做，只是为了抓住杀死爱斯琳的凶手。”

罗里抬了抬眼，努力想和斯蒂夫对视。他问：“我是嫌疑人吗？”然后他挺直身子，等待着回答。

斯蒂夫说：“目前，任何跟爱斯琳有联系的人都是潜在的嫌疑人。我不会说你不在此列，这是侮辱你的智商。”

罗里一定知道自己的处境，但这话还是让他感到害怕。“我昨晚都没有见到她。而且我那么在乎她，我想我们会——我为什么会——”

无论他想告诉我们什么，最后都没能说出口。“好吧，”斯蒂夫理智地说，“但我们总会发现，大家可能都会这么说，肯定有个人会说谎。我们很乐意消除你的嫌疑——越快缩小嫌疑人范围总是越好的——但我们不能只根据你说的话。你能明白的，对吧？”

“那你们会做什么？”

“证据。我们需要采集指纹，而在这个案子里，我们还需要你的大衣和手套——显然我不能告诉你理由，但它们会对我们最终将你从名单上剔除有很大的帮助。你对这些都没有异议，对吧？我们可以拿走了吗？”斯蒂夫冲罗里的衣物点头示意。

罗里吃了一惊，但斯蒂夫没有给他什么选择的余地。“我想——我的意思是……可以，好吧，我还能把它们拿回来，对吧？”

“当然，”斯蒂夫说，他伸出手，用钢笔去钩桌子另一端的手套，“只需要等上几天。我们是不是还可以去你的公寓，看看能不能找到什么可以帮助你消除嫌疑的东西？”

“我没有……”罗里眼睛眨得飞快。房间不通风加上压力让他难受，他开始感觉到了煎熬。“你们只拿走这些不行吗？我昨晚戴的就是这副手套，如果它——”

“没错，不过，”斯蒂夫解释说，“我们不想把你的大衣从名单上剔除，我们的目的是证明你的清白。这意味着我们需要拿到任何你当时有可能穿的衣服，而不只是你实际穿的衣服。明白我的意思了吧？”

罗里把眼镜往上推了推，用手指压了压眼角。“是的，好吧，想拿什么你们就拿什么吧。不过，我希望我也能回家——在你们去我家的时候。我不想让人们觉得……这没问题吧？”

“没问题，”斯蒂夫轻松地回答，“带你回家的小伙子们，他们会迅速检查一下你家。我们会尽快行动，好吧？去采集一下指纹，然后就回家，继续过你的日子。”

罗里闭上了眼睛，指尖顶在上面。“好，”他说，“我很希望如此。”

我把罗里的手套和大衣收进证物袋，准备趁他还没改变主意赶紧把它们送到索菲手上。然后我坐在办公室里，开始录入罗里的口供，不理会屋子里那些无视我的浑蛋。同时斯蒂夫打印出了一张地图，这样罗里就可以把他昨晚回家的路线展示给我们看——尽量按照他记住的或想要的样子——然后让他复述一遍。我给了他们尽可能多的单独相处时间，以免罗里依旧对我怀恨在心。但当我回到审讯室的时候，斯蒂夫轻轻对我摇了摇头：没有什么有价值的线索。

“这样。”罗里说。他把地图推过桌面。他看上去很粗鲁，双唇干燥，灰褐色的头发贴在脑门上，仿佛刚才一直在跑步。“可以了吗？”

地图上仔细地描了一条从拉内拉格一直蜿蜒到斯托尼巴特尔的线，还有一个小而工整的“X”标在码头的位置，标注着“花束”。“太棒了，”斯蒂夫说，“万分感谢。”

“看看这个，”我把笔录和一支钢笔递给了他，“从头看一遍，如果没有问题，就在最后一页签上名字。”

罗里没有伸手把笔录接过去。“你觉得……”他深吸了一口气，“要是我没有中途离开，要是我坚持敲门，或者把警察叫来，或者破门而入，我是不是还有可能把她救回来？”

我几乎说出“是的”。如果他不是我们要找的人，那他就是个该死的窝囊废，需要被好好敲打一下，免得他过分沉浸在自己的世界。而且他不该来这里，一副做贼心虚的样子，害我们浪费了半天时间。只要我说“是的”，他余生就会无休无止地幻想出越来越生动的故事惩罚自己：他在关键时刻冲进房子，把爱斯琳从一群飞车党暴徒手里解救出来，从此他们就幸福地生活在了一起，还生了两个或者四个小白痴……简直难以抗拒。

但如果他是我们要找的人，他就不傻，而且他会有法子利用一切我透露给他的信息。“没人知道，”我说，“这个。”然后我把笔录扔到他面前。

他读了笔录，或者至少在每一页上都会盯上一段时间。最后，他勉强签了字，仿佛几乎不记得该怎么签。

就快到四点了。我们叫来了正在截取监控录像进度的那组助手——克勒格尔和赖利——告诉他们该怎么对付罗里，在他家里要做些什么。斯蒂夫在自己的柜子里找到一件旧外套，可以保证罗里那脆弱的小身板不至于在回自己家的路上被冻坏。我们又夸赞了他一番，就把他送走了。

“你欠我十英镑。”当我们目送着克勒格尔和赖利带着罗里在走廊里走远时，斯蒂夫说。从后面看，夹在一对有着农夫一般的宽阔肩膀、迈着正步的男人中间，罗里就像个呆瓜，正被押往学校后面挨耳光。

我检查了一下我手里的所有笔录。“我他妈的还得跟你要钱呢。你难道没看到他眼睛里晶莹的泪光？快付钱。”

“不能这么算。他那是被我们吓坏了，并不是因为女朋友死了。”

“从什么时候开始？”斯蒂夫是对的，可我就是想跟他抵赖。“不，不，不，你不能自己定规矩，来——”

“一直都是。我什么时候赖过账——”

“有时候我真想打你一顿，比如这种时候——”

罗里和助手们消失了，大理石地面的楼梯间里回荡着杂乱的脚步声。我砰的一声关上审讯室的门，和斯蒂夫一起回到办公室，回到我的同事们中间。走廊仿佛仍在不停颤动，有许多隐藏的陷阱和尖棍，但这似乎已经不再是什么坏事，不再是了。

05

我曾经很喜欢第一次案情会议，喜欢它的一切。专案室的节奏，每个人都如同整装待发的灰狗一般紧绷着。每一次回答都愈发接近问题的核心，每一次都引得大家愈发迅速地回头一瞥。工作如同甩鞭子一般被分配出去，墨菲负责收集监控画面，文森特负责搜索金色丰田凯美瑞，奥利里负责和女朋友谈话。啪，啪，啪。随着我合上笔记本，下令出发，所有人都一齐离开座位，赶在我的嘴巴合上之前冲向门口。过去每次会议之后，我感觉我们追查的那个浑蛋插翅难逃。但这一次——即便只是想一想——助手们上下打量着我，想知道哪一条流言是真的；我看着他们，想着他们中谁会对我的任何失误感兴趣，把它放大，为了博取大家一笑以及领导的赞扬——这让我像宿醉了一样，感到反胃，变得刻薄。

不过 C 专案室，自从我不再作为助手为那些大人物追逐意义不明的线索之后，就再也没进去过；我已经把它忘光了。高高的天花板上悬着灯，晃眼的灯光掠过白色书写板和高窗。线条流畅的电脑排成一排时刻准备工作，发出有节奏的震颤声冲击着空气。桌子擦得光可鉴人，仿佛桌沿可以把你的拇指齐根切断。我一踏进门里，便感觉这房间能拂去我的一身疲惫，仿佛吹走灰尘一样，我恢复精力，状态稳定。走进去，似乎连解决开膛手杰克[①]的案子都不在话下。而且这一次我不再是助手，某个大人物一打响指便要立刻行动。这次我是大姐大，这里的一切都只属于我一个人。只用了一秒，这间屋子就出其不意地让我爱上

① 1888 年 7 月 7 日到 11 月 9 日，在伦敦东区白教堂一带以残忍手法连续杀害五名妓女的凶手，此名为其代称。

了工作，我对工作的爱艰难而痛苦，仿佛绿芽一般重新萌发。

斯蒂夫仰着脸，嘴巴半张，微笑着，仿佛一个演哑剧的孩子，他也有同感。但这又让我重新恢复理智。斯蒂夫会为一切美妙的事物神魂颠倒，不会费心去想它是怎么来的，为什么得来，或者它的背后有什么。而我不会这样。

我把一摞纸啪的一声放在了主办公桌上，身子在房间的一端，足有普通办公桌的两倍长。“先生们，”我大声说，“我们开始吧。这个是谁的？”我举起一只咖啡杯。

布雷斯林正斜靠在白色书写板上，被迪齐和斯坦顿围着。这两个正是我们派出去把罗里带回来的助手。还有一对被我们安排去挨家挨户查访—— 一个坐立不安的黑人小个子，名字叫米汉，我以前跟他合作过，很合我意；还有一个叫加夫尼的菜鸟，总板着脸。我在警局遇见过他，总是站得笔直，衣服穿在身上跟一丝不乱的制服一般。布雷斯林，或者更有可能是他使唤的某人，已经在白色书写板上做了布置——有爱斯琳、犯罪现场、罗里的照片，还有一幅斯托尼巴特尔的地图——还放了一本厚厚的硬皮笔记本作为工作日志，我们会在上面记录需要做的工作，安排具体由谁来完成。我们甚至还有一只电热水壶。

“那是我的。”加夫尼说着冲到前面，抓起水杯，迅速撤回自己的座位，满脸通红。“我很抱歉。”

“米汉，”我把笔记本扔给了他，“你来记工作日志，可以吧？”他接了下来，点点头。斯蒂夫把他的东西一股脑扔在我旁边，随后拿出各种复印材料：最开始的备忘录、地方警员的报告、罗里的笔录。我走到白色书写板前，画出了一条昨晚的简单时间线。助手们立刻找到桌子，迅速坐好：聊天时间结束了。

“被害人，”我用记号笔轻轻敲着爱斯琳的照片，“爱斯琳·默里斯，二十六岁，独自住在斯托尼巴特尔，是一家专门为企业提供清洁用品的公司的前台接待。无犯罪记录，也没有报警记录。昨天晚上在自己家里遭到袭击：通过库珀的初步检查可以得知，她被人一拳击中面部，然后头部与壁炉外壁相撞。通过她的手机信息，可以把遇害时间初步锁定在晚上七点十三分至八点九分之间。”我来到罗里的照片前。“这个人叫罗里·法伦，他已经和被害人交往了几个月的时间，昨天晚上他跟被害人约好在她家吃晚饭，约定的时间是八点。”

“蠢货，”迪齐笑嘻嘻地说，“这样一个美女，怎么着也得等上了本垒之后再动手。”

周围一阵窃笑。布雷斯林清了清喉咙，带着纵容的憨笑，脑袋朝我歪了歪。窃笑消失了。

我说：“迪齐，你可以帮他弥补一下，既然你这么看重这事。下次我们再把他带回来的时候，麻烦你先去招待他一下，带他去厕所帮他吹箫。”

迪齐摆弄着他的扣子，表情很尴尬。窃笑又一次出现，刺耳而含糊。

我说：“我和莫兰，还有布雷斯林，我们已经跟法伦聊过了，他说自己八点到了爱斯琳家门口，但她没有应门，他觉得自己被抛弃了，所以就直接跑回了家，抱着枕头哭去了。”

“可是够神奇的，”布雷斯林慢吞吞地说，转动着他的笔，“我们可不信他的鬼话。”

“我们的假设是，”我说，“这个法伦在七点半左右就到达了被害人家附近，不知怎么跟被害人发生了口角，然后他出手打了她。我们猜测他觉得被害人只是摔倒了，他逃回了家，希望她醒过来之后不会打电话报警，或者不记得发生了什么。”

布雷斯林一直在点头，表示赞许，祝我们这些菜鸟提出的小假设好运。“这更像是过失杀人，而不是谋杀，”他说，“但那不是我们要考虑的问题。”

“今天凌晨，”我说，“要么是法伦良心发现，要么是他跟某个朋友说了这件事，后者觉得自己应该做正确的事。有一位不愿透露姓名的男子，给斯托尼巴特尔警察局打电话报了案，说在维金花园 26 号，有一个女人头部被撞，需要叫救护车。”

“我打赌这是法伦自己干的，”布雷斯林说，“他是那种几个小时后就扛不住的人，等到想起来要做些什么补救一下，为时已晚了。”

“来电没有显示，”斯蒂夫说，“谁负责查一下？”

大家把手都举了起来。“放松点，伙计们，”布雷斯林笑着说，“还有很多活儿可以分呢。”

“加夫尼，你负责查电话号码。”我说——我得给这孩子一点鼓励，让他在咖啡杯事件之后能安下心。米汉将之记录下来。

“斯坦顿、迪齐，你们负责查法伦的联系人，进展如何？”

“没什么特别的，”斯坦顿说，“父亲、母亲、两个哥哥，没有姐妹，有一堆同学，几个前室友，很多同事和朋友——大多都是历史教师、图书馆管理员，诸如此类。我会用电子邮件发给你。”

“发给我吧。布雷斯林警探，你已经开始跟联系人谈话了，没错吧？”

“法伦的两位哥哥都表现出适度的震惊，”布雷斯林说，“据他们所说，他们知道罗里的重要约会，但仅此而已，他们还等着听他爆料细节呢。他们声称今天早晨并没有给斯托尼巴特尔警察局打电话，也从没给警察局打过电话，不过以后总会有机会的，对吧？我已经让他们过来了，准备开完会单独跟他们聊聊。”

布雷斯林准备在这个普通的案子上，拉一个长长的战线。“如果他们不是我们要找的人，继续追查联系人清单上的其他人。”我说，“从那些住在罗里回家路线附近的人开始查起，他昨晚有可能会临时起意，去某人家里坐一坐。同时在追查的过程当中，把他两个哥哥和要好的朋友的声音录下来，我们要把他们和法伦的声音放给斯托尼巴特尔警察局那个接电话的人听，看看他能否辨认出来。你能跟进一下吗？”

有那么一秒，我觉得布雷斯林可能会告诉我，去你的浑蛋工作吧，但是他说：“没问题。”尽管他的嘴角在抽动。“很好。”我说，“我们还需要有人去查监控录像——克勒格尔和赖利负责此事；他们回去把所有当地的监控录像都搞回来，也许还会看一看。”

米汉点点头，记下了。

“还有人需要去查北向行驶的 39A 路公交车昨晚的监控录像，找到昨晚七点左右在莫尔汉普顿路停靠的镜头，看看能不能找到罗里，确认他是在什么时间上车，以及什么时间在斯托尼巴特尔下车。”健身小子竖起了手指。这种挥鞭一般的工作节奏曾经是我的最爱：即使现在我了解实情了，我仍感觉像喝了三份浓缩咖啡。“斯坦顿负责这个，我们还需要有个人去斯托尼巴特尔，走一遍罗里昨晚下车以后的路线，看一下需要多长时间：沿阿斯特丽德路，一直走到维金花园的尽头，然后再去普鲁士街上的乐购，买一束花，再回到维金花园。米汉，你的年龄和体形都跟法伦相仿，你可以去做这件事吗？测两次时间：一次按照正常的速度走，一次尽可能快地走完。”

米汉点了点头。斯蒂夫望向他和加夫尼，说：“你们在码头发现罗里的花了吗？”

“我去看了，”米汉说，“加夫尼继续负责挨户走访。从昨晚到现在，垃圾桶一直没有被清理过，但我连鸢尾花的影子都没看见。也许是有人把它捡走，拿去泡妹子了。”

“或者，”布雷斯林说，“罗里根本就没有把它扔进垃圾桶：罗里这家伙把花扔进河里了，因为他不希望我们发现上面有爱斯琳的血迹、头发或者她家的地毯纤维。爱斯琳的联系人调查，进展如何？”

“她没有任何直系亲属，也没有多少社交生活，”我说，“不过她的朋友露西给了我们几个名字和号码，可以展开调查。需要有人去她的公司，让她的老板过来确认一下身份，再跟她的所有同事聊一聊。我想知道她有没有跟这些人提起过罗里，以及她是怎么说的。”

斯蒂夫说：“而且我们需要知道有没有同事对她有好感。我们抱一线希望，假设罗里讲的是真话，”布雷斯林哼了一声，“也许会有人对于爱斯琳心有所属感到不开心。而她只跟她的同事们朝夕相处。”漂亮的一击。要是有人给我们提供了不指向罗里的疑点，我们就有了一个暗恋中的同事可以作为嫌疑人，而这甚至可能就是真相。

“你们两个为什么不考虑办公室恋情呢？”布雷斯林说，“女人的直觉，或者其他什么理由？”

“我的直觉还没恢复过来，”我说，“传送门坏了。我们只能用常规方法来查案。迪齐、斯坦顿，你们两个明天一早就过去。”

“爱斯琳还会去上晚课，”斯蒂夫说，“那里也可能有人在暗恋她。我们需要有人去查一查她都上了哪些课，给那些学生——无所谓人家管他们叫什么了——列个清单。”

“加夫尼，你负责这个。我和莫兰会负责爱斯琳的通话记录、电子邮箱、社交账号，所有这些——”

“我今晚就开始行动，”布雷斯林说，“我不介意晚上多干几个小时，只要能把这个案子搞定。但我无法晚上九点去找罗里的联系人谈话。我或许也可以去追踪一下被害人的社交生活。”

我和斯蒂夫对视了一眼，然后他低头看着笔记本。布雷斯林可能只是想重振他显赫的名声——每个人都想负责查被害人的电子信息，因为通常情况下，其中都有好线索；或者他想让我成为一个无法自己挖出证据来的失败者；再或者，他在盘算替自己的黑帮朋友消灭任何不利的内容。

米汉停下手里的笔，来回看着我们，感到不确定。“我和莫兰已经着手在做了。”我说，“我们从昨晚就开始工作，一直到现在，需要休息一会儿。但是我们明天一早就会着手研究爱斯琳的电子信息。你已经开始追查罗里・法伦了，布雷斯林警探。你也许已经可以锁定他。我们需要有人列出他的前任名单，看看她们会如何谈论他，尤其是什么样的事情会让他大失所望，以及如果他无法得偿所愿会是什么样子。要是你今晚准备加班，不妨开始查查这方面的事情。”

布雷斯林脸上露出在自己的汤里看到头发、同时知道把服务员叫来也无济于事的表情。“是啊，我为什么不查查这个呢？”

“很好。”米汉停了一下，接着又开始动笔记录。

“加夫尼，第一次办谋杀案，我说得没错吧？”

“啊，是的，没错的。”他的故乡应该盛产绵羊。

“好吧。”我说，心里感谢头儿没有费心给我们找有实际经验的助手，“你现在就跟着布雷斯林警探，他会教你基本知识，帮你掌握基本技能。”布雷斯林转向加夫尼，满意地点了点头，没有半点反对，但这说明不了什么。“你今晚可以晚点回去，对吧？”

加夫尼坐得更直了。“哦，是的，当然可以。”

“有谁今晚不能加班？”没有人示意。“好的。我们需要有人去查一下爱斯琳的财务状况——加夫尼，你负责一下。反正等你调查她晚课的时候，也会涉及学费这方面。”

布雷斯林叹了口气，很明白地表示我是在浪费时间和资源。斯蒂夫对大家说："我们还没确定犯罪动机。感情受挫是最显而易见的一个，但我们也不能排除财务方面的因素。罗里说过他的书店目前经营惨淡，而爱斯琳的朋友露西·赖尔登说爱斯林刚好存了一点现金。罗里有可能要求她给书店做一点投资，而在她拒绝以后心生愤恨，诸如此类。"

布雷斯林耸了耸肩。他开始在自己笔记本的角落上乱涂乱画。

"我们也需要调查罗里的财务状况，"我说，"加夫尼，把这个活儿也接了吧。还需要有人去电信公司，让他们查一下罗里昨晚给谁打了电话。迪齐，去跟沃达丰的人做一次友好会面吧。要有人去找火炬剧场的其他工作人员，确认一下露西·赖尔登的不在场证明：斯坦顿，你去。要有人去市场酒吧和派斯多找服务员聊一聊，看看他们能不能告诉我们一些有关罗里和爱斯琳约会的事情：米汉，你可以吧？要有人去找一个当时在现场的警察协助验尸：迪齐，你去。验尸明天早上早点进行，告诉他别迟到，不然库珀可就要大发雷霆了。"见过库珀的人都哼了一声。"我和莫兰会盯着技术科那边，确保我们需要的资料随时更新。之后还会有工作安排，但有目前这些就够我们忙活了。有什么疑问？"

大家一起摇摇头。他们此时都蠢蠢欲动。

"好的，"我说，"我们出发。"米汉啪的一声把工作日志合上。大家回到自己的办公桌前，回到电话前，回到罗里的笔录前，一个猛子扎进去，看谁能最快投入新工作。C 专案室里突然热火朝天起来，能量从一排排光滑的桌子上弹跳开去，在窗户之上裂成碎片。

而在这一切表象之下，这个案子的真相还不为人知，仍在发酵，在我和斯蒂夫的脑海当中发出微微的可怖的嗡嗡声，怂恿我们放弃追查。布雷斯林正低着他那整洁漂亮的头在看笔记本，不过他感觉到我的注视后，抬起头冲我灿烂地一笑。

斯蒂夫正在给头儿打出案件报告，而我则在看助手们查到的成果。大家都完成得不错，除了迪齐不太会写字，而加夫尼写起报告来太事无巨细，不管有用没用（"证人说她当时正带着自己名叫阿瓦的八岁女儿去圣詹姆斯医院看望她得了重度中风的爷爷，她看见默里斯从车上下来……”）。挨户走访并没有查出什么有价值的成果：爱斯琳与邻居们相处得都很友好——不会因为噪声和车位的问题跟人起争执，没有发生过这样的事情——但也不怎么亲近。有些人看见一个听起来像是露西的女人偶尔会出入她的家门；没有人见过还有其他访客。爱斯琳从未提及她的男朋友，他们看到她时不时会在晚上出门，打扮得漂漂亮亮，但他们相互间不会传闲话，而且他们对于她要去哪里、做了什么毫不知情。住在 24 号的一对老夫妇耳朵不大好用，昨天晚上什么也没有听到；28 号的一对年轻夫妇听到爱斯琳在大声放碧昂丝的音乐，不过在八点前几分钟，她把音乐关掉或者调小声了——他们可以确定这一点，因为八点是宝宝的睡觉时间，所以他们很感激她控制了音乐的音量。之后，再就没有别的声音了。

住在 3 号的老伙计证实了罗里的说法，或者证实了部分。他说自己出门遛狗（据加夫尼的记录，是一只名叫哈罗德的白色雄性小猎犬），在昨晚快八点的时候。而他看到了一个听上去像是罗里的男人，正拐弯往维金花园的方向走。而在他遛了十五分钟回来的时候，看到那个男人还在那里，站在路口，鼓捣着他的手机。在这十五分钟里，其他邻居都没有出门——维金花园里住着的大多是老年夫妇，只有一些年轻人的家庭，没有人会在周六晚上外出——这也就意味着罗里完全可以潜入爱斯琳家里，把她杀掉，然后在差十分钟八点的时候在大街上，给她发信息，编造个故事掩盖罪行——但我并不认为是如此。他早早就表现出了不安，从去乐购的那一段开始就显得很紧张。那时那条路上一个人都没有，没有人可以确认是否看到了他。

斯蒂夫还在打字；布雷斯林去找罗里的哥哥们谈话了，把加夫尼也带过去了，一路上分享他的智慧；米汉已经扣上所有大衣的扣子，去斯托尼巴特尔测量时间了；迪齐则正在和电信公司的友好会面中哈哈大笑；斯坦顿在给某个从公交车公司过来的人普及法律知识。他们的声音在房间上方的角落回荡，因为空间太宽敞，声音传到墙沿就变得模糊不清了。窗外已经夜幕降临。

我的电话响了。“我是康韦。”我说。

奥凯利说：“你和莫兰，来我办公室，我需要你们汇报一下进度。”

“我们马上到。”我说，然后听着他把电话挂掉。我看着斯蒂夫，他已颓然跌坐在椅子上，最后扫一眼自己的报告。“头儿想见我们。”

斯蒂夫抬起头，向我眨了眨眼，每个动作都持续了几秒钟。他基本上已经睡着了。这倒是符合他的年纪。“干啥？”

“他要我们汇报进度。”

“哦，老天！”处理大案时，头儿会要求负责人当面向他汇报进度，可这也不算是大案。或者碰到那种拖了太久没解决的案子也会要求。即便他对你不满，至少也要在案发超过一天以后才这样做。可能没什么好事。

有流言说，我得到这份工作，是因为奥凯利需要装门面表示他是个开明的头儿，而我身为女人又是黑人，付一份工资就能帮他顶俩——这还算是好的。全是瞎扯淡。头儿在拉我入伙的时候，他的绩效已经跌到了 D 等——他的一员得力干将刚刚交了辞呈——而我那时是失踪人口组的大明星，高调地炫耀着高破案率。那时我刚上过一个头条新闻，在那个事件里，我几乎实践了教科书里讲过的所有办案技巧，从追踪手机定位和无线网登录，到从涉案人员的家属口中套取信息，强行让他们的朋友提供线索，只为了找到一个爸爸，他带着自己的两个小宝宝离家出走了。然后我花了四个小时时间，总算劝说成功，让他和两个孩子从车里出来，而不是开车冲下码头。我当时炙手可热。我和头儿当时都有充分的理由，认为我们会拥有极其美好的未来。

奥凯利知道正在发生什么。我知道他知道，但他什么都没有说，只是看着、等着。没有头儿希望自己的组里有这样的事情，大家暗中恶意攻击，压抑的不良气氛在办公室上空弥漫。到如今，任何领导都会想知道，究竟怎么做才能把我甩掉。

斯蒂夫在自己的报告页面点击了打印，打印机立刻开始工作，发出自鸣得意的震颤声，丝毫不像这压抑的办公室里半死不活的工作氛围。我们找到各自梳子，整理好头发，用刷子刷了刷外套。斯蒂夫的衬衫前襟有一些蓝色污渍，但我不忍心提醒他，万一他清理污渍把他给累死了呢。我想我的脸上有记号笔的痕迹，或者别的什么，但他和我一样，什么也没说。

我不信任奥凯利的一个原因，就是他的办公室。里面全是废物—— 一张裱好的蜡笔画，上面写着“世界上最好的爷爷”，毫不起眼的本地高尔夫球比赛奖杯，一个锃亮的办公室玩具，有时他会突然有挥杆击球制造咔嗒声的冲动——还有成堆的文件，一直没挪动过。整个房间的摆设说明了他这个人老套古板，当一天和尚撞一天钟，成天不是在练习高尔夫挥杆、擦亮自己的名牌，就是在处心积虑地想出什么烦琐的方法来查验是否有人染指了他贮藏的那瓶高档麦芽威士忌。如果奥凯利真的就是这种人，他就不能管理重案组将近二十年。但这个办公室只能装点门面，用来使人放松警惕。而明白这一点的人，只有重案组的成员。

奥凯利斜靠在他那把昂贵的人体工学椅子上，手放在扶手上面，如同香蕉共和国的某位独裁者接见自己的子民。“康韦，莫兰，”他说，“跟我说说爱斯琳·默里斯的事情。”

斯蒂夫伸出手里的报告，如同在一条恶狗面前挥舞生肉。奥凯利坐到桌子前，猛地一动下巴。“放在这儿吧，过会儿我会读一下。现在我想听你们讲给我听。”

他没有让我们坐下——这可能是个好信号：不用一整晚——所以我们一直站着。“我们还在等尸检报告，”我说，“不过库珀的初步检查表明，有人打了她的脸一拳，她的后脑撞到了壁炉上。她本来约了一个叫罗里·法伦的人在家吃晚饭。法伦承认自己在相关时间抵达现场，但他说她没有应门，而且在今天下午我们告诉他之前，他还不知道爱斯琳死了。”

“哈。”奥凯利说。他桌子上的台灯斜射出刺眼的光，在他脸上投下格外深重的阴影，只看得清一只眼睛，无法读懂表情的含义。“你相信他说的话吗？”

我耸了耸肩。“一半一半吧。我们的主要推测是她给他开了门，但两人发生了口角，法伦出拳打了她。他说自己当时并不知道她死了，可能是实话。”

“有什么实质性的证据吗？”

案发还不到十二个小时，我就得因为还没拿到 DNA 匹配度检验报告挨一顿臭骂。我把手深深地插进夹克口袋，免得伸手把奥凯利桌子上那盆愚蠢的吊兰打翻在地。

在我能出声之前，斯蒂夫说话了：“技术科已经拿到了法伦的大衣和手套，据他自己说都是他昨晚穿戴的。我们正在搜查他回家路过的地方，万一他扔掉了什么东西。他已经同意我们搜查他的公寓，拿走任何看上去有疑点的衣物，有两个助手正在负责此事。根据技术科的鉴定，如果他是我们要找的人，他的血液、上皮组织，或者是衣服上的纤维很有可能会与我们在尸体上发现的证据匹配。”

“我已经让技术科的同事尽快处理他的事情，”我说，努力让自己的声音保持平静，“明天我们应该就能得到初步的结论，我们会告诉你的。”

奥凯利看着我们，两手指尖相对。他说：“布雷斯林觉得你们不该继续浪费大家的时间，应该直接逮捕那个浑蛋。”

我说：“这不是布雷斯林的案子。”

“那意味着什么？你有什么疑问？还是你只想证明给大家看，布雷斯林不是你的老板？”

“如果有人蠢到以为我们得听布雷斯林的，那我就不浪费时间证明他们是错的了。”

“所以是还有疑问。”

窗外一团漆黑，风刮得很紧。听上去像乡野间那种连续刮过数英里都没有什么阻拦的大风，仿佛我们的办公楼正矗立在旷野之中，四周空无一物。我说：“我们准备好了，就会进行拘捕。”

奥凯利说：“疑问在于你们是不是有足够的证据，还是你们根本不确定罗里是不是凶手？”

他看着我，没有看斯蒂夫。我说：“疑问在于我们是不是准备好了要拘捕他。”

“答非所问。”

一阵沉默。奥凯利的一只眼睛，在灯光下泛着金色，一眨不眨。

我说：“我想他可能是我们要找的人，但我绝不可能凭直觉、空无凭证就去逮捕某个人。如果这样做不对，请不要让我们处理这个案子，换布雷斯林负责。他会很乐意的。”

奥凯利盯着我看了一会儿，我也盯着他。然后他说："继续向我汇报情况，每天晚上我都要在桌子上看到完整的报告。如果有什么重大线索，不必写进报告，直接向我汇报。明白了吗？"

"明白。"我说，斯蒂夫点了点头。

"好。"奥凯利说，他坐在椅子上，从桌子前移开，来到一摞文件前，快速翻阅。灰尘在台灯的光线里上下翻飞。"回去睡一会儿。你们看上去比今天早上还糟。"

我和斯蒂夫一直等到回了专案室，把门关上，才开口说话。"这到底是怎么回事？"他问。

我把外套从椅背上拽下来，快速穿上。我们一回来，助手们就加快了工作的节奏，办公室里一时间充满了敲键盘和纸张沙沙作响的声音。"头儿是在逼我们快点结案呢，你刚才没听到吗？"

"是这样，但是为什么？他以前从来没有给我们的任何案子下过这样的命令，除非我们消极怠工，他想臭骂我们一通。"

我把围巾绕到脖子上，两端紧紧塞在一起：窗外的夜幕越发浓稠，外面一定很冷。奥凯利给我们的新思路蒙上了阴影；和更多人想要我把这个案子搞砸相比，黑帮歹徒和枉法警察的故事不过是小儿科。"没错，而且就算被臭骂一通，我也还在重案组。也许是头儿觉得应该提升自己的业绩。"

"或者——"斯蒂夫说，声音变小了。他还没有开始收拾东西，只是站在自己的桌子旁，用一根手指敲着桌子光秃秃的边缘。"如果他跟我们一样也在怀疑同样的事，也许有一段时间了，但他什么都不想说，在他确定……之前"

我说："我要回家了。"

从外面来看，我住的房子和爱斯琳·默里斯很相似：维多利亚式独栋平房，厚厚的墙和矮矮的天花板。它刚好适合我一个人住；当我邀请某人来我家坐坐时——并不是常有的事——我会从早上就开始担心我们两个人会因为空间太小不停撞墙。不过 1901 年的人口普查显示：在这样的房子里，每对夫妇平均会抚养八个孩子。

进入里面，我的住处简直和爱斯琳的家一模一样。地板是房子自带的——我刚买下这栋房子的时候，用砂纸打磨光滑，还打了上光剂——还有自带的壁炉，没有煤气取暖器，也没有层压板。墙壁重新刮过，露出砖块——那也是我自己做的——然后重新刷上白涂料。房贷和车贷吃掉了我的大部分工资，所以我的家具都来自义卖市场和宜家的尾货，不过至少没有格子花纹类的东西。

我把包扔到了沙发上，关掉闹钟，打开咖啡机。我已经收到我朋友莉萨发的短信：我们在酒吧，快过来。我给她回了信息：连上两班，要崩溃。这再诚实不过——我已经工作了超过二十四小时，眼睛几乎看不清东西——不过我应该还可以喝上一杯，然后跟一群不把我当成洪水猛兽的人一起开怀大笑。但这也是我留在家里的理由。你在很长的时间里都被人侧目而视，仿佛身上写了“作践我吧”的标语，久而久之，你开始担心这个标语是不是已经有了一定的真实性，每个和你说话的人都会看见它。而在我朋友看来，我安托瓦妮特是最好的警察，聪明绝顶，是成功的安托瓦妮特，是没人敢欺负的安托瓦妮特。我想把这种感觉保持下去。所以在最近几个月，我已经拒绝了很多次喝酒的机会。

此外，一起在酒吧喝酒的那一帮人中很有可能还有我在保安公司上班的朋友。我可不想让他再拉我去工作。我不想接受——至少今晚不想，在我的斗志重新被燃起的情况下——不过我也没准备好他完全不给我这个机会。

我应该胡乱吃一些，睡个昏天黑地。但我讨厌在睡眠上浪费时间，那比在食物上浪费时间还要糟。我往微波炉里放了一些速食的意大利面；趁着面在加热，我给我妈妈打了电话，这是我每晚的固定安排，我也不知道为何要这样。我妈妈不是那种会抱怨自己背痛的人，也不会讲她朋友的某个孩子正身处困境，或者她打扫某个部门经理垃圾桶的时候发现了什么东西，这让她没什么可说的。我心情好的时候，会告诉她我这一天的基本情况。如果心情不好，我会给她讲一些细节：伤口是什么样子、哭个没完的家长们都说了些什么。有时我在现场给那些糟糕的东西归档时，会发现自己在想着这东西总该会惹恼我妈吧，甚至让她呼吸急促，或者怒斥我一顿让我别再说了。到目前为止，还没有什么东西会让她这样。

“哈喽。”母亲说。传来打火机的咔嗒声。我们聊天的时候，她会抽根烟，等她把烟熄了，我们就谈完了。

我按下浓缩咖啡的按钮。“哈喽。”

“有什么新鲜事？”

“我和莫兰解决了一起街头斗殴事件，一群喝醉了的傻子在另一个傻子身上蹦跶，在他脑袋上跳舞。那家伙眼珠都掉到人行道上了。”

“哈，”母亲说着，吸了口气，“还有什么怪事？”

我不想谈爱斯琳的事，这事太纷繁复杂，有太多我没有把握的地方。我不会告诉我母亲任何我还没想好的事情。“没什么了，莉萨给我发信息，说要我去喝一杯，还有一些小伙子，但我太累了。快累垮了。”

我妈没有回应，沉默了一会儿，沉默的时间刚好够让我明白我是瞒不过去的，接着她说：“玛丽·莱恩说你上报纸了。”

该死，她当然知道。“哦，是吗？”

“不是关于街头斗殴的，而是有个年轻人在她自己家里被杀的事。报纸把你描绘成一个十足的蠢蛋，专找老百姓麻烦。”

我换掉咖啡包，又按下了浓缩咖啡的按钮：我得要两倍的量。“只是起普通的谋杀案，能上报纸只是因为死的是个金发女孩，还抹了好几斤化妆品。那个记者不喜欢我。就这么点事。”

很多人的母亲都很喜欢品尝自己孩子的弱点的滋味，一点点凿进去，一滴滴吸干。不过我母亲不是这样。她只想搞清楚这场谈话里谁是老大，而谁又需要好好磨炼自己的技术，如果她真的想成为一名专业撒谎选手。既然目的已经达成，她就放过了我。“伦尼又问我可不可以住进来。”

伦尼和我母亲在一起九年了，分分合合。他人不错。“然后呢？”

她发出沙哑的笑声，同时吐了口烟。“然后我告诉他别做梦了。要是我乐意让他那身臭肉进我房间，早就进了。反正他就是胡说八道，他说他再也不吃我做的东西了，晚饭都去楼下薯条店吃……”

她一直在讲伦尼，逗我开心，等她把烟抽完，我们就挂了电话。微波炉响了，我拿出意大利面，带着咖啡一起坐进了沙发里，然后打开我的笔记本电脑。

我上了约会网站。工作的时候我死也不会这么做——要是有人在我背后，或者在我不在办公室的时候有人查看我的电脑，我几乎都能听见他们的惊叹声：老天，伙计们，康韦正在网上跟人约会！——没错，性冷淡交友中心——这年头什么人都有市场——她也行？你开玩笑呢？——嘿，我们都知道她挺抢手的，要不也不能来这儿，她可以在档案里面……不过若真有情人存在，爱斯琳一定是有什么办法遇到他的。调查她的同事和晚课不可能查到黑帮人员，而根据她的手机还有露西的说法判断，她似乎没有多少社交生活。除非她是在学习打毛衣的时候认识了一个黑帮歹徒，不然互联网就是我最保险的选择。

我用一个临时邮箱和爱斯琳式的个人简介注册了账号，还在谷歌上找了一张金发傻妞的图片作为头像，万一我们要找的那个家伙痴情于这一款，正在忙着找替代者。我在网站上转了一圈，大多数人用的都是网名——哇哈哈 79、足球小子 12345——而爱斯琳的特征可以匹配上面一半的女孩。我对年龄和血型做了筛选，浏览了所有金发、鹅蛋脸的自拍照，眼睛都看肿了，还是没有发现她的踪影。我相信生活永远阳光，属于我们的幸福终会来到 lol[①]……我喜欢浪漫、自然而然、相互尊重、诚实、真挚、沟通顺畅……想找个人聊天，顺其自然，给我发信息，也许会有惊喜哦！！！

意大利面冷了，黏糊糊的，我终于把最后一口咽下肚。窗外的街道一团漆黑，只有街灯孤军奋战，但还是不免被黑暗吞没。风刮起一只来自薯条店的纸袋，把它吹到墙上，持续几秒钟之后又把它甩到路面。住在 12 号的老人匆忙走过，推着她的格子布购物小车，头巾压得很低。

我把注意力转移到男人们的照片上，想从中搜寻工作或者新闻报道中看见过的脸庞：一无所获，没有哪个高调的黑帮歹徒会把自己的庐山真面目传到约会网站上。第一次上这个网站不知道该说什么，想找一个好相处、不一惊一乍、有幽默感的女孩……我有一点疯，无话不谈，是个野性而疯狂的男人，所以你觉得自己可以和我处得来就给我发信息！！！

这些家伙让我生气。贫乏至极，所有人都在上蹿下跳，挥舞着胳膊，跳着最可爱的摇屁股舞：我，看看我吧，喜欢我吧，求你哦求你想要我吧！！！还

① 网络用语，“laugh out loudly”的缩写，表示放声大笑。

有“理所当然我值得”之类的大量词汇（想找一个个子高挑、苗条、匀称、不抽烟、不嗑药、没孩子、没宠物的伴侣，一定要有一份全职工作，还要有车，一定要喜欢融合料理，至少会说三种语言，喜欢高温瑜伽和迷幻爵士乐……）同样糟糕透顶：用点菜一样的方式在网上开始一段关系，理由是理所当然你应该有这么个伴侣，和你必须拥有一台顶级音响系统和一辆高级跑车一样，而且得确保你得到你想要的类型，这很重要。我唯一欣赏的是那些开门见山的启事：乌克兰超级萌妹以结婚为目的，现寻一位乡下老男人。其余的内容都需要被教训一通，他们得好好学习自我尊重。

没有人是必须拥有一段关系的。你有一点基本常识就能明白，尤其是在面对媒体胡说八道的狂轰滥炸时，说什么一个人生活的人一无是处，要是对此有异议，你就是个危险的怪胎。真相是，如果你离开别人就不能活，那你才真的一无是处。而这不仅仅关乎男女关系。我爱我的妈妈，我爱我的朋友们，我爱他们爱到骨子里。如果他们中任何一个想要我捐个肾，或者是打爆几个人的脑袋，我都义不容辞，不会有半句怨言。而如果他们挥手跟我道别，从明天起就走出我的生活，我也依旧会是今天的我，不会有什么改变。

我是个独立的个体。外界发生的任何事情，都不会让我是谁产生改变。这并不是我引以为傲的事情，据我所知，这对一个成年人仅仅是最低限度的要求，层次跟知道如何洗自己的衣服、换厕所卷纸差不多。网站上的这些白痴，乞求别人拉动他们的松垮的木偶提线，让他们变得真实：我想怒斥这些人。

我已经收到两封私信了。嘿，你好吗？看一下我的主页，感兴趣就聊一聊吧。这孩子二十三岁，在IT行业工作，似乎不大可能是爱斯琳最佳秘密男友的候选人。你好美女，我很想深入了解一下你那美丽外表之下有什么。我：有内涵、有创意，在世界各地旅行，人们跟我说应该写一本关于我的生活的小说。你好奇吗？我们来分享更多故事吧。通过主页我认出了这个人：在没进重案组之前，我曾因他在公交车上手淫逮捕过这个人。这个城市真小。我将它记下来，等我有空再好好研究一下他，看他最近在干什么坏事，但那并不是紧急事项：露西没有理由因为这么个不起眼的垃圾而一反常态。

我已经困到屏幕在眼前扭曲变形了。我喝了最后一杯冷咖啡。然后我登录了一个很久以前的电子邮箱，开始写邮件。

哈喽，在搞什么鬼？好久不见——有空的时候聊聊吧，让我知道你最近怎么样。回见——小蕾（吻，吻）。

“发件人”的位置上写的是“伏特加可乐蕾切尔”。我又读了一遍，没有点发送。

房间的光线动了一下，后面的感应灯亮了。我站起身，把里面的灯关掉，走到厨房窗边。

没什么异常，只是我阳台上的动静。惨白的光线和晃动的阴影让它变得阴森：光秃秃的路石，高高的墙壁，有藤蔓曾在上面蔓延生长的痕迹，黑暗似乎无边无际。有一瞬间，我觉得有东西在墙后面晃动，一个脑袋的顶部从巷子里突然伸了出来。我一眨眼，它就不见了。

我觉得有些难过。我想到了爱斯琳：年轻的单身女人，住在斯托尼巴特尔的小房子里，后院直通巷子。曾经有一个闯入者，在翻过她家院墙逃跑的时候被人发现。我想到了浑蛋克劳利，把我的照片弄上他的头版，就为了方便有人从都柏林城堡开始，一路尾随我回家。

我关掉了阳台的灯，检查了我的枪。然后我突然把后门打开，越过阳台，蹬着院墙爬上房顶。

我已经做好了面对一切的准备，从瘾君子到弗雷迪·克鲁格[①]式的各色人。不过我只看到了窄窄的巷子，以及街灯发出的暗黄色灯光。整条路朦朦胧胧，空空荡荡。阴影和食品包装袋堆积在街角。一些孩子随手乱画的四流蓝色涂鸦留在墙上。我仔细听着：可能是某人在路上快速远去的脚步声，或者只是风卷起垃圾的声音。

我感到愤怒，半是因为失望——我渴望这场战斗——半是因为感觉自己是个白痴。即便到最后发现这个案子神奇地成为连环杀手的热身运动，今晚他也会回家享受来之不易的休养机会，而不是展开高难度的夜间活动，我也依旧感到愤怒。巷子里快速移动的东西，要么是因为我累到出现了幻觉，要么就是

① 美国演员，以在恐怖片里饰演扮相可怖的反派角色闻名，代表作是《猛鬼街》系列。

某个喝醉酒胡乱撒尿的浑蛋。我的感应灯可能是受到了街上四处飞舞的垃圾或者流浪的野猫的干扰。

我回到了我的笔记本电脑前。我坐着，手指在按键上方停留了很久，听着屋外的风声，一边留意厨房阳台上的感应灯。我按下了“发送”。

06

周一一大早，我就要把我的证人从一堆浑蛋中捞了出来，把他从床上直接哄进了办公室，让他重新录一遍口供。这次他恼火地指出，自己是如何支付给我工资——通过救济金，应该是吧——还有我应该如何对他放尊重些，而不是像这样浪费他的时间。我们都知道，如果我让他闭嘴，他准会得严重的健忘症，把周六晚上的事情忘得一干二净。就连这种浑蛋都可以嗅到我身上的弱点。扇他几个耳光会让他态度端正点，不过我还是决定不扇了，留给其他更重要的人。

反正我只有一半心思放在他的身上。这天一开始就有些诡异，在我离开家时天还是黑的，浓重而冰冷的雾弥漫着整个街道，仿佛一夜之间回到了神秘的维多利亚时代：车辆在雾中淡化成一抹抹污点，明亮的窗户和街灯在一片茫茫中亮着。有个人站在路口，只是站在那里，在这样一个正常人都不会站在那里的早晨。他离我太远，我看得不是太清楚，只看到是个高个子，面朝着我，穿着一件黑色大衣，戴着一顶黑毡帽，塌着肩，表明他已经不年轻了。昨晚的兴奋感又涌上来，我想到报告上那个翻过爱斯琳家院墙的男人：中等身材、黑外套，邻居说他应该是个中年人……等我小心把我的车开出停车位，冲上道路时，那个人已经消失了。

是那件外套让我格外在意，让我烦躁不安，在去停车场和接那个浑蛋回来的一路上，我一直从后视镜里盯着路上的车辆，而那个浑蛋则坐在车后座不停地抱怨。斯蒂夫是对的，有很多人都穿着黑色外套，包括我认识的每一位警探。

之所以会单独提一提警探，我是有一些理由的。他们中的一些人，要比其他人有趣一些。

为了让我开心，鬼鬼祟祟的克劳利仍在不懈努力，想把爱斯琳的案子炒作成年度案件。他挖掘出一些爱斯琳的照片——大多是化过妆的，克劳利和他的读者都不会对一个穿着涤纶套裙、黑发微胖的女人感兴趣——还把一大堆蹭热点的陈词滥调一股脑儿倾倒在他的读者面前，占据了《信使报》的头版。关于警察，其中很大一部分有很微妙的暗示，尤其是关于我。说我们没有认真对待，因为我们都在忙着保护政要和社会精英，没有精力去关心工薪阶层。克劳利不知道从哪里搞到一张模糊的照片，照片上的我穿着制服，正在维持一场抗议活动的秩序。因为急诊室关闭，数百个人愤怒了，合法地走上街头，抗议现场没有任何暴力行为。但照片上我身穿安保背心，手持警棍，完全支持了克劳利在上面表达的观点。除非我们尽快抓到罪犯，否则总部就会感到压力，他们会给头儿施压，而头儿就会来找我麻烦。

我把那个浑蛋证人送了出去——他还在抱怨自己睡个懒觉都被打扰——然后看着他点上一支烟，扬长而去。快到十点了，日头越来越强，虚弱的灰色光线被云层阻隔。我斜靠在外墙上，无视透过夹克外套侵入的刺骨寒冷，趁只有我一个人的时候，给索菲打了电话。不管是一个毒贩在爱斯琳卧室里留下的很厚的指纹，还是罗里手套上的完好的血迹，都能让我顺利展开今天的工作。

"嘿，"索菲说，"我可以开免提吗？这里有个花瓶，需要完好无损地送到戈尔韦，作为奥弗莱厄蒂案的证据。我可以发誓，要是让那些运送证物的白痴负责这个东西，他们准会把它当成足球来玩，所以我只能自己打包。用上一年攒下的泡沫包装纸。我在自己办公室里，没人能听见我们说话。"

"没问题，"我说，"你拿到我们那个嫌疑人的证物了，对吧？"

"拿到了，他穿戴的灰色尼龙手套和黑色羊毛大衣，还有一条海军蓝裤子、两件白色亚麻衬衫、一件淡蓝色套衫、一副红色毛线手套，还有一副费尔岛手工针织手套——没开玩笑——还有一条黑色羊毛围巾，都是从他的公寓里拿来的。还有指纹。"索菲在那边手也没闲着，听起来好像是在撕胶带。"你知道吗？昨晚布雷斯林还给我打电话了，他要所有的现场报告，包括爱斯琳的电子信息。"

粗糙的石块透过夹克戳到了我的后背。"你给了他什么？"

“你以为我是谁？我给了他个‘滚蛋’。他跟我说起话来就像个猎头似的，告诉我，我在负责这个案子他有多高兴，其他技术员都是如何比不上我——什么白痴会觉得说我同事的坏话，就可以拉拢我？”撕胶带的声音又来了，“我告诉他我们的报告都没准备好，这个案子也不是世界上唯一的案子，电脑组那边甚至还没开始查那些电子信息。我说的是实话，基本属实。布雷斯林并不满意，但他还继续跟我扯东扯西。我发誓，说到最后我觉得他都准备来给我送花了。”

“我正准备跟布雷斯林友好地谈一谈。”我说，我简直想亲索菲一下，“你现在掌握多少线索了？”

“报告已经准备好了，你们随时都可以拿去，我让我这帮人加班赶完了。我知道如果你想让那个浑蛋远离这个案子——我不需要知道为什么，我只是这么说——能让你比他预想的早几步，总是有用的。”

“没错，”我在心里朝布雷斯林竖了根中指，“你简直太好了。找到什么有价值的线索了吗？”

索菲发出了某种声音，像是在耸肩。“被害人身上的黑色纤维，和你嫌疑人身上的那件大衣是一致的。但这并不像听起来意义那么重大：这种纤维普通得不能再普通，找来城里一半的大衣都有可能得到这个结果。他的围巾并不匹配，他的东西上也没有任何血迹——这意味着即便他是凶手，这副手套也不是他在行凶时戴的。抱歉。”

“这些东西如果能当证据就走大运了。”我说。一点也不意外：罗里的智商，足够想到找一个垃圾桶把带血迹的手套扔进去。“我们会继续找证据的。现场还有什么情况吗？”

“大多数情况你都可以在报告里读到—— 一大堆乱七八糟的纤维，查不出来源，诸如此类。我们把它们和嫌疑人住处的纤维做了交叉检查，看看有没有二次转移的情况——他家地毯上的纤维沾在了他的外套上，然后又落到她的沙发上，或者别的什么地方——我们还会把嫌疑人的东西和被害人家里的纤维做比对，但目前还没有时间做。该死——”沙沙作响，然后是砰的一声，索菲还在忙活着用成卷的塑料泡沫包装纸打包。“只有一个地方有些奇怪。被害人家里很干净。”

“她要请新男友回家吃饭，所以提前做了打扫。”

“不是那种干净，我的意思是太干净了，在我看来简直是酒店级别的打扫——就连衣柜上面都一尘不染，感觉就像是《复制娇妻》[①]里那种鬼扯的剧情——为了跟情人约会，她在家里搞了一次全面的大扫除。但我说的是指纹的问题。你记得莫兰想让我查一查前男友可能会碰的地方吧？床头板，还有马桶圈下面？”

“没错。”

“什么都没有。床头板上什么指纹都没有，连被害人的都没有——它是光涂材料制成，按理说应该会有指纹。门把手、浴室水槽、冰箱门、床头柜里的避孕套：除了污迹，什么都没有。”

我说：“有人把那个地方从上到下擦了个遍。”幽灵似的黑帮男友开始投下阴影。黑帮男友知道要擦哪里才能把指纹全部清理干净。罗里，一个连门都没进过的家伙，不需要知道。

索菲发出不置可否的声音。“也许吧，或者咱们这位娇妻也许真的是做家务的好手。任何一种假设都有可能。反正我知道你会对这个感兴趣。”

“确实，”我说，“床上有什么体液吗？”

“有，床单是干净的，但是我们在床垫上发现了污迹。有可能只是她自己的汗渍——你也去过那里，她把屋子里搞得很热——不过要是我们够走运，里面可能就会有某人的精液，或者至少是其他什么人的汗渍。”沙沙声再次传来，听上去精力十足：索菲又在给花瓶裹上一层泡沫。“不过即便我们拿到了DNA，也不好确定它是什么时候留下来的。要是你可以查出她是什么时候买的床垫，倒是可以确定一个笼统的范围，但那也……”

“随时告诉我 DNA 的新情况。”我说。我没对此抱太大希望，那包避孕套说明，要是某人真在床垫上留下了精液，那我们可真是走了大运。“谢谢你，

---

① 美国小说家艾拉·利文的经典作品，后改编成同名电影，讲述了一个名叫斯坦福德（Stepford）怪异的小镇上，所有人家的妻子都百依百顺，把家打扫得一尘不染。后来单词“stepford”亦有“唯命是从”之意。

索菲。爱斯琳的电子信息查得怎么样？有什么情况吗？”

“大多数都没什么用。手机里没什么有价值的线索——服装店和夜店的搜索记录，可爱的游戏应用，里面全是鼓翼而飞的仙子。她的相册里也没有什么看起来可疑的人。不过我会拷贝一份给你，你可以自己欣赏一下。她的脸书上都是自拍，还有‘测测看你会在《饥饿游戏》里扮演什么角色’，以及‘不想得癌症就转发’——这都是什么鬼东西？要是大家都转发了，癌症就能乖乖销声匿迹、自行灭绝了？”

“把她的账号信息拿到手给我们，好吗？我们得查查她脸书上的好友。”

“没问题，”索菲说，“看上去她不像在脸书上有什么亲密好友——没有私信或者其他东西。她的好友似乎都是同事和老同学，那种每年能说上一次话，告诉他们生日时发的照片简直不能再棒的关系——不过这些你都可以自己看看。”

如果她真有个黑帮男朋友，那他的隐身技能可真是不错；但也许，真有这种可能。“她的邮箱呢？有没有情书、色情的聊天、约会计划，或者类似的东西？来自罗里或者别的什么人？”

“没有那些东西。她的谷歌邮箱绑定了手机号，里面主要都是确认邮件，或者时装网站的特别优惠通知。里面最亲昵的一封邮件来自澳大利亚的某个表亲，她在邮件后面附了很多个‘吻’的表情。你还在盯着前男友吗？”

“保持思路开阔。”我说。一群游客刚刚经过，脑袋后仰，下巴抬起，仰视着城堡的建筑群。有一个人把照相机镜头对准了我的方向，但我瞪了他一眼，几乎把他的镜头融化，于是他缩了回去。

“我们只能看到她留在那里的东西，”索菲提醒我，“她有可能已经把关于前男友的一切全部删除——邮件、信息，还有照片。”

“我知道，”或者是他干的，在周六晚上，“我们会联系电信公司，拿到她的记录——我想斯蒂夫应该正在处理。把她电子邮箱的内容发给我一份——也抄送给斯蒂夫——另外你能和她的电子邮箱供应商谈一谈吗？拿到操作记录，这样我们就可以比照她实际上都留下了些什么。”

“我的电脑组有人有个朋友是供应商的高管，等我把这个该死的花瓶包好就让他去问一下。你真该来瞧一瞧，四英尺高，边边角角都是瓷哈巴狗，上面还糊满了血。这样实际上倒让它好看了些。”

“被害人的笔记本电脑呢？跟我说说上面有什么有意思的东西吧。”我觉得有点冷，专案室里传出煮无味速溶咖啡的声音，听上去不错。

“你想要有意思的证据，就给我一个有意思的被害人。这个女人日子过得很无聊，她经常泡在网上，但据我们所知，她从来没去过网上什么隐秘的角落——我们电脑组的人仔细查看过她最近几个月的上网记录。大多数时间——绝大多数——都是在旅游网站上：她在查阅澳大利亚、印度、加利福尼亚、葡萄牙、克罗地亚……的信息，她还搜了几次都柏林的晚课，看了大学里的艺术课程，买过一大堆打折的名牌衣服，读了一些涉黑案件的相关报道。真是渴望刺激，都知道她在其他地方都找不到刺激。”

这也是在我看到爱斯琳家那小小的真实犯罪图书馆时的想法。我把咖啡的事全忘光了。“没错，”我说，努力让声音保持平静，“你能记住是哪些案子吗？”

“弗朗西·汉农，还有那个被切掉舌头的人。我都忘了报纸上可是对此大做文章，反正这让那些记者都兴奋坏了。”

这些人都来自同一个黑帮组织，一伙北方恶徒，头目是个不折不扣的变态，名叫库埃鲍尔·拉尼根。那两个案子都是布雷斯林和麦卡恩负责的。

“听起来好像还真跟我们的被害人有关系。”我说。要是爱斯琳跟库埃鲍尔的喽啰们混，那她这算好的了。“电脑上还有什么东西吗？”

索菲那边传来更剧烈的泡沫包装纸的沙沙声。“她读了很多同人小说，主要是言情类的，不带色情描写的那种；我的人对此感到很失望。他说自从看到朱丽叶早早醒过来，跟罗密欧过上了幸福生活，他就不再读书了。”

“真可爱，”我说，“记录里有约会网站吗？”

“没有。”

“留言板？”

“没有，而且我的人说，没有人对她的历史记录动过手脚。”

“你们能查查更早以前的记录吗？我们需要知道她至少最近六个月的活动情况。要是能找到一年的就更好了。”

索菲吹了口气。“你确定吗？要是把我们电脑组这边的人惹急了，他会把她上过的每一条网址都发给你，你下半辈子就只能在查看全宇宙各种设计师品牌店的网页里度过了。”

“这就是老天发明助手的原因，”我说，“还有电脑，对吧？”

“别催我，”索菲嘴里咬着胶带，说，“我就要讲到最关键的部分了。我的人看了她的文档——里面只有一点发现，她在几个月之前刚刚更新了自己的简历：看上去她正在考虑换一份工作。他还看了她的相册。大部分都和她在手机上的照片一样，在各种俱乐部里面的自拍，不过有一个文件夹是有密码保护的，创建于去年 9 月，名字叫‘贷款’，但是谁会给她的贷款拍照？还在上面加了密码？”

我都不需要喝咖啡了，已经完全清醒。9 月距离爱斯琳遇见罗里的时间足够久，而按照露西的说法，那时她跟某个神秘人刚刚勾搭上。“文件夹名字是伪装”，我说，“让浏览她文件的人失去兴趣。在那个文件夹上的进展如何？”

“没有进展。我的人都快把一本字典输进去了，试了爱斯琳名字加上生日的各种组合，但都没有用。”

“你们试过她的脸书账号密码吗？”

“我们还没有拿到她的密码。她的脸书和谷歌邮箱在手机上都是开启状态；我们用她的密保问题重置了密码——我的老天，问的是她妈妈的闺名——我们这才能轻松登上她的其他电子账户。而且供应商那里也没有密码；都是加密的。”

“你们的人还在忙这个吗？”

“是的，他打算破解了。这家伙可不是杰森·伯恩[①]；她可能还不是我的人的对手。我只跟你讲，把这个文件夹锁起来，她至少是认真的。”

“我相信你和你的人。”我说。我体内的肾上腺素再度涌起，不管我多么努力地克制，我都会想象索菲的伙计破解了密码，双手捧着爱斯琳骑在库埃鲍尔·拉尼根身上的照片，照片的背景是数着钱的布雷斯林。“搞定了告诉我，

---

① 《谍影重重》系列电影的主角，是一位出色的特工。

好吗？”

“第一时间告诉你。”索菲又撕了一条胶带，把它拍在什么东西上。“这样就行了。这东西真是够丑的，我有点希望他们能把它砸碎，那会让这个世界更美好。”

我去找布雷斯林。伯纳黛特说他在楼里，但是办公室里却找不到他的人影——我一开门，叽叽喳喳的聊天就变成了若无其事的凝视，我一关上门，里面便泛起一阵窃笑，大家又聊开了——食堂里也找不到他。我上楼，准备去专案室。

我刚一上楼梯平台，就听到慢吞吞的播音腔从楼梯井的方向传来。布雷斯林，正在我头上的什么地方，低声说着什么。

我立刻停了下来，然后小心地往上走——楼梯是由白色的大理石铺成，属于旧城堡的一部分，一丁点声音都会产生回声——直到我能透过扶手看到顶楼。布雷斯林和麦卡恩正站在那里，挨得很近。

命中注定我要抓住任何机会和他们俩谈话。但麦卡恩看上去并没有聊天的心情，他穿着制服，无精打采的，手塞在口袋里。布雷斯林则懒洋洋地靠在铁栏杆上，背对着我。从肩膀的线条能看出摆出这种轻松懒散的姿势很费劲。

麦卡恩嘴里在嘟囔着什么，我听到了“那个贱人”。听上去他是认真的。

“我已经动手了，”布雷斯林说，“你就安心待着，让我来处理，好吧？”

麦卡恩动了动，仿佛他的衣服是湿的。“她不喜欢被那样摆布，如果你想——”

“我不会去摆布她。那不是我的计划。我会让她看到，她只有唯一的选择。”

麦卡恩伸出手指，揉了揉眼袋，头向后仰。

布雷斯林说：“我会解决她的。一切都会很快回归正常。”

麦卡恩抬起头，说了些什么，这时他注意到我的黑外套，在白色楼梯的对比下很显眼，于是停下了。“布雷斯林。”他说。

布雷斯林转过身，表情茫然地闭上了嘴巴。“康韦警探，”他说，“很高兴你来找我。”

“周六晚上有些麻烦事没摆平，我来处理一下，”我说，“这又不是肯尼迪遇刺案，我不可能为了它空出我的所有时间。我有几句话要跟你说。”

“好啊，跟我走吧。阿麦，回头聊，好吧？”麦卡恩点了点头，没有抬头看。布雷斯林拍了拍他的肩膀，然后朝我走过来，下了楼。

我跟在他身后，当我回头看时，麦卡恩还留在上面，两眼放空。

“麦卡恩和他的夫人闹了点小矛盾，”伴随着我们的脚步声，布雷斯林神秘兮兮地说，“你可能已经听到他打的电话了，对吧？”

我应了一声，不置可否。我们都听过那些电话：麦卡恩牙关紧咬，嘟囔说今晚会早点回家，越说脑袋越往下低，周围的小伙子则在窃笑，声音足够响亮。

“她不喜欢麦卡恩做这份工作，不喜欢工作的时间安排，不喜欢他回家的时候满脑子想的都是死去的孩子，不喜欢所有这些——很难反驳她，对吧？麦卡恩觉得她已经下了最后通牒：要么他换个职位，要么她把他踢出家门。”

我不住地点头。胡说八道。办公室说起八卦来就像个游戏厅，但没人会费心告诉我详情。他们谈论的是我：如何让我赶紧把这个案子结了，或者是让我离开重案组。唯一的问题是他们的动机到底是什么。“哈，”我说，“那他打算怎么办？”

“嗯，显然他对这两个选项都不感兴趣。我说我会跟他老婆聊两句，让她平静下来。很长一段时间以来，我们都是朋友。她知道我是从心底为他们好。”布雷斯林露出友善的微笑，仿佛他确实是那种会从心底为所有人好的人。“我得让你承诺一下，康韦。这件事不能再让别人知道了，麦卡恩可不想自己私生活的麻烦变成组里那帮人的谈资。你本来什么也不该听到，”带有责备意味的摇手指，得一分，“不过既然你已经听到了，你就该守口如瓶。”

“我不会到处乱说，”我说，“这种事情就让组里那些人去做吧。”我现在非常想在布雷斯林两边的脸上各揍一拳，但我还想继续聊天，所以我就问了：“你觉得你能解决吗？”

“哦，是的，他们两个很爱对方，尽管有这些矛盾；他们只需要一点点提醒，事情很快就能解决，麦卡恩只是担心过了头。”

“没错，反正你们两个看上去都有点紧张。”

布雷斯林停了下来，看了我一眼。“我？你这是什么意思？”

我举起了手。“只是说说。”

“在你看来这是紧张的样子？”布雷斯林指了指自己的嘴巴，半是怀疑，半是厌恶，“你的雷达需要重新校准一下了，康韦。我有什么可紧张的呢？”

我耸了耸肩。“我怎么会知道？”

布雷斯林站在原地。“不，你不能这样随便就下结论，等我问起来的时候又矢口否认。我有什么可紧张的？”

紧张又戒备，真是有意思。我决定继续迂回。“无所谓啊，就平常那些事情，工作、金钱、生活。”

“我过得很好，谢谢你的关心。我热爱我的工作，不像某些人——如果你和你的姜饼男孩能改变这种情况，你会感激你自己的。金钱方面，我很好，不是一般的好，无忧无虑。我是个快乐的男人，好吧？”

“男人啊，”我说，“我只是随口说说。”

布雷斯林盯了我很长时间，然后说：“好吧。”

他继续往下走，让我跟在身后。“只是个小提示，康韦。我们都有自己的特长，在随口说说这方面，你可不怎么在行。”

“也许吧，”我说，我和布雷斯林的坦诚交流就到此为止吧，“昨晚你有什么事情想跟我说吗？”

“罗里的哥哥们已经过来做完了笔录，报告就在我桌子上——如果你想看一眼的话，但里面没什么有用的信息。他们都说罗里是个菜鸟，尊重女人，永远不会、绝对不会动手打人。他被甩过几次——惊讶吧，还有惊喜——他只是感到难过，却不觉得生气。他们知道书店的生意不太好，他们说要是需要的话，他会跟他们借钱，而不会跟他刚认识的女孩开口。不过他们两个也是穷光蛋，所以我看跟他们开口也是白搭。我把他们的声音都录了下来，这样我们就能跟在斯托尼巴特尔打电话的那个声音做个比对。但跟你说实话，我觉得不太可能是他们。我想他们确实毫不知情。”

“很好，”我说，“你跟索菲·米勒打电话要过爱斯琳的电子信息吗？”

布雷斯林把脸转向我，扬起眉毛，似在警告我。“是啊。有什么问题吗？”

“我说过我和斯蒂夫会负责这些。”

他在楼梯平台停下来，这样他可以好好地盯着我。“啊，康韦，继续。我知道你想把好证据留在自己手里，但这不是在幼儿园玩过家家，你不能一直守着你专属的玩具。这是个真实世界，真正要做的是把工作搞定。”

“是的，而且我们有能力做到。”

“不包括昨晚，昨晚你做不到。你们都回家去蒙头睡美容觉了——我知道，我知道，连上两个班，但事实摆在这里，你不在这里，你在吗？而我在。我跟罗里的哥哥们谈完了，我跟其他的联系人约好了，我打电话要了他的通话记录，然后我还有一点时间。所以我决定利用起来，你应该感谢我，而不是在这里冲我发火。”

我说：“你找到什么有用的信息了吗？”

布雷斯林看着我，他说：“米勒什么都没有准备好。”

“好吧，这就是我为什么不会谢谢你。另外也是因为，我需要掌握大家在调查中都在干吗，要是碰到自己在准备做什么时，却被告知其他人已经完成了，这不是让自己出丑吗？”

布雷斯林歪了歪下巴。“康韦，你需要冷静一点，你得记着，我经验比你丰富这个事实。如果我做了什么，你应当相信，我是为调查的大局着想的。”

“不。”我说。我能听见脑中有声音在说：我们得和布雷斯林好好相处，但我想看看到底会发生什么。“我不会特意记着什么。除非我把你的晋升典礼睡过去了，否则我们还是在一个办公室里。这是我的案子，你擅自行动，你才需要记着自己本职。”

有那么一刻，我觉得自己有些过分了，但布雷斯林勉强露出疲惫而无奈的表情，就像那些从未对问题学生有太大指望的老师。“好吧，康韦，下次再为你的调查出力的时候，我会慎重一点。我保证提前跟你打招呼。”他翻了个白眼，“那会让你感觉好些吗？”

“是的，没错。”

“好的，那你可以消消气了吗？”

“我……老天，”我立刻缓和了口气，语气变得局促不安，“我的意思不是……”我看了一眼楼梯下面，确保不会有人听到我正在成为一个卑鄙的坏警探，“这没那么简单，你知道吧？跟你这样的人合作让我诚惶诚恐，我不是总能……对，总能正确地把事情处理好。”

“好吧。”布雷斯林说，他现在从容不迫，在考虑如何给我上一课，但最后还是自我满足地说道，“我想我能明白。但这不是你防着我的借口，我们是一个组的。”

“我知道，没错，我道歉。”我不会为了让浑蛋喜欢我而谄媚别人，不过为了搞定浑蛋，我倒是可以尽力让他们开心开心。“而且我很感激你的帮助，还有建议。尽管我没有完全表现出我的感激之情。”

布雷斯林点点头。“好吧，”他宽宏大度地说，“这个话题到此为止。”

“谢谢，”我说，“你现在打算做什么？”

“我还要跟罗里剩下的联系人谈一谈，如果你同意我这么做的话。”

他在微笑，尽管笑得很勉强。“那很好，”我说，“万分感谢，我们回头见。”

我满怀敬意地向他点了点头，转身上楼向专案室走去。麦卡恩已经下来了。我走到顶层，拐进走廊里。在那之前，我听到布雷斯林的脚步声再次响起，缓慢而清冷的节拍在走廊中回荡。

我不在的时候，专案室一切正常，这应该是好事。助手们都像小蜜蜂一样在忙碌，而且确保大家可以看到：加夫尼在匆忙地写着什么，米汉正在做备忘录，克勒格尔和赖利则俯身在显示器前，迅速浏览忽动忽停的监控录像镜头。斯坦顿和迪齐在别的什么地方，可能去了爱斯琳的公司。斯蒂夫把主办公桌完全据为己有，把它变成了资料和奇巧巧克力堆积处，埋头在工作的同时还悠闲地吹着口哨。他看上去很高兴。

“早上好，各位。”我说着，把背包扔到了我的桌子上。助手们迅速挤出微笑，好像他们喜欢我一样。即便有人拉拢了他们——而且几乎可以肯定，一定有人动手了：不管布雷斯林有什么打算，他做的第一件事一定是争取一个助手，揣在自己兜里——他们也精于隐藏。

“哈喽，”斯蒂夫说，“解决了？”

“嗯。”我没跟他细说，只是告诉他我想从那个浑蛋证人嘴里问出点其他的，他也没追问，“还有什么要告诉我的吗？”

“索菲用电子邮件给我们发了些东西，就在刚才。”他打开了一个页面。

“好，我已经给她打过电话了，”我把大衣放到了椅背上，“她的一个手下会把爱斯琳的邮箱操作记录搞到手。你拿到她的电话记录了吗？”

“嗯，我在那边工作的朋友已经发给我了。”他仔细检查自己面前的纸堆，拍了拍他要的那一页。“布雷斯林拿了罗里的，他说里面没什么有用的信息，除了打给爱斯琳以外，周六晚上一个电话都没有，昨天早上也没给斯托尼巴特尔警察局打过，跟露西·赖尔登也没有联系。他正忙着看罗里的短信，看看能不能发现什么。”

“加夫尼，”我说，“报警电话有什么线索吗？”

加夫尼一跃而起。“是——有的，我已经查过了，对的，我拿到了号码，不过号码没做实名登记。”

斯蒂夫说：“我看不出罗里有什么理由要保留一个匿名的电话号码。搜查他公寓的时候也没有发现。”

大多数黑帮歹徒倒是会保留一个匿名号码，以便躲避追踪。“你永远不会知道他的理由是什么，”我说，“不过确实，罗里不像是打电话报警的人。我们会把那个号码的电话记录也拿到手，看看是不是可以为我们提供线索找到号码的主人是谁。莫兰，能办到吗？”

斯蒂夫点了点头，记了下来。加夫尼看起来有些受伤，不过这也没办法，如果满是打给毒贩的电话记录，我和斯蒂夫就一定得赶在别人之前知道这一点。

“米汉，”我说，“你去确认法伦说的那条路线具体需要多长时间，进展如何？”

“按照法伦的说法，”米汉说，他把椅子转了过来，面朝我们，“没到七点半他就下了公交车，然后在将近八点的时候敲了爱斯琳家的门——这一部分可以由那个遛狗的证人的证词佐证。所以在这半个小时里——从公交车站到维金花园尽头，再去乐购买花，然后回到爱斯琳家门口。按照正常的速度，我用了二十七分钟，如果以尽可能快的速度走，就差跑了，少用了六分钟。”

我说："意味着罗里可能会给自己留出差不多十分钟时间。"

"不止，"斯蒂夫说，"这儿还有好东西。今天早上一来，斯坦顿就拿来了 39A 路公交车的监控录像，罗里是在差十分七点的时候上的车，不是他说的将近七点，下车时间是七点一刻，也不是七点半左右。他可能是记错了，或者是大致地估计，但……"

"但他对于赴约迟到忧心忡忡，"我说，"他怕爱斯琳会伤心，把他甩了，这样他就完了。不，他没有估计，也不会记错，他这去向不明的二十五分钟一定去干什么了。他含糊其词也是因为不想让我们知道。"血腥味再一次充满我的鼻腔。我们禁不住要怀疑罗里，他表现得如此温顺、震惊，我们就不难觉得他是凶手了；用一把大锤砸他的家门，把他拖回来，让他好好看看监控录像，一定会大快人心。"好，等我们再把他带回来的时候，他得好好解释一下自己干了什么。我们拿到这片区域的录像镜头了吗？"

"拿到了。"克勒格尔坐在显示器前，往后靠。他身材修长，满脸雀斑，不慌不忙，而且很能干，早晚有一天会进组。"坏消息是，从 39A 路公交车站到维金花园，以及维金花园到乐购之间都没有监控镜头——所以我们没办法核实法伦的路线和具体时间。但我们看到了他在乐购买花的镜头，他在七点五十一分结了账，符合他讲的经过。"

"这没什么意外的，"我说，"他知道乐购会把他录进监控录像里面，所以不会在这里撒谎。我们需要放宽在斯托尼巴特尔调查监控录像的范围，不管罗里在这段时间里做了什么，他都很有可能偏离之前提供给我们的路线。赖利，你去调查这一部分。"米汉在工作日志上做了记录。

赖利盯着窗外——就要下雨了——然后又看着他的显示器。"拿到的这些录像我还没看完呢。"

在警官学校，赖利比我低一级。他不如克勒格尔能干，不过我猜他用不了多久就能进组，只要看他跟这群人有多合得来就知道了。"克勒格尔可以完成，"我说，"法伦大概多出来二十分钟的时间，他可以去路线之外半公里的地方。先以半公里为半径进行调查。待会儿见。"

赖利下巴动了动，懒洋洋地盯了我一眼。不过他还是从椅子里爬出来，理了理外套。“克勒格尔，”我说，“告诉我你都发现了哪些有用的线索。”

“是，有些发现。我们在斯托尼巴特尔到拉内拉格之间，他回家的路上，发现了他四次，我已经在地图上标出来了。”克勒格尔冲白色书写板上贴着的新地图点了点头，上面已经标记好了地点和箭头，旁边还贴着画质粗糙的监控录像截图。“它们和罗里的说法是一致的。”

我看了一眼。一个瘦削的男人穿着黑色大衣，低着头，冒着雨，刚刚度过一个糟糕的夜晚。不过这确实是罗里，没错。最早的镜头里，在北部码头，有一束破烂不堪的花从他的腋下露出来，但等他穿过河，来到坦普尔酒吧的时候，花就不见了。

“我们能看到他的手吗？”

“不能，他的手一直在口袋里。”

“米汉，”我说，“我需要你测量一下法伦回家这条路需要多长时间。我想看看这一路上他有没有绕道去其他地方——去把手套扔掉，或者找某个朋友。克勒格尔，录像里他走得快不快？”

“还算快，我觉得。”克勒格尔比较了一下坦普尔巴的录像镜头，罗里在那里遇到了一个戴着假乳房、手里挥舞着啤酒罐的醉鬼，被人家挤下了人行道。“没有人在慢跑或者干别的什么，但他想快些回家。没错，就是快步走。”

“听到了吧，”我告诉米汉，“从维金花园到任我行书店，快步走一趟，然后记录下每次到达罗里在录像里出现的地方的具体时间。”

“我会按照他的速度去走。”米汉推开了自己的椅子。

“要走得足够快，想象自己淋着雨。”我说，“谢谢你。克勒格尔，你还剩多少录像带没看？”

“没多少了。”

“等你看完，去找找在新书发布会上看见过爱斯琳和罗里的人，跟他们聊一聊。主要看看这些：他们两人是否有谁比较主动，是否有一位说了关于另外一位的有趣事情，把任何有用的内容都记下来，没问题吧？”

米汉把这项任务记在工作日志上，然后就出了门。克勒格尔向我竖了个大拇指，然后继续快速浏览监控录像。有一些黑漆漆的人影，在街上摇摇晃晃，就像是随风摇摆的玩偶。我回到了桌子前，回头看了一眼斯蒂夫。

“这些是爱斯琳的电话记录，”他拍了拍一摞纸，“这些是索菲用邮件发给我们的东西，也就是爱斯琳现在手机上的记录。我会做一个交叉检查，看看是否有人删掉了某些内容。”

“好主意，”我说，“我刚想跟你说这个。”我压低了声音，“我们得说两句，去别的地方。”想说两句话，还得到我的专案室外面另找地方，真是活见鬼，但现在还不知道哪个助手已经被布雷斯林拉拢过去了。

斯蒂夫点了点头。“反正我们还得去搜查爱斯琳的住处。”

“那就行了，我们走吧。”

作为一个接受过良好教育的人，斯蒂夫把他那些巧克力包装纸塞进了垃圾桶。“等我们到斯托尼巴特尔，你能带我去那边的酒吧转转吗？”

“为什么？”

“说不定他们会去喝一杯。”

助手们似乎都在聚精会神地工作，但我总是把声音压得很低，这已经成了一种习惯。“谁？爱斯琳和她的男友吗？一个正在搞地下恋情的家伙，你觉得他会带着自己的秘密女友到酒吧里搂搂抱抱？”

“按照露西的说法，他们两个已经交往了快六个月了，这六个月不可能只待在屋里，做爱。”斯蒂夫在桌子上翻找了一番，找到一张爱斯琳的照片，把它插进上衣口袋。“酒吧就快开门了，我们走吧。”

我站在原地。“即使这个人真的存在，他们也不会去当地的酒吧。露西说爱斯琳痴迷于高级俱乐部，这只是委婉的说法，斯托尼巴特尔的酒吧可不能入她的眼。”

“所以也就更不容易被发现。而且如果那家伙已经结了婚，他们就只能在爱斯琳家搂搂抱抱，而要是他们兴致正浓，偷偷溜出去快速喝一杯，就可能会去那边了。”斯蒂夫套上外套，看了一眼窗外，“新鲜空气对身心有益。”

“斯托尼巴特尔可没有什么新鲜空气，对那里的土包子来说，我们太酷了。而且你指望酒吧服务员能记住一个跟一半的都柏林女人长得都很像的二十多岁的女孩？”

“你就记得她，而且酒保们的记性往往不错。”斯蒂夫把我的大衣从椅背上拿起来，捧在手里，仿佛一位贴身男仆，“就当陪我。”

“把衣服给我。”我说，我把大衣拽了回去，不过还是套在了身上，“赶紧把这些整理好。”我用下巴指了指斯蒂夫桌子上的材料，狠狠地瞪了他一眼。他开始把材料按摞放好。

加夫尼正往这边看。我说：“加夫尼，告诉大家，案情会议五点半开。然后去找布雷斯林。你应该跟着他，记得吗？还待在这里干什么？”

“但他说——”加夫尼看上去吓坏了，这个可怜的小傻瓜眼看着自己的前途啪嗒一声摔了个粉碎。“我跟过布雷斯林警探了，昨晚跟了一整晚，还有今天早晨——我正在为他做笔记，他跟我解释了他是如何工作的，而且……刚刚他出去的时候——他说我应该专注于自己的工作，而且比起他在外面的工作，你可能更需要我留在这里，所以，我是说……”

显然，布雷斯林是对的，加夫尼一个人就可以把财务状况和电话记录查清楚，用不着别人手把手教，否则一开始他就不能加入助手行列。但他同样也可以在审讯的过程中做笔记，况且布雷斯林也不是那种会拒绝自己理应享有的私人助理的人；除非他想背着别人对证人做些手脚。

加夫尼已经跑了过来，可怜巴巴地望着我。再把他送回布雷斯林身边已经没有意义了，布雷斯林会再找借口把他打发走，或者干脆不接电话。“你做得很好，”我说，“别担心了，要有所长进你还有很多工作要做。”

加夫尼正想表达谢意，但我已经往门口走了。我听见身后传来咔嗒一声，斯蒂夫把自己的抽屉锁上了。无论是为了什么，这都是值得的。

07

我和斯蒂夫往停车场走去，去找我们的破烂卡德特。都柏林城堡后面的小巷，交通很繁忙：学生们正拖着疲惫的身子，向三一学院走去；一个商人模样的人用过大的手机格外大声地讲着话，用那保加利亚的房地产生意轰炸我们；漂亮妈妈出门购物，流浪汉则在寻找残羹剩饭。来到大街上的感觉还不错，至少不会有特别针对我们的危险。我憎恶那样。

“所以，”我说，我们终于融入人群，和他们有了一段安全距离，“今天布雷斯林不想有人陪着，他要自己做完那些审讯。”

“可能是审讯，”斯蒂夫努力避开一对正在用俄语交流复杂情感问题的人，“也可能是其他事情。就在你来之前不久，对吧？布雷斯林的电话响了，他露出了这样的表情——”斯蒂夫做了一个下巴紧绷、鼻孔张大的动作：那是布雷斯林努力掩盖自己生气时的样子，“他去外面接了电话，但在他走出房间门之前，他说：‘别打这个电话。’”

他是对的。也许并不是审讯，也许布雷斯林还要做别的事情，或者是过一会儿要见别的什么人；做什么事情或者见什么人，反正不必有加夫尼在场。我的肾上腺素又涌上来了。

“你想知道他昨晚做了什么吗？”我说，“他跟索菲随便聊了聊，想拿到现场报告和爱斯琳的电子信息。”

斯蒂夫的眉毛扬了起来。我说：“这可能不能说明什么，我跟他说了几句，他说自己有些无聊，所以想找些事情来做——显然他会去找可以立功的事情。

但是……”

“但是他想要那些东西。”

“没错，非常急迫，得瞒着我们，即便他知道我们会发现。”

“他从索菲那里拿到什么东西了没有？”

“没有，其实本来也没什么东西。爱斯琳的床垫上发现了一些污渍；但即便我们拿到了 DNA，发现不是她的，这些 DNA 可能也有些年头了，没办法确定具体是什么时候留下的。反正不可能是上周六晚上的，不然床单上也应该有污渍，然而它们是干净的。”肾上腺素让我开得飞快，拿着大号手机的人也只能绕着我们走。“唯一的问题是，你让索菲检查的地方，床头板和马桶垫，对吧？它们都太干净了。没有指纹，只有污渍。索菲说我们要找的那个家伙可能已经打扫过了——”

“啊，我就说嘛！”斯蒂夫挥了一下拳头，“罗里没有理由去擦床头板，毕竟他才第一次去那个房子——”

“对，对，对，你真是个天才。也有可能爱斯琳有洁癖，索菲说这都有可能。”

斯蒂夫似乎仍在沾沾自喜。“还有什么？”

“你是说能证明那个神秘男友存在的线索？”

“对。”

“没什么发现。脸书上没什么动静，手机上也没有，邮箱里也没有。”一个瘾君子把两个看起来迷了路的背包客逼到了街角，絮絮叨叨地跟人家要钱。我冲他打了个响指，指了指下面的路，没有停下来掏证件。他看了我们一眼，乖乖滚蛋了。“如果这个人存在，他们可能是靠心灵感应约会的。”

“或者爱斯琳删了所有信息，”斯蒂夫指出，“或者是他自己删的，我已经开始交叉检查那些电话记录了，同时我还在等邮件记录。”

“不过笔记本电脑上倒是有些发现，”我说，“别太激动，只是爱斯琳读过一些黑帮的案件报道，弗朗西·汉农，还有那个舌头被切掉的家伙。”

斯蒂夫把脸转到我这边，“他们都是库埃鲍尔·拉尼根的手下，两个都是。”我感到他和我一样被云霄飞车掀起的巨大气浪擒住，我在小路上飞驰，感觉越来越激动，“而且它们都是布雷斯林的案子。如果拉尼根出钱收买了他，对了，如果爱斯琳跟这个团伙的人约会，中间出了差错，拉尼根要做的头一件事就是——”

“我跟你说过先别激动。我做了一些试探，如果爱斯琳跟拉尼根的某个手下约会，我很快就会知道。”斯蒂夫看起来有些失望，因为我没有告诉他我具体做了什么，但他必须接受这一点。“她的电脑里还有一样好东西：有一个加密文件夹，是在 9 月创建的。文件夹叫‘贷款’——”斯蒂夫笑出了声，我也忍不住笑了起来，“好吧，这显然是在胡扯。索菲和她的人还在努力破解密码，一有消息她就会告诉我们。”

“她告诉布雷斯林关于这个文件夹的事情了吗？”

“没有，我也没有，而且我不打算让他知道。”

斯蒂夫说：“所以从 9 月开始，爱斯琳担心有人会看她的电脑。这个人不可能是罗里，他们到 12 月才认识，而且他之前都没有去过她家。”

“也许吧，”我说，“或者里面都是爱斯琳的裸照，她担心的并不是什么特定的人。她只是不想万一哪个浑蛋偷走了她的电脑，把这些东西传到网上去。”

“为什么会有裸照呢？”

“为了好玩，为了赚些外快，前任留下的，为了在她变老变丑之后的某一天还可以想起自己年轻时的样子。我怎么会知道？”

“或者，”斯蒂夫说，“这是她和她的秘密男友拍的照片。而她真的、真的不想有什么人——包括他——知道她留着这些照片。然而，反正……”

我已经想到了同样的事情。“勒索。”

“或者是买了保险。如果她跟一个黑帮歹徒在一起，也许她的智商还够察觉这有可能会变得很危险。”

“‘如果’，”我说，“从现在开始，在这个案子里，你再说一次‘如果’，就欠我一英镑。估计等到周末我就是有钱人了。”

“我以为你喜欢挑战，”斯蒂夫咧嘴笑着说，“承认吧，你盼着我是对的。”

“对，我确实盼着，这个挑战不错。”

“你盼着。”

我们在一对一直在喋喋不休的老人后面放慢了速度。我说："我只希望这件事情能够解决。"

我一直不想把这话明说出来，因为我不想变成乌鸦嘴。就像个蠢孩子，就像那些总在抱怨的人，相信全宇宙都跟自己过不去，一切都在找借口搞砸。我以前不是这样，这对我来说是全新的经验，也是愚蠢的，拜组里的人所赐，我练就了一身四处寻找陷阱的本领——上周我在办公室里放了一杯咖啡，然后去了卫生间，回来后发现上面漂着一口唾沫，差点就直接喝了下去。我绝不可能对斯蒂夫抱怨这种事。我不喜欢这种该死的被训练的感觉，根本不喜欢。我继续走着，同时给街上穿着黑色大衣的高个子计数。

斯蒂夫说："但是？"

"没什么但是。在我们取得实质性的证据之前，我不想在这条思路上陷得太深，就这样。"

他又说了些什么，不过我不想再听了。"还有件事，"我说着，躲开一个老人，回到原来的路线上，"记得我说，我跟布雷斯林聊了他给索菲打电话的事吗？"

"哦，老天，他没有被你揍死吗？"

"啊，没有，他化个妆还是可以掩盖那些瘀伤。"

"你对他还算客气，是吧？告诉我你们俩还没撕破脸。"

"放轻松，"我说，"一切都在掌握之中。这是最有意思的部分。我没有跟他客气——我故意要让他下不来台——但他对我一直很友好。"

"所以也许昨晚，他并没有说谎骗我们。"斯蒂夫在把握说话的分寸，努力让它得体，"也许他真的觉得我们没有针对他。"

"你这么觉得？我觉得他是个不要脸的浑蛋，太高看自己了。而且我告诉他，在我的案子里，他需要按我说的做。"斯蒂夫发出了一阵震惊的笑声。"没错，好吧，我想看看他会有何反应。我本来以为他会把我的脑袋拧下来，但你知道他做什么了吗？他叹了口气说，好吧，真棒。从现在开始，他做事之前都会请示一下我。"

斯蒂夫不笑了。我说："你觉得这像布雷斯林吗？"

过了一会儿，他说："听起来他还是想继续跟我们和平共处，似乎，意愿很强烈。"

"确实。这样他就可以继续跟踪我们在做什么，这不是因为他信任我们，相信我们会听话、配合他，不管是什么吧。后来我发现他——你知道吗，他正和麦卡恩聊天，一看见我他们立马就不说话了。布雷斯林跟我扯了一些关于麦卡恩婚姻问题的屁话，但我很确定，他们讨论的就是如何尽快把我赶走。"

斯蒂夫快速看了我一眼，我不知道他是什么意思。"你确定？他们说了什么？"

我耸了耸肩。"我可懒得去记他们都说了些什么。麦卡恩不高兴，布雷斯林安慰他说，他会马上把什么女人解决掉，一切都可以回到正轨，麦卡恩想让他赶紧动手。大意就是这样。"

"而且你很确定这跟麦卡恩的老婆没有关系？"

"本来可能有关系，但实际上没有。"

一些穿着带品牌标志的夹克、手里拿着纸壳板的流浪汉凑到我们身前，张开嘴，又看了一眼，然后走开了。我感到自己的个人魅力又慢慢回来了。要是两天前，他可能会跟着我走完整条街，求我给点钱，终结第三世界的牛皮癣，然后告诉我要保持微笑。

"好吧，"斯蒂夫说，"我们一直在考虑的是布雷斯林是否枉法了——"虽然没在警局，我们俩还是向四处张望了一下，"但如果拿钱的是麦卡恩呢？"

我没有想到这一点，有那么一刻，我觉得自己是个傻子——沉迷于妄想，没有注意到真正重要的事——但这种羞耻，很快因为越来越强烈的兴奋感而烟消云散：困兽般的斗志，现在越来越强烈。

"也有这种可能。"我检索了一下脑海中麦卡恩的信息。他来自德罗赫达，有一个妻子，还有四个十几岁的孩子。没什么钱，不像布雷斯林——我记得他说过一些刻薄的话，说只要把那些被智能手机宠坏的孩子都送去当学徒，像他爸那样，就可以把犯罪率降低为零。在他车子坏掉、屋顶要重修、孩子要上大学，而当警察的薪水暂时还负担不起的时候，他可没有父母出资相助。黑帮老大会很乐意把麦卡恩这样的人找过去养着。"或者他们两个都收了钱。"

“难怪布雷斯林能对你的责备忍气吞声，”斯蒂夫说，“他可受不了我们去告诉头儿说我们不想让他插手这个案子。”

“如果，”我说，“如果这些假设有一个成立的话。”

斯蒂夫说：“你跟布雷斯林最后是怎么收场的？”

“我道了歉，我告诉他，他太厉害了，我诚惶诚恐，思路不清晰。他喜欢我这么说。”

“你觉得他信吗？”

我耸了耸肩。“我不在乎。如果不信，他只会觉得我是个坏脾气的娘们儿，而无论怎样，他都会那么想。他只是想找个台阶下，让我们重归于好。我给了，我们和好了。”

我们来到停车场。仅仅在这短短的一路，我就发现了十一个穿黑色大衣的男人。每一个都让我觉得自己像个有多疑症的白痴，但即使这么多人，也无法消除我想起早上在路口看到那个男人时的警惕。

我们到入口了，斯蒂夫说：“我们该做什么？”

我们首先该做的就是去调查布雷斯林和麦卡恩的经济状况，搞到他们的电话记录，然后找个人进入他们的电脑，看看他们是不是看过什么不该看的东西。但这些事情一件都办不到。“继续查我们的案子，继续该跟他们说话就说话，继续把自己的嘴闭牢。”我向停车场的管理员挥了挥手，他也朝我挥了挥手，然后去找车钥匙。“我就要看看我能不能让布雷斯林难堪。”

爱斯琳的家经过了严格的搜查。如果一个地方还会有人回来，我们会尽可能不把他的家破坏得太严重——指纹粉会被擦掉，书籍会被重新放到架子上——除非我们真的想给某人一点颜色瞧瞧；但如果没人会回家，我们就不会费心去这么体贴周到了。索菲的人在屋子一半的空间内撒了黑色的指纹粉，另半间撒了白的，从地毯上割走了一个大致的矩形，是爱斯琳的尸体躺过的地方，还锯掉了壁炉周围的一大块地板，摘掉了床罩，还在床垫上挖出了一个大洞。对一个凌乱而舒适的普通人的家来说，这一通折腾简直就是一场噩梦，有违常理，但爱斯琳的家，本来就不像个活人的住处，现在则像技术科的一个教学单元。

斯蒂夫去了客厅和浴室，我去了厨房和卧室。这里很安静，斯蒂夫自顾自地吹着口哨，奇怪的声音从外面的街上传进来—— 一群老人在愉快地抱怨着他们的过去，孩子们在号叫，但并没有来自邻居家的刺耳话音和乒乒乓乓声；这些有了年头的墙壁都很厚。除非是极其激烈的争吵和尖叫，否则邻居绝不会听到任何声音。一个来过她家的秘密男友，可能并不会被人知晓。

搜查并没有带来实质性的线索。标准的线索藏匿处——冰箱里的豌豆包、香料架上的空罐子、床垫下面、鞋子里面——都空空如也。卷纹梳妆台里并没有求爱信，抽屉里也没有多余的事后短裤；衣柜里没有装着现金的信封，更没有棕色的包裹等着有人发现。我最大的发现是一本被胡乱塞在架子最高层后面的家庭影集，藏在备用的羽绒被后面。我打开来看了看，希望能找到让我记起在哪里见过爱斯琳的线索，但是没有。她小时候长得并不好看：矮胖、辫子梳在背后、前额不平整，笑得很局促。对一个投入那么多时间健身、吃芹菜、研究护发产品才让自己变成如今的模样的人来说，确实有充分的理由把这本相册藏起来。家里也没有全家福，墙上只有恶心的印花织物和格子布的小鸡图案，但她的家人都被藏到了衣橱后面。心理医生会比较乐见——爱斯琳想藏起双亲以报复他们抛弃自己，或者她想要藏起真实的自我，从而重新塑造一个自己，成为一个梦幻约会对象芭比。但我最关心的，是这些照片上的人物没有一个是我看上去眼熟的。不管我在哪里见过爱斯琳，她家里的东西没有给我一点提示。

奇怪的是，我也没发现任何跟调查无关的东西。搜查总会带来一两个惊喜，因为每个人总会有一两件东西，连自己最亲近、最亲爱的人都会隐瞒。唯一的问题是，这一部分隐藏起来的内容是否与案情有关。可是这个地方，并没有什么露西的口供以外的线索——实际上，既然我在这里没有找到任何关于秘密男友的证据，这里提供给我们的线索反而比露西给我们的还要少。没有质量可疑的网络减肥药，没有尺寸合适的性爱玩具，我甚至连一本《恋爱秘籍》都没有找到。最大的发现是爱斯琳有时会穿加了衬垫的文胸。

“她的文件可整理得不怎么样，”斯蒂夫在卧室的门口说，“所有东西都扔在一个大箱子里，放在靠墙的桌子下面：银行对账单、账单、收据，一大堆。”

我把相册塞回衣橱后面。“加夫尼正在调查她的财务情况；这些东西就交给他处理吧。想办法把纸箱带回去。我们得检查一下收据，万一某个送沙发的快递小哥爱上了她呢。还有什么有意思的东西？”

“她的遗嘱。自己填的表格，从网上下载的。她把自己的一半财产都留给了露西，另一半则留给了儿童保育事业。谁知道这个是否符合遗嘱认证。”

“还好露西有不在场证明。”

“没错，”斯蒂夫说，“这是两个月之前填完的资料。”

“所以也许从那时起爱斯琳就已经感觉到自己深陷危险，或者她觉得自己已经成年，需要立一个遗嘱。还有什么吗？”

“她有一张首次护照申请表，已经填好了，照片什么的都已经贴全。准备好了要出发。”

“所以她是准备度一个阳光明媚的假期。谁不想呢？”

斯蒂夫说：“或者她知道自己也许不久之后就需要出一趟国。”

“也许吧，”我关上了衣橱门，“就这些了？没有护花使者的任命书？沙发里没有现金？浴室的柜子里没有男士除臭剂？”

他摇了摇头。“你那边呢？”

“一无所获。”

我们对视了一眼，然后穿过带雏菊图案的漂亮地毯和残破不全的床。“好吧，”过了一会儿，斯蒂夫说，“也许去酒吧可以找到什么。”

我们拿上那箱文件，走了出去，在我们去巡视酒吧之前，把它扔进了卡德特的后备厢里，其他就没什么了。我和斯蒂夫做了一次充分的搜查，但我仍觉得爱斯琳偷偷藏起了什么。无论我回想多少次，都无法想出那东西可能是什么，藏在何处。

我低估了酒保和爱斯琳，同时可能也高估了她的品位。在我们去的头几家酒吧，斯蒂夫得到的都是一脸茫然和摇头，我则一边拿着笔记本，准备做并不存在的笔记，一边冲他挑一挑眉，表示“我早就告诉过你了吧”。但甘利酒吧—— 一家藏在深巷子里的小店，很破旧，正好不用接待那些追求真实感的嬉皮士，也能牢牢守住那些穿着松松垮垮的旧夹克的老主顾——的酒保，看了一眼照片，轻轻敲了敲爱斯琳的脸，说："没错，她来过这里。"

"你确定是她？"斯蒂夫说着，得意扬扬地看了我一眼。

酒保大概有七十岁了，秃顶，眼神清亮，笔挺的衬衫上有一条闪亮的臂带。"啊，是的，她点了一杯桃味利口酒加蔓越莓——她说自己正在尝试所有能够想到的疯狂饮料，看看哪一种会成为自己的最爱。我说如果她想找刺激，那就来错地方了。最后她决定要一杯朗姆兑姜汁汽水。"他把照片对着灯光看，看看里面有什么。"是，这是她，没错。我自个儿好好端详过她。我可得抓紧机会，在我们这里可不常有像她这样漂亮的人。"

"那我对你来说就不够漂亮了，对吧？"一个坐在酒吧高脚凳上的老家伙询问道，"你爱看什么看什么，我可不打算管着你。"

"看看你那样子，所以我才会盯着年轻人看：我需要有点新鲜东西清一清脑子，把你那张脸从我脑袋里抹去。"

"她什么时候来的？"斯蒂夫问。

酒保想了想。"几个月之前吧，8 月，可能是。"

"她一个人？"

"啊，不。像她这样的女孩，我可不会说她会孤身很久。"高脚凳上的老家伙发出了一阵笑声，表示赞同，酒保说，"她还带了个男朋友。"

这让斯蒂夫又冲我做了个"哈"的表情。"你还记得他长什么样子吗？"

"我没有特别注意他，你明白我的意思吧。他比她年纪要大，我记得大概四十多岁，也可能有五十岁了。没什么出奇的地方：不胖不瘦，也没什么别的。还算高吧，可能。反正还没秃顶，这对他这个年纪来说不容易。"

听上去倒是很像那个翻过爱斯琳家墙的男人。我还情不自禁想到了一个人：那个站在我家那条路的路口的男人。

斯蒂夫说："如果再见到一次，你还能认出他吗？"

酒保耸耸肩。"可能吧，说不好。我没法向你们保证任何事情。"

我说："你为什么会认为他是她的男友？他们拉手了吗？或者接吻了吗？

或许他可能只是她的朋友、叔叔，或者其他别的什么人？”

酒保做了个鬼脸，摇了摇头。“不可能是别的关系。他们倒没有互相乱摸，也没有做别的什么，不过我记得自己想过，如果他们不是情侣，那坐得可就太近了。而且她可以找一个更好的小伙子。”

“像你这样的，哇哈？”老家伙很好奇。

“我怎么了？起码我的身材还没走形。”

“也许他是个百万富翁呢，”斯蒂夫说，“他看起来满面红光吗？”

“我没注意，我说过了，那人没什么特别的。”

“百万富翁为什么会在这种地方喝上一杯？”老家伙问道。

“寻找对口味的酒。”酒保富于尊严地答道。

“如果找到了，他还会回来的。”

“他以前来过吗？”

“没有，我只见过他们两个一回。”

我说：“那么我呢？你看我以前来过吗？”

酒保在我面前笑嘻嘻地说道：“你来过，没错。前年夏天，对吧？有一大群女孩、小伙子，坐在角落里，笑个没完？”

“好吧，”我说，我的形象倒是比爱斯琳更显眼，不过我来的时间也比她更早一些。酒保并不是在胡扯，逗我们开心——他真的记得她。

“怎么奖赏我？”

“读一下这个，要是没问题，在底下签字。”这时候，我把我的笔记本伸出去，“要是你走运，有机会跟我们进趟局子，把同样的话在我们的录音机上再录一遍。”

老家伙伸长了脖子看爱斯琳的照片，他说：“她有麻烦了，是吗？她后来对什么人干了什么事吗？”

“别问了，弗雷迪！”酒保说，还低着头看着我的笔记，“我不想知道。”他签了名，写完轻轻地敲了一下笔，然后把笔记本递回给我，顺便拉起擦玻璃的抹布，“还有别的什么事吗？没了？”

走到外面，斯蒂夫把爱斯琳的照片插回自己的口袋里。他显然是在想我刚才的“我早就告诉过你”，他不必说什么我也明白。“所以——”他开口说了其他话题。

“所以，”我说，让专案室自行运作或者归布雷斯林管的念头，都让我感到不安，“这是全部的酒吧了，我们现在回办公室吧，好吗？”

“好，没问题。”

我们掉头上了崎岖的巷子，往主路方向行驶。雨滴不断落下，最后演变成雨夹雪——但愿米汉可以及时测完快步走的时间。街角正酝酿着麻烦——一群孩子没法回家，因为他们是逃学出来的——不过除了他们，街上空无一人。一家废弃商店的百叶窗上，某人的涂鸦作品，一个龇牙咧嘴、长着一对甲虫般大眼睛的怪物正盯着我们，两边是寻猫启事和夏天集市剩下来的东西，风筝飞舞，冰激凌在褪色的包装纸中化得一塌糊涂。

斯蒂夫的自制力耗尽了。“秘密男友看起来不错。”

他是不错。我说：“也有可能是爱斯琳的某个同事吧。”

“她在克朗多金工作，他们为什么要来斯托尼巴特尔喝一杯呢？除非他们正在秘密约会，不想被发现。”

“或者是她品酒课上的同学，再或者就是她 8 月遇到的什么人。”车子停在半打酒吧的后面，我加快步伐，“那些她喜欢的高档俱乐部，里面全是帅气又有钱的年轻男人，爱斯琳可以随便跟任何一个约会。她为什么非要找一个中年男人，还没什么特别之处？”

斯蒂夫耸耸肩。“有些女人就是喜欢老男人。”

“罗里跟她同样的年纪，相差不会太大。”

“在遇到他之前，爱斯琳可能有恋父情结，还记得露西说的话吧：爱斯琳的父亲离家出走了，这几乎毁了她的生活。也许她就是在寻找父亲式的人物，当她发现这种感情不是她所期望的样子时，她就去找了属于自己的男人——”

“老天！”我差点撞到一根灯柱上，在最后一刻用手在上面拍了一下，“那就是我认识她的地方，我他妈的就是在那里见到她的。”

“什么？哪里？”

“老天。”我的心猛烈跳动，灯柱上光滑的油漆摸上去黏糊糊的。我能听见在我们身后不知什么地方，街角的那群孩子在笑我。“她。”

失踪人口组，两年半以前，某天的午餐时间，我坐在前台接待处，那是一个晴朗的日子，就在我离开这个部门之前几天。清风吹进敞开着的窗户，闻上去有种乡间气息。夏天仿佛摆脱了这座纷繁的城市腾空而来，干净而柔和。我正听着从天窗传来的 90 年代的流行乐，节奏轻快，吃着火鸡三明治，回想着这个上午的愉快尾声—— 一个十岁的孩子跟父母吵了一架之后失踪了，我们找到他时，他正在自己最好朋友的卧室里玩任天堂[①]游戏机——再过几周，我就可以去重案组报到了。我感觉当天我和这个世界是站在一边的，感觉很不赖。

当这个女孩穿着破烂衣服在走廊上徘徊时，我放下三明治，冲她礼貌地微笑，还说了一句：“有什么可以帮你的吗？”没有让人不舒服，只是表达温暖与鼓励。这奏效了：女孩把所有的故事一股脑儿地说给我听。

她父亲，一个如此可爱、温柔、了不起的男人，如何教她下国际象棋，如何开着出租车带她去鲍尔斯考特瀑布，而且他能让她笑个不停，直笑到打嗝。有一天，她穿好了校服下楼，却发现她母亲已经疯了似的给她父亲打了上百个电话，他从昨晚开始就没回家我找不到他哦耶稣圣母马利亚约瑟夫我知道他死了……做笔录的警探安慰她们，说一般失踪的人，几天内就会回到家里，他们只是需要给自己一点时间。几天变成几周，却仍然没有超级父亲的任何消息，警探们到家里来拜访的时间间隔越来越久，他们的安慰也越来越含糊。最后一个警探拍着她的头说：你跟他有美好的回忆；我们都不想改变它，不是吗？有些时候，这些记忆保留原样会更好。

“这意味着他们知道了什么，你不觉得……或者他至少有了自己的想法，甚至仅仅是一个假设——在你听来这不像是他知道了些什么……”

她斜靠在我的桌子上，双手紧紧攥在一起，指节都泛白了。我耸了耸肩，面无表情：“我无法猜测我们警探的思想过程，对不起。”

于是她就继续说下去。月复一月，年复一年，每次有电话响，她都会一蹦

---

① 一家主要从事电子游戏和玩具的开发、制造与发行的日本公司。

三尺高，每个生日都在期盼邮递员会给她送来一张生日贺卡。一夜又一夜，她都要听着她妈妈的一次次哭喊；一次又一次，她都认定自己看到了他正从对面走过来，几乎让她大吃一惊，最后转过头却发现是个陌生人，让她一时无法呼吸，无法动弹，看着她最渴望的时刻破碎成尘，随风而散。我脸上的表情本来可以让她明白，再讲下去也无济于事，可她继续讲了下去。

在失踪人口组，你会发现：人们总觉得让你看到他们憔悴的脸，听到他们哭哭啼啼，就可以让你工作加倍努力。有些双亲每年都会造访，在他们孩子失踪的那一天，来看看你是否掌握了哪怕一丁点新线索。这好像有些作用：你要记下全部这些特殊的日子，为它们的到来预留出时间，尽你最大的努力，找出点什么东西给他们看。这个女孩的情况却截然不同，我已经完全不想为她父亲回家尽任何力了。

我确实表达了我的意思，只是用了更为委婉的措辞，并且思考着要费多大劲无视她，才能让她从我面前滚开。我告诉她，档案不能公开，《信息自由法》不适用于警方调查，对不起，帮不了你。

当然，瞬间她的眼泪夺眶而出。求求你，不能查一查档案吗，你不能想象如何在没有父亲陪伴的情况下长大，诸如此类。还有一些好莱坞风格的屁话，比如，她需要知道真相，不然就无法继续生活。我不能肯定她用了“终止”和“授权”这样的词，因为我已经开始注意力涣散了，但用它们会很合适。到这一阶段，我愉快的心情已经完全被破坏了。我当时只想让她闭嘴，然后把她踢出门外。

爱斯琳不是想找一个父亲的替代者，她是想找一个“老爸”。

我说：“爱斯琳的父亲并不仅仅是离家出走，他失踪了。她当时去失踪人口组找过档案，我当时在值班。”

“哈，”斯蒂夫说，脑筋转了转，“‘就是走了’，露西说的，还记得吧？我从没想过这代表失踪的意思。你帮了爱斯琳吗？”

“我啥也没帮。她在我面前抱怨个没完，问我能不能给她查查档案，告诉她里面写了什么，拜托我……”我又感受到那股情绪，怒火从胸腔升起，在肋骨下熊熊燃烧。我从灯柱前面挪开，继续走路。“我把要来接我的班的年纪更大的同事的名字给了她，告诉她等他值班时再过来，然后把门指给她看。”

斯蒂夫得迈开步子，才能跟得上我的步伐。“是吗？她回来了吗？”

“我没问，干吗自讨没趣。”

“你看过她爸爸的档案吗？”

“没有，没看过，‘干吗自讨没趣’，你没听懂吗？”

斯蒂夫无视我声音中的挖苦。他闪过了一双笨重的雪地靴，还有几辆婴儿车，“我倒想看看那份档案。”

这倒引起了我的兴趣。“你觉得这两件事有联系？她爸爸失踪了，她被人杀了？”

“我想一个家庭发生这么多倒霉事，这也未免太凑巧了。”

“这算什么。”我不确定我是希望这个案子变得更加有意思，还是不要再节外生枝。

“如果我们想想那个黑帮男友的事——”

感觉整个斯托尼巴特尔都在我的耳边抱怨：一扇被修好的车库门上用喷漆写着“我们不会付钱”这几个字；女人们因为公交车候车亭小广告笑得歇斯底里；一个跟我住在一条街上的老人正朝我挥手——我也挥了挥手，然后加快速度，赶在她转过头来跟我聊天之前消失不见。“我们没有证据证明这个黑帮男友的存在，还记得吧？我们是凭空想出来的。”

“没错，但是如果……让我自由地使用这个词一会儿吧，我欠你一英镑。”

我没有笑。“无所谓。”

“要是爱斯琳觉得自己父亲的失踪跟黑帮有关系；而且要是她在失踪人口组没有得到满意的答案。”斯蒂夫说得很委婉，他的意思是说有人让爱斯琳吃了闭门羹。

“她怎么会想到那上面去呢？她没有跟我说过任何黑帮的事，她说的都是她那个完美老爸如何；要是我暗示他可能被开过一张违规停车罚单，她肯定就傻了。而黑帮歹徒可浪费时间让一个正派的普通市民失踪。”

“也许她并不知道。我们都知道她很天真，也许她觉得黑帮就跟故事里的反派一样，他们四处抓人只是因为天生就坏。或者是她发现自己的爸爸并不像她原本想的那么圣洁。正派的普通市民也可能跟黑帮歹徒扯上关系。”

我不情愿地说：“我想他是个出租车司机。”

黑帮歹徒很喜欢拉拢出租车司机。他们自己的车总会上黑名单，时刻都在监视之下，偶尔还会被装上窃听器。出租车司机可以帮忙运送毒品、枪支、钱，还有人，可以避人耳目。

“那就对了，”斯蒂夫的声音里洋溢着胜利的喜悦，像只得到热情款待的小狗，“他跟那些坏小子扯上关系，一步踏错，最后被人在深山老林里给解决了，脑袋后面多了两个孔。失踪人口组没法证明这个，但他们知道这件事，而当爱斯琳去跟你当时的同事索取信息时，他一不小心说漏了嘴。她决定要单枪匹马去调查；不知不觉中，她就迷失了……”

“她的书架上——”我说，我本来想缄口不提，盼着这破事可以过去，但我想斯蒂夫理应获得额外的厚待，“关于失踪人口的书，就在关于爱尔兰黑帮的书旁边。两本书上都有不少画线。”

他几乎跳了起来。“看到了吧？明白我什么意思了吧？她自己在调查。”

“别扯这些假设。”我说着，掏出手机。这是我的一种处事方法，无论重案组的人想如何控制我失去自信，我都不会变成一个苛刻又没有幽默感的女人，以至于正常人都无法和我一起共事：我在失踪人口组混得还不错。我没交到什么密友，不过我和大家相处愉快，跟大家喝了不少酒。我讲过一个大家常年讲的笑话，比较恶心，涉及办公室的一个小伙子，还有一只吱吱叫的橡皮鼠；而且到现在，我还可以跟任何人打电话求助。“我打发她去找的那个人叫加里·奥鲁尔克，我现在打电话问问他。”

加里的电话转到了语音信箱。“加里，你好啊，我是安托瓦妮特。我得欠你一顿酒了，我需要你帮我个忙。我正在找一个在 1998 年或者 1997 年失踪的家伙，差不离儿，信息可能不在电脑里——我可能得欠你两顿酒。那家伙叫德斯蒙德·默里斯，地址在格雷斯通斯，出租车司机，年龄大概在三十岁到五十岁之间。报案人可能是他的妻子。你也许记得他的女儿爱斯琳，几年前她还专门来找过信息。我需要你尽快发给我，不管有什么信息。而且麻烦你让你的手下直接把东西交给我或者我的搭档莫兰，好吗？谢谢。”

我挂了电话，十分钟前，我还在享受办这个案子的过程。我喜欢它，这可能是一次不错的挑战。而到现在，就像那个一直絮絮叨叨的声音警告我的，案情可能正朝糟糕的方向发展。

“没脑子的浑蛋婆娘。”我说。

斯蒂夫睁大了眼睛。“说什么呢？”

“你知道吗？要是我不干警察了，我就准备去当理疗师。全新的理疗类型，专为爱斯琳这样的人服务，一小时一百英镑，我会在你的后脑勺上一直敲，告诉你别多管闲事。”

“因为她可能跟黑帮扯上关系了？”

“我根本不愿意这么想，即便这是真的，况且你还没有说服我。”我迅速穿过街道，让他在后面需要跑两步才追得上我。一辆车迅速开过，离我们身后只有几英寸。“不，因为她已经二十六岁了，却还在寻找爸爸，吵着要他来修补自己的一切。这真他妈的让人同情。”

“行啦，”斯蒂夫在人行道上赶了上来，“这又不是那些被宠坏的女孩，一把年纪还要打电话给她们的老爸，让他过来换轮胎。爱斯琳父亲的离开，确实让她的生活大不一样，而且还不是什么好的改变。我们不知道她经历了些什么，我们不能——”

“我当然知道，该死。我爸爸在我出生前就不知道去向了。你看我像那种满街闲逛，梦想着把他找回来、投入他的怀抱的人吗？”

这让斯蒂夫闭上了嘴，我也无话可说了。我听见这些话，才意识到自己真的说出了口。

过了一会儿，他说：“我没想到这些。你从来没说过。”

“我从来都没说，是因为这根本没什么大不了的。这是我的重点。他走了；走了就意味着跟我没关系了。就是这样。”

斯蒂夫小心翼翼地说，他知道自己可能会挨喷：“你是想说你从未想念过他，是真的吗？”

我说：“我想他，没错。我经常想他。”应该有一个词来表达我的轻描淡写。在我小的时候，我总是在想他。我每周都给他写信：告诉他我现在有多棒，我如何把数学作业全做对了，又是如何在短跑比赛里打败全班的同学，所以等我真的找到一个可以把这些信寄出去的地址，他就会知道为了我回到这个家该有多值。我每天走出学校，都在寻找他的豪华白色汽车，等着他把我抱起来，带着我加速离开光秃秃的水泥院子，还有那些满眼仇恨的孩子，那些家伙早在戒毒所和监狱里给自己订好了位置。我们要去一个有绿水蓝天的地方，各种美妙的生活闪着光堆在眼前，等着我随意挑选。每天晚上，我躺在床上，想象着这些生活：我拿着刷子和听诊器，在一间医院里，它白得令人炫目，镀了铬，仿佛随时准备升空；我走下一段楼梯，和着管弦乐队的演奏跳华尔兹，身上穿着一件用纺纱和泡沫做成的裙子；我骑在马背上，走过沙滩，在晨光铺满的庭院里吃着美妙的水果，坐在一张皮革办公椅上发号施令，身下四十层楼高的视野令我头晕目眩。"我的感受几乎和爱斯琳一模一样；要是他能回来，我的生活或许才会真正开始。"

斯蒂夫，上帝保佑我们，正在寻求方法表达适度的同情。我说："老天，看看你那张脸。别给我睁大眼睛，表示悲伤，你这个笨蛋。我那时候差不多八岁，后来我长大了，逐渐成熟，意识到这就是我的真实生活，我他妈的最好自己经营自己的生活，而不是去等着有什么人来接管它。这才是成年人的方式。"

"那么现在呢？你已经不再想他了？"

"有些年没想过他了，我几乎忘记了他的存在。只要有颗巧克力豆那么大的脑子，爱斯琳也本该如此。她母亲也一样。"

斯蒂夫动了动脑袋，不置可否。"这不一样，你从没见过自己的父亲，而爱斯琳的父亲是个她爱过的人。"

也许在某种程度上，他说得对，但我不在乎。"他就是个消失了的人，爱斯琳和她母亲，她们本可以继续自己的生活，在恰当的时候，找一个自己能够接受的答案。但她们却让自己的全部生活，都跟这个甚至都不在场的人捆绑在一起。我不在乎他是谁，这真是可悲。"

"也许吧。"

"太他妈可悲了，"我说，"不说她了。"

斯蒂夫没有说话，我们继续走着。上坡的时候我看见了我们的车，就停在之前停的地方，不错。

我想让斯蒂夫说说话，我能感觉到他已经有些不同：他跟我保持的距离，他歪着脑袋的角度，他说话的腔调。我没有告诉别人我父亲事情的原因，除了这的确不关他们的事以外，还在于，如果他们听了这个故事，心里会这样想我：要么是给我贴上“可怜的小家伙”的标签，要么就干脆觉得我是个危险的“流浪儿”。斯蒂夫的成长过程和我很像——也许他是个上流人士，住在市政府提供的简易楼房里，而不是简易公寓里，有一个有工作的父亲，还有一个会在沙发背上放蕾丝花边的母亲。但他应该跟很多不知自己父亲是谁的孩子一起上过学。我并不担心他会因此看不起我。但斯蒂夫是浪漫的，他喜欢让自己的故事富于美感，有很多激烈的戏剧冲突，一个可以预测的模式，还有相当充分的完成度，枝枝蔓蔓都有交代。我本不该让他把我想象成一个凄惨的、被抛弃的孩子，一路斩妖除魔才获得了更好的生活。而如果他真的这么想，我想我会拍他的脑袋一下。

他至少没有用感伤的眼神看我，或者走近我，支持我从伤痛当中走出来。透过眼角的余光，我唯一能知道的是他正在努力思索。过了一会儿，他说话了：“要是她找到了他，会怎么样？”

“你在想些什么呢？”我如释重负，声音显得有些无礼。

“那个爱斯琳不想让露西知道的神秘男人。酒吧里的那个男人。”我摸索着找钥匙，他绕到车子的另一边，身子靠在车顶。“如果那个男人并不是她的男友呢？如果他是她父亲呢？如果她追踪到了他，而他们正在重建彼此的关系——”

“啊，老天。说不好这是真的。”我想不顾一切冲到罗里·法伦家里，把他抓起来，趁着还没坐实爱斯琳已经跟她老爸重逢，两人正在感人至深地约着会，让我去听所有那些甜腻的细节。“你已经欠我四英镑了，不，”斯蒂夫笑了起来，“要是还要听你说这些乱七八糟的猜测，我怕是要疯了。在加里给我回电话告诉我真实情况以前，我不会再去想任何有关爱斯琳老爸的事情了。而且，你得先给我四英镑再上车。”

我叮叮当当地摇晃着车钥匙，盯着他，直到他掏了半天口袋，找出一张五英镑的纸币，从车顶伸了进来。“找零呢？”他问我。我把五英镑塞进兜里，给他开了车门。

“反正在我们回总部之前，你还会再欠我的。上来。”

“好吧，”斯蒂夫扭着身子，钻进了车里，“也许我可以现在就用掉。如果这位爸爸想弥补这么多年不在爱斯琳身边的遗憾，而且他不喜欢罗里的长相——”

“真他妈的有爱。”我发动了我的卡德特，等着它因为被吵醒抱怨起来，“我付钱给你让你别说了，如何？”

“那你绝对应该试试，我收支票。”

“你兜里有士力架吗？至少吃东西的时候你能把嘴闭上。”

“啊，有意思，”斯蒂夫愉快地说，“我还不饿呢。”我在自己的包里找到一根士力架，扔到他的腿上，他安静下来，开始拆士力架的包装。

他看上去并不像觉得我的故事有多鼓舞人心，或者是有多凄惨。我知道斯蒂夫从来都不是他表面上那么简单，像个满脸雀斑的中学生。可是实际上：他看上去满脑子想的还是巧克力。

“怎么了？”他嘴里吃着东西，含混地问。

“没什么，”我说，“你更适合沉默一点，就这样。”而当我开着车左摇右摆地进入车流当中时，我自己笑了起来。

08

我们回到了专案室，都是些无关紧要的事情。布雷斯林还没回来，应该还在和罗里的联系人谈话；助手们进进出出，把更多没用的东西拿进来，倒在我们的豪华大桌子上。斯坦顿和迪齐没有带回来任何线索，没有任何爱斯琳跟老板或者其他人的流言蜚语，也没有任何单相思的暗恋故事；没有办公室死对头，也没有偷偷跟踪的客户。米汉也回来了，他测完了罗里回家的路线，报告他几次走完用的时间跟监控录像是匹配的，说明罗里在从爱斯琳家到他最后一次出现在镜头中的这段路程中，并没有明显地绕路到别的地方——不过我们还无法确定他具体是在什么时候到家以及回家之后做了什么，所以也不能完全排除在最后时刻他绕了个弯，或者半夜出去夜游的可能。加夫尼正在系统中检索爱斯琳的联系人的相关记录，找到一大堆交通罚单、一些持有少量毒品的告诫单，还有一个家伙用吸尘器捣烂了自己兄弟车子的风挡玻璃。赖利拿着更多的监控录像无精打采地走进来，面无表情地看了我一眼，然后坐下来继续看录像，时不时制造出一点动静，半是咳嗽，半是吼叫，提醒我们他还在这里，而且很无聊。

我很想在系统里查一查库埃鲍尔·拉尼根的手下，但我不打算这么做：我可不想像个傻子一样，对黑帮这个想法太当真，而且我的搜索会被记录下来，别人都看得到，就像我们发现去年秋天有人在系统里搜索过爱斯琳一样。我又开始浏览上门问话的笔录，留心能不能找到可以追查下去的线索。但我看到的都是一些计划外的东西——加夫尼去镇上的时候，用一支荧光笔标示了一位女士的笔录，她说一两周以前听到住在 15 号的家伙咆哮说要杀掉什么人。但 15

号住的是三个青少年，我想我们还不需要把水刑设备搬出来伺候他们。斯蒂夫在交叉核对电信公司的通话记录和爱斯琳手机上的记录，并没有发现任何出入：没有人删掉她的短信和通话记录，爱斯琳和我们要找的那个家伙都没有那么做。没有来自未知号码的电话和短信，每个号码都在她的通讯录里——我们会追踪每一个号码，看它的备注和实际情况是否一致，除非是售后回访的电话。这也有好的一面——对斯蒂夫那个父女重逢的美妙幻想，这无疑是一记重拳——但如果可以换取一条来自未实名注册的手机信息，上面写着：今晚八点来藏着海洛因的地方跟我干一炮，我愿意付出很多。

每次调查的大网撒下去，总会捞上来许多废物。你需要如此——这是能让你锁定目标的唯一方式——而且通常这一过程会让人感觉很好，可以去掉白色书写板上不通的思路，让鲜活的线索凸显在你眼前。不过这一次，却没有什么东西可以被去掉，只有一些没用的东西堆在我的桌子上，像某个捣蛋鬼扔过来的纸团。越来越强烈的兴奋感逐渐变成焦躁不安，让我不停扭动身子，晃动膝盖，在椅背上蹭着想象出来的后背的瘙痒。我需要一些线索，任何线索，能够驱散斯蒂夫那些基于“如果”的胡说八道制造出来的重重疑云的线索，让我有足够坚实的地面可以站立。C 专案室空空荡荡，几乎有点可笑，我们五六个人星星点点地分布在可以容纳三十个人的房间里，高高的天花板、成排的闪亮的桌子，我们仿佛缩小成在儿童游乐屋玩耍的小人儿。我开始好奇布雷斯林是不是正在生我们的气，安排了这样一间豪华套房，就为了办一个微不足道的案子，用更衣室改建的专案室就已经绰绰有余。

两点的时候，我们打发加夫尼去买比萨。斯坦顿打开手机电台，放了一个有人在哭哭啼啼的广播剧，为我们的午餐时间带来短暂的放松。没错，这个节目有一大段关于爱斯琳的内容，节目演变成一场全民的愤怒盛宴，批评这个国家如何变得让守法好公民感到危机四伏，而警察则毫不作为；还有打电话进来的老人，他们曾遭人抢劫，躺在血泊当中无助地等待着生命耗尽，而同时警察们却在政客身旁俯首帖耳。他们甚至还让克劳利上了节目，让他发表深刻的见解，批评我们在爱斯琳一案中表现的漫不经心的态度以及社会对像他这样有才华的记者的压迫，两者都是社会病态的象征，“达到近乎魔幻的水平”，无所谓他说的是什么意思。有一分钟的时间，我们都笑得停不下来，忘掉了彼此的恩怨。

“我堂姐还跟他约会过一段时间。”米汉说。

“那她眼光可是够差的。”赖利告诉他说。

“她眼光是挺差的，没错。她最后把他甩了，是因为他不肯戴套，他说避孕套是女权主义者为了压制男性能量搞出来的阴谋。”

所有人又笑得前仰后合。“真他妈漂亮，”斯坦顿又伸手拿了一片比萨，“我回头试试这个借口能不能行得通。”

“没用的，”我说，“如果连蠢到会和克劳利睡觉的人都没有上当的话——无意冒犯你堂姐，米汉——”

“不，你说得没错，她确实够蠢。她还借给那个浑蛋三千英镑，让他能自费出版自传。”这再次让大家控制不住自己，“最后一分钱都没有拿回来。”

“他会管这个叫什么来着？”克勒格尔问道，“约翰尼，我几乎认不出来你？[①]”

“自由的威利[②]。”我说，这让大伙儿大笑起来，略带惊讶，有一半的助手想不到我还会有这一面。

“我们来看看吧，”斯蒂夫说，他滑动着自己的手机，“《真理斗士》，作者路易斯·克劳利——不，听着，这里有条评论，五星好评：对一个男人的英雄壮举猛烈而杰出的剖析，他让爱尔兰正义之下隐藏的阴影原形毕露。如果你也对正义……老天，这评论比书写得还长。”

“有人想赌一赌这书是谁写的吗？”斯坦顿说。

“怎么能让隐藏的阴影原形毕露呢？”克勒格尔很好奇。

“你们都是阴谋的一分子，”米汉告诉我们大家，“我敢打赌，你们这些人在大街上走来走去，就是为了把避孕套套在毫无戒心的可怜男子汉身上。”

赖利招呼米汉。“你过来，我先给你来一个。”

---

① 一首爱尔兰经典民谣，同时也是一首著名的反战歌曲，讲一位妇女在战乱逃亡的途中，遇到了自己惨死的丈夫的尸体，发现他已经面目全非，不复往日温柔。

② 又译作《人鱼童话》，是一部经典的自然题材电影，讲述一个孩子保护一头鲸鱼的故事。

“你得给我来三个。”

“给你，”斯坦顿把油乎乎的餐巾纸扔给了米汉，“就用它来压制你的男子气概吧。”米汉把餐巾纸拍飞，结果落到克勒格尔的咖啡杯里，然后所有人都告诉我需要写一写这场骚乱的始末，打一个报告，说明目前我们所处的水深火热的工作环境、个别人邋遢的着装，以及总在车里放屁的恶劣行径。就在那一刻，专案室变得十分亲切。

“我很确定很多警察都是好人。”在斯坦顿的手机里播放的节目中，克劳利告诉我们，“但有一次仅仅因为我想告诉大家他们究竟为这位漂亮女孩之死做了什么，其中一名警察便差点要攻击我，我希望我们每个人都追问一下自己，为什么她——或者他，当然——如此气急败坏，想控制我们的耳朵该听到什么。毕竟——”

尽管他的声音很庄严，显然他正在愉快地摩擦着自己的斜纹棉布裤：他的说辞有了生命力，没有与现实相悖，获得了很多关注。赖利在咧嘴笑。“这个可以。”我说。笑声停止了，克劳利让我感到不舒服。“你们可不是一群小学生，快回去工作。”斯坦顿关掉了广播，大家都回到各自的电脑前，彼此斜眼看了看，扬了扬眉毛，心里骂我真是扫兴，专案室又恢复正常。

唯一切实有用的线索是法医的报告。库珀痛恨大多数人，但他喜欢我——可能只是单纯想故意作对，但人得见好就收——所以一写好尸检报告，他就给我打来了电话，而不是让我等着报告被慢吞吞地送过来。

“康韦警探，”他说，“很遗憾昨天在现场没有见到你。”

这是在提示我要为昨天没有及时赶到现场道歉。“是我们对不起你，”我朝斯蒂夫打了个响指，“我们在路上遇到了一点麻烦。谢谢你给我打电话，库珀医生。”

“这是我的荣幸。我相信调查进行得一定很顺利吧？”

“还不坏。我们有一个嫌疑很大的人，我需要更多的确凿的证据，少一些‘假设和可能’。”斯蒂夫冲我做了个鬼脸，“你能帮我一下吗？”

“我想我倒是可以给你一些‘假设和可能’。”库珀说，语气中带着一丝微妙的蔑视，仿佛我说了什么脏话，“我怕是不擅长做这个。”

“正好你可以换换脑子，”我说，冲斯蒂夫也做了一个鬼脸。库珀那边发出一阵噪声，可能是一阵笑声。

“至于确凿的证据，大部分尸检项目都不能给我们提供什么意料之外的信息。被害人健康状况很好，在周六晚上之前身上并没有任何旧伤的痕迹，也没有证据表明最近有过性行为，没有处在怀孕状态，也没有生过孩子。”库珀停了一下，清了清嗓子：除此之外，就是一些有用的信息了，“正如我在现场提出的，她总共有两组创伤：其一是面部，其二是颅骨后侧。面部创伤的痕迹与被拳击的痕迹一致。这一拳的显著特点在于其所造成的伤害的强度：被害人的下颌骨折断，两颗左下门牙也几乎完全折断。这显然需要相当大的力量。我想我们完全可以推断这一拳来自一个体重及力量都在标准水平以上的男子。”

我用嘴巴朝斯蒂夫默示：*是一个健壮男子*。他抬起眉毛示意我：*你觉得那会是罗里吗？*

“不过，这些创伤，”库珀说，“并不是致命的。致命伤在颅骨右后侧位置。这个创伤呈直线，大约有二点五英寸长，是由带尖锐直角的物体造成的，和被害人被发现时所在的壁炉外壁形状相符。这一打击造成严重颅骨骨折，进而导致硬膜外血肿。由于没有及时采取医疗措施，颅内血压增高最终导致死亡。”

“被害人挨了一拳，向后倒下，脑袋撞在了壁炉外壁，”我说，“她的死亡过程大约持续了多长时间？”

“很难讲。硬膜外血肿可以在几分钟内置人于死地，或者是几小时。鉴于伤势严重，我估计这一进程应当是相当快的。不过，要说具体有多快，没办法知道。不过有一个可能的参照指标，就是颅骨右后侧的二次损伤。”

“哇哦，”我说，“二次损伤？”斯蒂夫的眉毛扬了起来，我挪动椅子，靠到了他的身边，打开免提，放了根手指在嘴唇上。库珀还没有确定斯蒂夫是什么样的人，斯蒂夫说错一个词，就有可能会让他终止这次对话。我感受到一股胜利的震颤，怪异而愚蠢的，像是一个坏女孩看到她的金发小弟弟惹上了麻烦，而她破天荒地得到了赞扬。我把这股情绪压了下去。

“先别激动，警探，”库珀说，“二次损伤是很微小的—— 一个轻微的挫伤。

除此之外，它和第一次的创伤完全一样：直线、两英寸长，由直角物体的边缘造成。两次创伤的痕迹是平行的，相隔大概四分之一英寸，这也就说明了为何第二次损伤在现场没有被立刻发现。”他听上去似乎因为这个伤痕差点没被他发现有些恼火。

我说：“在被害人倒下之后，要么是她抬起了头，但又倒了下去，要么就是凶手又撞了她一下。”

“嗯，”库珀说，斯蒂夫正在笔记本中写着什么。“这都有可能。凶手可能把她的头抬了起来，检查她的生命迹象，或者是她自己想要起身，但最后只能抬起头。我比较倾向于最初的损伤导致她失去了意识——有一些薄壁内出血，这通常会立即导致神经受损——不过有可能在死亡之前她短暂地恢复了意识。”

斯蒂夫把他的笔记本递了过来。他差不多是我认识的警察中唯一一个字迹可以辨认的人——写得还不错，字迹清晰，有很多老式的卷曲和破折号。我想他在业余时间一定会练字。上面写的是：或许，一开始推了一把，在她倒下的时候又打了一拳？

我问道：“两次受伤的顺序是否可能反过来呢？凶手先推了我们的被害人，而不是打她一拳，她向后跌倒，脑袋撞到了壁炉上，不过并不严重。等她倒下晕了过去，他又朝她脸上打了一拳？”

“啊，”库珀似乎很想欣赏这个想法，“有意思，有这个可能，绝对有。不同凡响啊，康韦警探。”

“这就是他们为什么花大价钱雇我来。”斯蒂夫做了个“嘿！”的口型，指了指自己。我举起手掌，冲他笑了笑：我也没办法，哥们儿，无奈啊。

“嗯，”库珀说，同时我听到纸张翻动的声音，“鉴于这个新的推断，我得修正我对被害人力量水平的估计。如果重击发生在被害人后脑已经撞到石壁之后——而不是在她站立时，可以这样说——那么要造成同样的损伤需要的力量就小得多。一定的力量仍是必需的，但任何健康的成年人，只需具备普通的肌肉水平便足以办到。”

我立即也冲斯蒂夫扬了扬眉毛：这听上去像是罗里·法伦干的。“抱歉又要让你重写报告了。”我说。库珀医生坚持手写报告：我们无人有办法邀请他来到 21 世纪，所以我们的助手还得把他的报告打出来。

“很高兴能够听到这样的推论，它与事实是如此吻合。为此我乐意宽恕更为严重的罪过，”库珀说，“重新写好的报告会尽快送到你手上，我祝你有足够好的运气，能够找到更加确凿的证据。”然后他挂了电话。

我和斯蒂夫对视了一眼。

“这不是过失杀人。”他说。

“对，如果是这样的话，就不可能是过失。”大家都会跌倒，然后爬起来还击；没有人预料到这样就可以杀掉一个人。但如果你在某人的后脑靠着锋利的石头边缘时给她一拳，你大概就需要点勇气，才能声称你以为她还能起身离开。

“而布雷斯林乐意最后判为过失杀人。”

他把声音压低了。他说得没错：布雷斯林一口咬定是过失杀人。也许这对罗里・法伦更加适合，而布雷斯林想把这个案子安在罗里身上，这样大家都好办。也许他很清楚这并不是过失杀人，但他觉得我们也会偏爱这样一个故事。

“没错，”我说，“那我们就看看，他对谋杀版本的剧情怎么看。”

“你觉得罗里会做那样的事吗？”斯蒂夫问，“这一挥拳确实有点疯狂，没错。但他那么喜欢她，还会那样吗？”

“这件事不管是谁干的都挺疯狂，”我说，“他崩溃了，我们已经看到了。而且我们不需要去找金刚[①]那样的大块头，罗里也能办到，没什么问题。”

“能倒是能，但我们到现在也没有找到一个会让他崩溃的确切原因。而且即便我们找得到，罗里此前也没有任何暴力行为的记录。打出那样恶狠狠的一拳，并没有那么容易。对一个从九岁开始就没碰过别人、还让自己的哥哥们担心的人来说更是如此。这更像是一个经常这样做的人能干出的事情。”

“不，不，不，”我把椅子拉向我坐的那一头的桌子边——在 C 专案室，就连椅子下面的轮子都是好用的，“你听过罗里说话，这家伙一辈子做过的最

---

① 经典银幕形象，是一只力大无穷的大猩猩，最早出现在 1933 年的美国科幻电影《金刚》当中。

激烈的事情都是内心戏。像他这样的人，你不能靠眼睛所见来评判他。我们不知道他心里一直在鼓捣什么；我们只知道，他常年过着一种完全不同于自己内心所想的生活，如同一头困兽，在笼子里挣扎。当压力累积，迟早都会达到一个限度，然后砰的一声爆发了。”

一拳过去头骨撞在石头上，这个场景在我们两个的头脑中闪现。斯蒂夫是对的，很难想象罗里就是那个出拳的人，但那可能是因为我们两个都不希望这件事情是他所为。“这就是为何我让你不要再扯那些假设的废话，”我说，“胡思乱想，有害健康。”

“别担心，”斯蒂夫又埋头看资料堆，“在我的幻想当中，我是个超级侦探，所有的案子都能迎刃而解。”

“棒极了，那我们现在要做的就是给你施加足够的压力，足以让他爆发的压力。”

斯蒂夫瞥了我一眼，脸上的表情突然变得扭曲，吓了我一跳。在那个瞬间，我以为他有什么话要说，但他摇了摇头，又开始用笔画过一行电话号码。

但我要说清楚：我知道，而且斯蒂夫不是傻子，他应该也知道，我们现在应当做的是跪地祈祷，罗里·法伦就是这个案子的全部。倘若我们证明了布雷斯林身上不干净，我们就会有大麻烦。

如果你抓到其他警察违反规则或法律，或者都违反了，你的第一选项就是把嘴闭上。几乎所有人碰到像清查交通罚单或者进行私人背景调查这样的小事都会这么做：你得睁一只眼闭一只眼，因为不值得为此卷进麻烦，况且早晚你自己也需要别人用同样的方式来关照你。但即便我们想要采取这样的方式——我几乎没有把握是否要这样做——这一次好像也不容易办到，如果我们发现的任何线索都和我们手上的这个谋杀案纠缠不清的话，就不会容易。

你的第二选项，也就是你本来应该选的那一个，是去拜访内务部。我从没这样做过。我听说这个部门有时能把事情料理好。也许有时候它能够把事情摆平，而且消息没有传开，让你变成人人避之不及的放射性废物，你下半辈子也不用内疚自己是个告密者。

你的第三选项，是去找这个家伙谈谈心，告诉他应该收手，不管是为了良心、职业生涯、家庭或者别的什么事情着想。也许这个办法也能奏效。如果我跑过去冲着布雷斯林摇着手指让他收手，跟他说他真是胆大妄为，我立刻就能想见他脸上会有什么表情。如果我没有在自以为是的义愤填膺当中淹死，我余下的职业生涯应该都会过得左顾右盼、战战兢兢。

你的第四个选项，是去找你的头儿，他估计会像个睿智的父亲一样，拍拍你的肩膀，嘱咐你做自己认为正确的事，然后让你在选项二和三之间做选择。鉴于我和奥凯利的关系，以及奥凯利和布雷斯林之间的情谊，我会直接决定——即便我真的渴望一个“老爸”能来帮帮我——这个选项也不在我的考虑范围之内。

你的第五个选项，是抛出一些暗示，并且参与进去。也许你只是想找点乐子，也许你只是想从对方手里拿一点回扣，以换取你闭口不言。我对钱没有那么喜欢，不会为此出卖自己，我对任何事物都没有那么喜欢，不会为此跟一个已经证明靠不住的人渣捆绑到一起。

你的第六个选项，是自己去找一个记者。这个人一定要胆大如斗，并且不介意下半辈子每两天就会被抓一次酒驾，自己的秘密满天飞。

对我来说这些选项听起来都不怎么样。我喜欢这次追捕，每一秒都喜欢。我不在乎自己是不是会被看成坏人，但我知道一旦我们真正抓住猎物，它很可能会变成陷阱，令我们万劫不复。

我呆呆地坐着，十分不安。每隔几分钟我就扭头去看看斯蒂夫，他就像个学生一样懒散地伏在桌边，手指抓着自己橘色的头发，皱着眉头盯着自己面前旋涡般的一大堆材料，我看不出发生了什么。有好几次我差点张嘴问他：如果，如果真是这样，我们该怎么办？但每一次，我都闭上了嘴巴，继续工作。

三四点钟的时候，办公室里的气氛通常会有些萎靡，和其他办公室一样，但今天却持续高昂。一方面是因为办公室本身，我们都想证明自己够得上它的标准，另一方面是因为我自己。这种情绪来自领导，而那种挑战的勇气在我心里嗡嗡盘旋，就像个坏坏的情人，每次浮上来，同时发出威胁和召唤，使我心跳加速。那邪恶的笑让我全力工作，细细梳理完报告以后，我仍干劲十足，在办公室里四处走动，在白色书写板上添上新的素材，内幕消息来电单——某个匿名人很肯定地说，他在一个非常专业的网站上见过爱斯琳，她负责处理故障，听上去不怎么可信，不过反正可以让网络犯罪组的“幸运”的伙伴们活动活动筋骨。我检查助手们的工作，跟他们说“做得好”和“试试这个”之类的话——如果我乐意，管理方面我也很在行。我和克勒格尔说了个笑话，告诉斯坦顿和迪齐他们访问爱斯琳同事的工作做得有多了不起。布雷斯林会以我为骄傲的。想到他——他应该要不了多久就会回来——我又躁动起来。

斯蒂夫也明白过来：他在打电话，催那个在电信公司工作的朋友快马加鞭，尽快拿到那个未实名注册的电话的完整记录。我们本来可以去外面，去访问证人，消耗掉这股躁动，不过我什么地方都不想去，我不想错过布雷斯林。

加夫尼列完了爱斯琳上过的晚课清单——若不是我心情好，看了这个单子一定会让我沮丧得如堕地狱：爱斯琳真的在一个叫“重塑你自己！”（带着感叹号）的课上花了真金白银，还有一个葡萄酒鉴赏课程，以及一个叫“忙忙宝妈不慌张训练班”——他还打了一圈电话，要了学生名单。我把财务资料从他手里拿来，趁着布雷斯林还没有回来盯着我，检查其中是否有异常。

爱斯琳账户的进账和出账都有据可循。唯一值得一提的是，露西说中了，爱斯琳手里有一笔数量可观的现金：从开始工作的第一个月，也就是 2006 年，她就开了一个储蓄账户，她的大部分薪水都直接打了进来。最近几年她减少了储蓄，在时髦服装网站上花了不少钱,但还有三万多英镑的结余。她没有负任何债务——格雷斯通斯的房屋够她在斯托尼巴特尔买房子，还买下了一辆破烂的二手 POLO 汽车，她的信用卡都是直接用借记卡还清的。如果她想出去旅行，或者是上大学，完全能实现。她还有足够的能力把钱借给别人，如果有人向她张口的话。

罗里的财务状况要比爱斯琳复杂，因为他的书店，而且远不及她健康。没什么可疑的内容——如果真的有黑帮歹徒涉嫌其中，他们也不会通过在任我行书店洗钱，就为了折腾我们——不过他的生意很难保证收支平衡：在罗里执掌的这五年里，销售额总共降低了三分之一，所以他不得不让一些兼职员工走人，他的薪水跟快餐店员比起来都显得格外寒碜。布雷斯林说得一点没错，在派斯多吃顿饭，确实会动摇他个人的经济基础。

我们已经看到了罗里受不得羞辱，如果他去求爱斯琳帮忙，却被她羞辱，那么他内心的绿巨人[①]就足以撕开他彬彬有礼的外表。

我正准备叫斯蒂夫过来看一下——他正站在白色书写板前——这时一个有一头蓬松金发、瘦骨嶙峋、穿着一套破烂西装的孩子在专案室门口探着头。“嗯，”他说，“康韦警探？”

“是我。”

他在两张桌子之间慢慢向我走来，仿佛以为有人会半路给他来一个夹头摔。“警探奥鲁尔克让我来的，好像是失踪人口组吧？抱歉耽搁久了一点，实际上，我在楼下等了有一会儿了，不过有个家伙——唔，我是说，另外一个警探——他告诉我说你出去了。他说让我把东西交给他，但警探奥鲁尔克说只能交给你，所以我就只好等着，后来我想我应该进来看看，万一你在这里——”

“我现在回来了，”我说，“把东西给我吧。”

他随即消失了。斯蒂夫从白色书写板前转过头来时，我和他对视了一下，扭动一下脑袋，示意“过来这边”。似乎没有一个助手注意到，但我可不会指望没人准备泄密。

“怎么了？”斯蒂夫问。

“爱斯琳爸爸的文件。不要声张。”

那孩子又出现了，拖着一只纸箱，这箱子可能比他自己还要沉。斯蒂夫靠在他那半张桌子上，扒拉着文件，装作没有看到他。

“这、这、这些，”孩子说着把箱子放在我的椅子旁，然后踉跄着往后退了几步，“还有这个。”他从口袋里掏出一个信封，递了过来。

“谢谢你，”我说，“那个觉得我在外面的家伙长什么样？”

孩子极力往他的西装里缩，我等着他出来。“嗯，”他最后说，“大概，快五十岁了吧？五英尺十英寸高，普通身材。黑头发，有些卷，还有些发白。

---

① 美国漫威漫画旗下的超级英雄，原本是一位天才核物理学博士，但在一次意外中身体产生异变，之后每当情绪激动的时候，他就会变成一个力大无穷的绿色怪物。

脸上有胡楂。”

听起来很像是麦卡恩。

正常来说，麦卡恩不会关心别人给我送来了什么东西。

“很好，”我说，“我会让他知道我本周都会在办公室。谢谢你。”

孩子满怀希望地盘桓着，等着我拍拍他的脑袋。“我会告诉警探奥鲁尔克你很出色地完成了工作，”我说，“再见。”

他溜走了。斯蒂夫说：“哪个家伙觉得你出去了？”

“想中途拦下这些东西的人。”我说，听上去有些多疑，但我不在乎，“麦卡恩，听起来有些像他。”

我看到斯蒂夫陷入和我一样的担心。“布雷斯林不知道我们正在调查爱斯琳的父亲。”

“没错。麦卡恩不是特意在找这个，他想要这个只是因为这东西被送了过来。”

斯蒂夫说：“布雷斯林马上就要回来了。你要把这些东西收起来吗？”

“真该死。”这不会有任何好处——如果布雷斯林回来，看到我们不在，有人就会告诉他，我们俩拖着一大箱资料出去了。而且，这里是我的专案室，我可不想慌慌张张地把什么东西往衣橱里面藏。“我们快点读一读吧。”

我已经把信封拆开了。斯蒂夫把椅子拉到我这边来，同时一边在看手机上的信息，漫不经心，表明这里并没有什么要紧的事情。

字条上写着：嘿，康韦，这是你那个失踪的家伙的文件。作为朋友，我可以给你一点建议，别多管闲事，好吗？如果你发现任何你看不惯的事情，把大嘴巴闭上。不过我在这个案子上花了一些功夫，有任何问题，随时给我打电话。奥鲁尔克。

“哈？”斯蒂夫说，“让你把大嘴巴闭上是什么意思？”

“不清楚。”我把信放进口袋里，准备一会儿带到碎纸机那里处理掉。“也许等会儿我们看完那批资料，就明白了。”

我们开始读那些初始报告，我同时留意办公室里有哪个助手对我们正在做的事情表现出兴趣。当时负责的警探叫菲尼，在失踪人口组时，我曾在一些旧档案上看到过这个名字。但在我到组里之前，他就已经退休了，现在可能已经不在人世了。如果需要内部资料，我们就只能指望加里了。

1998 年，德斯蒙德·约瑟夫·默里斯三十三岁，是一名出租车司机，住在格雷斯通斯，工作区域是都柏林市中心区周边。文件中的照片显示他是个瘦小的男人，中等身高，整齐的棕色头发，笑得很和善，不过有些不对称。我在爱斯琳的相册里几乎没有看到他。我过于专注地盯着爱斯琳，希望她的形象可以触发我的记忆，却错过了一些近在眼前的东西。

里面有一张全家福。妻子个子小小的，深色皮肤，衣着整洁，长得很好——可以说非常好看，大眼睛，噘着嘴，一副无助的样子，让我看了想吐。爱斯琳也在里面，发辫扎得太紧，咧着嘴大笑，依偎在她父亲的臂膀中。

“你知道他让我想起谁了吗？咱们的罗里。”

我把照片歪到我这边来。他说得没错，他们其实长得并不像，但确实属于同一个类型。“该死，”我说，“这都是什么该死的老套路。这个愚蠢的女人究竟有多想给自己找一个爹？”

“她尽力了，至少你得承认她这个优点。”

云层开始变厚，使得照在窗户上的光线上下移动，专案室里感觉情势不妙，风雨飘摇，仿佛一条在波涛汹涌的海上颠簸起伏的船，或者是一栋修建在孤岛上的房屋，眼看着风暴将至。什么东西——也许是光线，或者是斯蒂夫低沉的声音，在空旷的房间里逐渐消散，在抵达墙壁之前便化为虚无——什么东西突然之间让这些词语变得十分悲伤。我不想承认爱斯琳有任何优点，我也不想关心她的任何事情，除了出于基本的职业尊严以外。可就在那一刻，和她有关的一切似乎都变得沉重而悲伤，让你的心情如同一只沙袋，迅速坠向谷底。

我说：“我怎么觉得并不重要。继续看。”

2 月 5 日下午，刚过三点，德斯蒙德离开家，开着出租车，沿着他周四惯常的路线：去学校接九岁的女儿爱斯琳，把她送回家，然后去都柏林工作，直到凌晨一点左右主要场所都打烊，人群渐渐消散。他按照计划，接到了爱斯琳，并把她送到学校。这是他的家人见到他的最后一面。

凌晨四点左右，他的妻子伊芙琳醒了过来，意识到她的丈夫不在家，开始担心。德斯蒙德带了手机，但并没有接听；六点钟的时候，她给他工作的出租车公司打了电话，但他也没有回应公司的广播问话。上午十点，她给当地警察局打了电话。最初的报告是“报案人十分焦虑”，实际意思是“报案人他妈的吓坏了”。当地警察检查了医院和车站，一无所获，然后告诉她德斯蒙德可能是需要一点自己的时间，到晚上可能就会回家。而当他晚上也没回家时，报案人万分焦虑，不得不把医生叫到家里，给她开了镇静剂。她们给失踪人口组报了案。

“符合露西讲的过程。”他从纸箱里拿出厚厚一摞布满灰尘的资料，分了一半给我，又回到自己那一头。

“目前为止是这样，”我说，“记住，要快。”

斯蒂夫开始略读。我把脚放在了桌子上，迅速而小心地越过资料，环视了房间四周，没有助手往我们这边看，所有人都在认真工作，在不安的光线下，像小学生一样专心致志。

伊芙琳在笔录中声称他们的婚姻很幸福，青梅竹马的爱情，似乎可以天长地久。资料中满是他是怎样每天都给她带红玫瑰、每天说她是他这一辈子的最爱这样的甜蜜细节。这在我听来就是胡说八道，不过邻居也没有反驳她——没有人听到过他们吵架，或者发生类似的事情。财务记录也很清白：德斯蒙德和伊芙琳算不上富裕，不过不至于破产。双方父母给他们留下了足够的资产，用来偿还默里斯家的大部分贷款，以及支付德斯蒙德出租车执照的费用——那时，这些东西加在一起大概要十万英镑。他们没有其他债务，近期的账目上也没有可疑的大笔存款，也没有奇怪的取款记录，说明没有人沉迷于可卡因，或者是在彩票投注站流连。德斯蒙德并没有精神病史，也没有犯罪记录——超速和非法停车的记录当然有，出租车司机一般都有。他的朋友们说他是个乐观的家伙，外向、工作努力且热爱工作，没什么敌人，也不是会给自己树敌的那一类人。他们对于德斯蒙德婚姻的看法倒和伊芙琳并不相符——按照他们的说法，伊芙琳把德斯[①]当成了犯人，她自己什么都不做，但只要德斯去做了什么时不带上

---

① 德斯蒙德的昵称。

她，她就会哭上一整天，一旦德斯没能及时接电话就会惊慌失措——不过没有人听德斯说过想离开她之类的话，尽管他们都认为他现在只是为了孩子才留在家里，等到孩子长大那一天，他也不会继续留在这个家里了。这样来看，这个案子似乎并不足以成为一桩悬案。我在表格最下面看到了加里的签名，跟我熟悉的那个相比，这个笔迹倒是显得更整洁，也更年轻。

“爱斯琳的笔录，”斯蒂夫说，“看。”

签名是工整的、圆润的儿童字体。失踪的那一天，在回家路上，德斯蒙德和爱斯琳并没有说太多话。当时她有一项家庭作业不知道该怎么完成，担心如果没办法完成会有麻烦，所以一路上她都在想这个。她没注意到爸爸有什么古怪之处，不过听上去她似乎也根本察觉不到。唯一让她印象深刻的是他的告别。当他在家门前停下车，她打开门从车里出来时，他告诉她自己爱她，嘱咐她要乖，一如往常；不过然后他把她拉到怀里，给了她一个拥抱——他们以前并不会这样——并且告诉她要照顾好妈妈。他一直看着她往家门口走去，挥着手，一直站在那里，直到她关上家门。

“你的答案就在这里了，”斯蒂夫说，“这家伙跑路了。”

“是的，没错。所以剩下的这一大堆是怎么回事？”我朝资料箱点了点头，里面大概还剩下三分之一的资料。我本来期望资料可以到此为止。一个成年男人，没理由自杀，没有精神病史，没有敌人，向他的孩子做了一个再明显不过的告别：通常情况下，这个故事只能在媒体最后一条消息的位置上发表，并且做出推断，他失踪是因为自己离家出走，并且会在他觉得合适的时候回到家里，或者也许不会回来。

只是失踪人口组没有在这里停止调查。他们获取了德斯蒙德的通话记录——用了几周，当时的手机业务并没有普及，警探们跟电信公司没有接触，所以他们只能去浏览官方信息——追踪了他在几个月内的联系人。大多数号码都是他的同事，以及常拉的乘客，他们会直接打电话给德斯蒙德约车，而不是找调度中心。而在德斯蒙德失踪的这段时间里，他们全都可以说明自己在什么地方。

问题在于为什么会有人让他们去调查这些。和其他部门一样，失踪人口组也常年缺人手；通常他们都会忙于解决孩子抚养权引发的纠纷，或是寻找患有阿尔兹海默症的四处游荡的老奶奶，无暇顾及中年危机问题。我说：“他们这么查这个案子，你觉得奇怪吗？”

斯蒂夫说：“他们查得可真他妈的仔细。”

“是的，调查他的乘客的不在场证明？他们这种工作方法像在调查谋杀案。”

“如果德斯·默里斯涉嫌黑帮犯罪活动，即便是很小的事情，他们也会跟进。有可能他背着什么债务，然后有人在他的脑袋后面开了两个洞，把他扔到深山老林里面了。”

“我没有看到任何跟黑帮有关的信息。你呢？”

斯蒂夫摇了摇头。“我也没有。不过他们也有可能没把这方面的信息放到文件里去。”

这是千真万确的。如果菲尼当时不想把这个案子移交给团伙犯罪组处理，他会把有关黑帮犯罪的线索留在自己手里，就和我们一样。我说：“继续读。”

德斯·默里斯的出租车出现在邓莱里一条偏僻的街道上，这样一来自杀的可能性就大了几分——邓莱里有一条长长的码头，很方便——但车里并没有留下字条。没有挣扎的痕迹，也没有被抢劫的痕迹：车里还有三十四英镑，与计程器上记录的下午的车费相符，都藏在变速杆下面。如果德斯要跑路，他一定会把自己的每一分钱都留给老婆和孩子。

举报热线电话响了。斯坦顿冲过去接了，听了一会儿，然后解释说，爱斯琳昨天晚上没在沃特福德的一个俱乐部点过一杯伏特加和一杯无糖可乐，原因是她已经死了，不过还是感谢来电。几个助手埋头看着桌子，边听边乐。没有人抬头看。

“哇哦！”斯蒂夫说——声音很轻，但他声音里传递的信息让我抬起了头。“有情况了。”

我把脚从桌子上拿开，把椅子转到了他的一边。“我们看看。”

这是关于德斯蒙德·默里斯另一位联系人的报告。注册号码的是一个叫瓦妮莎·奥肖内西的女人，不过警探花了点时间才找到她。报告上说这是因为她已经出国了，2 月 6 日，她坐船去了英国。

“哦对了，”我说，“这肯定引起了大家的注意。”这绝对引起了我的注意。轮渡从邓莱里出发去了英国。

斯蒂夫弹了弹那页纸：关于瓦妮莎·奥肖内西的报告。我们迅速看了起来。

她二十八岁，是一位牙科护士，住在都柏林，跟其他几个女人一起合租。照片上她是一个脸上有雀斑的红发女人，笑起来俏皮活泼——远远没有伊芙琳漂亮，不过我敢打赌和瓦妮莎相处一定会更欢乐。差不多在德斯蒙德失踪前两年，她开始在每周日下午给他打电话，或者发短信。按照她室友的说法，他开车载她去探望过她的妈妈，她妈妈得了帕金森症，住在西都柏林某个地方的养老院，那地方没通公交车，他们商量好了定期去。而来自电信公司的短信记录，也清楚地表明了这一点：嘿，德斯，我是瓦妮莎，只是确认一下你下午三点有时间吧？嘿，瓦妮莎，没问题，我在老地方等你，一会儿见。

几个月之后，电话和短信开始变得频繁——一周两次、三次，直到几乎每天一次。室友们说是因为瓦妮莎的妈妈病情加重了，所以瓦妮莎需要更频繁地去看望她。而短信里依旧没有什么罪证。嘿，明晚七点，没有变化吧？以及是的，没问题，我会在七点准备好的。短信中有奇怪的笑脸，不过再没有其他更亲密的内容。

“都是公事公办。”斯蒂夫说。

“不管如何，都有可能吧。他老婆知道他有手机，而且听上去她也是会检查手机的那种女人。”

1月2日，在德斯·默里斯失踪前五周，瓦妮莎的妈妈去世了。葬礼过后，她告诉自己的室友和老板，她要辞掉工作，搬去英国，开始全新的生活。所以在2月6日她就离开了，而德斯也失踪了。

养老院的报告表明瓦妮莎的妈妈死得很突然，在她去世之前的一段时间，病情并没有出现恶化。而瓦妮莎前来看望她的频率从未超过一周两次。失踪人口组打电话，请求在英国的同事提供支援，后者发现了德斯蒙德·默里斯在利物浦提交的出租车执照申请。然后他们又打电话给在利物浦的同事，去了默里斯所在的地方，查明他还活着，情况不错，跟瓦妮莎·奥肖内西同居。文件到这里就结束了。

“想不到啊，真是没想到，”我说，“有些男人跟自己的妻子过腻了，就会跑出去换个新的。没有黑帮什么事。跟我们的案子也没有关系，反正据我所见是这样的。”

斯蒂夫说：“可是失踪人口组为什么没有把这些情况告诉家属呢？关于这些，爱斯琳一无所知。为什么当时他们连伊芙琳都没有告诉呢？”

如果你追踪到了失踪的人，而他本人希望你什么都不要说——大多数人都是如此——那你就应该把嘴闭上。不过，通常情况下，你要确保家人大概理解意思，某个小伙子去做了男妓，而他母亲深信是连环杀手把儿子杀了，于是她给自己注射了过量安定，你可不想因为这个良心不安。这类案件本来应该有措辞严谨的暗示——显然，我们无法透露调查的具体细节，默里斯夫人，但我可以告诉你，我们不会邀请你去辨认某具尸体……出于某些原因，菲尼和他的手下们并没有做这一步。

“除非，”斯蒂夫说，“除非这里还有什么不可告人的问题，而警探们希望可以保护这个家庭。”

“或者他们已经告诉了他妻子，只是她没有告诉自己的孩子。”

“十五年都没有告诉？即便孩子已经长大成人？即便她已经因为想要知道自己的爸爸究竟出了什么事而濒临崩溃？”

我耸耸肩。“人是很奇怪的，你也听到露西说的话了：爱斯琳的母亲为自己丈夫的出走感到羞愧。也许她只是太过羞愧，所以无法告诉女儿原因。”

斯蒂夫舔了舔手指，然后迅速回去翻动自己的那一摞资料，不时从里面抽出一两张，放在桌子上。“不，你朋友不是还给了你一张字条，说什么多管闲事的？这就是他说的意思：警探们并没有告知家属，而如果你觉得他们本应告知，别声张。”

“我确实觉得他们应当告诉家属，这样就可以给我们省下不少时间，也让我们少点麻烦。”

斯蒂夫抬头看了一眼。“他们本来应当告诉家属，打住。即便这个案子里还存在奇怪的疑点，他们也应该做出一些暗示，表明他还活着。”

“也许吧，”我开始拿起我的那一半文件，把它们放回文件堆里，“我会给加里打个电话，问问他到底是怎么回事。”

“你不觉得他们本来应该这样做吗？”

“不知道。你看我长得像教皇吗？复杂的道德抉择可不是我的本职工作。”

“如果这个案子是你的，你会怎么办？你会把嘴闭上吗？认真的吗？”

“我会转到重案组来，这里不会有那种乱七八糟的事情。”

“我会告诉他们的。”斯蒂夫说。我去把资料放回箱子里，他把资料从我手上拿开，放到他那一沓里，继续翻阅。“毫无疑问。他是爱斯琳的父亲吧？如果是你母亲的丈夫呢？她们有权知道。如果她们知道自己面对的是什么，这也许就不会让她们的生活变得一塌糊涂，或者至少不会变得这样糟。”

我正在掏手机，但他的话让我把头转了过来。“是吗？为什么呢？除非她们知道亲爱的老爸跑到哪里去了，否则她们别无选择，只能把自己锁在屋子里，坐在家里，因为他而心神不宁吧？她们根本没有办法回归正常的生活，难道不是吗？”

这些话说出来带着怒气，其实我本来没有那么生气。斯蒂夫不再摆弄那些资料。“拜托，我没这么说。我只是觉得……如果她们不是在等着老爸回家，就是在担心他会曝尸荒野，那么，是的，她们会精神错乱的。”

我拨了加里的号码，同时继续留心门口，提防布雷斯林突然回来。“所以她们本来不该这样生活是吗？警探没有强迫她们这样，去培养个爱好，织个毛衣什么的。”

斯蒂夫开始说话，小心翼翼地：“我觉得不是——”但我竖起了一根手指，我正在打电话。

还是语音信箱。我拒绝去想为什么加里不想和我直接交谈。“嘿，加里，我是安托瓦妮特。我们拿到资料了，谢谢你。我们已经看完了，你的手下可以随时把东西拿回去。”我不想把东西放在我这边的任何一个助手手上。“等你有时间，给我回个电话好吗？这边还有几个问题，我想先听听你的看法，总比去追问别人要好。回聊。”

我挂断了。“如果他不想让我骚扰以前那些警探，这应该会引起他的注意。而如果这里面真的有什么不可告人的情况，他会让我知道，让我不再四处打探。”

“这才是关键，”斯蒂夫说，拿起从材料堆里面抽出来的一摞资料，“我去复印一下，以防万一。”他把桌子上散乱的文件扫开，把笔录放在中间，然后轻松地走开，不慌不忙，没有任何会引起人注意的地方。

我把文件箱踢到了桌子下面，等加里再派那个穿着破烂西装的小孩把它搬回去。没有理由不让布雷斯林看这些东西——据我们所知，这也没什么好看的——但我就是不想让他看。我告诉自己，不管怎样，这样做都符合常理：如果文件里没什么好看的，我不需要听布雷斯林批评我们浪费时间。然后我又把关于罗里财务状况的资料铺开，假装沉迷其中，为了让布雷斯林的走狗感到安心，不管他是谁。

不是自夸，我的直觉很准：每个警探都是这样，尤其是能够进入重案组的警探——而且我知道该如何使用我的直觉。在所有的实际工作做完之后，案子仍然碰到巨大困难时，直觉就会发挥作用。可这一次，它却完全失灵了。不是因为它消极怠工——每一个传感器元件都热得发烫，红灯一直在闪，提示音嘟嘟地响个不停——可它们一直在搜索，无法锁定目标。罗里隐瞒了什么，可我说不清楚是否与谋杀案有关；布雷斯林跟我们耍花招，但我也想不出究竟是为了什么。我觉得自己迷失在该死的显而易见的事实当中，可我越集中注意力，信号的干扰就越发严重。有东西在扰频。

那些比我有经验的警探，可以更游刃有余地处理这种状况。除了善于运用自己的直觉，其他警探也擅长干扰别人的直觉。嫌疑人不傻，至少不全是，所以他们不会主动露出破绽。他们会犯错，只是因为我们知道如何迷惑他们。

有人想让我犯错，而我已经离岸几百英里，我的所有系统就要失灵。

但这并没有让我太过烦恼。干扰我判断的东西并不构成危险，它是我重新保持头脑清醒的唯一途径，让我有机会走出危机。我看了看斯蒂夫，他已经回到了桌子中间，一个蓝色的新文件夹在杂乱无章的资料堆里很显眼。我真的希望他也和我一样。

09

布雷斯林没过多久就回来了。他砰的一声推开专案室的门，高声宣告：“老天，嫌疑人的朋友们怎么都是历史老师。有人想知道从自由邦建立[①]以来谋杀率变化曲线是什么样吗？”

这感觉就像是十几岁的小孩突然看到梦中情人：电流直接从胸骨贯穿全身。“哈喽。”我说。

助手们冲布雷斯林笑了笑，正中布雷斯林的下怀，但他没有费心打招呼。他正看着我和斯蒂夫。“有什么进展吗？”

“库珀来电话了。”我说。

“然后呢？”

“有两种可能。要么是个大块头给了她一记重拳，让她后脑撞在了壁炉上。要么是其他人——可能用不着大块头——推了她一下，她摔在壁炉上，但伤得不严重，然后他在她倒在地上时给她来了一拳。”

这让布雷斯林定在了原地，有那么一刻，他一脸茫然。在这背后，他的大脑在高速运转。和我以及斯蒂夫一样，他也苦于没有找到罗里作为凶手的铁证，而目前的结果并不能让他满意。

不过，他很快就掩盖过去。“大块头，”他说，嘲讽地哼了一声，“我无意冒犯库珀，不过这确实是典型的实验室大科学家会说的话。要是他能到真实

---

① 1922年，爱尔兰自由邦成立。

世界瞧一瞧，就会发现即便是像罗里这样的懦夫，也完全能打出一记重拳，只要他被气得够呛。”

我也是这么想的，但这话从他嘴里说出，我就不应该相信。“也许吧。”我说。

布雷斯林从桌子中间挤过来，走到我们身边，顺便拍了拍斯坦顿的肩膀。“我们得再审审罗里了，对吧？下次会更有意思，等下次我们把他叫过来。”

“他都不会知道自己是栽在什么上面的。”斯蒂夫颇有助益地补充道。蓝色文件夹藏进了他桌子上的文件堆里。

“就跟被害人不知道自己是栽在什么上面一样。”布雷斯林说，势所必然，不过心思明显不在上面，“我听说你们拿到了一些东西，有什么好东西可以跟组里的人分享吗？”

我和斯蒂夫对视了一眼，两人都一头雾水。斯蒂夫说：“被害人的通信记录，是吗？”

“除非她打了非常多的电话。麦卡恩说你拿到了一个大箱子，挺特别的，送东西的小孩一直不肯把他那热乎乎的小手从箱子上撒开。”箱子从我的桌下伸出来一角，他用他那闪亮的鞋尖轻轻踢了踢，“是这个吗？”

他眼皮半垂，看着我，几乎有些过于随意。没有躲藏的必要，除非我已准备好做个橄榄球铲球动作，把箱子夺走。而且不管怎样，突然间，我受够了在大坏蛋布雷斯林身边小心翼翼，对我自己的调查藏藏掖掖，像个孩子在老师走过的时候偷偷把烟藏好。“那个？爱斯琳的爸爸在她小时候就失踪了，”我说着，看着他的脸，“莫兰觉得这可能是条线索。也许跟黑帮有关系，或者是久别重逢时出了岔子。”

布雷斯林眼睛眨了眨。“黑帮？莫兰，康韦，你们是认真的吗？你们觉得有黑帮歹徒劫持了爱斯琳的爸爸，然后等过了二十年又回来了？我喜欢这个故事，跟我好好讲讲。”

他努力克制自己的笑意。斯蒂夫低下了头，脸红了。“啊，不，我们并不是真的……我是说，我只是好奇。”他又回到笨蛋菜鸟的模式，不过羞愧倒是真的。

我表面正在跟布雷斯林就这个问题扯皮，但心里还在想其他事情。他的脸有异样，就在我告诉他箱子里是什么的时候：有一刹那，我发觉他的嘴角因为如释重负松弛了。不管他在努力引导我们偏离什么，都跟爱斯琳的爸爸无关。

“就别卖关子了，”布雷斯林说，他还在笑，“那是谁干的？大毒枭？军火商？黑手党？”

“她爸爸自己干的，”我说，“我们查明了他是自己离家出走，去了英国，跟一个年轻女人同居了。不可能是久别重逢出了岔子：爱斯琳的电子信息里并没有身份不明的联系人。”

我觉得我在布雷斯林脸上，再次看到了微微释然的表情，但在我能确定之前，它就被一阵佯装的震惊掩盖了。“不！”他退了几步，一只手抬到了胸前，“你在跟我开玩笑。谁能猜到这个？”

他的戏有点过了。在这方面布雷斯林是个老手。他太想通过羞辱我们，让我们放弃跟黑帮有关的思路。

“我知道，”斯蒂夫说着，做了一套点头加耸肩的动作，以示后悔，“我也这么想，说真的。我只是不想错过任何线索，你明白吗？”

“打破砂锅。”布雷斯林不露声色地说，笑容消失了，“是这么说的吧？我不确定纳税人到底想要我们怎么花他们的钱，但是拜托，我不是主导这场戏的人。你继续敲你的砂锅，敲出来什么东西再告诉我。”

“我会的，”斯蒂夫说，“我希望……”他拂了拂自己的头发，像是一条做错事的小狗。

布雷斯林脱下外套，扔到椅背上——他挑了一张不错的桌子，离我们也近，让我备感自己很特别。“希望和绝望就在一念之间，你得知道适时放下，就像歌里唱的那样。”

“它消失了，”我说，“麦卡恩也想看看这些文件，是吗？我们一会儿要把它送回去了。”

布雷斯林瞪了我一眼。“麦卡恩是想帮你的忙，康韦。这叫与人为善。你得学会接受它，而不是在这里生气。”

斯蒂夫在椅子里挪了挪身子，试图把平和的脑波传递到我的脑子里。“我会寄给他一张感谢卡，”我说，“加夫尼怎么样？昨晚跟你一起工作来着。”

“不错，他不是森林里最聪明的精灵，不过至少最后能进组。”

我说：“那你今天为什么甩了他呢？”

布雷斯林刷了刷大衣上的灰尘，又拍了拍，确保没有起皱——同时也确保我们看得到阿玛尼的商标——不过我的话让他抬起了头，盯着我。“你说什么？”

“他本来应该继续跟着你的，但他说你不需要他跟你做联系人的问话。”

“我不需要。我可以一边听一边记。多任务处理，康韦，不只是女士们能办到。”

“很高兴听你这么说。不过加夫尼需要你。这就是我为何一开始就让他跟着你：我可不想让新手因为没人带把事情办砸。你为什么把他丢下？”

我以为他会做出和今天早上一样的故作惊讶的友善表情。这就是我这样找他碴的部分原因：我希望斯蒂夫也能好好瞧瞧。不过布雷斯林却会意地凑过来，咧着嘴笑，扬起一边的嘴角。“康韦，行啦，让那家伙歇歇吧。一个男人时不时会有那种需要一个人去赴的约会。你知道我是什么意思吧？”然后他用力地冲我眨了眨眼。

意味着他路上要在某处逗留，把自己的老二伸到不该伸的地方去。这不仅解释了他为什么甩掉了加夫尼，也解释了今天早上本不该打他电话的那个人是谁。

我没买他的账。在这个连出轨策略都可以算作茶歇闲聊的谈资的组里，布雷斯林和麦卡恩被称作“圣人”。小道消息说，他们两个从来不会对漂亮的警察多看一眼，也不会和局里的宝贝搭讪。布雷斯林也许以为我和斯蒂夫离大多数人的圈子太远，不会知道这一点。他忘了我们在重案组并非总是不受欢迎，况且小子们多么向往去重案组工作，对于他们日后想要成为的风光的伟岸偶像，他们自然会打探清楚各种绯闻。

“不用说了。”斯蒂夫快速说道，举起了手。脸上挂着笑，半是尴尬，半是感激。但我很确定他在想和我一样的事。“君子不言细节。”

“对，莫兰，就是这意思。太感谢你了。”

“好吧，”我说，配合莫兰笑了笑，“我想让加夫尼在这里处理文件，总不会带来什么重大损失。你在罗里的联系人那边进展怎么样？”

“一直聊得很愉快。”布雷斯林扭着身子坐进椅子，同时打开电脑开关，在它启动的过程中伸了个懒腰，“他们真是无聊至极，是那种一直纠正你的语法错误、觉得一晚上喝三杯酒就算放荡不羁的人。不过他们都非常害怕我们，根本不敢耍什么花招。关于罗里，他们的说法一致：这家伙很贴心，连只苍蝇都不忍心拍——有个家伙告诉我他连拳击比赛都不看，因为太悲惨了。真是个懦夫。”

听起来没错：罗里不喜欢看到现实露出狰狞的面孔。“就连懦夫也会失去理智。”我说。

布雷斯林朝我打了个响指，也给我指出了重点：“的确会，康韦，千真万确。我正要指出这一点。而且所有联系人都指出，罗里已经为爱斯琳神魂颠倒：从第一次见面以后，他就一直滔滔不绝地讲她的事情。他们说这是件好事：哇哦，看哪，他是如此迷恋她，怎么可能对自己的宝贝下毒手呢！我想他们可能分不清迷恋和痴迷。”他抬起头，从口袋里掏出笔记本，“很高兴得知你们两个也可以认识到，一个痴迷的男朋友在某种情况下也可以成为嫌疑人。康韦警探，我怎么感觉你们对打破砂锅这个游戏有些厌倦了呢？”

“没有，”我说，“这是一种很好的锻炼。不过就像你说的，除非我们有什么重大收获才有意义，而罗里是我们仅有的线索。再有一点确凿的证据，我们就能行动了。你拿他们的声音，跟在斯托尼巴特尔报警的人做比对了吗？”

“做了，关于那个——我先跟你说句话，康韦……”布雷斯林看了一眼助手们，然后压低声音说，“你需要学会合理分配资源。我知道这听起来像管理方面的无聊废话，但你现在就是在管理一项调查，不管你喜不喜欢，你现在就是经理。而且你不应该让一个有二十年经验的谋杀案警探一直按录音机的播放键。”

他很狂妄，斯托尼巴特尔警察局的大门似乎容不下他。斯蒂夫又动了动身子。“明白了，”我顺从地说，“我们派加夫尼过去如何？这样也能让他明白你对他没有什么不满。”

“现在你思考问题像个案件负责人了。就这么办，由你来告诉他，这样他还能明白，谁是这里的老大。怎么样？”布雷斯林冲我微笑了一下，像个睿智的老师，面容善良又带着皱纹，如果我愚如鹿豕，一定会备觉温暖。

“谢谢你，”我的声音里充满了感激，“这一定很棒。”我把椅子转了一圈——没有看斯蒂夫，以免我们两人中有谁笑场——然后喊道，“加夫尼，过来一下，有工作给你。”

加夫尼几乎从自己的椅子上摔下来。他火急火燎地来到我们身边。“就是这个。”布雷斯林说着，递给他一台录音机，“这些是声音样本：罗伊·法伦、他的哥哥们，还有他的所有男性朋友。”他冲我挑了挑眉毛，下巴朝向加夫尼，以确保我能看到他在暗示我接着发言。

我说：“把这个带到斯托尼巴特尔警察局，让当时的警察听一听，看看是否有声音听起来耳熟。如果他有什么疑问，给他做一个声音序列样本，让他仔细分辨一下。你能办到吗？”

加夫尼把录音机抱在胸前，仿佛它是什么珍贵的东西。“我能，没问题，没问题，我能办到。”他忙着在我和布雷斯林之间来回转脑袋，想搞明白谁才是这里的老大，连话都说不完整。

“谢谢你，”布雷斯林挤出一丝笑容，“帮我个忙，回来的路上给我带一份三明治，火腿、奶酪、沙拉、黑面包，不要洋葱。我连午饭都没顾上吃，快饿死了。”他又冲我和斯蒂夫眨了眨眼，同时拿出现金给加夫尼，“不好意思，没零钱了。”

是五十英镑。我坐得足够近，可以看见他从哪里掏出来：厚厚一沓现金，在他的衬衣口袋里，放在一只皱巴巴的白色信封里。

我的想法没错，那条语音留言确实让加里非常在意：五分钟以后我的电话就响了，屏幕上出现了他的名字。我绝不可能在距离布雷斯林只有五英尺的地方接这个电话，我也不打算搞出很大动静，到外面去接。我低声嘟哝，自言自语了一句“真该死，老妈，我正上班呢”，然后滑动了“拒绝接听”，用力把手机塞回口袋里。我朝对面看了看，做出尴尬的表情，确认了一下布雷斯林是否听到。他注视着电脑，正在输入一份笔录，脸上却挂着一抹笑意，嘴角在抽动。

我等了十五分钟——我可以等更长时间，不过已经五点了，而我们要在五点半开案情会议——才走出专案室，把大衣和背包都留在座位上。如果运气够好，布雷斯林会以为我确实是去给我妈回电话。我没有看斯蒂夫，我希望我不需要去看他。

外面天色已经暗了下来，泛光灯发出泛白的光线，寒意浓重。古里古怪的文职人员竖起了衣领，急匆匆往家赶，让巨大的庭院充满不祥之感，我仿佛误入一个阴森的未来场景中，无法找到出口。我找到一处阴影，裹紧了夹克，看了一眼手机上的时间。

四分钟后，门开了，斯蒂夫钻了出来，一面努力抱紧手里的一厚摞文件，一面小心不让门发出砰的一声。“早该来了。”我说着，抓住一张飘走的文件。

“我们去外面吧。我要去复印这一堆鬼文件，要是布雷斯林出来找我——”

“这就是你能想出的最好点子？拜托，快一点——”我们藏在大楼附近的一个角落里，因为自己无比的勇气笑起来，仿佛一对逃学出来的小学生。这总比想着 C 专案室本是我的地盘、而我却要躲到外面瑟瑟发抖好得多。

透过我们的窗户，可以看到花园，而在院子里，我们可能会碰到加夫尼从斯托尼巴特尔回来。我们朝着城堡主建筑群外面的广场的方向走去，只有游客会去那边——在这样的季节，连游客都不会去——找到了一个避风的角落。我们身边的建筑大概有一百英尺高，在泛光灯下看不清颜色和纹理，似乎可以是任何东西建造的，锻造金属、光滑的塑料，或稀薄的空气。

斯蒂夫把那一摞文件堆放在地上，一只脚踩在上面，防止它们被风吹跑。他身上只穿了件衬衫，快要冻僵了。我把手机放在我们中间，拨了号码，打开了免提。

“嘿，”加里说，“你拿到材料了，对吧？”

加里比我大十岁，十分胜任自己的工作。失踪人口组的主要工作，就是要让那些一见警察就跑的人跟你说话——要让街头妓女告诉你新来的女孩的情况，她跟新闻里报道的那个少女很像；要跟无家可归的瘾君子搭上话，让他们说一说昨晚有个跟海报照片上的人长得像的人要在他们的纸壳板上凑合睡一宿，以及他们最后有没有拿到酬金。每个人都愿意跟加里说话，而他也会跟所有人说话，这也就是我找他了解爱斯琳事情的原因。他们的工作的另外一个主要部分，是跟相关人员的朋友及家人争吵，而只要加里一进门，房间就会安静下来。我曾见识过他仅仅用十分钟，就找回了一个离家出走的傻少女。他让少女的歇斯底里的傻朋友冷静下来，想起少女网恋男朋友的名字。他是个大块头，如果你需要一座小屋，他似乎立刻就能帮你造好。而他的声音也很有特点——安静、深沉，有种质朴感——能让你渴望闭上眼睛，听着他的声音入睡。只要听到他的声音，我就会感到很放松。

“嘿。”我说。加里在失踪人口组的办公室里，我能听见谈话的声音，有人在高谈阔论，有人在笑，还有手机铃声在响。“对，我拿到了。你可真能干。我只问你几个简单的问题，可以吗？还有帮我个忙：可以去安静一点的地方吗？”

“没问题，等我一——”椅子嘎吱响的声音，另外一个小伙子笑着评论几句，“是啊，是啊，是啊，”是加里的声音，“一些自作聪明的小浑蛋想知道我的前列腺是不是又给我找麻烦了，”他告诉我，“现在这些年轻人，都没大没小。”

“哎呀，加尔[①]，没关系，有我尊敬你呢。”

“至少你不会嘲笑我的前列腺。永远不要嘲笑一个男人这方面的问题，太下流了。”

“下半身，对吗？”

“我的老天，你们那边就是这样讲笑话吗？”门关上了，杂音消失了。他到走廊上了。“没错，你想知道什么？”

斯蒂夫抬起头，留意大楼的出口，不过耳朵仍在听着电话。“第一件事，你和你的同事全力调查了德斯蒙德·默里斯的案子，看起来就是他自己自愿离家出走，结果他确实是自愿离家出走，但你们却拿它当一起谋杀案一样办，为

---

① 加里的昵称。

什么呢？”

加里哼了一声。“这案子可不简单，主要是因为他老婆。你看到照片了吗？”

“看到了，她长得很好看。”

“她其实不算上相，本人简直是个尤物。倒不是那种你一看就想让她穿上变态的内衣、找个地方云雨一番的类型，而是你看了就想好好照顾的那种。你会为她开门，替她撑伞。”加里的声音变弱了，流水的声音，杯子的叮当声；他正在茶水间洗杯子，电话正夹在他的下巴下面，“而且她知道如何利用这一点。她看我们的眼神就像是在看超级英雄，一直在说她如何知道我们一定可以找回她的丈夫，能遇上我们是如何幸运，如果不相信我们，不知道在这个世界上还能相信谁，她的生活该如何继续——谈话中总是这样的内容。在恰当的时候哭上一会儿，而且能够确保哭的时候样子依旧好看——她的丈夫刚刚失踪，但她居然还会坚持做头发、化妆，还穿着漂亮的裙子！她知道自己的处境，毫无疑问。”

听起来爱斯琳是步了她妈妈的后尘。“你觉得这都是在演戏吗？她并不关心她丈夫，只是想让大家关注她？”

加里咂了咂舌头。“不，不是那样的。恰恰相反。我想她是真的想让她丈夫回来，所以才有些不正常——她不善于社交，没有朋友，也没有工作，除了丈夫和孩子，她什么都没有。如果失去了他，她的生活就完蛋了。而她知道，想要让其他男人帮助她，最好的办法就是打扮得漂漂亮亮，让大家都想照顾她。”

“真可爱。”我说。我听见咖啡机在呼呼作响。并不像我们在重案组这样，天天抱怨难喝的破烂咖啡，失踪人口组凑了一些钱，买了一台体面的咖啡机。“而且奏效了。”

“没错，这种类型对我不起什么作用，但有些小伙子恨不得出动所有人搜遍全国去找她丈夫的下落。追踪一些电话号码，额外调查一些证人……这些都不算什么。”

作为一个不那么喜欢她的人，加里对这个女人倒是印象深刻。我没有说出口——加里能让我保持风度。“所以这并不是因为有人怀疑默里斯跟黑帮歹徒扯上了关系？”

加里笑了。“老天，不。那就没谱儿了。要是说有人干净得像白纸，那就是像默里斯这种人。至少他不会干违法的事情。”

我看了斯蒂夫一眼，他做了个鬼脸：还是不相信。他把手缩在了腋下，好让自己感觉暖和一些。

我翻了个白眼，对电话里说：“你能确定你知道全部真相吗？”

“感谢肯定，安托瓦妮特。”

“得了吧，加尔。你知道我不想说刻薄话，可你呢？那时候你才二十六七岁吧？刚毕业三周？负责人是不会把所有想法都告诉你的。”

加里搅拌咖啡发出的微弱的叮咚声。他说：“你在这边的时候就是这样吗？你觉得我对你隐瞒了资料，就是为了让你这个菜鸟安分守己？”

我说：“不，你会告诉我你的想法。”

失踪人口组不像重案组，在失踪人口组，你办案子的目标并非打倒坏人；你的目标是得到一个皆大欢喜的结局。如果案子牵涉什么坏人，基本上就不会再由你负责——比如，发现一具可疑的尸体，那么这个案子就要直接交给重案组负责。你的职业生涯可能始终连手铐都用不到。这种吸引力和重案组或是性犯罪组完全不一样。这些组主要关注致命的一击，“皆大欢喜”从来不是一种选择，而这也造成了完全不同的工作氛围。失踪人口组从来都不是适合我工作的地方，但有一瞬间，我非常希望能够回到那里。我能够闻到优质咖啡的味道，听着加里在又一次皆大欢喜之后装腔作势地说“带他回家吧”，然后被大家集体要求闭嘴，让他上《X 因素》[①]去喊去。我则需要给我的橡皮鼠笑话换一个场景。我像个小孩子，一遇到麻烦就想跑回家去找妈妈。我觉得我病了。

“是的，我会告诉你，”加里说，“以前也一样：如果负责人想到了有关黑帮的思路，他一定会告诉我们。黑帮的主意是从哪里来的？”

我把头从斯蒂夫的眼前移开，免得我脸上怯懦的神情被他发现。“你还记得默里斯的女儿吗？以前她来问她爸爸情况的时候，我让她去找你了。她被人

---

① 一档英国真人秀节目。

杀了。”

“哈，”加里有几分惊讶，但没有感到震惊，“愿她安息。她以前是个可爱的孩子，可爱的小女孩，她来找我的时候。你觉得她跟黑帮有关系？”

“并不确定。看上去似乎是她的男友突然发飙，但还有一些零散的线索需要查清楚，只是以防万一。我们想知道她是不是在找她爸爸时招惹什么人了。”

“她没有理由这样做。没有什么会让她去找黑帮。”

我真的希望加里告诉我确实有这样的线索——任何线索——把她引向黑帮。我可以感受到我是多么渴望他给我一个肯定的答案，就像寒气一样逐渐浸透我全身。我不知道我是否清楚，他并不会给我肯定的答案。

斯蒂夫耳语：“警探们，他们为何不告诉爱斯琳真相？”

“第二件事，”我说，“你们为何不把爱斯琳爸爸失踪的真相告诉她家人呢？”

加里含了一口咖啡，发出愤怒的声响。“安托瓦妮特，我说别管闲事并非在开玩笑。这不是你的案子，他们怎么做并非你该关心的问题。你张嘴闭嘴都在说如果你来办这个案子会如何如何，这样你只会把大家都气死。你承担得了这样的后果吗？”

言下之意是大家早就传开了。失踪人口组已经得知我就是毒瘤。即便我想回到那里，头儿也有可能不会要我。他知道我很优秀，但没有人会要一个会带来麻烦的警探。而这个麻烦究竟是她自己的，还是别人的，其实并不重要。

我说：“那就别让我瞎说了，咱们也别废话了，你告诉我当时是怎么一回事吧，我不会告诉别人的。”

“咱们没说任何废话。他们追踪到了默里斯的下落，我也就没再接触这个案子——我只是在一开始帮了些忙——所以我并不知道全部的细节。我听说的情况是，他们发现他在英国，和情人躲在爱巢里。我们有个家伙跟他通了电话：他乐不思蜀，没有一点要回家的意思，而他也不想告诉他妻子和孩子自己的任何情况，所以他们就没告诉。”

我们沉默了一会儿，加里以为我们不满——但我们并没有：我也不想再卷入这场麻烦了。而我还是犯傻期待着这并非全部的实情。他说：“我们并不是家庭心理康复专家，你知道的。我们的工作并不是解决某人的三角恋问题，我们的工作是找到这个家伙，而他们找到了。他们把这个案子结了，然后就收手了。”

斯蒂夫冲着黑魆魆的窗户做了个鬼脸：他依旧不死心。我问：“德斯蒙德还活着这件事，连他的妻子都不能知道吗？你说她把所有的警探都抓在自己手里，哪怕历经各种艰难也要给她一个交代；可他们真的找到了，却要对她守口如瓶？”

“我只是告诉你我听说的事情，而且我告诉过你，不要对别人的事情指手画脚。不过这件事跟你的案子有什么关系呢？”

“也许没关系。像我刚才说的：只是有一些零散的线索，需要清理。打破砂锅问到底。”我向斯蒂夫抬了抬眉毛，他向我挤了挤眼睛：真有趣。“最后一件事，我知道已经过去了很多年，但你能告诉我爱斯琳过来找你的时候，你跟她说了什么吗？”

加里呷了口咖啡，开始回忆。“她很清楚我们知道的，要比我们告诉她和她妈妈的要多。她说她妈妈已经去世了，而她非常想找到她的爸爸。按照她的说法，他的不告而别让她的生活变得一团糟。她想找到他，看着他的眼睛，让他告诉自己为什么会做出这样的事情。她不确定那之后会发生什么——她说了一些关于一旦他看到她，想起他们曾经多么亲近，也许他们就可以回到彼此身边之类的想法……但即便没有这样，她说知道了实情后，她也可以让一切重新开始，主宰自己的生活。”

我的老天爷。我现在站在德斯·默里斯一边了。他只能离家出走，因为他的另一个选项是用烧火棍把他那多愁善感的一家人全部都砸死。“那你告诉她什么了？”

“我告诉她我不能透露任何有关调查的内容，不过……没错，你也见到她了，她正在困境当中，强忍着不哭，可我看见她的眼泪就在眼睛里打转。她一直在求我，有那么一刻，我怕她会双膝跪地，在审讯室里扑倒在我面前。最后我打了个电话，找了个人在英国方面的系统里查了一下德斯蒙德·默里斯，只是为了确认一下他是不是还活着。如果他已经去世，那么她再这样满世界追他也毫无意义。”

爱斯琳是个乖乖女，毫无疑问。她可能看上去很无助，但她知道如何让人们按照她的心思去做事。就连我最后也把加里的名字和上班时间给了她。我越来越不喜欢她。

加里说：“而且我想，要是他还活着，我也许可以向她透露一点线索，让她最好在英国雇一个私人侦探。没错，这会有什么坏处呢？”

失踪人口组：皆大欢喜成瘾者聚集地，他们都是如此。“然后呢？”

“然后我发现他死了。几年前的事。没有任何疑点，他就是死了——心脏病吧，我记得。”

然后父亲就消失了。我松了一口气，几乎想放声大笑。我用胳膊推了一下斯蒂夫，做了个口型：看见了吧？他耸了耸肩：这值得费点功夫。我翻了个白眼。

加里说：“留下一位遗孀——好吧，多少算是。他一直没跟那个和自己私奔的女人结婚，因为他一直没跟爱斯琳的妈妈离婚，不过他们一直在一起——还有三个孩子。”

“你告诉爱斯琳多少？”

他呼了口气。“是啊，这不是件容易的事情。我想他的妻子和孩子们会有点震惊，因为爸爸过去的生活可能突然就出现在自家门口——而且既然爸爸已经去世无法问他了，反正就算知道全部实情，她也不会得到她想得到的。但我也不想把这个可怜的女孩再赶回大街上——‘滚出去，接着找你的爸爸去吧，祝你好运！’她有权知道自己的父亲已经去世了。”

斯蒂夫抬起手，挥了挥：没错。我比画了一个诅咒的手势。“所以你告诉她了。”

“是的，也没多少信息：只是系统显示他已经死亡，我这边也没有其他信息。”

“她什么反应？”

“不太好。”我能听出加里在电话那边做了个难过的表情，“实话说，她有点崩溃——我想这么说也不为过。她呼吸急促，一时间，我都觉得应该给她叫个救护车了。不过我让她先屏住呼吸，她终于恢复正常了。”

“你做这个再合适不过了。”我说。

“嗯，某种程度上算是吧。她的反应还没完——还是有点发抖、呜咽、抽泣，大概就是这样。她想知道为什么没有人告诉她——那些人究竟是一直在对她妈妈撒谎，还是真的是一群废物，我用十分钟就查出来的事情，他们却一直没有查到……我告诉她那些人都是很好的警探，但有时候不管你有多优秀，查案的时候就是容易陷入瓶颈，而通过特殊渠道得来的信息，总是需要一些时间，才能录入系统当中……”

这是本能反应，就像沙子进了眼睛人会自动眨眼一样：公民指控其他警察是酒囊饭袋，你就会矢口否认。无论她说得到底对不对，这不重要。你一张嘴，就自然而然地流淌出一个掩盖实情的可爱故事去安慰她，如绸缎一般流畅。以前这从没让我感到困扰——低声下气地道歉并不会让爱斯琳更好受，或者一点作用都没有，只会白白浪费双方的时间。但现在感觉所有事情都不可靠，仿佛稍一出错就会立即搞砸——感觉什么都不对劲。

我说：“她相信你说的话吗？”

加里哼了一声，不置可否。“不确定。我只是一直在说话，想让她平静下来。我告诉她，现在她至少可以断了念想，继续生活，以及她可以尽情创造自己的幸福生活。我还告诉她，她的爸爸听上去是个很不错的人，而且他一定很爱她，不管发生了什么，我都相信，做出离开她的决定一定让他心碎……我说了很多这种话，但她好像并不太信——说真的，我不确定她是否听进去了——但最后我还是让她平静了下来。”是他的声音起作用了，就算他把工作手册拿出来念给她听，估计也能起到同样的效果。“等她能走了，我就开车把她送了回去。就这些。明白了吧？从未有什么东西，会让她想到黑帮什么的。”

“听上去确实如此。”我说，斯蒂夫又耸了耸肩。他正在注视着一个匆匆忙忙往大门口走的人，在这种光线下，无法辨认出是谁，不过他正忙着跟大风搏斗、护住自己的围巾，无暇顾及我们这边。“谢谢你，加尔，我很感激。”

“所以你能不能做好自己的事，别管其他警探的事？要是你自己做不到，为了我你也要这么做，就当你欠我的。我可不想让他们因为我把他们案子的档案交给你，来找我大呼小叫。”

意味着加里不想因为我而惹上麻烦。一定程度上，我是完全理解的：没人想要惹上麻烦；可我又想跑到他那边去，把他按到墙上，让他有种一点。

“好吧，”我说，“你能让那个年轻人来一趟，把文件拿回去吗？”

“没问题，他现在就会去你那边。”

“那孩子不错。再次感谢。下周请你喝几杯，怎么样？”

“下周怕是不行。等这边的事情忙完了，我给你打电话，好吗？祝你这个案子好运。抱歉我没能帮上什么大忙。”然后加里走了，端着一杯真正的咖啡，继续回去听大家对他的前列腺议论纷纷，然后去追查更多的“皆大欢喜”。

他不会给我打电话了，这比我想象中更让我伤心难过。我假装自己把手机放回口袋里时需要全神贯注，而斯蒂夫则弯下腰，整理那一摞不在场证明的资料。我不知道他是否只是在照顾我的情绪，如果是这样我可能不得不杀掉他。

“所以，”我轻快地说，“黑帮的思路可以出局了，至少跟德斯·默里斯没有关系。如果警探们有什么不能放进档案里面的怀疑，加里也会知道。这条思路到此结束。”

“没错，”斯蒂夫说，直起腰，“但爱斯琳并不清楚这一点。”

“所以呢？加里说得没错：她没有理由想到跟黑帮有关。完全没有。没有可能。”

“如果她头脑清楚，确实不会联想到。可是她不清楚——不，安托瓦妮特，听着，”他侧过身子靠近我，语速很快，“爱斯琳是个幻想家，记得露西怎么谈论她们小时候的吗？一旦有坏事发生，小爱就会想出一些疯狂的故事，让坏事变好。她不得不这样，对吧？在现实生活里，她一直在被别人的决定推着走。她唯一能够拥有力量的地方，她唯一可以自己做主的地方，就是她的想象。”

他已经把天寒地冻完全忘光了。“所以她构建了整个幻想：她要踏上征程，来一场寻父之旅，然后她就可以投入父亲的怀抱，生活的一切都会再次美好起来。这个幻想让她坚持下去。而你的朋友加里却将它彻底击碎。”

我说：“你说得好像他是一把火，把一个小女孩最喜欢的洋娃娃烧掉了。但爱斯琳是个成年人了——而且那时候，她妈妈已经去世了。她可以做任何自己想做的事。她不再需要关于爸爸的幻想了，那只会让她止步不前。加里帮了她一把。”

斯蒂夫摇了摇头。“爱斯琳并不知道该如何面对真实生活。她没有任何经验。你听到露西说的了：她只是在这一两年里，才开始放飞自我——而就连那样，她做的也是不切实际的事，把自己打扮成杂志上人物的模样，去高档俱乐部……所以当加里打破了她跟父亲重逢的幻想时，她一定得尽快找一个新的。而一个黑帮故事可能会很完美。”

他的面孔突然兴奋得焕发出光彩，他可以看到整件事情。你没办法不喜欢这个家伙。在我眼看着要拐进死胡同的时候，他却能看到一个精彩的新转折，让他那令人惊奇的故事继续。真希望能去斯蒂夫的脑子里畅游一番。

“也许她认定她父亲目击了一次黑帮袭击，所以他需要在黑帮追查到他的行踪之前，尽快离开镇子——类似这种的情节。很戏剧化，还很刺激，充分解释了她爸爸的离开，以及为什么始终没回来找她——”

“这没法解释他为什么不在脸书上给她留个言，”我指出，“‘哈喽，宝贝，爸爸还活着，爱你，拜。’”

“他不敢这么做，说不定黑帮在跟踪她的时候，也会盯着她的脸书账号，会去找她。好吧，我知道这是胡扯，”这时我哼了一声，“但爱斯琳也许不这么觉得,她有无数办法可以为自己辩解。而你知道这个幻想的下一章是什么吗?下一章里，爱斯琳就要大显身手了，她要作为一个勇敢的女儿，深入虎穴，追踪父亲的秘密。我保证。”

“怎么追？去几个狂野的酒吧，问问大家见没见过她老爸？”

斯蒂夫迅速点了点头。又有几个文职人员艰难地往大门口走，但他根本没注意到。他的惊奇故事太让自己沉醉了。“也许稍有出入。每个看新闻的人都知道几个黑帮经常出没的酒吧的名字，爱斯琳就去了，喝上一杯——”

“你觉得她的胆子已经这么大了？我都不想这么做，而且如果我来做，肯定能有比她更好的办法。”这个想法让我觉得很烦躁，我们两个专业的成年警探，追着某个愚蠢的南希·德鲁[①]式的幻想满城跑。我的工作是解决突然发生的事情，抓住它们的后脖颈，紧紧攥在手里，直到让一切都水落石出。至于某人漂亮的小脑袋瓜想出的猜测，只是一团我根本抓不住的虚无缥缈的白色绒毛：这并不应该是我的工作。

“这跟胆量无关。这只关乎她陷在幻想里面到底有多深。如果她觉得那是她大显身手的地方，在她的掌控之中，她就不会觉得这里面会有什么问题。就像个小孩子——露西也这么说，记得吧？在爱斯琳的脑子里，她就是超级女英雄。女英雄也许会遇到麻烦，但她总有办法力挽狂澜。”

“那然后呢？她就在酒吧里坐着，等着相关人士去找她搭讪？”

“以她的长相，肯定会有人找她搭讪。这一点毫无疑问。她跟人打情骂俏，一晚接一晚，认识了他的朋友；一旦发现有哪个家伙似乎是她要找的人，她就会锁定目标。而实际上——”斯蒂夫举起了手，打了个响指，“你知道吗？也许这就是她为什么突然大变身。我们本来以为，她减了体重，换了新衣服，只是因为她想要个全新的开始。但如果她这是在筹划什么大计划呢？”

“哈。”我说，想着他说的话。这确实让我头一次对爱斯琳有了几分敬重。如果有人选择改头换面，把自己打扮成芭比娃娃，只是因为她觉得这么大费周章是值得的，那她就需要被踹一脚；而如果有人是在为了复仇付出这么多，那她的决心倒是值得夸奖的。

“时间线上也符合，”斯蒂夫说，“按照露西的说法，爱斯琳大概是从两年前开始打扮自己。这也是在她跟加里谈过话，决定改变自己的计划之后不久——”他又打了个响指，几乎在上蹿下跳，“老天！她的家。你知道她为什么一张全家福都没有吗？原因可能就在这里。她不想让男友从照片里认出她父亲。”斯蒂夫的眼睛一闪一闪的，而我已经真心觉得我们永远不能破获什么真正的好案子了；斯蒂夫兴奋起来，搞不好会在我腿上撒尿。“而这也是她为什

---

① 20 世纪 60 年代美国同名侦探系列小说的主角，是一位少女侦探，后改编成同名电影，国内通常译作《少女妙探》。

么要为了罗里抛弃那个浑蛋：到最后她发现，那个人什么都不能告诉她。严丝合缝啊，安托瓦妮特，这推论太完美了。”

“又或者，”我说，“关于黑帮什么的全是扯淡。她跟加里聊过后，发现自己不可能和爸爸拥抱、一起喝杯热可可，于是就把所有的全家福都收了起来，因为那东西会坏了她的心情，而她决定自己只想要一个永远幸福快乐的幻想，那种丑小鸭需要变成白天鹅、再给自己找个白马王子的剧情。可惜白马王子最后变成了食人恶魔。这个推论也很完美，是吧？”

可是现在已经没有什么能扫斯蒂夫的兴了。在我说完话之前，他就开始摇头。“那露西是怎么回事？你觉得她说的那个秘密男友的事情全是瞎编的？她那么焦躁不安，只是装出来的？”

“也许吧。”我说。我对爱斯琳的尊敬正在慢慢熄灭，整个推论让我越来越生气。我脚后跟使了使劲，好让膝盖不再颤抖。“我已经去打探了，如果爱斯琳真跟黑帮有关系，我一定会有消息的。而等露西有勇气再来接受问话的时候，我们会给她施加更大的压力，看看她会说什么。如果我们进行正式审讯，并且记录在案，她肯定不会隐瞒信息。到那时——”

斯蒂夫像一只啄木鸟一样，用两根手指轻敲着墙——他也感到十分挫败，因为我不肯接受他的想法。“到什么时候？要是她不肯来呢？”

“我们会给她几天时间，让她恢复正常，感受到压力，然后我们再去找她。到那时我们再根据事情做定夺，不能根据你的猜测来定。”

斯蒂夫看上去不高兴了。我说：“不然你还打算做点什么？去那些黑帮歹徒的老巢附近的酒吧挨个儿查，问人家有没有打我们的被害人？”

“我想去要一些库埃鲍尔·拉尼根的手下的照片，拿给甘利酒吧的酒保看看。他也许低估了自己的记忆力。”

我耸了耸肩。“那你就自己去办吧，我要集中精力，看看如何真正利用爱斯琳的那一堆东西。”我已经把手机掏了出来，滑动着找索菲的电话号码。

“什么？你打给谁？”

索菲的手机转到了语音信箱。“嘿，我是安托瓦妮特。如果你手下那个电脑组的人还没把文件夹的密码破解出来，我也许可以给他提供一点想法。试试

‘德斯蒙德·默里斯’或者‘德斯·默里斯’，还有有关‘爸爸’‘老爹’的内容——找寻爸爸、寻找老爹、失踪的父亲。我们被害人的爸爸在她小时候就离家出走了，信息表明她可能找过他。总之这值得一试，谢谢你。”

我挂掉电话。“这不错。”斯蒂夫说。他看上去似乎比我还要高兴。“如果文件夹里全是可疑的老家伙的照片，那你就——”

“哦，我的老天，”我说，瞪大了眼睛，“如果爱斯琳的爸爸真的成了黑帮歹徒呢？如果她觉得自己的爸爸找了一个可怜的蠢货做自己的替死鬼，把身份证扔在他的尸体上，然后他换了个全新的邪恶身份继续生活呢？”这让斯蒂夫张大了嘴，一时合不拢，努力想搞清楚我是否是认真的。我说：“你歇歇吧，我们该回去开案情会议了。”

我们需要分开回到专案室，并且要先让寒气和户外的气息消退。我直接去了卫生间，抹了厚厚的手工皂洗手，直到身上充满假药草气息。斯蒂夫去食堂要了杯咖啡。当我们悠闲地踱回各自的座位上时，愉快而轻松，布雷斯林正忙着给电话另一头罗里的一位前女友说好话，顾不上抬头看我们一眼。

只有一个问题：我的东西被人动了。我清楚地记得，我之前把罗里的财务结算单放在最上面，但现在我的笔记本放在了上面，而笔记本还摊开在库珀给我打电话的笔记那一页，而我记得我是把它合上的。我看了一眼布雷斯林，但他正忙着扯东扯西，想说服罗里的前女友今晚出来跟他聊聊，连看我一眼都顾不上。而我越是想自己的桌子之前是什么样子，就越是不确定。

就在案情会议要开的时候，加夫尼冲了进来，显然经受了严寒的洗礼，双眼含着泪水。他告诉我们他是如何在斯托尼巴特尔警察局展开工作的：他播放了罗里、罗里的两个哥哥，还有他所有要好的朋友的录音，而当地的警察几乎可以肯定这些都不是那天电话里的声音。“啊，好吧，”布雷斯林说，“不管怎样，谢谢你。我很感激你的付出。还有这个。”他开始拆三明治的包装，“很棒。”

“我得承认，我帮了倒忙。”加夫尼忧心忡忡地说，他把找零给了布雷斯林，一大把纸币和硬币，“到最后，等他听完所有的录音，他都搞不清楚打电话的那个声音是什么样的了。你们明白我说的是什么意思吗？现在，即便我们再拿声音去给他听，他可能也没办法——”

“辨识工作总会如此。”布雷斯林冲他不失礼貌地一笑。“不是你的错，小伙子，没办法的事。你做得已经很好了。”

“没错，”我说，“谢谢你。”我一不小心呼噜了一声——不过没什么关系：加夫尼正用崇拜英雄一般的眼神看着布雷斯林，没空顾及我的存在。我唯一能想到的，当然是这次失败的辨识工作毁掉了我们得到报案人身份的计划。即便我们掌握了什么线索，现在都化为泡影了。越来越多没有意义的线索，像细细的粉尘被过滤下来，在光滑的桌子上累积成黏糊糊的污垢，让最先进的电脑濒临崩溃。

在下班回家之前，我们去找头儿做汇报。奥凯利站在高窗前，背对着我们，手插在他的花呢制服口袋里，脚后跟来回挪动。他仿佛在凝视幽暗的花园，并没有太留意我们在讲什么。但我能看到他的眼睛其实盯在玻璃上，来回注视着我们两个人映在上面的倒影。

等我们讲完，他沉默了一会儿，说明还想我们继续讲下去。斯蒂夫的倒影在盯着我，但我没有去看他。

奥凯利开口了，并没有回头。“中午我去你们的专案室了，你们不在，你们去哪儿了？”

很久没有哪个头儿会这样，让我像个小孩似的解释自己的行踪。在我开口之前，斯蒂夫轻快地说：“我们在爱斯琳家做了一次搜查，然后我们带着她的照片在斯托尼巴特尔转了转，询问酒吧和当地其他场所是否有人见过她。我们想看看能不能发现她做过什么有意思的事情。”

“然后呢？”

斯蒂夫耸了耸肩。“没什么发现。”

奥凯利沉默了几秒钟。然后他说：“今天下午有个小伙子给你送东西，还不肯交给别人。是什么东西？”

据大家所知，伯纳黛特非常喜欢头儿；大家都知道，她会抓住一切机会在他耳边吹风。她本可以放我们一马，也可以不放。“爱斯琳的父亲在她小时候就失踪了，”斯蒂夫说，“两件事情似乎是有关联的，所以我们就去要资料来看一看。”

“有什么发现吗？”

“什么都没有。他跟一个年轻女人私奔了，几年前就死了。”

奥凯利转过身来。他斜靠在窗户上，仔细看着我们。他今早刮了胡子，脸上有些红肿，还有些脱皮，仿佛正在慢慢被侵蚀。“你知道你们像什么样子吗？”他问道。

我们等着他下结论。

“你们就像手里根本没有嫌疑人似的。胡乱调查，不管东西南北，看到什么就追查什么。警探们手里什么都没有的时候才会有这样的表现。”他把眼睛从斯蒂夫身上转向我，“可你们已经有一个完美的嫌疑人，就在眼前。是我错过什么了吗？罗里·法伦有什么问题？”

我说：“现在这个案子里，关于法伦的一切线索都是推断的。我们没有任何确凿的证据，可以证明他是凶手：他的身上没有血迹，而他的血或者毛发也没有落在被害人身上，手指关节也没有外伤。我们甚至都不能确定他进过她家。我们也没有确定作案动机。我们仍在努力，如果技术科反馈，他们发现罗里裤子上的纤维全是爱斯琳家地毯上的，那没有问题，我就不会那么关注其他的可能性了。但只要一切都还无法证实，我就会继续追查其他可能的情况，想办法把它们排除。我不想等到让法伦上了法庭，被告搬出一个证人说曾看到爱斯琳跟某人大吵过一架，而这个人完全不像罗里。”

奥凯利从口袋里掏出一把东西——夹子、皱巴巴的纸巾、一块鹅卵石——他慢慢地在纸巾里鼓捣着鹅卵石，没有看我。他问：“你们今天为什么没把他带回来？”

很久没有哪个头儿让我解释做决定的原因，我的案子还远远未偏离正轨。如果我能确定奥凯利只想找我的麻烦，或者想找借口把我扫地出门，我一定会怒不可遏；但我根本不确定。我想到了布雷斯林的那五十英镑，还有奥凯利在名册上写着：布雷斯林待收，给他。大楼里的气氛仿佛不同往常，什么东西正在加速，随时准备改变方向；我知道应该对此有所警惕，而非抱着一腔热血。

我说话了，语气中充满不合作的态度。“因为我不想带他回来。等我们从技术科拿到所有证据，我们就会把他带回来，集中精力对付他。他是很容易紧张的人，把他晾上几天不会有什么害处。”

奥凯利的目光直直地盯着我，如针一般尖锐，足足有几秒钟，然后又快速移开。他从手里的一堆东西里找出一片看上去有些日子的润喉片，略带嫌恶地检视着它。“我不知道你有什么可高兴的，康韦。”

就像我说的：奥凯利比他装出来的样子要更加犀利。我克制住脸上的表情。“头儿？”

“没什么。”他把手伸到垃圾桶上，然后张开手掌。垃圾掉了进去，发出一声脆响。“走吧，明天见。想办法搞出点线索。”

开车是最能让我冷静下来的事情，可是今晚却没能奏效。风耍了个恼人的把戏，刚刚平息了一段时间让我放松下来，随后便突然加大马力，猛地擒住车子，掀起雨点般的沙砾打在车窗上。车流开始烦躁，每个司机都得不停按喇叭，红灯刚一过就早早启动，让行人把握不准过马路的时间。他们只好在错误的时间，不安地穿行在车辆之间。

我还没过河就被拦了下来。我刚刚闯了一个黄灯，一开始觉得交警可能也度过了烦躁的一天。但当我出示自己的证件后，他惊讶地把口中的水喷出来时，我知道这事还没完。他立马就泄露了秘密：有人打电话举报我危险驾驶，有可能是酒驾。有的司机可能会误报车牌号，尤其是在雨天路上拥堵的情况下，但他们绝不会把车的型号也搞错：2008 黑色奥迪 TT。没人会把这个搞错。

交警本来想逃跑，但我让他给我做了酒精测试，并且把整件事情记录下来，以防有人打电话告诉鬼鬼祟祟的克劳利，说我用警徽逃避了一次酒驾。我本想去追查那个举报的号码，但我已经知道它肯定是来自一位未实名注册的机主——很多警察都有临时电话号码，为了这样或那样的事情。接下来的轻松驾车之旅中，我不断往身后看，期待交警的蓝灯再次亮起，但它始终没有来，这意味着我只能期待明天早晨再次碰到。

不过这一次，至少没有人在我回家路的尽头徘徊，这才是真有事。我打开房门，开了灯，把包放下，砰地把门关好。当我转身面向起居室的一瞬间，立马感受到三处异常，一个接一个比眨眼还快。咖啡的香味，本应嘟嘟响、此时却静默无声的报警系统，有动静——在黑暗的厨房里一闪而过。

我掏出手枪——感觉像失了重一般缓慢，即便我很清楚，自己已经用了最快的速度——枪口对准了厨房门。我说："刑警，放下一切武器，把双手放在我能看到的地方，然后慢慢走出来。"

最开始，我只能看到一个皮包骨头的瘦子出现在厨房门口，穿着闪亮的蓝色运动服，双手举过头顶。我以为是某个浑蛋瘾君子，搞错了打劫的目标，而我的手指完美地扣在扳机上，好像没什么理由不应该扣动它。然后他说话了："你应该换一个好一点的报警系统。"

"跳蚤。"我说，然后我放声大笑。如果我是那种喜欢跟人拥抱的人，我一定会上去抱住他。"你这个小浑蛋，我心脏病都快被你吓出来了。你就不能先给我回个邮件吗？不能吗？"

"这样更安全，而且反正，我们太久没见面了。"跳蚤咧着嘴巴大笑，足够塞下一只晚餐盘子。我感觉我脸上也露出同样的笑容。

"这怎么安全了？我差点一枪崩了你，你知道吧？"我把枪放回枪套里，脑袋因为刚才的肾上腺素突然大量分泌有点晕，"老天。"

"我不担心，我是相信你的。"跳蚤转过身，又朝厨房走去，"想不想来杯咖啡？"

"好啊，你继续。"我跟在他后面，在他的后脑勺扇了一巴掌，不是很重，"别再这么玩了，要是我得干掉什么人，我可不想那个人是你。"

"啊啊啊！"跳蚤揉着他的脑袋，一副受伤的模样。"我不是有意吓你的。我本想在客厅里等你，不过我后来又想，你有可能带个小伙子什么的回来过夜。"

"是啊，没错，我倒是想。"我脸上还挂着笑容，收不住，"你饿了吗？"

"你这儿什么都没了，我看过了。"

"无耻浑蛋。冰箱里还有点炸鱼条。你想来个炸鱼条三明治吗？"

“非常想，”跳蚤愉快地说，然后在咖啡机上按了几下按钮，“这感觉真好，回头我也去买一个。”

“要是我这个丢了，我肯定会找你。”我打开炉灶，然后拉开冰箱门。跳蚤把手肘放在柜子上，看着机器烹煮咖啡，仿佛为此深深着迷。

跳蚤是个小矮子，看上去像是他妈妈怀着他的时候没有喝足够的牛奶。根据他家所在的那片街区判断，这有可能是真的。“跳蚤”这个绰号在我们上警官学校的时候就已经有了——他跟我同级——因为他没办法站着不动，就连等着咖啡煮好的这点时间，他也要两脚来回不停地跳动，仿佛腿痒似的。我们两个一起受训，我去那里不是为了交知心朋友，我也不想让傻子到处说我跟某人上床，就为了让他来照顾我。不过要不是因为这些，我们两个可能早就成了朋友。

在我们受训的第二年，跳蚤失踪了。我们听说他是因为被抓到持有大麻，所以被开除了——有类似的笑话说，流氓可以当警察，但警察不能当流氓——但我不相信：跳蚤是个很精明的人，不会落到那样的下场。几年以后，我从一张桌子前被叫开，接受命令要假扮几周跳蚤的表妹蕾切尔，任务是兴致昂扬地提着一手提箱贩毒得来的现金带到马贝拉，交给跳蚤老板的朋友。这才证明我的判断一直是对的。卧底行动如发条钟一般运转正常，几个坏蛋倒下了，而我和跳蚤则相处得很愉快。在我回到局里之前，我们给蕾切尔申请了一个电子邮箱，这样我们一旦有需要，就可以随时联络上。而我们之前从来不需要这样。

我们把咖啡和三明治拿到客厅里，各自占据了沙发的一端，这样就可以把腿放上来，把盘子放在膝盖上。我把壁炉点燃，外面的风还在刮，不过厚厚的墙让风声减弱了不少，听起来几乎有些宜人。“啊！”跳蚤说，他扭动着肩膀舒服地靠在沙发靠垫上，“这太棒了，真舒服。我回去也要给自己搞一个这么舒服的地方，找个时间。你得教教我怎么弄。”

这话提醒了我。“你是怎么找到我这里来的呢？”

“啊，这个时间，如果我不在这里，你会去哪儿呢？”他冲我笑了笑，满脸褶子，“现在在重案组，对吧？前程似锦。过得如何？”

意味着一有机会，他就会打听我的消息。“还不错，比干交警开罚单强。”

“跟你一起的那些家伙怎么样？有什么麻烦吗？”

我不明白这是什么意思。他的嘴里塞满了食物，看不出脸上的表情。“都还不错，是的，”我说，“你这些日子怎么样？”

“你心里有数。这里干干，那里干干。还记得那个叫‘蛤蟆镜’的家伙吗？有点胖，没脖子？”

“老天，他啊，”这让我笑了起来，“你还记得他一直追着我聊天，对吧？每次你把我一个人留下来，他就会慢慢走过来，告诉我他喜欢高个子女孩，而小个子骑师腰里都有长鞭子。他总是吵吵嚷嚷，撞了多少次南墙都不知道回头。”

跳蚤一直在笑。“就是那家伙。我们后来把他抓了——我们本来不想，他还有点用，不过这家伙太浑蛋了……他当时跟他的朋友风仔在科克[①]的一家旅馆，正在给刚从船上卸下来的货打包。”他咯咯地笑个没完，我也跟着笑了起来，虽然我还没意识到在笑什么，“然后蛤蟆镜正在忙着取样，只是他玩得太大了。凌晨三点的时候，他穿着裤衩出了门，走到前院里，唱着歌——我听见他唱的是《我吻了一个女孩》。”

我已经躺进沙发里，在放声大笑。这种感觉很好。“后来老板出门，想看看是什么情况。蛤蟆镜拥抱他一下，告诉人家他只是太高兴了。然后他拔腿就往屋子里跑，跟老板娘在床上蹦来蹦去，还开始在房子里玩躲猫猫。警察来了，把他弄回自己屋子里睡觉，结果风仔从椅子上摔了下来，价值十万的货撒得满床都是。”

“啊，老天，”我说，我擦了擦眼睛，“太漂亮了，真的。你不能缉获这批毒品，同时又把那些家伙放走，对吧？”

“我们试过了，头儿发动了半个组的人给我找那些警察出的纰漏，找非法搜查之类的借口。可那帮人滴水不漏。可怜的老蛤蟆镜就这么完蛋了。嘿。”跳蚤拿三明治指了指我，“你应该去拜访拜访他，在心里。让他振作点。”

他在胡说八道，不过听上去却又有几分严肃的意味。“我会让他给我唱卡

---

① 爱尔兰的一座海港城市。

蒂·佩里[①]的歌的，这会让我们两个都振作起来。”

“根据我的经验，唱歌应该没什么用。”

“好吧，”我说，“说到同事，《信使报》上登了我的照片。这会不会给你惹麻烦？”

跳蚤是我不能让自己的照片曝光的理由。他们倒是给我做了伪装——鬈发、大耳环、浓妆、粉色的短上衣，露着肚子，胸前写着“不要脸”和“你男朋友想要我”。不过还是：安全第一。他耸了耸肩。“目前没什么麻烦，走着瞧吧。”这样的事情很可能让一个卧底惊慌失措。“我不觉得有什么人认出了你。你这些日子一直很漂亮，”他朝我的套装点了点头，半是刮目相看，半是调皮——“而且说句公道话，这些年都是如此。”

“你这人，怎么老是戳人痛处。”

跳蚤用批判的眼光审视着我，一边咀嚼着三明治。“你看上去没什么问题，只是现在状态好像不太好。看起来需要请个长假好好歇歇了，或者吃点补品。”

“我很好，不过倒是需要晒晒太阳，就这样。可能性大吗？”

“或者换个环境。”

我从我的食物上面抬起头，但他却侧过身子，去收拾咖啡桌上的杯子，我看不到他的眼睛。卧底就是这样——他们做什么都习惯于拐弯抹角——但我很确定自己知道他想说什么。跳蚤知道重案组并不是一个容易待的地方。他以为我给他发邮件，是因为我需要他在卧底组也帮我说说话。

突然间，我很想把腿伸直，把脚放到他的肚子上。不过我忍住了，说：“现在的环境我倒是挺满意的，不过，我还是想听听你的意见。”

“是吗？”跳蚤的语调变了，他脸上闪过一丝表情，似乎有几分后悔，“什么事？”

“看看这个。”我坐直了身子，伸手去拿我的背包，找到爱斯琳 2.0 版的照片，递给他，“她叫爱斯琳·默里斯。二十六岁，五英尺七英寸，说话也许带格雷斯通斯中产阶级口音。见过她吗？”

---

① 美国著名女歌手。

跳蚤仔细思考着，一条腿抖个没完，看了半天。“很难确定，有不少人都长这样。不过我觉得我没见过。她是什么人？”

“谋杀案被害人。”

腿不抖了。“她？报纸头版上的那个？”

“没错。她最好的朋友说她有个秘密男友，差不多是六个月之前开始的。我们觉得这可能跟黑帮有关系，也许是库埃鲍尔·拉尼根团伙里的某个人。”

他又看了半天，然后摇了摇头。“不，反正她肯定跟库埃鲍尔·拉尼根的人没关系。”

“你很确定。”我说。我已经从他的声音里得到了答案：他很确定。温暖舒适的感觉正在迅速消散。我可能要为只为了这点事就大老远把他叫来而感到自责。

“百分百确定。我可能见过她，她应该跟克拉姆林或者德里姆纳的人也没什么关系。”

“也许不是。说不定她想在这段关系里面保持低调，而他也是这么想的。”

跳蚤笑了。“不不不，一个长成这样的女孩，任何一个跟她睡过的男人都巴不得嚷嚷得全世界都知道。他会带着她去酒吧、去派对炫耀，他会抓住任何机会。”

“即便他已经结了婚？”

“那也没什么关系。没人盼着这群家伙能清心寡欲，你明白我什么意思吧？就连他们的老婆心里也有数。如果某人跟自家兄弟的姐妹结了婚，那没问题，看在姐夫的面子上，他不会当着他的面炫耀。不过那也省不了得跟我们其他人嘚瑟。而这伙人传起这种事，速度可媲美癌细胞扩散。用不了多久，人人都会知道这家伙又多了个小女友。”他还审视着照片，不过腿又抖了起来，他已经没什么兴趣了，“她身边有什么来历不明的贵重东西吗？劳力士、珠宝、设计师品牌的衣物？”

“目前还没发现，”我说，“她的东西都中规中矩，是她自己负担得起的，没有什么东西像是别人买给她的。不过也许她只是不喜欢傍个干爹。”

跳蚤哼了一声。“有额外的现金吗？”

“也没发现。她的账户看上去没问题。”

“旅行记录如何？像她这么纯洁的女孩，男友肯定忍不住让她帮忙运东西。而且如果她是那种会跟黑帮交往的女孩，她肯定也没办法拒绝。”

我摇了摇头。“她最好的朋友说她连爱尔兰都还没出过。我们找到了一张护照申请表——第一次填写，不是重新申请。她还没有护照。”

“那就对了，”跳蚤说，他把照片递回给我，“我不会拿我的性命或者别的什么东西赌咒发誓，不过如果我是个赌徒的话，我会下重注，赌她跟黑帮什么的没关系。”

就这样了。舒适感消耗殆尽，成了肮脏的灰烬。

我说：“不过，你也不能肯定。她还是有可能跟他们有关系。”

他耸了耸肩。“是啊，她当然可能有关系，我妈也可能。”

跳蚤不像斯蒂夫。他不会为了找刺激，想出各种假设和可能。如果跳蚤说了什么，那就是确凿无疑的。

我们美妙的黑帮推论，随着一阵长长的吸吮声迅速垮掉。我以为自己已经对此做好了准备。

这一天半我都在想象自己是一个深入敌人丛林的狙击手，瞄准的范围从布雷斯林移到麦卡恩。我的血液已变为纯肾上腺素，激动不已，就等着有人告诉我，我该把其中的哪一位直接狙杀。白痴，五星级的蠢蛋。我跟那个在自己的货上栽跟头、让自己一辈子都成为别人笑柄的蛤蟆镜没什么两样。从接手这个案子开始，我能做的唯一正确的事，就是保持足够的理智，把嘴巴闭紧。我的其他想法都是笑话。

我把照片放回背包里——我再也不想看到它。“你能帮我留意一下吗？看看哪个家伙这些日子有些暴躁不安，或者上酒吧更多了，把自己灌得比平常更醉？”我声音中含着请求，真是可悲，“她上个周六晚上刚刚被杀，所以不论凶手是谁，可能依旧会有所表现。”

跳蚤又开始吃他的三明治了。“也许会，也许不会。他们很多人都是彻头彻尾的变态，能够把自己奶奶的脑袋给打爆，一滴汗都不流。”

“但，有个不是十足的变态的人知道这事。有个家伙给当地的警察局打了电话，想叫救护车。如果那不是我们要找的人，也会是他的朋友，他跟那个人讲了这件事。”

“好吧，我会留心看看有没有哪个家伙不太对劲。”

他在敷衍我，不过他也会说到做到。“要是你发现了什么，”我说，“在你来我这里之前，先给我发封邮件。我对天发誓，如果明天晚上我发现你躲在我的床底下，我肯定会打爆你那干巴巴的屁股。”

“好吧，不过，”跳蚤说着，把脸上沾的蛋黄酱用手背擦干净，“我不是开玩笑，你这里得加强安全措施了。我二十秒内就让报警器失效了，又用了一分钟把你家门锁打开。而且你可能已经知道了，刚才有人一路在跟踪你。”

房间里的气氛变得僵硬，像砂纸一样刮着我的皮肤。“没错，”我说，“我最近感觉有些不对。你是怎么发现的？”

“我之前在你们这个路口闲逛，就想在我往你家走之前感受一下这里。他也在附近转悠，像是在等什么人，不过我感觉到有些不对劲——你知道是什么感觉。”

“是的，”我们都知道是什么感觉，“你看到他长什么样子了吗？”

“试过了，我想去找他要根烟。”跳蚤沉重地坐下，脸上露出瘾君子那种空洞的神色，鼻子里哼哼唧唧，“‘嘿，哥们儿，有烟吗？’”然后又用正常的语调说话，“但他一见我来就走开了。说实在的，他有可能只是不想被我这样的人搭讪，不过……”跳蚤耸耸肩，“中年人，高个子，中等身材，不便宜的大衣，大鼻子。我看到的就只有这些——他上上下下捂得很严实，软毡帽和围巾遮住了半张脸。不过说实在的，这种天气里也正常。不过……”

“没错，就是说不好。”这样倒是把鬼头鬼脑、总穿着黏糊糊的雨衣的小个子克劳利的嫌疑排除了，真是丢人。我倒希望能找个好借口，把他错认成跟踪狂。“我想他正在监视这栋房子。”

跳蚤点了点头，一副不出所料的样子。“我想也是，没错。你知道他是什么人吗？”

我摇了摇头。“我想可能是某个黑帮的人想要给我个警告。有《信使报》上的照片，任何人都能在警察局外面等着我，跟踪我回家。不过既然你觉得黑帮的推论是个死胡同……”现在每次一说“黑帮”这个词，我就觉得自己又蠢了几分。我把腿沿着沙发伸长，想要找回一点轻松的感觉。但那种感觉完全没了，我能感受到我肩膀后面的客厅窗户，有强风正压迫着它。

“他们就是一群浑蛋，《信使报》那些人，”跳蚤说，“而且不是黑帮，也不能说明那个人不是你这个案子的凶手。”

“我早想到了。你觉得我有那么笨吗？”

“我只是说说。你得让报警系统更灵敏些，去搞一个电话手表什么的。”

“不了，谢谢。”发现问题时，如果你没有对警告信号予以回应，电话手表就会自动报警。我宁愿被一个连环杀手大卸八块，也不想让组里的人发现我跟某些市民一样向警察尖声呼救。“我很好，我将你款待得舒适又安心，不是吗？”

“我来这儿不是为了杀你的，”跳蚤指出，“这不是一码事。我知道你对付任何人都不成问题，我也可怜那个企图对你图谋不轨的浑蛋，但有时候你总得睡觉，对吧？”

“早上出门的时候我会把门锁好的。”

“还有报警器。”

“还有报警器，妈咪。”

跳蚤从杯沿上方看着我。只有这会儿，他一动不动。他说：“我今晚可以在这里过夜吗？”

他的话可能有好几种意思。而今晚，每一种都听起来不错。不管怎样，如果没有那个站在路口的男人，如果我手头的工作没有一团糟，我会让他留下过夜的。

不管我俩谁认为我需要他留在我身边，我都受不了。“你很好，”我说，“谢谢，但是不了。”

“没有人会想念我。”

“啊，可怜的宝贝。”

“你确定，是吗？”

“确定。只是，如果你出去时又看到那个男人，给我发个信息，好吗？”

“没问题。”跳蚤说。他从沙发上滑下来，提了提自己的运动裤，然后拿起自己的盘子和杯子，“那我就不打扰你啦。”

“放着吧，我来收拾。”我本来还想说再来一轮咖啡，不过已经很晚了。

“啊，不。我妈妈说，自己的摊子要收拾好，”他向厨房走去，“多谢款待，炸鱼条非常棒，和你一样。”

我跟在后面，他在洗碗机前弯下腰，把盘子放好。“嘿，”他把手伸出来，“盘子一起洗了吧。”

我把我的盘子递给他。“很高兴你来了，”我说，“看到你真高兴。”

“我也是。是啊。”跳蚤关上洗碗机，站起身。“如果发现有哪个家伙不对劲，我会告诉你的——对天发誓我下次肯定先发邮件。否则……”

我说：“否则就后会无期了。”

跳蚤咧嘴笑了，用一只胳膊抱了抱我。他精瘦有力的胳膊，还有身上的气味——廉价的身体喷雾，和我十五岁时用的一样——让我庆幸他要离开。然后他关掉了感应灯，打开后门，离开了。他越过高墙，灵巧无声，仿佛一只狐狸。我锁上房门，守着手机。但他并没有发信息给我。

10

第二天早晨，我躺在床上，想一直待着不动。我没睡太长时间，给我妈打了电话，跟她说爱斯琳满嘴都是血块和碎牙（“呵”），之后半个晚上我都在琢磨这次调查中的干扰来源——在这种天气下，干扰可不会少——另外半个晚上则躺着不动，思考着谁更需要被打一顿，是想出黑帮这条线索的斯蒂夫，还是一直在追查这条线索的我。结果到早上六点，我的身体已经变成了一个死结。学生时代我都没逃过学，但今天我没有理由不试一试。但有两件事阻止我这么做：如果我不去上班，我只能去跑步，跑到双腿瘫软，然后坐在家里让自己发疯；而且如果我不去上班，我就得在这个破案子上，再花一天时间。

我没开灯，穿上跑鞋。然后我关掉感应灯，溜进院子，翻过后墙。外面还是一团漆黑，在破晓之前，公寓正在耗尽最后的黑暗，就连惯于夜间活动的生物——狐狸、蝙蝠、醉鬼和各种危险的人——都已做完各自的营生，回去睡觉了。风也逐渐平息，变成不安而微弱的拂动。我走进巷子，没有发出一点声音，藏进阴影中，张望着角落，走下街道。此时路口没有人在转悠；借助微黄色的灯光，目之所及，四下都空无一人。我走上去，看了一眼街道：同样不见一个人影。

通常，跑完步我只会感觉肌肉充满力量，无所不能，意志坚强，可以胜任更多事情，甚至战无不胜，放马过来吧。这种感觉往往能帮我渡过难关。可是今天，我的力量无处可寻。我步履蹒跚，像一个肌肉松弛的跑步菜鸟；我的双腿拖在地上，仿佛绑上了湿沙袋；我的胳膊很沉重，呼吸也找不到节奏。我更加用力，胸膛好像被撕裂了，眼前一片殷红。我扶住一根灯柱，弯下腰，等着这种感觉消失。

我慢跑着到家了—— 理智告诉我，如果我走着回去，就会莫名其妙地完蛋。当我回到自家附近的路上时，我的腿已经不抖了。最初的几层黑暗已经开始剥落，窗户逐渐亮起。路上依旧空无一人。

我答应了跳蚤，要把门锁和报警系统都做个升级。我当时是说真的，但后来又改了主意。那个在我家附近打探的家伙，是我这一周以来唯一可以追踪下去的线索。如果他看到锁匠，或者发现我家遍布报警器，严阵以待，就会知道自己已经暴露了。他会换个人来跟踪，或者换个爱好，再或者收手等上几周甚至几个月再来打我的主意。可我现在需要他。

我冲了个澡，胡乱吃下一些谷类食品，去上班了。外面依旧空无一人。

我到了警局，路上没有停下——即便有个傻子早晨在路上突然换高速挡。我们大楼外面，在晨光与卤素灯的模糊光线下，麦卡恩正斜靠在墙上，抽着烟。

“哈喽！”我打了个招呼，没有停下脚步。麦卡恩抬了抬下巴，但没有出声，我也不指望他会说什么。

他看上去状态很糟。麦卡恩本来就不够圆滑，不像布雷斯林。他是那种总是在与自然的邋遢抗争的人——微微的胡楂，逐渐发白的鬓发怎么都梳不平整。通常情况下他都会赢，毕竟显然他过去很好看，只是这几年下巴和肚子才变得松弛；而且他的衣服总是一尘不染，仔细熨烫过，平整得仿佛可以在上面溜冰。不过今天早晨，他却输了。微微的胡楂变成了胡子拉碴，衬衫也皱皱巴巴的，外套的袖口还有黏糊糊的棕色物，大眼袋也升级成了黑眼圈。

之前，当我和斯蒂夫像一对在互联网大坑里的白痴在雕琢我们那离奇的美妙理论时，布雷斯林一直在到处散播真相：麦卡恩已经上了他老婆的黑名单。他得睡沙发，而且衣服也要自己熨。如果这个笑话跟我无关，我可能也会开怀大笑。

就在我把手放在门上的时候，他对我说：“康韦。”

我不由自主地停了下来。我想听听，只是想确认一下，我是不是已经知道他要说什么了。麦卡恩正打算给我一个有趣的暗示：他跟布雷斯林正在做不可告人的事情。

“嗯。”我说。

麦卡恩头往后靠着墙，眺望着冬天萧索的花园，没有看我。他说：“你和布雷斯林相处得如何？”

“很好。”

“他为你说了一些好话。”

他挪了挪屁股。“很高兴听到这话。”我说。

“他是个好警探，布雷斯林。最好的那种。合作起来也很棒。无论发生什么，他都会照顾你的。只要你不找他麻烦。”

“麦卡恩，”我说，“我只是在做我的工作。我并没有打算找你朋友的麻烦。好吧？”

这让他的嘴角抽动了一下，不过毫无笑意。“你最好不要。他已经有够多的心要操了。”

这是我想听到的，总共花了二十秒钟。“是吗？比如呢？”

麦卡恩摇了摇头。“算了吧，你不会想知道的。”

昨天我会对此垂涎三尺，而现在我所能感受到的是一股微弱的怨恨之火，我精疲力竭，连生气都持续不下去。无论布雷斯林在耍什么把戏，他都已认定他的办法并不奏效。所以，就像对付某个张口结舌的嫌疑人一样，他派麦卡恩上场，从不同角度进行尝试。麦卡恩脚边散落一地的烟蒂，表明他已经等了不知多长时间。他只是借用了几条从B级片里学来的线索送给我。“无所谓了，”我说，“我会完好无损地把他送回你身边的。相信我。”

我转身正准备走开，麦卡恩嘴里叼着烟说话了：“等一下。”

我说：“怎么了？”

他看着烟灰飘过鹅卵石，说：“罗奇偷了你的笔录文件。”

“你在说什么呢？”

“周六晚上那场斗殴的笔录。最后那一页有证人签字的文件被拿走了。”

我说：“我不记得有你说的这回事。”

“你不会不记得。罗奇昨天在办公室把这件事当笑话讲了。”麦卡恩把手伸进夹克口袋，掏出一张叠好的纸，递给我。我打开来看，是我的文件。“加上罗奇的道歉，一起还给你，差不多。”

我把那张纸递给他。“我已经让证人重新做完了。”

麦卡恩没有接。“我知道你已经做完了。这个——”他弹了弹那张纸，“不是重点。撕了，或者把它塞进罗奇的屁眼里，我管不着。”

“那重点是什么？”

“重点是，办公室里并不是每个人都是罗奇。我和布雷斯，跟你没仇。你不像有些人那样，他们的存在就是浪费空间，你完全有资质成为一个好警探。我们很乐于看到你能够实现自己的价值。”

“很好。”我说。这听上去很像是实话，实事求是，还带着微不足道的关怀。一条态度生硬的老狗，无意多愁善感，但还是期望菜鸟能够充分展现自己，赢得尊重。如果我没见过麦卡恩是如何在审讯室里耍把戏，如果我不知道实情，我也许就信了。“谢谢。”

“所以要是布雷斯林让你做什么事情，即便你看不出来是怎么回事，或者觉得他是错的，那都是为你好。如果你够聪明，就要听他的。明白我说的意思了吗？”

现在麦卡恩的目光落在我身上，他的眼睛因为刮风和疲劳布满血丝。他的声音变得厚重而集中。这是重要部分——他在寒冷中等着我走出层层叠叠的模糊光线，等着我，希望我能够按照他的要求去做。

“我很清楚了，”我说，“我不会错过任何东西。”我把那张纸揉成一团，塞进我的外衣口袋。“回头见。”

“好，”麦卡恩说，“回头见。”他再次转过身，颓丧的黑影迎向渐渐变强的光线。他抽烟留下的肮脏臭气，伴着我进了大楼。

我和麦卡恩都来得很早。保洁员还在走廊里，正用吸尘器打扫卫生。我路过我们的办公室时，只听见里面有两个男人零零碎碎聊天的声音，还有交通广播主持人粗糙而得意扬扬的声音。专案室里依旧只有斯蒂夫一个人。他瘫坐在我们的办公桌前，看起来神情恍惚，手里抱着一杯咖啡。

“你来得真早。”我说。

“睡不着。”

“我也是。布雷斯林那边有动静吗？”

“没有。”

“好。”我现在对布雷斯林没兴趣。斯蒂夫的桌子上放了一堆小塑料相册：罪犯影集。我冲它们点点头。“这些是什么？”

“黑帮的家伙们。”斯蒂夫说着，打了个哈欠，“大多数都是拉尼根那边的。我想把它们带给甘利酒吧那个酒保瞧瞧，再找爱斯琳的邻居们看一看，是不是有人能认出——”

我说：“黑帮那条线已经没戏了。”这感觉像是一拳打出了一块瘀伤。

斯蒂夫的脸立刻变得煞白。他说：“等一下，什么？”

“完蛋了，没用了。我再也不想听到那些乱七八糟的东西了。清楚了吗？”

“等一下，”斯蒂夫说，他把手举了起来，把它们忘在半空，只顾着努力让脑袋清醒起来，“等一下，不，那布雷斯林昨天玩的把戏是怎么回事，他为什么故意把加夫尼甩掉？别告诉我你真的相信，他只是想找机会找个地方打一炮。”

我把包随手扔在地板上，坐进椅子里。看着备受打击的斯蒂夫，这感觉很棒。“说不定他只是想去修个指甲。也许他没有去什么特别的地方，只是想告诉我们，他不会遵守我们这种人的命令。究竟怎样，我毫不在乎。”

“你看见他给加夫尼现金买三明治了，对吧？那一沓五十英镑？那是怎么回事？”

“你没听见我说的话吗？我不在乎了。我不在乎他是不是把所有积蓄都装在口袋里，这样就没有哪位先知能搞到手了。那是他的问题，跟我们无关。”

“好吧。”斯蒂夫小心翼翼地说，他看着我，仿佛我染上了狂犬病，“好吧。昨晚到底出什么事了？”

“昨晚，”我说，“我跟我一个朋友聊了。他知道黑帮的内情，而且说这个线索可以排除。爱斯琳跟黑帮一点关系都没有。就这样。万一他发现了什么情况，会第一时间让我们知道，但我们没理由继续对这条线保持期待。而且我们应该万分感激，我们及早发现了这一点，没有在全组人面前丢脸。”

斯蒂夫看上去像只刚刚被一辆卡车碾过仓鼠。他说：“你跟这个人很熟吗？”

“很熟。认识很多年。”

“那你确定你可以信任他吗？”

他脸上的表情，像是在说这种事情根本不可能发生，更何况这还事关他那像仓鼠一样可爱的猜想。“如果我不信任他，我还问他的意见干吗？”

“不，我只是——”

“不，那我看上去像他妈的脑残吗？”

“不——”

“不。我说我们可以信任他的时候，那可能就意味着，我们确实可以信任他。”

“好吧。”斯蒂夫说，他面无表情，退缩进自己的世界，那是他生气时的表现，“那就这样吧。”

我把他丢在一边让他自顾自生着气，继续工作，或者说试图工作。感觉很差，每个句子我都需要读上三遍才能明白意思。通常情况下，任何环境下我都能够集中注意力——办公室的生活会教会我这项技能，尤其是我工作的这种办公室——但斯蒂夫的话却让我心神不宁。

作为一个卧了这么多年底的人，跳蚤非常了解我，也非常了解我的职业状态。我觉得这很好，他会努力配合我。也许会是这样，也许不会。

突然，我开始揣摩我们愉快而舒适聊天的经过，寻找可以看出背后动机的裂痕：跳蚤让我放弃黑帮的想法，是因为他不想我干扰他的缉毒任务，或者只是不想因为我惹上麻烦，不管他在做什么；跳蚤拒绝了我，是因为他已经变节了，他现在要保护新老板。我也开始揣摩我自己，想知道我找跳蚤聊天，是为了调查案子，还是只是想找个借口找个人一起吃个三明治、聊聊天，他不知道我现在麻烦缠身、散发着不祥气息。我不相信事后揣摩有什么用，我也不相信

"吾日三省吾身"那套屁话，而且发现自己两件事情都做了，我很不满意。我希望自己陷入泥潭的时候能让斯蒂夫陷得更深。我希望他心情非常糟。

我浏览了一下送到我桌子上的和邮箱里的信息。如果有人来窃取情报，那么他一定做得很彻底。库珀修正过的尸检报告，一些值得跟进的零散线索——几周前有人在夜店看到一个可能是爱斯琳的女人，跟一个男人吵了起来，双方都喝了酒，那家伙长得像个橄榄球运动员；周六下午还有人看见有几个十几岁的男孩在维金花园路口闲逛，看上去很可疑，不知道想干什么。技术科的报告：爱斯琳床垫上的污迹并不是精液，说明可能只是汗液。鉴定人员正在提取DNA，但他们没有把握：爱斯琳的房间很热，床垫并不是无菌环境，高温和细菌会破坏DNA结构，让它失去效用。而无论如何，我很难相信这些线索会有什么用。

还有一大摞资料，是爱斯琳一年内的邮件记录，要和她的邮箱账户做交叉检查，确保没有什么内容被人删掉。这可能会让人忙到大脑爆炸。这种累活儿就是上帝创造助手的重要理由，但是如果说这个案子还能挖出一点点有效的线索，那可能就藏在爱斯琳的电子信息里。我把这些材料分成两摞，一摞给斯蒂夫，他说了句"谢谢"，没有抬头看我，直接把材料拿到了另一边。我考虑要不要在桌子底下踢这个绷着脸的小笨蛋一脚。不过最后我还是决定对付工作，把爱斯琳的邮件记录和邮箱打印出来的文件一一铺开，来回对比，确保没有错过一封邮件。周日凌晨三点十八分，一封美妆网站的价格提醒，还留在收件箱里。周日凌晨三点二分，一封来自一位俄罗斯宝贝的垃圾邮件，她想找个伴侣，也还在收件箱里。我真想把脑袋放在资料堆上，睡上一觉。

助手们一个接一个现身了，在看到我和斯蒂夫的同时，努力从早晨的迷糊中清醒过来，然后投入昨天案情会议上领到的工作中。我把库珀手写的报告交给加夫尼，让他打出来——我还在为他没能从斯托尼巴特尔警察局确认那个报警人的身份而生气。布雷斯林哼着歌走了进来，让屋子里的氛围稍有缓和。"嘿嘿嘿，各位！"然后告诉我和斯蒂夫："罗里两个幸运的前任已经搞定了，就在昨晚，还有两个要去见。谁去？"

“你去，”斯蒂夫自动应答，顺便翻了一页文件，“有什么发现吗？”

“没什么惊喜。罗里是个没什么惊喜的小浑蛋。我们得等等，看其他两位会不会给我们什么有价值的线索。”布雷斯林靠在我们的桌子上，想看清我在做什么，不过方向是反的，“这都是些什么？”

“爱斯琳的邮件记录。”我说。

“哈，”布雷斯林说，“然后呢？”

“然后要是你想知道去哪里买女式晚礼服可以打七折，我可以告诉你一个不错的地方。”

“听起来你好像受了什么打击。”布雷斯林咧嘴冲我露出电影演员般的笑，拿起爱斯琳的邮件记录，快速翻了翻，“老天，我明白你的意思了。这可够你忙活到老的。你要我替你弄吗？你可以去找罗里的前任们聊聊天。”

“不。”我甚至都不想把自己的疑心隐藏起来。他正在努力耍花招，可我已经玩够了布雷斯林的把戏。“我已经开始弄了，我会负责到底。”

“康韦，”布雷斯林脸上的笑容转变成温和的悔恨的神情，“我想告诉你的是，我知道谁是这次调查的老大。如果你需要有人帮你做这种累活儿，我是愿意做的。”

“谢谢，”我说，“我很好。”

过了一会儿，布雷斯林耸耸肩。“那你自便。”他又浏览了一下邮件记录，很从容，然后把它们扔回我的桌子，“莫兰，你需要去办公室外面待一会儿吗？”他把斯蒂夫的文件转过来，面对着自己，好好看了一下。据我所知，是爱斯琳的邮件记录，虽然在布雷斯林掺和进来之前，斯蒂夫一直都没把这当回事，我可以发誓。

“啊，不，”斯蒂夫说，“其实我差不多快做完了。如果我到现在还没有被这无聊的事情烦死……”

布雷斯林耸耸肩，把斯蒂夫的材料也放回原位。“记着，”他说着，用手指着我，“我已经主动提出要帮忙了。”

“我心领了，”我说，“跟罗里的前任们聊天愉快。”

“好吧，我已经不抱什么期望了，你应该瞧瞧前两位。”布雷斯林迅速坐进椅子里，用油腻的声音约好了见面时间，然后又飘走了，“而且我今天也不需要跟班。”他路过我们的时候向我和斯蒂夫抛了个眼神，“如果你明白我的意思的话。”我和斯蒂夫都露出了机械的微笑。

“他还回来干什么？”他离开后，斯蒂夫很好奇，“他可以在任何地方打几个电话。”

他的声音里仍含着一些故作的冷淡，不过他会跟我说话了，这大概会让我心底觉得好受一些。我说：“他可能是离不开你那张漂亮的脸蛋。”

“说真的。他只是想看看我们在做什么。还想要负责查电子信息。又在打这个主意。他到底害怕我们在这里面找到什么？”

“我不在乎。”然后，等他准备开口说话的时候，我又说了一遍，“我不在乎。”

斯蒂夫翻了个白眼，望向天花板。他把邮件记录放回原位，继续刚才的工作。我则试图从刚才停下的地方继续开始，但我的焦点已经开始模糊。所有的垃圾邮件最后都汇成了一则没有结尾的伟哥广告。我的腿发麻了，只好站起来活动活动。

唯一还在我的脑海里无力地涌动的是，露西说的爱斯琳秘密男友的故事。它是所有关于黑帮浑蛋故事的起点，现在我们已经把黑帮这条线索排除了，但这故事仍然在，而且需要得到解释。我突然想到，其实两天前就应该有所察觉，露西吞吞吐吐也许还有别的什么原因。也许这个男友是她某个已婚的同事——毕竟爱斯琳是通过露西认识的罗里，如果她也认识了别的什么人，那也很有可能是通过同样的方式——而露西并不想节外生枝，给自己惹麻烦—— 一旦那个人发现是她把情况告诉了警察。或者就像我一开始想的那样，他也许根本不存在。我考虑把露西从她的公寓里叫过来，给她施压，让她告诉我们，她编那个男友的故事，是为了报复爱斯琳某个前男友，或者是为了确保我们不忽略任何一种可能性，这样我就能够追查这条牵强的支线线索，不至于无人问津。

这时，斯蒂夫猛地抬起头来。“安托瓦妮特。”他说。他已经把刚才的气愤完全抛在脑后了。

“怎么了？”

他把一份笔录文件推到我面前。他的眉毛都皱到前额中间了。

我低头看了看他指着的地方。这份笔录是他前一天影印材料中的一张，是德斯蒙德·默里斯一位乘客的不在场证明。记录此事的警员签名很潦草，但打印在文件最末的签名，是约瑟夫·麦卡恩警探。

我的眼睛跟斯蒂夫的目光相遇了。他非常轻柔地说：“这是怎么回事？”

爱尔兰很小，警察的队伍同样规模有限。如果当年在德斯蒙德·默里斯的案子上出过力的人，现在没有一个在重案组工作，那反倒更加奇怪。而且不论如何，这也可以解释为什么加里急于让我把嘴闭上：如果我搅起麻烦，可能会直击问题核心。除此之外，经过了几个月的时光，透过窗户上挣扎的光线，我不知道这次找到的又是一堆无用的证据，还是一次惊天大发现。

我说：“我们得核查一下文件里的其他信息。给我一半。”

我们快速地翻阅着，同时留心门口。到处都是潦草的笔迹，要不是昨天匆匆忙忙，我们肯定不会错过：麦卡恩、麦卡恩、麦卡恩。他并不是个加里那样的角色，只负责在最开始出一把力。在这个案子里，他处于核心的位置。

爱斯琳俯向我的桌子，睁大眼睛，手指搅在一起，一直在说某个警探拍了拍她的脑袋，告诉她：你跟他有美好的回忆；我们都不想改变它，不是吗？有些时候，这些记忆保留原样会更好……这很像麦卡恩会说的话。

斯蒂夫拿出了厚厚的一沓材料，大概是他负责检查的材料的三分之一。“都在这里了。”

“好。”我说。我拿起我的一摞，规模大致相当。“还有这些。”

斯蒂夫从我手上接过来，塞回文件夹，然后锁进他的抽屉里，细致而从容。我不确定是应该挖苦他有妄想症，还是应该催促他手脚麻利一些。

“有一个关键问题，”他说，“麦卡恩和布雷斯林是否已经察觉，爱斯琳的爸爸就是当年麦卡恩追查过的失踪的人呢？”

我用手紧紧抓住自己的后脖颈，保持不动。没有一个助手往我们这边看。“我不知道。在告诉他那箱子是失踪人口组的文件时，我观察了布雷斯林。我敢肯定他当时露出的是如释重负的表情。如果其中有什么他不希望我们找到的东西，他一定不会那样。”

“你告诉他我们已经查完了，而且没有发现任何有用的东西。也许他感到放心是因为我们并没有看到麦卡恩的名字。”

“为什么？他们之间能有什么联系？”

“布雷斯林告诉了麦卡恩我们的案子，提到了被害人的名字……”

“像我们之前说的那样：这里可能有几十个爱斯琳·默里斯。你真觉得麦卡恩会对这么个普通的名字念念不忘？而且是在十七年之后？她甚至都不是失踪者本人，而只是一个家属——她只是在背景中的一个孩子。”

“他在德斯蒙德·默里斯的案子上出了不少力，”斯蒂夫说，“这件事他可能一直记在心里。”

“那又怎样？失踪案没有任何隐情，这里面就连存在隐情的空间都没有。即便我们把两件事联系在一起，他们又有什么好关心的呢？”

斯蒂夫摇了摇头。“确实没什么隐情，除了警探没有留给家属一丁点线索。你说布雷斯林和麦卡恩在说麦卡恩把什么东西搞砸了，对吧？也许他们觉得这件事情，在某种程度上确实跟爱斯琳被杀有关系。或许只是因为：他们不想让搞砸了的事情公之于众。所以他们才千方百计想把罗里硬塞给我们，希望我们快点把案子结了。”

也许是因为疲惫、暖气太足和咖啡不够量，我的脑子周围似乎裹着几层棉絮。我讲不出这个推断到底对不对，或者只是因为斯蒂夫讲得有鼻子有眼睛，因而显得确凿无疑。他说：“如果那天你没有在失踪人口组值班，或者你没有记住那天的事情，事情也可能不会进展到这一步。我们也许永远不会发现德斯蒙德离家出走，更别说想到爱斯琳会去寻找他的下落。”

我真的想去相信这个说法了。如果是布雷斯林在办这个案子，不是和我们——也就是我——一起，而是他一个人；如果跟黑帮无关，也没有警察枉法，只是十七年前的麦卡恩笨拙地把事情搞砸了，此时还不想让这件事公之于众，那我们抓住了他们的把柄，有机会和他们达成一个协议，让大家都满意。一瞬间，我能感觉到有东西贯穿了我的全身：房间的重量从我身上卸了下来，奔腾的力量冲击着我的每个细胞，仿佛吸入纯氧一般。让我看看你现在还有什么办法制住我，你这个浑蛋。我最终抓到了高分牌，可以把它们塞到罗奇的屁眼里了，让他这几个月里都得撅着屁股。而最终，重案组也将变成我每个早晨都迫不及待地想要到达的地方。

可是不管我多么努力地尝试，我就是无法相信这个说法。这个办公室再一次紧紧地抓住了我——浓稠的热气，赖利的打字声，仿佛每一次敲键盘都是在要求可怜的键盘臣服于他。这场景再次将我的力量挤出去，压成一团，丢出窗外。

我说："没错，那会很有趣。只是麦卡恩和布雷斯林为什么会对这个案子如此关注呢？也许警探们大半夜去拜访伊芙琳·默里斯确实不好，可他们是按规矩行事。如果这部分内容公之于众，会对他们产生的最坏影响是什么呢？'这里有一份关于被害人敏感性的策略指导，有时间看一看？'这种事并不能让他们屈尊去做地方警察，尤其在事情过了这么久之后。"

"关键是他们为什么要把伊芙琳蒙在鼓里。我不考虑你朋友加里的说辞：那很奇怪，安托瓦妮特。你还在失踪人口组的时候这样对待过被害人的家属吗？你们找到答案，和他们交代案情的时候却对此保持缄默，一点线索也不透露？你这样做过吗？"

斯蒂夫的脑袋挨我很近，他的声音绷得很紧，有种急迫感：他们如此愚蠢，让我觉得自己像个扮演警察的小孩，拿着一枚纸壳板做的警徽，嘴里讲着一大堆从电视上学来的不明就里的话。我从他身边移开。"所以呢？麦卡恩并不是那个案子的负责人，即便他们的这个案子最后有了一些不可告人的秘密，追究责任时也不会追到他的头上。"

斯蒂夫说："麦卡恩结婚多久了？"

"去年伯纳黛特给大家发过卡片，说是什么婚的纪念日。银婚，一定是。所以呢？"

"所以在查这个案子的时候，他已经结婚了。加里说有很多警探都对伊芙琳献过殷勤。要是麦卡恩做得太过火了呢？要是他故意拖着这个案子，这样他就有机会继续跟伊芙琳保持联络呢？"

办公室里的暖气，加上敲键盘的咔嗒声，让我的脑子更加迷糊，迟钝得犹如绝缘体。我想把赖利的键盘抓过来，在膝盖上折断。“可这个案子并没有悬而未决。他们一找到德斯蒙德就把案子结了。”

“确实，至少在官方上是这样的，我们当时还说，很奇怪他们的效率这么高，对吧？但是也许麦卡恩告诉伊芙琳，他业余时间还在调查，这样就可以跟她保持联络，实时更新进度。也许他们之间发生了什么，也许没有，那无关紧要。麦卡恩也许不想让这件事暴露。他的婚姻状况也不好，对吧？他还有一大堆孩子，是吧？要是他老婆发现他在用职务之便追伊芙琳·默里斯，她可能就会——”

我不假思索地说：“停，停一下。”

我说得很大声。有一两个助手抬起了脑袋。我冲他们咆哮了一句，他们又继续埋头好好工作。

斯蒂夫盯着我。他说：“你什么意思？”

我尽可能压低声音说：“这所有乱七八糟的东西都是你的想象。你真的不明白吗？从我们接手这个案子起，你的每个想法都是从你屁眼里出来的。黑帮、婚外情，还有那些老天我都不知道是什么玩意的玩意——”

“我要对案件进行推论，”斯蒂夫说，他一直盯着我，“这是我们的工作。”

“推论，没错。不是童话故事。”

“它们不是——”

“它们是，莫兰。全都是。是，没错，这些都有可能发生，但我们现在丝毫确凿的证据都没找到。你一直在跟我说爱斯琳是个幻想家，想出来一大堆故事，让她那糟糕人生变得好过些：你现在在做的是他妈的一样的事。”

斯蒂夫咬了咬嘴唇，摇了摇头。我靠近他，感受到桌子的边缘戳痛我的肋骨，把话嚼碎喷到他的脸上。“罗里·法伦杀了爱斯琳·默里斯，是因为他们两个吵了一场愚蠢的架，然后他情绪失控。布雷斯林和麦卡恩整我，是因为他们想让我滚蛋。德斯蒙德·默里斯跟这个案子一点关系都没有，这里没有任何惊悚故事，莫兰。你没有机会像夏洛克·福尔摩斯一样，顺藤摸瓜找到什么犯罪组织。你就是只短尾巴的猴子，为这烂糟的小情侣纠纷忙活。你的同事还会拿狗屎款待你，因为他们都是狗。完了。”

斯蒂夫脸上雀斑周围的部分变得惨白，他艰难地喘着气。有一瞬间我觉得他想到外面去，但是随后我意识到，他并没有感到丢脸。他在生气，他暴怒了。

他张开嘴准备说些什么，但我用手指指着他的脸。“闭嘴。而且我本来从一开始就应该知道这一点——我一开始的确是知道的，可是我像个傻子一样，听了你的话，跟着你的脑子和你那精妙的小故事走。即便这个案子还有一丁点有用的线索，我们也永远都没有机会——”

斯蒂夫重重地把身子靠在椅背上。“啊，老天，你不就是想说，‘每个人都想整我，全世界都在跟我作对——’”

“别他妈的——”

“简直像在跟一个初中二年级的小朋友一起工作。没人能理解你，对吧？你是不是还准备去把卧室的门一摔，蹲在墙角生闷气？”

我不知道他是怎么活到现在的，是不是每天晚上都要往耳朵里喷漂白剂，清除掉这一天脑袋里积攒的东西，保持自己清白无邪。我说：“你这个愚蠢的浑蛋。”这让斯蒂夫睁大了眼睛，“你在想象一切乱七八糟的东西，却没有想别人可能没法像你这样随便对付日子。”

“我知道你的日子过得不容易。我见过，没错吧？我每天都能看到。是有人在找你麻烦。但这并不意味着每件事情都是在针对你。你没那么重要。”

我们尽可能控制声音，保持克制。在几码以外助手们所在的地方，这听上去就像是正常的工作讨论。可这却让我们的争吵更加激烈。

“我明白你是想让我胡说八道，莫兰。我明白。这会让你的日子更好过，只要——”

“我只是不想再像这样走钢丝一样过日子了。我不想再时不时地来个大转折，就为了能配合你的情绪，免得你把任何靠近我们的人都骂得狗血淋头——”

在我情绪糟透的时候，斯蒂夫总会开开玩笑，最后让我妥协，露出他期望的笑容。我以为这只是因为他喜欢让事情变好，也许他还有点喜欢我，想逗我开心。可刚刚这句话，就像是一口脏水喷到我脸上一样让我恶心：他逗我开心，只是为了能让自己不失去讨好其他人的机会。而我却一次又一次中招，被他逗笑，感觉这个世界还不错。斯蒂夫跳了一小段舞，摆了几个挑逗的手势；而我就一直在下面捧场，巴掌拍个不停，咧着嘴傻笑。

我说："现在我们有些误会。你觉得自己是在解救我于水深火热之中，但实际上，那只是你希望讨好所有人的把戏而已。"

他的头向后仰，十分愤怒。"我只是希望事情不要比原本难上十倍。对你对我都一样。有那么糟糕吗，啊？这么做反倒让我成坏人了？"

"别帮我任何忙。你的目标是大家的怀抱，永远幸福快乐，而且也许你能办到。但我们都清楚，我永远不可能那样。"

"不，"斯蒂夫直截了当地说，"不是那样。"愤怒之中，他的话语变成坚硬的碎片，砸在我们之间的桌子上，"因为你一心想自我毁灭，即便所有人都很爱你也阻止不了。要是需要，你恨不得把你自己点着。然后夸夸自己，说你早知如此。祝贺你。"

他想把椅子挪到桌子的另一边，这样他就可以闷声生气，气我是个魔女。但我不让他走，我把手伸过桌子，抓住了他的手腕。"你听我说。"我说，声音几乎不比耳语大声，我抓他的手却十分用力，弄得手都疼了，不得不忍住不抓得更用力。赖利已经停手，不再砰砰地虐待自己的键盘。沉默填满我的耳朵、我的鼻子，弄得我呼吸艰难。"你这个浑蛋，你听我说。"

斯蒂夫没有退缩，也没有挣脱。他也盯着我，我们四目相对。只有他抿成一条线的嘴说明我弄疼了他。

我说："你不知道我有多么希望这个案子跟黑帮有关系。你根本想象不到。因为如果是一个黑帮案，所有的疑点都可以迎刃而解。布雷斯林要求我们把罗里抓回来，头儿找我们麻烦，麦卡恩想把旧档案拿到手，加里不想直接跟我接触，怕被别人发现：他们都在试图保护一个更大的调查案、一个枉法的警察，或者他们所有人跟黑帮都是一伙的，这我都不在乎。但我在卧底组的朋友告诉我，这件事跟黑帮一点关系都没有，这就完了。"

一直压低声音说话让我的嗓子很难受，像是有什么东西咽不下去，让喉咙肿了起来。"你知道这是什么意思吗？布雷斯林和麦卡恩故意给我下套，小心翼翼地想让我钻进去。没别的原因了。所有的破事，那一沓钱，还有秘密约会，你真想知道都是怎么回事吗？布雷斯林和麦卡恩不会比我们更腐败。他们想让我一直追查下去，直到我泥足深陷，无法回头。然后他们就可以把我拉到头儿面前——看，头儿，她一直在调查我们的经济状况，她还窃听我们的电话，她是个疯子，她对整个组都是威胁……任务完成：我得滚蛋了。”说这些话让我感到胃部绞痛。我对此完全忍气吞声。“如果事情发展到那个地步，如果是像布雷斯林和麦卡恩这样我从没得罪过的人，如果他们真的这么想赶我走，那我也完了。莫兰，我完了。这是一条不归路。它只会通往这个终点。”

斯蒂夫说话了，平静而清晰：“那就让我走下去吧。”

我愣了一下，松开了他的手腕。我抓得很用力，手指都陷了进去。在他的皮肤上留下了白印子。

斯蒂夫把袖子放下来。然后他拿上外套，带着嫌疑人的脸部照片册，走了出去。

几个助手抬起头，目送他走出去，又抬头看向我，有些好奇。我目光茫然地盯着他们，听着该死的砰砰声在我的耳膜上回荡。我知道，我不再会有什么搭档了。感觉就像房间里的一切都在蹦蹦跳跳，在我耳边急切地嘀嘀咕咕，极尽嘲讽之能事。微小而尖细的反复喊叫着“哈！哈！哈！”，在我耳边回响，因为我本该预见到，这样的事情迟早会到来。

我低下头，快速翻阅资料，却一眼都没有看。词语随机跳入我的眼中——矛盾、范例、中间——在我搞清楚它们所指为何之前就统统消失。房间里充满各种难闻的味道：清洗液、某人外套上陈年的烟味，以及吃了一半的苹果在屋子里隔夜散发出的腐败气息。

我没有立刻明白发生了什么。寒意缓慢上来，如同点滴流遍全身。

斯蒂夫，从一开始就在对根本不存在的黑帮线索穷追不舍，这可能会把这个案子搭进去，让我成为笑柄。斯蒂夫，喜欢被人喜欢，渴望在重案组找到归属感，而且如果我不碍事，本可以毫不考虑地兼得二者。斯蒂夫，去现场时在车上问过我，是否会接受我在保安公司的朋友提供给我的工作。

斯蒂夫，一个人走进了爱斯琳·默里斯的厨房，在那里他可以把克劳利想知道的信息发短信告诉他。

坊间流传着斯蒂夫的一些故事。是几年以前的小事，可人们还记得。在我们还在警官学校时，我听说，斯蒂夫为某个官员子弟写了一半的论文，还拍马屁以求未来得个好职位。我只把这些传言当成都柏林人对他这样一个乡下男孩的忌妒，非要把他说成是小人，而且我也不了解斯蒂夫，根本无从判断。但后来我和他合作办第一个案子时，我知道了更多事情。斯蒂夫骗了一个案子的负责人，这样他就能够让自己的简历更光彩，卖一两个人情，从众多助手中脱颖而出，进入警探的队伍。不过告诉我这件事的那个家伙自己也心怀鬼胎，所以我给了斯蒂夫一个机会，无视那个人，相信斯蒂夫。而那一次，我是对的。

那一次，斯蒂夫跟在我身边，收获也不少。他在想办法进重案组，开始担心永远找不到办法。而跟我工作了一天，我就给他找到了机会。

我觉得我们相处得很愉快。我喜欢这种方式，有一个人会去质疑另一个人的想法，这样总会产生新的点子，不会走进死胡同。我喜欢我们开始知道如何掌握彼此之间的平衡，根本不用思考：在审讯当中，对方会采取什么角度；我何时需要休息，斯蒂夫会替上；以及何时切入，改变方向。我喜欢他在我说废话的时候及时叫停，不是因为他自尊心在作祟，而是因为那些废话确实影响了我们的进程。我喜欢他的笑话。有一两次——更多——我发现自己像个十几岁的孩子，多愁善感地做着白日梦，幻想我们的未来：有一天我们终于拿到了一个真正的大案子，我们设想出天才的计划，把狡猾的精神病犯人捉拿归案，整个调查过程被载入重案组的历史。铁血康韦警探泪眼蒙眬，如果让别人知道怕是要笑掉大牙。

我是个容易相处的人。当我遇到斯蒂夫时，重案组已经给了我很好的机会。我只需要表现出一些让人安心的特质，以及一丝忠诚。我因此松了口气，全身心投入让斯蒂夫也进入重案组的努力当中。当然，跟他一起工作的感觉很好，他有能力让这种好变得确凿无疑。我知道在随人心意、能屈能伸方面，斯蒂夫是个天才，我每天都在看他施展这方面的技能，但我不知怎的就说服了自己，这次是不一样的。我让自己想吐。

而现在，他跟我在一起也没什么好处了，但也会损失很多。键盘在哀鸣，风来回地敲击着窗户，砰砰作响。我身上的每个毛孔都感到刺痛。当我伸手摸了一遍自己的脑袋时，我感觉我的头发不像是自己的。

我没法思考。我说不出这究竟是该死的偏执，还是显而易见的自我打脸。回看我这两年，回想我走的每一步，说的每一句话，我每天都处于战斗模式，我的本能就是让一切硝烟弥漫。有一瞬间，我想拿起电话，打给某个我可以联系的人，问问他怎么看。但即便我想这么做，我也找不到什么人，得不到什么观点。索菲、加里、跳蚤：每一个都是两面派，十分滑头。他们都变化多端，我根本无法辨识。

赖利说了什么，他和斯坦顿爆发出一阵大笑，粗野大声，仿佛是一次袭击的前奏。我没法再待在办公室了，我试着给露西打了电话，她关机了。我在材料里翻了半天，终于找到爱斯琳两位前任的联络方式——还没人找到某个夏天和爱斯琳有过短暂恋爱关系的西班牙留学生——将它塞进我的口袋。然后我穿上外套，出了门。

11

爱斯琳吸引这些人真有一招。和她的各位前任相比，罗里成了整个主题公园里最为惊险刺激的存在。第一个家伙是个会计，在一家软件公司上班。这家公司在经济危机期间不太景气，磨得起毛的地毯和布满水渍的天花板证实了这一点。不过办公室里忙碌的氛围倒是说明情况正在好转。他第一次见到爱斯琳是在十九岁的时候，当时他们一起排队买三明治，前后总共约会了六个月，不过从一开始，他们就明确彼此并不是在认真寻找伴侣，一旦感到无聊了就分开，没有什么怨气，也不存在分手后继续做朋友的戏码。他还记得露西，有一点模糊的印象，不过他们之间没有任何纠葛，他想不出什么理由会让露西对他心有妒意。他长得很友善，一张不容易被记住的面孔，看起来是个好人。他说爱斯琳是个好女孩，他们在一起的时候很愉快，现在他已经有了一位不错的未婚妻，周六晚上他们一起吃了顿不错的晚餐。他从来没在脸书上搜索过爱斯琳。

她的第二位前任可能稍微没有那么无聊。他在一家呼叫中心工作，办公地点在一栋偏僻的大楼里，这栋大楼应该是某人的天才办公区计划因为资金不足泡汤了的结果，或者是某人精心策划的避税手段。五层楼中有四层都是空置的，第五层有几个吃闲饭的人聚在一个角落里，说话很大声，反正也没什么人会被打扰。为了我们的谈话，这家伙把我带到了某个经理的办公室，房间同样是空着的，只有一层灰尘覆盖在一张床一样大小的桌子上。他是通过露西认识爱斯琳的，是在五年前，当时他正致力于成为一名舞台灯光师。他们交往了八个月，他开始考虑这段关系是不是比较特别，但她却甩了他。她说，因为她也有相同的感觉：这段关系开始变得认真。但是因为要照顾生病的妈妈，她没有时间和精力发展认真的恋爱关系，而他也相信了。从那时起，他们就再也没有联系过，直到两天前他在报纸上看到她的新闻。而自他离开剧院后，他也跟露西失去了联系。没什么讨厌的感觉，只是本来跟她们就不那么亲近，也就没有再联系了。周六晚上他去听了一场音乐会——我们会核查不在场证明，不过我觉得不会有什么惊喜。他表现出震惊、悲伤，还夹杂着一点点怀念，这很可能是真实的，而他们之间的疏离也一样真实：爱斯琳成为过去式，他没有再追求过她，也没有期盼着旧情复燃，更不会因为看到她在准备一场没有他的约会而生气。

这本就是我料到的。问话进行得很顺利，我以“酷女孩”的姿态，让他们打开心扉，谈论他们此前并不打算泄露的事情。而这些内容对我毫无用处。

我在严寒中穿过一片空旷寂静的区域，回到车上，在我目力所不及之处，风在长长的草丛中变大，席卷过空旷的田野，从我身上刮过，又继续往前。通常这会让我感到急躁——与大自然过多的接触令我毛骨悚然——但最后我的脑袋仿佛被打扫过一样清晰，这正是我今天早上跑步想找到的感觉。这是这些天，也许是几个月里，我第一次能够思考。

这是因为我刚刚把斯蒂夫赶走了，一路上我始终有这种感觉。没有他在我身边——拽着我，不停抱怨，四处指指点点，跟我扯一些有的没的，弄得我得费力想想他是什么意思——我终于可以看清楚了。所有情况中——所有的假设和想象——其实只有两件事值得关注。

罗里·法伦，那个难过的懦夫。他是此案的全部。这也就是我们为何找到的都是无用的线索：因为并没有其他线索要找。

还有第二件事，这是我在重案组的最后一个案子。我可以避开布雷斯林、麦卡恩、罗奇，还有其他所有浑蛋的圈套，一天又一天，一周又一周，一个月又一个月，但迟早我都会出纰漏，然后他们就会打击我。我可以想象一个拳手，左躲右闪避开所有的重击，速度越来越快，稍微一疏忽，然后伴随一声巨响，眼前一片黑暗。

我并不会坐以待毙，给布雷斯林、罗奇或者不管什么人机会，让他可以得意地笑着绕场一周，接受全场观众的喝彩致意。我要按照自己的想法来办。我会办完这个案子，并且是妥当地办完，把罗里·法伦绳之以法，即便是全国最好的律师，也无法让他重新找回自由。我要昂首挺胸地离开这里。然后我会给我在保安公司的朋友打电话，问问他那份工作是否还在。再找个机会，告诉奥凯利他就是废物，再给罗奇一拳，把他的牙打到肚子里。

有一瞬间，把所有事情都考虑妥当之后，我开始想我是否错怪了斯蒂夫。我想知道——现在倒也不是什么问题了——他是否一直在给我捣乱；他是否不想让我注意到，我已经陷入绝境。这个可怜的乐观的白痴是否真的是喜欢和我一起工作，像我之前以为的那样。如果他也做着同样的白日梦，梦想着有一天我们可以不费吹灰之力就抓住汉尼拔·莱克特[①]，然后彼此点点头，一起阔步走进下一宗悬案的迷雾当中，去解决唯有最优秀的警探才能解决的难题。一阵刺痛让我清醒过来。我无比期望是自己弄错了。

车里很冷。即便把车窗关上，我还是可以听到不停歇的风穿过密密麻麻的草丛的声响。我有几分期望赶紧结束离开，可是急于赶到目的地的我，再一次无法思考任何事情。

当我回到专案室时，斯蒂夫还没有回来。助手们在吃午餐，聊着警察们的新八卦。布雷斯林坐在桌子前，椅子向后倾，双脚跷起，刚刚吃完一个香肠卷，在浏览《信使报》。

“啊，”他看见我进来说道，同时让椅子落地，把报纸扔回桌子上，“我一直等的女人来了。做了什么有意思的事情吗？”

“爱斯琳的前任，”我说着，脱掉外套，“没什么值得一听的。我们得核查一下他们的不在场证明，然后就可以把他们从名单上画掉了。”《信使报》头版的大标题写着：谁是赴宴者？有人向克劳利透漏了爱斯琳约会的信息。

布雷斯林把脚从桌子上拿下来。“吃完饭之后我得伸伸腿脚，”他拍着自己的肚子说，“我们去散散步吧。”

---

① 《沉默的羔羊》系列主角，是托马斯·哈里斯创作的悬疑小说系列中的虚构的人物，他沉着、冷静、知识渊博又足智多谋。

“我还有材料要打。”

“那可以等等再说，”他压低声音，“我有些事情等不了。”

也许他准备将我拉上他想象出来的那条边线。我没在是否要陪他继续玩这件事上考虑太久，而他已经带着我走出了专案室。“为什么不呢？”我说着，欣赏着他脸上掠过的惊喜表情，在我转身走出房门时显露无遗。

“我想聊聊罗里的前任。”布雷斯林在走廊上就对我说。我很好奇他这次又准备把我引至何处。这周我才第一次意识到，我们在这里基本上没有什么隐私可言。人们在食堂、办公室还有更衣室之间来回走动。审讯室的观察窗开着，同时音频设备也处于启动状态。我此前从没意识到，我们所在的组成为自己的一部分，亲密可靠如自己的身体，这样才能生存下来。

“然后呢？”我说。

布雷斯林笑了。“他是怎么说的来着？他通常喜欢的是比爱斯琳更‘随意’的那一种？我确信她们都是很好的女孩，但是老天，我觉得我完全能把她们带去某个化装舞会，让造型师祭出‘重型火炮’。”他下楼时低着头一阵小跑，“你知道 90 年代时的学生穿的那种连帽衫吧，带很多毛，民族风，穿上之后就能去印度果阿徒步野营的那种，我发誓我刚见的这个前女友穿的就是那种衣服。”

“她们提供了什么线索了吗？”

“可以说有，也可以说没有。他们都说罗里是个完美的绅士：从没打过她们，也从没对她们大喊大叫过，没什么控制欲，也不会忌妒得抓狂，更不会因为不听他的话就暴跳如雷，以上行为统统没有。”他在走廊里拐了个弯，进到 E 专案室，一个破烂房间，曾经是更衣室，现在空着，“进来。”

他替我扶住门。我明白他的意思：进来，要是没有我布雷斯林，你就得在这种地方办案。房间里很热，散发着体育馆里的那种汗臭；小小的白色书写板上满是斑驳的污迹，有人在上面用过不好用的记号笔。所有的椅子看上去都黏糊糊的，我没有坐下。

“但最有趣的部分在这儿，”布雷斯林在我身后关上门，“他的两位前任，包括最近的一个，说她们甩掉罗里都是因为这个人太认真了。一个女孩的原话是‘太投入’，另一个说他‘进展太快’。我想她是故意装得矜持，不过她后来谈的并不是床上的事：她完全不介意在第二次约会就跟他颠鸾倒凤，愿上帝保佑她。现在这些年轻人真是越来越不懂得自重了。”

“所以她谈的是什么？”

“基本上，只要约会几个月后，罗里就会觉得是史诗般的浪漫邂逅，可对方还在考虑要不要开始严肃的恋爱关系。她说她真的很喜欢他，但她才二十四岁，她只是想找个人说说笑笑，聊点智性话题——她是俄罗斯文学专业的博士——还要多上几次床。她还没准备好有人跟她喋喋不休两个人一起环球度蜜月会有多浪漫。”布雷斯林仔细检查门旁边的墙壁，弄掉上面的脏东西，然后才靠在了上面，“所以她甩了他，另一个女孩说的情况也大致一样。我一直听说女孩会很喜欢那些不害怕承诺的男人，但是像罗里这样靠谱，好像有点过头。”

按照爱斯琳第二位前任的说法，当他们的关系刚开始有进展的时候，她就逃跑了——虽然她归因于自己生病的妈妈。“尽管罗里告诉我们他和爱斯琳如何一见钟情，”我说，“这并不意味着爱斯琳也有相同的感觉。”

“没错。还记得他怎么说他们在派斯多的约会吧？每次他觉得他们两个很谈得来，她就会保持沉默，让他另起话题。这个故事听上去好像还有另一面——要是我们还有机会听到——‘他一直太认真了，但是，嘿，他是个好人，所以我还得再给他一个机会……’”

“唯一的问题是，”我说，“这跟爱斯琳最好的朋友告诉我们的情况不符。她确定爱斯琳正在热恋当中。而她手机上那些短信——她因为罗里要来家里约会激动不已，这又该怎么解释？没有任何迹象说明她在打退堂鼓。要是罗里全情投入，爱斯琳也很乐意接受。”

布雷斯林拿出了他的手机，那手机跟他的脑袋一样大小，还包着闪亮的金属手机壳。他拿着手机在手里转了转，说：“我得承认我掌握了一些情况。今天早上我一直在考虑要不要告诉你。”

要是昨天，我可能就上钩了。我闭着嘴，等着他。

当他意识到我不打算上当时，便叹了口气，又转起了手机。手机亮闪闪的，发出灰色的光。“基本上，我很喜欢合作，很多人觉得我总是独来独往，但我真的很有团队精神。但这只有在团队成员都这么想的时候才会奏效。你明白我是什么意思了吗，康韦？”

我说：“恕我愚钝，你接着说，讲明白一些。”

布雷斯林假装在沉思，高温和臭气不断扩张，仿佛变成了固体压在我们身上。“你确定你还想听？”

“是你说有话要跟我说的。没错，我确定想让你有话快说，别兜圈子了。”

布雷斯林又叹了口气。“好吧，”他说，像帮了我个大忙，“告诉你吧，你总是把所有人都当成你的敌人，现在我们都知道，有些时候你确实应该这么做，但你也会无缘无故这样，迅速进入攻击模式。这就会制造出一种氛围，即便是团队里的最忠诚的成员跟你分享消息之前，都会犹豫再三。”

换句话说，他拿着证据却不告诉案件负责人，反倒是我这个负责人的错。就算还有理由继续玩，我也不想再搭理他了。“有话快说，要不就别说，”我说，“不说就告诉我，我还要回去打我的材料。”

他狠狠地盯着我。我甚至不屑于瞪他一眼。他是打算告诉我的，他非常想这么做。他只是想看看能从我这里得到什么，作为交换。

“康韦，”他已经竭尽全力表现得耐心了，“你明白我说的是什么意思吗？至少你要告诉我，你听明白了。”

“没错，我很事。我已经知道了。”我准备要走了。

“好吧，”布雷斯林平静但快速地说，“我想经过这一周，我已经足够了解你了。我就当你听懂了吧。”

“无所谓。”

“我们的小伙子赖利,你还记得是他负责看斯托尼巴特尔的监控录像吧？”

过了一会儿，我才回过头，从门口走了回来。

“好吧，”布雷斯林露出一丝微笑，意思是我们又成了好伙伴，“赖利发现了一些好东西。他搞来了四周的——或者所有——他能搞来的监控录像——；有些地方的录像已经没了。他昨晚在办公室一直待到五点，手指一直在按快进键。”

真是个浑蛋。我说："他最好能有个好理由，说服我为什么要从你这里听到他的工作成果，而不是他亲自告诉我。"

"啊，好吧，其实我正打算替他说些好话的。我感觉他是想讨好我。"布雷斯林极力掩饰那得意扬扬的冷笑，但还是失败了，"这没什么坏处。在这边多干几年，也会有菜鸟替你擦鞋的。"

我听懂了他的意思：只要你还能多干几年。我说："他找到什么了？"

"这是他找到的东西，"布雷斯林说，"我只在我的电脑上截取了一部分，电脑里还有更多。"

他滑动手机屏幕，点了点，然后把手机举到我面前。我接过来。

粗糙的彩色画面，不过因为常去，所以我一眼就认了出来：是普鲁士街上的乐购。而且我也认出了这个瘦瘦的家伙，他从冰箱里拿出一瓶葡萄适[①]，到自助收银台那边去了。瘦弱的身形、抬头的角度、微微的驼背、双手摆动的方式：就在两天前，我聚精会神地研究过他的行为细节。

我说："是罗里·法伦。"

"他，或者他的克隆体。我们再来看看这个。"

布雷斯林斜靠过来，把影像放大，同时定格在时间水印上：2015 年 1 月 14 日，晚上九点八分。两周前。

我说："罗里告诉我们，他是在手机上查到附近乐购地址的，周六晚上。"

"没错，他还非常确定地告诉我们，他之前从没去过斯托尼巴特尔。"屏幕上，罗里从收银机器上拿起找零，四下张望。有一瞬间，他直直地盯着摄像头。他的眼睛很模糊，睁得很大，还很专注，仿佛能够看到我们在盯着他。"但像我说的，这只是冰山一角。我们发现他来到爱斯琳家附近至少还有三次，就在这一个月里。他的车在上周四晚上经过马诺街的摄像头，1 月 11 日他在街角的商店买了周日的报纸，1 月 5 日，他在汉隆酒吧喝了杯酒。"

在谈到他去乐购买东西的时候，罗里感到不安。我以为他是有些担心时间来不及，但事实远不止这么简单。他根本不需要用手机查当地的店铺。他早已

---

① 1927 年由英国药剂师亨特发明的一种能量饮料，其成分是葡萄糖。

熟记在心。

“而且还可能会有赖利漏掉的，以及监控录像没有捕捉到的，再加上四周之前去的次数。”布雷斯林把他的手机拿了回去，“这也‘太投入’了，”他说，“罗里在跟踪爱斯琳。”

我说：“看起来像是如此。”

“他又不是去斯托尼巴特尔给老人们送爱心配餐。如果有什么清白的理由，他应该早就告诉我们了。”他把手机塞进口袋，“现在，值不值得继续调查他？”

“我要先去跟赖利聊一聊，”我说，“我还想看看其余的视频剪辑。接下来我要把罗里叫回来，看看他还有什么话要说。”

“为什么不是我们？你，还有我，我们一起看看他还有什么要说。”

“我自己来做也可以，谢谢。”

布雷斯林眉毛挑了起来。“你自己？莫兰呢？”

“他滚蛋了。”

“啊哈，”布雷斯林说，“你让他自己打破砂锅问到底去了，是吧？我觉得你的耐心储备已经见底了，好吧。”

“莫兰也有足够的能力完成他自己的工作。他不需要我牵着他的手。”

布雷斯林盯着我，眼神轻佻。他说：“我本来还想和你说，你跟莫兰搭档不合适。”

我说：“我没问你这个。”

“给那孩子一打证人，一份 DNA 匹配报告，还有凶手行凶的录像，他也会花一年的时间，去查清楚嫌疑人有没有失散多年的双胞胎兄弟，证人是否眼神不济，以及有没有人在 DNA 报告上做手脚，只是为了以防万一。我不是反对这样，有些案子确实需要仔细。但你，你不一样，你更希望能够速战速决。”

“我确实是如此，是的。这也就是为什么我要去跟赖利聊聊，再看一眼录像，而不是坐在这里跟你谈人生。回头见。”

“老天，康韦，难道你就不能把你的盔甲卸下来，咱们都松口气吗？我是站在你这一边的。你一直搞得好像我是你的敌人。我不知道你是怎么有了这个想法的，但我很想让你改变想法。”

“布雷斯林，”我说，“我感激你能把视频给我看，还有其他那些乱七八糟的。但我就是要把组里的人都当成敌人，直到我拿到确凿的证据证明他不是。我很确定你知道我为何这么做。”

“哦，是的。”布雷斯林说，他打开了门，检查了一下走廊上有没有人：没有人在，“我很清楚，实际上，我比你自己还要清楚。你想知道我听说的关于你的故事吗？”

他觉得自己听上去很诱人。我说：“你不妨把那些事情都当成扯淡，这样我们才能有下文。”

“我确实觉得那都是扯淡。但你还是需要听一听。”

“我这三十二年都不在乎其他人都是怎么八卦我的。我想我可以把这个纪录保持得更久一些。”

“不，你不能。每次你一走进办公室，你觉得你只是想查下邮件、喝杯咖啡的时候，那些家伙的脑袋里就会出现这个故事。在他们的认知里，你就是这个样子，而这对你造成了什么影响呢？”

他非常想告诉我这个故事。他和麦卡恩都在努力，想让我相信他们是超级大好人，但是这种提议——让我从你的人生中截取一段，按照我的方式改写一遍——从来都不是出自任何人的善意。我说：“我需要帮忙的时候，会找你的。”

“这会伤害你的，我不想对你撒谎。”布雷斯林换上了一副满怀同情的表情，但这张脸我在审讯室里面也见过，“我能明白你为什么不想管这些事。”

“是的，我什么都不想管，除了我的案子。而且我想去跟赖利说几句话。”

我走到门口，但布雷斯林伸出了一只胳膊，拦住我的去路。“你上班第一周，跟罗奇有过冲突，”他说，“你还记得吧？”

“没什么印象，多久的事了。”

“可是你错了。你小瞧罗奇了。没过多久他就告诉我们，你还在地方警察局的时候，就惹过大麻烦。当时你在看守某个毒贩，你的搭档在搜查房子。你把嫌疑人的手铐打开，让他去灌木丛后面撒尿，结果他跑了。然后你告诉你的搭档——罗奇没说那人叫什么，这很机智——要是他在报告里提到此事，你就会告他性骚扰，说他在巡逻车内袭了你的胸。”

布雷斯林放下胳膊，向旁边跨了一小步，给我让开路。正如他预料的，我并没有离开。

“最后你的搭档还是举报了你，”他说，“你也照自己说的做了：去找你的头儿了。结果正中靶心，报告按照你的想法被重写，你的搭档下半辈子都只能在地方混日子，而你则得到了三周的带薪休假，从这一系列的创伤当中恢复。这听上去是不是似曾相识？”

那三周我去当跳蚤的表妹了。而在那之前，确实有个嫌疑人——某个超速驾驶的白痴，我连他叫什么都忘了，根本没有多严重的事情——从我和我搭档的手里跑了。我的搭档是个好人，从干警察第一天开始，脑门上就歪歪扭扭地写着“我只能当片警”。罗奇做了功课，他让这个故事非常真实可信，所有人听了都会信以为真。

布雷斯林说：“你的同事大概有一半相信这件事。他们都想让你尽快滚蛋，省得你找他们麻烦。他们都对这件事非常、非常认真。”

他偷偷瞄着我，期望能看到我一边留着眼泪，一边颤抖，或者恨不得一脚把罗里的大牙从他脑袋后面踹出来。“我没弄错，”我说，“即便不知道这个故事，我该怎样也还会怎样。不过还是谢谢你。我记下了。”

他的眼睛猛然瞪大。“你太不把这个当回事了，康韦。”

“罗奇就是个垃圾。这都不是什么大新闻了。你想让我怎么做？突然昏倒？痛哭流涕？”

“告诉你这件事，可不是个容易做的决定。我是个忠心的人，而有很多人会把这样的行为，当成对组里其他人的背叛，而这个组对我来说意义重大。我想让你至少对我做的事情表现出一丝谢意。”

再过几分钟他可能就要暴跳如雷了。那样我还得打扫现场，所以我赶紧着手灭火。“我很感激，”我说，“千真万确。我只是不明白你为什么要告诉我。”

“因为有人需要知道，你的搭档在几个月以前本该这么做——拜托，康韦，莫兰当然是知情的，你觉得罗奇在他进来的第一周，不会考虑到要介绍一下他的搭档吗？”他还在等着看我的反应，冷酷而饥渴的警察眼神，暗含着一抹冷笑。他的目标是这场谈话后，我会哭得很伤心，或者捶胸顿足，或者两者皆有。他在这上面倾注了这么多心力；真是浪费。“你的搭档应该站在你这一边，如果他能尽职尽责，我们也就用不着进行这场谈话了。”

我说：“说不定他只是觉得我没有必要知道。”

“怎么可能？你当然该知道。你现在就该知道——不，该死，你几个月以前就该知道。你机会不多了。你明白了吗，康韦？”布雷斯林靠过来，离我非常近，这是他通常用来对付濒临崩溃的嫌疑人的招数。“你还有一次机会，不过是最后的机会。只要你能认真对待这个问题，不再像对待敌人一样针对我，我们到这周末就可以把这个案子结了。我也可以在组里替你做担保，而且我说的话多少还算是有点分量的。等那之后，只要你能对大家都客气一点，问题就解决了，你很快就能在组里有一席之地——像我说的，这对我来说也有意义。但如果你继续阻拦我，就因为自己天生想当烈士，这案子也办得不像样，我也不会继续站在你这一边，因为我不想招惹任何最后会变成一团糟的事情。而那之后，说句难听的，你就等着滚蛋吧。”

他又把身子靠在墙上，手插在口袋里。“你自己选吧。”仿佛他是个骑士，身披重甲，准备要拯救我，只等我一声令下。

我不会让他救我的。我会找人帮忙，没有问题，就像我去找加里还有跳蚤那样。但是拯救——当你已经第三次遭遇灭顶之灾，已经用尽浑身解数，可仍然无力回天——拯救是不一样的。

如果有人拯救了你，他们就把你攥在手里了。不是因为你欠他的，这个你可以解决，下次提供充分的帮助，或者是送上几瓶好酒——上面套着丝带的那种。他们把你攥在手里，是因为你不再能主宰自己的故事了。你是个挣扎的失败者、无助的女孩、勇敢的副手，只能从危险、羞辱、难堪当中被人打捞上岸，而对方则成了勇敢而伟大、富有同情心的英雄豪杰。这一切都由他们决定，因为你已经不是故事的主角，不再是了。

我完全搞错了。他并不是想把我搞垮，他是想把我攥在手心里。

这也是麦卡恩来跟我说软话的原因，带着救下来的笔录文件和他的一片好心。也许布雷斯林因为什么事情，跟组里的人杠上了，他跟罗奇针尖对麦芒，现在需要拉拢人进自己的队伍。也许他听到有关头儿就要光荣退休的风声——八面玲珑的家伙肯定消息灵通——然后他准备把坏女孩团结到自己的队伍里，这样就会让他成功升职的机会大大增加。也许他并没有什么特别的目的，只是觉得有个很好的机会可以套牢我，而在某种程度上，我还算是个有用的人，未来说不定能派上用场。

要是我还有力气，真想笑一会儿。我不会被任何人利用，尤其是这个组里面的人。

布雷斯林拍了拍自己口袋里的手机。“康韦，”他说，语气更加温柔，“我不必把这些事情跟你分享，你记得吧？我本可以自己去找罗里，单枪匹马让他认罪归案。我分享消息，是因为我觉得咱们合作对大家都好。对案子有利，对组里有好处，还有对你——而且没错，对我自己也很好。”他微微一笑，笑容里慈父般的温暖和同事的尊重平衡得恰到好处，“我们来好好看看，康韦，你和我，我们是一个很棒的团队。周日下午，我们在审问罗里时，合作得亲密无间。有了这个，”他又拍了拍装着手机的口袋，“我们可以做得更好。”

我正准备告诉他去哪里可以更好地发挥自己拯救他人的热心肠，可我突然意识到，我用不着担心这个。我不用担心布雷斯林会救我，把我套牢，让我倒大霉，或者招来其他假想出来的麻烦。无论他想对我做什么，我都不会任他宰割了。他是对的，我们合作得很愉快，而且突然之间，我可以自由地利用这一点，用不着像该死的罗里·法伦一样，担心会落一个引火上身的下场。急流勇退是很有意思的想法，真希望我在几个月之前就想到了这一点。

“好吧，”我说，“那就这么办吧。但未经我的允许，我们不能提监控录像的事情。我要留着备用。”

“没问题，都听你的。”布雷斯林朝我咧嘴一笑，“这会很有意思的，康韦。等我们把这东西拿给罗里看，他怕是会尿湿自己的褶边短裤。”

“还不止呢，”我说，“我们试试看。”布雷斯林眉毛扬起，带着疑问的表情，“我们得把动机挖出来，或者至少是可能触发罗里展开攻击的导火索，没错吧？”

布雷斯林吹了吹嘴角的空气。“好吧，你来定。我还是不怎么关心他为什么要这么干，只要我们能证明是他干的就够了。”

“罗里到了爱斯琳的家，”我说，“因为这个重要的夜晚而极度兴奋。他早到了一会儿，但那没什么要紧的。她让他进了家门，他们高高兴兴地见了面。然后，不知怎的跟踪的事情暴露了。也许是他说漏了嘴，在爱斯琳面前表现出自己对斯托尼巴特尔很了解。也许是她提到自己在这附近见过他，而他没能迅速圆过去。”

凭空编出一个故事的感觉真好。我总算明白为什么大家都对此这么有兴趣。我已能看到整个场景在我的眼前回放，像是又有人给我剪出了一个视频片段。不过我仍然可以对它进行修补剪切，直到完全满意为止。“总之，爱斯琳不高兴了。她本身就对全情投入的罗里有些抵触，于是便对这些行为横眉冷对，但这让他情绪失控了。她让他离开，而他就一下子昏了头。”

布雷斯林抿着嘴角，一直在点头。“我喜欢这个推断，”他说，“我十分喜欢。康韦，我觉得你分析出了一些眉目了。我就知道信任你是没错的。”

我说：“那就看看罗里会怎么说吧。”

布雷斯林对我露出灿烂的微笑，十分温暖，简直是我几个月以来见过的最美好的一件事。“好了，”他说，“我们出去吧，这个地方快熏死人了。”

在经历了这里鼻涕一般诡异的气味之后，我真想一口气就把走廊里的空气吸个干净。布雷斯林把门关好，发出干脆轻蔑的一声，他想说的是，你再也用不到这个地方了。

回到专案室，我给罗里打了电话，态度友好，仿佛临时起意一般，问他是否愿意过来帮我们一个小忙，再来跟我们简单聊一聊。我已经准备好听他说一大堆借口，比如，店里的生意离不开人、他还有个约会，或者他感觉身体不大舒服。但他很痛快地答应了。他只是极力想要证明自己和我们是一条战线，但我却因为不适应事情如此简单，怀疑起里面有猫腻，甚至觉得可能有什么阴谋，仿佛这个世界发生了一点倾斜，于是我无法回归现实。我想睡觉，睡个够。

斯蒂夫还没回来，我发现自己的内心其实有几分想让他回来，赶在罗里到达之前——我还是得跟布雷斯林一起审讯，毕竟是他带来了录像视频。但我希望在我们执行最后一击前，斯蒂夫可以亲眼见证。我们可以让罗里招供，向斯蒂夫这个呆瓜证明，我从一开始就是对的，这样他就会跟我道歉，我们可以去酒吧喝一杯，然后一切就都可以恢复正常——可这时我大脑却突然反应过来，想起来事情已经不会恢复正常，更不会重来。专案室的房间突然倾斜，灯光闪烁跳跃，电脑的嗡嗡声持续不断，听上去越来越像是警笛，逐渐增强。

当我把赖利招呼过来的时候，他甚至都没有费心假装抱歉，而是直接一副臭脸，茫然地看着我，等待我的发落。我真想把他的脑袋拧下来，但看着那张几乎懒得隐藏狞笑的面孔，我脑子里想的都是斯蒂夫：几年前的那个案子里，他也找到了关键线索，但是却藏在自己手里，没有带回来交给案件的负责人。赖利让我很难受。我不再想把他碎尸万段，只想让他从我的眼前消失。当我告诉他回去继续当助手时，他的脸——狞笑荡然无存，取而代之的是极度的愤怒，以及不断涌起的羞辱感——这没让我感到丝毫痛快。在他收拾东西准备滚蛋，摔门而去的时候，其他助手都假装在聚精会神地工作。布雷斯林蜷在自己的座位里面，看着我，眯着眼睛把笔咬在嘴里，正准备对我的行为进行一番评价，但我并没给他机会白费口舌。

视频资料显示的内容确实如布雷斯林所言：罗里，在斯托尼巴特尔周围游荡，他本不该如此。我派米汉过去，把他能找到的所有当地监控录像全都调过来——应该不剩多少——然后仔细观看。然后我把罗里最清晰的镜头全都剪出来，带上时间水印，打印出来。

我桌上的电话响了，是伯纳黛特，她告诉我罗里·法伦已在楼下。“他来了。”我告诉布雷斯林。

“我们走吧，”他说，把椅子向后挪，“待会儿见，伙计们。我们去给你们弄好吃的。”

助手们全都抬起头，飞快地点头示意，害怕我会把那个跟我的眼神撞上的人的脖子拧断。在我的电脑屏幕上，斯托尼巴特尔粗糙的黑白监控画面不断跳动—— 一个跑步的人定格在屏幕一角，下一个镜头就跑到了街对面，一条阿尔萨斯牧羊犬正在随地小便，然后就消失不见了——我点了暂停。电脑、白色书写板，还有助手们在边缘涌动，如同水下的薄薄织物，随着时间的流逝越漂越远。

12

看上去，罗里的状况比周日的时候还要糟糕。他的头发还是乱糟糟的，眼睛布满血丝，皮肤很干，像白布一样毫无血色。他衣服上的味道闻起来像是在洗衣机里泡了太久。他看到我们，露出微笑，但那只是条件反射，紧张而机械。我们得花点心思让他冷静下来，这样审讯才有意义。

我们先把他带去那个舒适的审讯室，专门为心神不宁的证人和受害人家属准备。房间很可爱，墙漆是蜡黄色，椅子也不会伤人，有一只水壶，还有旅馆风格的篮子，里面装着茶包和速溶咖啡。我的第一审讯室，我们通常这样叫它。即便很紧张，但罗里也能感受到环境的不同。他开始放松下来，脱掉了自己次好的外套，把它整整齐齐地挂在椅背上。他下身穿了条牛仔裤，上身的米黄色毛衣松松垮垮，手艺粗糙，顶多值二十英镑。

“我们先从文件开始。”布雷斯林拿出授权书和一支笔，送到桌子对面。作为负责吓唬人的黑脸判官，他拿了个大文件夹，里面放着一切能够派上用场的东西，还包括一些用来凑数的废纸。而“酷女孩”是要诚心诚意站在罗里一边的，所以我只带了自己的本子和笔。“很抱歉，我知道你已经签过了，但每次问话我们都重签一遍。你有权保持沉默，但你说的每句话都会被记录在案，可能会成为呈堂证供。这是最后一次了，有问题吗？”

罗里没有看文件内容就签了字。“谢谢。”布雷斯林打了个哈欠，刻意伸了个懒腰，展示了一下自己的腹肌，“我需要一杯真正的咖啡，不是这种速溶的垃圾，你们要吗，罗里？安托瓦妮特？你们要喝什么？”

通常情况下，如果有人叫我“安托瓦妮特”，我是会打人的，但我知道他有什么意图。“哦，老天，好啊，真正的咖啡，”我说，“我要黑咖啡，不加糖，还有你能看看能不能找点饼干过来吗？我快饿死了。”

“我要去打劫奥戈尔曼的粮食储备了，”布雷斯林咧嘴笑着说，“他买了好东西，不是下午茶饼干那种破烂玩意。罗里，你想要点什么？”

“呃，我——”罗里困惑地眨了眨眼，想搞清楚喝热饮会不会有什么影响，“茶，可以吗——不，咖啡。加点奶，谢谢。”

“你的心愿就是我的命令，”布雷斯林从椅子上站起来，呻吟了一声，“我能一口气睡一周，这该死的天气。给我来点像样的阳光，我就能成为一个全新的人。”

“你过去的时候顺便翻翻奥戈尔曼的桌子，”我说，“说不定他买了几张去巴巴多斯的机票呢。”

“要是他这么干了，我们立马就飞过去。罗里，带护照了吗？”罗里努力跟上我们的节奏，挤出一丝笑容，不过太迟了。布雷斯林出门之前又对我们咧嘴大笑。

我靠在椅子上，腿伸到面前，在我们等布雷斯林回来的时候解下发圈，把马尾辫重新绑好。“嘿，”我说，“好几天没见，你过得怎么样？”

“还不错，有很多东西需要消化。”罗里警惕性很强。他还没忘记我是那个卑鄙警察，不告诉他爱斯琳死了。斯蒂夫一定能让他感觉愉快，开始侃侃而谈。

可是斯蒂夫不是唯一一个能假装友好的人。“是的，没错，”我说，“你想让我替你联系一下受害人救助中心，看看谁能跟你好好聊聊吗？那是他们的工作，帮助人们从这种事情当中走出来。他们做得很不错。”

“不了，谢谢。”

“你确定？”

“是的，我会好起来的，我只是……我只想知道究竟发生了什么。我需要知道真相。”

“好吧，没错。”我带着歉意笑了笑，“我们都一样。”

罗里充满警觉地快速看了我一眼。“你们不是……你们还没查明吗？”

我叹了口气，揉了揉脑袋，把头发垂下来。“跟你说实话吧，对，我们还没查明。我们已经追踪了很多条线索，我不能细说，但基本上没有一条走得通。这就是我们为什么又要回头找爱斯琳亲近的人谈话：我们希望有人能给我们一些新鲜的点子，让我们回到正轨。”

罗里小心翼翼地说：“我几个月前才认识她。”

“我知道，没错。但像你跟爱斯琳的这种关系，比那些跟她做了几年同事、天天坐在一起聊网上小奶猫图片的人要亲密多了。”我把握好说话的语调：没有嗲声嗲气，而是直截了当、干脆利落、就事论事，“你很了解她。经过上次聊天，这一点就显而易见。你和她交往并不是因为她是个浓妆艳抹的金发小妞。你看重的是她的内在，你看到的是真正的爱斯琳。”

罗里小声说：“感觉是这样。”

“这很有价值，伙计。我从没见过爱斯琳，我得靠像你这样的人跟我描述她。这是我们查明究竟发生了什么的根据。”我忘了把头发撩上去，完全投入谈话当中，简直像私下跟朋友聊天，“而且我猜这两天，除了爱斯琳的事，你什么都没想，没错吧？”

罗里咬了咬嘴唇。片刻后他说：“差不多吧，没错。”

“最近几个晚上也是。”

他点了点头。

“坚持住，”我温柔地说，“我知道那是什么样的感觉。最开始，这件事就像占据了你整个生活，没错吧？而且你觉得自己可能永远走不出来了，是吧？”

罗里长叹一声，警惕也消除了。他的肩膀放松下来，伸出手指扶起眼镜，另一只手揉了揉眼睛。“我一直睡不着。不睡觉让我感觉很糟，可是我不能……我一直在我的房间里走来走去，一小时接一小时——腿疼得要命。昨天晚上我家附近的街上出了什么事，一个男人在大喊大叫，我感觉自己心脏病都快要犯了。我靠在墙上，感觉自己快死了。我的书店没法开门营业，我连自己的公寓都出不了，搞不好有人开车门都会把我吓个半死，我感觉自己像个傻子。”他看了我一眼，眼神有些挑衅，“你一定觉得我很可怜吧。”

确实，不过更重要的是，这很有用。“我？”我表现出大吃一惊的样子，“老天，不。我看过很多人从这种状态里恢复。你的这种反应很正常。”

“你打电话给我的时候……我感觉到如释重负,你知道吗？这显然很荒唐，但我能想到的就是我今天不用……”他的声音在颤抖，然后他用手捂住了嘴。

“你也帮了我一个忙，”我说，微笑里带着恰到好处的同情，“这种天气，我更乐意坐在这里，而不是挨家挨户上门问问题。”

“我能做的就只有想那件事。它可能是怎样发生的，我想了很多种情节，这也是我睡不着的原因。我一闭上眼，那些情节就出现在我眼前。”

“感谢老天。”我由衷地说，这时罗里抬起头看了看，眼睛睁大，“我们也是这样，实际上。我们提出了各种假设，关于事情是如何发生的。以前我们总能找到正解，可这一次却没有一种假设说得通。而且我得承认，我的追踪线索都用完了，要寻找新的线索真是快把我搞疯了。如果你有什么新想法，看在老天的分上，告诉我吧。”

这一定会让斯蒂夫笑出声：我，正在求人为我提供“假设和可能”，他本人可以给我提供一大堆。一想到他，我就会感到有人在我的肋骨下重重地一戳，疼得无法呼吸。

罗里勉强挤出一丝笑容。“你想从哪里听起？”

“这样，从你觉得最好的部分讲起，就是那个你内心深处觉得最有可能发生的假设。如果有什么……老天，我可欠了你一个大人情。如果假设不符合逻辑，而那个家伙去搞咖啡还没回来，你就接着给我讲下一个。”

他看着我，仿佛我开了个玩笑奚落他，故意引他上当。“你是认真的吗？”

“当然，认真的，”我说，“我告诉你，我们给你打电话，是因为我们需要你从各种方面给我们提供帮助。你能给我们的任何线索都要好过那些虚头巴脑的猜测。除非你跟我们说这事是外星人干的。”

这次的笑容更真实了。“不是外星人，”罗里说，“我保证。”我坐直了身子，拿出笔记本，准备要记下金玉良言。“好吧，这是我不断会想起的一件事，关于爱斯琳……”

讲出她的名字让他身体一颤。他摘下眼镜，擦了擦，让眼前的我和这个房间变得模糊柔和，可以轻松地进行谈话。“关于爱斯琳，你得了解她的一点，”他说，“她是那种会让你产生很多想象的女人。当你跟她在一起时，你会发现自己会想出各种故事。”他的后背已经挺直了，“我好奇她自己是不是就是个梦想家——我觉得她是，因为我自己也是——但又不只是这样。这是因为她不会拒绝走进你的梦想。她会跟你在一起驰骋，她喜欢这样。”

这在我听来就是胡扯：没人会喜欢成为其他人幻想的一部分。不过即便我的脸上露出了厌恶的表情，罗里也看不见，因为他的眼镜还在手里。但他仿佛看出了我在想什么，回应道：“她就是这样。可以跟你大致讲一下，我们一起吃饭的时候，我对她说感觉我们我们认识多年。爱斯琳说是的，她也有这种感觉。她说：‘说不定我们真的在哪里见过，在什么地方。这个国家很小。’然后我说：‘说不定我们小时候一起做过游戏，六岁，差不多。在操场上，秋天。也许你怀里一直抱着洋娃娃。’爱斯琳笑了，她说她总是带着洋娃娃去操场，是一个脏兮兮的旧娃娃，名字叫卡拉梅尔。于是我说：‘也许你把卡拉梅尔放在了长椅上，这样她就能看着你荡秋千，而我就坐在你旁边的秋千上。然后有个别的小女孩走了过来，她以为卡拉梅尔是被人丢弃的，于是就把她捡了起来。’”

如果是新郎致辞，那么记得洋娃娃叫什么，算是个可爱的细节。可是在这里，这一点让我有些害怕。罗里轻轻笑了笑，然后又回到对爱斯琳的记忆当中。“我给她讲了整个故事，我们两个看到那个小女孩拿着卡拉梅尔走开了，于是我们就从家里逃了出去，一路跟着她和她的妈妈上了公交车，进了城，在她后面一直跑到了奥康纳街，走进克利里商店——我说有一个警察追踪我们，但我们躲在了一把巨大的伞下，然后把伞尖弄了下来，绊倒了一个小偷……后来发现这个小偷刚刚偷了那个小女孩的妈妈的钱包，所以她们非常感激我们，那个女孩也愿意把卡拉梅尔还回来，然后她和她的妈妈就带着我们上了一辆马车，把我们送回了家。”

我的老天爷！我听到这里，恨不得从餐馆落荒而逃，一路冲回家，一边打电话告诉给我的朋友莉萨，一边狂笑不止，发誓这辈子都不要谈恋爱。“我明白你说的你们聊得很投机是什么意思了，”我说，微笑消失了，“那一定很愉快。”

“曾经是这样。我知道这听上去很傻，但那时这感觉——”他抬起了下巴，很决绝，“这感觉很奇妙。就好像这些事情确实发生过，但不知怎的我们都忘了，而讲这个故事又让这段记忆复活。爱斯琳一直在笑，还补充了一些细节，她说个不停：‘我们一定都饿坏了，也许奥康纳街上甜甜圈店的售货员还给了我们甜甜圈’，还有‘也许我们在伞下面躲着的时候，差点被一只狗发现，然后我们扔了一点甜甜圈出去，它才走远……’像我说的：她很乐意听我说这些关于她的故事。她鼓励我这么做。她会激发出人身上的这种特质。”

他把整件事说得如同一抹微笑一样可爱动人，如此不假思索，仿佛爱斯琳身处一片雏菊花海，旋转跳跃，把白日梦的种子撒向各个角落。我不确定这种感觉是否真实，我想到她来失踪人口组的那天，她极力编出各种故事对我穷追猛打，我差点就信以为真了：流着眼泪神秘兮兮地讲着她爸爸的昔日点滴，还有童年的种种故事。如果我相信了——而且我本该如此，只要她父亲的故事没有让我反感——很有可能我会让她如愿以偿：然后天才警探帮助孤苦少女，最终他们过上了幸福快乐的生活。这对加里就奏效了，爱斯琳知道如何利用自己的天赋。

但她在我这里没有得手。我在心里对她竖了中指，然后对罗里说：“而你觉得，这或许跟她的遭遇有一些关系。”

罗里用力地点了点头。“是的，是的。白日梦的特征，就是它们禁不起考验。一旦遇到真实，这个梦就到头了。我知道跟你这样的人讲这种道理很荒唐，但我确实明白这一点。”

他的声音突然尖了起来，眼睛里闪过一道尖锐的光——这几乎转瞬即逝，但我却看到了。罗里并不完全是生活在云彩上、喜欢美满结局的人。他本质上是个脚踏实地并且有犀利尖锐的一面的人。就和爱斯琳一样。这种混合的个性倒是让他们两个般配，但结果起了反作用。

“对像我这样的人来说，”罗里说，“这不是问题。反正我有一半的时间，生活在自己的内心世界里。我也意识到了这一点。”他又变得犀利起来，“所以就算我在现实中碰壁，幻影破灭，也不会到世界末日。我已经习惯如此。在我心底，我知道事情总会变成这样。”

说真的，这听上去是为“我为什么不可能是凶手”做的旁敲侧击的解释。这种话我听多了，大多数都出自凶手之口。我一直在点头，把注意力集中在有价值的发现上。

罗里说：“但很多人不是这样的。在我十几岁的时候，我花了一段时间才意识到这一点。有些人只关注实际发生的事情。”

“我知道你是什么意思，”我说，故作亲近，“你会发现很多警察都是那样，想象力贫瘠。”

他下意识地浅笑了一下，但罗里太过沉浸于自己的故事，并没有注意到我在说什么。“要是那样的男人接近爱斯琳，他或许无法预料他的幻影几乎一定会破灭的事实。而幻影一旦破掉……”

“我懂你的意思，”我说，轻轻地皱了皱眉头，“至少我觉得我懂了。告诉我你的推论吧，具体一些。”

罗里用一根手指，在桌子上圈圈画画。他慢慢开口了：“我想这个人可能还没有进入你们的视野，因为他才刚认识爱斯琳。他们是在一家夜店里认识的，也许吧，或者就是在工作中认识的，然后他们开始聊天。也许他得到了她的电话号码，然后约好一起喝一杯，或者还没进展到那一步。但他心里充满了疯狂的想象，同时这家伙已经无法自拔——尤其是因为对他来说，这是种全新的体验。”

到目前为止，布雷斯林一直在观察室里等着，应该在翻着白眼，嘀嘀咕咕，想让我麻利点，不然我们的咖啡该冷掉了。他大概需要做几个深呼吸平复一下心情，如果罗里需要一整天都喋喋不休讲故事，那么我会给他一整天。

“然后，不知何故，爱斯琳决定不再继续发展这段关系。”罗里抬头看我，他的手指重重地压在桌子上，“如果你不习惯幻想在现实中这样破灭的感觉，那一定是天崩地裂。我想这应该跟海洛因吸食者的戒断反应差不多：身体和精神上都会产生巨大的变化，从内到外都在挣扎。”

“所以他就杀了她？”我说。

罗里猛烈地摇了摇头。“不，不是那样的。倒是有人会那么做，就因为一个女人在两次约会之后就提出不再见面，那个人就去袭击她——那是怪兽，是精神变态。而爱斯琳是不可能跟那种人纠缠不清的。她是喜欢做白日梦，不过那并不意味着她对现实一无所知。这个家伙表面上一定清清白白。发生这种事只是因为他失控了。”

一个真正清白的人，如果自己的女友被杀，他肯定会把凶手想象成是一个张牙舞爪的怪物，配得上把各种型号的电椅都坐上一遍。但罗里却不这么说。

“有道理，嗯，”我说，边做笔记边点头，“所以他做了什么呢？”

“如果他不能跟爱斯琳在一起，至少他还需要做白日梦的素材。需要有东西继续支持这种感觉。她提到了自己在哪里工作，所以他就开始在那附近转悠，看着她进进出出。有一天晚上，他跟着她到了家里。”罗里的声音比之前更加有力，也更加自鸣得意，我用不着再给他加把火了，“而一旦他知道她住在哪里，这就成了一种瘾。他不能离开太远。他试过，可是每次都不知不觉来到斯托尼巴特尔。他发现自己四处晃荡，想着她的脚可能踏过那些街道；去买他不想要的巧克力棒，就为了跟她去同一家商店。他发现自己就站在她家门外，看着她在屋子里泡凉茶、熨衣服。”

他让自己的说辞接近事实，与其平行，几乎堪比事实。聪明的选择：这会让故事听起来像真的。

“他开始习惯这样做，晚上也待在外面，蜷起脚趾免得被冻僵。他一直看着从她的窗户透出来的光。他想象着自己转动钥匙，打开房门，走进温暖当中，然后她过来吻他。想象着他们两个一起在亮堂的厨房里做饭。他找到了一种习惯，一种平衡，一种心满意足。他可以以这样的方式无限期地生活下去。”

罗里变了，他不再是那只胆小的沙鼠。他身体前倾，手频繁地比画着，动作简练而自信。他声音里的能量在不断积聚，直到在房间的各个角落都回荡起来。我第一次明白爱斯琳为什么会有兴趣跟他约会。这倒跟我的择偶标准无关，不过确实很有力量。罗里不再被吓得缩在他的米黄色毛衣里发抖，而成了那种进进出出都会惹人注意并且移不开目光的人。

“然后，”他说，“在周六晚上，这个家伙一如往常地盯着爱斯琳，但他注意到了一些不同。他看到她打扮得漂漂亮亮，好似珍宝一般耀眼。他看到她在准备晚餐，不只是给她自己做的，而是两人份的；她从碗柜里拿出了两只酒杯，把它们放到客厅。他看见她拿着开瓶器，哼歌跳舞，摇晃着头发，自顾自地傻笑。她是那么迫不及待。”

准备晚餐，像个小女孩一样，拿着开瓶器和梳子蹦蹦跳跳。血腥的味道再一次弥漫，像在肉店里一样浓重。罗里的想象力很丰富，但他不是千里眼。周六晚上，在外面看着爱斯琳的人是他。

“这让他无法呼吸。他一定觉得整个世界都要塌了，他是那么用力地去相信自己的幻想，以至于在自己心里已经信以为真了……他不会知道生活不是这样的。”罗里的嘴角痛苦地抽搐着，“他可能还会在某种程度上确信，爱斯琳穿着好看的衣服，做晚饭，是在等着他的到来。这又让他能够自如呼吸了。他走出黑暗，甩掉外套上的雨水，然后可能去敲了她的门。”

很好的结局。罗里双手交叠，深吸一口气，自信地看着我。他想让故事就这样定格在这里。

这次问话我满意，不只是因为它进展顺利；这次问话我满意，是因为它很干脆。没有“假设和可能”藏在角落里、飘荡在空气中，在我的衣服下面惹得我发痒。没有一层又一层的意外和假设，需要我在每次开口和聆听时都要多加留心。只有我和对面的这个家伙，以及我们都知道他做了的事情。这件事就摆在我们之间的桌面上，确凿无疑，如陨石一般闪烁着明快的暗色光芒，只待赢家去领取。

我说：“然后呢？”

罗里扭了扭脖子。当我一直盯着他、挑起眉毛摆出询问的表情时，他开了口：“好吧，显然爱斯琳不是在为他准备，她是在为我准备。在过去几个月里，她并没有太想到这个人。所以见到他时，她可能会大吃一惊。可能她提出让他离开，这时他就爆发了。”

我继续看着他，满眼疑问。“然后……”

他压低声音，贴近桌子：“然后就伤害了她。”能量从房间里退却了，离开了罗里的声音和脸，离开了他的米黄色毛衣，他又变回了缩在里面的沙鼠。他的动人故事破灭了，就像他所描述的，触到了死去的爱斯琳这个尖锐的现实。他沉默了一会儿，声音压得更低地说：“杀掉了她。”

“他是怎么干的？”

罗里摇了摇头。

“罗里，帮帮我。”

“你不是已经知道了吗？”

“我需要你帮我，”我温柔地说，跟他对视，“把这看成是一个编出来的故事，好吗？就像你告诉爱斯琳的那个，把它完成，为了我，拜托你了。”

“我不……我只知道他并没有带着武器。没带刀，或者别的什么东西。他从来都没有打算……也许是一、一、一盏台灯，或者别的、别的什么在屋子里的东西……”他用颤抖的手捂住了自己的脸，“我不能——”

他不可能说出自己知道她是怎么死的。这无伤大雅，这是一次远程射击，中不中看天。“天哪，”我说，我靠在椅子上，长叹一口气，把手插进头发里，“伙计，真是太有意思了。”

“这个？”罗里深深地吸了口气，他把眼镜重新戴上，茫然地看着我，努力找到焦点，“这有用吗，你觉得呢？”

“可能会有用，”我说，“它可能很有用。我显然不能向你透露我思考的细节，但你提供给我们的这些内容实际上真的很有价值。谢谢你，伙计，非常感谢。”

“没什么。你觉得——”

“哈喽——哈喽——哈喽，”布雷斯林亲切地打招呼，用后背把门打开，手里的杯子在摇晃，“不好意思，我花了这么长时间，那群不文明的家伙总是不长记性，老把自己的杯子留在餐厅，更别想让他们把杯子洗干净。我还得自己去找杯子。不过——”他把杯子递给我们，还从口袋里掏出一包饼干，挥了两下，“奥戈尔曼没让我失望。女士们、先生们，我给你们带来的是巧克力夹心奥利奥。我对你们好吧？”

“啊，爱死你了，”我说，“我真快饿死了。”

“尽情享用吧，”布雷斯林扔了一块奥利奥给我，扔了一块给罗里。自然他没接到，饼干掉在地毯上，他赶忙去捡。他盯着饼干，仿佛不知道这东西是做什么用的。“赶快吃掉，”布雷斯林告诉他，“别让奥戈尔曼看见。”

“跟你说，”我把奥利奥伸进咖啡里，“罗里有个想法。”

“谢天谢地，”布雷斯林说，“总算有人有个主意。想法如何？”

“可能还不错，”我含着满嘴饼干说，“长话短说，他认为爱斯琳是那种很容易让人产生幻想的女人，男人很快就会觉得跟她在一起会有幸福美满的结局。所以就有某个跟爱斯琳约过几次会的家伙，因为交往时间太短暂，没有进入咱们的调查视野。她把他甩了，那个家伙脑子里一直在想着她。他开始监视她，而当他看到爱斯琳在为罗里准备晚餐时，他一厢情愿地相信爱斯琳在等的人是自己。他敲了门，当他发觉爱斯琳并不欢迎他来的时候，就气急败坏，彻底抓狂了。”

“有意思，”布雷斯林说，他把一块饼干扔进嘴里，一边嚼一边思索，“我喜欢这个想法，它跟我们很多已经掌握的线索都能匹配上。”

罗里看上去并没有因此受到鼓舞。他蜷在椅子上，努力想把掉在地上的奥利奥弄干净。自从布雷斯林进来，他就失魂落魄、畏畏缩缩、蜷成一团，像一件洗得缩了水的毛衣。

“确实，”我说，“就是会有这样的感觉，你知道吧？在这份工作中，你得学会辨认这种事情对了的感觉，在实际和心理层面都要能够分辨。”

“我们爱死这种感觉了，”布雷斯林告诉罗里，“我们这一周都在找这种感觉，我得承认，小伙子，我们感觉你的推论是离事实最近的。我们会让人去更深入地挖一挖跟爱斯琳有过短暂接触的人——夜店里、工作上的接触。如果这个家伙真的存在，罗里，我们可就真欠你一张去巴巴多斯的机票了。”

他靠在椅子上，喝了一大口咖啡，在他的文件夹里挑挑拣拣。“同时，”他说，“既然我们都在这里了，你是否介意澄清几件小事？这样我们就能把它们从我们的清单上画掉？”

“啊，老天，你和你的清单。”我翻着白眼说，“别管他，罗里。这家伙会给他自己兜里的东西列个清单，以便反复检查自己是不是少了什么东西。赶紧跑吧，别让他逮住了。”

“你还说我的清单，你这家伙。”布雷斯林指着我说，“它们救了你多少次小命？”

“对，对，对。”

“罗里，这没什么问题吧？只用你几分钟时间。”

我们都知道罗里不打算走，他没地方可去，除了在自己的公寓里一圈又一圈地打转，在自己的脑子里想各种有的没的。他说：“我想——”

“看见了吧？”布雷斯林对我说，“人家罗里并不介意迁就一下我。我说得没错吧，罗里？”

“是，我的意思是说——”

“我介意，”我说，“要是我还得再忍——”

“漂亮，”布雷斯林说，“忍忍吧，康韦。”他快速翻动材料。我重重地叹了口气，把我的头发往后扎起来。正事开始了。

布雷斯林是对的，我们在审讯中很有默契。这是一条基本信息：合作愉快比什么都重要。我用眼角的余光扫了一眼冰冷的单向玻璃，想知道斯蒂夫是否在后面看。

“啊，”布雷斯林说，“我们开始吧，这清单可有意思了。问题一：罗里，周六晚上，爱斯琳和她的一个朋友在讨论邀请你来的这顿晚餐。听上去她正满怀期待。”他冲罗里一笑，停了下来，等待罗里给他回应，“很好。然后这个朋友警告爱斯琳”——他假装在检查自己的笔记——“‘小心一点好吗？’为什么她要这么说？”

罗里困惑地看着。“这是谁说的？”

“你觉得这会是谁说的？”

“我不——我想不出来。我几乎不认识爱斯琳的什么朋友。谁？”

“等一下，”布雷斯林说，举起了一只手，“你的意思是说，如果爱斯琳的朋友认识你，她们可能会有理由让她小心一点？理由是什么？”

“不。我说的不是这个意思。她们不会有什么理由——”

“有个人就觉得她有这个理由。”

“她没有。没有谁会有任何理由。不会有。”

“这里面一定有误会，”我说，“可能是这个朋友搞错了什么，有新出现的家伙，朋友都会提醒她多加小心，觉得哪里都有问题——”

“或者是忌妒，”布雷斯林提出，“也许这个朋友很卑鄙，她自己找不到男友，于是就想离间你和爱斯琳，说你的坏话，让爱斯琳防着你。她可能会有什么理由呢？”

罗里伸出一只手，扶在额头上，做思考状。他已经放弃了他的奥利奥，并且察觉到我们已经不是在跟他玩游戏了。我和布雷斯林依旧保持着微笑，但房间里的气氛却不一样了。节奏越来越快，也越来越强势，现在是布雷斯林主导着局面，而不是罗里。

“我能想到的唯一的事情……”我们一脸鼓励地等着他讲出来，“我上次告诉你了：跟爱斯琳约会很麻烦。但我一直在努力，就算她临时取消也不放弃。我想这有可能会被看作……我不知道。缠人？我的意思是说，我知道爱斯琳不觉得我变得太缠人，否则她会阻止我，但也许她的朋友会——”

“哇哦，”布雷斯林说，“等等，你刚才一直在说，即便爱斯琳取消约会，你也会一直约她，可你又说如果她阻止你，你就会滚蛋。怎么回事？”

“但是——不，我说的不是同一回事。她从没说过她不想见我。如果她说了，我当然就不会再纠缠她。可是说‘周四晚上我很忙’是不同的。这完全是——”

罗里现在有些生气，有了些防御性。“嘿，你没必要说服我们，”我说，“这个朋友才是担心的那个人。我们只是想搞清楚她担心的理由。”

“这是我唯一能想到的理由。就这个。”

布雷斯林从桌子前站了起来，在周围溜达，让罗里可以考虑到底看谁。他说：“我觉得这有点牵强。”

“我也是，”我说，“这个朋友不是那种大惊小怪的人，你知道我是什么意思吗？如果她觉得爱斯琳需要小心，那一定是有理由的。”

“也许……”罗里清了清嗓子，“呃，要是我没搞错，关于那个盯着爱斯琳看的人……也许爱斯琳已经注意到了他，然后跟她的朋友讲了？然后她的朋友担心她跟我约会，会把那个家伙惹恼？”

布雷斯林停下脚步，给了罗里一个充满疑问的凝视——罗里眨了眨眼，作为回应。他说：“爱斯琳有没有提过她有什么令人害怕的前男友？”

罗里摇了摇头。

“对着录像机大声说。”

“没有，她没提过。”

“大部分女人都不会跟新交的男友提前任，”我指出，“这会让女人显得很小心眼。”

布雷斯林耸耸肩。“好吧，我想。她也从没说过有人跟踪她？”

这个词让罗里身体一颤。“没有。”

“一次也没有？”

“没有。但我想她也许不想——我不知道——把我吓跑。”

“什么？她觉得有几个怪胎在她家门口晃悠，就会把你吓得逃开？你是那样的人吗？”

“不！我——”

“你当然不是。而爱斯琳，她也不是个傻子，一定也知道这一点。你觉得她如果觉得你窝囊到了这种地步，还会愿意继续跟你约会吗？康韦，你想跟这种动不动就被吓跑的废物约会吗？”

“不，”我说，“我喜欢至少有点种的男人。”

“确实，我打赌爱斯琳也一样。”

罗里坐立不安。“好吧，也许她不会，她也许不知道有什么人在监视她——”

“也许不是，”布雷斯林说，突然靠在桌子上，身体前倾，吓了罗里一跳，但他只是想再喝一口咖啡，“也许不是。如果是那样，我们就得回到最开始：当她朋友告诉她要小心，她们谈论的也就不是某个跟踪狂前男友。谁都没想到过这个人，除了你。”

并非如此。这感觉就像是一颗隐隐作痛的蛀牙，我以为牙齿已经修补好、被拔掉了，已经消失了：前男友确实是露西所想的。按照她的说法，他就是她当时这么说的部分原因。

布雷斯林重重地把杯子放在桌子上，动作干脆利落。“所以，”他问，“她的朋友是什么意思？”

罗里摇了摇头。他已经缩回了自己的壳里。

“大声对着录像机说。”

“我不知道她是什么意思。”

“真可惜，”布雷斯林说，“这本来真的需要有个解释。但要是你确定在这一点上帮不到我们……”他小小地停顿了一下，等着罗里插话，但他不为所动，“我想这个话题我们可以到此为止。让我们继续清单上的下一个话题，好吗？”

他掏出笔记翻看着。“啊，”他说，“这个。问题二。”

他从口袋里掏出来一张纸，啪的一声把它甩开，让罗里的肩膀又为之一颤。他一边读纸上的字，一边又开始在屋子里转悠，不慌不忙，一直走到罗里的背后，让他在椅子上扭过身子。

“别告诉我那又是一张清单。”我朝罗里翻了个白眼。他没有回应。

“这个，”布雷斯林用手指弹着那张纸，“是罗里在周六晚上活动的时间记录。”

罗里的肩膀绷紧。“哦，”我说，“对，这也不是什么要紧的东西。”

“差不多。我们来看看吧。”

“什么？”罗里的声音在颤抖，他清了清嗓子，又试了一次，“有什么问题？”

“啊，”布雷斯林说，“这可能有一点复杂，罗里，所以跟不上的时候记得喊停。按照你的说法，你在不到七点的时候上了 39A 路公交车，然后在不到七点半的时候到了斯托尼巴特尔下车。你走去维金花园，为了确认路线——我们就暂且定成七点三十二分吧。去乐购买花，我们测过时间，走路需要七分钟，所以你到那里大概是七点四十分左右。”

罗里眼神不再跟着布雷斯林晃来晃去。他全身绷紧，脚撑在地板上，眼睛盯着前方。

“你的口供说你在乐购花了‘几分钟’；我们假设你在七点四十三分离开。你还要花七八分钟回到维金花园，也许你走得快一些，时间就会缩短一些，你到达爱斯琳家门口大概是在七点五十分。你跟上了吗？”

“如果你没跟上，”我说，“可以让布雷斯把内容写下来给你。给他个尽职的机会。”

罗里说话了，没有看我：“我完全跟得上。”

“是的，很好，”布雷斯林衷心地说，“不过你告诉我们你到爱斯琳家门口的时间是快到八点。这多出来的八九分钟你用来干吗了？”

他的肩膀又放松下来了。罗里觉得自己已经渡过了危机，他的身心都如释重负。“我不知道。老天，我的意思是，也许我下车的时间比我想得迟了一些，或者挑花用的时间久了一些；或者也许我到爱斯琳家的时间比我想的要早一些。或者这些都发生了。我不会真的在意具体时间，我没受过训练，不像你们。过八分钟我就想不出来现在是几点了，或者是我们在这里待了多长时间。”

布雷斯林揉了揉鼻子，面有尴尬之色。“你这么讲的话……”

“看见了吧？”我对他们两个说，“没什么大不了的。”

“职业病。”布雷斯林轻轻笑了笑，表示抱歉。我也笑了。罗里发出神经质的浅笑声，我们一起笑了。“说实话，有时候我都忘了正常人是什么样。我的意思是说，正常人能记住的时间就是几点几点，对吧？或者精确到半小时？你应该不会在八点半到爱斯琳家，然后记成是八点。十分钟大概是记错的极限了，对吧？”

“我想是的，”罗里想起了他的咖啡，偷偷飞快地喝了一口，“大概吧。”

“哈，”布雷斯林把那页纸翻了过来，“我这里还有一份时间记录——我再给你来点咖啡吧，你用得着。”

“我也要，”我说着把杯子递给布雷斯林，还冲他眨了眨眼，“坚持住，伙计。清单总有到头的时候。”

“是的，是的，你们两个少一些抱怨，我们就能尽快结束。”布雷斯林绕到我这一侧，准备开始发起总攻，“所以，这条时间线是基于监控录像。这里面表明，你是在六点五十分的时候上的公交车，七点一刻下了车，罗里。这跟你告诉我们的时间不是很符合。不过，嘿，像我们说的：这儿几分钟，那儿几分钟，对于正常人来说……”他对罗里微笑，后者还放松地回以笑容，“而在那之后，我们再次看到你的地点是在乐购的监控录像里，你在付买花的钱，时间是七点五十一分。”

罗里的笑容不见了。他开始有所警觉了。

布雷斯林的声音越发加重，一个个词落在桌面上，仿佛一记记冰冷的重拳。“像我们说的，从爱斯琳家到乐购，需要走七分钟。所以你结账的时间是七点五十一分，你离开维金花园的时间就应该是在七点四十分左右，这样从七点十五分，你下车，到七点四十分，你的去向就无法确定。总共二十五分钟，罗里。我们相信一个正常人对时间的感知，不可能有二十五分钟的出入。你想不想告诉我们，在这二十五分钟里，你干了什么呢？”

罗里盯着我和布雷斯林中间的空间，整个人都缩成了一团。说话的时候，他的嘴几乎没怎么动。“我已经告诉你了。”

“我想你是告诉过我。”我恼火地说，想到要失去可爱的盟友，罗里的呼吸变得急促，但他并没有看我，“但现在看，你好像跟我们撒了一个不小的谎。趁我们还没确定，你不想告诉我们那天晚上你做了什么事情吗？是因为你另有原因？你愿意再试着说一说吗？”

“我已经告诉你我做了什么。要是没办法匹配你们的时间线，我也帮不上什么忙。”

这是个不坏的策略：选一个说法，咬死不松口，坚决不动摇。一旦你开始动摇了，我们就能让你失去重心，一步一步把你推到我们想让你去的地方。我们需要罗里动摇。

布雷斯林把椅子拉到桌子前，一屁股坐下。我则往后坐：现在让布雷斯林动手，趁罗里还在纠结我还是不是他的朋友。他说：“你是怎么知道爱斯琳家的厨房没有窗帘的？”

命中要害：罗里身子一颤，盯着他。“什么？”

“还有后院外的巷子。你是怎么知道的？”

“那——我不知道，我的意思是说，我不明白。什么巷子——”

“你讲了你假想出来的那个跟踪狂，看到爱斯琳在做饭，还拿出了玻璃杯，这些事情她可能是在厨房里进行的，厨房在房子的后面。你没有说他看到她布置餐桌，而餐桌在客厅，在前面。换句话说，你知道那个跟踪狂能看到的，是房子的后面。”

罗里疯狂地眨眼，非常困惑。布雷斯林说：“伙计，看见那个玻璃了吗？我刚才就在那后面，听你讲故事。安托瓦妮特是顶级的警探，不过她……我该怎么说你才不会打我一顿？”

“当心点就好，你这家伙。”我说。

“别紧张，大老虎。”布雷斯林说着，身子往后躲，还是伸出一只手作势阻拦我，“她只是比我更希望相信，你是我们这边的人。她是个乐观主义者：她一直希望这个案子最后能够成为一个巨大的谜团。”他斜眼看我，微微露出一抹暧昧的笑容，“我在组里待的时间久一些。我是个怀疑论者——更大程度上是来自我们刚才说的那个，职业病。所以我总会多留个心眼。我听到了你刚才说的每一个词。我现在问你：如果你不是那个跟踪狂，怎么能看到爱斯琳在厨房里？”

“我猜的。这——我的意思是，这只是，不过是基本常识。假如他不想被邻居发现，那他就会——”罗里的呼吸正变得凌乱，“而厨房，她一定在里面准备晚餐，是吧，如果我到了——我是说那时候，我不是说如果——”

他已经在那个原本安全的故事中踩空了。我一脸担心，面露对事情进展的不满，对他说：“还有其他问题。你说跟踪狂看到爱斯琳在拿着开瓶器唱歌。通过她的短信，我们了解到那晚她确实这样做了。如果你不是那个跟踪狂，怎么会知道这一点呢？”

在罗里能够喘过气来之前，布雷斯林接着说：“帮帮忙，不要说你这是猜出来的，除非你有特异功能，不然你怎么能猜得这么准。你是千里眼吗，罗里？”

“什么？不！怎么——我不——”

“好吧，那就好。所以告诉我们你是怎么知道开瓶器的？”

罗里摇了摇头，喘着粗气，无话可说。我说：“那就让我告诉你，那天晚上，你从小巷里看到了爱斯琳，对吧？”

良久之后，他的脑袋终于在脖子上动了动，无助地表示：是的。

“这就是你那二十五分钟的去向。”

他又点了点头。单向玻璃那边反射的光又一次进入我的眼角，真希望斯蒂夫在后面。我希望他正满脸通红。

“对着录像机大声说。”布雷斯林说。

罗里勉强发出声音。“我只是想……我只是想打发那点时间。感受一下这一切是真实的。就是这样。”

“而你唯一能够想到的办法，”布雷斯林说，“就是躲到她的后窗下面，偷窥她。”

布雷斯林说得很下流。罗里身子一颤。“我没有——我只是一直站在那里，感受我的幸福。我不知道该怎么解释——”

“我猜我明白了。”我有些怀疑地说，“一点点吧。这跟偷窥她洗澡还不太像——或者说你也干了？”

“不！就算我想——我没有想——我也不会待在那里，要是……”布雷斯林发出有些恶作剧的鼻息声。罗里努力无视他，把注意力放在我身上。他深吸一口气，准备说实话，或者接着编故事。“反正，我也看不到：浴室的窗户是毛玻璃的。爱斯琳在厨房里。她开着音乐——风太大了，我听不清放的是什么，但我知道那应该是快歌，爱斯琳在跟着它跳舞，还对着……没错，就是开瓶器，在跟着唱。”他瞥了我一眼，难过的眼神里不见了挑衅。“她穿着一件粉色的毛衣和牛仔裤，从冰箱里拿出了什么东西，然后把它打开，放进盘子里，边做这些边跳舞。过了一会儿她走出了厨房——我等着，然后她回来了，换上了一条蓝色的裙子……她看上去—— 一身蓝色和金色，仿佛几个世纪以前人们见到的圣人一般刚刚驾临厨房。然后她一直在微笑。几分钟之后，我都不敢相信，我就要跟她共进这顿晚餐了。她会对我微笑。”

他的痛苦加深了，声音里体现得淋漓尽致。这说明不了什么。“然后我就想到了花，于是就去了乐购。就算我没有……”罗里迅速地哼了一声，仿佛被什么东西刺到了，“如果我记得带那束杜鹃花，要是我一直留在那里看着她——我本来应该一直在那里的。当他来的时候。而我本来可以，我也会……”

他的舌头开始不灵了。他伸手捂住嘴巴。我能感到布雷斯林对罗里穿上紧身衣、披上斗篷、将暴徒一阵痛打的想象嗤之以鼻。类似的情形，罗里应该已经幻想过上百回。

他隔着手指继续说话：“但我什么也没做到。我像个白痴一样去了乐购，而在我离开的时候，有人就去把爱斯琳杀掉了。我也许跟他擦肩而过，但我根本没有印象，因为满脑子都是我那些幸福的幻想。而当她不给我开门的时候，我只是等啊等，因为我想不出她怎么会突然改变心意。我一直在严寒中猜测可能发生了什么事，同时她就在里面躺着，已经死了，或者在慢慢死去。而到最后，我没有理智地意识到可能发生了意外，破门而入，而是掉头回家，为自己感到遗憾。就是这样了，这就是实情。”

“老天，罗里，”我责备地说，“那你为什么不直接告诉我们呢？”

“因为我知道这听上去像什么！我知道这会显得我像是一个……我不指望你们能够理解真实的情况。”

“我在努力理解。要是你能在一开始就告诉我们发生了什么，这会容易不少。”

“我现在告诉你了。”

在桌子下面，我用脚碰了碰布雷斯林的脚踝。他毫不犹豫地张口说话：“好吧，反正是部分实情。这不是你第一次偷窥爱斯琳，对吧？”

罗里的眼睛瞅了瞅他，瞅了瞅我，最后望向角落。他很快回答：“不，这是第一次。”

“不，不是的。”

我说：“这就是你为什么要花时间站在屋后，去感受一下那是真实发生的。因为你看过她在厨房里，幻想着自己可以走进去，这种事情有过不少回了吧，罗里？”

“就像你虚构出来的那个家伙一样，”布雷斯林说，“你的幻想剧主角。”

“那就是幻想，是你让我去想象——”

“那一刻你一定感到很吃惊，对吧？”我说，“在那么多次来看她，又那么多次冒着寒风走回家去之后，终于……”

“这——是的，感觉很美妙。但那并不是因为我那么多次——我没有在跟踪爱斯琳，我没有——”

罗里的舌头又开始打结了。“嘘。”布雷斯林说。

“什么？”

“嘘，”布雷斯林拿出他的文件，“我要给你看点东西。”

他靠到椅背上，从文件夹里挑拣文件，时不时停下来舔舔手指。罗里看着，用手抓着桌子边缘，像是准备从椅子上跳起来，但他一直没有说话。他的控制力并没有完全消失。

“好了。”布雷斯林扔出一沓照片，八英寸宽十英寸长的大幅照片，推到桌子另一侧。罗里抓住照片，把它们铺开，看了一眼，然后大叫了一声，十分吃惊。

布雷斯林说：“把剩下的拿起来。”

罗里没有反应。他的头垂在照片前，但眼神却是涣散的。

“拿起来。”

罗里机械地动了起来，一张又一张。他的手指抖个不停。

“看着它们。”

虽然在看到照片之前，他已经有了心理准备，但每一张照片还是会让他用力眨一下眼睛。布雷斯林对着录像机说：“我刚刚向法伦先生展示了过去这几个月里，来自斯托尼巴特尔地区的录像截屏照片。”

一阵沉默。

“罗里，这些照片里的人是你。你认同这一点，对吗？”

更长时间的沉默。然后罗里终于动了动脑袋，轻轻点了点：对。

“对着录像机说。”

“是的。”

布雷斯林身子前倾，罗里身子缩了起来。布雷斯林把手指放在最上面的一张照片上，当时罗里的脸正对着乐购的摄像头。“这是你，在这个月 14 日。”

“是的。我只是买个东西。我在那里找——”

他又在构思一个全新的故事。我说：“你告诉我们，在上周六晚上之前，你从来没去过斯托尼巴特尔。你还得用手机来查最近的一家乐购在哪里。”

他的嘴动了动，像是想把什么东西咽下去。

布雷斯林的手指还指着照片里罗里的脸。“所以，”他满意地说，“你那个精妙小故事，关于有人在偷偷监视爱斯琳的，其实是基于真实事件，就像电视里说的那样，对吗？”

“不是——不，不，只是部分——”他的呼吸再次变得错乱，“我从没有，我——”

如果他因为呼吸困难晕倒在我们面前，这次审讯恐怕就得折腾到今天深夜。我冷静而坚定地说：“罗里，至少关于在爱斯琳家附近四处走动、感觉自己离她更近的部分是这样。你已经做过那样的事了，对吗？”

“是的，但是——”

“等一下，一件一件来。那么有关他在小巷里看爱斯琳，这部分你也做过，对吗？”

“我只是——”罗里用一只手的手背抹了抹嘴，力量很大，留下了红色的印记，“不，我——”

“罗里，”我说，“拜托，你真的想告诉我们，你已经在爱斯琳家附近转了好几周，但在她被杀的那个晚上之前，你从来没有真正接近过爱斯琳的家？我不喜欢这样的说法。”

“不，等一下。”他的手举了起来，他很轻易就钻进了我们的圈套，一步一步，退到了那个无路可逃的角落，“也许我只是看着她，只看过几次。我只是去——”

布雷斯林把照片拿到自己面前仔细审视，他开口了：“但在周六晚上，爱斯琳抓住了你。”

是那种声音，很轻松，慢吞吞，几乎是亲切而友好的。但这种声音充满整个房间，让这里无法容纳任何其他东西。“是怎么发生的呢？是她为了某种原因走上了阳台，发现你正站在她的墙边？也许你跟她说起去乐购的路上的什么事情，暴露了你对斯托尼巴特尔有所了解？也许你说厨房里换了新照片，感觉很不错，或者是告诉她你喜欢惠灵顿牛排，诸如此类，”布雷斯林举起来一只手，重重地拍在照片上，“你那下流的小秘密暴露了。”

罗里的脸上显示出微弱而病态的光，忧心忡忡。“我从来没有，不，我没进过她家家门。”

布雷斯林无视他的话。“你走进那间房子，以为自己走进一座乐园，然后在五分钟内，一切都搞砸了。老天，伙计！哎呀！一想到这个，我就替你感到脸红。”虐待狂式的嘴角扭曲让他的话成了嘲笑，“爱斯琳有什么反应？”

“她，不——她没有。从没有，这从未发生过，什么都没有——这——”

“我打赌你还清楚地记得她脸上的表情，我打赌那一定在你脑海里挥之不去。她嫌弃你了？感到害怕？她觉得你是个骗子？是个精神病？或者是个可怜的失败者？她说了什么，罗里？”

罗里还想否认，但布雷斯林没有给他机会。他的身子伏在桌子上，离罗里足够近，以至于能够闻到他的气息、他须后水的味道，以及他皮肤的温度。“什么？那她笑话你了？叫你滚出去？威胁说要报警？是什么呢？是什么让你失控了呢？”

“我什么都没有做！”

一声失控的尖叫。布雷斯林盯着他。“你他妈的说什么呢？你跟踪她，偷窥她，你说你什么都没做？”

“不——”

“她觉得这没关系？”

“她不知道！我——”

“真是扯淡。你一直说‘只待了一会儿’，但是二十五分钟可不是一会儿。二十五分钟内，你进爱斯琳的家，说漏嘴，怒火中烧，杀掉她，自己收拾干净，意识到你需要有个说法，然后就跑去了乐购，做完这些绰绰有余。这就是你干的事情。”

罗里的表情很奇怪，混合着恐惧和些许轻松。他已经在脑海里回想过这个场景千百回了。现在它成为现实，并且降临他身上。这就像是他已经心知肚明的某些事情，在反复的琢磨下所有尖角都已被磨平。这次甚至比他设想的还要轻松，我们已经替他把话都说完了，他只需要说出自己的台词。

他说：“我从没伤害过她。”

在布雷斯林说过话以后，他的声音变得毫无重量，在闷热的空气中飘忽不定。

“但是你确实进了她的家。”我说。

“不，我发誓。”

“技术科已经检验了你那天晚上穿的衣服。你打算怎么解释在你裤子上发现的她家的地毯纤维？”

“不可能。不会的。我就没进去过。”

布雷斯林说：“没别的人进去过了。”

“但那个家伙，那个跟踪狂——”

“哦，拜托，你真相信只有你会想到要去调查爱斯琳的联系人吗？罗里，每一个对她笑过的人，我们都已经查了个底儿朝天。他们每个人都是清白的。你有什么理由，哪怕一个微不足道的理由，说服我相信你那位跟踪狂的存在？”

罗里突然身体一震，把头抬了起来。“等一下，没错。有那个人的，我在周六晚上见过那个家伙——”

我们找到了一台自助糖果机：在他的嘴巴上按一下，他就能吐出个全新的故事。我翻了个白眼，布雷斯林哈哈大笑，仿佛一声怒吼，吓得罗里又在座位上缩成了一团。“没错，然后外星人就把你劫持了，清除了你的记忆，直到刚才你才把它找回来。”

“不——”

“你的脑袋砸在一架钢琴上，然后你失忆了？”

“我没有——”

“周日你明明白白地告诉我们，你不记得在斯托尼巴特尔遇到过什么人，除了一群在踢球的十几岁的孩子，还有一些晚上出门的女孩。没有跟踪狂，罗里。”

罗里想说话，但声音仿佛受过重创，像是被暴风摧残过的蛛网一样破碎不堪。“什么人都没有，除了你。我们找到的所有东西，上面都是你的面孔。跟踪狂就是你，罗里。我们都知道了。你说的关于他的每一件事情，都已经证明是你干的。唯一没说的就是他敲了爱斯琳的门，然后发生了争执——而且你猜怎么着，这也会被证明，里面同样有你的倾情出演。”

“不，不会的。我从来没有进过她的家，从来没有。”

这时候，他看上去似乎只有布雷斯林十分之一的大小，但他还在怒目而视，高高地扬着下巴。接下来想摆布他就不太容易了。我们已经找到罗里的症结。

我在椅子里挪了挪身子。“还有一件事，我觉得很重要。”我对布雷斯林说。

“我们不需要别的事情了，康韦。我们手上的东西已经足够了。”布雷斯林把桌子上的照片收起来，拢成了一摞。“我们先把他收押吧，出去吃个晚饭，回来再接着处理。”

“收押”这个词撬开了罗里的嘴巴，但他只是喘了口气。他望着我，眼中充满惶恐。恐怖的想象变成了现实。

“等一下，”我对布雷斯林说，“听我说完。”

“你是老大。”他说着叹了口气。他把照片放了下来，椅子往后歪，听着我说话。

“好的，”我说，“爱斯琳的炉灶还开着，对吧？正在给罗里做美味的晚餐。”

“是的，然后呢？”

“然后在罗里走开以前，他把它关上了。”

罗里张口说：“我没有——”但是布雷斯林举起了一只手，让他闭嘴。“没错，那怎么重要了？”

“关掉它的唯一原因，”我说，“就是他不想让房子着起火来。现在，如果罗里知道爱斯琳已经死了，或者他不管她是死是活——等一下，”罗里又想开口说话，“他最合适的选择是让这个地方烧起来。如果房子烧光，所有关于他的证据也就荡然无存：纤维、指纹、DNA，还有很多其他东西。任何在电视上看过刑侦剧的人都会知道这一点。我说得没错吧？”

“我在听着。”布雷斯林说，然后他告诉在椅子里蠢蠢欲动的罗里，“你最好老实坐下，好好听着，朋友。这些东西好像对你有好处，跟你直说吧，你的机会可不多了。”

罗里立刻坐了下来。他的胸脯起起伏伏，仿佛在跑步。

布雷斯林问：“你打算让康韦警探把她的话说完吗？”

“是的，”布雷斯林向他挑了挑眉毛，示意他道歉，“对不起，我不该打断你。”

“我想说的重点是，”我说，“罗里不想让那个地方着火的唯一理由，可能是他没想到爱斯琳会死，而且他也不想让她死。这意味着，他并没有杀死她的打算。”

“啊，”布雷斯林说，慢慢地点了点头，“现在我明白你要说什么了，警探。你是对的，这很重要。其他的东西都把我们引向这是一起谋杀案，而且是很恶劣的那种，但如果你关于炉灶的推论是正确的，那么这就不是谋杀了，是过失杀人。”

“没错，”我说，“如果我是对的。”

“还可能会有其他原因导致炉灶被关掉。也许是爱斯琳自己关的，或者也许罗里有强迫症，非得在关掉所有设备以后才会出门。不过如果你是对的……”

我们一起看着罗里，他一脸茫然。他的脑袋里塞满太多版本的故事：他开始失去对它们的控制了。这一点对我们有利：要是凶手无法把握自己说的内容，那他就要露出破绽。而一旦破绽出现，他就要开始胡说八道了。我们如果想从罗里嘴里问出什么，得抓紧了。

“我说完了，罗里，”我说，“你现在可以说话了。”

布雷斯林故意等他张嘴才打断他。“实际上，你还不能讲话。你打算说你从来没有进过那栋房子，不过在此之前你得慎之又慎地思考一下。谋杀罪必然是要判终身监禁的，罗里。而过失杀人可能要判六年，也可能只有四年。而且要是你不告诉我们你为什么要把炉灶关掉，然后我们一无所获，没有任何证据可以指向过失杀人，这件事就只能被判定为谋杀。所以我告诉你，罗里，为你自己考虑考虑，在你多说一个字之前，先想五分钟。”在罗里准备说话前，他又开口了，“哈，五分钟。时间到了我会告诉你的。”他伸出手臂，看了看表，“计时开始。”

罗里放弃了。他眼神茫然，精疲力尽，微微颤抖着。

“一分钟。”

慢慢地，罗里的表情凝固了。他不动了。他开始在心里琢磨。

布雷斯林这一步走错了。我知道他打的是什么算盘——他希望让罗里安静下来，这样他就会慢慢感到恐慌，直到崩溃——可真正有用的是快问快答和强势的命令。让这个家伙静下来，在脑子里琢磨，只会给他机会恢复理智，继续完善自己的故事。我们正在让他逃走。

“两分钟。”

“算了吧，”我说，两手在桌子上重重地拍了下去，“他会有很充裕的时间的。罗里，看着我，”我对着他的脸打了个响指，他眨了眨眼，“你为什么要把炉灶关掉？”

太迟了。罗里说：“我没有，我没有进过爱斯琳的家。我没有以任何方式伤害过她。而且我现在要回家了。”

他站起身，双腿摇晃，吃力地把外套从椅子上拿下来。他的手抖如筛糠，一直拿不起衣服来。

“等一下，”布雷斯林说，“我们还没说完呢。坐下。”

“我已经说完了。你们已经把我收押了吗？”

我看着布雷斯林张嘴想说话。“没有，”我说，他转头看我，我没有理会他，“现在还没有。但要是你想要我们相信你的故事，就这样走并不是好办法。你得留在这里，配合我们的工作。”

“不，如果我没有被逮捕，那我就要回家。”罗里设法拿起自己的外套，一失手掉在了地上。

“我们会让你回家的，”我说，合上了我的笔记本，“你回家吧，睡一会儿。我们会跟爱斯琳的邻居们聊聊，看他们在那天晚上八点三十分到四十分之间，是否碰巧望了自己的后窗几眼，看见你站在小巷当中。如果他们看见你了，你就脱险了：你没有时间去做另外一件事。”显然我们已经跟邻居们聊过了，而且我打赌他们肯定有人提到巷子里有人鬼鬼祟祟，但罗里并没有想到这一点。“明天过来给你的口供签个字，然后我们会持续跟进。好吧？”

罗里用大衣裹住了自己，没有套上袖子。“好吧，可以。”

“我们会去接你的。”布雷斯林说，语气中带着适当的威胁，他站起身，伸了个懒腰，“你应该没有出门的打算吧？”

“没有，我哪儿都不会去。”

“好打算。”布雷斯林说，他拉开了房间门，手轻轻摆了一下，模仿服务员的鞠躬动作，“您请。”

斯蒂夫站在观察室的门口，西装外套搭在胳膊上，因为热把袖子挽了上去。

他和我对视了很久，然后我们从他身边经过，走下楼梯。罗里加速走进灌进楼梯里的新鲜的寒冷空气当中，布雷斯林则愉快地低声哼着歌。

我和布雷斯林在门口目送罗里走过鹅卵石路面。他看起来又渺小又狼狈，风冲击着他的外套，他的头发也乱作一团，让他几乎步履蹒跚。天已经黑了，只要做几个月的保镖工作，我就可以攒够钱，去极度炎热、色彩斑斓的地方度个假，远走高飞，离开这个鬼地方。

“请教一下，”布雷斯林愉快地说，“为什么要让他回家？”

我说：“我们已经差不多了。他现在就在悬崖边上，不过那次中断给了他回过神的机会——只要再来一次，我们还能让他身处绝境。但我们要是真把他关起来，他会找个律师过来，那样我们可就彻底跟让他认罪的机会说拜拜了。”

“我们不需要让他认罪，康韦。我们已经有足够多的证据可以置他于死地。”

也许确实如此。我不在乎。我的最后一起谋杀案：这一次绝对不能只靠间接证据和合理推断来解决。我要正中红心，把一切悬念都解决掉。

“我需要他认罪，”我说，“让他回家待到明天，我们还受得起。”

“除非他跳利菲河了。”

“不会的。他还在想也许我还坚定地站在他一边呢。他希望如此。”

布雷斯林看着我。“你会吗？”

“不。”我说。肾上腺素带来的愉悦消失得很快，我能感受到调查结束后的疲惫即将再次袭来。倘若不加注意，就会在内心产生一个巨大的空洞，让你感到失落痛苦。我需要咖啡因、糖，最好来点油腻的汉堡包。“他是我们要找的人，毫无疑问。”

“他是，而且我希望知道，那个炉灶最后也不能成为判定过失杀人的证据。这个家伙杀了人之后脑子不可能那么清楚，还会去担心房子会不会被烧光。他的大脑肯定一团糨糊。他可能是闻到了东西煳掉的味道，那味道让他无法忍受，所以才把炉灶关了。库珀的报告仍然成立：过失杀人是有可能的，只要罗里可以一拳把爱斯琳打倒在地，或者他也可能在她倒地之后，还故意打了她的后脑一拳。而我越看他的小身板……”

“那不是我的问题，”我说，“律师和陪审团会搞明白的。我要的是确凿的证据，证明他杀了她。”

“好吧，”布雷斯林说，他说得很真诚，有那么一刻让我觉得他会拍拍我的后背，“那也不应该是我们的问题。我们去把所有还活着的相关人员找来，挖出新的证据，再把它们都摆在罗里面前，他就会像一把廉价的破椅子一样散架。就算他还撑得住，嘿，不管怎么样，我们也有了足够多的间接证据，可以让案子板上钉钉。没错吧？”

“没错。”我说。罗里走远了，拐过转角朝大门走去。朦胧的黄色灯光打在空荡荡的鹅卵石路面上，滂沱的雨水冲刷着它们，路面光滑，看上去充满危险。

布雷斯林正在迅速地打着心里的算盘，频率太高以至于我仿佛听得见动静。我盯着罗里消失的地方，最后，我察觉到布雷斯林已经走开，听到他把门关上。

在女卫生间里，我给露西打了电话。这次她接了，不过声音很小，听上去似乎有些不耐烦。周围还有人在下达指令，接着突然响起一阵乡村音乐，又被某人烦躁的吼声打断。剧院今晚有一场新戏要上演，结果他们遇到了技术问题，而露西真的要挂电话了（背景音：“露西！这个大灯是怎么回事？”）。她保证说明天一整天都在家，但我不确定是否会果真如此，或者她只是为了挂我的电话随便说的。

我打算明天早上就去她家砸门，不管她有没有从宿醉中清醒过来。我希望她能告诉我秘密男友的故事是她编的，确保调查能够全面认真。我还希望在我去露西家的时候，索菲能给我打电话，告诉我爱斯琳的加密文件夹里全是她父亲的照片，方便她能有机会痛哭流涕。

我全心全意地期望我手上所有有价值的线索最后都是无效的。这种想法是反天性的，仿佛什么寄生虫正在蚕食我的大脑。但是露西和那个文件夹是最后两条顽固而纷乱的线索，让我无法完美结案，把资料连同我的警徽放在奥凯利的办公室门外，离开这个地方。

斯蒂夫坐在我们的桌子前，正在查邮件。我坐到他的旁边，开始翻阅我不在的这段时间里送上来的材料。助手们都尽己所能，不让我抓到他们在偷偷瞄我，心里在好奇这个贱人什么时候又会突然发疯。

我和斯蒂夫之间沉闷的沉默正变得越发锋利，像一只被撕开的易拉罐。我说话了："所以你看见罗里在里面了。"

"大部分时间我都在看，"斯蒂夫说，没有抬头，"审讯很棒。"

这听上去并不像是赞美。"谢谢。"我说。我察觉布雷斯林正在看着我们，仿佛一切了然于胸：你们两个一直都不合适。"你去哪儿了？"

"我拿着照片去找了酒保和爱斯琳的邻居，没有找到任何线索。"他等着我说我早就说过会这样，但我没说，"然后我去找了当时办理德斯·默里斯谋杀案的几个人聊了聊——别担心，我很小心的。"

"我没什么好担心的。"

斯蒂夫瞥了我一眼，想弄清楚我是什么意思。"不管怎样。"过了几秒钟，他说。他的语气不咸不淡，明确而疏远。我听过他这样说话，但都是对辩护律师或者狡猾的记者。他从没这样和我说过话。"按照他们的说法，麦卡恩确实跟伊芙琳·默里斯之间有点关系。他是坚持要把调查继续下去的人之一，当时进行了一番长篇大论，说这个可怜的脆弱的女人生活如何被毁了——他并不是擅长长篇大论的那种人，所以大家都印象深刻。他甚至还帮她找来人买下了德斯的出租车牌照，并且确保伊芙琳可以得到充足的回报，让她和爱斯琳的生活不至于捉襟见肘。但他们都很肯定这不会发展成一则桃色新闻。从那时起，麦卡恩就有'圣人'的绰号，他不可能上了涉案人妻子的床。他们就开始笑话我竟然会想到这上面去。"

又是一段沉默，等着我说我早就说过会这样。我没办法坐在他的旁边，忍受布雷斯林看戏的目光，跟他彬彬有礼。我说："你找到跟这个案子有关的线索了吗？"

"没有。"

"好，那我们先把案情会议开完。"

我站起身。还没等我走到桌子前面，助手们就纷纷放下手头的工作，挺直身子坐好，一副聚精会神的样子，心里祈祷着不跟我这只疯狂的动物发生眼神接触。

“好的，”我说，“好消息，看上去已经相当确定，罗里·法伦就是我们要找的人。他自己的供词和监控录像都证明，他至少跟踪了爱斯琳一个月。周六晚上多出来的那二十五分钟——或者是其中一部分，他就是去干这个了：在她家的窗户下面偷窥。”

“小变态，”斯坦顿笑着说，“最好能去爱斯琳家墙上采一下 DNA。”

大家迅速不安地笑了笑，有些人还没反应过来。“你去吧，”我说，罗里的遗留物也许不能证明他是凶手，但至少会提高我们在审判时获胜的概率，陪审团对手淫变态深恶痛绝，“他说他站在她家阳台外面的巷子里，所以让技术科全面检查一下那面墙——还有她家厨房下面的那堵墙，搞不好他会为了能看得清楚一些而挨得比较近。”

斯坦顿点了点头。米汉把这项任务也记在了本子里。我说：“我们最新的推论是这样的，罗里到了爱斯琳家之后，后者不知怎的发现他就是那个偷窥狂。她让他滚出去，然后他就爆发了。”

“罗里还没交代呢，”布雷斯林说，“但是也快了。我们希望明天就可以搞定。”

“在再次把他带回来之前，”我说，“我们先搞清楚他做了多少次跟踪，跟踪到什么程度。我需要有两个人拿着罗里的照片，到斯托尼巴特尔街头走一走，问问是否有人在过去的几个月见过他。他还要经营书店，所以我们主要查晚上和周六周日。主要去这些地方：住宅区、商店、酒吧，以及那些下班路上可能会经过他路线的上班族。还有所有的社区团体、晚上的派对活动，或者运动俱乐部，找到相关的成员问话。”克勒格尔伸出了手指。“克勒格尔，你和加夫尼负责这件事。而且我想知道罗里的手机最近两个月的活动轨迹：它何时出现在斯托尼巴特尔，以及它是否接入过当地的无线网络。斯坦顿，和电信公司联系的时候，调查一下。”

这个案子已经发生改变。此前，我们还在撒大网，把所有能捞到的东西都捞上来，看看里面是不是有什么好料。现在我们是猎手，目标已经锁定，一切行动都围绕最后的致命一击展开。

这种感觉，并不是什么扯淡的修辞手法。它生活在你的体内，除了性爱，没有什么能比它更深刻，更古老，也更真实。而一旦它出现，势必会占据你的整个身体。你的鼻子闻到血腥，胳膊上的肌肉紧绷，时刻准备放出一箭，耳中听到急速的鼓点，心底正酝酿着爆发出一声胜利的怒吼。我让自己爱上这种感觉，最后一次。我让自己喝下它，用它填充身体，储存起来，以便熬过余生。

“我想知道罗里去哪里喝酒，”我说，“还有酒保和常客都怎么看他——看罗里是否会对女人死缠烂打，不接受被拒绝，脾气是否不好，以及任何有关系的事情。”米汉的手举了起来。“米汉，你来做这个，换换口味。我还想知道拉内拉格的其他商铺都怎么看罗里。他有没有对某个顾客发火的经历，或者是在面包店门外守着，等着漂亮店员下班。”

“我来做，”布雷斯林说，“莫兰，要一起吗？”

斯蒂夫抬起头，一脸吃惊，但布雷斯林冲他灿烂地一笑，几秒钟后他说：“好，没问题。”

“很好，”布雷斯林向他眨了眨眼，“我们一起把那个坏蛋搞垮吧。”

我不想透露我明天的计划。“早上我准备先去技术科，”我说，“看看他们有没有找到吻合的纤维和 DNA。”还有爱斯琳的电脑文件夹，我还不想提这条线索。“同时，需要有人待在罗里家附近，直到我们做好把他带出来的准备。”布雷斯林用嘲讽的眼神瞥了我一眼。我可不想看到罗里真的跳了利菲河、跑去了其他镇子，或者处理掉我们还没来得及发现的证物，但我也不想为了节省几小时的人力铤而走险。“迪齐，你负责，或者你也可以找当地的警察来做，但是告诉他们穿便服，别开警车。”

迪齐点了点头。“好的，”我说，“如果我们没能让他认罪，这些东西也足够了。所以各位一定要尽全力。谢谢你们，我们明天见。”

我正准备转身去找斯蒂夫，假装我们还是一对好搭档，一起去找头儿做汇报，这间专案室突然吸引了我，我不由得留在了原地。仿佛积蓄已久的“假设和可能”从各个角落涌起，涌向我，温暖而坚定。每一次我跟斯蒂夫走进这里，有说有笑；每一次拿到我们等候已久的电话记录和 DNA 报告，我发出的胜利的呐喊；每一次大案告破之后我发表的致谢感言……所有这些都曾属于我，可是现在却遥不可及。

我才不做这些瞎扯淡的事。我已经能够举出五六个借口让我逃离这份工作——没觉睡、没饭吃、压力大、人命关天，等等——可是依旧，这种违反天性的感觉让我的皮肤刺痛，仿佛生了疹子。“我们走吧，”我对斯蒂夫说，“去找头儿。”我径直走出房间，没有等他，这样我们就不必并肩走在走廊里。

奥凯利正在给他的吊兰擦拭灰尘，手里拿了块人们通常用来擦眼镜的小绒布。“康韦，莫兰，”他说，同时只是抬头看了一眼，“最好告诉我你们有进展了。”

“没错，”我说，“看上去是这样。”

“耗了这么长时间，也难怪。说说吧。”

我开始给他做汇报，他一边听，一边对着光线转动那株植物，确保没有卫生死角。“哈，”我说完后，他说，“那你现在对这些已经很满意了，是吧？”

他又抬头瞥了我一眼。我说：“明天我们还会再做一次努力，让他认罪归案。别担心，只有拿到确凿的证据，我们才会将案子呈给检察官。”

“我不是说你对可以去找检察官了感到满意。我是说你对法伦是凶手感到满意。”

“没错。”我说。奥凯利的眼睛已经像个老人一样，眼皮下垂，边缘又湿又红。我不明白他的意思，我没法再去顾及他是否也参与了布雷斯林的把戏。“是他做的。”我察觉斯蒂夫在我身边动了动，但他什么也没说。

头儿又看了我半天，然后转向他的植物。他牵起一片叶子，仔细检查，又擦了擦。“我以为你还会继续寻找直接证据。”

那是我昨晚告诉他的，当时这个案子还没有任何眉目，任何可能性都有。感觉像是过了很多年。“要是我们排除了其他可能性就不必了。我们已经做到了。”

“你们做到了？”

我说：“除了罗里·法伦，不会再有别人涉及这个案子。”

奥凯利用拇指指肚轻轻触碰着一片叶尖。“好吧，”他说，“好吧。”

他看上去像是忘记了我们的存在，我不确定我们是不是该出去。“我们还需要个助手，”我说：“我让赖利先回去了。”

这倒引起了头儿的注意。“为什么？”

“他找到了证据，但是没有直接给我和莫兰，而是给了布雷斯林。”

“这可不好。”奥凯利说，他不加掩饰地盯了斯蒂夫半天，“好吧，我再给你找个助手。随时汇报进展。”

他背过身子去了，手指伸进那株植物当中，小心翼翼地拨开叶子，擦拭着根部。

在走廊里，斯蒂夫说：“除了罗里·法伦，这个案子不会再涉及别人。”

他的声音依旧保持着距离感。“没错，”我说，“不会了。”

“露西说的那个神秘男友呢？爱斯琳电脑里的加密文件夹呢？”

“我明天会去见见露西。在那之前，我会给索菲打电话，确认文件夹的情况。如果这两条线索能提供全新的确凿证据，我们再回头来查。”我可以听到我的声音中有了危险信号，“但到目前为止，没有任何其他可能，没有。”

“爱斯琳床垫上的 DNA。”

“那不是周六晚上留下的，不然床单上也会有痕迹。它跟我们的案子没有一点关联。”

斯蒂夫站在原地。他望着走廊另一端的窗户——外面一片漆黑，包裹在一层层厚厚的黄色光晕的污染中——他还是没有看我。

我说：“罗里在这里的时候你也看到了。你听见他说的话了，你还想告诉我你还有怀疑？”

这让他想了半天，也没给我答案。我走了，他留在那里。

我拿起外套，这时才想到，这一下午布雷斯林也没露出他受过贿的蛛丝马迹。

这本应让我感到宽慰，结果反而成了藏在我指甲下的一根刺。就我而言，在我出去见爱斯琳的前男友这几个小时里，布雷斯林不应该有什么理由，突然决定放弃他精心设计的计划。他已经为我设好了局——只要再用点力，而且如果不是因为跳蚤，我绝对会掉进他的局——可不知为何，他却放弃了，拍拍屁股走了。我迅速回想这一天，我和麦卡恩的谈话、助手们的报告，思考一切可能让他改变主意的理由：他得到了什么消息，说我要抓住他；或者任何让他觉得我并不值得拉拢的事情。一无所获。

剩下的唯一可能比那根刺扎得还深：布雷斯林不知怎的知道了不必再费心去做那件事。我准备对头儿说的话像烧焦的头发一样难闻，环绕在我身边，在我的脸上烙上不断扩大的疤痕。以布雷斯林二十年警探生涯的缜密直觉，他看我一眼就能明白，致命的一击已经开火。他知道我现在毫无价值。

13

回家的一路，我都在等着什么东西，或者什么人：又有一位交警出来拦我的车；或者是等我的车拐进巷子里，突然有个人从灯柱下面蹿出来，扑向我的车；再就是跳蚤突然从我家漆黑的厨房里伸出脑袋。但什么都没有发生。街上空空荡荡，我一走进家里，就知道里面空无一人。我仍然会检查一遍确保没有危险。

我很想睡觉，非常想，最好卧室门口能有个可靠的武装守卫，但在确定我一倒在床上就能睡着之前，我还不想睡觉。今晚有很多事情，我一点都不想考虑，但它们是如此错综复杂，我疲惫已极，不断将它们混淆，还遗漏了好些内容。就在我打起精神之前，我想到了斯蒂夫，好奇他在做什么。

我的冰箱里空空如也，跳蚤和我已经干掉了我最后的应急储备粮，那些炸鱼条。我打电话给我妈，告诉她索菲寄来花瓶的事，两个浑蛋闯进一个老女人的家里，在她的肚子上打了一拳，她吐了一口血，血溅到花瓶上。我妈听完只是"呵"了一声。她没问爱斯琳案的进展如何，我也没提。在她抽烟的同时，我给自己做了咖啡和吐司，把陈年奶酪发霉的部分切掉，拿着它们回到了客厅。

今晚没有大风拍打窗子，风平息了，四周一片沉寂和严寒。我看着外面的黑暗，心想：来吧，浑蛋，来找我啊。我让窗帘敞开着。

我收到一封来自跳蚤的邮件。哈喽，亲爱的！很高兴收到你的信。这边没什么新鲜事，所有人都很好，也没什么人在搞奇怪的事情。最近很忙，不过等有空我们还可以约一下。保重，小太阳。这意味着在他的地下世界里，没有谁躲在角落突然陷入悲伤，看上去焦躁不安，或者趴在跳蚤的肩膀上为死去的女朋友痛哭流涕。同时这还意味着再见，也许某天再见。

索菲的人在爱斯琳的电脑上没有找到任何上约会网站的记录，但到目前为止他们还没报告在爱斯琳的工作电脑上有什么发现。我看了一眼我在约会网站新注册的账号。干得不错：有几十条留言。四分之一都是大鸡鸡的写真，大概只是想让她去找个嗅盐瓶，避免吐得一塌糊涂，而不是开始一段认真的感情，不过谁知道呢。剩下的基本上是没有实质内容的一句话留言，男人大多喜欢机枪扫射式地给一群女孩留言，期待着能有一个半个会上钩。有两条留言倒值得一看。没有照片，小心的措辞，表示没什么太多的要求，只是想玩玩：已婚男子想找乐子，希望跟爱斯琳这样的女孩取得联系。

我正忙着给人家回信，这时有什么东西突然一动。我立刻转过身，还是慢了半拍。在我能仔细看上一眼之前，一个巨大的黑影从我窗前闪过。

我抓到钥匙，摸索到门边。等我打开门，街上空无一人。

我向我的车走去，努力让步伐保持轻松：只是去取忘了的东西，没什么大不了的。我嘴里呼出的气遇上严寒起了白雾，但寒意却并未对我发起进攻。我闻到了烟味，听到路口有车驶过，双腿肌肉紧绷，随时准备撒开腿追。

当我看到光线一颤时，打开了车门。有个家伙正在路口，躲在路灯下面：个子很高，还在徘徊。我关上车门，朝那个方向走了一步，他就消失了，走进街角的黑暗中，动作很敏捷。

我相当确定我的速度比他快，但斯托尼巴特尔道路拐弯很多，巷子也不少，只要他对地形够熟悉，摆脱跟踪应该不难。即便他对道路不熟，也完全可以进酒吧里小酌一杯，等我冲进去，他就可以跟其他客人一样转过头盯着我看。我还能做什么呢？想抓住他，我只能在自己的地盘。

我回到屋子里，拉上客厅的大部分窗帘，只留一道缝隙，观察外面的街道。

要是我再出手，一定只能是最后一次。这一次，他一定会察觉自己已经暴露了。

这种事情不可能一个人完成。我思考了能想到的一切备选方案——跳蚤、索菲、加里、闺密莉萨，所有其他朋友、邻居。我甚至想到了我妈。我向上帝发誓，有四分之一秒，我还考虑了布雷斯林。

我办不到，在这份清单上，没有一个是我可以打电话说：嘿，我办不到，过来帮帮我。对他们每一个人来说，接完这个电话之后，他们都会完全改变对我的看法。我的公寓空空荡荡，过于沉重的气氛甚至让我感觉地基有些不稳。

这个家伙至少自控力很不错：过了二十五分钟，灯柱下才再次有黑影晃动。同时我感到心跳明显加速。我意识到自己一直都知道该怎么做。

那个黑影停了下来，又站定了。我拿出手机，深吸一口气，拨了斯蒂夫的号码。

响了几声他才接。“嘿。”他说。

“嘿，你在忙吗？”

“没什么事。”

他停在了这里。他声音里带着刻意的淡漠，在思索或者决定我们还是不是搭档。

我没有时间跟他在这儿耍花招。“斯蒂夫，”我说，“听着，我需要帮助。”我如鲠在喉，可是当我朝窗外看去时，那个家伙还在那里，一动不动地躲在灯柱之下。

很长一段沉默。我闭上了眼睛。

然后斯蒂夫说：“好吧，怎么了？”

他的声音缓和了一些，也许更多。这居然莫名其妙地让我觉得宽慰，但我没有时间处理这个问题。“有个浑蛋这几天一直守在我家门口，”我说，“而且我已经受够了，我一个人没法把他抓住，我可能走的每条路线都很清晰地在他视野里。我一靠近，他会撒腿就跑。”

斯蒂夫说话了，他已经把手头的事情放下，专注地听我说话。“不过他没在监视我。”

“但愿如此。”

“那人在什么地方？”

“在我家这边的路口。”斯蒂夫知道我住在什么地方。他没进来过，但我们一起去取东西时经过这里一两次。“他之前在我前窗窗口往里看，我还见过他躲进后面的巷子里，不过大多数时间他都是在角落里。是个中年人，高个子，看着挺结实，穿着黑色外套，戴软毡帽。”

我感觉斯蒂夫正在拿翻爱斯琳家墙的那个家伙做对比。“好的，”他说，“你想让我过去对他做什么？”

“把他带进来，我想问他几句话。”

“我最快十五分钟后到。”我可以听到他已经行动了：穿上鞋子，或者拿起了外套。

“等你差不多快到的时候给我打个电话，响一声，然后挂断。”

“好的。”钥匙在响，他已经准备出发了，“自己小心点。”

“谢谢，”我说，“待会儿见。”

我把手机放回口袋，坐回沙发里，在笔记本电脑上胡乱敲着东西，感觉窗户像指甲一样在不停地敲打我的一侧脑袋。我没有四处张望。我的手机铃声突然响起，感觉像是过了一个小时之久。我努力忍住才没有跳起来。

我伸展了一下身子，站起来，走到门口，走出窗户的视野范围。我拿出枪，把眼睛压在门的窥视孔上。黑暗和黄色的大门一直延伸到外面的路面上，在鱼眼镜头里畸形地凸起。隔壁喜欢狂吠的小狗又在发脾气。远处的某个地方，有女孩子们在尖叫。然后是一阵纷乱而急促的脚步声越来越近，穿过鹅卵石路面。

我抓着门把手，等在原地，直到一团黑影出现，盖住了窥视孔。我把门打开，两个挨得很近的家伙跌跌撞撞地走进屋子里，我在后面把门关上。

他们让地毯给绊了一下，重新站定，然后走到客厅中央。斯蒂夫一只手紧紧抓着另一个家伙的外套领子，另一只手把他的一只手臂扭到背后。他是个大块头，黑头发已经有些发白了——帽子掉在了路上的某个地方——穿着黑色长款大衣。“放开我——”

“我来。”我说着，把枪顶在他头上。斯蒂夫放开他，向后跳了一步。

“看在上帝的分上。”这个男人说。然后他转过脸，我们三个都呆若木鸡。

他没想到会有枪，而我没想到会是他。我心里想着要对付的人，可以是连环杀手，可以是我们自己人，但完全没想到会是这个家伙。

我之前从没见过他，但是我见过这个人的一切，每一天都会在脑海中温习一遍：鹰钩鼻子、眼皮低垂的黑色眼睛、长长的浓眉。一时间，我觉得这简直就是个搞砸了的玩笑；我的心受到了巨大的冲击，想要找个什么东西稳住自己。我甚至怀疑这是不是组里的浑蛋想出来毁掉我的诡计。他跟我长得一模一样。

斯蒂夫的视线在我们两个之间来回游移。他的手在身体两侧张开，仿佛不知道该拿它们如何是好。

我说："斯蒂夫，你可以走了。"我的嘴唇有些麻木。

男人说："安托瓦妮特——"

"给老娘闭嘴，不然我崩了你。"我的枪在他头上顶了顶，他闭上了嘴，"斯蒂夫，快回家吧。"

斯蒂夫开始发问："你还——"

"走，快走。"

停了一会儿，他走了，蹑手蹑脚。门在他身后轻轻合拢，留我和这个家伙在屋子里，面面相觑。

他理了理自己的大衣领子，刚才由于斯蒂夫的纠缠而有些走形。"谢谢你，"他说，"我不确定那是——"

"我让他把你带进来，"我说，"我已经受够了你天天在我家路口转悠了。"

他倒没觉得不好意思。"从这个角度讲，你实际上又帮了我一个忙，我不确定自己是不是有足够的勇气来敲你家的门。"

他说话带着有书卷气的英国腔，也混合了一点其他腔调——北爱尔兰口音，也许是贝尔法斯特的。在过去的二十三年里，他没有待在埃及的某座宫殿里，也没有留在巴西的某个夜总会，而是在某个我坐趟火车就可以到达的地方。

"那你就好好看看吧，"我说，"要不要整个儿看一下？"

他仔细地端详着我的脸，目光炽热得让我发毛，我很想用枪托砸他的鼻子，让他别那么盯着我。他说："你和我很像。你明白这意味着什么吗？"

"我又不瞎，"我说，"而且我也不傻。"

这让他露出了一丝满意的微笑，好像我不傻令他感到骄傲。"我从没觉得你傻。"

千算万算，还是栽在了他的手上。一阵沉默，他可能在等着我说什么，或者是我投入他的怀抱。我没有。

“这场面还真是有点尴尬，”他说，“我已经找了你快一年了。”

“哇哦，一整年，是吗？”

“我一开始就想跟你联系。我发誓。但我不知道你的名字，而你妈妈也跟我断绝了关系，断得一干二净。而且那时候，我自己的处境也很复杂，所以我觉得最好还是不要——”

“那现在算怎么回事？你想要个肾吗？”

他淡淡一笑。“前年，我母亲和父亲在几个月的时间里，相继去世了。”暂停了一小会儿，等我跟他说节哀，感怀丧亲之痛，或者鬼知道是什么东西。“一个失去双亲的人，对人生的看法通常都会产生巨大改变。这让我彻底理解他们在我生命中的价值，比我之前的理解更为宏大：在一个比自身更大的故事中的归属感。我开始深切地认识到这一点，人生第一次，而这些也是我从你身上剥夺的。一想到这里，我就开始找你了。”

他的一双黑色眼睛里，写满了热情、迫切和意味深长。难怪我妈会为他着迷，何况她当时只有二十岁。而我已经不是二十岁了。真相是他突然感受到人世无常，不知道自己下一步该如何是好。他需要找到某个人，能让他感受到自己不至于悄无声息地从世界上消失不见。“为了这个，我还雇了个私家侦探，”他说，“但是我能给他的线索就只有你妈妈的名字，而且——”

“你现在找到我了。”

“我得知该去什么地方找你，马上就过来了。我在都柏林订了间旅馆，立刻就开着车过来了。”

他脸上满怀期待，以为我会被他感动。“真可惜你没有在几周前找到我，”我说，“你本可以为你失散多年的女儿来一次圣诞大采购的。”

“真的需要那样吗？”他在我的枪口边点了点头。“你必须知道，我完全不想伤害你。但你说的话让这场谈话很尴尬。”

他的嘴角浮起一抹微笑，他希望这微笑能起到作用。十分有魅力，这家伙。真遗憾这个基因没能遗传下来。

“我们没在谈话。”我说。要是斯蒂夫有觉悟，能听我的话，他现在应该已经开车走远，不会再被这家伙追上，逼着问话了。“你该走了。”

笑容消失。他小心翼翼地说，“我想你一定很生我的气——”

“我没在生气，我和你没什么好纠缠的。走吧。”我用枪指了指房门。

“不，”他说，他朝我抬起手，“让我留在这里。求你了。只待一会儿，一个小时，半个小时。要是之后你还想让我走，我一定会走。”

我说：“出去，现在。”

“等一下，”他没有动，但是声音似乎已经跳了过去，把门挡上了，“求你了，我不打算窥探你的隐私。你可以随你的意跟我说话，或者什么也不说——全都听你的。而我会告诉你一切你想知道的事情——你肯定有很多疑问。任何事情都可以，尽管问我。”

我的问题：我最深刻、最阴暗，就连最好的同伴、搭档和情人都不会知道的那一个。那一刻，我看到了爱斯琳看到的东西。我看到了她跨越重重困难，跨越死亡迎来的时刻；它像球形闪电，在我的房间里炸开，在我面前发出轰鸣，仅仅距我一臂之遥。*你是谁？你是怎么遇到我妈的？你为什么要走？你去了什么地方？你做了什么？全部告诉我，全部……*我看到自己像是一只鹰，在温暖的高空中飞翔，而他则在下面，铺开了我所有原本可能的生活，让我在上面久久盘旋，直到所有的命运分叉都刻进我的心底，我重新找回了，都是我的了。我看见他抖开自己的披风，向我展示它的里衬，那是我命运当中所有缺失的章节，就像夜空中银色的星河。

“好吧，”我放低枪口，“没错，我是有问题。”我几乎无法呼吸。

“我可以留下来，坐半小时。”

“可以，为什么不呢？”

他点点头。他等着，专注地看着我，眼睛一眨不眨，等待着我的问题，仿佛它们将会是我可以给他的最好的礼物。

也许的确如此。这是从我妈妈那些胡说八道的童话故事中明白的。如果我让他解答我的疑问，他就会拥有我。我生命里的一切，无论是过去的，还是未来的，都将归他所有：他会决定一切的走向。

我说：“你是怎么找到我的？”

他眨了眨眼。

“你说任何问题都可以。”

他看了一眼沙发。“我能坐下吗？”

“不，你先回答我的问题，我再考虑让不让你坐下。”

他突然挑了挑一侧眉毛，像是准备让一个过分紧张的孩子放松下来。有时候我也会对证人露出这样的表情。“好吧，周日下午，我去我家附近的报摊上买报纸。排队的时候，我看到旁边摆着的另外一份报纸，头版上有你的照片。我一看到那张照片，就知道自己找到你了。”

这让我怒不可遏：他无权认出我。“所以呢？”我说，“你又做了什么？”

“我在电话簿里查你的名字，但是你没在上面。我想你的工作单位也不会透露你的个人信息，所以我就给报社打了电话，找那个写了这篇报道的记者。我告诉了他我是谁——否则我想他肯定也不会向我透露任何信息——说我想跟你取得联系，可是不确定你是否会欢迎我。”他尴尬地看了枪口一眼，“我想的果然没错。”

“而他就把我的地址给你了？”就算是扯上克劳利，听起来还是不对，那家伙可不会不求回报地乐于助人。“你给了他什么？”

“我没给他任何东西。”

我也见识过这种干脆的否定，太干脆了，不可能是谎话。“好吧，”我说，“那你答应了他什么？”

他想说谎，不过理智告诉他不要冒这个险。“记者说他会给我你的地址，作为交换，我们见面后，我要接受他的采访。”

我完全能想象出来，“顶级警探的童年秘闻”。配的图是我破烂不堪的公寓和他在绿化充分的住宅区的独栋别墅。“在工作中，她一直致力于寻找真相，而她真正的目的是找到我。”和女儿失散多年的父亲啜泣着说。不会是头版或者是焦点报道，而会出现在一个刻意夸张的、失去父亲的女性专题报道中。只是想想就让我觉得想吐。克劳利甚至不必把它登出来，他只要在我眼前挥一挥稿子，就可以要求我贡献出所有的独家消息，而我知道自己也一定会照办。

我说："然后你说好，没问题，一言为定。"

"我也不想这样。我从没想过自己要向这种街头小报袒露私事。但是只要能找到你，别说是做这个了，让我做什么都可以。"

他并不像个白痴，可是谁又能保证。我说："你本来可以给我的单位打电话直接找我，或者是给我寄封信。"

"我本来确实可以那么做，没错。"他伸手抹了抹自己的脸，叹了口气，"我说实话吧，我想在咱们正式见面之前，先看看你。"

意思是说他打算先看看我，再确定值不值得跟我见一面。要是我找了个邋里邋遢的老公，生了五六个哇哇乱叫的小屁孩，整天叼着烟卷吸个不停，他就会打道回府了：没有伤害，没有越界，故事还没开始就可以结束。

也许他也觉得这就是他要这么做的原因，可是我不信。我很清楚他的小算盘。按照常规的做法——先发几个友好而温柔的消息，先打几个让彼此熟悉的电话，在大家感觉都不错的时候，找一个中间场地见面，所有这样的扯淡流程——这样决定是否见面、何时见面的主动权掌握在我手上。而这个家伙从来没打算这样做。他想要的是眼下这种情况——想要我——自始至终按照他的节奏展开。可惜很不幸，他的这部分基因完好地传给了他的下一代。

我说："所以接下来这三天，你就像个变态一样，一直在我家外面偷窥我？"

他动了动鼻子。"我不想承认这一点，不过我答应过你可以回答一切问题，我希望你现在可以明白，我没跟你开玩笑。"

"你的记者朋友什么也不会得到。明天第一件事，你要给他打电话，告诉他你找错人了。让他相信你说的话。"

他的脑袋动了动，一脸自傲的神情很是好看，他很清楚这一点。"我答应他了。"

他想让我求他，或者跺脚发脾气，怒斥他欠我的太多，怎么可以这样对我。我笑了，是短促的一声——我并不打算遂他的愿。"那他会怎样呢，跟你打官司？"

"当然不会，可我更希望可以信守诺言，"在我扬起嘴角的同时他接着说，"而且我觉得我们两个都不会特别希望与他为敌。"

“相信我，你与他为敌总要好过把我惹毛。你觉得我不认识你家那边的警方朋友吗？你希望余生每次一坐进车里就被拽出来，对着酒精检测仪吹气吗？或者只要小孩说看见了一个棕色皮肤的坏人，你就得去警局跑一趟吗？”

他的嘴——弧度很大，线条分明，和我一样——紧紧地抿了抿。然后他说：“这显然对你意义重大。”

他顿了一下，放出鱼饵等我上钩，我没上当。

“好吧，我会告诉那个记者我搞错了。”他冲沙发点了点头，“我现在可以坐下了吗？”

这个恬不知耻的浑蛋朝我的沙发走了过去。“很好。”我说着，举起枪，再次把枪口对准他，“你现在可以走了。”

这让他有点震惊。“可是你的问题呢？你不想知道——”

“不想，你走吧。”

他没有动。“我们说好半个小时。”

“我没什么好留你的。”

“半个小时，我们说好的。”

我放声大笑。“那你得跟我签个合同才有法律效力。滚吧，别再回来了。”

他咬紧牙关。“要是你打算伤害我——”

“我只想把你从我的家里弄出去。要是真想伤害你，我会用这个。”我用下巴指了指我的枪，“出去。”

有那么一刻，我觉得我得开几枪。他不是个习惯让步的人。有意思的是，我也一样。

我看到他明白我的打算了。他瞪大眼睛，向门口退了一步，但他没有走出去。“我明白这可能把你吓到了。相信我，我没打算这样和你见面——我把我的名片留给你吧，要是你回心转意——”

他的手在胸前的口袋里伸。“不，”我说着，把枪指向他的手，直到它不再移动，“我们到此为止。要是再见到你，我就一枪爆掉你的脑袋。我会跟大家说我遇到了一个多么可怕的跟踪狂，我的朋友斯蒂夫也可以给我做证。我还会把我们这个凄惨的误会卖给你的记者朋友，让他出一个好价钱。”

他慢慢地抬起头。“你和我想的不一样。”

“别废话，”我说，“再见。”

有那么一刻，他呆呆地站在客厅中间，眼神茫然地望着沙发，仿佛不知接下来会发生什么，不知该如何是好。他看上去一点也不像我，完全不像了。他像个困惑的中年人，困惑太久了，过去几天一直站在寒风中幻想。

最后他还是动了。他把门打开，我想他似乎还打算说点什么，但他只是点了点头，随即走进夜色当中。

我走到门口，看着他出现在路口。他的帽子在街灯下面，被风吹得滚了几圈。他弯腰捡帽子时动作迟缓，仿佛患有背疾。然后他拍了拍帽子上的灰尘，继续往前走，走到灯光的范围之外，转过街角。他没有再回头看一眼。

我等了五分钟，又等了五分钟，确保他已经走远。我的手在抖——天气很冷——然后用枪指了指身后的房间。在确定他不会再回来之后，我把枪收进枪套，给斯蒂夫打了电话。

他很快就接了。“你还好吗？”

“我很好，你在哪儿？”

“我就在你家附近的一个酒吧里——叫什么，什么酒馆。我怕万一——我的意思是说，我知道你很能干，但是……他，人还在吗？或者……”

他想知道我家地板上有没有多出来一具尸体。“他走了。你可以回我这边来吗？”

“没问题。”斯蒂夫说，太快了——现在这个小浑蛋觉得我很想找一个可以靠着哭的肩膀，“我五分钟内到。”

结果他三分钟就到了，风把他的围巾吹得凌乱。“老天，放松，”我为他把门打开，“我家没着火。”

“你还好吗？”

“像我刚才说的，我很好。你没喝完就过来了？”

“是啊，我想——”

他的头发也被吹得十分凌乱，橘色的，一副匆忙状。“你戏太多啦，”我说，“想不想来一杯补偿一下？”

“好啊，谢谢。”

我去了厨房，走向酒柜。“威士忌可以吗？”

“可以，很好。”斯蒂夫站在他门口，仔细地打量着我的房间，回避我的目光，他对着厨房的窗户说，“我看见他的脸了。”

“嗯，”我说，“我也看见了。”

斯蒂夫等着我继续说下去。我说：“要冰块吗？”

“好啊，谢谢。”他看着我摆好杯子，倒酒——我的手又恢复正常了。“你……我是说，你还会再跟他见面吗？”

我把他的杯子递了过去。“我猜不会了。我告诉他如果他再来，我就会朝他开枪。”

斯蒂夫吓得扑哧了一声，终于让我意识到自己在说什么，然后我也突然笑了起来。“老天，”斯蒂夫一边笑得发抖一边说，“我觉得他肯定想不到事情会变成这样。”

这话让我感觉更糟了。“可怜的浑蛋，我都开始觉得自己有点对不起他了，你明白吧？”

“你说真的？”

“不，我还是希望他吓得屁滚尿流。”这让我们两个笑得不能自已，只好靠在墙上。我擦了擦眼睛，一口干了杯子里的威士忌，然后又给自己满上一杯。“嘿，”我把手伸向斯蒂夫的杯子，“我得好好招待你。刚才你一定觉得我是喊你回来帮忙处理尸体，对吧？”

斯蒂夫突然呛了一口酒，弯下了腰，这让我又大笑起来。他几乎喷出来半杯，真是可惜了我的上等威士忌，但我不在乎。我已经很久没有感觉这么好过了。“看你这模样，”我从他手里把酒杯拿过来，“孩子，你得学会怎么拿酒杯。给你。”我把重新倒满的酒杯递给他，然后朝沙发走过去。

“你真没事，”斯蒂夫说，换回严肃的表情，仔细地看了看我，“是吧？”

“说过多少次了。”我靠在坐垫上，呷了一口，这次仔细地品了品酒。我能感受到脑海深处的角落里，事情正在变化：光线偏转，平衡被重新确立。也许明天给我妈打电话的时候，我会告诉她我是怎样度过这个夜晚的。这次她应该会有所反应。

斯蒂夫说："然后……"意思是，那你叫我来干吗？

我坐直了身子，整个人也清醒了，"我突然想到一些事，跟案子有关。"

我要说的就是那一刻，我神志恍惚的时候，在极度痛苦的光芒当中，看到爱斯琳正在追逐的东西。在那一刻，我意识到我和斯蒂夫本该在二十四小时前就发现的东西：在爱斯琳和加里谈话时，当关于她父亲的白日梦破碎的时候，爱斯琳究竟看到了什么。在一片凄惨中，加里令人宽慰的声音进入她的心底，她看到的，显然是自己故事的下一站。

斯蒂夫坐到了沙发的另一端。他用手指端稳酒杯，没有喝，而是看着我。

我说："还记得加里在电话里说了什么吧？他告诉爱斯琳她的父亲死了，然后她伤心欲绝。于是他为了安慰她，继续跟她说话，继续跟她说她爸爸有多爱她，他毫无疑问是个好人。你觉得这就能让她不再思念自己的爸爸吗？让她从阴影里走出来，啊，真该死，我赶紧忘掉算了？"

"不，像她那样的人，这只会让她的思念更深，还有东西是值得她继续找下去的。这个想法是我一直在讲的。"

"记得加里还跟她说了什么吗？他继续讲到了办这个案子的其他警察。他们是多么优秀的警探，工作有多尽职尽责。要是还有什么线索，他们肯定能找出来。"

斯蒂夫摇晃的脑袋和挑起的眉毛都在问我：然后呢？

"如果我是爱斯琳，"我说，心怦怦直跳，"要是我是她那种人，我不会无凭无据地去追查那个不成熟的黑帮线索。我更想去找那些能够给我确切线索的人。我会去找当年办案的警探。"

一阵沉默。只有微风在烟囱里挣扎的声音。

斯蒂夫说："她怎么找呢？"

"我打赌加里跟他说了几个人的名字。'我认识菲尼，还有麦卡恩，他们都是很好的警探，我确定他们会尽自己所能……'"

斯蒂夫说，仿佛呼吸困难似的："麦卡恩？"

又是一阵寂静，只有风声。

我说："所以爱斯琳给失踪人口组打了电话，找菲尼或者麦卡恩。接线员告诉她菲尼已经退休了，而麦卡恩被调去了重案组。她没办法继续追踪菲尼，但是找到重案组的办公室，等着大家换班简直轻而易举。她甚至都不用打听就可以锁定要找的人。她花了那么多时间思考这件事，一定能够认出他，即便已经过去了十五个年头。”

“那然后呢？你说她找到了他，那然后呢？”

我摇了摇头。“我不知道。”

斯蒂夫伸手挠了挠头，想让头发自动恢复整齐。“那你觉得他会是她的秘密男友吗？”

“我想到过这个，可我想不出她有什么理由选择他。我们再回到那个老问题：一个像她这样的女孩，为什么要去追求一个已经开始有啤酒肚的中年警探？跟他调情，套出她爸的故事：完全可能。但跟他耳鬓厮磨六个月？为什么呢？”

“她试图接近她的爸爸，而麦卡恩是她找到他的唯一线索——”

“老天，”我做了个鬼脸，“那这就是瞎闹了，而且我看不出这么做的理由。加里还是她跟她爸爸的线索呢，但她跟他一丝瓜葛都没有——要是有，他肯定会跟我说的。”

“也许她是个警察控。”斯蒂夫还在努力用手指梳理头发，想把凌乱的几缕别到耳朵后面，反复试了几次。“她去办公室跟你和加里谈话，看了眼周围，结果发现她喜欢……”

确实会有这种人。大多都是女人，但我也被几个莫名其妙的男的追过。就算你长得像疣猪，他们也毫不在乎——他们根本不在意你是谁。他们追求的是二手的刺激，二手的力量，是永远不会以“然后他就一直在客服中心工作”结尾的故事：告诉我你今天又抓了谁，穿着警服进卧室，把你的手铐拿出来。他们的这种癖好很容易暴露，但有的警察也就好这口，这会让他们自己感觉像摇滚巨星，觉得自己癞蛤蟆吃到了天鹅肉。

不过麦卡恩可能得比大多数人更费力才能吃到。“如果那就是她追求的，”我说，“那她去街上找那些年轻的、长得好看的小伙子就好，为什么非要跟老麦卡恩过不去？”

“因为她不想找那些忙着给公众找麻烦、成天给人家的车贴罚单的小警察。像我们之前说的那样：在结束了之前的生活后，她想来点刺激。她想要个办谋杀案的警探。”

我可以想象。谋杀案警探是追捕大猎物的人，我们整天都在跟顶级的作案者斗智斗勇。对“警察控”来说，我们无疑是下手的最佳对象。

如果那就是爱斯琳的真正目的，斯蒂夫说的就没问题：她没有太多选择。重案组很小，也就二十来个人。有一半都跟麦卡恩差不多大，或者更老。没有帅哥。

即便如此，我也不信她会选中麦卡恩。从罗里还有她的前男友来看，粗犷、寡言少语的男人不是她的理想型。她应该会跳过麦卡恩，去找那些不那么笨拙、更善于聊天、更能吸引她的人，某个像——

某个像布雷斯林那样的人。

布雷斯林，有一位娇妻，还有三个可爱的小孩。一旦被“警察控”盯上，他就得抛弃很多。而且正是布雷斯林，让我们把罗里·法伦抓起来，催促我们赶紧结案。

我说：“哦，老天。”

“唯一的问题就是时间，”斯蒂夫说，“如果你是对的，爱斯琳从加里那里知道了麦卡恩，那应该是两年半以前的事情。而按照露西的说法，她只是在六个月以前，才发现爱斯琳可能有个秘密男友。这中间的时间是怎么回事？”

“会不会是这样，”我说，“爱斯琳去找麦卡恩继续寻找线索，而他断然回绝了她。可是她并没有放弃，每过几个月就会回来找他，让他更加难办。然后在某一天，她又到办公室来了，正巧他不想搭理她，于是就让自己的搭档出去打发她走。然后爱斯琳就喜欢上了这个家伙。”

斯蒂夫的表情僵住了。脸色大变，原来的年轻气盛不见了，我难得看到隐藏在表面之下的他。他变得成熟、犀利，不是随便什么人就能招惹的。

我说：“还记得有个邻居看见有人翻过爱斯琳家的院墙，然后还报了警吧？男的，中等身材，黑外套，可能年近四十，还可能是金发。”

斯蒂夫说：“圣人布雷斯林，你觉得他可能跟这花边新闻有关系？”

“大家都说爱斯琳有些特别，可以把人纳入自己的幻想里面。她有天赋，而且还经常练习。而布雷斯林，他总是自视甚高，对他人的能力估计不足。要是她决定要追求他，这都是可以利用的缺陷……"

"没错，但是布雷斯林会冒这样的险吗？他可一直是个谨慎的人。"

"他是很谨慎。没有电话，没有短信，没有邮件，什么都没有。而且你还记得有人在系统里面查过爱斯琳吧？去年9月，正好就是爱斯琳开始有秘密男友的时间。他得确保她没有被人跟踪，被人骚扰，被人勒索，也没有任何显示她可能是精神病患者的记录。"

斯蒂夫面色一沉。他说："还记得你让布雷斯林拿着罗里的电话录音，去斯托尼巴特尔警察局做比对吧？想确认一下打电话的人的身份？"

"没错，那个目中无人的浑蛋把事情推给了加夫尼——"我停了下来。

斯蒂夫说："我当时以为他是不屑于去跑这个腿。"

"没错，"我说，"我也是这样想的。"

"他就是希望我们这么想，可事实根本不是这么回事。他不能冒险让当地的警察听到他的声音。"

他那电影旁白似的声音。在这大千世界……就连最迟钝的警察也会记住这个声音。除非，也许，有人先用连珠炮似的声音样本来轰炸他，让他的记忆模糊，直到无法恢复。

是布雷斯林报的警。我的脑子就像唱机上的唱针卡住了一样，一遍又一遍地重复这个想法。这并不是我们编出来的故事。事实如此，是布雷斯林报的警。

我说："难怪他没有直接打报警中心的电话。他可不能留下自己的电话录音。"

"而且这也解释了这个秘密男友是如何隐形的。布雷斯林不会让任何亲密的留言留下证据，或者是在脸书上跟她互动。除非那个文件夹里有确凿的证据，否则我们还是什么都找不到。"

"我们还有露西。她能证明有这段关系。可是她会不会照我们说的做，又是一个问题。"

"露西，"他的脑袋向后仰，仿佛被这个名字击中了一样，"老天，我们还可以搞清楚她为什么欲言又止。她不确定我们跟布雷斯林是不是一伙的。"

威士忌的味道在我嘴里变得浓烈而危险。我说："因为她觉得凶手就是布雷斯林。"

沉默。这次很短暂。我的心跳加速，可在耳朵听来却又没有那么快。

斯蒂夫说："但这并不意味着她是对的。"

"她害怕我们，"我说，"'我不知道小爱秘密男友的任何事情，她什么都没跟我说，我们不是那种亲密的……'她害怕我们是布雷斯林的清道夫，一旦我们认定她掌握什么线索……"

"而她同时也透露了关于男友的蛛丝马迹。要是我们是好人，她希望我们能够再做一些调查，而不是一直盯着罗里一个人。"

"没错，"我说，"这对露西来说是最好的方案了。她很有勇气。"

斯蒂夫喝了口酒，仿佛他需要如此。"没错，但是她有足够的勇气说出一切吗？已经过去两天了，她一直没跟我们联络，要过来做她的笔录……她不想再跟我们有什么瓜葛。"

"我们需要她。没有她，我们就没办法将爱斯琳跟浑蛋布雷斯林或者麦卡恩联系起来。我们可不能拿着爱斯琳的照片围着办公大楼转，问有没有人看到爱斯琳跟他们两个中的某一个在一起。"

"甘利酒吧的酒保呢？他见过爱斯琳和她的男朋友。"

"他看见的不是他们两个人。他看见了爱斯琳，跟一个无关紧要的中年男人在一起。他的身份是指认不出的。"

"那罗里呢，"斯蒂夫说，"他在隐瞒一些事情，在他提前去爱斯琳家的半个小时里面，一定发生了一些事情。也许他看见了什么，或者是她说了什么……"

"见鬼，"我一下子坐直了身子，"布雷斯林问他有没有证据能证明有人跟踪爱斯琳的时候，你在观察室里面吗？"

"老天，"斯蒂夫倒吸一口气，发出咝咝声，"是，我看见了。罗里说他在周六晚上看见一个男人，然后布雷斯林就不让他说下去了。"

"是我和布雷斯林，"我说，"我当时也打断他了，像个该死的白痴。但是听着，罗里看见的那个人，不可能是布雷斯林。如果是，罗里可能在周日就把他认出来了——或者至少是今天我们把他带过来的时候。要是他认出了布雷斯林，我们肯定会察觉到，不可能错过。布雷斯林并不是周六晚上出现在斯托尼巴特尔的那个人。”

“哈。”斯蒂夫说，他的脸色再一次凝固了，心思却在转个不停，重新扭转布局，像是在玩魔方，“那如果是这样呢，布雷斯林是爱斯琳的男朋友。就在几周前，他开始怀疑她脚踏两只船。也许他检查了她的手机——上面只有滑动锁，记得吧——看到了她跟罗里发的信息。然后，在上周的某个时间，他发现了罗里的短信，看到了晚餐约会的事情。”

“布雷斯林不会喜欢被欺骗的感觉，”我说，“那个自大狂，这种事他完全受不了。”

“但是他的脑子够聪明，不会脏了自己的手，”斯蒂夫抬头，目光和我相遇，“你知道他会找谁帮忙。”

我说：“麦卡恩。”这样把自己交到搭档手里的想法，让我有种奇怪的感觉。我看了斯蒂夫一眼，他的样子完全不同往日：雀斑似乎更生动，嘴角的线条更加清晰，我几乎可以看见他皮肤的热度散发出来。他看起来更真实了。

“没错，”他说，“麦卡恩。”

我说：“布雷斯林安排了完美的不在场证明，只是为了以防万一——周六晚上，他肯定跟老婆在家里约了人吃饭，或者是在热门的饭馆。而麦卡恩就去了斯托尼巴特尔，替他解决这个不忠的贱人。”

“可是按照现场的情况，”斯蒂夫说，“这丝毫不像是计划好的事情。”

他的声音里带着困惑。他想知道他们的本意是不是想要爱斯琳的命。

“不，”我说，“如果只是为了劈腿，布雷斯林也许会大发雷霆，但是不管他和麦卡恩的关系有多好，麦卡恩都不可能因为布雷斯林管不住自己的小情人出手。”

“所以麦卡恩只是计划跟爱斯琳谈一谈。暗示她欺骗警察可不是什么好玩的事。也许还打算跟罗里谈一谈，劝他滚蛋。只是谈谈。”

他很想相信这样的推断，出乎意料的是，我跟他一样。“也许吧，”我说，“有这个可能，只是后来出了意外。也许是爱斯琳开始大喊大叫，麦卡恩慌了神，类似这种情况。”

“然后他就打了她。或者是把她推倒，然后打了她一拳。”斯蒂夫捏紧了手里的玻璃杯。这样的推断很难说出口，让我们产生了生理性的厌恶。这太出格了，我们都想把话咽回去。

“等他意识到发生了什么，”我说，“他把房子里里外外擦了一遍，然后离开现场，给布雷斯林打了电话。总算让麦卡恩冷静下来之后，布雷斯林才开始思考对策。他给斯托尼巴特尔警察局打了电话，算好时间，这样等他上班的时候刚好可以负责侦办这个案子。接下来就是我们接到这个案子了。”

很长的一段沉默，仿佛再没其他什么好说的了，仿佛再没任何事情好说的了。我们唯一能做的，似乎只有坐在沙发上，喝着威士忌，听着远处一个男人大声吼叫，风在烟囱里不停鼓噪。

房间渐渐变冷，我不得不起身去打开暖气。“你负责罗里，”我回来的时候说，“周日审他的时候你干得不错。我会去找露西。”

斯蒂夫用拇指的指甲刮着玻璃杯，若有所思。“罗里优先，明早第一件事就是再审审他。”

“没错，不管我们从他嘴里问出什么，都有可能用来对付露西。”

“布雷斯林，”他抬起头看着我，“你打算怎么办？”

我根本没想过这个问题。“你得跟他去罗里住的地方周边，问问他的情况，记得吧？后面还得有人去爱斯琳的晚课班上了解情况。现在让布雷斯林负责这个，应该不会有什么问题。”

“要是露西或者罗里认出了他或者麦卡恩……”

“嗯，”我说，“那可就有意思了。”

“浑蛋。”斯蒂夫说，这个推断正在坐实：千真万确，而且我们就要着手处理它了。“啊，浑蛋。”

我开始放声大笑。他脸上的表情很有意思，像一位良民回到家发现自己床上死了个妓女，身边还有一堆可卡因。

“老天，安托瓦妮特，有什么好笑的？这个事情简直浑蛋透顶。这可事关我们办公室的一个警探，他可能杀了人，还是谋杀。”我笑得更厉害了，“不，你有没有——如果这是真的，我们得怎么应付——”

“你真该看看自己现在的样子。你可别在我家心脏病发作，这要是传出去——”

“安托瓦妮特，我们该怎么做？”

显然，我也毫无头绪。我想告诉他只要我们查下去，就一定可以柳暗花明，但这似乎不大可能。“振作一点，”我说，“说不定最后咱们想的都是瞎扯淡。也许明天你给罗里稍微一施压，他就趴在你肩膀上，什么都招了。记得带纸巾。”

斯蒂夫深吸了一口气，伸出手揉了揉自己的脸。“可能是瞎扯淡，对吗？是有可能。布雷斯林也许只是跟爱斯琳搞上了，周六晚上他只是饥渴难耐才突然跑去找她，结果发现她死了，然后他吓坏了，就像大多数人一样。剩下的事情都是阴差阳错，有可能。”

“没错，有可能。”才怪。

“有可能，这些全是童话故事。我们任何确凿的证据都没有，全是‘假设和可能’。”

他冲着我咧嘴一笑，但是意味复杂。斯蒂夫知道我是怎么想的，至少知道在过去几个小时里我的心路历程。可是他还是留在了这里。

“对对对。”我说。讲出来是容易的，但他是对的，而这一点让我在自己看不到的地方被紧紧攥住。“你还是在赌那个穷凶极恶的黑帮团伙，对吧？”

“老天，”斯蒂夫说，笑容消失了，“我真希望赶紧把这个案子收拾完，让我们继续过简单日子。”

“啊，不。要是我们的生活简单了，我还是会接着抱怨的，而你还是会继续抱怨我天天抱怨。现在这样倒不错。”

他发出了一阵声音，似笑又似叹息，很无助。“老天，最浑蛋的是那沓五十英镑的钞票……”

“没错，”我说，“太浑蛋了。”布雷斯林一直在暗示自己在受贿：这都是在努力把我跟斯蒂夫引向一条死胡同，让我们跑到底。第一天我在全办公室人面前问是谁在系统里查过爱斯琳的时候，麦卡恩一定快吓疯了。一有机会，他就找到布雷斯林，编出一套可以解释为什么要查爱斯琳的说辞，以及为什么我们会找到指向他们的线索，让我们东奔西跑，直到布雷斯林搞定罗里，再把我们拽回来。布雷斯林玩得一定很开心，他一直在暗处躲着，嘀嘀咕咕地打电话，用一个显然很假的故事——什么路上停车去打一炮——误导我们费尽心思查出一个不那么明显的假故事，并且眼看着我们完全信了。

我也终于明白布雷斯林今早为什么会收手了。这并非因为他确定我就要跳下陷阱，而是在他跟罗里的前任们聊完回来之后，他收买的助手——如果不是赖利，我还要查出究竟是谁——告诉他，我和斯蒂夫大吵了一架，然后斯蒂夫走人了。布雷斯林知道从一开始，我就倾向于认定罗里是凶手，同时他也可以猜出我和斯蒂夫吵架的大部分内容，而且知道我很想让斯蒂夫接受我的思路。而为了帮助我达到目的，他拿出了罗里跟踪爱斯琳的监控录像。他放弃了枉法警察的支线，开始努力追查跟踪狂这条线索，全力以赴让罗里尽快被收押，然后让我和斯蒂夫继续保持对立，直到这个案子移交给检察官。

而我，则一直在忙着对付那些准备整垮我、拉拢我或者是打算玩弄我的人，始终没想到这些事情可能跟我没有关系。一旦有面相和善的叔叔晃一晃手里的糖果，我就会偷偷跟上去——斯蒂夫也一样——要是没有那个自大的浑蛋在我家外面晃来晃去，或者我没有给斯蒂夫打电话，再或者斯蒂夫的性情稍有不同，我们都不会有机会坐在这里。

“谢谢，”我说，“谢谢你过来。”

“你说得没错，电视上也没有什么好看的节目。”

我有些想说对不起，但是解释道歉或者不道歉的理由都会麻烦而尴尬，免不了又是一顿胡扯。也许斯蒂夫想的和我一样，我不知道。我把威士忌瓶子拿过来，又给我们两人各倒了一杯。我们坐着，喝着，让那些本该说出口的话任由对方在静默中领悟。

“该死，”我突然明白过来，“我现在是半个英国人了。”

“而且还是个中产阶级，”斯蒂夫说，“下次回办公室，大家可有的笑话你了。”

“嘘，这件事别告诉别人。”

“他们的鼻子可灵了。”

“我说真的，”我看着他，“别让任何人知道。”

斯蒂夫直直地回看我。“没人会知道。”

"很好。"

"除非有别人说起来。你知道你老爸是怎么找到你的吗?"

"他是从克劳利那里得到消息的。"我说。想到这个,我举起酒杯,一饮而尽。"我得趁这个浑蛋到处乱讲之前先把他解决掉。"

"他不是什么问题,我们明天就把他搞定。"

这个"我们"听上去真是舒服。"明天可有的忙了。"

"没错。"斯蒂夫深吸一口气,把酒喝干,然后甩了甩脑袋。"我得走了,回去休息一下,为明天做好准备。"

"你酒喝得太多了,叫出租车回去吧,明天再来把车开走。"

"我在路上走走,清醒一下,遇到车就叫一辆。"他站起身,拿上外套,"你明天跟我一起去接罗里吗?"

"嗯,我会去的。他还觉得我是个好人。早一点去,七点,如何?这样你还有时间赶回去,跟布雷斯林一起出任务。"

他点了点头。这次布雷斯林的名字没有在他脸上激起害怕的表情,我们已经跨过那道坎了。"七点可以。"

他没有问——就算在我因为我家门外有个流氓打电话向他寻求帮助,他也没有问——我一个人待着是不是没问题,或者我想不想让他留下来。如果换成别人,现在也许会一把抱住他,或者做一些别的狗屁事情。

"到家了给我发个短信,"我只是说,"给我报个平安。"

斯蒂夫翻了个白眼。"又没有人守在我家门口,等着袭击我。"

"我知道,你这个傻子。不过是我把你从家里喊出来的。我觉得我有责任。要是你在自由活动的时候被人偷袭什么的都无所谓,随便你。"

"万分感谢。"他冲我笑了笑,把围巾戴好,"我会给你发短信的。"

他走后,我打开电脑,玩了一会儿游戏。那些乱七八糟的事情又添了几样,我都用不着费心阻止自己去想。我今晚的脑子已经用光了,没电了。除了嘟嘟的拨号音,什么都不剩。

半小时以后,我的手机响了:平安到家,明天见。

我给他回了:好,明天见,晚安。我还没放下手机,就睡了过去。

14

第二天醒过来，我有种刚搬了家、换了部门，或者是甩了什么人的感觉：你知道这个世界不一样了，即便你不记得是怎么发生的。就连空气嗅起来的感觉都不一样，犀利、怪异，有树脂一般的味道，四周都沁着寒意。即便你还没记起，你也知道今天要当心。

我机械地跑在路上，穿过黑暗和飘忽的雨丝。今天早晨我感觉身体仿佛不属于我自己，跑起步来似乎不需要任何指令。我推动它，比往常跑得更快也更远，却几乎用不着调整呼吸。我心里只剩下一步步向前的念头：去罗里的家。除此之外，别无他想。

斯蒂夫很早，差一刻七点就到了，而我已经准备就绪：服下足量的咖啡因，填饱了肚子，冲过了澡，也穿好了衣服。我觉得不会还有什么人在监视我家，不过等斯蒂夫一敲门，我还是一把把他拉了进来，以防万一。

“你还好吗？”我问。

他点了点头。他脸色比以往还要苍白，但是却多了几分视死如归的坚毅。“你呢？”

“嗯，你要来点什么吗？咖啡或者吃的？”

“不，我已经搞定了，谢谢。你打算怎么办？”

我说：“迪齐应该已经在罗里家外面安排了眼线。我猜他会自己在外面守着，毕竟这是他可以指挥地方警察的难得的机会，另外一旦有什么意外情况，他正好可以好好表现一下。我还不想让他知道咱们准备一起对付罗里，说不好他就是布雷斯林的眼线。”

斯蒂夫点了点头。“我们得分头行动。”

“没错，我们现在还是看彼此不顺眼的死对头。”

“我准备了一些身份指认卡，”斯蒂夫说，他从包里拿出一沓卡片，有八个中年人，没留胡子，都是灰白头发，全是全脸，或者接近全脸，都是从录像中剪切出来的，背景也没什么特殊的地方。斯蒂夫一定忙到半夜，才找到了一张麦卡恩合适的照片，然后还从网上找了其他的照片跟它匹配，确保不会有人说照片比对有失公允。麦卡恩被排在左数第三个，穿着像在法庭上穿的正装，目光暗淡地望着我身后，背景是多云的天空。“我多印了几份，以防万一。”

“很好。”我说。看到我的同事中可能藏着个浑蛋，让我的脑袋里仿佛有火药引信被点燃一样，噼啪作响。斯蒂夫的杰作很像生日聚会上的恶作剧卡片。“你有布雷斯林的比对照片吗？我可能需要拿给露西看。”

“有。”他又翻出另外一张，这张上面全是长相好看的金发中年男人。窃笑的布雷斯林被放在了右上角。

要是开始想这件事有多糟，我就该退场了。我们不能低头。

我看得出，斯蒂夫在想着和我一样的事。“很好，”我说，“我们开始吧。”然后我打开门，让他出去。

任我行书店对面，在路灯微弱光亮的延长线上，停着一辆黑色三菱帕杰罗，带着深色的光泽。刚刚破晓，透过风挡玻璃，我只看见驾驶席上有一个宽大的身影。我低着头，绕到车身的另一侧，避开书店方面的视线，敲了敲车窗——果然，迪齐坐了起来，把车窗向下摇了一点。

“哈喽，”我说，“有什么发现？”

“没多少。”迪齐看上去很疲惫，估计这一晚都没怎么睡。车里的空气弥漫着鱼和薯条的味道，有些呛人，座位底下可能还摆着他的尿罐。“就在那儿，书店旁边的灰色大门，上面就是他住的公寓。书店上面是他客厅的窗户。昨晚九点左右，他去了街拐角的超市，买回来一罐牛奶和一个三明治。这浑蛋看上去有点被吓坏了，一直在左顾右盼，好像有什么人会暗算他。经过我的时候我差点就按了喇叭，看看他会不会被吓到。”

我们两个都笑了。“有意思，”我说，“我们就希望他这样。还有别的动静吗？”

“进屋以后他就把窗帘拉上了，但是灯整晚都亮着。五点二十分他下楼，进了店里。再后来就没露过面。你要把他带走吗？”

“不，等一会儿。我只是想来吓吓他，让他继续保持紧张。我都已经起床了，他没有理由继续呼呼大睡。”

听到这里，迪齐打了个哈欠。“说到这个，”我说，“你给什么人打个电话替你一下吧，你回去睡会儿。”

他吓了一跳。我这才发现，自己在这些助手眼里原来有多没人性，至少有时候是这样。布雷斯林要是想找个帮手收拾我，肯定不愁没人。

“谢谢你，”我说，“一直熬夜盯着。”

在迪齐想出该怎么回答我之前，斯蒂夫来了。他的手插在大衣口袋里，摆着一张臭脸，没人会觉得他很友好。“早啊，”他说，“有什么情况？”

“没情况，”我说，“你来这里干吗？”

“只是来看看。看看罗里有没有干什么有意思的事情。”

“没有。”

斯蒂夫向迪齐挑了挑眉毛，后者正在看戏。“他都干吗了？”

迪齐开了口，但是看到我的眼神又闭上了。“啊，没干吗。”

“我都告诉你了，”我说，“回总部见。”

斯蒂夫没有动。“你还打算跟他谈谈吗？”

“也许吧。”

“我可以跟你一起。”

我朝阴沉的天空抬了抬下巴，但还是忍住了，毕竟迪齐还在旁边看着。“你不用再去追查你的线索了，是吧？”

“没错，”斯蒂夫说，“我们进去吗？”

等了一会儿，我故意叹了口气。“无所谓，”然后对迪齐说，“明天见。”我径直穿过小路，没有等斯蒂夫。

他在书店外面赶上了我。窗户很昏暗，只有一些微光从店里面传来。店里的布置很精心，一副绝望的气息：畅销书显眼地跟颜色鲜亮的儿童读物叠放在一起，所有古怪的卡通人物和神秘的女英雄一起昏了头一般盯着眼前的黑暗。我从斯蒂夫身边走开，侧身按了门铃。

无论如何，罗里没有尝试割腕。他很快打开了门，一看见我们就心跳加速，我们全都看在眼里。他穿着和昨天一样的衣服，牛仔裤配松松垮垮的米黄色毛衣，只是脸上不少胡楂。成为嫌疑人，让他的生活按下了暂停键——这个可怜的浑蛋已经无法继续正常生活。

他说话了，有点喘不上气，“我没准备好，我没想到——”他无助地指了指脚上的灰色拖鞋，“我还没吃早饭，还没……”

“没事，”斯蒂夫温柔地说，“我们并没有想带你走，只是想先问你几个问题。我们可以进屋吗？不会占用你太长时间。”

罗里的担忧凝固成了恐惧。“我觉得没有律师在场我不该和你们谈话。我不确定……”

“我们不打算问爱斯琳的事，”斯蒂夫举起了手，“不谈那些，好吧？只是，我昨天没找到机会和你说话，你在审讯时说的一些事情让我觉得很有意思。”

罗里艰难地眨了眨眼，试图集中注意力。疲惫和恐惧耗尽了他的大部分心智，他的脑袋转起来慢得像只乌龟。

斯蒂夫说，声音压得很低，侧着身子，仿佛可能有人在偷听：“而且我想我们需要在布雷斯林警探不在场的情况下谈一谈。”

这引起了罗里的注意。不管怎样，布雷斯林不是好东西，况且面前还是斯蒂夫，衣衫不整，一本正经地来找他，看上去全天下最纯洁无害。“好吧……”他最后说，同时退后几步，把门打开，“请进吧。”

书店由两间连通的屋子组成，面积不大。前屋塞满了书架——罗里并不考虑吸引体形偏胖的顾客上门。在黑暗中能看到书架上贴着手写的标签：悬疑和言情。由旧封面和插图组成的海报从天花板垂下来，不停地在我们带进来的冷风中摇晃。光亮来自后屋，从门口望过去，那边可能更挤，书都是堆在架子上的，没有整齐地码放好，地板上也堆满了书，摇摇晃晃，有的封面都卷了起来。

“这是二手书区，”罗里挥了挥手，指向后面的屋子，“我正在整理。我睡不着觉，也受不了一直在客厅里发呆，所以我想我也许可以做些有用的事情。”

“这店不错，”斯蒂夫环顾四周，“你跟爱斯琳就是在这里遇见的，对吧？”

“是的，就在那边，在童书区。她告诉我她喜欢书店。书店是有魔力的，她说，尤其是这样的小书店。你总会感觉，自己可以在这里找到一本一生都在寻找的书，而它就放在后面的架子上……”罗里伸手擦了擦眼角，“要是周六进展顺利，下次我就会约她再到店里来。”

然后她就能帮他把风水书区的书按字母顺序排好了。老天，真是浪漫。“我打算在这里跟她野餐，”罗里说，“在地板上——我准备把书架挪开，留出空间。然后我们会在二手书区徜徉，看看里面有没有她一直在找的那一本……”他又擦了擦眼睛，更加用力，“对不起。我瞎说的。我已经好几天没合眼了。”

“没关系。”斯蒂夫说。我拿出笔记本，向后退了几步，站在两个书架之间，一边是戴着头盔、正在奔跑的男人，另一边则是留着好看发型的女人，正在大笑，正怜爱地看着婴儿。透过微弱的光线，我用余光似乎看到他们纠缠在一起。“我们能开一下这里的灯吗？”

“哦，当然。”罗里找到了门旁边的开关，灯亮了起来。在光线下他看上去更糟，身形佝偻，双眼通红，像是受困于僵尸围城，在这里躲避了多年。

“谢谢，”斯蒂夫说，“你还好吧？”

斯蒂夫晃了晃身子，不置可否。

“我们不会占用你太多时间。我只想问问你那个推论的事情。被甩的那个家伙一直在监视爱斯琳，发现她在给你做晚餐很沮丧，对吧？”罗里身子颤了颤，他想起了他说这件事的时候我和布雷斯林对他的刁难，“昨天你还说你有证据可以证明这一点，对吗？”

罗里下意识地看了看我，想看看我是不是还打算打断并且嘲笑他，但这次我只是很用心地听着。“你说有个男人，”斯蒂夫说，把他的注意力吸引回来，“周六晚上，你看见有个男人出现在那条街上，对吗？”

“是的，有个男人在那里，这个不是我编的，我看见了。”

斯蒂夫点了点头，斜靠在一个书架上。“好，那是什么时候的事情？”

“在我离开维金花园的时候。当时我放弃了等爱斯琳给我开门，沿着阿斯特丽德路，往主路那边走，经过了一条巷子的路口，就是维金花园后面那条，在……”

他又下意识地看了看我。“就是你偷看爱斯琳的那个地方，”斯蒂夫语气平淡地说，“然后呢？”

“正好有个男的出来，我们两个都吓了一跳。”

斯蒂夫点了点头，“他长什么样？”

“四十多岁吧，比我高一点，不过可能比你矮一点。黑色鬈发，不过有点发白。中等身材吧，我记得。”

麦卡恩，从爱斯琳家出来。

他从后门出来的，也许是进来。我们过去的时候，后门是锁着的，布雷斯林一定把钥匙给了他。

“你还记得他穿的是什么衣服吗？”斯蒂夫问，语气随意，仿佛这根本不是什么要紧的事。

罗里摇了摇头。“不太记得。黑色外套吧，还围了条亮色的围巾，我想，我注意到最主要的事情是他看上去好像……我觉得他应该嗑了什么东西。也许是可卡因，或者……我是说，我不太懂毒品什么的，但是他害怕的反应比我强烈，而且他的眼睛……”罗里眼睛瞪大，有些困惑慌乱，“要是他没嗑药，我觉得他有点……神志不清。不过在那个时候，我不太顾得上他。我只想赶紧走开，离他越远越好。”

“当时他离你有多近？”

“差不多就是从这里，到那扇门那么远。”罗里指了指后屋的门。五英尺差不多，也许六英尺。这个距离足够确定身份，但也够远，再加上只有路灯照明，到时候肯定会被律师找麻烦。

“他说了什么吗？或者做了什么？”

“其实没有多长时间。我只跟他对视了一两秒，然后就走开了。我走到阿斯特丽德路拐角的时候，回头看了一眼，以防他跟踪我，但是他去了相反的方向。他走得很快，低着头，不过我几乎可以确定就是同一个人。”

“而这一切都发生在大概八点半的时候？”斯蒂夫问。

“八点半刚过一点。我最后一次给爱斯琳发短信是在八点半，然后我又等了五分钟。她没回我，于是我就走了。所以我看到那个男人的时间，应该是在八点三十五分到四十五分之间。”

这样一来，麦卡恩总共有三十五到五十五分钟的时间待在房子里面。罗里离开后巷去乐购大概是在七点四十分，也许麦卡恩先看到了他，看着他，一直等他走开，也许直到罗里离开他才到场。但是在八点罗里敲门没人应答的时候，麦卡恩肯定在里面了。

等他意识到自己做了什么，他不会丧失思考能力，傻愣愣地待在原地，麦卡恩不可能那样做事。警探们都是控制情绪的专家，实在无法抑制的情绪，也可以等到合适的时间再处理。一旦发现爱斯琳死掉了，或者离死不远，他肯定会脱掉鞋子，避免留下鞋印，然后抓上一把厨房纸巾，把所有布雷斯林可能留下指纹的地方都擦一遍。他还会把炉灶关掉，因为在完成所有工作并且开溜之前，他显然不能让烟雾报警器响起来。他会听着门铃和敲门声，听着爱斯琳的手机震动和铃声，同时注意避开窗口可见的区域，等他清理完毕，在离开的路线上他也不会留下任何痕迹，用过的厨房纸巾也会揣在兜里，去外面另找垃圾桶丢掉，然后从后门离开。三十五到五十五分钟：时间足够。

“周日的时候你为什么没有说这件事？”斯蒂夫问。

“因为……”罗里擦了擦嘴，“好吧，你们知道吗？我以前见过这个人两次，在斯托尼巴特尔。第一次是在某天傍晚，差不多三周以前——我在找机会进到后巷里面，而他在路口抽烟，所以我只能迂回一圈，再想办法。那次我没到他身边就穿过了马路，所以他可能并没有注意到我；我注意到他只是因为他挡了我的路。但是第二次——我想大概是十天前——我在阿斯特丽德路上从他身边走过，当时我正准备回家，我们还对视了一眼。要是他记性好，他肯定能记住我。我知道要是我告诉你们周六晚上我见过这个人，你们肯定会去追查他的下落——要是你们找到了他，他就会告诉你们之前见过我，那样你们就会知道我曾经……我本来都不打算告诉你们这个人的事情。我本来希望你们不要找到这个人。”

到底怎么回事？疑问盘桓在我和斯蒂夫两人头顶。麦卡恩在做什么？成天在爱斯琳家门口盯梢？

罗里以为我们都不说话是因为怀疑他在说谎。“我太害怕了！‘哦，警探同志，顺便提一句，我一周三四天晚上都会在斯托尼巴特尔散步，盯着一个女人的窗户，与此同时，我发现另外有个家伙也在做同样的事情，所以你们最好去查查他……’我一定是疯了才会跟你们坦白这个。之后都发生了些什么，你们之后也看见了。”

“我明白，”斯蒂夫说，“我确实明白，所以你自己一暴露，你就打算把这个男人供出来……”

“却没人听，”我替他说出来，“好吧，我要为此向你道歉。”罗里眨了眨眼，有点害怕，然后迟钝地点了点头。“算你走运，莫兰警探察觉了这一点。”

“你觉得你还能认出那个家伙吗？”斯蒂夫问。

“能，应该没问题。自从爱斯琳出事以后，我就一直在想这个人。”罗里倾身向前，满怀期待——他又成为我们的好朋友了，“我越想到这个，我就越觉得他……我是说，他的脸，在周六晚上，有些不对头。”

斯蒂夫从包里拿出身份指认卡。“好，”他说，“我想让你看看这个，告诉我里面有没有你看到的那个人。如果里面没有尽管告诉我们，如果不确定也尽管说出来。好吗？”

罗里点了点头，开始集中注意力。斯蒂夫把卡片拿到他眼前。

罗里看了两秒。“这个家伙。就是这个人。”

他手指指的是麦卡恩。

“别着急，”斯蒂夫说，“确保你把所有卡片都看全了。”

罗里很听话，他又看了一会儿，但他的手指没有动。“就是他。”

“你确定吗？”

“没错，我确定。这上面看起来年轻一些，不过就是这个人。”

终于来了：确凿的证据。不再是假设和可能了，是实实在在的证据。它从天而降，让我跟斯蒂夫之间的空气猛地一抖，变得稠密而阴沉，无法流动。我们此刻被困在其中。

罗里能感觉到我们相信他。“你们觉得他……这个人是谁？”

“他是个人。”斯蒂夫说，“我们现在还不能透露细节。你可以把看到这个人的具体地点写在下面吗？然后签一下名字，标注上日期，再在你辨认出的这个头像旁边写上你名字的缩写。”

罗里把卡片贴在书架上，小心地写起来。“给你，”他写完了，把卡片递给罗里，“这样可以吗？”

斯蒂夫看了看。“很好。我们还会再让你来警局一趟，做一个正式的笔录，不过不是现在。你可以放松一下。”

“你的意思是……我待会儿还得去警察局找你们？”

“我还不知道。我们会看一下今天的进展。不过现在你可以平复心情，冷静一下，好好睡一觉，吃些东西。我知道说出来就轻松多了。”

“那我还……”罗里的喉结动了动，他找不到合适的词来表达，“你们跟爱斯琳的邻居谈过了吗？他们有人在巷子……在她家外面见到过我吗？”

“还没有。我们还会找你的。像我说的，你现在可以放松些了。”

“你是说……你知道。你们还觉得我是凶手吗？”

斯蒂夫说：“我还得问一句，朋友。你还有什么事情瞒着我们吗？任何事情？”

罗里用力摇了摇头。“没有，我什么都说了，我发誓：什么都没有了。”

“好，”斯蒂夫说，“要是你想到了什么我们应该掌握的情况，直接给我打电话。同时，我只能说，我们相信你确实见到了这个家伙，”我点了点头，“我们会彻底跟进这条线索。明白了吗？”

“谢谢，”罗里说，他还是有些困惑，长舒一口气，“谢谢你。”

我收起了笔记本，斯蒂夫把他斜靠在书架上时弄歪的书码齐。“嗯，”罗里用手拽着那件糟糕透顶的毛衣的下摆说，“我可以问一件事吗？”

“问吧。”斯蒂夫说。

“我监视了爱斯琳，我知道这听起来像……但你还记得我说过，爱斯琳并不介意成为别人幻想的一部分吗？你不相信我吗？”

他对着我说。“我记得你提到过这一点。没问题。”我说。

“我看着她的时候……实际上是和别人相反的。我在体会住在那里的感觉，成为她是什么感觉。我在努力进入她的世界。我不像其他人那样，做他们那种龌龊的事。”

他整个人都缩进那件毛衣里。“这样……我这么说你们能明白吗？”

这在我听来就是顶级的胡说八道、自我开脱，但我们现在需要他和我们站在一边，所以我点了点头。“有道理，”斯蒂夫温柔地说，“我们会记下的。”

我们离开了，罗里还站在书架中间，茫然地盯着我们经过一排排身影模糊的恶棍、幽灵般的树影，以及穿着背心裙蹦来跳去的女人，仿佛过几个小时我们再回来时，他们就会没过他的头顶，让他消失不见。

来到门外，我说：“麦卡恩到底在搞什么鬼？他从几周前就已经在斯托尼巴特尔扯淡了？”

“也许是在踩点吧，”斯蒂夫说，“先把地形搞明白，这样等正式行动的时候，他就能来去自如，不至于迷路或者暴露自己。”

“结果他还是被发现了，还被发现很多次。这本来是用‘谷歌地球’就能完成的工作：你完全可以通过它完成踩点工作，连鞋都不用穿。”

“没错，但是我们可以查到他‘谷歌地球’的使用记录。指认身份这种事情还是可以抵赖的，而上网记录就没那么容易了。”

迪齐的黑色帕杰罗已经消失了，在两根灯柱以外的地方，出现了一辆白色的日产逍客。动作真快，我好奇里面是不是布雷斯林，但我不打算去一探究竟，尤其是在罗里正在窗户后面盯着的时候。“听着，”我转过身来，用手指指着斯蒂夫的脸，“二十分钟后，我们在周日吃早餐的公园里见面，要确保身后没有尾巴。”我戳了他的肩膀一下，“清楚了吗？”

“行吧，”斯蒂夫翻了个白眼，“老天！”然后我朝我的车迈过去，看见他气愤地在空中挥舞着手。天晓得他是不是在做给布雷斯林，或者布雷斯林坐在日产逍客里的眼线看。我钻进车里，佯装气急败坏地迅速驾车离去。

我先到了公园，而且我很确定身后没人跟踪。公园里很潮湿，几乎没有人，除了一个全身穿着氨纶装备的自行车手，他正用手吃着保鲜盒里的食物，还有两个保姆正在用葡萄牙语开怨妇大会，一群刚学会走路的小孩在花圃里乱挖也不管。我找了一张离他们最远的长椅坐下，随手翻看早上给罗里做的笔录，等斯蒂夫过来。

描述跟麦卡恩相符，而且他还有一个小时的时间留在爱斯琳家。所有这些都被我记了下来，记在平时用的本子里，跟那些在别人脑袋上跳舞、用被害人的皮带勒死被害人的强奸犯，以及各种浑蛋事情都记在了一起。证人指认麦卡恩警探。

我翻到干净的一页，给索菲打了电话。刚过八点半，可是响到第二声她就接了。“嘿，我本来打算一到单位就给你打电话的。”

“嘿，”我说，“这么说你们有发现了？”

“这意味着你上了我的黑名单。”她吃着东西，正在走路：站着吃早餐，同时在收拾东西，看来索菲要迟到了。“今天早上四点，我的手机就开始闹腾：短信、邮件，然后是更多的短信，都是来自我们电脑组的那个家伙。作为一个正常人，我只能无视它们，结果他直接把电话打了进来。这个家伙工作能力没得说，但说到做人，他绝对是个彻头彻尾的浑蛋加白痴。最后我不得不关掉手机。显然我连同该死的闹钟也一起关掉了，所以我在十秒钟之前才刚刚睁眼。”碗柜门砰的响了一声。

“啊，真浑蛋，”我说，“我很抱歉，把那家伙的号码给我，我每半个小时就给他来一次电话轰炸，连炸他一两周，你需要吗？”

索菲扑哧地笑出了声。“要是他会觉得这是个麻烦，那我会让你炸他的。不过听着：他已经把被害人的那个双重加密的照片文件夹破解了。他就是忙这个到很晚，让他犯起了傻。你是对的，密码是‘missingmymissingdaddy’（想念我不知去向的爸爸），中间还有几个字符，用来增加难度。”

我心里涌起一阵厌恶，结果吓了自己一跳。这是这一天里我头一次感受到情绪的存在。“太棒了，”我说，“我最喜欢能猜出来的密码了。里面有什么？”

索菲正在吃什么带汤汁的东西，发出咕噜声。“等我上车的时候我就把它们传给你。大概有二十多张便条的照片，上面有一些数字和字母，还有一张剪报的照片，看起来像个小孩写的童话故事。我不知道你在找什么，不过但愿这些东西有足够的价值，不枉我坏了这一整天的事。”

“等看过之后才能告诉你，”我说，“不过她这么大费周章，肯定是值得保密的东西，对吧？太感谢你了，索菲。记得给我传文件——有时间把照片拍摄的时间也一起整理给我。我能保证的是，这些东西给案子打开了突破口。”

“你最好能这么说。我得挂了，因为我得找找我另外一只靴子了，我要开始砸东西了。回头见。”然后她挂了电话。

我抽时间看了眼《信使报》的电子版，确认一下我是否需要抽时间打烂克劳利的脸，不过上面没有关于我私人生活的内容。显然，就连昨晚那个自大的浑蛋,也知道什么时候该老实做人。不过上面有爱斯琳事件最新的恶心报道——克劳利找到了她的几个老同学，大家都哭哭啼啼向公众描述爱斯琳是个多么可爱的女孩。不过好女孩露西一定告诉他赶紧滚蛋。报纸的侧边栏还列举了近几年悬而未决的谋杀案—— 一开始我觉得这下头儿可有的好看了，但我又想起等今晚找他汇报的时候，这个报道可能已经成了不足挂齿的小事。他到时候会怎么看我呢，我都不敢想象。一想到这个我就害怕。奥凯利已经不会在我未来的生活里扮演什么重要角色，可我的脑子还是没能及时适应这一点。

只是为了好玩，我开始琢磨：要是昨晚那个浑蛋看见我的大名登上各大报纸的头版头条，心里会有什么感受？一开始我很小心，像是在用一颗已经注意回避多年的虫牙去咬东西。我花了一分钟，才确定这样做没什么问题。我咬得更用力，开始琢磨他会不会为我抓到坏人而骄傲，赞叹我的努力，或者因为我的警察生涯就此结束而感到遗憾，厌恶我夹着尾巴逃跑的样子：结果还是没什么感觉。我转战下一个单元，开始怨恨他离开我太久，以至于连久别重逢的喜悦都与我无缘：还是没感觉。浪费脑细胞在这种事情上，让我觉得自己蠢到了家。等我今晚给我妈打电话的时候，我准备挖几个当年在失踪人口组的老案子，逗她开心，绝口不提昨晚的事情。

斯蒂夫一边打电话，一边从公园大门走过来，四下找我——两位保姆瞥了他一眼，扭头继续开她们的“会”，我向他挥了挥手。他一屁股坐到我旁边，把手机塞回口袋里。

“怎么了？”我说。

“我给我在电信公司的朋友发了个短信，他之前在查那个给斯托尼巴特尔警察局报案的电话的全部通话记录。我希望能找到一些证据，帮我们证明那个号码在布雷斯林手里。这是个碰运气的想法，不过……”他撇了撇嘴角，“你那边有什么消息吗？”

“索菲的手下破解了那个加密文件夹。她说里面大多是写着数字的便条的照片。这会儿她正在把文件传给我。”

斯蒂夫突然做了个鬼脸。“啊，该死，真该死，我们可是需要有用的线索啊。”

“那也可能是有用的线索。现在谁成悲观主义者了？”

“因为罗里的身份指认……并不能说明什么。任何一个辩护律师都能指出，罗里在警察局的走廊里进进出出的时候，曾跟麦卡恩擦肩而过，他见过那张脸，所以搞混了。”

“没错，”我说，“或者他根本没搞混，而是逼急了在有意捏造一个替罪羊，所以他就指认了一张熟脸，好让描述听上去更加真实。”

“是。”从一坐下斯蒂夫就没动过位置，丝毫不介意长椅给屁股送去的湿气。他的注意力高度集中。“我们还得去弄到声音的指认，让斯托尼巴特尔警察局的人确定是谁给他打的电话。”

“上午你跟布雷斯林行动的时候，看看能否搞到声音样本。用手机录一分钟对话就可以。如果你没法从他身边脱身，可以发给我，我去送到斯托尼巴特尔那边。”

他点了点头。我的手机响了。“来了，”我说着把手机掏出来，“祈祷吧。”

“我一直在祈祷，相信我。”

邮件的主题是“在这里了”，下面是一列日期和时间。附件里有二十九张图片，我简单看了一遍：黄色便条，8W 写在圆圈里；便条，1030 写在圆圈里；便条，7 写在圆圈里，背景一片紫色，和爱斯琳家客厅的窗帘一个颜色；便条，7Th 写在圆圈里，一角被大拇指捏着。

“是时间和日期。”我说。

“看起来像。”

“还记得我们曾经想弄清楚秘密男友是怎么跟爱斯琳传达约会信息

的吧？”

斯蒂夫用指甲轻轻弹了弹我手机的边缘。“毫无技术含量，最安全的办法。”

“而且搜查她家的时候，我们也没有找到任何相关的东西。”我继续看：11、6M、745。“一旦布雷斯林知道自己什么时间有空，他就会往爱斯琳的信箱上贴一张便条，让她知道该在什么时间做好准备，穿上她的高档内衣。然后，等他到这里的时候，就可以亲手把便条取下来，处理掉。就像我们说的：他很谨慎。”

斯蒂夫把图片翻到“745”那一张，在屏幕上放大。“你确定这是布雷斯林的笔迹？”

“很难讲，不过至少没有明显的不同之处。而且我见过他这样写时间，不加冒号。”

“很多警察都这样。”

“没错，但是普通市民这么做的不多。这大概能缩小范围。”

“即便这样……”斯蒂夫摇了摇头，“笔迹专家也很难断定究竟吻不吻合。”

“没错。”我说。我回过头继续看照片：9F、630W、7。“而且布雷斯林也明白这一点。他再次不留给我们任何机会。”

“他不可能从一开始就计划要杀死爱斯琳。”

“对，但他也不打算跟他妻子离婚。布雷斯林喜欢他的生活。他喜欢自己的孩子们。他喜欢他那个家、他的车子，还有他想象中阳光明媚的假期。也许或多或少，他也还喜欢着自己的妻子。他也喜欢爱斯琳，但还不够让他赌上自己生活里其他的一切。要是她开始纠缠他，他不想让她有任何可以给他妻子看的证据。”

“他干得不错。”看上去，斯蒂夫对此并不满意。

7、745Th、8，然后是一张白纸，即便是手写，也一丝不苟——并不是布雷斯林的笔迹；看上去跟爱斯琳的签名和文件上的字迹相吻合。每个圆弧都很饱满，每条线都很直，她一定在下面垫了带横格的纸，让自己写得尽可能漂亮。我把图片放大，跟斯蒂夫一起读，在准备往下滚动的时候看着斯蒂夫，等他点头。

很久很久以前，有一片阴森的森林，里面有一个小木屋。小木屋里住了两个女孩，一个叫卡拉波萨，另一个叫梅拉蒂娜。

卡拉波萨光着脚在森林里跑来跑去，没日没夜。她爬上最高的树，在小溪里游泳。她训练狼崽从她的手里吃东西，张弓搭箭射向狗熊。

梅拉蒂娜从不离开小木屋，因为她被一个巫师施了魔法。卡拉波萨无法解除这个魔咒，任何王子都无法解救梅拉蒂娜，任何好心的巫婆和巫师也都无计可施。梅拉蒂娜觉得自己永远要被困在这里了。她整日看着木屋外面的世界，以泪洗面。

后来有一天，梅拉蒂娜发现在木屋地板下埋着魔法书。她开始自学魔法。卡拉波萨警告她巫师是危险的，她不应该跟他有任何瓜葛，但梅拉蒂娜没有选择。否则，她就只能在小木屋里默默死去。

学会了魔法后，梅拉蒂娜开始施展本领，把自己身上的魔咒转移到那个巫师身上。他被永远囚禁在小木屋里，而梅拉蒂娜则跑了出来。她和卡拉波萨一起爬树，在小溪里游泳。从此她们过上了幸福快乐的生活。

如果我把结局弄错了，我想让你告诉她们。我爱你，很爱很爱。

“这是什么东西？”斯蒂夫说。

我说：“是给露西看的。”

“没错，这个我懂。但这是什么意思呢？要是说爱斯琳爱上了布雷斯林——好吧，这个是魔咒——让她被困住了。然后是什么呢？她让他也爱上了她？或者是别的意思？”

“我不在乎。露西能够解释这个乱七八糟的可爱童话。因为结尾就是这个意思：要是这胡说八道的东西出了差错，露西需要告诉我们——或者别的什么人——整个故事。而且这意味着爱斯琳感到害怕了。”我打开手机，回到索菲给我发的邮件。“在 11 月 12 日的时候，爱斯琳就害怕最后会出现这样的结局。她的那份遗嘱差不多也是这个时间写的，记得吧？”

“太害怕，所以离不开他，”斯蒂夫推测，“这就是魔咒？”

“她也害怕他会看她的笔记本电脑，不然她就不会费功夫设置密码了——她不想让他找到某些东西。听起来这还真是个可爱的浪漫故事。”既然正在看邮件，我顺便看了看照片上的日期。9 月 9 日，下午五点五十一分；9 月 15 日，下午六点八分；9 月 18 日，下午六点十四分。爱斯琳下班回家，发现便条，拍下照片，上传到电脑上，然后从手机里删掉。她在计划什么。

“而不知怎的，她把魔咒转移到他身上，控制了他。说不定是给他设了个圈套？”斯蒂夫眉头紧锁，双手抱头，陷入沉思。“关于罗里的一切都是爱斯琳的计划，她想激怒布雷斯林，让他动手打自己，这样就可以把他送进监狱，因为这是她想到的能够把他赶走的唯一方法？只是她没想到布雷斯林出手会这么重？”

我考虑着斯蒂夫的观点。这符合我们对爱斯琳的了解：足够天真，能想到这样一个愚蠢的计划，仿佛真的能管用，仅仅是因为感觉上很不错；此前因为别人浪费掉了自己大把的大好年华，当这样的事情可能再次发生时，足以引起她的恐慌。“这可以解释爱斯琳为什么要留下这些照片。这是他们之间风流韵事的证据，以免布雷斯林矢口否认自己认识她。”

“可为什么只有这些便条呢？我不明白她为什么不在他们见面的时候留下录音？或者是在他呼呼大睡的时候拍下他的裸照？”

我本来一辈子用不着去想象那样的画面。这份工作还真是充满了挑战。“她害怕做那样的事情会被他抓到，”我说，“或者在她把内容上传到电脑上、删掉文件之前，手机就抢先被他看了。”

“真该死，”斯蒂夫说，“只要一张裸照，就可以铁证如山。而这些东西……”他长叹一声，“除非露西手里藏着什么关键的证物，否则我们可能连起诉他都办不到，更别想给他定罪了。”

他看着小孩子们把泥巴弄到头发上，双手紧握放在两膝间，脊背僵硬地挺着，显然很不开心。

我说：“你可以不用追查下去。”

这话必须说出来。昨天晚上，抓人和突然醒悟让我们两个人的肾上腺素水平飙升。我理所当然地认为我们要携手并肩，最后一起撞线。我觉得他也是这样想的。而今天，斯蒂夫一大早就一脸沮丧与悲观，再加上惨淡冷冽的天空、迪齐监视的眼神，以及昨夜的雨滴在树篱间滴答作响，我觉得应该给斯蒂夫一个机会，让他改变想法。

他的脸转向我。并没有感到震惊，他丝毫不掩饰自己曾经考虑过这个想法。他的表情很复杂。

他说：“你也一样。”

“我并没有太多可以失去的东西了，而你不一样。而且这是我的案子。”我突然感到一阵类似痛苦的情绪闪过，实际上，我仍然无法停止像一个警探那样去思考问题：我的案子，我的责任。我不知道要到怎样的境地，这种感觉才会消失。“你可以说自己病了——食物中毒。然后回家，躲一些日子，等一切都尘埃落定。”

“我们可以一起放弃这个案子。告诉布雷斯林，罗里已经指认出麦卡恩曾在犯罪现场，我们知道麦卡恩是清白的，但我们不想让他惹麻烦、上法庭、作为一个嫌疑人出现，所以我们打算释放罗里，把这个案子打成悬案。然后告诉罗里身份指认的效力不够。到时候头儿会因为我们办案不力，骂我们一顿，但是布雷斯林会替我们说好话。砰，一切结束，就像整件事情从没发生过一样。”

他看着我，表情和昨晚一样僵硬。惨淡的光线倒是让我在他脸上发现了之前没注意到的鱼尾纹和笑纹。我不知道他是不是想让我说好：好，让我们把这些破事都扔到一边，一走了之。

他是对的：我们可以这样做。我们甚至可以让自己几乎没有良心上的不安。就像他说的，这个案子中想要有人认罪，概率跟中彩票差不多。即便我们做到了，正义伸张对死者也没有任何意义，我们不会对爱斯琳有任何帮助。这个案子里没有需要讨个说法的家属，我们不把麦卡恩和布雷斯林绳之以法，他们也不大可能成为连环杀手。他们会回到正轨，继续生活，布雷斯林也可以继续控制他的下半身。放过这个案子，不会有任何坏处。

只不过，细想起来，我的处境和推断布雷斯林和麦卡恩可能受贿时是一样的。要是我把嘴巴闭牢，他们就会将我控制住，把我扭曲成另外一个人，过上完全不同的生活，尽管从外表上看不会有什么差别。布雷斯林和麦卡恩会主宰我和我的每一天，不管他们是想，还是不想。

我是欠这个案子的。我对它有诸多抱怨。我需要一枪射中要害，剥下皮，把它做成标本，挂在我的墙上，等很久很久以后我的子孙们问我，我当年当警察都有些什么故事的时候，我就可以把这个讲给他们听。

我不能跟斯蒂夫说我要溜了，现在还不能。“不，”我说，“我已经开始了，就让我做完吧。”

他脸上的表情突然松弛下来，可能是心安、失望，也可能是别的什么东西，然后微微露出温暖的一笑。“我也想接着做下去，所以，”他说，“我从没食物中毒过，假装的话，肯定会露馅儿。”

出于某种原因，他的话让我很受触动，是切切实实的触动。我倒没有热泪盈眶什么的，但我确实感受到胸腔中有某种东西在汹涌。很奇怪，当我决定要离开的时候，丝毫没有意识到这也意味着我要离开斯蒂夫。我肯定已不知不觉把这个浑蛋的存在当成理所当然了，觉得他一定会一直在身边，像个弟弟一样。这不是我的风格。但事实是，斯蒂夫不会永远陪着我。一旦我走了，我们会保持联络一段时间，偶尔约一杯，因为彼此的故事大笑，聊起各自工作中尴尬莽撞的时刻：他和新搭档说话都要尽量乖巧机敏；而我则在努力劝他别干那破工作了。然后约酒的间隔就会越来越长，终究会有人开始谈恋爱，不会再有时间陪伴在另一个人左右，短信会以“嘿，好久不见”作为开头。某一天，我们突然意识到，距离我们上次见面已经过去整整一年了。无论从哪一方面来说，我们的缘分就会那样尽了。

我可不能变得多愁善感。“你这个乖孩子，”我说，“我打赌你从来没逃过学，对吧？”

“啊，我逃过，为了见我快要去世的奶奶。”

我专注地看那些正在破坏花圃的孩子，还有正在做着拉伸运动、向保姆们展示肌肉的自行车手，直到把头脑清空。“好吧，”我说，“很好。这样的话，我准备把爱斯琳的童话故事拿给露西看。你去和布雷斯林周旋。告诉他你跟我见过罗里了——反正他迟早会听说。说我让罗里很难堪，总是说他对前女友们‘太投入’；我问他是不是也跟踪过她们，他矢口否认，这个可怜的家伙已经斗志全无。你要表现得还不完全相信罗里就是凶手，而我还在为你心存怀疑气急败坏，你则因为我总是对这些质疑嗤之以鼻而愤愤不平。这样一来，布雷斯林就会把你看得更紧，没心思管我这一小时去哪里了。”

斯蒂夫点点头，考虑了一下。“听上去很不错。要是他问起你去了哪里……”

“你不知道，我告诉过你，这不关你的事。”

片刻后，斯蒂夫问：“我们什么时候动手？”

“今天，”我说，“一定得今天。布雷斯林估计我们马上就会传讯罗里，把他逮捕，然后给检察官准备文件。如果我没那么做，他一定会起疑，那时他们就会提高警惕。”

他点了点头。“我们的目标是谁？布雷斯林还是麦卡恩？”

“我选麦卡恩。除非露西给我们提供什么可以指证布雷斯林的核心证据。布雷斯林已经跟着我们看了好几天，他对我们的了解比麦卡恩深入得多。另外，如果布雷斯林发现我们这次行动的任何迹象，他肯定会愤慨一番，大发一通脾气，咆哮说自己早就受够了，这一周真是受尽折磨。我们得想办法把他先稳住，集中火力攻击麦卡恩。”

“好，”斯蒂夫长叹一声，说道，“好吧，那就麦卡恩。”

“你最好赶快行动，趁布雷斯林还没有问起你的行踪。”

“没错。”他把身份指认卡从包里拿出来，每种递给我两张。“祝你好运。”

“好，”我说，“你也是。”

出于某种原因，在分开之前，我和斯蒂夫击了个掌。正常情况下我们不会做这种动作，又不是中学生；但此时我们感觉，在展开这次计划之前，必须要做点什么才好。

15

这次露西很快就应了门。打开之前，她已穿戴整齐——还是黑色的连帽衫，不过换了件干净的，手上还拿着一沓文件。她看着我，面无表情，静静地等着。

“早，”我说，“我们方便谈几分钟吗？还是太早了？”

她说：“我还想着你可能会更早。”然后她转过身，朝楼梯走过去。

她的客厅里很冷，一晚上没开暖气，湿冷的气息久久不散。空气中有吐司和烟——这次是合法的烟——还有咖啡的味道。填充狐狸、旧电话和电话线都已经不见了，取而代之的是一个录音机，还有一堆旧专辑，一个硬纸箱，里面是带花纹的陶器，还有一卷画布，一直顶到天花板，露出来的部分画的是一条消失在远方的乡间小路。房间里感觉充斥着太多故事，它们在角落里相互推挤，抢占着空间。

露西这次先坐下了，直接挑了背靠窗边的沙发，让我坐到了向光的位置——她学得很快。在咖啡桌上，她已经布好了自己的防线：一包烟、打火机、烟灰缸，还有一杯咖啡。她没有给我准备任何东西，而是静静地坐在那里，看着我，等着我先动一步。

我挑了个破沙发坐下。“我准备跟你说说我这些天一直在想的事情，”我说，“在我说完之前，我不需要你来判断对错。我不需要你说任何内容。我只想让你听我说，好吗？”

“我能说的都已经说完了。”

“那你就听着，好吗？”

她耸耸肩。“如果你想的话。”她靠在沙发上，弄出很大动静，跷着二郎腿，把杯子放在膝盖上，准备顺着我的意。

我也能奉陪到底。我重新调整坐垫的位置，把屁股在沙发上安顿好，给两条腿找到伸展开来的最佳角度。露西缩了缩身子，希望我能快些开始。

“所以，”我终于感觉舒服了，于是开口，“让我们从你和爱斯琳的友谊开始说起吧。你们两个的关系比你说的要更亲密。她的电话记录说明你们两个基本上每天都会通电话或者发短信。你们是非常要好的朋友，是闺密。”

露西把手指尖伸进咖啡杯，捞出一小块东西，端详着。她那结实的黑色身影，裹在一块蓝色和铁锈色相间的墨西哥条纹地毯里，浅金色的刘海垂在她苍白的脸庞前，让她很难看清东西，如同我视野中茫然的一点。

“所以在周日的时候，你一定有什么原因，才不想让我们知道这一点。而你声称自己跟爱斯琳没有那么亲近，恰好是在你告诉我们她有个秘密男友的时候。这意味着三件事：一，你还知道更多他的情况；二，你害怕他，你不想让他发现你知道他的任何事情；三，你觉得他有可能通过我们找到你。”

听到“害怕”，她的眼睛眨了眨。她在咖啡杯旁边蹭了蹭，把指甲弄干净。

我说：“一开始，我和我的搭档以为爱斯琳是在和某个黑帮歹徒约会。”即便我不知道这个推断是错的，露西脸上的表情也已经告诉了我它错得有多离谱。“直到昨晚我们才明白过来，爱斯琳的约会对象并不是黑帮歹徒。他是个警察。”

一阵沉默。这部分我比她在行，经验更丰富。到最后她先动了。“就这样？”

“没错，到你了。”

“干吗？我没什么可说的。”

“你有。我可以清楚地看到，你在害怕，”她又眨了眨眼，“但是如果你想继续保持沉默，也没问题。你告诉我们爱斯琳正在跟某人秘密约会，因为你想让我们把他找出来。而你自己又不想陷得太深；你希望能给我们指一个正确的方向，让我们自己追查出一个结果。而我们做到了。”

露西仍盯着她的咖啡。她说：“那你们就不需要再找我了。”

“如果不需要，我就不会出现在这里了。我很确定我知道爱斯琳在和谁约会。我很确定我知道是谁杀了她。但我手里没有任何证据。”

“或者你说这些只是想搞清楚我到底知道多少。”

我说：“你想听一个秘密吗？我没有告诉过任何人。我们单位有储物柜。两个月之前，有人把我的柜子撬开，在里面撒了泡尿。我的所有运动装备和五六份有价值的审讯资料都被毁掉了。”

露西没有抬头，但我能感觉到她的睫毛在轻轻颤动：她在听。我说：“重点是，我们重案组跟其他组是分开的，其他组都不在我们这边办公。而且更衣室是有密码锁的，所以这件事只能是我的同事干的。”

这次她抬起头了。“为什么？”

“因为他们不喜欢我。他们想让我走。这不是重点，关键在于，这不是电视剧，警察们都他妈的手足情深，要是有人一不小心冒犯了某个警察，最后一定会死在阴沟里，我们其他人还会来帮忙消灭证据。我对警局毫不忠诚，我不会给任何人收拾烂摊子。我只对我自己的案子负责。任何人碍了我的事，不管他是不是警察，我都会想办法把他搞掉。”

“你觉得这样我就能放心了？”

“如果我只是来这里让你闭嘴，不管用什么方式，我现在已经动手了。我已经知道你了解一些隐情；要是我不想它泄露，根本不需要问你具体知道些什么。”

有那么一秒，我觉得自己已经成功了。但过了一会儿她的脸又沉了下来。她冷冷地说：“在这方面你比我在行，我清楚。我根本无法判断你说的是不是实话。”

我拿出我的电话，找到爱斯琳的童话故事，把它推到桌子另一侧，给露西看。“这个，”我说，“我觉得是写给你的。”

我向老天祈祷，希望这不会让她再次崩溃，因为今天我没有时间再安抚她，但这次露西很坚强。她一度咬住了下唇，当她抬起头时，我发现她的眼睛里闪着光。但要是换作以前，她一定已经啜泣起来了。

我说：“这是爱斯琳的笔迹，对吗？”

“对。”

“这是给你的。”

“没错，是的。”

我说："我根本不理解她是什么意思，但我想，如果故事没有以快乐的结局收场，你可以告诉我剩下的部分。我想现在这个结局已经相当糟了吧。"

露西发出了声响，像是在笑，却很无助，带着痛苦。"卡拉波萨和梅拉蒂娜，"她说，"小时候，露西常常会编一些我们俩的冒险故事，用的就是这两个名字。我根本记不得它们是怎么来的，我应该问问她的。"

我说："要是我想隐瞒，我不会把这个带来给你的。不过你是对的，确实有警探在试图掩埋这一切。而你不会遇到他们，你遇上的是我。"

露西在触碰手机屏幕，很轻，用两根手指。"我可以把它存下来吗？"她问，"你能把它发给我，或者打印出来给我吗？"

"目前这还是证据，我不能泄露给任何人。等案子一结束，我就会给你一份。我保证。"

露西点点头。"好的，谢谢。"

我伸出手，她又看了一会儿那个童话。然后她短促地吸了口气，挺直后背。"好吧，"她把手机递还给我，"爱斯琳正在约会的那个人是个警察。一个警探。"

她瞥了我一眼，看我什么反应。我问："你见过他吗？"

"见过，就在爱斯琳遇到他的那个晚上。我不会让她——"

"等一下，"我说，"一件一件说。你觉得你还能认出他来吗？"

"没错，一定能。"

我打开包，找出布雷斯林的身份指认卡。"好，"我说，"既然你见过跟爱斯琳约会的那个男人，我想让你告诉我他是谁。要是他不在这里面，或者你不确定，尽管说出来。准备好了吗？"

露西点点头。她准备好，要再一次见到那个人。

我把卡片递给她，她看着。过了一会儿，她面无表情，显得很困惑。"不，他不在里面。"

怎么回事？"慢慢来，"我说，"你确定吗？"

"我确定。没有一个长得像他，一点也不像。"露西几乎把卡片扔回我身上。她再次变得恐惧，想知道我在搞什么鬼。我真想发誓我没有在耍她。

在我弯腰把卡片放回包里的同时——我想知道我接下来到底该他妈的怎么

办，后悔没有把斯蒂夫带来——我又想到了一线生机。

我把另一组卡片拿了出来，有麦卡恩的那组。“看看这些，”我说，“里面有你认识的人吗？”

这次几乎用了不到一秒钟：她一看，从鼻孔里发出轻轻的喘息，紧接着整个人都紧绷起来。“他！”露西轻轻地说，手指指向了麦卡恩，“就是他。”

“和爱斯琳约会的是这个男人。”

“没错。”

“你有多少把握？”

“百分之百。就是他。”

“写下来，”我说，递给了她一支笔，“在表格下面，写下你认出的是几号，以及你在哪里见过他，签上姓名和日期。然后在你认出的那张卡片旁边写下你名字的缩写。”

她写得整齐而坚定，只有快速起伏的胸口和轻微的喘息声暴露了她的兴奋。我也一样。关键的谜团——麦卡恩为何在维金花园附近徘徊了几周——已经解开。爱斯琳的邻居会觉得那个翻过她家院墙的男人是一头金发，是麦卡恩的灰白头发在半明半暗的路灯下反光的结果；麦卡恩的老婆打电话诉苦，说他又错过了晚餐时间；布雷斯林答应说把我赶走时他佝偻的背影；最近几天他的状态：全都对上了。

唯一无法对上号的，是爱斯琳为什么会和麦卡恩约会。一直以来，我跟斯蒂夫错过的是什么？

露西把指认卡递还给我。“这样可以吗？”

“很好，”我说，快速浏览了一遍，“谢谢你，现在你可以告诉我了。”

她深吸一口气。“你想知道什么？”

“所有一切。从最开始讲起。”

“好，”露西手在大腿上面抹了抹——我无法判断她是要抹去汗水，还是接触那张卡片的感觉。“嗯，嗯，我想应该是从她妈妈去世后七八个月——大概就是两年半之前——开始的。小爱和我出去喝酒，然后她说：‘你猜我打算做什么？’她低下头，像这样抬眼看我，通过眼角的余光，很害羞地微微一笑——

那时我以为她是打算去穿乳环或者别的什么……”露西轻轻地干笑了一声，“如果是就好了。但然后她说：‘我要去搞清楚我爸爸究竟出了什么事。’这是我完全没有想到的。她总是在编故事，关于他在什么地方，或者他可能以什么样的方式回来，但她从没说过要真的去追查他的下落。”

我说话了，我可以说得跟别人一样富于同情心：“也许她觉得在她妈妈还在世的时候，自己没办法那么做。照顾她妈妈已经消耗了她全部的精力，没有办法去找她爸爸也不奇怪。”

露西快速点了点头。“我也是这么想的。我觉得这个可能是个好主意——不是非要找到他，很有可能最终会白费功夫。但这是她第一次有计划地去寻找自己想要的东西。我觉得这对她有好处，她要学着去做这样的事情。对吧？这说得通，对吧？”

“非常说得通，”我说——而且我确实是这样觉得——然后看到露西一脸如释重负的表情，“这样做过以后，她才能尽情享受自己的生命。”

“没错。所以我说这是个好主意，你说得没错。所以爱斯琳就跟单位说她要去看牙医，然后穿上自己最漂亮的衣服，去了失踪人口组。一开始他们对她推三阻四，不过最后一个警探在某个电脑系统里查了她爸爸的信息，告诉她他已经死了。爱斯琳……”露西一边回忆，一边紧紧咬着下嘴唇，“老天，她完全崩溃了，她跟公司打电话说麻醉剂让她的脑袋昏昏沉沉，没法上班了，然后她就回了家，哭了一整天。下班以后我去了她家，她看上去就像只在路上被车子碾过的小狗，没有一丝生气，她简直……失魂落魄。”

这时候我似乎应该表现出悲恸：正是我的无情拒绝，才让爱斯琳的故事急转直下，成了悲剧什么的。要是昨天，我一定会觉得这都是胡说八道。就像我跟斯蒂夫说的：如果她想把全部生活都挂靠在一个根本不在身边的人身上，那是她自己的问题。可是今天，我却不知道该如何理解这一切。突然间，感觉是很多人一起从四面八方推着爱斯琳：我、加里、她妈妈、她爸爸，一次又一次，用手指轻轻地戳她，推她的肩膀，每一个人都按照自己的心意将她摆来弄去。我感觉我的皮肤跳动起来，仿佛盖满了苍蝇一般。而到最后，有个人连推都不想推她，她的存在不合他的心意，于是他就一拳了结了一切。

露西说：“我害怕她回到从前，漫无目标地生活，你知道吧？这对她来说是个机会，终于可以真正掌控自己的生活，可现在却又彻底毁掉了，她就再也不会尝试了。所以我像个该死的白痴一样，对她说：‘也许某个负责这个案子的警察，能够告诉你他究竟出了什么事。’我只是想让小爱感觉好一点，只想给她一件可以去追逐的东西。”

她的眼中又闪现那恳切的神情。“我觉得也是这样，”我说，“换作是我，我也会这样说。”

“我真应该把我这张臭嘴闭上。但是在那时，我真觉得我做了件很漂亮的事情。爱斯琳不哭了，恢复正常了，埋头摆弄手机。我问她：‘你在干吗？’。她说我的话让她想起失踪人口组某人对她说的事情。她提到了当时负责这个案子的几个警探的名字。芬尼警探，还有麦卡恩警探。”

从她口中听到这个名字，让我后脖颈一阵发凉。我说：“然后呢？”

露西说：“她在网上搜了一下，发现了芬尼警探的讣告——她对照片的印象很模糊，但讣告上说他在失踪人口组工作了二十三年，她确定是他，所以这条线索就断了。但是麦卡恩警探……小爱费了不少劲，最后在一段新闻录像中发现了他，当时他刚好从某个案子的庭审现场离开——所以她知道他现在去了重案组。而且她一下子认出他来。她忘记了他的名字，只记得他叫麦什么什么——但她很清楚地记得他在她家待过不少时间，想要安慰她的母亲。她还记得他曾经拍过她的头，对她说：‘你跟他有美好的回忆；我们都不想改变它，不是吗？有些时候，这些记忆保留原样会更好。我们都不愿意让它有所改变。’爱斯琳接着说：‘这就意味着他知道些什么，对吧？他一定知道些什么。’我说也许知道，也许不知道，也许他只是想让你感觉好一些，尤其是在他们什么都没查出来的情况下。但她不会就此甘心。一连几周，她都在说这件事。最后我受不了了：‘看在老天的分上，你去找那个家伙当面问清楚吧。’”

“然后她就照做了？”

露西摇了摇头。“不，她说既然他那时没有告诉她，那么现在为什么会告诉她呢？而且她好像也没有什么办法强迫他那么做——失踪人口组的警探已经告诉过她，《信息自由法》不适用于与案件调查相关的信息。于是爱斯琳决定用其他方式接近他：跟他‘偶遇’，不告诉他她是谁，想办法套出他的话。”

我挑了挑一侧眉毛。露西说：“很惊讶吧，没错。但爱斯琳的计划不只是第二天早上就去堵人，让他告诉她实情。她想得很周全。这是她最后的机会。她不会毁掉的。她把关于这个麦卡恩警探的一切记忆都写了下来——她专门准备了一个笔记本。她当时并没有太注意这个人，因为她不觉得他有什么值得注意的。但她那时常常会坐在家里楼梯的最后一级，在暗处听他和她妈妈对话，希望可以得到一些关于爸爸去哪儿了的头绪。所以她对他还算是有一定的印象。她记得他来自德罗赫达，还有他喝茶的时候只加一点奶，不放糖。”

麦卡恩现在还这样。出于某种原因，这件事让我脊背一凉。我随即产生了一个念头：这个麦卡恩，就是昨天早上在总部门口，满脸胡楂、焦躁不安的麦卡恩。这个失踪案从那间有一个沉默不语、一直在角落里听着他说话的小孩的阴沉房子里就开始跟着他，拐过无数个转角路口，一直来到我们灯火通明、人声嘈杂的办公室。到这一刻，我终于明白，麦卡恩就是我们要找的人。

“她记得他已经结婚了，有两个小男孩——她妈妈问了他一遍又一遍：‘你不会离开他们的，对不对？你永远都不会离开你的妻子和孩子们。’而他每次都回答：是的，他永远不会。她记得他的外套，一件灰色的粗花呢大衣——他总是把它挂在楼梯栏杆上，每次听他们谈话，她都会从上面揪一点毛球，放进他的口袋里——她并不喜欢他来。但小爱还记得一件重要的事情——她在这件事情上画了圈，周围还画了星星——他喜欢她妈妈。”

“什么样的喜欢？”我问，“他们交往了吗？他在勾引她吗？”

“老天，不！”露西脸上瞬间出现的厌恶表明她的感受是真实的，“这可不是什么希腊悲剧，小爱没有跟她妈妈的前男友上床。只是后来看来，她很确定麦卡恩喜欢她妈妈。她觉得这就是他在这个案子上花了那么多时间的原因。即便他已经结婚，有了孩子，而且想表现得很职业，即便小爱的妈妈不惜一切代价只想找回自己的丈夫：他喜欢她，而且也有所表示了。”

“然后爱斯琳觉得这很重要。”

“没错。她觉得自己可以利用这一点。她说：‘要是他是那种为博红颜一笑、愿意付出一切的男人，我就好办了。而且不管怎样，我都得先改变自己的样子，我不能让他认出我，对我产生怀疑——虽然他从来没有多看过我一眼，几乎没有注意到过我的存在，但我只有这一次机会，我得把事情做得滴水不漏。’然后她办到了。”

露西笑了，或者只是故作愉快地喘了口气。“老天，她真的办到了。她几乎不吃东西，每天都去健身房。等变得足够瘦了之后，她相当满意——太瘦了，要是你问我怎么看的话，可这都无所谓了——她还找了个形象顾问，询问该买什么样的衣服，化什么样的妆，什么样的发色更适合她。她把自己弄得像某个边远地区的工厂出品的玩偶一样。我说：‘你为什么不按自己的想法打扮自己呢？’但她说不。她说：‘我不知道他喜欢什么样的女孩——除了我妈妈那个类型，但我又没法照着我妈妈的样子打扮自己，那样他会发现我的秘密。所以我就得大众化一些。我得成为那种大家都觉得漂亮的女孩，即便他并不是很中意我，把我带在身边也会得到充分的自我满足。况且我还有大把时间，可以用来搞清楚我自己到底应该是什么样子。’我是说……”露西挫败地扬了扬手，“我还能说什么？”

我的内心倒是对爱斯琳·默里斯产生了几分敬意。这个想法愚蠢至极，但她完成得真的很不错。她并不是我刚到她家那天以为的无脑小女孩，或者是我刚才还在为她感到抱歉的那种任人宰割的孩子。她努力训练自己，花时间去做需要做的事情，不择手段以实现目标。

“这可真是有些执迷了。”我说，“你没有替她担心吗？她在这件事情上陷得这么深？”

“我当然担心了。我当时觉得她需要有所追求，应该开始追求她想要的东西，但我想的不是这种事情。她花了整整一年半的时间让自己改头换面，变成一个她觉得一个完全陌生的人会喜欢的女人。这真的很疯狂。”

“你对她说什么了吗？”

“啊……”露西表情扭曲，双手抹着自己的脸，“我说了，可又像没说一样。我最不想做的事情就是去摆布爱斯琳，你知道吗？她为了找到自己真正想要什么样的生活，过得已经够艰难了，我不能跟她说，她做的这一切都是错的。但是在她找了形象顾问之后，我不得不说点什么了。我并没有直接说：‘你疯了吗？’但我很清楚地告诉她，我觉得她这件事情做得太过了，这件事情本可以用更正常的方式解决，直接去找麦卡恩警探，或者干脆全部忘掉。但爱斯琳只是对我笑了笑。她说：‘别担心，傻瓜！我心里有数，我有计划的，你忘啦？我所做的一切都是为了计划能够顺利实施，然后一切才算是真正结束，我才能真正开始自己的生活！你不想跟我去秘鲁吗？’我说：‘我们就不能直接去秘鲁，把这个家伙忘掉吗’”

“可是她不愿意。”我说。

“是的，她说自己需要把这件事做完。她还说——用她的新口音；她过去是格雷斯通斯口音，像我一样，但她担心自己的口音会让麦卡恩警探产生联想，所以她就开始学电视上那个总是噘着嘴的播音员的口音——她继续说：‘你担心得太多了！看看我，我的样子像是不开心吗？’”露西继续回忆，脸上露出了悲伤的浅笑，“而她确实很开心，真的很开心。那是我见过她最开心的样子。轻飘飘的，像个吃了很多糖果很兴奋的孩子，不过终究是幸福的。而且她还为未来做了计划——她以前从来都不做什么计划。秘鲁不是个玩笑——我是说，我是不可能去的，我没有积蓄，也不可能离开工作那么长时间，但是爱斯琳是打算出国旅行的，确实如此。她对每一个她想去的国家都做了研究，而且还研究了回来以后要去什么大学，学什么课程……这个计划让她兴奋不已。所以……”露西的肩膀动了动，像是在耸肩，“很难动摇。”

“这个计划，”我说，“具体是什么呢？”

“她打算跟麦卡恩警探先打情骂俏几周，约几次会。她并不打算勾引他，或者把他如何如何，而且她也不担心他会想和她上床——她说她很确定麦卡恩对她妈妈没有那种企图，他并不是那种以上床为目的寻花问柳的男人。他在乎的是让有吸引力的女人关注他，而且对此欲罢不能。她说就算她想亲他，他可能也会跑到一里地之外。”露西嘴角又闪现出黯然的一笑，“她只是想给他关注，很多关注。”

“聪明，”我说，“爱斯琳很了解人心。”

“没错，她确实是这样。这是因为她从来没有过自己的生活，她把所有时间都花在观察其他人上，想知道他们如何生活。这是我感觉她可能会达成计划的唯一理由。我是说，那家伙是个警探，绝不是那种轻易会中美人计的蠢男人；但如果真的有什么人能让他中招，那就是小爱。”她的笑容更深，但看上去很痛苦，“她准备假装自己是那种对警察着迷的女人，这样她就可以一直问麦卡恩关于各种案件的问题——她查遍了所有旧报纸上的文章和法庭记录，搞清楚他办的是哪一类的案子，然后买了很多相关的书，这样可以保证她问到点子上。然后她再慢慢地把话题引到她的父亲……等她弄清麦卡恩警探掌握的关于她父亲的线索，她就会立刻抽身，飞去秘鲁。”露西突然把头抬了起来，望着天花板，用力眨眼，“就是这些。几周的关注。”

这就解释了爱斯琳书架上那些真实犯罪书籍，还有她在网上查黑帮凶案的浏览记录。终究不是为了找刺激，或者是勾引某个库埃鲍尔成员。我说：“后来发生了什么变故？”

露西说：“我知道爱斯琳的计划并不周全。这就像个童话故事，故事的一切都是为了最后那场盛大的婚礼，然后大家就可以永远开心幸福。这就是爱斯琳在做的事。她满脑子想的都是那个重头戏，那个家伙对她说出她父亲究竟发生了什么的时刻；在那之后，生活就会变得完美无缺。我试图告诉她，事情可能不会那么顺利，我试过了，但是……”她摊开了手。

“她不想听。”

露西用手拂过自己的头发，把它弄得乱蓬蓬的，像个小孩。她说：“我们当时就坐在这里，爱斯琳坐在你现在的位置，缩在一条毯子里，手里捧着一杯茶。我们刚刚去过夜店，夜足够深，我们喝得也足够多，我才能跟她说说这件事。我说：‘小爱，要是你查出来的结果让你失望了怎么办？真相可能很糟糕，非常糟糕。’”

“屋子里很暗——我们只开那盏台灯。我只能看清她的脸，在毯子外面，她在呆呆地盯着什么。她看上去并不漂亮，看上去是被掏空的，饿得只剩下一副皮囊，苍老了许多。然后她说：‘露西，你觉得我不明白吗？你真这么觉得？所有可能性我都想到了。我想最有可能的就是我爸爸自杀了，而警察没有找到足够的证据，所以只好什么都不说；或者是他突然精神崩溃，流落街头了，警察找不到他，又不想承认自己无能。我还想到有可能是警察开车撞死了他，然后毁尸灭迹；或者某个精神病患者杀死了他，把他埋在了山里，而出于某种原因，警察不想把真相公之于世——它可能跟某桩大案有牵连——他们只能永远封存。我什么都想到了，我只是想知道哪一个是真的。这样这一切就会结束。然后我就可以去做下一件事情了。’”

“你就不再劝她了。”我说。

“是的，我放手了。可能我应该更坚决一点——好吧，老天，显然我应该那样，对吗？”露西又轻轻笑了笑，带着悔意，“可她当时的样子，仿佛这个计划是她的唯一，哪怕只剩骨头，她也要紧咬不放……我办不到了。我告诉自己也许会没事，也许这个麦卡恩根本不会搭理她，也许他会看穿她——我是说，看透别人是他的工作，不是吗？然后他就会告诉她，她的爸爸是为了从一个大毒枭手里救出一个金发小男孩而丧命，然后她大哭一场，就可以重新出发，像她计划的那样。”

只要麦卡恩能及时看穿。“但是事情没有这样发展。”我说。

露西说：“她把他当成自动点唱机来摆布。愤世嫉俗的冷血警探，开玩笑吧？只用了一个月，她就把他拿下了。”

“她是怎么办到的？”

“她在网上查到了警察们经常喝酒的地方——我想她在一些论坛里留了言，说自己在钓一个警察，嘻嘻。她搞到了一张地点清单，然后我们逐个排查了一遍。”

“我们，”我说，“你和她一起？”

这让露西扬起了下巴。“我当然要陪着她。你觉得我会让她一个人吗？”

“不，换作是我，我也会叫上我的闺密一起。只是确认一下。”

她恢复常态。“有些地方显然不对，像‘铁面杰克’，警察会去，不过里面全都是些毛头小子。不过有一间酒吧，你也许知道，叫霍根？”

“没错。”我说。霍根是一间警察酒吧，没错，一间老式酒吧，全是破旧的红色天鹅绒座椅，老式台灯，藏在哈考特街外围的错综复杂的巷子里面，大部分警察部门都在那边，包括总部。在进重案组以前，我偶尔也在那边喝一杯。我见过布雷斯林和麦卡恩一两次。那时我看见他们，还像见到了摇滚巨星。

“有很多老家伙在那边喝酒，所以我们经常去那里。但是那边环境很不好，有一些家伙老是过来搭讪——好吧,主要是来找爱斯琳——我们得把他们赶走,不过倒也不难办到，不然我们还会落得一个婊子的名声，即便麦卡恩出现，恐怕也不会靠近我们。我们表现得像是……”露西叹了口气,“这是爱斯琳的主意,我们表现得像是我正在为什么事情而沮丧，分手或者什么的，只是想跟闺密聊聊天；这样她就有借口把那些接近她的男人赶走，而且看上去还是为我做的。”

她看了我一眼，然后继续说，声音里带着辩解的意味：“我并不希望那样。这丝毫不像我身上会发生的事。不过……爱斯琳很擅长说服别人。一点点地，然后突然间我就稀里糊涂地成了她戏里的主角。”

那种后脖颈一凉的感觉又来了。麦卡恩——和每一个谋杀案警探一样；和我一样——他是自己写剧本的人。他可不愿意忽然有一天一睁眼，看见自己正站在别人写的戏的舞台中央。

“然后，”露西说，“我们第四次去霍根的时候，我坐在那里，假装伤心难过，心里琢磨着我们什么时候才能走。突然，我感觉爱斯琳整个人都僵住了，屏住呼吸，酒杯砰的一声落在桌子上，仿佛肌肉失去了力气。我转身去看她是否还好，然后她说——几乎是耳语，我差点都没听清——‘就是他’。”

“他刚刚进门。我也认出了他：头发显得更加灰白，不过就是录像里的那个人，没错。他一定感觉到了我们在看他，因为他转过身来，而爱斯琳，直接就做了这个，”露西垂下睫毛，向上一瞟，露出浅笑，然后低头喝了口咖啡，“她进入状态了，要多快有多快。”

我说：“而且奏效了。”

又是一阵痛苦的笑声。“老天，没错。这完全奏效了。麦卡恩警探又仔细看了一眼，没想到会有这么迷人的女孩这样看着自己。然后小爱冲他咯咯地笑了笑，这种傻笑她之前经常会在别的男人身上练习。他走向吧台，小爱立刻把杯子里剩下的酒一口干掉，走到他身边坐下，继续点酒。接下来的事情你也能猜到，麦卡恩警探替我们结了酒钱，然后拿着刚点的酒过来，坐到了我们这边。”

真他妈的傻。“那是什么时候的事？”

“7 月底。我们喝完酒就走了——我不用假装找借口离开。这可能是我听过的最怪异的对话，小爱一直盯着他看，不管麦卡恩说什么，小爱都在一旁傻笑，然后他也膨胀了，觉得这个妹子已是囊中物，然后就……在我们离开前，小爱给麦卡恩警探——他说自己是乔——留了电话号码。第二天他就把电话打了过来。”

“她真的很棒。”我说。

“没错，”露西说，“她确实很棒。这也是让我觉得可怕的地方。看着她如此轻易就把一个警探拽进她布下的局，仿佛她这辈子都在干这样的事情，我突然意识到她确实如此。实际上，这就和我们小时候一模一样，她编故事，让事情变得能够让人接受。只是这一次，这个故事是真的，而我不喜欢它。感觉就像——这听上去有些夸张，但我感觉很危险。”

这是废话。我问：“对她来说危险？对乔？还是对你？”

露西说：“爱斯琳不会伤害任何人。她——爱斯琳很温柔。”

我不信。一开始很温柔，有可能。可是一个在一年半的时间里，为了改头换面对自己如此苛刻的人，也不会对其他人有多温柔。但我没有继续这个话题。“这回答不了我的问题。”

“她吧，也许麦卡恩警探也一样，但我管不着他，我只关心小爱。她没有意识到这是个真实的游戏。她没意识到这有什么不一样。”

这可能是真的。“所以麦卡恩警探联系了她，”我说，“然后他们就又见面了？”

露西问：“我可以抽烟吗？”

“抽吧。”

她把腿从条纹毯子里伸出来，放下咖啡杯，没有看我，打开了烟盒，抽出一支烟，摇了摇打火机。她还有机会明哲保身：剩下的事情我就不知道了，爱斯琳不愿意告诉我，自从把乔抓到手心之后，她就变得吞吞吐吐……

我一言不发，因为也没什么好说的了，索性静静地坐着，等她开口。

最后，露西吐出一口长长的烟，从我身边飘走。她说：“他们定期见面。至少一周一次，经常两次或者三次。”

“你跟他们一起约过会吗？”

“从第一次之后就没有过了。我想去，但是小爱说我会限制她的发挥，一切都得围绕乔来进行。”

“他们都做了什么？”

“他们没上床，一直没有。他们不是那种关系，在一起只是聊天。他会来接她——他们从没在她家约过会，因为怕有邻居看到；一般都会到码头那边见面——然后开车兜风，去山上或者别的地方。我不喜欢那样。我是说，你们这些人去山上就常常会发现尸体，对吧？他来接这个女孩，确保没有人看见他，然后带着她去荒郊野外……这很像连环杀手的套路吧？”

我问：“你有什么理由认为他是危险的吗？”

露西摇了摇头，勉强地说：“不，小爱说他一直都很友好——‘十足的绅士’，她一直这么说。她实际上并不喜欢他，他太紧张了，就连逗她笑的时候都紧张兮兮的——不过他的故事很有意思，而且他本人也是个好人。他对工作真的很上心，这让她感到安心。这意味着他在她爸爸的案子上可能真的尽了力，所以一定会有所发现的，对吧？”她面无表情地吐了口烟，似乎是笑了笑，“老天，真该死。”

我说：“那么麦卡恩也满足于只是聊聊天吗？他难道不想让他们的关系往性方面再推进一步？”

“不，在这方面小爱的推断是对的，他不是那种会玩婚外恋的人：他从没试图要睡她，连接吻都没要求过。她说他是个情种，明白‘只可远观’的道理。不过他也确实很喜欢她，这一点没错。为此爱斯琳感觉很愧疚，尤其是他还结了婚——”

“周日的时候你告诉我们，她不介意跟已婚男人上床，”我说，“那应该也不会介意跟已婚男人开车兜风吧？”

露西并没有因为我的诘问感到为难。“好吧，是我撒了谎。我需要让你知道她是在跟一个已婚的男人约会，但我又不能明说是哪个已婚男人。”

就算悲伤涌上来，露西的内心也能冷静如常。她是真的觉得害怕。“好吧，”我说，“所以乔并没有上爱斯琳，但是他喜欢她。”

“嗯，没错。他一直在说她有多棒，有多迷人，有多聪明——他的意思是她表现得像是无论他说什么，她都会当成是世上最重要的话来听，她当然会这么做。他还说他和老婆有多相处不来。他说他们当时莫名其妙地就结婚了，当时太年轻了，现在想想真是不应该，因为他的妻子太迟钝，根本不理解他的工作，还很自私，不明白他在做重要的事情。她唯一关心的只有他总是不在家，不能分担辅导孩子做功课的事情，或者吃她亲手烧的饭。”露西撇了撇嘴角，嘴里叼着烟，“好吧，所以露西立马就明白了，她全心全意地夸赞乔的工作有多了不起，有多重要，央求他再给她讲讲那些了不起的、至关重要的英雄事迹。他当然乐意奉陪。”

他当然乐意奉陪。就像爱斯琳说的，麦卡恩内心是个情种，他梦想自己骑着高头大马，提着亮闪闪的长矛，在绿油油的山坡上策马奔腾，为了捍卫这个世界而浴血奋战。而这么多年过去了，这份工作并不会给他机会满足这样的想象。他的妻子也不愿意听他瞎掰，但爱斯琳却给了他这个机会。

“然后，”露西说，“在 8 月底，爱斯琳决定要发起总攻了。她和乔去了什么地方野餐，她开始询问他失踪人口组的工作是什么样的，因为听上去非常神秘——这些她之前都有过计划，她把这些问题都写了下来，用心温习，还跟我对台词，就像演员那样。她让乔给她讲几个案子，在适当的时机假装倒抽一口气。她等着他讲出比较悲惨的一个——某个十几岁的孩子吸食过量毒品死了——然后她说，我的天哪，那这家人恐怕要难过死了！遇到这样悲恸欲绝的家属，他是怎么办的呢？因为如果要她面对经历过这种悲恸的家属，她准会毫无对策，只能陪着他们一起哭，但是她知道乔一定很了不起，一定有办法帮助他们渡过难关，对不对？一旦他给她讲了一些那样的故事，小爱就说，她敢打赌，就算他们没能找到失踪的人，官方已经宣告案子结了，他也会一直陪着家属，因为她知道他不会袖手旁观，任由可怜的人自己舔舐伤口，对吧？接下来你就不难猜到……”

露西掐灭手里的烟。她的声音变了调，变得干巴巴的，确保不会流露情绪，让自己崩溃失控。她说：“进展很顺利，他们连三明治都没吃完，乔就跟她讲了有一个可怜的女人，丈夫离她而去，只留下她和一个小女孩。那个女人很脆弱，乔说——爱斯琳可以看到他一边回忆，眼睛里一边闪着泪光——她承受不了这样糟糕的打击。他想尽一切办法，希望可以给女人一个答案，而他最终也找到了那个男人。在英国，跟一个年轻的女人一起生活。”

我说：“这一定让她很伤心。”

“没错，爱斯琳肯定不希望听到这样的结局。”露西嘴角一阵抽动，像是有些害怕，“但她能承受得住，她已经做好了对于类似情况的准备，虽然没有完全想象到，但她还应付得了……乔还在继续说，他说他给那个男人打了电话，质问他怎么能这样不负责任，问他想怎么让警察跟他的妻子解释。而那个男人通过电话线说：‘告诉她我很好，我很抱歉，等这边的事情安顿下来，我会和她联系。’乔知道他是不会联系的，一个私奔的时候连一张字条都不敢留的家伙，显然，也永远不会知道该在什么时候，重新跟牵挂自己的人取得联络。”

“哈。”我说。加里说——我很确信加里是相信这一点的——德斯·默里斯告诉警察什么都别说，一个字都别跟他老婆讲。“于是乔没有对默里斯太太说一个字。”

“对，”露西说，“乔就是这么办的。他觉得这个消息对默里斯太太不好。这个可怜又无助的小女人，无法承受这样的消息，显然是这样的。她肯定会彻底崩溃的。他决定最好让她什么都不要知道。”她的嘴角再次动了动。“所以他什么都没有对她说。他为自己感到骄傲，因为自己让她免受了不必要的痛苦。”

我打赌他会这么想。至少在我打发爱斯琳去找加里的时候，我还心存良知，没有安慰自己说这是为她好。我那么做只是因为我想那么做，我只是想让她滚蛋。“那么听说这个之后，爱斯琳是怎么做的呢？”

“她告诉我她几乎想当场把手里的玻璃杯捏爆，把碎片插进麦卡恩的喉咙，只是手上力气不够，没法办到。所以她对他说——瞪大了眼睛，佯装听到这个惊人的故事后非常害怕的样子——她说他做得简直太对了，太睿智了，那个女人真是幸运，遇上他来承办这个案子。然后她告诉他，自己头很痛，要是她准备打道回府，回家睡一觉，会不会让他扫兴呢？于是他就送她回了家，嘱咐她吃一点布洛芬，最后他们都挥了挥手，互道再会。”

“然后她直接给你打了电话，”我说，“对吗？”

“不，她直接到我这里来了。她……”露西吸了口气，回想着，“我从没见过她那个样子。我从没见过任何人变成那样。她异常愤怒地把自己埋进沙发靠垫里——身上还穿着一身粉红色的衣服，像个洋娃娃，尖叫着：‘他怎么敢这样，他怎么敢这样，他觉得自己是老几？’睫毛膏全都哭花了，精心梳理的发型也乱了套。她对靠垫一顿拳打脚踢，还用牙咬……你能明白吗？我是说，你知道她为什么那么愤怒吗？”

她盯着我。“是的，我知道，”我说，“我明白，百分之百明白。他无权做这样的决定。”

她继续盯着我，眼睛来来回回打量我的脸。我说：“要是爱斯琳的爸爸一失踪就死了，麦卡恩这么做倒无可厚非，就算他什么都不说，也不算从她那里剥夺了什么。可她的爸爸当时还活着，她本可以随时跟他取得联系。如果知道真相，她的妈妈也许就不会丧失理智了。”

露西说：“只是其一。”她停下了，等着看我是否能明白。

我明白。我说——我能听见我的声音，它让这个凌乱的小房间变得更加寒冷——“爱斯琳一开始认为警方三缄其口，是为自己考虑。因为有警察开车撞了她爸，或者是他被牵连进了某个大案当中。这些她是可以承受的，城门失火，殃及池鱼，这就是生活。可是她发现麦卡恩这么做，恰恰是为了她和她的妈妈。他擅自就决定了她们应该如何继续生活。她和她的妈妈并不是被殃及的对象，她们本身就是被损害的目标。”

光透过窗户，打在我的脸上，毫不留情，让我无可隐藏。我没办法眨眼，或者是躲到一旁。

露西点点头，我说对了。“没错，完全没考虑过她们也有自己的想法，对吧？她们会怎么想呢？只是因为他是个狗屁警察，他就有权决定这一切。他都不把她们当人看，只当她们是自己英雄电影里的道具。这就是爱斯琳抓狂的原因。就是这个。”

她的声音里又有了情绪，愤慨激昂，她自己和爱斯琳的愤怒都交织其中。她会把一切都告诉我。

头儿总是没完没了，说我不会对付证人。可是这一位，她本来有无数理由对我保持沉默，现在却向我敞开了心扉。我希望这点窃喜能留在心里，哪怕只留下最微弱的一点，也让我能在莫大的悲伤之余，有一些别的情绪。

我说：“所以她的计划变了。”

露西笑了，发出短促的声音。“你知道爱斯琳来到我家，哭成个泪人、抓心挠肝的时候，我想到的第一件事是什么吗？至少都结束了，感谢上帝。直到让她平静下来，我才开口——她好像永远也平静不了了，一遍又一遍地跟我重复整个过程，说了三四次，每个细节都不放过，根本停不下来。最后，我让她喝了一杯威士忌，还有一杯茶——我的意思是，她看上去更像需要来一根大号的大麻烟、来点安定，或者别的什么东西，可当时我手上没有那些东西，我只记得甜茶可以帮助安抚情绪，是吧？总之奏效了，她还是很愤怒，但至少能够平静下来，安静坐一会儿，断断续续地抽泣两声。而我总算有机会小心地说两句话。所以我就说：‘看吧，唯一的好消息是你总算知道真相了。现在可以放下了，像你说的那样。’”

“小爱几乎从沙发上蹦了起来，她的手——”露西把手举起来，弯成僵硬的爪子的模样，“我以为她想挠我，或者是抓自己的脸，我不知道怎么办才好……但她说话了：‘你觉得我他妈的能放得下？’——小爱从不说脏话的，‘我还没玩够呢，差得远着呢——我要抓住那个狗娘养的。他觉得他有权决定我的人生——不！不！不！我不打算就这么躺下认命，好的，先生，你来吧，再用力点，先生——他妈的。’她喘不过气来，但已经不同于之前的那种愤怒。她看上去很危险。可是小爱，她本来是这个世界上最没有危害的人。她的声音因为哭太久已经不成样子，那种沙哑的嘶吼，根本就不像她——她说：‘我要反击了，我要毁了他的下半辈子，我他妈的想让它毁成什么样就成什么样。’”

“我说：‘哎，等一下，你说什么？’然后小爱说：‘他差不多已经爱上我了，我准备陪他玩下去。接下来我准备让他跟老婆离婚，我答应他我可以跟他在一起。我要让他把关于我的一切都告诉他老婆，这样她肯定不会想跟他复合。然后我就甩了他。’”

我跟斯蒂夫一直找不到的那块拼图，终于出现了：为什么爱斯琳愿意和麦卡恩约会。“老天，”我说，“这下肯定不会有好结局了。”

“我知道啊，我告诉她了。我就是这么跟她说的。”

“我以为爱斯琳很了解人。”

露西说："她确实很了解。这就是我最害怕的地方。为了想出害这个浑蛋的圈套，她得把自己了解的人际相处的一切都忘光。她又开始一门心思编故事了，这次故事里面的所有人物都不再是活生生的人。"

她伸手去拿烟盒，没有打开，只是把它抓在手里。"我想让她清醒过来。我说：'我觉得乔不是那种会陷进这种事情里的人。'小爱说：'他确实不是，可我会让他陷进来。这没什么难的。他总是在暗示跟老婆在一起只是出于习惯，他爱她，可是老夫老妻早已没了感情，絮絮叨叨一大堆。这只是他用来说服我们两个可以一起开车兜风、一起聊天的理由，但我也可以利用。我会让他觉得自己是勇敢的浪漫英雄，应该冲破无意义的婚姻牢笼，掉转方向，追寻真爱。他告诉我妈妈他永远都不会离开他的妻子和孩子，永远，真他妈的道貌岸然，他一直知道自己是什么样的人——我会让他在圣诞节之前就妻离子散的，你看着吧。'"

我说："照直了说，她准备跟他上床，让他欲罢不能，无法思考。"

这话让露西眨了眨眼，但她还是很坦然。"没错，她就是这样想的。"

"不是每个人都会做到这样的程度。"这样说已经很含蓄了。有很多训练有素的卧底都无法跨过跟目标上床这一关。作为一位普通市民，爱斯琳不简单。

露西在沙发上挪了挪，仿佛身体里有喷泉突然启动。"在某些方面，小爱很怪，"她说，"在性、爱，这些方面。她非常喜欢读那些结局皆大欢喜的言情小说，但是自己绝对不要那样的生活。在我们还是孩子的时候，她就说过，而且很认真——自己绝对不会爱上什么人。她跟几个人约过会，但那只是为了增长经验——她不想自己到三十好几，还是个处女，根本不知约会为何物。一旦某个家伙认真起来，她就会扭头离开。"

"因为她爸爸，"我说，"还有她妈妈。"

"没错。她说爱上别人能有什么结果呢？那只会让某人霸占你的人生。任何时候都是这样，看看就知道了，"她打了个响指，"他们随随便便就可以让你的人生天翻地覆。你都搞不清楚为什么会那样，然后你的人生就完蛋了，一去不复返。他们拔腿就走，带上你的一切，永远不见了。"

露西眼神放空，声音也变了，变得更轻描淡写，但却异常紧绷：那是爱斯琳的声音，快速、急迫，一直藏在露西心底。她都记得。那一刻我想对她点头——对爱斯琳，不是露西。在拥挤的房间里，向你视作警察的人，向另外一个唯一的女人，向唯一一个和你穿着同样款式衣服的人点头致意。这个点头意味着，无论我们是否喜欢彼此，我和你，我们了解彼此。

露西说："我的意思是，她确实就像她说的那样，让她的父母主宰了她的人生。因为他们的事情，她总是故意把恋爱搞砸。但小爱说我并没有弄明白。她说这是她，是她的决定。她是对的，我确实没有完全理解，但我清楚她是要和乔上床……和大多数人相比，这件事情对小爱来说有所不同。性爱在她看来并不是什么特别的事情，或者令她向往的事情；她可以不要那样。而搞定乔，才是她人生中最重要的事情。既然性爱可以帮她达到目的，那为什么不利用呢？"

"好吧，"我说，"你说她永远不会伤害别人，可这个计划就是要伤害乔的妻子，还有她的孩子们，伤害很大。"

露西在手指间转动烟盒。"我知道，那天我也对她说了。我以为这样说她就一定会收手。"

"她为什么没有？"

她摇了摇头。"本来应该是可以的。我说她不会伤害别人，并不是感情用事。我想把她说得很善良，因为她已经……死了。她本来就是那样的人。"她把烟盒转得更快，这个话题刺痛了她，"我不知道。没错，她一门心思想要报复，但我仍然无法相信……但是她盯着我，好像我说的是什么莫名其妙的话。我还是不明白。"

但是我明白了。露西是对的：爱斯琳很擅长让人陷入她的故事里，用残忍的丝线把他们越缠越紧，无从挣脱，牵着他们，一步步穿过迷雾，走向她设定好的结局。她太精于此道了，最终把自己也缠了进去。等露西提到麦卡恩的妻子和孩子的时候，已经太晚了，爱斯琳已经无法脱身。她给自己的丝线太过结实，缠住了她的脚踝、膝盖。牵着她，一步一步，走向自己都无从预知的结局。

露西说："她用自己的裙子擦脸，那条带飘带的粉色裙子是她专门为这个大日子准备的，为了让她显得既性感又可爱，天真无邪，一切都是为了让麦卡恩和盘托出——她为它花了整整两百英镑——现在却拿它来擦脸，仿佛是一张纸巾。上面沾满了睫毛膏、粉底、眼泪和鼻涕。然后她才突然一惊，仿佛刚刚才发现。‘老天，这下糟了！我得把它拿去干洗，乔喜欢这条裙子，我还得用到它呢。’然后她找来纸巾，开始用力擦弄得最脏的部分。她好像把茶也洒在上面了，或者别的什么东西。她不再生气或者哭泣了，仿佛什么都没发生过一样。”

“你做了什么？”

“我求她冷静，求她在有所行动之前，先考虑几天。我想只要她从那天的震惊当中恢复过来，就不难意识到，解决这个问题有一百种方式，而她的想法却是最可怕的一种。我一直在求她。”露西双手捏住烟盒，声音也提高了，她努力让声音恢复常态，“但是小爱——恐怕她根本没听见我说了什么。她把衣服上最脏的部分清理干净，接着找到自己的手机，叫了出租车。然后她站起来，抱了抱我——抱了很久，很紧——同时贴在我耳边，说：‘等我甩了他的时候，我会告诉他，这是为他好。’然后她就走了。”

我说：“而她并没有考虑几天再行动。”

“一周之内，”露西说，“她就跟麦卡恩睡了。我不知道她是怎样说服他的。她说这并不难，她让他觉得这是他的主意，而她才是需要被说服的那个。然后她表现出沮丧的样子——也没有多沮丧，只是哭得梨花带雨——因为她怕他会恨她，一时情不自禁，就对他的婚姻做了如此糟糕的事情，她不会再见他了。于是他就安慰她，说这不是她的错，他不会觉得她不好，永远不会离开她，而且他的婚姻反正都是一团糟，絮絮叨叨一大堆。计划进行得很完美。”最后这个词，露西咬紧了牙关才说出口。

“然后呢？”我问，“这之后他们的关系变成了什么样？”

露西打开烟盒，又取出一支烟，看着我，征求许可——接下来的话更难说出口。我点了点头。

她叼着烟，头倾向打火机，继续说：“好吧，首先，他们不再去山顶约会了，这倒是个好事。他会直接来爱斯琳家……过夜。这就不怎么好了。”她把打火机扔回桌上，重重地吐了口烟。

“他们多久见一次面？”

“和以前一样，也许一周一次，也许两三次，他们不会把日程固定下来。乔说他必须随机而变，这样才不会让他老婆起疑心。”

“所以他还不打算结束自己的婚姻。”我说。

“还没有，他还不想。”露西淡淡地说，“但是爱斯琳正在朝那个方向努力。第二件事就是他开始给她买礼物。只有小件的东西——像一只瓷质的小猫，戴着格纹领结，因为他看见她厨房里的东西大多是格纹的，诸如此类——因为他老婆管着他的收入，精确到每一英镑，一旦买了什么大件，她肯定会追查到底。但是他一直在许诺会给她买钻石项链，还会带她去巴黎，因为她说过想去那里旅行……而且小爱说他并不只是说说，他很认真。所以小爱继续骗他，告诉他拥有一条钻石项链一直是她的梦想，还打印出来一大堆巴黎景点的漂亮照片，说想跟他一起去这些地方。”

我想起之前从麦卡恩的电话里传出的极度沮丧的抱怨声，一遍又一遍，愈演愈烈，组里其他家伙做出挨鞭子的动作，羞得麦卡恩恨不得躲到座位底下去。一个不管他说什么都会露出极度崇拜神情的女孩，一定会让他感觉极好。我还记得那只奇丑的瓷器小猫，趾高气扬地立在爱斯琳厨房的阳台上。

“第三件事情，”露西说，“发生在10月底——10月；他们认识已经三个月了——乔对她说他爱她。”

这个浑蛋白痴。“我想她肯定对此很满意。”我说。

“高兴极了。她带我出去喝香槟庆祝。我不觉得这有什么值得庆祝的，但我还是去了，因为……”露西脑袋靠到坐垫上，看着手里的烟，烟雾盘旋上升。“我想她，”她说，“我们从那时起就很少见面了。爱斯琳觉得她没办法安排其他事情，以免错过和乔的约会。我们甚至都不怎么聊天了，聊不到一起去。我是说，我们还会通电话，还是会发短信，但全都是说一些鸡毛蒜皮的事情：你有没有看这个电视节目，那首歌你听了没有……无关痛痒的话题。”

她还在盯着袅袅上升的烟雾，看着它跟屋子里的冷空气渐渐融为一体，没有看我。“我们不再彼此依靠了，”她说，“只是一点一点地，但我没办法让这个过程停下来，而且我知道这不会很快结束……小爱唯一能谈的话题就是乔，可是我根本不想听那些有趣的细节。我也可以听，可是无法喜欢。”

我说："比如呢？"

"比如，"露西说，她的脑袋在沙发背上动了动，"她一直都没有乔的手机号，你知道吗？他全心全意爱着她，他想跟她在蒙马特尔的小酒馆里喝酒，但是要把手机号给她：哦，老天，不。他只给她打过一次电话，就是在我们跟他第一次见面的第二天，而且还是个匿名号码。在那之后，要是他想见她，他就会在她家留个便条。然后——这便条——他们一见面，他就会把它拿在手里，直接销毁。"

不过一旦爱斯琳开始启动她的完美必杀计划，她就开始给这些便条拍照，偷偷存起来作为证据，之后再像个完美的情妇一样，百依百顺地把它上交。麦卡恩以为自己做得滴水不漏，不辱自己重案组大侦探的名声，但实际上却远远低估了这个女孩。

"真彻底。"我说。

"这不是彻底，这是浑蛋。什么人才能想出这种办法？"

警探都会下意识地保护证据，而不是销毁。麦卡恩的思维方式已经不同寻常了，我好奇他是否注意到了这一点。

"这让爱斯琳感觉不舒服了吗？"

"没什么感觉。我告诉她我不喜欢这样，但她并不在乎。她想乔只是有些多疑，害怕她会去找他老婆——她并不觉得这会怎样，况且他想得也不错。但我觉得这没有那么简单。乔想一个人主导一切，他这么做是想让小爱完全处于被动：如果他留下一张便条说'周三晚七点'，她就没办法给他发信息：嘿，周三晚上我有事情，周五可以吗？这样一来到周三晚上，她只能推掉所有安排，换上一身漂亮的裙子，在家里等着。而且有时候，你知道吗？"露西把头抬起来，看着我，"有时候他连这样的招呼都不会跟她打，而是直接出现在她家门口，让她放下一切事情，跟他约会。小爱觉得这只是因为他的时间安排都不固定，但在我看来，这完全是在试探她。他想看看在他不在的时候，她在做什么。"

她黯淡的目光快速扫过我的脸庞，试图捕捉我正在想什么。我们都知道她要说什么。如果麦卡恩在监视这个女孩，那么周六晚上，他就会发现她精心准备的烛台和红酒杯，以及打扮得花枝招展的她，而这一切都是为了其他人而准备。

我仍然面无表情。“如果在他告诉她约会的时间，她不在家，会怎样呢？”

“她一定会在的。像我之前和你说的，在最后这两个月里，她一直放我鸽子。原因就在这里。”

她也放罗里鸽子，第一次约在派斯多的时候就放了。真是抱歉，今天晚上突然有点事情！罗里以为她是要照顾重病的妈妈；我们以为她是在故意吊他胃口。我说：“那她有没有做过什么他不希望看到的事呢？”

露西皱了皱脸。“应该没有。我是说，她的整个计划，前提就是做他的梦中情人。”

“没吵过架，也没有过意见不合？”

“我告诉过你了，他对小爱是近乎崇拜的，如果只听她说，不了解内情，他们听上去简直像对完美情人。不过争执也是有过的，唯一的一次，大概在9月底吧，乔拿爱斯琳的手机，想随便翻翻，却发现上了锁，好像是密码。他为此不高兴，他想知道她有没有跟别人发信息，谈论他的事情。”

“他是什么样的不高兴呢？”

露西叼着烟，撇了撇嘴角。“你是说打她了吗？”

“打了吗？”

她想撒谎，但一秒钟后摇了摇头。“不，爱斯琳跟我说，他从来没有跟她动过手，他不会那样。她听起来也是从不会担心他会那样做。而且要是有，她会告诉我的——可是我能怎么办呢？打电话找警察？”她倾身向前，敲了敲烟灰，“按照她的说法，乔甚至没有为电话的事情发火，更多的是害怕。他说这是因为他老婆：这个城市太小了，流言蜚语满天飞，你永远不会知道有人跟别人说了什么不该说的话……但是爱斯琳说他表现得更像是在害怕她手机里都是给闺密的短信，里面说她钓上了一个中年傻子，这样以后就不用害怕被贴罚单了。爱斯琳觉得他还没有完全相信这一切是真实的，至少那时还没有。”

“麦卡恩是个警探，”我说，“像你说的，他的直觉会告诉他，某些事情必有隐情。他只是不想听而已。”

浅浅的冷笑浮现在露西脸上。“不开玩笑，要是他能听就好了。”

“爱斯琳是怎么做的？”

“她乞求他原谅，仿佛她开车碾过了他的狗一样——显然她不是那样说的，我只是按自己的理解表达一下。她让他随便看她手机里的每一条短信——好吧，这下我开心了：里面有一些东西……我是说，没什么大不了的，只是一些有关晚上外出的事情，我不想让警察知道。”她快速看了我一眼，见我没反应，还是面无表情，“但小爱没想到这些，她一门心思想把乔抓得更牢；同时理所当然地，她的手机就换成了滑动锁，这样他就可以随时查看她手机里的内容了。”

他的意志力还真是出色，周六晚上没有去碰手机。这再次让我感到形势严峻，让我感受到我跟斯蒂夫陷入的是一场怎样的争斗。“她觉得这也没什么？”我问。

露西动了动肩膀。“她不在乎。只是几个月的事情，对吧？而且让乔对她全情投入，本来就是她希望的状态，她毫无怨言。但我不喜欢这样。这样的控制狂……”

她没把话说下去，我也没接。她显然是对的：这本来应该是另一个警钟，让爱斯琳从这个局中清醒过来。这个家伙不允许一条短信或者是一张便条逃出自己的控制，她又怎么可以觉得等她把他踢出局，他会心甘情愿放手呢？她身边的洪水已经没过警戒线，即将把她吞没。她也高估了自己。

“12 月初的时候，”露西说，“爱斯琳说她几乎已经把乔搞定了。他张口闭口说爱她，还一直在谈论等他们在一起之后，两个人可以一起做的事情。他这样说，就接近于准备跟他老婆摊牌了。而小爱——老天。她整个人一直都很亢奋：讲起话来滔滔不绝，莫名其妙就尖叫、大笑，根本坐不住，仿佛在高速路上飙车。这并不是因为她把某个男人攥在了手心——爱斯琳并不是那样的人，而是因为她的计划奏效了。她几乎不敢相信这一点。对她来说，这就像是发现魔法成了真，而她自己还拥有这种法力一样，她能够把南瓜变成马车，能够让王子变成青蛙，然后再变回来。你……你知道这是什么意思吗？你能理解吗？”

“嗯，”我说，“我完全能理解。”不知为何，我想到了自己到重案组报到的那天早上，满心兴奋地穿着新制服，背着闪亮的新包，步履轻盈地走在人行道上，和快节奏的城市里人流与车流融为一体。穿过它们，我来到恭候我多时的重案组办公室，终于，我终于在这里有了自己的一席之地。我觉得自己可以一步蹿到办公室门口。那天早晨，我似乎就像有了魔法，只要用手一指，都柏林城堡的屋顶就会变成金色的花瓣，同时响起明媚的欢迎乐曲。

露西说，掐灭手里的烟："然后罗里就出现了。"

我说："罗里并不是计划的一部分，对吗？"

"那个计划……"露西夸张地挥了挥手，"我已经觉得它应该是那种要严肃讨论的事情，是小爱一辈子的宏图大愿，谈起来都应该自带音效，嗒嗒嗒——嗒。对，罗里确实不在计划当中。是我的错，是我拽着爱斯琳去参加了那个新书发布会——因为我希望她能有这样一个晚上，不必守在家里，等待乔的随时造访，要是她可以走出家门，跟我们的同龄人聊聊天，谈一些正常的事情，这样也会让她清醒一些，发现这一切有多么疯狂。"

"遇见一个友好的正常人。"我说。

"但我从没想过她会走得这样远。我只是希望她能过一个不那么疯狂的夜晚。但在跟罗里待了一个小时之后，小爱完全迷上他了。她被自己的这种感觉吓坏了——这是她最不希望发生的事情，尤其是在她还在引诱乔走向她精心设计的圈套的同时。她甚至不敢相信自己竟然跟罗里聊了那么久，她有个原则，就是不能跟一个男人聊太长时间，以免让他觉得有机会和她进一步发展——小爱觉得这不公平，因为她现在没办法开始一段关系——"

"你当时跟我们说她有这个原则，是为了吊男人们的胃口。"

露西耸耸肩。"那是我能想出来的最好解释。我得告诉你们，她在半路中断了跟罗里的对话，因为怕有其他人会注意到；但我不能告诉你们她现在没办法恋爱，否则你们就不会去找那个秘密男友。而且我自己还不能跟这件事扯上关系。"

"好吧。"我说。对一个不喜欢编故事的人来说，露西做得已经足够多了。总之，爱斯琳真的很擅长把人引到她的故事当中。"所以爱斯琳不知道该如何对罗里了？"

微笑再一次从露西的嘴角泛起，纤弱而痛苦。"不，她很清楚该怎样对他：让他出局。但她做不到。她觉得他简直是非常好。发布会后，我跟她回家的那个晚上，她不停地在谈论他，满脸通红，还笑个不停，像个孩子一样。她不停问我：‘我该怎么办？哦老天啊，露西，我该怎么办？’”

“你是怎么说的？”

露西的微笑崩溃了。“那时我已经不再因为要给小爱建议而感到不安了。我说：‘你明天就给乔打电话，断绝和他的联系。告诉他你不能容忍自己破坏他的婚姻，说一些类似的话。’”露西再次用手梳了梳头发，“我能听见自己像她一样，编起了故事……我只是想让她从乔的这件事情中解脱出来，在她扣动扳机，把自己打成碎片之前。我告诉她：‘然后等罗里打电话约你的时候——他一定会打的，你就说我愿意，谢谢你，非常感谢。’我告诉她：‘这样你就已经完成对麦卡恩的复仇了，不要让他害你失去一个你真正喜欢的男人，也不要让他再操纵你的生活了。’这样说没问题吧？”

“听上去再对不过了，”我说，“她应该把这些话文在自己手臂上。可是没奏效？”

露西摇了摇头。“完全没有。一点可能都没有。而且说实话，我完全知道为何不可能。小爱投入这个……她全力以赴地在谋划，用上了所有的能量。把自己饿瘦，跟那个她讨厌的人上床，持续了几个月。在这一切就要得到回报、炸弹就要引爆的时候，一声巨响就会撼天动地，我却会让她把这一切都放下？”

她还要在爱斯琳即将从掌中发射出火球的时候，让她放弃魔法。“这容易不了，”我说，“我能理解。”

“然后，理所当然地两天以后罗里给她发信息，想和她见面。如果她拒绝了，他也就出局了，显而易见，她也没法说‘你等我一个月或者两个月，让我先继续跟这个家伙上床，直到他从他老婆身边离开，之后我就只属于你一个人’。她尽可能地怠慢了他一会儿，同时又不能让他觉得她不喜欢他，可是到最后她答应了：好，我们见面吧。然后他们就去了餐厅，他们过得很愉快，爱斯琳完全无法自拔。”

“但她还是没跟乔摊牌。”

“是的，她只是开始更努力地怂恿他，加快整个进程。她开始在他不得不回家的时候，暗示多思念他，还有她有多想生几个孩子，而且她也不年轻了……而且她还要更加小心，因为她最不希望的是他的良心突然被唤醒，放弃了她，因为她值得更好的人，或者疑心她会在安全套上戳洞。这——”露西用手捂住脸，透过指缝笑，带着哭腔，“老天，就算不是疯了，她也有些神志不清了。”

“乔有什么反应？”

“我祈祷他能够彻底放弃，我甚至试图用意念的力量来控制他。我没在开玩笑。”一阵又哭又笑之后，她说，“但是没用，乔还是被爱斯琳牵着鼻子走。三周前——刚过新年——他告诉她，他准备离开他妻子。”

麦卡恩，当年还跟爱斯琳的妈妈夸口，说自己不会离开家人，永远不会。她应该把他的话打印出来，塞进碎纸机。我说：“我打赌她肯定很高兴。”

“哦，没错。”露西用手擦了擦脸。说了这么多话让她精疲力尽。“是的，她兴奋不已，飘飘然都快到月亮上去了。可是乔想要等到夏天，等他的一个孩子完成结业考试，乔不想让孩子受到影响。”

“也就意味着小爱要再等六个月，同时应付他和罗里。”

“没错，她一点也不满意这样的状况。她哭了——倒不是会让她变得难看的那种号啕大哭，只是小心哭一哭，梨花带雨——然后她告诉他，她知道后面他还会有别的借口，一个男人怎么会离开自己的妻子呢，可是看着他回家去跟别的女人过日子真的好难，诸如此类的话。可是乔不肯妥协。”

“那她怎么办呢？”

“老天……”露西表情扭曲，索性闭上了眼，“爱斯琳真的，真的已经没办法了。这是一道又一道真实的壁垒，你知道吗？二十五年的婚姻、好几个孩子……她没办法应对了。完全没有机会。所以基本上她唯一能想到的，就只有让麦卡恩保持慌张。她还是在做那个完美情人，但却不时拿别人在脸书上晒的娃给他看，同时唉声叹气，或者是暗示工作上某个客户对她有意思……她只是一直挑逗他，友好而微妙，让他感觉到如果再无所作为，他随时都会失去她。”

我问：“她有没有跟他提过罗里，哪怕只是一点点？”

“你是说，表明她还有别的选项？”露西摇了摇头，“不，这一点我也想到了，所以我特意问过爱斯琳——其实更像是警告——但她说她绝对没有。但我担心会不会……我告诉过你乔想要随时检查爱斯琳的手机。我担心也许爱斯琳会留下一些罗里的短信在里面。如果有的话，一旦乔看到了……”

确实有。老天。我真想用脑袋撞几下桌子。天真已经不足以形容这个女孩了。

“所以在爱斯琳邀请罗里回家吃晚饭之后，”露西说，“我才会感到担心。他们可以在任何地方约会，你知道吧？如果想上床，完全可以去罗里家。为什么要在爱斯琳明知道麦卡恩可能会出现的地方？”

我说：“除非是她想这么干。”

“没错，也许不是有意的，但她知道可能会发生那样的情况。然后她就可以孤注一掷，想让整个事情了结。每次她看见罗里，或者只是跟他通话，她都会感到神魂颠倒。她陷得很深，只想忘掉乔那个烂摊子，忘掉已经发生的一切，从中抽身，然后一天二十四小时都跟罗里说说笑笑，相依相偎。她只是没办法放弃那个关于乔的计划。也许她还有几分希望乔会突然造访，撞见罗里，备受打击之后在夕阳下转身退场，替她做了决定。”露西特意看了看我的表情，我们已经互相观察了许久，对彼此都已经很了解，“我知道，你觉得我并不知情。可是我说过，事情已经远非她能控制了，她已经无计可施了。也许她真的以为这样就能让事情解决，就是这么简单。”

“老天，真是那样就好了。”我说。

露西说：“是他干的。是他吧？是乔杀了爱斯琳？”

我说：“我们这次对话的全部你都要保密，不要对你的朋友提到任何内容，什么都不要提。清楚了吗？”

“嗯，清楚。这几个月我什么都没有说，现在也还没到我找人叽里呱啦说个不停的时候。我只是想知道真相。”

我不想成为麦卡恩，把真相守在自己的小匣子里，以为自己全知全能可以擅自做决定，认为这是为了某人好。“没错，”我说，“我很确信就是他干的。”

露西咬住手指关节，一直点头。这没什么好惊讶的，但是从我嘴里说出来还是有些不一样。她需要花一些时间才能适应。

她问：“他是有意的吗？他是真的想杀了她，还是只是一时冲动，而且根本没有意识到……”

“我不知道。”

“他以前做过类似的事情吗？我是说，显然不是像这次这样，不过——”

我说：“你的意思是，你应不应该预见到事情的发生。”

“没错。”

“我是无法预见，”我说，“而且我了解他比你多得多。我从没听说过一丁点流言蜚语，说他打过老婆，或者扇过嫌疑人耳光——我们都知道谁干过这种事情，而且还能继续留下来，以及谁没干过。他并不是个有暴力倾向的家伙。”

“关键是，我太怕会惹上麻烦了。我跟爱斯琳说……”露西屏住呼吸，“去年 9 月，在她告诉我她跟乔上床了之后——我们当时在巨浪酒吧，周围非常吵，所以我们能够安心谈话——我问她：‘你有没有告诉过他我是你的闺密？’她说没有，他们聊天的内容一般都只是乔了不起的冒险经历。我说：‘以后也不要提我，求你了。你一定要告诉他，我只是跟你一起喝酒的普通朋友，一直都是。’小爱说：‘为什么？我不想假装你不是我的闺密’。”露西把眼睛闭上了一会儿，“但我告诉她：‘一旦你启动计划，他肯定会火冒三丈的。他肯定不会善罢甘休，找个酒吧喝到天亮。到时候你去秘鲁了，或者别的什么地方，去看马丘比丘的神迹，跟帅气的背包客潇洒，他找不到你了，可是他知道能够通过找我麻烦，来挖出你的行踪。’”

“找麻烦，”我说，“你担心他会做什么？”

“我没什么特别担心的，只是……我住在这间公寓里，你知道吧？警察可以做任何想做的事情：布置些什么，做些什么。我不想知道。我觉得最安全的做法，就是远离这整出戏。”露西的脑袋向后仰，脸对着天花板，淡淡地笑，这并不在计划当中，“但这并不是真正的重点，重点是，我需要告诉小爱：这不是一场游戏，我真的被你吓坏了，你做的事情是真的，会招来真实的危险。我知道她丝毫不在乎自己在铤而走险，但我想如果能让她意识到，她这样做也会让我身处险境，那她或许会注意一下。”

“但这也没能让她清醒一点。”

“是啊。”露西轻轻耸耸肩。即便发生了这么多事，这一点还是让她很难过。“爱斯琳说没问题，好，她会跟乔说我只是她上学的时候认识的一个普通朋友。但她这么说只是为了能让我闭嘴。她丝毫没觉得这有什么要紧的。像我说的：她唯一能听进去的，就只有她脑子里的那个故事。外面的声音就……”露西比画了一个“大嘴巴”的手势，“只是噪声。我本应该清楚这一点。”

“爱斯琳陷得太深了，”我说，“你已经尽力了。”

她摇了摇头，好像我根本没理解一样。“不，我的错在于我从没想到过这一点。我知道爱斯琳一直在玩火，也知道不该跟麦卡恩这样的人玩这样的把戏—— 一个觉得自己有权决定你是否应该知道自己父亲去向的人，当他发现有人用同样的方式对待自己的时候,会有什么样的反应呢？但我没想到这一点。我想过小爱甩掉他的时候，他可能会打她，没错。但我主要担心的是，他会决心把她的人生再次搞得一塌糊涂。以莫须有的罪名逮捕她，让她坐牢，害她花大量的时间和金钱，为凭空捏造的指控打官司，然后再反复重复这个过程。周日你们到我家的时候，我第一反应想到的是这个：乔突然去了爱斯琳家，撞见了罗里，然后他找了什么理由把她关了起来。”

“确实，”我说，“换作是我，也会有这样的担心。”

“但我没想到会这样。”露西手指紧紧攥着毛毯的边缘，因为太用力，手指都有些发白变形，“到现在我还一直在想……要是那天晚上我说的话完全相反会怎样呢？如果我说‘你一定要让乔知道我们两个有多亲近’会如何？要是他知道小爱可能把所有事情都告诉了我，结果会不会不一样？你觉得他会不会……这样他是不是就不会……”

这不会带来任何不同。麦卡恩决定出拳的那个瞬间，太仓促，容不下衡量任何因果利弊。但我需要让露西感到内疚。

“这很难说，”我说，“而且现在自责，也没有用处。你现在只能把一切能够帮助我抓到他的事情告诉我。”

露西视线上移，和我对视。她直截了当地说：“你说其他警探想让你滚蛋。那你还是想要强行逮捕他吗？”

我说：“我从不在乎其他浑蛋警探怎么想。”

“我是认真的。我可不想当上证人，签了相关的文件，到头来一丝用处都没有，反而让麦卡恩把我自己的生活搞得一塌糊涂。”

我说：“我不能向你保证一定可以把麦卡恩送进监狱。就算加上你的证词，我们也勉强只有一半的把握。但我可以向你保证，只要你愿意把你的话加到正式证词当中，他的生活便无法回到过去了。关于这一点，我百分之百确定，而且达成目的前我绝对不会放弃。这样够了吗？”

过了一会儿，露西吐了口气，将手指从毛毯中抽出来。“我想不行也得行吧。”她说。

“你有我的名片，”我说，“我怀疑麦卡恩会来找你。不过可能性不大，这样做太冒险了，也不会让他有什么好处，况且你已经和我谈过了，而且他现在还有其他事情需要担心。不过要是发生了什么让你害怕的事情，有人找你麻烦，或者只是你觉得奇怪的事情，都可以给我打电话。好吗？”

她点了点头，动动手指，让它们恢复血色，但我不确定她是否听到我的话。“我想让小爱拥有那个幸福快乐的结局，”她说，“我真的很希望。即便她必须要跑到一百万英里以外，在马丘比丘跟背包客在一起。她应该得到这样的结局。但她好像没办法为自己完成那样的剧情，除非先把乔解决掉。她甚至看不到那个快乐的结局了，他在她心目当中就是有这么巨大。”

“或者她还是看得见的，”我说，“她也依旧很向往，只是她解决乔的欲望更强烈。”说出这样的废话让我觉得很烦躁，也可能只是棘手的事情还悬在脑袋上，而我却还要在这里听别人讲蠢话，让我心神不宁。我站了起来。“要找你录口供之前，我会联系你。到时候再见：谢谢，真的很感谢。”

露西鼻子里哼了一声，可能是在笑。“看看吧，”她说，“我们两个，你和我，就要完成小爱的夙愿了。我想这也是一种办法吧。”

她送我到公寓门口，不过等我一出去就关上了门，没有送我下楼。露西需要哭一会儿，而我没什么可做，除了闻着一股浓汤和枯萎的花朵的味道，走下七弯八拐的楼梯，让露西的故事在我脑袋里反复撞击，琢磨我到底应该怎么办。

16

我进到车里，检查手机上的消息——审讯的时候一定要让手机静音，否则根据索德定律[①]，你妈肯定会给你打电话。来自索菲的信息：拿到床垫上的DNA检测结果了，男性，不在系统里。给我嫌疑人的样本，我们会再做比对。斯蒂夫给我发来了布雷斯林的音频，他在里面解释斯蒂夫是多么有潜力，让他千万小心，不要辜负。我随便创建的那个金发女孩账号又收到了四百万条来自各种约会网站的沮丧消息，我索性删了她的账号。

我给斯蒂夫发了信息：给我打电话。然后我就坐在车里，让暖气缓和我在露西家冻僵了的脚，看着街上人来人往。他们让我觉得很烦躁。一群又一群人走过来，每个人的脑袋里都塞满了他们相信、想要相信，以及别人让他们相信的故事，而每个故事都在不断撞击人们薄薄的颅骨，撕咬钻孔，希望可以逃出，去攻击别人的脑袋，闯进全新的地盘，也将之填满。就连穿着碎花裙子、迈着小步子走在路上的可爱小学生，以及拖着步子走在路上的老人，牵着拖着步子的狗，在我看来都仿佛埃博拉病毒一般可怖。我不知道我该死的出了什么毛病，也许我要感冒了。

十一分钟后，我的手机屏亮了，出现了斯蒂夫的名字。“嘿，”我说，“说话方便吗？”

“方便，别说太久，我应该假装在跟报刊亭老板聊天，布雷斯林就在路对

---

① 指凡可能出错的事，必定会出错，并且可能在最糟糕的时候发生。

面的面包房里。文件你收到了？”

“收到了，”我说，“听着，我把爱斯琳的童话故事拿给露西，她立马就指认出那个神秘男友了。只是不是布雷斯林。”

在斯蒂夫能够说出“到底怎么回事”之前，他就想到了。“天哪，麦卡恩？”

“答对了。”

“什么？为什么是他？”

我快速给他讲了一遍来龙去脉，听完他沉默了几秒，最后说：“哦，老天。”他的声音有点哑。

“嗯，这部分我们可以先放一放。你那边有什么进展？”

斯蒂夫说：“电信公司那个朋友给我发邮件了。那个报警电话的全部通话记录已经到手了。”

“有什么指向布雷斯林的内容吗？”

“不，所有其他号码都是指向记者的，包括——”我知道他要说什么，我跟他一起说出口，“克劳利。”

布雷斯林，这个小浑蛋。我早就料到，在所有鬼鬼祟祟的人员名单当中，属他嫌疑最大，但这还是让我不禁怒火中烧。“让我猜猜看，”我说，“周日早上很早的时候，有一通吧？”

“六点四十五分。”

我忍不住冷笑了一声。“然后他就过来，就集体荣誉问题给我们上了一节思想课。这个无耻浑蛋！布雷斯林觉得如果这个案子上的压力足够大，我就会把罗里抓起来，草草把案子结了。他知道那个卑鄙小人克劳利会争着抢着让我难堪，所以他就顺水推舟，把我卖给了他。给克劳利独家消息，告诉他如何添油加醋：说我是如何不胜任这份工作，还刊登那些让我显得像个十足的精神病患者的照片。这个该死的浑蛋！”

“听起来没问题。”斯蒂夫说。紧绷的声音说明有人在他旁边，但我没有在意这一点。克劳利的问题并不是从周日早上开始的。

“其他打给克劳利的电话是在什么时间？”我问。

“只有这一通。另外还有八个打给其他记者的电话，都集中在过去的一年左右，但打给克劳利的就只有周日早上这一个。”

克劳利的如影随形是从去年夏天开始的，从那时开始到现在总共有四五回。要是布雷斯林在用这部电话联络记者，那他就不是向克劳利透露我行踪的人，除了这一次。我却一直在办公室里生闷气，一心觉得这个案子都是针对我展开的惊天大阴谋的一部分。我再次觉得自己蠢得无可救药。

“问题在于，”斯蒂夫说，他声音又紧绷了几分，“布雷斯林是如何知道我们在办这个案子？”

“因为就在两小时前，他刚给斯托尼巴特尔警察局打了电话。即便有延迟，加上医疗人员和地方警察的拖延，这个案子也会在差不多的时间报告到总部办公室。”

“不对。那他是怎么知道你和我负责这个案子呢？克劳利精明得跟只狐狸似的，他懂规矩。如果这是奥尼尔，或者温特斯的案子，他绝不敢有所行动，给他们找麻烦，绝不敢断了自己、他们以及他们的伙伴的后路。只有你和我，他惹得起。布雷斯林给克劳利打电话是没有用的，除非他已经知道这个案子要交给我们。而在七点之前，唯一知道这件事情的，就只有头儿——是他把这个案子亲自派给我们的。”

静默重重地压了下来，横亘在我和斯蒂夫的电话线路上，我听到了风声、远处孩子的尖叫声，以及空洞无意义的咝咝声。

“也许布雷斯林知道我们在值夜班，”我说，“他知道头儿总是把家暴案留给我们……”

我可以听到自己的声音十分微弱。斯蒂夫说：“那他怎么知道不会等到十分钟以后才有人报案，留给上早班的第一个人？”

办公室里一片清冷的晨光，正在等待白日的降临。奥凯利把电话记录扔到我的桌子上：我顺路拿过来的，这样就不用麻烦伯纳黛特再跑一趟……我开口，声音听起来很奇怪，平静而干脆：“布雷斯林已经和头儿谈过了。”

斯蒂夫说：“你还能想到能让他提前知道的其他渠道吗？”

“电话记录上有打给头儿的吗？”

“没有，他一定是用平常的号码打给他的。他知道我们会追踪斯托尼巴特尔的那通电话，所以不会让头儿的号码出现在同一份记录上。他拿打给记者的电话没办法，可是任何人都可以这样做，而且我们也没办法让记者透露他们的消息来源；他觉得这些记录不可能查到他身上。”

奥凯利手插在口袋里，打量着值班表，来回踱步。你们来负责这个案子，布雷斯林会来协助，等他过来。

我说：“头儿一直都知道。他让布雷斯林来协助，就是为了监视我们。”

“没错，”斯蒂夫说，“是啊，该死。安托瓦妮特。”

我们现在还不能沉浸于愤怒、紧张，或者别的什么情绪中，现在不行。“冷静。”我尖声说。

我听见斯蒂夫在那边深呼吸。“我知道。”

“你和布雷斯林大概什么时候回总部？”

“这边的工作快完了。四十五分钟吧，最多一小时。”

“我会给他扔个球，让他去追。等他出门之后，来总部外面的花园找我。”

“好，我得走了。”然后斯蒂夫挂了电话。

路过车子的人们似乎加快了脚步，仿佛受到了他们脑袋里无法抑制的野蛮撞击的驱使。我还是感觉非常奇怪，仿佛开始发烧了。我今天可不能感冒，现在是我最不能失去理智的时候。

我得去斯托尼巴特尔一趟，不过在那之前，我先掏出手机，把我的号码设置成隐藏状态，给总部打了电话，用胆小的女孩的声音，夹杂着受过良好教育的中产阶级腔调，询问是否可以和侦办爱斯琳·默里斯案的布雷斯林警探讲话。他们替我转接了重案组，伯纳黛特告诉我布雷斯林外出了，她可以替我叫其他人。我紧张地拒绝了：不，谢谢，不过我可以给他留个口信吗？然后她如同拍拍我的脑袋一般，安抚了我几句，替我转接到了布雷斯林的语音信箱。

“我是唐·布雷斯林警探。”平静流畅，如咖啡广告一般的声音，可能录过十几条才得到这一条，“请给我留言，稍后打给你。”嘟。

以防万一，我把手机从嘴边拿远了一些。“呃，嘿。我是……嗯，我不是真的想……我是西蒙·法伦的朋友——我听说你们问他关于他弟弟罗里的情况？嗯——我是说，我以前也和罗里约会过，他做过一些事情，说不定你们应该……我没跟其他人说过，不过……西蒙说你人真的很好。我在高屋酒吧，在霍斯。就坐在壁炉旁边，你可以来我这边吗？我大概能在这里待到四点。不然，我大概可以换个时间联系你，或者……好吧。谢谢。再见。”

我放下电话，全速往斯托尼巴特尔赶。这应该会奏效，布雷斯林回到办公室，查一下消息，听完后抚平他的阿玛尼套装，转身去酒吧，听听罗里究竟对这个可怜的女孩做了什么缺德事。他会把斯蒂夫撇下，免得她不好意思对着两个大男人吐露心声。这种天气，在这个时间，到霍斯要花四十分钟。他大概会等这位神秘女孩半个小时，要是我们运气好，他会一直坐到四点。然后还得花四十分钟回来。至少两个小时，我们可以对付麦卡恩。

甘利酒吧里空荡荡的，只有那个秃顶酒保在码杯子，同时跟着广播哼佩里·科莫[①]的《魔力时刻》。“啊，”他向我点点头，“你一个人。我赢了吗？”

“恭喜你进入下一轮，”我说，“那天你指认出来的那个女人，你还记得跟她一起来的那个男人吗？”

“马马虎虎。我之前告诉过你，我没特意去注意他。”

“你能来看看这些照片，找找他在不在里面吗？”

“你的同伴昨天来过了，问我一样的问题。我没帮上忙。”

“是的，他跟我说过了。这次照片不一样。”

酒保耸耸肩。“那我就看看，没问题。帮助法律和正义，义不容辞。”

我拿出了一张麦卡恩的身份指认卡，是新的。“要是有你见过的那个男人，告诉我。没有也告诉我。要是不确定，也跟我说，好吗？”

“没问题。”酒保拿起卡片，看了半天，同时努力回想。“看看这个，”他说，“你们这次总算找到这个人了，就是他。”他弹了弹麦卡恩的脸。

“你确定吗？”

“我倒是不敢把所有的身家都押在上面，不过五十英镑还是没问题的。这

---

① 佩里·科莫，人称“C 先生”（Mr. C），美国歌手、电视明星。1987 年获肯尼迪中心荣誉奖，2006 年进入长岛音乐名人堂。

对你们有帮助吗？”

“我会看着办的，”我给他找了支笔，“在你认出的这张卡片下面写上名字缩写，然后在最下面写上你见到他的地点，以及你有多大把握，然后签名。”

酒保低下头靠近卡片写着字。“你还记得那天晚上还有谁在场吗？”我问，“有没有那种可能会注意到他们两个的人？”

“啊，你这就有点为难人了。我又不会天天晚上让大家签到。”

“我可能会找一天来这里，跟你的常客聊聊。我会尽量低调的。”

“我想到了，没问题。”酒保把卡片和笔递还给我。他的字很小，很好看——这字配得上更高档的纸和笔，而不是这种玩意。“要是你能见到这个家伙，告诉他以后这里不欢迎他来。我没有问你他是不是对那个年轻女孩做了什么，但我只想说，人们来这里，是为了找点清静。”他意味深长地看了我一眼，同时拿起接下来的两只杯子，“我可不想干你这份工作，拿全中国的好茶收买我，我也不干。”他说。

斯托尼巴特尔警局的警察说，这个声音样本可能就是那天晚上打电话过来的人，只是他觉得两个声音略有不同，他说不出来具体有什么不同，可能是那个声音还要再高一些，而且还有点米斯郡的口音，或者是基尔代尔的。[①]他具体也说不清楚。这没什么意外的，就算之前我们没有拿那么多乱七八糟的声音让他听得记忆模糊，会用假声打电话的也不只有我一个人。我们想拿到的所有东西都已到手。

到午饭时间了。我在罗里最喜欢的乐购门口停车，抓起两瓶可乐，还有两个夹满肉的三明治——这可能会是一个漫长的下午——然后掉头回总部。雨夹雪拍打着我的风挡玻璃，留下大块的印记，不过等我到都柏林城堡的时候就停了。我在灌木丛旁找了一堵矮墙，远离从窗户可以看到的视野，用纸巾擦干上面被雨浇得最湿的部分，然后坐在上面，打开我的三明治。三两只小鸟正在湿漉漉的草坪上孤零零地蹦来跳去。我扔一块面包给它们，它们却惊慌地拍打着

① 米斯郡、基尔代尔，均为爱尔兰地名。

翅膀，躲进了旁边的灌木丛中。

我正专注地对付我的三明治，斯蒂夫从大门的方向走了过来，低着脑袋，走得很快，仿佛这样做会激活什么魔法，让窗户上的人看不见他的一头橘色的头发。“嘿！”他说。

“哈喽，布雷斯林走了？”

斯蒂夫擦了擦墙头，坐到我身边。“刚刚走。他收到一条信息，来自一个在霍斯的女孩。”

“没错，不过她恐怕对他派不上什么用场。你吃午饭了吗？”

“没有。”

“给你。”

我把另一块三明治递给他。斯蒂夫接了过去，双手捧着，没有打开。“你有什么好消息吗？”

“酒保也指认了身份，斯托尼巴特尔警察局那边没太大帮助。索菲的人从床垫上采集到了男性 DNA。”

他说：“我们该怎么办？”

我说：“我们得跟麦卡恩谈谈。”

除此之外，再没有其他办法了。两个小时之内，也许三个小时，布雷斯林就会回来。他会起疑心，想要赶紧逮捕罗里。我们只有这两三个小时。

斯蒂夫点点头，问：“怎么谈？”

我们手里倒是武器充足。你可以通过观察其他警探学到技巧，听听办公室的故事也能学上几招，然后你自己也能发明创造一些新技能，广为流传；你还得把它们安全放好，以备不时之需。等你真正开始办大案的时候，手里的武器储备一定很充足，攻陷城池完全不成问题。

你走进审讯室，手里拿着一摞十磅重的文件，这样你的嫌疑人就会认定你手里已经掌握了如此多针对他的证据。你单独拣出一卷录像带放在上头，他就会以为监控镜头把他拍了个正着。你翻阅资料，用手指指着某页某行，正准备说什么，然后突然停住——不，这个我们待会儿再谈——然后继续，让他一个劲地琢磨你到底留了什么底牌。你拿出录音机——我的字写得很差，介意我用一下技术手段吗？然后再过一会儿，等你把录音机关掉，私密地前倾过去，他就会觉得接下来的谈话不再有录音，完全忘记审讯室里的一切都在监视记录之下，开始说个不停。你读着手机上幻想出来的信息，然后跟你的搭档交换神秘的意见——吉星高照，诸事顺利。你用最新的手机软件，假装对他进行测谎：先跟他扯一通你自己也不懂的电子磁场之类的东西，然后让他在每回答完一个问题后，都在你的手机屏幕上按一下大拇指，等你发现他在某个问题上撒了谎，就动动手指，让屏幕不断闪现红色大字：撒谎、撒谎、撒谎。你告诉他某个活着的受害者已经死了，不可能跟他对质了，或者反其道而行之。你告诉他，在完成工作之前你俩都不能走，但只要他说出事情的经过，他马上就可以回家，泡上一杯好茶，躺在沙发里看《唐顿庄园》。你告诉他这不是他的错，是被害人自找的，换了谁都会这样做。你告诉他证人听见他说过自己有多喜欢儿童色情片，法医说被害人的尸体已经被他碾得四分五裂，用你能想到的最恶心的描述对他进行持续打击，直到他无法忍受，大喊：这都是胡说八道，事情根本不是这样。然后你就可以挑着眉毛，说：对，没错，那事情是怎样的呢？接下来就可以听他讲真实的经过了。

但这一次，所有的武器都没用了。麦卡恩对这些招数了然于心，在我们注意到这些技巧之前，他早都已经把它们磨得无比锋利，得心应手了。对付他，我们只能赤手空拳。

我说：“我们去找他谈谈，只能这样做。”

“他不会回应的。”

“他想说的，他们两个都想。内心深处，他想让我们知道他和爱斯琳的事情，说那是真爱，而不管她和罗里在耍什么游戏，都是瞎胡闹，所以就是欠揍。那我们就去看看他能告诉我们多少。”

斯蒂夫说：“我们把重点放在这段关系上，别的都别谈。我们不能说布雷斯林也牵连其中的可能，或者麦卡恩为了兄弟情肯定会把嘴闭牢。我们只谈爱斯琳。”

“我们还有一个料，”我说，“在布雷斯林发现那箱资料完全是关于德斯蒙德·默里斯案的时候，他松了口气。这意味着他还不知道麦卡恩侦办过这个案子，也意味着至少在两天前，麦卡恩还不知道其中的关联：他不知道爱斯琳就是德斯蒙德·默里斯的女儿。他不知道她从头到尾都在耍他。”

斯蒂夫说：“我们得留着这个。”

“没错，它肯定能搞出个大动静。”

鸟儿们已经忘记了刚才的恐惧，回来继续在草坪上啄食。布雷斯林现在正在过河，一路向北。

斯蒂夫说：“我们在哪儿跟他聊？”

回来的路上，加上刚才等斯蒂夫过来的时间里，我也在一直想这个问题。“审讯室吧。”我说。

他转过脸来看着我。“你确定？我们可以把专案室清出来，或者来这儿也行。”

“不，要是我们把专案室里的人都清出来，就相当于挂了块牌子，说我们正在讨论天大的秘密。不管怎样，从现在开始，我们需要对一切事情都做好档案记录，这样我们才有机会搞定这一切。”

“他会明白的。等我们往审讯室走，他就会发现。”

“无所谓，无论带他去哪里，我们都没办法表现得像是场友好会谈一样，三十秒都撑不过。我们只要提起他见过爱斯琳，他就什么都明白了。”

想到那一刻，仿佛雨雪交织留下的黑色斑驳在我们眼前闪过。我们陷入了沉默。

三明治吃完了，可乐可以补充给我们咖啡因。然后我们走进办公大楼，按下即便在睡梦中也不会搞错的密码组合，穿过那道闪着光的黑色大门，经过伯纳黛特的时候向她点了点头。我们脱下外套，叠整齐放进柜子里。我放下我的包，找了个安全的地方藏了起来。斯蒂夫从德斯蒙德·默里斯案的卷宗里找到一张他们家的全家福，放进制服口袋。我用手机给身份指认卡拍了照，然后把它们藏进柜子深处，祈祷今天不要有人往里面撒尿。关门时柜子发出的回声尖锐又骇人，在幽深的小房间里回荡。

我们并肩走上宽阔的大理石楼梯，脚步声在楼梯间里盘旋游荡，模糊不清。我们手上没有一大堆资料，没有录像带，也没有录音机。两手空空，我们走进了办公室。

办公室里几乎空无一人，大家都出去忙案子或者吃午饭了。有那么一秒，我觉得自己又回到了周日早晨，头儿进来把这个案子甩给我们之前。一片寂静，只是偶尔会被远处驶过的车声打扰。荧光灯发着白光，将整间屋子密封起来，让它安然置于窗外沉重的铅灰色天空之下，让凌乱的文件和被遗忘的咖啡杯有了几分隐喻的意味。我想着自己本来可以爱上这间办公室，真是可惜。

麦卡恩蜷在自己的角落里，像小鸟啄食一样打着字。他看上去比我以前见他的时候还要糟糕。我这个该死的白痴，还让跳蚤帮我去找谁这周一直愁云满面。麦卡恩那一对眼袋，跟我的案情笔记正好对上号。

“麦卡恩，”我说，“打扰几分钟？我们需要你帮个忙。”

我一开始以为他会断然回绝：我有工作要做，回见。但他需要知道我们找他干吗。况且他身经百战；我们是一对菜鸟，还没走完一步就会被看破——斯蒂夫现在还在晃腿，而我则在抹嘴。麦卡恩无法拒绝。他觉得自己完全应付得来，没有问题，然后就可以安然走开。

“没问题。”他保存好文件，站起身。奥尼尔和温特斯在办公室另一头检查笔录，几乎没有抬头看一眼。

“谢谢你，”上楼梯时斯蒂夫说，“我们真的很感谢你。”

“没事，你们想让我帮什么忙？”

“爱斯琳·默里斯的案子。”我转头对他说。麦卡恩的脸色没什么变化。“我们需要找到所有证人。在这里没问题吧？”我推开了一间高级审讯室的门，有黄色墙壁和速溶咖啡，也就是我们第二次审问罗里的那间，同时给了麦卡恩一个殷切的眼神。

麦卡恩咕哝了一声。他在警探那一边的椅子中挑了一把坐下，背靠着单向玻璃，还随手摇了摇，看看牢不牢靠。“我要杯茶，”他重重地坐下，“加一点奶，不要糖。”

“你确定你还好吗？”斯蒂夫乖顺地去拿热水壶问道，“无意打探隐私，但你看上去状况不大好，朋友。”

“谢谢。”

“你老婆这周没帮你熨衣服，是吧？”我很好奇，同时暧昧地笑了笑。“你惹着她了？”

“我很好，你过得怎么样？”

“糟透了。”我说，我和斯蒂夫都笑了，麦卡恩也挤出了仿佛是笑容的表情，只是有些抽象，“你结婚二十五年了吧，我没记错的话？你是怎么办到的？”

“二十六年。你们找我来就是为了问这个？要情感建议？”

“不，你介意我把这个打开吗？”我已经把录像机的开关打开了。

麦卡恩皱着眉头，他没想到我们如此大胆。“你们要那玩意干吗？”

“因为我这个人比较多疑。几个月前，你还记得吗？我帮罗奇审问一个浑蛋的母亲，让她放弃给自己儿子做伪证。问题解决了，但是后来罗奇说这事是他的功劳。”我拉了把椅子坐在麦卡恩对面，那是嫌疑人的椅子。“所以我现在干什么都得留个录像，而且我还在考虑要不要买一个随身摄像头。”

“公平地说，”斯蒂夫满怀歉意，把茶包放进杯子里，“记录证人发言的最好办法就是录像，在我们还——”

“老天，”麦卡恩说，“录吧，爱怎么录怎么录。”

“啊，朋友，”斯蒂夫尴尬得快要缩成一团，眼睛像小狗一样望着麦卡恩，乞求他不要怨恨自己，“对此我感到非常抱歉。我们实在不想让你因为这点破事被打扰。要是只有一点证据，我们肯定会把它塞到案卷底下，让它自生自灭。不过……我是说，我们得到了来自各方面的证据，所以最好集中处理一下。”

“至少你还挺聪明，知道让他唱白脸，”麦卡恩对我说，“换了你会是什么样，我真不敢想。”

斯蒂夫笨拙地笑了笑。“真是火眼金睛，”我说，郁闷地摇了摇头，“不过我们也没打算拐弯抹角，那样会浪费我们的时间，还有你的。”

“你现在就是在浪费我的时间。你们到底想干什么？”

“你这就叫摆不正自己的位置。”我对斯蒂夫说。他正勉强地露出尴尬的笑容，小心翼翼地盯着手上的两只杯子，尽力同时保持平衡。他把杯子递给我们，也拉了把椅子，坐在我旁边。麦卡恩尝了口茶，皱皱眉。

“那么我们就开门见山好了，”我说，“这样也节省大家时间。你跟爱斯琳·默里斯有不正当关系。”

麦卡恩咂了咂嘴，盯着我，并没有掩饰自己的厌恶。“你这个小叛徒。”他说。

令我感到惊讶的是，我竟然没有感到一丝愤怒。“我们有一位证人，看到你和爱斯琳聊天，并且拿到了她的电话号码，”我说，“她通过照片指认了你的身份。我们还有一位证人，看到在过去六周，你在维金花园附近出现了至少三次。他也确认了你的身份。如果需要的话，他们都可以来这里指认你本人。我们需要那么麻烦吗？或者我们可以直接切入主题？”

麦卡恩喝着茶，思考着。我能看出他正在脑海里重新布局，像个象棋选手，为每种策略思考十步以外的后果。

他只需要说一句“无可奉告”。就这么简单。这样就相当于竖起了一道墙，任凭我们摆出一份又一份的证据，他都可以无动于衷，直到我们证据都用完，他就能全身而退。这是唯一且不蠢的办法，而且全世界的警探都知道这一点。我们都经历过那种让我们惊掉下巴的对话：难以置信，某个蠢货居然全都招了。他完全可以把脸沉下来，这样就能够拍拍屁股走人；我们也见过专家级的人士，交叉起双臂，不停重复“无可奉告”，如同念紧箍咒一般，直到我们忍受不了，放他走人。我们全都想过：要是换成自己，无论如何，绝对不能开口。我们都知道，要是被人带进审讯室，不管有罪没罪，只要一直说“无可奉告”，准保万事大吉。

可是麦卡恩却不能这么做。一旦他把“无可奉告”说出口，也就意味着丧失了作为警探的资格，可能永远都拿不回来。一旦这四个字脱口而出，他就和在小卖店偷东西的毒虫，或者是公交车上猥亵女孩的变态没什么区别：他是个嫌疑人。

他说：“我认识爱斯琳·默里斯，我们见过几次面。”

“仅此而已？”我说。

“没错。”

“你去过她家吗？”

齿轮再次转动，他开始揣测我们是不是极力向布雷斯林隐瞒了什么，他在清理现场的时候有没有漏掉什么指纹，或者其他什么暴露他身份的东西。“没错，”他最后说，“偶尔聊聊，喝杯茶。”

“顺便上个床？”

“这么问我，你有根据吗？”

我和斯蒂夫对视了一眼。麦卡恩没做任何反应。

我说：“我们从床垫上检测到了男性 DNA。”

“那不是我的。”

“你是说你戴了套。但那不是来自精液，而是汗水。”

麦卡恩继续思考。我关切地说：“我们很确定，在最近几年，爱斯琳没跟别人睡过。”

麦卡恩继续无动于衷，一直在脑子里盘算着。然后他点点头。“没错，我们偶尔也会上床。”

暖场工作结束了。我们三个人可以放弃的东西，都已经摆在了桌面上。就像是一盘棋的初始阶段，双方迅速短兵相接，为了拿下某处，牺牲掉另一处，清理好外围，布好防线，真正的大战一触即发。

“啊，朋友，”斯蒂夫一脸遗憾，用手指理了理头发，“啊，朋友。咱们镇上那么多女孩，你怎么偏偏就找了个要被人杀掉的女孩呢？”

麦卡恩耸耸肩，喝了口茶。“我怎么知道，她看上去可不是那种人。”

“你早该跟我们说的，”斯蒂夫用责备的口气说，“这案子一过来你就该说的。”

麦卡恩的眼睛在我们两个中间游移，仿佛我们两个都不值得他一看。“要是换了其他警探，我会说的。”

“我们俩又不会给你老婆打电话，让你有麻烦。”

“这是你自己说的。难道你想告诉我你会站在咱们组里人一边？那我又怎么会来这里？”

“你知道这是迫不得已，”斯蒂夫一脸担忧，“只能这样。不然你想让我们怎么办？装作没发生，直接把罗里抓起来，等着他的辩护律师把这些挖出来，开庭的时候当场甩在我们脸上？”

“我只是想让你们放尊重点。像这种事情，你们想提出来，就应该私下提，而不是在这该死的审讯室。还有录像机开着，老天。”他愤怒地望向录像机，目光有如利箭。

“如果我是其他警探，”我说，“我会那么做。但到今天为止，我在这个组里已经受够了，所以只要是要紧事，我一定要留个证据。我们会把记录留在自己手里，但在搞清楚该如何处理之前，我不敢保证任何东西。”

这可是句最古老的台词。麦卡恩撇了撇嘴角。“我会记着的。”

“你讲讲吧，”我说，“从你和爱斯琳第一次见面讲起。在什么时间，什么地方，怎么遇见的。”

麦卡恩靠在椅背上，伸出双腿，抱着胳膊，调整好姿势才开口。“在霍根。去年夏天，具体日子我不记得了。”

“别担心，我们会查清楚的。你以前在那里见过她吗？”

“没有。”

“你应该有所注意的。”

“没错，我会注意的，所有男人都不会忽视她的存在。也许一些女孩也会盯着看。”他嘲讽地看着我。

“我不奇怪，”我说，“我有她的照片。你是怎么厚着脸皮找她搭讪的？”

“我没有，是她来找的我。”

我大笑起来。“她当然会这么做。二十几岁的漂亮女孩，在酒吧里想找什么样的小伙子都没问题，却偏偏找了个满脸雀斑还挺着个啤酒肚的中年男人。况且她还孤注一掷，你让这个可怜的中年男人怎么办？”

麦卡恩紧了紧胳膊，没做任何表示。“我说了，她不是主动投怀送抱的——我对那种女人不感兴趣，但确实是她先给我暗示的。”

我继续挑着一边的眉毛。“老天，得了吧。”斯蒂夫则理直气壮地对我说，“萝卜青菜，各有所爱。别因为你看不上人家——”

“我喜欢年轻一些的，能派上用场。”我对麦卡恩说，同时眨眨眼，“而且相貌得过关。”

“你是怎么办到的，花钱吗？”我们开始进攻了。

“——就觉得他也不可能是人家别的女孩的菜，”斯蒂夫努力把话说完。“这种事情也是有的。”

“确实会有，”我承认，“肥皂剧里会演。每次我一打开电视，就会看见年轻的小宝贝和一个年纪够当她爹的人在那里卿卿我我。你看着像不像是《美丽城市》[①]里的剧情？”

“啊，康韦，这种事情不光会发生在肥皂剧里。现实生活中也会有的。”

“要是你是唐纳德·特朗普，那没问题。乔，你是不是有什么事情瞒着我们？难道你私底下是个百万富翁？”

他不喜欢“乔”这个名字，不过他差点就用冷笑掩盖了过去。“我倒是想。”

“不是所有人都那么爱钱的，”斯蒂夫说，“爱斯琳可能只是喜欢他的长相。这没什么毛病。”

“也许吧。你长得像乔治·克鲁尼吗，乔？说不定你下班以后会比较像？”

“你说呢？”

我做了个鬼脸，摆了摆手。“直说了，朋友，我看不出来。所以我真是搞不清楚，她到底图你什么？别告诉我你从来没觉得奇怪。”

麦卡恩动了动。他放下胳膊，把手伸进口袋。“她喜欢警察。”

我们想法一样。爱斯琳把我们引到了同样的岔道上。我和斯蒂夫需要弄清楚的是，麦卡恩是不是到现在还在相信这一点。

“一个那么漂亮的女孩，喜欢警察，”我说，“结果把你带回了家？你没开玩笑吧？”

麦卡恩动了动下巴。“因为碰巧我出现了。”

“可那时候还有别的人。霍根可是警察们的据点。所以为什么是你？”

“因为她想找一个警探。她喜欢听这一行的故事：你都办了些什么案子，那些案子如何如何，你后来又做了什么？她想找刺激。你知道我在说什么吧？”

---

① 爱尔兰著名长寿肥皂剧集，从 1989 年开始一直延续至今，每年一季，从未间断。

他笑得很卑劣。我目不转睛地看着他。“她挑中了我，是因为我够老，穿得还够好，所以她认定我是个警探——她很在行，这女孩。她一听说我在重案组，就锁定了目标，眼睛闪闪发光。我差不多得找把园丁耙，不然她一定直接扑上来。而且你也看到她长什么样了：我有什么好推脱的呢？”

“因为你结婚了。”我提出，“我听有人说，结婚了就意味着你得管好你的老二。”

麦卡恩耸了耸肩。“我们是上了几次床，这种事常有，没什么大不了的。”

好球。如果他跟爱斯琳只是炮友关系，那么他因为吃醋而杀掉她的动机也就不成立了。我问：“这种事情经常有，对吧？你经常瞒着老婆干这个？”

“没有。”

“以前干过？”

“没有。”

“那为什么要为爱斯琳破例？”

“以前从来没有这么漂亮的女孩找我搭过讪。而且我和我老婆相处得也不融洽。所以我就想，为什么不呢？”

我和斯蒂夫故意飞快地交换了一下眼神，让麦卡恩看到。我说：“这可真是个可爱的故事。够浪漫。但露西・赖尔登可不这么觉得。”

麦卡恩摇了摇头。“露西・赖尔登是谁？”

“爱斯琳的闺密。矮个子，染的浅金色头发，大约到这儿——有印象吗？”

说到这里他笑了，龇着牙，像是一只发怒的狗。“那个蕾丝边？我跟她说的肯定不会一样。不过不管她是怎么告诉你们的，她可不是爱斯琳的闺密。她不过是喜欢爱斯琳，一直跟在人家屁股后头而已，可没想到爱斯琳找了个男人，肯定把她气坏了。她当然会说我一些坏话。”

斯蒂夫说：“你是在哪里遇到露西的？”

“你们已经知道了。你们那个证人，那个见到我遇见爱斯琳的，你们以为我不——”

“我们需要你的回答。”

麦卡恩靠回到椅子里，再次把胳膊抱在胸前，盯着我们，嘴角上扬。“你们两个可真是可怜。你们知道吗？你们坐在这里，想用这点三脚猫的招数来对付我，完全不知道在干什么——这都是我玩剩下的，是用来对付罪犯的，真正的罪犯。那时候你们还在挤脸上的粉刺，一边偷偷亲海报上的大明星呢。你们真觉得我会受你们摆布？”

“这跟摆布没有关系，”斯蒂夫一脸受伤的样子，“我们只是想让你帮我们解决眼下的问题。”

我说：“你是在哪里遇到露西的？”

“她难道没跟你们说吗？”

“啊，拜托，朋友，”斯蒂夫说，他倾身伏在桌面上，“你应该和我一样清楚，我们是想找办法削弱她的证词。你以为我们是想抓你吗？开什么玩笑。要真是你干的，我们可完蛋了。你觉得我们会坐在观察室里，讨论我们是不是该对同组的人提出谋杀指控？”

麦卡恩把他那双深深下陷的眼睛转向我。在面无表情这方面，他练的年头比我久。我读不出他任何的想法。“你根本没有热爱这个组的理由。怎么讲你都得完蛋，说不定还想在临死前拖个人下水。”

虽然我知道他这么说目的何在，可这就事论事的腔调还是让我心头一寒。我说：“我跟你之间没什么过节。你没做过什么针对我的事情。”

他点了点头。“要是你还有点脑子，”他说，“就赶紧滚蛋。这是我可以给你的最好建议；就算是我自家的孩子，要是跟你一个样，我也会这样跟他说。我没有做，所以你不可能证明我做了。要是你想试试，只会给你自己惹麻烦。别想着离开重案组就没事了，整个警察界你都待不下去，说不定这个国家你都别想待了。”

我们都会告诉嫌疑人，如果不听话，他这辈子就完了。寒意又加深了。我说：“你是在哪里遇到露西的？”

等了一会儿，麦卡恩沉重而缓慢地摇了摇头。“给你送葬的时候。”他说，“当时她跟爱斯琳一起，在霍根——眼睛一直盯着她。爱斯琳坐在那里，穿着闪亮的小裙子，喝着饮料，享受着众人注视的目光，挑选自己心仪的男人。而那个女孩就一直粘着爱斯琳，谁要是多看爱斯琳一眼，她就会把人家骂跑。爱斯琳后来告诉我，她说露西拽着她来酒吧，是因为她想趴在她肩膀上哭，抱怨自己一直找不到男人……”麦卡恩的嘴角又扬了起来，有那么一秒，他的表情都几乎变得柔和，“爱斯琳真的是很天真，在许多方面。她就像个孩子。她向上帝发誓，露西真的是想找个男朋友。你们查过露西的不在场证明吗？”

“嗯，”我说，等他咧着嘴笑起来，我才意识到自己透露了什么，“证据充分，不好意思。”

“但是你有过怀疑。”

“我们要做好本职工作。”

“就像你现在正在做的事。”他的笑变得富有侵略性，“我赌一百英镑，是露西想把整件事情推到我身上来。她说什么了？我打了爱斯琳？我虐待她了？”

我和斯蒂夫再次明目张胆地交换了一下眼神。“那倒没有。”斯蒂夫说。

“是的，”我说，“根本没有。”

麦卡恩再次面无表情，他没想到会这样。

“按照露西的说法，”我说，“你对待爱斯琳，就像是对待一块珍宝。你们两个不只是偶尔上床的关系。你们两个是有真感情的，是真爱。”

他笑了，咆哮似的，声音很大，把我们三个都吓了一跳。他装得太过了。“真他妈该死。你们信了？”

“你要说你从来没对爱斯琳说过你爱她吗？”在他开口之前我又说，“当心点。我们已经拿到爱斯琳给露西的短信了。”

“也许说过。我得跟你说个事，康韦，要是有男人把手伸进你的内裤，说这就是爱，那很有可能只是在跟你胡扯。或者从来没有男人跟你说过这种话？”

“根据这些信息，”我说，“你跟爱斯琳在 8 月的时候见过几次面，但你并没有什么实质性的动作，而是一直等到了 9 月初。如果你只是想上她，那为什么要等这么久？”

麦卡恩又静止了，开始琢磨如何应对。最后他说：“我喜欢爱斯琳，她是个好女孩，很甜。她想要找刺激，像我告诉你的那样，但她不是那种吸血鬼一样的女孩，只顾着一时痛快。她过得并不容易，她爸爸在她还小的时候就去世了，她妈妈得了多发性硬化，爱斯琳是唯一照顾她的人，直到几年前她妈妈去世。她的生活一直寡淡无味，所以才想听听我的故事。”

我发誓他是真的信了。我能感到斯蒂夫也注意到了：我们的手榴弹还在。

她告诉罗里的是同样的故事：死去的爸爸，得了多发性硬化的妈妈。难怪她只提了一下就打住了。用它把麦卡恩引到她想让他去的地方是一回事，要是把这个故事用在她真心喜欢的人身上，性质就不同了。但这个故事已经根深蒂固，没等她自己意识到，就已经说出了口。

“我和我妻子，我们一直过得都不怎么愉快。有这样一个喜欢我陪在她身边的女人，让我感到很舒服。我很高兴能有一个让我心安的地方可以去，没有人会觉得你很碍眼。这样一来，一切都能好过一些。这就是一开始的样子，只是去寻找一点清静。”

他撇了撇嘴角，我们便没有对他进行嘲讽。我说：“你们在什么地方约会？”

“我会到她家附近去接她，然后我们会去兜兜风。那是夏天的时候，她会带上食物，我们会去郊外野餐。我们会找一个风景不错的地方，一起坐着聊天。”麦卡恩试图保持声音平静，但热切的渴望涌起，努力控制也无济于事，他索性停了下来。

“啊，”我说，“真甜，你就从来没带人家去好好吃顿饭，是吧？连喝一杯都没有？只是让她做好三明治带上，跟你坐在草地上，任由蚂蚁往她内裤里爬？”

“她从没觉得这有什么问题，你有什么可说的？我们去过她那边的酒吧一次，我不喜欢那样。都柏林是个小地方，一旦有不该看到的人看见你，他会告诉他老婆，他老婆又会找自己俱乐部里的女人八卦，而你老婆的闺密刚好就在里面，然后，突然之间，你就得睡沙发了。”

“只因为你们喝了一杯？”斯蒂夫皱着眉头，“我觉得你好像很清楚，你们俩并不只是像朋友聊聊天那样简单的关系。”

麦卡恩抬了抬嘴唇，像是要笑一笑，但又像是要龇牙。“我觉得你好像从来没结过婚。'好吧，没错，宝贝。我只是花了个晚上，跟一个漂亮的金发女孩喝了一杯，可我们只是聊天，别的什么都没做，我对天发誓。'你觉得这么说好使？反正我老婆是不会信的。"

斯蒂夫冲他咧嘴笑了笑。"好吧，"他赞同道，"我开始觉得我应该一直保持单身了。"

"你和所有其他人都应如此。"不过笑容很快就消失不见，"我告诉你们，我和爱斯琳，在一开始是完全清白的。"

"后来怎么变了？"

麦卡恩耸耸肩。他转入防御模式；我们已经触及他警戒线的边缘。

"老天，莫兰，"我压低声音，让麦卡恩刚好能听见，"你还问怎么变的，他把老二插进人家身子里了，就这么变的呗。他一直在等机会，等到了就随心所欲，快活一番了。你还想让他给你画张图吗？"

麦卡恩突然伸了伸脖子，他显然不喜欢这样。"省省吧，"斯蒂夫同样压低声音，"我又没问他们喜欢什么体位。我问的只是事情是怎么发展到这一步的。我们讨论的可是圣人麦卡恩啊。他怎么可能背叛他老婆呢？"他关切地望着麦卡恩。

麦卡恩瞪了他一眼。"你觉得我们是怎么走到那一步的？男人和女人，共处一段时间，他们就会对彼此有所幻想，某一天就会擦枪走火——"我挑了挑眉毛，"你们想笑就笑吧，你跟我说说：要是爱斯琳不喜欢我，她为什么要跟我在一起？就像你一开始说的：我没钱，又没名。"

"你是个警探，"我指出，"对某些人来说，这一点非常受用。"

"我想过这个，我又不是傻子。我考虑过她是不是个逃犯，需要拉一个警察下水。"

"所以你就在系统里查了她。"

"是我干的，没错。去吧，你们要是觉得这是什么大事，就去找头儿告发我。但你别跟我说你们没做过这种事。"

"啊，背景调查，"我说，"所有美好的爱情故事都需要有这样坚实的基础。"

"像我说的：我知道自己没什么特别的。所以我需要查一下。但爱斯琳清白得像一张白纸。她甚至连找我帮她销罚单都没有过。她从没想过要从我这里得到什么。”麦卡恩摊了摊手，“这就是我的全部，如果她想要我，要的就只有这个。”

我和斯蒂夫沉默足够久之后，面色凝重地对视了一眼。麦卡恩果然变得紧张。“怎样？”他问道。

“不当关系，”我说，“是从 9 月开始的？”

“9 月初，没错。”

“日期。”

“我不记得了。”

我没有像蝗虫一样，盯着每个细节不放，而是任由他随便讲，他知道我们对真实情况心知肚明。我故意隐约露出微笑，看着他下巴的肌肉颤动。

“那我们就当是 9 月初吧，”我表现得很慷慨，再一次让他的下巴动了动，“然后就一直持续到了上周末，中间有间断过吗？”

麦卡恩再次把抱紧双臂，警察的标准表情又回来了，铁板一块。“没有，我们没有任何问题，也没有吵过架。一切都很好。”

“秋天，”斯蒂夫检查着手里的笔，若有所思地说，“冬天。无意冒犯，但是那时候你们俩已经不是单纯聊天的关系了吧？我觉得在山顶上野餐什么的已经满足不了你们了，是吧？这段时间你们是在哪里见面的？”

麦卡恩咬牙切齿，一副“关你屁事”的表情。不过他还是回答了：“在她家。”

斯蒂夫皱了皱眉。“没有一个邻居说见过你。”

“因为我不想让他们看到我。我会走爱斯琳家的后巷，然后翻墙进去，到后门门口。她给了我一把钥匙。”

这就是秋天的那起闯入事件了。“不错，这个年纪还能爬墙，真是老当益壮。”我说，几乎憋不住笑——麦卡恩再次感到不满，“比那些天天跑健身房的人好多了。你多久去她家一次？”

他想说谎，不过还是觉得不能冒这个险。“一周一两次，看情况，取决于工作，还有我家的情况。”

“你们怎么约时间？”

“有时候，在我走之前，我们会约好下次的时间。我也会给她留个便条，告诉她我什么时候到。或者要是我意外得到一两个小时的空闲，我就会直接赶过去。”

“你在哪儿给她留便条？”

“塞进汽水瓶，扔到她家院子里。她知道随时去找找看。”

“我们在她家没有找到任何便条。”

“我到她家的时候就会把便条拿回来。然后扔掉。”

我装出惊讶的样子。“为什么？”

“你觉得呢？因为我做这行时间太长了，不会让证据随便乱丢。”

他冷冷地看了我们一眼，像你们俩这样的人，想抓我的把柄，还嫩了点。

“老天，”我说，“为了偶尔约个会，还真是够麻烦的。”

“那得看约会的质量。”他再次露出猥琐的笑容，不过我见过他用这招对付嫌疑人，所以对我没用。

“为什么不给爱斯琳打电话，或者发短信呢？你的号码她都没存过，为什么？”

“因为我不想让她存。”

“还有你为什么不像个正常人那样，走前门呢？”

他再次心有不悦地看我。“你他妈的觉得呢？”

“我在问你呢。是她喜欢玩顶级大间谍的角色扮演，还是你想让她对你的行踪一无所知，这样就只能在家里守着，等你从后门随时拜访？”

“她不需要做任何事，我不是她的老板。”

我小心翼翼地挑拣着词句。“你有没有……跟她生过气，就比如，她没在家等你？”

麦卡恩下巴一紧。“你这是什么意思？”

“就是我说的意思。你让爱斯琳在家里坐着，一天又一天，像木偶一样，只等你去拉她身上的提线。如果你拉了，但她没动，那会怎样呢？”

“那也没什么。大多数时候，我都会让她知道我会去。只有一两次我是临时过去的。要是我去了她家，她没在，或者她在忙，我就会离开，换个时间再去。就这样。”

我表现得非常怀疑。“你确定？”

“是的，我确定。”

“你不会偶尔打她一巴掌，对吧？不是想去伤害她，只是让她能规矩一些。”

麦卡恩说：“我这辈子从来没有打过女人。”

“嗯，”我说，“好吧，你让爱斯琳把手机锁换成滑动的，这样就可以看她的短信，对吧？”

他的头突然扭了一下，不到一英寸，不过及时停了下来，直直地看着我们。他不喜欢考虑这个问题。“我没有让她做任何事情。”

“请求她，这样说可以吧？”

“没错，我是请求她来着。她本可以让我别管她，但她没有。”

“你读了吗？”我希望他没有，主要还是出于对这份职业的骄傲。我希望一个重案组的警探，即便是想查查自己的小情人有没有小情人，也可以干得漂亮点，而不是用这种下三烂的手段。

麦卡恩把脸埋在他的茶杯里，但我还是看见他胡子拉碴的脸微微一红。在所有的选项当中，这是让他最不好意思用的一个：在爱斯琳的短信里面找蛛丝马迹。他依旧坚信自己有多么爱她，在他心里，偷看她的信息，会让这一形象受损。“有几次吧。没什么可看的，我觉得自己很傻，然后我就不看了。”

我相信他。在周六晚上之前，麦卡恩还对罗里一无所知。爱斯琳的疯狂计划完全没有奏效，露西是对的，爱斯琳已经没辙了。

我问：“你让你老婆把手机设成滑动锁了吗？”

“别跟我耍小聪明。没有，我他妈的没有。”羞耻感让他的声音变得歇斯底里，“我没在控制爱斯琳。我只是不想让我的妻子发现我们之间的事情。这就是我检查她信息的理由：我需要确认爱斯琳没有把事情告诉她的朋友们。这也是我为什么要走后门，我为什么不让她存我的电话号码。我太喜欢她了，或多或少也算信任她，但还不够让我把自己的全部生活都交到她手上。我可不想被她拴得太紧，一旦月经来了，或者是收到什么勒索邮件，她就会一个电话打到头儿的办公室，让全世界都知道我们的事。这不难理解吧？”到目前为止，这是他用时最长的一次发言。他试图完全忘记这些记忆，这让他变得健谈起来。

“所以，”斯蒂夫冷淡地说，“你是说你并没有打算为了爱斯琳离开你老婆，对吗？”

麦卡恩短促地扑哧了一声，声音很大。“扯淡吧。我和我老婆，我们确实有一些麻烦，但我爱她，而且更爱我的孩子们。我不可能有别的打算。”

“那你打算怎么办？就一直爬爱斯琳家的墙头，”我哼了一声，麦卡恩猥琐地看了我一眼，“这辈子都这样了？”

“我没做任何打算。我只是在找点乐子，静观其变。”

“即便他打算离开自己的妻子，”我向斯蒂夫指出，“他也会让爱斯琳继续待在地下的。怎么能给他老婆机会，让她在离婚的时候大赚一笔呢？”

“你没听见我说话吗？我根本就没打算离婚。我跟爱斯琳当时那样就已经很好了。”

我挑了挑眉毛。“是吗？爱斯琳也觉得你俩这样挺好的？”

麦卡恩耸耸肩。“据我所知是这样。如果不是，她可以跟我分手。”

“你拿着蛋糕吃了，把渣都留给她。什么样的人能接受这样的安排？”

“我没有从她那里拿走任何东西。从一开始我们就是两相情愿的，她也可以去跟其他小伙子约会，这很公平。”

又是漂亮的一步棋。可这不可能是真的。“而她接受了你的建议，”我说，“你是什么时候发现她在跟别人约会？”

迅速眨眨眼，麦卡恩在这里要多加小心。“她死后我才知道。”

我和斯蒂夫对视了一眼，沉默了一会儿。麦卡恩太老到了，不可能上当。他嘲讽地看了看我们，等我们出招。

“我们稍后再聊这个，”我说，“所以你对此做何感想？”

麦卡恩哼了一声。“你在干吗，给我做心理疏导呢？”

“你去看心理医生了吗？”

“不，我没有，你去了吗？”

“那你就不用为他保留精彩的部分了。发现爱斯琳在和其他人约会之后，你的感觉如何？”

麦卡恩已经做好了回答这个问题的准备。他耸耸肩。“没有人喜欢同人分享一个女人。不过没什么，我反正都会戴套，有什么大不了的？”

“你惊讶吗？”斯蒂夫问。

“我从没想到会这样。”

“露西很惊讶，在她发现罗里的时候。”

这又招来了嘲讽的笑容。“没错，但她只会感到高兴。有两个家伙出现在她和爱斯琳之间了，而不只是一个。”

斯蒂夫说：“她会惊讶是因为她发现爱斯琳爱你，兄弟，爱疯了，你知道吗？”

麦卡恩猛地晃了一下脑袋，仿佛这句话冲他飞了过去。他已经不明白这究竟是真是假了，而且不管真假，他也都不打算去想。想着那些短信，他再次小心翼翼地说：“也不能说完全没想到。”

“她以前从没爱上过什么人，你是第一个。这个你知道吗？”

“她可能提过吧，我不记得了。”

“所以，”斯蒂夫说，“如果她真的彻底被你迷住了，那她怎么还会去跟其他男人共进浪漫晚餐呢？”

麦卡恩很棒。只是因为我一直在盯着他，才看到他脸上闪过的一丝痛苦，快速而剧烈，如同炮口闪过的强光。“谁知道，女人都是感情动物。”

“好吧，”我说，轻轻敲了敲自己的杯子，皱了皱眉，“让我们来好好想想。爱斯琳爱上了你，但是你不爱她，对吗？”

麦卡恩又重新稳住局面。他哼了一声。“老天，当然。她是个好女孩，跟她在一起很开心。她床上功夫也不错，但仅此而已。”

“她知道你是这样想的吗？”

“我不傻，不会跟她这么说，如果你问的是这个意思的话。”

“但她可能会起疑心的，她又不傻。”

“也许吧，这我就不知道了。”

“要是她有所怀疑，”斯蒂夫说，“她肯定不堪重负。初恋，这可是件大事。你没觉得不好意思吗？”

我们开始加速了。麦卡恩并没有错过这个变化：他的后背挺直了，蓝色的眼睛也变得更为专注。有那么一秒，我感到他仿佛年轻了二十岁，颧骨高耸，胡子刮得很干净，一对深邃的蓝眼睛，我终于明白他为什么会觉得爱斯琳有可能爱上他了。

他说：“我并不想伤害她，但我又不是去做临时保姆的。爱斯琳已经是个成年人了。”

“所以她也有可能借助罗里耍一点小花招，对吧？”我问，“想让你吃醋？”

他耸肩。“恐怕不是，我都不知道有这么个人。”

“她在手机里留着他们的短信。她可能在赌你会看到它们。”

那种局促的脸红又出现了，同时他又轻微地晃了一下头。“就算我看了，也不会有什么用。爱斯琳应该很清楚这一点。”

“也许她是用罗里来分散一下注意力？”斯蒂夫提议说。就像知道我的手在什么地方一样，我很确信他清楚我正在把话题引向何方，他就在我身边。“这样她就能不去天天想着你？”

“可能吧。”

“这意味着，她有所怀疑，你并没有像她那样，爱得那么深。”

我问：“她有跟你谈过，让你离开你老婆吗？”

“提到过，但并没有很认真，只是提了提。”他再次小心翼翼——为了短信。

“那你怎么说。”

“不搭茬儿。转换话题，她也不会揪着不放。”

“哈。”我靠在椅背上，喝了口茶——已经凉了——然后拿出手机。我进入电子邮箱，悠闲地翻看着，找到爱斯琳秘密文件夹里的便条的照片。

无论你拿出什么东西，一般人的眼睛总会跟着过去，他们无法控制自己。但麦卡恩却不动声色。我把手机放在桌上，推到他的面前，手机碰到桌面，轻轻地咔嗒了一声。

直到我坐回椅子上，麦卡恩才低头去看。他的脸还是没有变化，不过我能感觉到困惑和警戒的神色隐约浮了上来。

我说：“后面还有，接着滑。”

他滑着，一直在滑。困惑之下又增添了新的东西：一种可怜的神色，混杂着痛苦，以及某种类似于喜悦的情绪。麦卡恩以为自己见到了证据，这些证据告诉他，他完全搞错了；对爱斯琳而言，罗里无足轻重，她全身心爱着的人是他自己。

看了十几张图片之后，他轻轻地喘了口气，把手机推回到我这边。“我知道了。”

我说：“这些便条是你写给爱斯琳的吗？用来告诉她你会在什么时候去她家？”

麦卡恩耸耸肩。他重新在椅子里坐定，手轻松地插进口袋，只是全身紧绷的肌肉出卖了他。我们就要发动总攻了，而他心知肚明。

“我不是笔迹专家，也能确定这些字迹和你的一样，”我说，“不过如果有必要，我会找一位来鉴定一下。我还可以调出你过去六个月的上班记录，拿来和爱斯琳把这些照片传到电脑里的时间和日期做比对。我敢拿我的工资打赌，这些照片上的时间肯定都是你刚下班，或者是上班之前。”

“所以它们也许是我写的，对吧？我告诉过你我写过。”

“而且确保销毁了，”斯蒂夫说着，拿过我的手机，继续查看那些照片，“反正你是这么觉得。”

“除非爱斯琳有别的想法，”我说，麦卡恩闭了一会儿眼睛，“每次你留下字条，她都会拍照记录，存进电脑里——在一个设了密码的特别文件夹中——然后还把手机上的照片删掉。她为什么要费这么大劲？”

耸肩。“我怎么知道？”

“你猜猜？”

“留个纪念？”

这话让我笑出了声。“你没搞错吧？”我从斯蒂夫手里把手机拿过来，在麦卡恩眼前晃了晃。“你觉得一个女孩会拿这种东西当纪念？”

“我可不知道女孩们会做什么，不会做什么。”

“相信我，这个她们就不会。所以爱斯琳的目的是什么呢？”

过了一会儿，麦卡恩说：“她可能想把这些东西拿给我老婆看。”

“你说她对现状很满意，那她为什么要这么做？”

“我是这么觉得，但我不一定对。”

“你告诉我们你很小心，不想被爱斯琳套牢，让整件事被大家知道。”我在桌子上转动手机，“看起来你的小心是对的。”

“但还不够小心。”斯蒂夫指出。

“在我看来，”我说，“这倒像是爱斯琳设的一个局。她想如果你老婆发现了，肯定会一脚把你踢出门外，然后你就只能投入她的怀抱——”

“你老婆会一脚把你踢出门外吗？”斯蒂夫问。

“不会。”

斯蒂夫挑了挑眉毛。“不会？”

“绝对不会。”

“朋友，你之前说如果她知道你跟爱斯琳上山兜风，就会把你扔出家门，要是让她知道你还上了她，一上就是几个月——”

“她会让我难堪，臭骂我一顿，我得去布雷斯林家的空房间里住几周，也许几个月。天知道这都是我自找的。”麦卡恩声音里的恨意说明他说的是实话，“但到最后我们还是会和解，没什么问题。”

我挑了挑眉毛。“哈，这话现在说倒是很容易。”

“这是事实。她会让我求她原谅，卑躬屈膝，但她还是会让我回来，毕竟孩子们——”

“是啊，还有孩子。这得让他们多受伤。”

他的下巴一紧。“他们都长大成人了，或者也差不多了。爸爸妈妈吵几周架不会是世界末日。”

“要是让他们知道他们的爸爸一直在睡一个能当他们姐姐的年轻女孩，他们会做何感想？”

“老天，”斯蒂夫说，皱了一下眉，“这下父子关系可就没法融洽了。”

麦卡恩生气地说："他们不会发现的。"

"不会？你老婆不会提吗？她是菩萨心肠？"

"听上去还真像。"斯蒂夫说。

"她可能有这个希望。"我说。

"她在乎孩子们的感受，不会伤害他们。"

我们加快了速度，语气也越来越重，倾身向前，把问题抛到对面。麦卡恩也跟上我们的节奏，毫不迟疑地应对我们的问题，目光由暗淡的蓝色变得如火焰一般闪耀。他觉得关键时刻已经到来。他几乎可以预见我们提问的走向，认定我们在这个推论上孤注一掷。所以他需要做的，就是终结这个话题，让我们彻底破产。

"不管怎样，"斯蒂夫说，"最好还是不要蹚这样的浑水，对吧？"

"没错，是这样。我很走运，以后不会再有了。"

"走运，"我挑了挑眉毛，"这就可以了，是吧？有个女孩死了，现在还躺在停尸间，但是瞧瞧，你是有多走运？"

麦卡恩厌恶地瞪了我一眼，并没有费心回答我的问题。"说真的，"斯蒂夫说，"麦卡恩算是躲过了一颗子弹，够走运了，我觉得。"

"确实，"我说，"他确实是这样。爱斯琳去威胁过你老婆吗，麦卡恩？"

麦卡恩摇了摇头，缓慢但坚定。对此他有十足的把握：不需要担心爱斯琳的短信，因为他说的是实话。"从来没有。"

"她只是暗示过。"

"没有，暗示也没有。"

"你确定吗？"

"没错，我确定，很确定。去问问那个玻璃露西，或者任何别的什么人：看看你能不能找到半条证据，证明爱斯琳提过要去找我老婆。半条，半条就行。"

"我们有二十多条。"

"这些字条吗？"麦卡恩对着我大笑起来，像是在张开嘴狂吠，"老天，康韦，快告诉我你还知道点别的。那东西能说明什么？能威胁到谁？也许爱斯琳是想用那些东西来威胁我——可你都没办法证明这一点——但是还没找到机会。我都不知道有这些东西存在，我甚至都看不到它们——上了密码，你说的吧？网络犯罪组完全可以查出文件夹开启的时间，证明它们跟我在爱斯琳家的时间并不匹配。这些字条毫无意义。”

我摇了摇头。“你是否知道这些东西的存在并不重要。爱斯琳可以把副本传给你老婆看。”

“她没有。不信你们可以去查她的电脑记录、打印机、单位的打印机，所有她能用的东西。我打赌你根本查不到有这些东西的记录。”

“她可以用电子邮箱发。”

“去查查她的邮箱账号。你觉得爱斯琳会有我老婆的邮箱？我看起来有那么蠢吗？”

“或者她就是在你上班的时候，直接跑去你家。”

“她没有。你们可以追踪她的行踪，看看有没有人在我家附近见过她。祝你们好运。”

“你老婆也会这样说？”

这话让麦卡恩站起身，伏在桌子上，半个身子探了过来，龇牙咧嘴、异常愤怒地对我说：“你他妈的敢把这东西拿给我老婆看？她对爱斯琳的事情一无所知，而且永远都不会知道，你明白了吗？”

“例行公事，”我抬起头，“每条线索我都要跟进。”

“你想干什么就干什么吧，但要是你去跟我老婆说爱斯琳的事，我会要你好看。听见了吗？”

“看起来，”我故意咧着嘴乐，“要是让你老婆知道这点破事，你恐怕还是会有麻烦吧？”

麦卡恩的下巴绷紧。他想来揍我。我瞪着他，继续面带笑容，希望他动手试试。

过了一会儿，他的目光从我脸上移开。他坐回到椅子上，扭扭脖子。“要是你要找我老婆谈话，”他说，“那就找吧。但别说出轨的事。就算是你们两个也应该做到这一点。去问问她有没有接到什么匿名信，或者是陌生人的电话。

我完全能告诉你们她会怎么说，但如果你们非要逞能……”

斯蒂夫说：“要是你不想让我们找你老婆，朋友，那就别耍我们。你跟我们说实话就行了。”

“那你以为我在干什么？”

“好吧，”我说，“周六晚上你在什么地方？”

他咧嘴笑了，上唇扬起来，像是在低声咆哮。他靠到椅背上，抱紧胳膊，仰头对着天花板，笑了起来。“终于进入正题了，也该到时候了。”

“你在哪儿？”

“你不打算先警告我一下？”

“你想的话，那就来一下。你有权保持沉默，但你说的每句话都会被记录在案，可能会成为呈堂证供。”这让他的笑声里又多了几分邪恶。“周六晚上你在什么地方？”

“不关你的事。”

这是个聪明的回答：不给我们不在场证明，意味着我们没有可以打击的对象。“你是想说无可奉告吧，”我说，“对吗？”

“不，我告诉你的是，这他妈的不关你的事。”

“要是我们去找你老婆，问问你那时候在不在家，她会怎么说？”

“去问了你们才会知道。”

斯蒂夫倾身向前。“我们并不是要套你的话，朋友。我们只是在问话。要是你能证明你在什么地方，我们立马就收手。我们会想办法，让这一切都像是从没发生过。但如果没有了解事情的来龙去脉，我们就不能这么办。”

麦卡恩冲斯蒂夫露出难以置信的表情，仿佛在说他不敢相信眼前这个人会对他用这一招。“关于周六晚上，我没什么好说的，我只能说我并没有伤害爱斯琳。就这样。就算在这里耗一整年，我也只能跟你说这个。”

“事情可没那么简单，”我说，“还记得那个说最近几周看到你在斯托尼巴特尔街头闲逛的证人吧？”

“所以呢？”

“同一个证人看见你从维金花园后面的巷子出来，就在周六晚上八点半。”

他哼了一声。“罗里·法伦。是他吧？”

“你认出他了，对吧？在我们带他过来的时候？”

他轻轻摇了摇头，嘲笑似的咂了下嘴：他并没有跳这个陷阱。“没有，是布雷斯林跟我提到，罗里最近一段时间一直在斯托尼巴特尔街头闲逛。差不多是跟踪，对吧？”

我和斯蒂夫没有回答。麦卡恩点了点头，表示满意。“这意味着他很喜欢爱斯琳。或多或少是有点着迷了。也许他某天晚上还看到过我从她家出来呢，对吧？”

我们看着他。

“没错，这样他非常忌妒，都快发疯了。周六那天晚上，一进她家门，罗里做的第一件事就是跟她当面对质，问她是不是在跟别的什么人约会。可怜的爱斯琳没有否认，或者支支吾吾，然后……”

他一只手攥成了拳头，轻轻离开了桌面，他在用力。

“那就难怪他会说在周六晚上看见了我。他会动用一切花招说东说西，扰乱你们的视线。而你们这一对白痴果然中招了。不过陪审团可没那么傻。”

斯蒂夫说话了，但急于辩白让他的声音顿时变弱了许多，我们都能听得出来。“没有人说我们信了，我们只是在讨论这一点。”

麦卡恩靠在椅子上，手插在口袋里，一边的嘴角翘着。他并没有刻意掩饰脸上的得意。他觉得我们手里的一切都在他掌握之中，被他攥得紧紧的，伤不到他半分。

他说：“你们觉得要是让组里知道，你们这样单独跟我谈话会怎么样？不为别的，就因为上了几次床？”

“啊，拜托，”斯蒂夫是真的在请求他，“你是我们的证人。我们没办法，只能找你谈谈。你知道我们有难处。”

“我什么证都做不了。”

“你认识被害人，你把被害人给睡了。我们不能就这样——”

“你们把态度放尊重一点，”麦卡恩说，“别对我的婚姻打什么主意，我会把此事忘掉。”

“我们不会告诉你妻子关于爱斯琳的事情，我发誓。”

“那还差不多。”麦卡恩说。他伸了个懒腰，前后晃了晃肩膀。“我们聊完了，对吧？”

斯蒂夫迅速看了我一眼，眼神里带着不确定。“不，”我固执地说，“既然我们都在这里了，不妨把该说的都说了吧。”

“再来五分钟？”斯蒂夫问麦卡恩，“说真的，不会用太长时间，我们只是还有几个——”

麦卡恩大笑起来，摆了摆手。“你们还想来个补时绝杀？来吧。”

“谢谢，”斯蒂夫恭顺地说，“我是说，不，我们没有——我们只是——”

我说：“我想问问关于爱斯琳的事。她脑袋里在想什么。”

麦卡恩冷哼道：“这种心理学胡扯都是白费功夫，康韦。说真的，你该把这套东西扔了。罗里·法伦就是一时着迷，精虫上脑了，丧心病狂了。剩下的，关于爱斯琳是怎么想的，这都不是你该考虑的问题。没人在乎。”

“也许你是对的，就当给我解解闷儿，好吧？”麦卡恩坐回到椅子里，长叹一口气，“你告诉我们，”我说，“就在几分钟前：要是有人为了让你上床，跟你说她爱你——像爱斯琳说爱你——这八成是胡扯。她们都有小算盘，对吧？”

“没错，但爱斯琳并不是为了和我上床。我们的事情是自然发生的。”

“一开始你在系统里查过她，因为你觉得她可能别有用心，对吧？”

“没错，但是她是清白的。”

“确实如此，没错。这样就足够让你放心了？你没有再起疑心，对吗？像她那样的女孩，像你这样的男人，你真觉得她就诚心诚意地爱上了你？”

“也许他真就这样觉得。”斯蒂夫审视着麦卡恩，“荷尔蒙啊，朋友，脑子都乱了。”

“啊，他是怀疑的，”我说，“他一直在怀疑。他讨厌自己那样做，想停下来——对吧，麦卡恩？但他没能办到。你知道我是怎么想的吗？我觉得，他心底什么都知道。”

麦卡恩嘴角上扬。“你以为我不知道你打算怎样吗？你还真是有勇气，想用这个来对付我。多花些心思去盘问罗里・法伦吧，让布雷斯林把事情搞定，看看你们能不能学些东西。”他把椅子从桌子边推开，“我要走了。”

斯蒂夫把德斯・默里斯的全家福从口袋里拿出来，放在桌子上。“你认得这里面的人吗？”他问。

麦卡恩弯下腰，把照片拿起来，本来准备看一眼就扔回斯蒂夫手里，但照片却让他愣住了。他用手指掐住照片，我们看着他的表情，看到他认出了伊芙琳，然后是德斯，同时用尽全力不露声色，心里却在不停琢磨他们跟这个案子有什么关系。到最后，还是那个胖乎乎的小女孩和她怯生生的微笑让他想起什么。他终于恍然大悟，而我们则看到他心底的震颤如何一路上升，最终浮现在他的脸上。

斯蒂夫用手指着德斯蒙德・默里斯。他说：“你认得这个男人吗？”

麦卡恩没听到他说话。

我俯下身子，敲了敲照片。“麦卡恩，这是谁？”

麦卡恩眨了眨眼。他口齿不清，仿佛心灵不堪重负，让张嘴都变得吃力。“他叫德斯蒙德・默里斯。”

“你是怎么认识他的？”

“你都知道。”

“我们想听你的答案。”

“他失踪了。很久以前的事，当时是我办的那个案子。”

“这个呢？”我的手指移到了伊芙琳・默里斯身上。“她是谁？”

“他妻子，伊芙琳。”

“这个呢？”

我指向爱斯琳。斯蒂夫也在我身边俯下身子，探到桌子另一边，我们两个都靠近麦卡恩的脸，看着他的每一次颤动。沉默许久，麦卡恩开口了。“是他们的女儿。”

“她的名字。”

吸了口气。“爱斯琳。”

这个词回荡在空气中，静默了一秒。

“你真的不记得她了吗？”斯蒂夫用难以置信的口气问，“我知道她长大了，变化很大，但她的脸你就一点印象都没有？还有她的名字？完全没了印象？”

过了一会儿，麦卡恩的脑袋左右动了动。

我说：“她记得你。”

他不停在摇头。

“这就是她在霍根找到你的原因。”我说，“并不是因为她喜欢找刺激，而你恰好是个警探。而是因为她想知道她爸爸究竟出了什么事。”

“我想她一开始可能只是出于好奇，”斯蒂夫说，“或者只是出于某些奇怪的原因，觉得跟你在一起，就能够离她爸爸近些，”这话引起了麦卡恩嘴角突然的抽动，“而然后，等她对你有所了解了，这件事就成真的了。”

我哼了一声。“嘿，”斯蒂夫说，“奇怪的事情总会发生，而且你不也是这样想的吗？”

麦卡恩抬起头，看了斯蒂夫一秒，眼神里闪过的希望很可怕。

我又拿出了手机，慢条斯理地滑动着，感觉到麦卡恩正在努力不看我。我把爱斯琳写给露西的童话故事找了出来。“看看这个。”我说，把手机递给麦卡恩。

他读着，中间眼睛闭上了一秒。读完之后，他慢吞吞地伸出手，把手机放回桌上，仿佛喝醉了。他没有看我们。

“认出是谁的笔迹了吗？”我问。

点头。

“是谁的？”

过了一秒。“爱斯琳。”

“没错。那故事里的坏人是谁？那个毁了她的生活，而现在她决定要毁了他的生活的人是谁？你知道他是谁，对吧？”

麦卡恩一言不发。我可以听得到他的呼吸，透过鼻腔沉重的喘息，融入房间的闷热当中。

等我们发觉他不打算搭话后，我说：“那是你，麦卡恩，你明白了吗？”

还是沉默。他把手放在照片上，盖住了它，这样就不必再看了。

我俯下身子，靠近他，轻轻敲了敲他面前的桌面。“注意了，我现在要完完全全地告诉你，这一切为什么会发生。”

他的眼皮一颤。他隐约猜到了一部分，但是还不够。他很想知道全部。

“还记得你跟爱斯琳提过她爸的案子吧？”

麦卡恩说：“我没有提任何人的名字。”

我放声大笑。有那么多需要担心的事情，他偏偏挑中了这一个；很难讲他真的是个职业警探。“没这个必要。她很清楚你在谈的是什么，是她自己把话题引过去的。你还记得你告诉了她什么吗？”

他摇了摇头，回想着。“我们是怎样追踪他的信息，一路追踪到英国。我们是怎么找到他已经……爱斯琳一直，她一直没说话。眼睛都没眨一下，一直听着，不停点头……”

“爱斯琳很厉害，”我说，“在这方面，她一直比你想的要厉害得多。你还记得自己是怎么告诉她你跟她爸爸的对话了吗？他让你转告爱斯琳和她妈妈，他很好，而你却三缄其口？”

麦卡恩抬眼看我。“你没见过伊芙琳·默里斯。真是个可人儿，那么害羞，又那么甜——像是从老式小说里走出来的漂亮夫人，最后会死于肺痨或者类似的事情，只是因为这个世界对她而言太过沉重。伊芙琳是玻璃做的。”他瞥见我在咧嘴笑，“该死，我没跟她上床，我没动过她一根手指，想都没想过。”

“无所谓了，”我说，“既然你那么在乎她，那为什么不如实转告她呢？”

“因为如果她知道自己的丈夫跟一个年轻模特私奔了，会难受死的。她会崩溃的，我不能让那样的事情发生。”

我说：“但是你却觉得接管她余生完全没有问题。在你走进她家家门之后，她所做的一切事情，脑袋里闪过的每一个念头，上面都有你的印记，你完全知道事情会变成这样。”

我继续俯身探过桌子。这张桌子是特别设计的，正是为了方便我能够靠近，看清楚这个浑蛋的每一根胡楂。我能够闻到他呼吸中的茶味、衣服上的烟味，以及汗液中混合着愤怒与恐惧的酸臭气息。我靠得足够近，几乎要把他瞪出血来。“别骗自己了，麦卡恩。我说的这个，才是你三缄其口的原因吧。不是吗？

你得不到伊芙琳，但是你很想让她接下来的生活完全处于你的控制之下。每次她醒过来，想知道德斯今天会不会回家，每次她匆忙去接电话，每晚她梦到他死了，她都是属于你的。当你老婆跟你不停念叨，而你每晚躺在她身边，心里想的难道不是可爱的伊芙琳？一想到不论她在那一秒里做什么，心里在想什么，都是拜你所赐，这难道不会让你感到兴奋？”

麦卡恩盯着我，血丝布满他的蓝色眼睛。我从未见过这样的恨意，从没有人这样恨过我。我只在情侣和家人中间见过如此的恨意。我已经把手指插进他的肋骨，戳进他身体最深处。我戳中了他的要害。

他咬紧牙关，声音低沉，直直地冲着我的脸说道：“滚蛋，我是为了她才那么做的。你知道她男人是怎么说她的吗？他为什么要私奔？他说这十年里，跟她生活简直让他喘不过气来。他说他快要疯了，再在家里住上几个月，他恐怕就要直接搬去精神病院。你觉得我要告诉她这些？让这些东西占据她的余生？她并不是那种能忘得了过去、重新上路的人。这会毁了她的。至少我的方法，可以让她保住一些自尊，让他们的婚姻定格在记忆当中的样子。我想给她个机会。”

“可是，”我说，“你让爱斯琳也受了连累。你从未想过这一点，对吧？你也占据了爱斯琳的生活。她的每一天都是拜你所赐，而且糟糕极了。然后她长大了，去寻找答案，结果发现是有人故意掩盖了一切，直到一切都覆水难收。”

麦卡恩张开了嘴。我们看到他心底有东西涌起，闪光，炸裂，伴随着骇人的咆哮，碎片四处飞溅，触到每一处柔软的地方，深深扎进去。

我说：“让我告诉你听完那个故事当晚，爱斯琳做了什么决定吧。她决定要毁了你的生活，她想毁成什么样就成什么样。这就是为什么你们两个开始上床了，麦卡恩。不是因为‘嘿，擦枪走火’，而是因为爱斯琳认准了你耳根子软，总会被女人摆布。而她是对的。她差点就成功了，对吧？你打算什么时候跟你老婆提离婚？是这周吗？今天？”

麦卡恩无言以对。我贴得更近了些，温柔而清楚地对他说：“整件事情都是个谎言。每次爱斯琳吻你，每次她跟你上床，每次她说爱你，她都得竭尽全力才能不吐出来。她强迫自己做这些，只是为了能够让自己有机会报复你，让冤有头、债有主。”

麦卡恩低下了头，摇晃着。他耸肩弓背，仿佛一头正在流血的动物，想要挣扎着重新站起。

“现在你该明白她为什么要留着那些照片了吧？”

他像病人一样吃力地喘着粗气，让这间漂亮的彩色小房间变得像苍白的病房。

“你是对的，要是她没办法让你自己摊牌，她就准备把这些拿给你老婆。不管怎样，她都有办法破坏你的婚姻。然后她就会张开怀抱欢迎你，说你老婆根本配不上你，你应该跟知道如何善待你的人在一起。等尘埃落定，离婚文件归档，孩子们对你恨之入骨，你老婆永远不会再欢迎你重新回家，爱斯琳就会立马甩了你，让你面对一片废墟，开始全新的生活。”

四周一片虚空，只是粗重地喘着气。就这样了。麦卡恩已经什么都不是了。我们和爱斯琳一起占据了这间屋子。如果他还要继续讲话，那将只能来自那个沸腾的虚空处，是我们将他引入这里。

斯蒂夫轻轻地说：“你爱上了她，对吗？”

麦卡恩抬起了头。他的眼睛在我们身上徘徊，仿佛看不清一切。他张开嘴巴，呼出一口气，过了很长时间才发出声音：“无可奉告。”

这四个字留在了空气中，仿佛一块黑点。房间似乎已经变形扭曲，几近疯狂，所有可爱的颜色和人性化的摆设，都在尽力掩盖这间房间苍白的审讯室的本质——桌子、椅子、摄像机，还有单向玻璃。

斯蒂夫说：“当你到她家，看到她正在为罗里准备晚餐。那时候你是大吃了一惊，还是心里早已有所怀疑？”

“无可奉告。”

“告诉我们吧，朋友。她是怎么说的？她让你滚蛋，以后别再来了？她嘲笑你癞蛤蟆想吃天鹅肉了吗？还是说了别的？”

“无可奉告。”

他甚至再也没有抬头看我们，只是盯着我们脑袋之间的墙壁，眼神茫然，让我们不在他的视线里，这样我们的话也就成了模糊不清的闲言碎语。我见过这副表情，强奸犯、谋杀犯都可能是这副德行。我们没办法对付他们，因为他们已经清楚自己是什么人，并且不会再费心掩饰。

“上周六晚上，你在什么地方？”斯蒂夫问。

“无可奉告。”

这时门把手突然咔嗒一声响了，吓了我和斯蒂夫一跳。麦卡恩依旧无动于衷。布雷斯林站在门口，黑色大衣上满是雨水，正向我们所有人微笑。

17

“阿麦，”布雷斯林说，“办公室里有人找你。”

麦卡恩抬起头，看着他。他们对视了几秒，完全无视我和斯蒂夫的存在。

“去吧，”布雷斯林说，“我过几分钟去找你。”

麦卡恩勉强站起身，一个关节接着一个关节，向门口走去。在他经过的时候，布雷斯林轻轻拍了拍他的肩膀。麦卡恩下意识地点点头。

“下午三点二十四分，审讯结束。”布雷斯林走到摄像机前说。他抬起手，把它关掉。然后他走到饮水机前：“好啊，好啊，好啊，看看谁跟谁又和好如初了，真好。”

我说：“我更想知道是谁让你觉得我们俩有什么不和。”

“恕我直言，你们俩关系如何，我丝毫不关心。你们居然指控我的搭档——”

“这一部分我们到时候再谈。现在我想知道，昨天上午是哪个助手在给你通风报信，说我和莫兰吵架了。”

“赖利，”斯蒂夫说，“是他吧？我们一开始吵架，他就竖着耳朵听，字都不打了。”

我记得，办公室里原本响着愚蠢的打字声，后来突然只剩一片沉闷的安静。“我跟你说过，赖利这小子很精明，”布雷斯林说，“显然不像我。我在高屋酒吧坐了二十分钟，才明白自己被人当猴耍了。好啊，康韦，你果然是南边来的，骗起人来一个顶俩。我还真不知道你还有这一手。”他朝我举了举水杯。“还好今天不堵车，我才没错过这场戏最精彩的部分。”

他一定看到了我们脸上闪过的吃惊，因为他笑了。“你们觉得我大老远赶回来，一头扎进这里，是为了拯救麦卡恩，不被你们严刑逼供？我一直都在观察室里，因为我知道阿麦不需要我帮忙，因为他什么也没干——好吧，他确实没管好自己的老二，但这在我看来也不至于让他被吊死。但我觉得他这些日子过得不容易，这我们没意见吧，所以看到你俩折磨他，我觉得我应该出来叫个暂停。”

他围着桌子绕圈，拿起默里斯的全家福，看了很长时间。“哈，难怪阿麦没认出来她。”然后他把照片随手一扔，照片转了一圈，最后掉到了地上，他没有理会。“所以，”他说，“我本来以为我们是一条心的，那两次审讯罗里，我们干得很棒，我还以为我们之间很有默契。没想到你们一直憋着坏主意。我就想问问：你们今天早上照镜子看自己的时候，难道没觉得有点反胃吗？”

布雷斯林正在拼尽全力。这种感觉有点奇怪，有点像是失落，我居然丝毫不想朝他的脸打一拳。“我本来也以为我们是一条心的，”我说，“我也一直很享受那几次完美的审讯，但你隐瞒了这件事，怎么着，你还想揭他人短吗？”

他突然眼睛一瞪，用手指着我。“不，不，不，康韦。别想倒打一耙。你这样只能证明我是对的。这个审讯……”他厌恶地撇了撇嘴角，然后喝了口水，仿佛要把恶心的感觉冲走，“你接着说，告诉我，你搞这个的目的究竟是什么？”

我说：“我们手上有充足的证据可以申请搜查证，去搜查麦卡恩的家。”

布雷斯林琢磨了一会儿，点点头。“搜查证。不错。那你们想在他家找什么？”

“麦卡恩一冬天都戴的那双棕色皮手套，我这一周还没见他戴过呢。我们要么能从上面找到爱斯琳的血迹，要么手套已经没影儿了。”

“哇，”布雷斯林说着，挑了挑眉毛，“真是干得漂亮。我估计阿麦听到这个肯定会吓个半死。我能给你们省些麻烦吗？我把真相都告诉你们，如何？”

“感激不尽，”我说，“但我们需要让麦卡恩亲口告诉我们。”

布雷斯林咂了咂嘴。“那是不可能的。麦卡恩才不会让真相记录在案——说句实话，经你们那一顿胡搅蛮缠，麦卡恩要是还会再跟你们谁谈话，我肯定会很诧异，不管会不会记录在案。但我觉得，让你们知道真相，我们大家都能省心。”

斯蒂夫说：“但是不会记录在案，也无法被证实，也不能作为证据。”

“只能这样。你们还想不想听？”

从心底里说，我不想。麦卡恩离开审讯室的时候，仿佛带走了什么东西，空气中嗞嗞作响的阴暗冷酷的能量跟他一起消失了。房间里没有他，仿佛泄了气，病态而愚蠢。我只想走出房门，一直走下去，去不必思考接下来会发生什么、不必看布雷斯林那张自认为正义的嘴脸的地方。我靠在椅子上，揉了揉脸，想再次找到那股能量。

“好吧，”斯蒂夫说，“洗耳恭听。”

“用不着给我面子。”

“我们想知道。”

“康韦？”

“为何不呢？”我说。我把手放下来，可是没有力气直起身体来。

布雷斯林并没有在我们的桌旁坐下来。他把自己的水杯扔进垃圾桶，手插进口袋，开始踱步。一副从容不迫的模样，仿佛是给粉丝学生们答疑解惑的明星教授。“周六晚上，”他说，“阿麦在家里，跟他家人一起吃晚饭。吃完饭他决定去找爱斯琳。他到那里的时间，大概是七点四十五分——时间不确定，因为他没注意时间。像往常一样，他去了厨房那边的后门。灯是亮着的，他可以看到爱斯琳正在准备的晚餐，但爱斯琳没有出声，也没有来迎接他。他走进客厅，发现她躺在那里，脑袋靠在壁炉上。”

“他肯定吓了一跳。”斯蒂夫说。布雷斯林瞪了他一眼，但他面无表情。

“是啊，没错，显然会的。”

“大多数人都会崩溃。”

“大多数普通人会。阿麦也吓坏了，但他还是冷静了下来，这并不代表他是凶手，而是因为他是个警察。”

“他还发现了桌子上精心准备的浪漫晚餐，”我说，“这肯定也让他颇为震惊。他对此做何感想？”

布雷斯林用“老子的耐心也是有极限的”的声音回答我：“他没有任何感

想，康韦。说真的，他女朋友就躺在他面前，就算有什么想法，他也只能觉得这晚餐是为他准备的，万一他来找她呢，毕竟有时候确实会这样。他觉得是有人闯进房间里，也许是个变态，更有可能是瘾君子——老实说，那地方不算太平，对吧？然后爱斯琳就倒了霉。后来，阿麦才想到，爱斯琳也许是另有新欢，结果中间出了什么事，但当时他并没有想到这种可能。所以莫兰说出来的时候，他才会那么震惊。”

斯蒂夫说：“爱斯琳当时还活着吗？”

布雷斯林摇摇头。“阿麦立刻检查了她的脉搏和呼吸——所以没错，手套上肯定会留下她的血迹。而且正因为这个，他也可能把手套直接丢掉。她当时就死了。”

库珀说过，爱斯琳从受伤到最终的死亡，可能只有几分钟，也可能有几个小时，整个进程很迅速是有可能的。到目前为止，他说的一切都合逻辑。虽然本身全是胡说八道，但陪审团完全可能吃这一套。

“所以他就马上给警察局打了电话，要求派一队警探来支援他。”

他盯着我，浅白的泡泡眼直瞪着我，几乎不眨一下。“别耍贫嘴，康韦。别这样。现在不是时候。也许你真的觉得，如果换了你，你会那样做，但那是不可能的。要是阿麦报了警，他就得成为重点嫌疑人，这意味着他会让全组的人忙活起来，直到案子水落石出，不管要花多长时间。如果案子一直没查清，他的警探生涯也就到头了：在自己身负嫌疑、面临调查的情况下，你不可能继续有效办案。他会丢了老婆和孩子。很有可能最后还要出庭受审，甚至还要进监狱，面临终身监禁。而这一切是为了什么？他什么都没做，他也没有任何线索协助调查。如果报警，他无异于自己揽下责任，于公于私都毫无意义。要是你觉得自己是个圣人，可以那么做，那我真替你高兴。但我觉得你也办不到。”

我不打算告诉布雷斯林：我不知道如果换了我，我会怎么办。我可以想象出那种场景，清晰如噩梦：站在某人血肉模糊的尸体中间，感受某种东西在我的脚踝、我的小腿、我的膝盖周围淤积起来，而且越来越快，心里想着不要。

我瞪了布雷斯林一眼。“我会怎么做并不重要。麦卡恩做了什么？”

“他检查了整栋房子，万一袭击者还藏身其中呢，然而没有。等麦卡恩确信那个人已经走了，他里里外外把所有地方都打扫了一遍，清除他以前留下的指纹——我的老天，康韦，我得拜托你不要摆出那副高高在上的臭脸，看着它我真的没办法集中注意力。”

我脸上根本没有什么表情。布雷斯林只是想给我挑错。“要是你不喜欢我的脸，”我说，“你可以看着莫兰。或者干脆把眼睛闭上，关我屁事。”

布雷斯林叹了口气，摇摇头，故意转过身，用肩膀对着我，把注意力全部转移到斯蒂夫身上。“所以麦卡恩把所有痕迹都清除掉了。他检查了爱斯琳卧室里的所有角落，确保她没有留下任何字条——至少没有留在显眼的地方。他本来想多留一会儿，说不定袭击者还会回来，但他觉得这好像不太可能，不值得冒这个险。”

斯蒂夫把眉头皱得紧紧的。“他为什么要关掉炉灶呢？我从一开始就想不明白这个问题。”

“这样任何证据都不会被破坏——”我冷哼道，“指纹对这个案子没有意义，康韦。麦卡恩觉得凶手可能会留下DNA、毛发、衣服纤维或任何有价值的线索；他不想把这些东西毁掉。而且他也不想让那个地方着火，把爱斯琳烧死，因为他有可能搞错了，爱斯琳还活着。而且……”布雷斯林露出悲伤的浅笑，“他没对我说，因为他和你我都一样，不希望让别人觉得自己小家子气，但我很确定他也是不想让爱斯琳的尸体被毁掉。他是喜欢她的，你知道。”

“啊。”我说。我有些希望斯蒂夫会采取行动，暗示我收敛一些，但他没有。他已经不再打算跟布雷斯林和颜悦色了。

“康韦，你别这样。我知道你讨厌这个组，讨厌这里的每一个人，但请你像个警探那样思考问题，而不是像一个总算泡到班花的愣头小子。要是麦卡恩是凶手，他为什么要关炉灶？他应该把火力开到最大，然后把一切都烧掉才好。”

我说：“然后他做了什么？”

布雷斯林咬紧牙关叹了口气。“他去了后门，把门锁好，然后回了家。别去费心查监控了，你找不到他的。周六晚上找不到，哪个晚上都找不到。找出什么地方有监控，然后设计好路线避开它们丝毫不难。要是走到离婚那一步，阿麦可不会留下任何私人侦探可以挖到的对自己不利的证据，让他老婆抓住把柄。”

说得通，当然说得通。就跟麦卡恩、罗里和露西的故事一样。所有这些故事像真的一样。它们像个拳头大小的马蜂窝，发出嗡嗡的声响，在天花板一角无所事事地盘旋，积蓄着力量。我想用枪把它们打飞，一枪一个，干净利落，让它们变成一团团黑点，飘零到地面，一个也不剩。

我说：“他是什么时候把这些告诉你的？”

“他老婆一睡下，他就给我打了电话。说真的，康韦，周六晚上一个人在大街上散步，或者坐在沙发上，老婆在旁边看电视，都不是打这种电话的好时机。他选择的是第一时机。”

我说：“而你相信了他。”

布雷斯林迅速转过身子，直直地看着我。“没错，康韦。没错，我确实相信了他。一部分原因是有种叫作忠诚的玩意，显然你对它一无所知。他是我的搭档，要是我抓到他站在一具尸体身边，手里还拿着一把正在冒烟的枪，我也依旧要相信他是被人陷害的。但更重要的一部分原因，是我了解阿麦，我认识他太久太久了。要是你也有一个像我一样的搭档，那算是你走运。而阿麦根本不可能干出这种事。”

我和斯蒂夫对视了一秒。我不确定布雷斯林是真的相信这套鬼话，还是他认为自己应当相信，因为他需要成为高贵的骑士，始终站在他的搭档这一边。也许是第二种可能，也就意味着他不可能会做出让步。你可以让真心的相信破灭，只要有足够的事实反驳它。但不是建立在事实根据上的相信很难破除，没有什么可以让它瓦解。即便我们拿出麦卡恩殴打爱斯琳的视频证据，这位高贵骑士也能轻松规避。

“你们之间有这种信任吗？你听明白我在说什么了吗？”

“嗯，”我说，“然后你就给斯托尼巴特尔那边打了报警电话。”

“没错，是我打的。我只是顺便一提，阿麦知道我要报警，他也同意了。等最初的震惊过去，他也可以重新像个警察一样思考问题了。因为天性使然，他不是凶手，他是警察。”

“啊哈。你为什么一直等到凌晨五点才打呢？要是麦卡恩等他老婆一睡着就给你打电话，那时间大概是在午夜吧？为什么又等了五个小时？”

布雷斯林叹了口气，举起手。“好吧，你问住我了。干得漂亮。因为我想确保这个案子汇报上来的时候能够直接到我的手上。麦卡恩显然不能和这个案子沾上关系，否则整件事情就得露馅儿——”

“真是高尚啊，”我说，“我铭记于心。”

布雷斯林恶狠狠地看了我一眼，但他没有立刻回应我的话。“但我们觉得我应该盯着这个案子，看看阿麦是不是需要在某个时间出面，类似这种——康韦，既然不管我说什么你都得嘲讽两句，那你干吗还要继续听？要不你出去等，我跟莫兰好好聊聊，这样你也能开心一些？”

“看看你是不是有机会让办案的警探四处追查，最后竹篮打水一场空，是吧？这周对你来说一定乐趣颇多，不是吗？看看我和莫兰这一顿忙活——”

布雷斯林突然冲了过来，吓了我一跳。“你在指责我什么？不，”我正准备搭话的时候，他伸出手指指着我的脸，“你给我老实点。你他妈的给我消停会儿。”

我已经太他妈的老实了。我把他的手指扇到一边，用力太猛，看到他满眼怒火，恨不得揍我一顿。斯蒂夫从椅子上半站起身，但理智让他停了下来。“你已经阻挠了我的调查。这不是指控，这他妈的是事实。你一直在扮演那个枉法警察的角色，只要我跟斯蒂夫找到能够把麦卡恩跟爱斯琳联系起来的线索，你就会把我们引向一个完美的死胡同，直到你可以让罗里·法伦成为主要嫌疑人。你还在我们面前晃那沓钱，故意把加夫尼支开，假装打电话——赖利也是你的手下吗？给你通风报信，偷偷汇报我们调查黑帮成员的进展——”

布雷斯林放声大笑，肆无忌惮。“你觉得我还用得着赖利帮忙？你们两个自己都已经告诉我了。一开始你就问是谁在系统里查爱斯琳，问这么做是为了什么。然后周日下午，莫兰，头儿叫你们进去的时候，你知道你电脑桌面开着什么吗？一个搜索页面，搜索的是都柏林地区有黑帮经历的二十五岁至四十岁的男性。还有周一早晨，康韦，你一来就假惺惺地跟我聊天，关心我有没有经济压力。你们真觉得我愚笨到推断不出你的真实意图？”

我用眼角的余光瞥到斯蒂夫正尴尬得满脸通红。我大概也差不多。我一直对着捕捉到的每一处幻影挥舞棍棒，时刻准备着对付一窝谋划着要害我的间谍。可是我观察又不够细微，而斯蒂夫则是忘了按退出键。

布雷斯林退后几步，挥了挥手。“要是觉得我妨碍了你的调查，尽管写份材料向上反映。你准备写什么？布雷斯林用不正当的方式支付了他购买三明治的费用？布雷斯林无故阻止加夫尼跟着他？”他咧嘴笑了笑，非常猥琐，“孩子，要是你看出什么毛病，那是因为你自己有问题。是你们自己想追着什么野兔子瞎跑，不关我的事。”

我们都没有回答。我还是可以闻到布雷斯林须后水的味道。

“要是你没什么可写的，”布雷斯林说，“那我觉得你欠我一个道歉。”

我说：“我准备告诉你我们的想法，而且一定比你的好很多。”

他皱了皱脸，表示自己完全无法相信。“你打算说什么？这可不是比谁更会讲故事，康韦。这关乎的是事实，周六晚上到底发生了什么。而我已经全都告诉你了。”

“你就当是迁就我一下吧，别担心，我们的故事比你的短。”

布雷斯林长叹一声，还故意用力把柜子上的杯子推开，让他能够一屁股坐在上面。“好吧，”他抱起胳膊，“你说吧，我听着。”

“周六傍晚，”我说，“麦卡恩在家里吃完饭，决定要去找爱斯琳。他没有给她任何提示，但这不会有什么问题：他觉得无论什么时候，她都得在家里候着他。他到那边是七点四十分之后，那时候罗里已经从后巷离开，去了乐购。麦卡恩翻过院墙，像往常一样打开了后门。”

布雷斯林一直在点头，同时瞪着眼睛盯着我，一副难以置信的模样：这不就是我跟你说的事情吗？“别急，”我说，“事情到这里都没有什么问题。他发现爱斯琳打扮得漂漂亮亮，正在做晚饭，而他并没有得到预计当中的热烈欢迎：显然她并没有想过他会来。麦卡恩走进客厅，想去看看她在搞什么鬼，结果又发现了为了浪漫晚餐而布置的餐桌，这样一来，他就彻底明白这一切并不是为他准备的。”

“在那时，”斯蒂夫说，“他的全部生活都维系在爱斯琳·默里斯身上。他已经准备要离开他的妻子、孩子——”

“我猜布雷斯林已经知道了。”我说，布雷斯林翻了个白眼，翻到天花板上。

“麦卡恩已经决定撕掉他原本计划好的后半生了。”斯蒂夫说，“抛下一切，然后和爱斯琳一起重新开始。”

“白痴。”我朝斯蒂夫那边说，同时看到斯蒂夫眼里闪过一丝怒意。

斯蒂夫说：“而她一把火将它烧了。”

“不知道她跟他说了多少。”我说。

“反正不会是全部的实情。不会谈到她的爸爸。你看我们告诉他之后他脸上的表情，那惊讶肯定是自然流露。”

“啊，没错。她没讲那么多。但我觉得应该也足够让麦卡恩明白他们之间结束了，而且他还得滚蛋，赶紧滚，这样她才能跟自己的新欢享受二人世界。”

“哟，”斯蒂夫像是受到了惊吓，“难怪他会失控。”

“任何人都会，任何人。我就会。”

“大多数人失控起来会厉害得多。他也许只失控了一秒，打了那一拳。这根本不算什么，他不可能想到会有这样严重的后果。”

布雷斯林还斜靠着墙，抱着胳膊，眼皮耷拉着瞅着我们，嘴角留着一丝扭曲的微笑。“这个故事真好玩。所以没什么大不了的，只是愚蠢的过失杀人，阿麦应当乖乖自首，等着人家惩罚他一下就了事了？”

我说：“那你觉得他应该怎样做？继续保持沉默，回到组里，回到他老婆身边，就当什么事情都没有发生？”

“我确实是这样想的。因为你这个可爱的故事，如果从一个真正的警探的角度来看，立马就支离破碎。从心理学的角度来看，这个故事完全站不住脚，虽然我平时并不相信那一套，但这个案子你也没有别的证据了，所以我想还是可以拿出来讨论一下。首先，”他伸出了一根手指，“罗里的存在为什么会让阿麦那么震惊？震惊到他会对一个女人出拳，而且一拳把她打死？阿麦对爱斯琳并没有多迷恋，如果你不信，考虑一下这个：他告诉过爱斯琳，她完全可以跟其他人约会——证据就是爱斯琳把罗里约到了她家，阿麦随时可能出现的地方，而不是去罗里家里。如果你还是不信，考虑一下你从露西那里得到的证词，阿麦已经可以随意查看爱斯琳的手机，尤其是她的短信。那手机在最近几周里有一堆罗里的短信，其中还包括约定约会时间、地点的内容。你还告诉我，罗里的存在会让阿麦突然发疯？”

我说：“到罗里出现的时候，麦卡恩已经不再读爱斯琳的信息了。他觉得不好意思，而且他也没发现什么值得读的内容。”

“没错，我看见你们用这一点羞辱他了。你们在这部分干得不错，朋友们。确实不错。”布雷斯林慢慢地拍了拍巴掌，“但要是阿麦很在意爱斯琳是否在跟别人约会，我觉得他会想办法克服那一丝难为情，继续检查她的信息。不管他肯不肯对你们承认。”

斯蒂夫说：“除非爱斯琳彻底瞒过了他，让他完全想象不到她还会跟别人约会。”

“没错。但这就表示他并不是个容易忌妒的人，也就不可能在发现这种问题的时候彻底丧失理智。所以我们就回到了一开始：这件事在心理学层面根本说不通。而第二个问题，”布雷斯林又伸出了一根手指，“罗里可能把炉灶关掉，因为他不喜欢那股味道，或者是他妈妈从小就训练他，出门之前要关火。阿麦可不会这样。他又不是那种从好孩子一路成长过来的娘娘腔，随随便便就崩溃，做一些不明所以的蠢事。即便是在巨大的压力下，他也能理智地思考——能够想到要擦掉所有的痕迹，记得这一点。他不会在没有绝对理由的情况下，去触碰屋子里的东西。要是确实是他杀了爱斯琳，要是他知道所有的疑点都会对准自己，而烧了那房子只会帮他掩盖一切，他为什么还要关掉炉灶？”

我说：“这样烟雾报警器就不会响，麦卡恩很理智，这没错。他需要时间把房间打扫干净——而除此之外，他意识到爱斯琳的新欢对他也会有帮助。一位在案发现场出现的男友，没有人为他担保，刚好又临近袭击发生的时间：朋友，这可是所有凶手的梦想啊。”

布雷斯林摇了摇头。轻轻地笑了笑，表达了一下纯粹的厌恶。我不在乎他挤眉弄眼。“唯一的问题是，”我说，“要是麦卡恩真的没有读爱斯琳的短信，他就不可能确切地知道这个男朋友会来。即便他检查了她的手机，发现了他们约会的时间——但他并不想那么做，因为技术科的人能够发现他看过手机，而且是什么时候看的——也不能保证这个男朋友不会迟到。要是麦卡恩让炉灶开着——爱斯琳可能就会被发现——那样的话，这个家伙就可能在别的什么地方留下不在场证明。即便麦卡恩关掉报警器，他也要冒被邻居和男朋友看到有烟雾飘出房子的风险，随即报警，而让男朋友被排除嫌疑。炉灶还是需要被关掉。”

布雷斯林耸耸肩。“我想你说得还算有些道理。就像我说的，这是个可爱的故事。但也就仅此而已。其中没有任何确凿的证据。你可以证明阿麦跟爱斯琳有一腿，这一点干得漂亮。但关于周六晚上的事，你什么都证明不了。你找到了人指认阿麦，但很不凑巧，他刚好是这个案子的主要嫌疑人，一个具有充分动机想把人拉下水的人。你从一个女人那里得到了一个曲折离奇的故事，那个人可能是被害人最好的朋友，也可能不是；说不定还爱着被害人，可能对有幸上了被害人的男人心怀妒意。但如果你真的拿到了去麦卡恩家的搜查证——我无法相信你会蠢到那个地步，你说不定可以找到他丢了那副棕色手套的证据。但仅此而已，你能得到的也只有这个。”

一阵沉默。

“你打算怎么办？”

继续沉默。

“没错，我想也是这样。”布雷斯林又给自己接了杯水。我和斯蒂夫听着饮水机里泡泡往上冒的声音。他故意慢慢地吞下一大口水，然后继续说：“我希望你们两个能够明白，自己在这个案子上都干了些什么。”

我们两个谁也没吱声。

“你们玩砸了。你们明白了吗？你们不可能给阿麦定罪，其一，你们没有证据能够证明，人是他杀的；其二，他也确实没那么做，真正的凶手是法伦。要是你们真的起诉阿麦，检察官怕是会觉得你们的文件荒唐可笑。要是你们真想出什么办法，把他弄到法庭上了——你们根本办不到——辩护律师也会把罗里·法伦揪出来，搬出你们自己查出来的那一大堆确凿的证据，恐怕入场的门还没关上，陪审团就会宣布阿麦无罪。说实话，换作你们，只有刚才你们说的那点证据，你们会判阿麦有罪？”

我和斯蒂夫依旧一言不发。

“你们当然不会。全爱尔兰的人都不会，除非是那些憎恨警察的人，会投票支持阿麦就是开膛手杰克本尊。但是现在你们在阿麦的事上惹了一大堆麻烦，你们就永远别想判法伦的罪了。检察官前脚叫他上法庭，他的律师后脚就会拖上麦卡恩——让他身败名裂，老婆跑了，饭碗可能也得丢，但是，那不是你们的问题，我说得没错吧——然后砰，合理怀疑。拜拜，罗里。好好过日子去吧。等下个女朋友把你气疯，我们再见面。”

他向自己想象中的罗里举杯致意。

“你们办到了，孩子们。剩下的就只有收拾好资料，打包送去档案室——而且当然，你们还得琢磨怎么给头儿和媒体一个解释，说明白这个案子为什么会碰壁，可怜的爱斯琳，正义为什么得不到伸张。你们为自己感到骄傲吗？你们觉得这就是你们这一周工作的杰出成果？”

我们继续沉默。我们无话可说，说了也没用。

布雷斯林叹了口气，走到录像机前。“我们唯一还能做的，”他说，“就是不要让它毁了阿麦的生活。说真的，经你们这么莫名其妙地折腾他一番之后，你们最起码还可以为他做这个。”

他把手伸向录像机，按下出仓按钮，取出了录像带。“要是我没说错的话，你们还有脑子，没有把刚才那段录下来吧？”

斯蒂夫点点头。

“你们把麦卡恩带过来的时候，没有让别人注意到吧？”

点头。

“露西·赖尔登录了正式证词吗？”

我摇摇头。

“让我们感谢上天这小小的仁慈。”布雷斯林说。他轻轻地拍了拍手里的录像带，“所以刚才的那一小时里，什么事情都没发生。你们会把那些指认卡都扔掉，让露西留下一份得体的、漂亮的证词——我相信你们知道该怎么做。我会跟头儿说你们俩干得还不错，只是没搞到足够的证据，所以暂且不能起诉罗里，所以我们决定先放了他，继续取证，同时调查被害人的电子信息，希望可以峰回路转。”或者更有可能的是，他会去找头儿复命，说自己已经搞定了我和斯蒂夫，完成了他的任务。我几乎没办法让自己直视他的脸。“头儿会对付媒体，直到那帮人找到什么新的骨头可以咬着不放。我们会继续盯住罗里，确保他继续战战兢兢，夹好尾巴做人。然后我们就又可以像以前一样开心地过日子了。”布雷斯林又拍了拍录像带，“这计划听上去不错吧？”

过了会儿我说：“是不错。”

“莫兰？”

斯蒂夫吸了口气。“嗯。”

“这计划不会再遇到什么麻烦了，对吧？”

我说：“不会了。”

“很好。”布雷斯林把录像带塞进自己的外衣口袋，向门口走去。他把手放在门把手上的同时，转身补了句临别赠言。

“可能要过一段时间你们才能明白，”他说，“但你们两个可欠了我个大人情。我相信你们现在一定不会这样觉得，但再过几年，等罗里喝多了，拿这件事出来跟他的新女友炫耀，而你们还能留在这里，并且接到命令去抓他的时候，你们就会明白我到底帮了你们多大的忙。到那时候你们再来跟我说谢谢也没问题。要是顺便再带一瓶波本威士忌当作谢礼，我想我是不会拒绝的。”

我们还没想出该如何得体地回应这一番冒着热气的废话，他就冲我们点点头，扬长而去，只听到砰的一声关上了门，他快步稳健地走过走廊，去跟麦卡恩说一切都已经转危为安了。

过了一会儿，斯蒂夫弯下腰，拿起默里斯的全家福。他说：“我还以为我们已经把他搞定了，麦卡恩。我们把照片拿出来的时候，我真的觉得……”

“没错，我也那么觉得。这招很漂亮，本来应该奏效的。”我花了五秒钟时间回想刚才的审讯有多漂亮，我们配合得有多棒，我和斯蒂夫。我们简直心有灵犀。在这五秒内，我也明白了自己失去了什么。

“‘无可奉告。’”斯蒂夫说。他把照片放回自己的外衣口袋，很小心，仿佛它还会有机会再派上用场。

我说：“我们本该预料到的。”

回到最开始，早在露西谈起爱斯琳的秘密男友、却又吞吞吐吐的时候，我们就应该预料到。我们东奔西跑，去追逐根本不存在的黑帮歹徒，幻想有枉法警察的戏码，当最明显的事实在我们眼前蹦来跳去、挥舞着胳膊希望引起我们的注意时，我们却在偷偷摸摸交流一些错综复杂的猜想。

“我真是个白痴，不关电脑就走了，”斯蒂夫说，“没睡觉，头儿就打电话让我们过去，我还担心——”

“我也好不到哪里去，还想套布雷斯林的话，结果让人家抓个正着。别放在心上。”

“要是我一开始没提什么黑帮——”

“就算你不提，我们恐怕也会往那边想。”

斯蒂夫几天前就说过：布雷斯林是好人，他脑子里的任何推论，都会以此作为出发点。不只是布雷斯林，我们所有警探都知道，都很确信，我们都是好人。如果没有这一点认知作为基础，我们就没办法对付这份工作阴暗的一面。布雷斯林枉法了，麦卡恩也枉法了，这些我们都可以想象。确实有警察会走到那一步，总会有那样的事情发生，这算是职权危害。但警察杀人，我们自己人到头来成了我们穷其一生都在打击的目标，这就不一样了。这会彻底颠覆我们的世界，也包括我的。几年的经历早已让我明白警察并不总是好人，可是这样的事情摆在面前，我还是无法接受。

布雷斯林和麦卡恩都是经验一流的警探，却嚷嚷着要把这个案子赶紧结了：孩子都能看出来原因何在。可我却从没想过那样的可能。

也许布雷斯林是真心相信麦卡恩的，当麦卡恩大晚上给他打电话，告诉他那样一个似是而非的故事时，他就决定要相信了。不只是因为他需要成为高贵的白衣骑士。也许他相信只是因为，面对其他可能性，他主观上只会排斥，并且置之不理。

“不一定。”斯蒂夫茫然地盯着布雷斯林刚才站的地方，“即便我们想到了，大概也不会有何不同。我们恐怕也不会拿到比现在更充分的证据。不管怎样，我们都无法定罪。”

但是，会有不同的。所有可能的不同都在我的脑海中浮现，一起汇成一块厚厚的黑色帘幕。我没办法用词语来表达：在它慢慢消失之前，会有什么将永远消失。要是我们有所预见，这几天会有怎样的不同。

我说："我还没完事呢。"我拿出电话，开始翻我的联系人。

斯蒂夫的眼神跟着我，黯淡而疑惑。"我们不能再去抓他了。布雷斯林的话很恶心，但也千真万确。"

"我知道。"

他又开口说了些什么，但我竖起一根手指：电话通了。"路易斯·克劳利。"鬼鬼祟祟的克劳利满腹狐疑地说。背景音很嘈杂，他应该是在某间酒吧。

"哈喽，"我说，"安托瓦妮特·康韦，重案组的。我想和你谈谈，现在有空吗？你在什么地方？"

为了钓他上钩，我刻意表现得神秘兮兮，同时满怀焦虑。我的演技不错。"嗯，"克劳利说，"我不确定我是否有时间。"

"拜托，我不会让你后悔的。"

这浑蛋以为自己知道这边发生了什么，准备来榨干我的消息。"好吧。"他叹了一口气，显得心满意足。"我想……我在格罗根酒吧，大概还能在这里待半小时，要是你在我走之前到，我可以给你几分钟时间。"

"太好了，"我故意在语气中流露出感激之情，"我——太好了，马上到。"然后我挂了电话。

"克劳利？"斯蒂夫问，他挑起了眉毛。

"我需要让他闭嘴，记得吧？而且我有了个主意。"我把电话塞回口袋，站起身，抚平衣服上的褶皱。"一起来吗？我可能需要有个帮手。"

斯蒂夫嘴角突然一撇。他说："这个主意会给布雷斯林的计划带来麻烦吗？"

"我真他妈的希望可以。你来不来？"

斯蒂夫放好他的椅子，站起身，咧嘴笑。"那我怎么能错过呢？"

走廊里空无一人；我们去拿外套的时候，更衣室里也没有人。熟悉的声音从办公室那边传过来，敲键盘声、电话铃声、喋喋不休的人声，还有打印机的声音。位于核心的是布雷斯林平稳而有力的声音，说到笑点的时候还会提高音量，引发一阵大笑。楼上的C专案室里，助手们还在像小蜜蜂一样勤劳地工作，不断地制造出即将被送进地下室的资料。就连前台都是空的，伯纳黛特今天可能休息，也可能去了卫生间。我们走出大楼，可是没人知道我们离开。

克劳利一个人坐在格罗根酒吧的角落里，喝着一杯史密斯威克，手里拿着一本平装书，封面上用粗体字写着“萨特”，为了显示他高人一等。他假装没有注意到我们，直到我们走到他桌子前才抬起头。“克劳利。”我说。

他佯装吓了一跳，装得很蹩脚，把书放下。他没想到斯蒂夫会来，不过掩饰得还不错。“啊，”他朝斯蒂夫伸出手，亲切地笑了笑，无视我的存在，让我明白自己的位置，“莫兰警探。”

“哈喽。”斯蒂夫说，没有跟克劳利握手。他大模大样地坐到椅子上，大长腿伸展开去，掏出手机，全神贯注地玩了起来。

我看得出克劳利想弄清楚现在的状况。我坐到他对面，手肘放到桌子上，手指撑着下巴，对他微笑。“哈喽。”

“嗯。”他语带厌恶和谨慎，平衡得适度得体。他并没有看到我此前透露的焦虑绝望。“嘿。”

“最近你写的文章都不错。我还没上过头版呢，感觉自己像金·卡戴珊[①]一样。”

“不敢当。”克劳利翻着白眼，“你喜欢那张照片？”

“克劳利，”我说，“你犯了个严重的错误。”

这话完全不在克劳利意料当中，但他并没有表现得很意外——毕竟，不论我表现得如何，他仍旧占上风。“哦，我不这么觉得。要是不想在全国人民眼里表现得像个打手——”斯蒂夫正在玩什么游戏，发出嘟嘟声和烟花爆竹声，克劳利吓了一跳，不过还是继续他愤慨的发言，“那就别欺负发表自由言论的机构。这并不难办。”

“不不不，我说的不是那张照片本身。我的问题是某个看了那张照片的人。他给你打了电话，想要我的地址，而你给了他。”

“我不知道你在讲什么。”克劳利说，他把自己胖乎乎的小手放在桌上，

① 一位电视名人、演员及模特。

朝我傻笑，“顺便问一句，你爸爸还好吗？”

我正一脸困惑的时候，斯蒂夫突然抬起头，爆发出一阵狂笑。“不会吧，真的啊？”

克劳利眼睛在我们两个身上徘徊，笑容也消失了。这就是我为什么要把斯蒂夫带来：要是我来这里，是为了让克劳利把嘴闭上，不要泄露我最大的身世之谜，我绝不会带着人来。“什么不会？”我质问道，“还有你，你是从哪里认识我爸爸的？”

“那个给你打电话的人，”斯蒂夫对克劳利说，“该不会说他是康韦的爸爸吧？”

“啊，那个浑蛋，”我说，“真的假的？”

斯蒂夫这下是真的笑了。克劳利恶狠狠地看着他。“他是那么说的。他说他跟你失去联系很长时间了，想重新找到你。”

“然后你就信了？”我继续质问，“就这么一句话？”

“他好像是个正经人，我没什么理由怀疑他。”

“你可是个记者，”斯蒂夫继续笑着，他指出，“怀疑应该是你的长项。”

“老天，”我说，“我不怎么喜欢你这个人，可我都有点为你不好意思。”

“你被耍了，朋友，”斯蒂夫摇了摇头，又继续开始玩游戏，“像小孩一样，人家说什么都信。”

“克劳利，”我说，“你他妈的真是没脑子。那个给你打电话的人根本就不是我爸。”斯蒂夫听到之后又开始笑，“他是个从北面来的浑蛋，几年前被我抓进去了。看到照片之后他突然觉得自己有机会报复我了，而你他妈的还把我的地址告诉了他。”

克劳利仿佛泄了气。

“从那之后，他就一直在我家外面监视我，”我说，“昨天晚上，我发现他在我家客厅里。你觉得他是来找我叙旧的吗？”

“康韦啊，”斯蒂夫用他最深沉的语调喊我的名字，“我是你爸爸。”

“还好走运，”我说，“我把事情搞定了。他不会再回来了。现在唯一的问题就是你了，我和我的搭档，我们一直在商量，该用什么罪名起诉你。”

"共谋入室行窃，"斯蒂夫提议道，手还在不停地点着手机，"还有袭击罪，这取决于那个人只是想在康韦的冰箱里放一盒巧克力卷，还是准备对她做非常恶劣的事情。也可以是事前从犯。不然我们也可以统统告起来，碰碰运气，总有一个能中。"

克劳利脸色已经煞白，大汗淋漓。他说："我想找我的律师谈谈。"

"你现在可有大麻烦了，"我说，"不过你也挺走运，我正好有事想找你帮忙。"

"我是认真的，我现在想和我的律师谈谈。"

"嘿，天才，"斯蒂夫干掉了什么东西，手机上火光四溅，发出轰鸣，"你说说，你觉得这个地方像审讯室吗？"

"不，因为我还没有被拘捕。我知道我有权——"

"你当然有，"斯蒂夫说，"但是既然你没被拘捕，你就没权利去找律师。毫无疑问，你有权利在任何时间离开。"我贴心地把自己的椅子向后挪了挪，方便克劳利出去，"但我不建议你那样做。要是你那样做了，我们会去找你的老板，聊聊这件事情，然后你就可以被抓起来啦。到那时，你想找什么样的律师都可以。"

克劳利准备起身，可是当我们没有尝试去阻止他、只是饶有兴趣地看着时，他便改变了主意。

"或者，"我说，"你可以帮我一个小忙，然后我们既往不咎。我还可以给你一点独家新闻，这样够大方吧？"

"我比较推荐这个方案，"斯蒂夫建议，"要是我，我就会这么办。"

"帮忙，"克劳利说，声音里完全不见浮夸了，"帮什么忙？"

"你最近来犯罪现场报到的次数太多了，"我说，"是谁给你的消息？"

克劳利松了口气，差点从椅子上滑下来。他嘟起嘴唇，试图装出一副为难的样子。我和斯蒂夫在一边等着。

"我不是那种惹麻烦的人——"克劳利哼了一声，"除非在道义上有必要那么做。"

"当然，当然，"斯蒂夫亲切地说，"你只要透露一下，康韦就能搞清楚是谁、为了什么对她不爽，这样大家就能重新团结起来抓坏人，正义也能够得到伸张。然后你还能省下功夫，不用打官司，继续忙活那些值得忙活的事情。这够讲道义了吧？”

“我不会把你出卖给那些人的，”我说，“你还能继续舒舒服服地跟他们保持联络。我只是想知道到底是谁在整我。”

听到女孩讲脏话，克劳利面部不禁扭曲了一下。但他脑子还够用，知道该把嘴闭上。他又用指尖拍了拍嘴唇，继续犹豫几秒钟，加深我们的印象。然后他叹了口气。“罗奇警探告诉我的，他觉得我应该会对你的一个案子感兴趣。”

毫不意外。“罗奇，还有谁？”

过了一会儿他说，一脸不情愿——唯恐会危及他那全新的美妙关系，“周日早上布雷斯林警探给我打了电话，他提到了爱斯琳·默里斯的案子。”

“没错，这个我们已经知道了。是他把我家的地址给你的吗？或者是罗奇给的？”

“我从一个联系人那里得到的。”

“什么样的联系人？”

“你不能让我把所有线人都暴露给你。我知道你们这些人做梦都想把这个国家变成极权主义——”

斯蒂夫突然冲手机挥着拳头喊：“漂亮！”“不好意思，”他转过头说，“你刚刚在说什么？什么极权？”

我说：“那不是记者的线人，白痴，那是帮助你协助歹徒闯入我家的罪魁祸首。你觉得这应该受到保护吗？”

“有可能。你又不知道他还告诉了我什么。”

“克劳利，你是想让我直接去问他们吗？”

他耸了耸肩，像个生闷气的小孩。“好吧，是布雷斯林。”

这个浑蛋，有机会我肯定要揍他一顿。

“你是怎么从他嘴里问出来的？”

“哦，拜托，我又没办法把他弄到审讯室里。他打电话告诉我爱斯琳·默里斯案的时候，他说你有一个很可怕的毛病，就是办事拖拖拉拉，犹豫不决——

我只是引用他的原话。”克劳利举起手，对我傻笑，“他说对于这样一个再明显不过的案子，你都有可能会拖上一周。正常来说这是你自己的问题，但这次布雷斯林警探要和你一起办案，他可不想自己也受你连累。他得让你有些压力，好好办案——还是引用，警探，我只是引用！所以我就搞了一点小小的压力。”

“找你还真是合适，”斯蒂夫对着手机说，“你这压力把我们搞得都没办法正常思考问题了。是吧，康韦？”

克劳利满腹狐疑地看了他一眼。“然后，等那个自称是你爸爸的男人打电话给我——”

我说：“这就是你为什么会那么迫不及待地相信他真是我爸爸。我一开始以为你只是觉得，能够干涉我的私生活会让你很爽，所以才丧失理智。但你其实一直精明得很。如果这个人真是个正经人，让他找到我无疑会让我进一步感受到压力。而这样你就可以让你的主子拍拍你的脑袋，好好犒劳犒劳你了。我说得没错吧？”

克劳利又嘟起了嘴巴。“你这个语气不妥。你在故意煽动。我并没有义务——”

“不妥你就把它吞了。你给布雷斯林打电话，口水都淌满了电话，你说你将如何毁了我的生活，让我迷迷糊糊，随随便便签一切东西。你唯一需要的就是我的家庭住址。他立马就告诉了你。我漏掉什么了吗？”

他抱起胳膊，拒绝看我，以示我的言语不妥。“既然你什么都知道了，何必来问我？”

“哦，可是我还没有什么都知道呢。罗奇给我的所有案子找麻烦，布雷斯林只有一次，还有呢？”

他摇了摇头。“没了。”

“克劳利，”我警告他说，“只给我两个名字，是不够让你脱身的。接着说，否则咱们什么也别说了。”

克劳利想摆出一副好人受委屈的表情，实际效果却像是昨天晚上吃多了。“我确实知道透明度的重要性，康韦警探——很多警探都不配说这个。确实有别的警探联系我——还是有人关心公众的知情权的——但都跟你的案子没有关系。”

我说不清究竟为何突然怒火中烧。可能是因为他在对我撒谎，也可能是因为他说了实话。我俯身探过桌子，对他说：“别他妈的耍我。你不肯说的那个人，我也会挖出来，你明白了吗？你下半辈子，最好都提防着有人从背后整你，后悔自己当初没找个在超级麦克[①]找个刷厕所的工作。”

“我没有！我没有隐瞒任何人。罗奇警探，还有这次的布雷斯林警探，再就没别人了。”克劳利脸上的恐惧说服了我，他继续喋喋不休，“我很确定你觉得自己足够意思，大家都纷纷来整你，但事实并非如此。”

我的脑袋感觉很奇怪，有些失重。我总觉得全组的人都在找我麻烦，办公室就是一道帘幕，掩护着敌人的大批人马，而我只能挥舞着利剑孤军奋战，并且深知自己终将一败涂地。可是每次我拉开那层帘子，后面都是同一个浑蛋。

每次我经过，办公室的家伙们都在嚼舌头：我想当然地以为他们是在针对我，他们故意如此，话语刻薄毒辣，说出来就是要中伤我，直至我倒下。我从未想过他们只是单纯的嚼舌头，他们稍微有些刻薄，只是因为我跟大家不怎么合得来，还因为——罗奇第一次拍我屁股，一半人都袖手旁观，一言不发，从那以后——我就没想要好好跟他们相处。跳蚤曾暗示我要不要回去继续做卧底：我以为那是因为他知道我在重案组处于水深火热之中，但我从未想过是因为我们两个是好朋友，他想念我了。斯蒂夫不断抛出各种猜测，眼看着它们急速变化，仔细地从各个角度进行考虑：而我有几个小时真的以为，他是在用那些鬼话诱我到悬崖边，看着我一脚踩空，然后从上面跟我挥手说再见。多亏我的肤色，克劳利察觉不到我已经满脸通红。

我做的事情和爱斯琳如出一辙：迷失在自己幻想的故事中，越陷越深，无法越过壁垒，去看一眼外面的世界。我感到这些壁垒开始移动，开始摇摆，阵阵轰鸣由内而外震撼着我。我感觉到自己的脸裸露着，冰冷的空气透过裂缝不断涌来。我的后背涌起一阵战栗。

克劳利和斯蒂夫都在看着我，等待着看我是否愿意不再缠着克劳利了。斯

---

① 爱尔兰连锁餐馆。

蒂夫的游戏嘟嘟作响，让人分神。

“好吧。”我说。我想到外面去，但这边的事情还没结束。所有事情先缓一缓。“好吧，那就先这样。”

克劳利说——恐惧消失了，他直接切换回了鬣狗模式——“你说有消息要告诉我。”

“哦，没错。”我说。我回过神来。好戏开始了。“我有独家新闻给你，你会喜欢的。”

克劳利拿出录音机，但我摇了摇头。“不，这个消息是不能实名的，因为它来自与调查密切相关的人。懂吗？”“与调查密切相关的人”就是警察的意思。我不想让布雷斯林和麦卡恩认为是露西透露的。

他又噘起了嘴，但我把身子靠在椅背上，悠闲地看着斯蒂夫狂躁地敲击着手机屏幕。最后克劳利叹了口气，把录音机拿开。“好吧。”

“很好，”我又坐直了身体，“好好听着。爱斯琳·默里斯，对吧？”克劳利点点头，一副垂涎三尺状，希望我能够告诉他，她是被奸杀的，场面极为新奇。“她有段不正当的关系，是跟一个已婚的家伙。”

克劳利听到这个爆料也很满意了。他摇摇头，一副已经阅尽世事的模样。“我就知道这世界上不可能有这么完美的人，早就知道了。长成那样的女孩，老天，她们觉得自己做任何事都不用承担责任。有时候——哎呀，真抱歉，公主殿下！——世事不会总是如此。”

他已经在脑袋里把故事重写了一遍，文思泉涌，用上他最得心应手的委婉语。编织出“一个破坏他人家庭的小贱人如何罪有应得”的故事。斯蒂夫说：“还没完呢。你猜猜另一方是做什么的？”

“嗯……”克劳利摸着下巴琢磨，“嗯，一个那样的女孩，肯定会喜欢钱。但我大胆猜测一下，她可能对权力更感兴趣。我说得对吗？”

我和斯蒂夫都颇为惊奇。“你怎么不来干我们这行呢？”斯蒂夫很好奇，“我们组里就缺你这样的聪明人。”

“啊，好吧，不是所有人都适合给政府老大哥卖命的，莫兰警探。我想那个人一定是个政客，我想想……”克劳利把手指贴在嘴唇上。他已经在脑子里把整个故事都构思好，只差纸笔了。“爱斯琳的工作不太能给她机会接近那个圈子，所以他们可能是在社交场合认识的，这就意味着他够年轻，能经常出席——”

“比那还精彩，”我说着，快速环顾了一圈酒吧，身子探过桌面，摆头示意他靠过来，等他身上薄荷油味靠得足够近时，我对他耳语，“是个警察。”

“不止，”斯蒂夫放下手机，靠到我身边，“是个警探。”

“还不止，”我说，“是个谋杀案警探。”

“不是我，”斯蒂夫说，“我还单身。谢天谢地。”

我们都向后靠着坐，冲克劳利灿烂一笑。

他盯着我们，鬼鬼祟祟的心思不停翻转，思考着我们到底在打什么算盘，是不是存心拿他开涮。“这个我没法写。”

我说：“你可以写。”

“我写不了，我会被起诉的，《信使报》可能也会惹上官司。”

“只要你不提名字就没事，”斯蒂夫宽慰他说，“我们组一共有二十多个警探，除了康韦都是男的，大多数人都已经结了婚。所以可能的人选大概有十六七个吧。你没危险的。”

“我的联系人可能会很生气。我可不想砸了自己的饭碗。”

“重案组的每一个人都已经恨上你了，老兄。”斯蒂夫指出，接着又回头去玩他的游戏，“罗奇和布雷斯林除外，而且为了让你安心，我可以先告诉你，不是他们俩。所以不至于断了自己的活路。”

“你会成为英雄，”我说，“全爱尔兰最勇敢的调查记者，敢于揭露政府部门不为人知的一面，为真相和新闻透明而抗争，不顾个人安危。简直太伟大了。”

“想想会有多少人为你摇旗呐喊吧。”斯蒂夫说。克劳利轻蔑地瞥了他一眼。

我说：“你明天就爆这个料。一位已婚警探，虽未参与爱斯琳·默里斯案的调查，但也与调查非常接近，跟她有一腿。要是我们还有什么要补充的，会和你联络。”

这样一来，上头就别无选择了：这会掀起一场内部调查，虽然仍然没办法找到足以起诉的证据，但麦卡恩至少不能再若无其事、昂首阔步地重回婚姻生活以及谋杀案警探生涯中。爱斯琳的目的最后也算是达成了。我在想，在那些为了思索计划难以入眠的漫漫长夜，她是不是也意识到，这或许是可以解决问题的唯一办法。

我说："你明白了吗？"

克劳利摇了摇头，但那是冲我们，对我们的莽撞、对普遍的人性的低劣摇头；我们都知道他会照办。"很好。"我说。我站起身，放好椅子；斯蒂夫关掉游戏。"回头见。"我们离开了克劳利和他的萨特，让他着手准备全新的独家新闻。

外面空气已经足够温和，你忍不住把面孔探出去，去感受温暖。刚刚五点，但天色已暗，街道上慢慢升起了夜晚的气息，一群人在酒吧外面，抽着烟，嘻嘻哈哈。女孩们匆忙往家赶，手里的购物袋在不停摇晃，回家还要准备晚上出门。"我想问你点事，"我对斯蒂夫说，"你知道那时候往我的柜子里撒尿的是谁吗？"

我从未跟他说过此事，但他没有假装对此很意外。他定定地看着我，手插在口袋里。"不是很确定，没人会在我身边讨论这个问题。"

"布雷斯林说——"布雷斯林说：斯蒂夫当然知情，要是他站在我一边，当然会告诉我。布雷斯林说了一大堆事情。我打住了。

但斯蒂夫知道我要说什么。他平静地说："大家都知道我能进组，是因为你帮我说话。他们看到我们在一起工作，没人想来离间我们的关系，他们还没那么愚蠢。"

这让我心头一暖，几乎有些心痛。"没错，"我说，"不可能。"

斯蒂夫说："不过我偶然听到，柜子的事情应该是罗奇干的。"

"还有那张有我的合成照片的海报？"

"没错，也是罗奇。"

"好吧，"我说，"好吧。"我转了个圈，抬头看着城市灯火给云层染上灰金色的装饰。"还有其他的破事呢？不是那些鸡毛蒜皮的小事，是动真格的那种？”

“我说过，我没办法知道。而且据我听到的，除了罗奇以外，没别的人整你了。”

我说：“你从没告诉过我。”

他嘴角突然一撇。“我说了你就能听进去，是吧？”

斯蒂夫沉浸在他那宝贝黑帮故事当中，越编越庞大，越编越离奇、惊悚，挥舞着胳膊想让我看一看。我以为他是想让我乐观一点，这样就不会连累他一起被其他人讨厌，但实际上，他一直期望的是，如果自己搞出一个足够好的推论，也许就能够把我解救出来，不用再去怀疑整个案子——整个重案组——都从属于一个惊天阴谋，目的就是想整我。我无法确定我们两个谁更傻。

“哈。”我说。空气里有一股迷人而躁动的气息，傍晚时分总有很多地方可以流连，总有很多事情在敞开的诱人的门后即将发生。“你愿意调查那个吗？”

“什么？”

“我多希望我们能早些想到。所有这一切。”

斯蒂夫等着我继续说话。

我说：“我们得去找头儿谈谈了。”

18

我和斯蒂夫又来到了头儿的办公室。它位于走廊的尽头。门咔嗒一声关上了，寂静就把我们包围，组里其他人都远在我们千里之外。与此同时，这间办公室的纷繁杂乱也扑面而来：吊兰、高尔夫奖杯、垃圾相框、一堆堆没用的旧案卷，还有一个全新的雪景球，压在桌上的一摞文件上，显然是他哪个孙儿送的假期礼物。位于这些东西中间的奥凯利，摘下眼镜看着我们。

他说："布雷斯林刚刚来过，他说你们的爱斯琳·默里斯斯案遇到了麻烦；你们得掉个头了，看看能不能找到什么突破口。"

他的语气恰到好处，冷淡，没有明确的喜悦，但也没有劈头盖脸臭骂我们一顿，因为布雷斯林告诉他我们干得还不错。有那么一瞬间，我几乎觉得这才是真的，而剩下的都是我们的想象。我感到一股怒气涌上来，倒抽了一口凉气。

头儿看着我。

我说："麦卡恩杀了爱斯琳。"

奥凯利脸上没有一丝波澜。他说："坐下。"

我们把空椅子拉过来对着他的桌子，坐了下来。斯蒂夫拉动椅子发出嘎吱嘎吱的脆响，同样充满了怒气。

"说说看吧。"

我们告诉了他事情的经过，窗外的天色越发黑暗。我们讲得很清楚，也很冷静，没有添枝加叶，只有事实支撑着事实，刚好是头儿喜欢的汇报风格。他拿起那只雪景球，在手里把玩，看着塑料雪片在里面翻滚，听着我们的讲述。

我们说完之后，他还是盯着雪景球。“你们手里有多少证据？”

“不够给他定罪。”斯蒂夫说，他几乎无法掩饰语气中的几分冷酷的嘲讽：别担心，没事的，“也不够提出控告。”

“我问的不是这个。”

“麦卡恩跟那桩旧案的关系就写在文件里，”我语带愤怒，而且未加掩饰，“加里·奥洛克和我都能证实，爱斯琳在追查他父亲的下落。不正当关系是坐实的：我们有法医证据，还有闺密的证词，而且麦卡恩本人也承认了。我们还有闺密的证据，证明爱斯琳一直是在利用他。而我们没有证据能够证明罗里周六晚上看见了麦卡恩，除了他自己的口供，不过完全没什么用。麦卡恩什么也没说，布雷斯林说麦卡恩发现她死了，但也没人能做证。”

奥凯利抬眼看我。“布雷斯林已经跟我说过了。”

“一小时以前。”

他把椅子转向窗户一边，椅子发出长长而低沉的嘎吱声。他可能是在眺望庭院，看鹅卵石斜坡，注视对面带着高窗的挺拔的大楼，大楼老旧挺立的身姿他早已烂熟于心；此刻窗外只有一片黑暗。

斯蒂夫说话了，仿佛打出一记重拳。“他周日早上给你打电话了。在你给我们案子之前。”

头儿眼皮抽动了一下。要不是这样，我们恐怕得怀疑他究竟有没有听见。

“我们是一份礼物，”我说，“完美的丑角。莫兰是菜鸟，康韦正为坏名声焦头烂额。让两个人循着错误的思路查肯定不难；如果查到什么你不喜欢的事情，也可以强迫他们放手，顺便把嘴封上，这也很容易。最糟糕的情况，还可以把他们的名声彻底搞臭，这样就没人会再听他们说话了。”

奥凯利应该冲我大发雷霆，我不该这样跟头儿说话。但他并没有转过身来，桌上台灯昏黄的灯光照在黄铜桌牌上，上面写着：G. 奥凯利警长。

过了许久他才再次开口：“布雷斯林说他朋友惹了大麻烦。”

我们都没有说话。

他深吸一口气，小心翼翼地呼出来，仿佛一个咳得病入膏肓的人，生怕呼吸的方式不对，自己就会爆炸。“那天早上五点，他给我打了电话。他说他朋友，一个铁哥们儿，那天晚上去了他女友家，结果发现她躺在客厅里，昏迷不醒，被人打了，很可能是别的男友干的。我说：‘那你给我打电话把我从床上弄起来干吗？直接报警，找警察，找大夫，早上见。’布雷斯林说等会儿挂了电话他就报警，但是他对我说：‘我这个朋友已经有老婆和孩子了，他不能沾上这个事，头儿。这会毁了他的生活。我们得想办法把他摘出来。’”

奥凯利轻轻地干笑了一声，带着冷哼。“我说你别糊弄我，说什么我朋友如何如何；谁都知道这是什么意思。但布雷斯林说不是。他一个劲地发誓：不是我，头儿。你了解我的，我对我老婆可是忠心不二。要是让你跟她聊，她肯定跟你说我每个周末都跟她和孩子们在一起……以我对布雷斯林的了解，他要是撒这种谎，我肯定听得出来。我相信他。”

他扭了扭身子，椅子发出尖厉的响声。“我说：‘你朋友说他没有碰那个女人一根手指，只是走进房间，看见她被人打了。你信吗？’然后布雷斯林说他一百个信，百分之百，百分之一万。这次他也没有说谎。而且布雷斯林不是白痴。看穿别人的谎话是他的家常便饭。”

一瞬间的沉默，我们都不肯将它打破。

“我问他：‘那你有什么好慌的？要是你朋友什么都没干，什么都没看见，他的名字就不可能跟这个案子扯上关系。等那女孩醒过来，告诉警察是谁打了她，他们把他抓来，她拒绝提出控告，就皆大欢喜了，估计过一两个月就会重归于好。你的朋友会没事的。不过我倒希望这件事能把他吓个不轻，这样以后也能管住他的老二。’”

他咳出声来，从口袋里抽出一条手帕，按在嘴上，为了清喉咙发出非常大的动静。

他说：“但是布雷斯林还是担心。他说他的朋友没有检查女孩是否还有呼吸。他很慌张，害怕这是有人故意陷害；所以他直接跑路了，然后给布雷斯林打了电话。他们不知道那女孩在地上躺了多久。要是她死了，他朋友可就真有麻烦了。他会被拽进来，面对种种盘问，失去一切，就因为他睡错了人。”

我跟斯蒂夫同时警惕地抬起头来。布雷斯林告诉我们，麦卡恩已经检查过，确认爱斯琳已经死了。这意味着无论他当时是否报警都无济于事，所以他并不是让她躺在血泊中的坏人。两个版本都是胡扯，但我很想知道他为何跟头儿讲了不一样的故事。

奥凯利并没有注意，或者根本不想知道我们的反应。“我说：‘那你想怎么办？’布雷斯林说：‘要是她死了，我要来办这个案子。我不是要做主要负责人，只是想参与其中，随时掌握动向，确保我的朋友不会受到不必要的牵连。要是这个案子已成定局，实在没有必要为此搭上他的小日子。要是有需要，我一定会让他配合调查，我发誓。’他说，‘我用我这十三年的警探生涯担保，头儿，我这就打电话报警。’”

想到这个，奥凯利嘴角动了动。“布雷斯林并不像他自己以为的那么聪明，但他是个好人。他从没让我失望，除了调休、多请几天假，也从没求我办过更大的事。要是他想为了这件事赌上他这么多年的信用……”他肩膀耸了耸，又重重地落了下来，“最后我说没问题。我告诉他先管好自己，然后再管他朋友：我会随时留意这个案子，一旦注意到有什么问题，他就得赶紧撤出来，我们要找他的朋友来协助调查。他说没问题，完全没有问题。他告诉我他有多感激我，他又欠了我多少人情，还有一大堆好话，我都没认真听。然后他就打电话报警了。”

又是一套说辞。所有说法都不是百分之百真实。被害人、证人、凶手、警探，所有人都在疯狂地演绎自己的故事，让这个世界按照他们心目中的方式运转，把自己的故事塞进我们的脑袋，压进我们的喉管；现在轮到头儿了。

我说，太久没说话让我的声音变得嘶哑、不流畅，仿佛被屋子里的热气烤干了：“你知道这个朋友是谁。”

奥凯利的视线移到我的脸上。目光逗留在那儿，仿佛我让他累得不想往别处看。“你告诉我，康韦。在你发现有什么坏事的时候，是不是直接就会想：啊，我知道，肯定又是我们组的人干的好事？”

他强调的语气——我们组的人——按住了我，仿佛深水里摇摆的重物。奥凯利在重案组里干了二十八年，从我和斯蒂夫还是满脸脏兮兮的、用手比画着小手枪跟小伙伴砰砰砰的时候，他就在这里了。他所说的“我们组的人”，其实是我一直以来都梦想某一天可以理解的东西。

我说：“没有。”

“当你应该这样想的时候，你会这样想吗？”

“不会。”

“不会。”他的头又转到窗户一边，“我也不会。但我想知道真相。我不喜欢那样，我因此瞧不起自己，现在还是。但这种事情是会发生的，所以我把这个案子交给了你们两个：我需要知道真相。只有你们两个会无视布雷斯林，好好办案，不把它当成烫手山芋。”

我们也确实迎难而上，为他干完了这件脏活儿。也许他还指望我们会感激他的信任。我说：“现在你知道了。”

“你们肯定吗？敢为此赌上性命？”

斯蒂夫说：“是他干的。”

奥凯利连续点了几下头。“好，”他平静地说，对他自己，不是对我们，“好。”

我等着。只是为了来点刺激，我开始猜接下来会有何指示：慈父般的智慧、组里人的忠诚、男人间的谈话、满心愧疚、贿赂、恐吓。我希望斯蒂夫今晚没什么安排，因为估计头儿得要不少时间才能意识到自己说什么都无济于事。想到这个，我开始考虑要不要告诉他已经太晚了，这样我们就能一览他脸上的表情；或者谨慎起见，让他明早再通过《信使报》，和大家一道后知后觉。

他把椅子转回到桌子前，拿起电话。他的手指比以往更加笨拙，关节肿胀而僵硬。等有人接起来，他说：“麦卡恩，来我办公室一趟。”然后挂断了。

他盯了我们一会儿才开口。“你们可以留在这里，”他说，“只要你们可以表现得像个成年人。一旦多嘴，你们就给我出去。”然后他又转身望向窗外，漫无目的地看着什么东西。

我和斯蒂夫只是对视了一眼。斯蒂夫一脸机敏和警惕，面部棱角分明。他也不知道接下来会发生什么，也不会比我更喜欢这种感觉。我们互相轻轻点头示意：稳住。然后我们坐在原位，听着散热器发出嗞嗞声、奥凯利缓慢而焦躁的气息，等着麦卡恩的到来。

敲门声打破了寂静。“进来。”奥凯利转身说道。站在门口的是麦卡恩，衣服还是松松垮垮，眼窝深陷。

只看了两眼——一眼看头儿，一眼看我们——他就明白了。他活动活动肩膀，挺直身子，仿佛做好了战斗准备。

“莫兰，”奥凯利说，“给麦卡恩拿把椅子。”

我和斯蒂夫一起站起来，退到一边，靠着墙站好。麦卡恩一开始好像也想站着，但随后他把斯蒂夫的椅子拉了过去，坐下了。他张开腿，脚撑地，下巴向前伸。

奥凯利说：“你应该告诉我的。”

麦卡恩的面颊闪过一丝绯红。他张开嘴，本打算找出一大堆理由、借口、辩白，不管是什么东西。但他又把嘴闭上了。

“我做你的头儿多久了？”

过了一会儿麦卡恩才说：“十一年。”

“你有什么不满吗？”

麦卡恩摇了摇头。

“我是一直罩着你，还是一有问题就把你扔下不管？”

“罩着我，一直。”

奥凯利点了点头。他说：“一个普通人，惹了麻烦，得想办法跟自己的老板藏着掖着。一个警探有了麻烦，他应该去找自己的头儿。”

麦卡恩没有看他，他的脸更红了。“我应该找您的，直接来找您，我知道。”

奥凯利等他继续说。

“对不起。”

“好。”头儿说。他敷衍地朝麦卡恩点了点头，意思是你安全了，下次别再犯蠢。“既然我们谈起来了，我就问问你，那天到底发生了什么。这两位，”他用下巴指了指我和斯蒂夫，“他们想告诉我，你裤裆里那玩意不老实：爱斯琳·默里斯想给你下套，而你只用老二想问题，事情就搞砸了。是这样吗？闹得鸡飞狗跳，就因为你该流到脑子里的血没供上去？”

麦卡恩下巴动了动。他不喜欢被这样说。

“因为我了解你——或者反正我以为我了解——所以我说这都是一派胡言。这两个人随口编了个故事，而且还想办法让他们把查到的所有线索都安到了这个故事里。”

这话让我胃里顿时生出一股寒意，仿佛吞了冰块。我们告诉他的那个推论，真实的那一个，永远都没法离开这个房间了。我们前脚一走，奥凯利和麦卡恩就会把它撕成碎片，重新编织出一个面目全非的说法，用来打发外面的世界。我就知道会这样，但这仍然一举打击到了我。

“事实是，他们手上的所有线索，都可以产生不同的推论。”

麦卡恩迅速瞥了他一眼。

奥凯利伸出大拇指。“你那些字条的照片。爱斯琳确实是准备拿给你老婆看，但那只能说明她想要独占你。至于为什么，谁也不知道。”

他又伸出食指。“那个留给她朋友的童话故事只能说明她感到自己陷入了危机——而我无意责怪她；你就是个白痴，让一个女孩处于如此境地，仿佛她乐意一辈子给你当小三——而她很生你的气，想扭转局面，让你离不开她。”

麦卡恩迅速眨了眨眼。这话正中他的下怀。从现在开始，不管奥凯利有什么计划，他都会立刻入伙。

又伸出一根手指。“罗里·法伦。爱斯琳本来想利用他来忘掉你。她明白事理，不会不知道脚踏两只船非常不体面。”

麦卡恩开始抬起头，看着他，仿佛溺水者看到希望，又准备奋力一搏，非常可怕。

“也许这只是我自己一厢情愿的事实。我实在不愿意相信你捅出这么大的娄子，连累整个组，只是为了自己快活。你能把事情搞成这样，那你对爱斯琳，肯定是动了真感情。”

羞愧之中，又混杂了希望。

“我们没办法去问爱斯琳是怎么想的了。你是唯一一个在现场的人；要是有人知道到底是怎么回事，那就只有你了。所以你告诉我，麦卡恩，真相到底是什么？也许你真的就只是想睡个漂亮妞，害我们坐在这里？”

他语气里的愤怒撬开了麦卡恩的嘴巴。“是真的。我还没有蠢成那样。”

“真的。”头儿说，等着他继续说下去。

“也许爱斯琳确实是想给我下套。也许吧。也许她一直这么想的——她那个闺密劝过她，或者，我不知道。但有一段时间我真以为……”

麦卡恩揉了揉眼睛。在残忍的灯光下，他的眼睛又红又肿，仿佛被感染了一般。他说：“我不敢相信那是真的。对我来说。我以为我早已清楚自己下半辈子要怎么过了。所有可能产生重大影响的决定，我在二十五岁之前就已经完成了——择业、娶老婆、选择邻居、生小孩。剩下的就只有静待这一切慢慢发生，不会再有转折，更不会有什么惊喜。”

他抬起头，仔细看了看我和斯蒂夫。“你们现在不会明白的。你们还年轻，一切皆有可能。但你们总有一天也能明白。这就像是一场电影，那种三流的烂片，演到一半你就能猜出后面会怎样，每一步都在预料当中——你都想不出自己为什么要继续看下去。只是因为它在演，仅此而已，因为除此之外，也没什么好做的。可是然后……”

他用力眨眨眼，仿佛这样能让自己看得清楚一些。

“然后，突然就有人把你从里面解救出来，扔进另一部电影里。不同的音乐，不同的色彩。她是明媚的，一切明媚的颜色都属于她。而我的一切，又有可能了。”

斯蒂夫说：“所以你说什么只是喜欢她的陪伴，都是在胡扯。你从一开始就知道这段关系是特别的。”

麦卡恩摇了摇头。“不。我不知道。一开始我并没有那种感觉。我只是……我喜欢和她在一起的感觉。除此之外也没有别的。我只是喜欢看着她听我说事情的时候的样子，仿佛那是什么了不起的冒险。这让我回想起我过去做这份工作时的感觉，仿佛又回到了从前。她脸上的表情，以前每次办完漂亮案子，我也会有同样的表情。就像是我真的可以改变什么了一样。”

我偷偷看了头儿一眼。他的脸上毫无表情，皱纹和眼窝的阴影让我更加琢磨不透他的想法。

“好吧，”斯蒂夫说，语气中含着审慎的怀疑，不至于显得多事，“那怎么就不一样了呢？”

“有天晚上，”麦卡恩用手摸了摸脸，仿佛有什么美妙的、如蛛网般的东西缠住了他，“8 月的时候，爱斯琳说她晚课班上有个同学跟她搭讪。她只是随口一说——她并不喜欢那个人，所以就拒绝了。但这却警醒了我：一个像她那样的女孩，理所当然应该是找一个靠谱的男人，而不是一个只能和她野餐、聊天的中年人；应该是一个爱她的男人，一个可以同床共枕的男人。这让我几乎喘不过气来，因为我想一旦她找到了这个人，我就得消失了。”

她让他觉得这是他的主意。露西说过。她确实办到了。

“然后我就想，这个人为什么不能是我呢？为什么不呢？我们喜欢彼此的陪伴，简直欲罢不能。我们互相吸引——我完全可以这样说。她看着我的方式，我们偶然贴近时她的喘息——那是与众不同的。”

他迅速狠狠地瞪了我和斯蒂夫一眼，脸上又泛起了红晕。“也许你们觉得我这样很可悲：老牛想吃嫩草，世上最老套的故事。但你们不是当事人。”

每个凶手都会跟我们讲这句话。你们不是当事人，你们不会明白的。一小会儿枯燥的沉默，没有人说破这一点。

我说：“就这么简单？你说‘嘿，我们试一试吧’，然后爱斯琳说‘好啊，试就试’。”

麦卡恩重重地摇了摇头。“我不知道事情是怎样发生的。你们两个，一直都在说仿佛是她在勾引我，但并不是那样——她从没想做一个破坏别人家庭的小三。是我花了好一会儿工夫才让她相信我跟我老婆老早就过得不开心了，跟她没有关系。当我终于，我们终于……那时我才意识到，她真的在乎我。她……这……”他不由自主地吸了口气，“我完全不知道是怎么发生的，完全不知道。”

他的声音里带着困惑，就像个十几岁的毛头小子，因为快乐和惊喜飘飘然，不知所措。他是那样温柔，以至于仿佛抚摩的方式不对，都会让他受伤。一次又一次，这样的情形屡见不鲜，却总让我目瞪口呆。人们总是吐露自己应当保守一生的秘密，又是怎样渴望把它们说出来、让外界知道，让它们存活在自己的脑袋之外。

他说：“这是真的。你们调查到的那些破事，都没有任何意义。有次我翻过她家后院的墙，擦伤了膝盖，她就跪在我面前，为我清理伤口，动作是那么温柔。要是她真的恨我入骨，她还会那样做吗？也许她确实恨我，但有时候她也是爱我的。人是复杂的。她可能比我想的还复杂。”

他看了我和斯蒂夫一眼，仿佛在挑衅。这件事完全就是双方各自的幻想，但我们最不需要做的就是将它们区分开来。我和斯蒂夫历经千辛万苦，才刚刚把真相从纷乱的线索中梳理出来，却忽略了假的那一个具有无穷的力量，它利弊互见。

头儿点了点头。“我相信是这样，看来我对你的了解没错。”他在椅子里重新调整坐姿，把腰带的位置放好。“现在我们已经梳理清楚了，”他说，“那我们就来谈谈周六晚上的事情。”

麦卡恩开口，但奥凯利伸手制止了他。“不，等一下。我还没问你呢。”

麦卡恩闭上了嘴。

“布雷斯林告诉这两位，你发现爱斯琳的事后，确认她已经死了。但他告诉我，你——他的朋友，我是说——并没有停下来检查她的生命迹象。为什么会这样？”

麦卡恩摇摇头，困惑而谨慎。他并没想到会有这个问题，我也没想到。我以为自己知道头儿想干什么，但现在我又不确定了。

“原因是，他想让我以为这个朋友是个普通市民。所以他才会说这个人惊慌失措，落荒而逃了，像个普通市民那样。警探永远不会这样行事。”奥凯利狠狠地瞥了麦卡恩一眼，眉头紧锁，“你对此满意吗？”

麦卡恩嘴角撇了撇，面无表情。“我完全不满意。”

“你确实不该满意。你让布雷斯林把你说成一个普通市民，这样就不必被头儿盘问。你接受这个说法吗？”

麦卡恩下巴动了动。“不太接受。”

“很好，因为我也不接受。”奥凯利沉默了几秒，但麦卡恩并没有什么要说的。“然后，就在一分钟前，你说爱斯琳让你有过去那种办了漂亮案子的感觉：好像你做的事情很重要。”

点头。

“‘过去那种。’你说。现在就没有了，对吗？”

麦卡恩眼睛看着地板。

“从什么时候开始的？”

“不知道，几年前吧。”

“为什么？”

奥凯利俯身向前，手肘放在桌子上，尽可能挨他近一些。我和斯蒂夫没有动。我们俩仿佛不在屋子里。现在只是麦卡恩和奥凯利之间的事了。

麦卡恩说：“不是工作的问题，是我的问题。就像我之前说的：不知道从什么时候开始，我做的一切仿佛都已经是注定了的。在大案、要案的侦讯期间，我也总是很恍惚，感觉嘴巴像是自己在动，仿佛我在念剧本，我也无法做什么改变。仿佛什么人坐在我的位置上提问并不重要。如果换作是我，或者温特斯、奥戈尔曼，任何人，结局都会一样。我感觉自己正在消失。不是我不再觉得自己是个警探，而是我连自己是谁都搞不懂了。”

头儿重重地说：“我本该有所察觉的。”

麦卡恩急忙说：“我在工作上丝毫没有怠慢，头儿。我从没偷懒。不管干什么，我都全力以赴。”

“我知道。”奥凯利斜靠在椅子上，用手抹了一把嘴巴，“你有什么打算？去别的组？在这边混满三十年，然后退休？”

麦卡恩仰着脸看着他，孩子般乞求道：“不，头儿，不，我觉得这只是中年危机，我能搞定的，把问题解决，让脑子恢复正常——我哪儿都不会去，我会一直待在这里，直到他们把我拖走。”

奥凯利说，并没有残忍无情，只是平静而简单地。“那是不可能了。”

麦卡恩咬着嘴唇。

“我不能再留你在组里了。”

过了许久，他才轻轻地点了点头。

“而且我也不能装作若无其事，让你去别的组。”

他再次点点头。

“这件事很快也会传出去，不管是以什么样的方式。爱斯琳的朋友，我们可以让她闭嘴一时，但等她发觉这个案子迟迟没有进展，迟早会去找记者的。”奥凯利并没有看我和斯蒂夫，仿佛根本不知道我们在那里，但我并不这么觉得。“然后监察组的人就会找上门来，这样我们至少就得面对两次调查，一次是我们自己查，一次是他们查。布雷斯林也会受牵连。”这话让麦卡恩吸了口气，脑袋向后缩了缩。“你还想要怎样？隐瞒证据，打给斯托尼巴特警察局的电话就能证明。不被起诉就算他运气好了。”

“头儿。”麦卡恩说，他的声音里充满了赤裸裸的绝望，我都不忍心看他，“这不是布雷斯林的错。他什么都没做，只是在帮我。求你——”

“我帮不了布雷斯林，麦卡恩，因为我也会被革职。”奥凯利语气中没有丝毫自我怜惜。这是事实，跟指纹比对和不在场证明一样确凿无疑。“除非我能在调查结束之前就提交辞呈。但那样我就完全帮不了布雷斯林了。”

“老天，”麦卡恩喃喃自语，“啊，老天，头儿，我太对不起你了。”

“别跟我来这套。现在说什么都晚了。”奥凯利探头到桌子对面，满脸的皱纹深不可移，仿佛很久以前刻下的，我无从参透其奥义。“不过你还有个选择，你可以像个懦夫一样，现在就滚蛋。或者你可以重新做一个警探。”

沉默持续了很久。办公室不一样了，像那间舒适的审讯室一样。蜡笔画、雪景球里翻滚的雪花依旧在，只是越发显露出残忍，化作嶙峋的皮包骨头与咯咯作响的尖牙组合而成的恐怖。

麦卡恩轻声说：“周六晚上，吃过晚饭，我告诉我老婆要出去喝一杯，然后就去了爱斯琳家。我从厨房进屋，看见了正在煮的晚餐，但我也没多想。屋里放着音乐，很欢快的舞曲，爱斯琳没听见我进来。我走进客厅，叫她——像以前一样，很轻，邻居不可能听得到——然后我看到了桌子，是为两个人布置的。高脚杯、蜡烛，我以为是为我们两个准备的。我本该早些想到的，我从没跟她说过我周六要来——基本上周六我老婆都会要求出去吃，只是那天晚上她有点头痛。所以爱斯琳不可能知道我会来。但当时我满脑子想的都是跟她约会。”

我偷偷看了斯蒂夫一眼，发现他也在偷偷看我，瞪大了眼睛。在场的人中，只有我们感到意外。从麦卡恩的声音里，听不出他对自己的所做所为有丝毫惊奇。从走进这间房间开始，他就知道奥凯利想让他做什么。布雷斯林也知道；

这就是为什么在他讲给头儿的故事里，刻意没有提麦卡恩，他希望能一直庇护麦卡恩到底。只有我和斯蒂夫，两个傻子，一直看不明白。

“然后她从卧室里出来，”麦卡恩说，“亮蓝色的裙子，很美。像那样的冬夜，一切都是灰色的、沮丧的，可这样的蓝色，能一下子把你的整个世界都点亮……她把头发放下了，她知道我喜欢她那样做。她正偏着头，在戴耳环。我走近她，我……”他张开双手，做了个拥抱的动作。

“爱斯琳……她一下子跳出去好远。然后她看到是我。我以为她会过来对我笑，会吻我，但她脸上只有恐惧。这时我才开始怀疑：她等的人不是我。她伸出手，不让我碰她，然后说：‘你得离开。’”

他的呼吸变得急促，难以置信的震惊再一次贯穿他的全身。“我完全想不通……我问她，我说：‘什么？你在做什么？你在搞什么鬼？’但她只是一直指着后门，让我离开。我开始求她，我都不知道自己说了些什么。我说：‘怎么了？我们周三晚上还在一起，只过了三天，我们——你讨厌我总是回去陪我老婆吗？我陪你的时间还不够多吗？我今晚就回去和我老婆摊牌，我会搬进来，我做什么都行——是有什么人说了我什么吗？是你那个朋友露西对不对？我会解释的，让我——’”

“但她只是一个劲地摇头：不，不是那样的，不，不，你走吧。她想把我推到厨房去，想把我撵出去，只是我不想，或者说我没法……我说——很傻，就站在那儿，跟她僵持着——我说：‘我们结束了吗？你这意思是我们结束了？’然后爱斯琳，她停了下来，好像从没想过这一点。吓到了。过了一会儿她才回过神：‘嗯，对。我想是的。’”

现在我没办法偷看斯蒂夫了，我们两个都屏住了呼吸。

“我像个笑话似的，”麦卡恩说，“还在等着她继续说下去，说她是开玩笑，可是她的表情：她是认真的。我说，我只能说：‘为什么？’”

“她说：‘回家去吧。’我说：‘告诉我为什么我就走。不管为了什么，告诉我。我不能这么不明不白地活着。’”

“她看着我，笑了。爱斯琳笑起来很可爱，很甜，很美，但这次的笑不是——有些不同。很无礼的笑，很放肆。她听上去……”

麦卡恩的喉结动了动，仿佛那笑声又出现在他的耳畔，不断填满他的脑袋，停不下来。“她听上去很开心。我从没见过她那么开心。然后她说：‘你就一直不明不白下去吧，现在给我滚。’”

他不说了。

奥凯利说：“然后。”

“然后我打了她。”

我和斯蒂夫，一直在夺走麦卡恩心底对自己的人生最坚信的部分，在他面前把它们撕得四分五裂，没有这些支撑，他将崩溃，被我们击垮，就像爱斯琳的计划一样。可是我们已经掏空了麦卡恩，已经让他面目全非、成为他最不想成为的人，却只换来一句“无可奉告”。

奥凯利给了他一条路，让他重新找到自我。麦卡恩接受了。

他说：“这不是谋杀，头儿。这是过失杀人。我从没想让她死。”

头儿说：“我知道。”

“我从没想过她会死，直到刚刚才想到。”

“我知道。”

我吸了口气，想说话。库珀的报告，麦卡恩并不是大块头，他那一拳并不致死，致命的是在爱斯琳倒地之后，他的第二拳。

奥凯利听到我想说话。他看着我，等我把话说出口。他的脸上依旧没有一丝波澜，只有眼睛在阴影中移动，看起来还有生命。

我闭上了嘴。

头儿的眼睛回到了麦卡恩身上。他说：“我们需要把这些记录下来，你明白吗？”

麦卡恩点了点头。他一直在点头。

奥凯利把手撑在桌子上，站起身。“该走了。”他说。

麦卡恩迅速把脸转向他。

“我会处理的。”头儿说。他很坚定，如同一位外科医生，决定要亲自主刀，不允许学生上前摸手术刀。

麦卡恩说：“毛拉。”

“我要去看看她，这边结束我就去。”

麦卡恩再次点头，他站起身，靠在椅子上，双臂垂在身体两侧，等着有人告诉他自己该去哪儿。

头儿拉了拉自己的外套，很小心，仿佛他要出席什么重要场合。他关掉桌上的台灯，看了眼办公室，心不在焉地摸了摸口袋。他又看到了我和斯蒂夫，仿佛忘记了我们还在。

“回家吧。”他说。

我们没有说话。走过漫长而静默的走廊，我们的脚步声仿佛阴沉的心跳。走下楼梯，穿过在楼梯间乱蹿的寒气，我们走进更衣室：穿上外套，背上包，锁好柜子。然后再上楼，跟伯纳黛特微笑点头、寒暄几句，她正把纸巾和润喉糖塞进手提包，也准备回家了。到外面，城市的气息浓郁猛烈，冷空气也扑面而来。

巨大的庭院里立着泛光灯，文职人员也都在赶着回家。这一切看上去都很诡异：如同渺小的剪纸图案，一个个渐行渐远。破了大案就是这样的感觉，整个世界泛着黎明的鱼肚白、沙子的白，一片荒凉模糊，空荡荡的，只有那个案子，像石头一般在你手上，光滑而沉重。

只是这一次，还不止如此。脚下的鹅卵石路踩上去的感觉都有些不对，石块轻飘飘的，仿佛悬置在深不见底的浓雾之上。我最近两年深恶痛绝的那个组，那群浑蛋总在暗中窃笑、背后捅刀，让孤独的战士只能勇敢地进行注定失败的战役，他们都消失了，仿佛紧紧附着在真相上的一层污垢一般纷纷脱落。而那个我曾经不惜砍断手臂也要加入、各路耀眼的英豪云集的重案组，很久以前就已经消失不见了。只剩一个个更渺小的存在，更安静，也更复杂，细节更加真切。真该往罗奇嘴上打一拳，现在这是我的待做清单上的大事。至于其余的人，他们每一个都在被可疑的不在场证明、模糊的现场物证，以及自家宝宝的水痘搞得焦头烂额，只是偶尔才有空对罗奇或者是我搞出的恶作剧翻个白眼。头儿——我突然想到，他总是把奇怪的家暴案件扔给我们，并不是因为这些案子难搞，恰恰是因为它们很好解决，而他想帮我们提升一下破案率。

或者也许，更简单的理由是，他觉得我们肯定会拼尽全力。拼尽所有，拼上斯蒂夫，拼上我自己。

我们站在庭院里，手插在口袋里，缩着肩膀抵御寒风。我们不知道这种时候该去哪里；没有指导手册、惯例可以参考，这样的一天结束之后会发生什么。我们头顶重案组的灯光亮着，警醒着，时刻准备着迎接这个夜晚可能发生的意外。在上面的某个地方，奥凯利和麦卡恩正在审讯室里，头靠在一起，低声而坚定地谈着话。布雷斯林则一个人待在观察室里，看着自己的呼吸在玻璃上慢慢凝成水雾，一动也不动。

斯蒂夫说："他是在保护我们。"

他说的是头儿让我们回家。"我知道。"我说。这样在麦卡恩的卷宗上签名的就会是奥凯利，提交给检察官的文件也会在奥凯利名下。这样等明天走进办公室，我们就不会因此被大家嘘声驱赶。布雷斯林只要还活着，就会一直恨我们，但其余的人只能看到奥凯利陪着麦卡恩，肩并肩走出大楼，带他去登记处分，然后就会明白一切。

斯蒂夫突然深吸一口气，然后呼了出来。"老天，"他说，丝毫不掩饰声音里的颤抖，"这一天真是……"

"要往好处看。我们再也不会遇到比这更糟糕的一周了。"

他笑了，有气无力。"你怎么知道？说不定我们还会更走运，遇到某个政府官员嗑药嗑高了，勒死个妓女什么的。"

"滚蛋吧，这种案子就交给别人吧，让奎格利那种速度的人来办正合适。"

斯蒂夫又笑了，但这次很快打住。"这次是因为我们没能从一开始就看明白，"他说，"是因为我们在用警察的方式思考。我们都是。"

他把话停在这里，像是留了个疑问。他知道。我还以为自己是什么秘密特工呢，别人对我一无所知，我的所有惊天计划只有我一个人掌握。我看着自己呼出的气息扩散开来，消失在空气中。

"所以，"斯蒂夫眯着眼睛，看着头上窗前闪过的一道人影，"你还打算交辞呈吗？"

我可以看到各种可能，如走马灯般从脚下的鹅卵石路面上升起，轻轻掠过高窗，微妙而诱人。我穿着高档西装——相比之下，现在身上的制服如同套在垃圾桶上的塑料袋——跟在沙特公主身后，穿行在哈罗德百货[①]当中，一面留意着她，一面望着其余的一切。我在商务舱里把腿伸直，在顶级酒店里入住，确保撤退路线畅通无阻；一手拿着一杯鸡尾酒，站在蓝得耀眼的海滩上，另一只手抓着沙滩包里的手枪。所有这些可能在城堡大门的铁棒间盘旋穿梭，然后消失不见。

“不了，”我说，“我讨厌写东西。”

我发誓斯蒂夫把头一仰，如释重负。“老天，”他说，“我好担心。”

我从没想过会有这样的台词，“嗯？”

他转过头来看我，和我一样意外。“当然了，不然你以为呢？”

“不知道，我从没想过。”我完全没想过，其实本该想一想的。那一刻我仿佛看到布雷斯林在审讯室里，愤怒地抬脚一踹，这他妈的不可能是他干的；布雷斯林在黑暗的客厅里，黎明未至，他哑着嗓子给斯托尼巴特尔警察局打电话。“对不起，”我说，“我这段时间有点犯浑，很多方面都不对头。”

斯蒂夫都没试图反驳我。“没错，不过现在都结束了。”

“我不会再那样了。”

“那可太好了。”

“滚蛋吧你。”鹅卵石路不再像之前那样飘忽不定，又恢复了几个世纪以来的坚实，冷空气捶打着我的肺，仿佛咖啡因一般让人清醒。我要给克劳利打个电话，告诉他那篇文章可以省下了，不过他还是欠我一个大人情，我会让他还的。我还得给我妈打个电话，告诉她昨天晚上的事，不管我愿意与否。也许那只不过是我们之间的又一个笑话。也许跳蚤明天看到新闻报道之后就会给我发邮件：哈喽，亲爱的，看见新闻了，真高兴你能搞定，下次见面庆祝一下吧。也许周末的时候，我会给莉萨还有其他朋友发信息，看看她们近况如何。“你知道我现在想干什么吗？我想喝一杯。去布罗根如何？”

斯蒂夫拉了拉背包的带子。“你请客。罗里没哭，你还欠我钱呢。”

---

① 伦敦著名的高级百货公司。

“开玩笑呢？他眼睛都肿了——”

“你说你再不犯浑——”

“是啊，可我没说你能随便欺负我——”

“啊，好吧，我还真是担心——”

我又抬起头，望了望我余生要继续战斗的地方，看着里面那一方方整齐的金色灯光，随时恭候我回来。我们穿过庭院，一边拌嘴，一边向酒吧走去，准备喝上一杯，睡一会儿，然后再回到这里，继续寻求这世间的一切真相。

致　　谢

我依然要感谢戴夫·沃尔什，而且要胜过以往，他对侦探世界的洞察，让这本书里的一切都无比真实，无一处虚笔。

我还非常感谢达利·安德森公司和贵公司的每一个人，特别是玛丽、艾玛、罗莎娜、皮帕和曼迪；感谢安德烈亚·舒尔茨、西娅拉·康西丁、尼克·塞耶斯和苏·弗莱彻，感谢他们高超的编辑技巧、洞察力和智慧；感谢布雷达·珀杜、鲁丝·谢恩、乔安娜·史密斯和爱尔兰阿歇特图书公司的所有人；感谢斯瓦蒂·甘布勒、凯里·胡德，以及霍德 & 斯托顿公司的所有人；感谢卡罗琳·科尔伯恩、安吉·梅西纳、了不起的本·彼得罗内以及维京公司的所有人；感谢苏珊娜·哈尔布莱布以及费舍尔·费尔拉格公司的所有人；感谢蕾切尔·伯德；APA 公司的史蒂夫·费舍尔，他是洛杉矶最有耐心的人；感谢菲尔加斯·奥科莱恩博士为我清理血肿；感谢索菲·汉娜给了我书名的灵感；还要感谢亚历克斯·法兰奇、苏珊·柯林斯、安－玛丽·哈迪曼、杰西卡·赖恩、凯伦·吉尔斯、肯德拉·哈普斯特、克里斯蒂娜·约翰森和凯瑟琳·法雷尔，感谢他们的各种支持，从物质到精神，再到故意逗我开心；感谢戴维·赖恩的比萨饼，上面放着熏火腿、培根条、碎牛肉、蘑菇和黑橄榄，放进炉子里烤十分钟，还配了德国产的皮尔森啤酒；感谢我的母亲埃莱娜·隆巴尔迪；父亲戴维·法兰奇；以及每次都能在开胃菜上来之前，帮我理清故事线索的那个人，每次都可以有更多理由感谢他。他就是我的丈夫，安东尼·布莱特纳赫。